Perry Rhodan

BARDIOC

Pabel-Moewig Verlag KG, Rastatt

www. perry-rhodan.net
Bearbeitung: Hubert Haensel
Redaktion: Sabine Kropp
Titelillustration: Johnny Bruck
Vertrieb: edel entertainment GmbH, Hamburg
Druck und Bindung: GGP Media GmbH, Pößneck
Printed in Germany 2007
ISBN: 978-3-8118-4085-0

1.

Parantos hatte nie in seinem Leben die Erde betreten.

Aber manchmal träumte er von grünen Wiesen, über die sich ein blauer Himmel spannte. Von Insekten, die zwischen duftenden Blumen tanzten. Von Blättern, die im Herbst welk von den Bäumen fielen und den baldigen Kältetod der Natur in Schnee und Eis vorwegnahmen.

Schlimme Träume waren das, denn sie erinnerten ihn an die eigene Vergänglichkeit.

Doch sobald er schweißgebadet erwachte, sah er Stahl. Terkonitstahl, der für die Ewigkeit Bestand hatte. Verkleidet mit Kunststoffen aller Art, oft genug bunt bemalt – ein vertrauter und dennoch oft wechselnder Anblick.

Parantos lebte an Bord der SOL. Sie war ein riesiges Raumschiff aus zwei gigantischen Kugeln und einem Mittelstück, eine sechseinhalb Kilometer lange Hantel, die mit unvorstellbarer Geschwindigkeit durch das Universum raste.

Die SOL war seine Welt, bewohnt von Menschen, die vor fünfundvierzig Jahren von der Erde hatten fliehen müssen. Mittlerweile lebten längst die Kinder jener Flüchtlinge an Bord, die mit Perry Rhodan die Erde verlassen hatten – Menschen, die wie Parantos das Raumschiff als ihre Heimat betrachteten.

Niemals hätten sie es gegen einen Planeten eintauschen wollen.

Eine Kinderstimme riss ihn aus seinen Gedanken. »Parantos, was ist …?«

Er blickte hoch. Vor ihm schwebte der geschrumpfte Holokubus in der Luft, ein dreidimensionaler Würfel, der nur noch von grauen Schlieren erfüllt wurde. »Oh«, sagte er leise und lächelte entschuldigend, »die Bilddatei ist zu Ende.« Er richtete sich auf und blickte auf die Kinder, die vor ihm in ihren Schwebesesseln kauerten.

»Ihr habt gesehen, dass die Erde nicht das Paradies ist, von dem die Alten sprechen«, sagte er laut. Parantos wusste, dass er überzeugend sein musste, damit die Kinder verstanden, was er meinte. Die Zukunft der SOL stand auf dem Spiel. Diese Kinder mussten begreifen, dass es niemals erstrebenswert sein würde, auf einem Planeten zu leben.

»Was also ist jene Welt Erde, die ihrem angestammten Sonnensystem entrissen wurde? – Ja, du, Tronar ...«

»Ein Gefängnis, das um eine fremde Sonne kreist, die ihre Bahn um das Zentrum der Galaxis Ganuhr zieht«, rief ein Junge. Tronar war immer schnell und eifrig, zumindest im Geschichtsunterricht; Parantos mochte ihn.

Parantos beschäftigte sich mit der Historie auf der Erde. Er wusste Bescheid über die Kriege der Vergangenheit, über die Unruhen auf dem angeblich blauen Planeten, und dieses Wissen vermittelte er den Kindern. Schon ihre Eltern waren an Bord der SOL geboren worden, und sie sollten nicht den Erzählungen der Alten glauben, die von der Erde wie von einem Paradies redeten. *Die Zukunft wird den Solanern gehören,* dachte Parantos, *und diese Kinder sind der Garant dafür.*

»Richtig!«, bestätigte er. »Die Erde ist ein Gefängnis, nicht mehr und nicht weniger.«

Er schnippte mit den Fingern, das Signal für die Positronik, ein neues Hologramm in den Raum zu werfen. Der Kubus dehnte sich aus, erfüllte fast den gesamten Raum mit einer Wüstenlandschaft. Glühender Sand und eine vor Hitze flirrende Atmosphäre. Die Kinder wichen in ihren Sesseln zurück und starrten auf die Abbildung, entsetzt, manche sogar angeekelt. In einer derart lebensfeindlichen Umgebung wollten sie nicht leben; das hatten sie längst verstanden.

»Und was ist die SOL für uns?«, fragte Parantos nach.

»Die Heimat!«, rief einer der Jungen, ohne dass er sich zu Wort gemeldet hätte. »Unsere Heimat, mit der wir zu jedem Ort des Universums gelangen können, sobald wir das wollen.«

»Die SOL gibt uns alles, was wir zum Leben benötigen«, antwortete ein anderer. Der Historiker sah, dass der Junge einen dünnen Pullover trug, gefertigt aus einem hauchdünnen Vario-Material, wie es derzeit bei den Jugendlichen Mode war. Über die Ärmel flogen Raumschiffe, und auf dem Brustteil flammte eine Sonne, die kurz vor der Explosion zu stehen schien.

»Wir Solaner sind frei in unseren Entscheidungen«, fügte der Junge hinzu, als spreche er einen auswendig gelernten Text nach. Doch Parantos wusste genau, dass es seine eigenen Worte waren. »Was produziert wird, gehört allen. Niemand hungert, jeder hat ein gutes Leben.«

»Die SOL ist unser Paradies!«, bekräftigte Parantos. Mit einem erneuten Fingerschnippen brachte er das Holo zum Verschwinden. Die übliche Dekoration wuchs an den Wänden des Unterrichtsraums empor: mathematisch bestimmbare Mosaike voller Ecken und Kanten in gedämpften Farben.

»Die Aufzeichnungen stammen wirklich noch von der Erde?«, wollte ein Mädchen wissen.

»Aus den alten Archiven. Ihr habt gesehen, welch sinnlose Kriege die Menschen führten, und habt miterlebt, wie sie aus ihrer Welt eine Betonwüste machten und Wasser und Luft vergifteten. Viele Menschen mussten hungern, weil die Güter ungerecht verteilt wurden. Nicht Verantwortungsgefühl, sondern der Kampf ums nackte Überleben war die Antriebsfeder der Pflichterfüllung.« Parantos warf einen Blick auf die Zeitanzeige, die sich aus Mosaiksteinen zusammensetzte. »Es ist Zeit für die körperlichen Übungen. Der Unterricht wird in einer Stunde fortgesetzt.«

»Diese Entwicklung behagt mir nicht; sie behagt mir ganz und gar nicht«, stellte Reginald Bull fest, nachdem Gucky seinen kurzen Tagesbericht beendet hatte. »Wir leben uns auseinander, und das schneller als befürchtet, wenn die neue Generation nicht mehr objektiv unterrichtet wird.«

»Der Film aus dem Archiv war ein uralter Spielschinken«, sagte der Mausbiber. »Parantos gab ihn als Dokumentation aus, eine der Schlachten aus dem zwanzigsten Jahrhundert. – Warum verhindern wir das nicht, Atlan?«

»Weil wir keine Meuterei brauchen können.« Seit Perry Rhodans Entführung durch BARDIOCS vierte Inkarnation fungierte der Arkonide als Kommandant der SOL. »Unsere vordringlichste Aufgabe ist es, Perry zu befreien – alles andere kommt danach.«

»Trotzdem dürfen wir nicht zusehen, wie die Heranwachsenden aufgewiegelt werden.« Reginald Bull mochte die Güte in Person sein, und es dauerte lange, bis er wirklich wütend wurde. Aber sobald er Dampf abließ, war es besser, ihm aus dem Weg zu gehen. Viel fehlte nicht mehr bis zu diesem Zustand.

Der Telekinet Balton Wyt hatte stumm der Unterhaltung gelauscht. »Vor einem halben Jahr hatten wir die letzte brandheiße Spur«, erinnerte er. »Seitdem verlassen wir uns auf die spärlichen Hinweise Puukars und seines Kriegskristalls. Wie sollen wir wissen, ob er uns hinhält oder gar in die Irre führt?«

Längst hatte die SOL Ganuhr verlassen und stand tief im intergalaktischen Leerraum, noch knapp eineinhalb Millionen Lichtjahre von ihrem nächsten Ziel entfernt, einer Galaxis, die ihrer Form und Farbe wegen »Blauauge« getauft worden war.

»Über Puukar brauchen wir nicht zu diskutieren«, schnaubte Bully. »Wir haben uns entschieden, ihm zu vertrauen, und daran rütteln wir nicht. – Aber wie verhindern wir die drohende Rebellion der Solaner? Die an Bord Geborenen kennen nur das Schiff, und wenn inzwischen schon Berichte über Terra manipuliert werden ... Noch widerstrebt es mir, Kontrollen vorzuschlagen, weil ich weiß, dass wir damit die Situation nur verschärfen würden.«

»Eins ist mir schleierhaft«, warf Gucky ein. »Die SOL-Geborenen sehen das Schiff als ihre Heimat, die sie nie verlassen wollen. Warum protestieren sie dagegen, dass wir Perry und der Inkarnation BULLOC folgen? Es ändert nichts an ihrer Situation – ganz im Gegenteil!«

»Das Problem liegt tiefer und ist psychologischer Natur«, erklärte Atlan. »Die Terraner sind in der Minderzahl. Deshalb wollen die SOL-Geborenen den Kurs bestimmen und das Kommando übernehmen.«

Die SOL verließ den Zwischenraum und flog mit Unterlichtgeschwindigkeit weiter. Auf der Panoramagalerie schien die Galaxis »Blauauge« zum Greifen nahe, und endlich wurden Einzelheiten erkennbar, die bislang nicht feststellbar gewesen waren.

Der fremde Spiralnebel war sehr massereich. Die ersten Ortungsdaten bestätigten einen Durchmesser von 110.000 Lichtjahren und eine Dicke von 56.000 Lichtjahren, damit war »Blauauge« wesentlich größer als die Milchstraße. Strahlungsmessungen ergaben eine extreme Zentrumsdichte und zudem eine ungewöhnliche Ballung von Millionen Sternen, die nahezu ausnahmslos im fünfdimensionalen Spektrum strahlten. Die Natur hatte eine wahre Hölle geschaffen, in die einzudringen unmöglich schien.

Reginald Bull deutete auf die verschieden eingefärbten Bildwiedergaben. »Das sind Hunderte Milliarden Sterne, ein Dickicht, wie man es höchst selten vorfindet ...«

»Wir folgen den Hinweisen des Kristalls, mehr können wir nicht tun«, sagte Atlan. »Die Spur führt uns in Richtung ›Blauauge‹.«

»Ich pflichte dir bei. Aber die Unruhe unter den SOL-Geborenen fängt an, mich nervös zu machen. Dabei tun wir nichts, was ihren Interessen widerspräche.«

»Neue Generationen sind selten zufrieden mit dem, was ihre Eltern schufen«, sagte Atlan ein wenig verbittert. »Sie wollen selbst entscheiden, obwohl sie oft zu jung und unerfahren sind.«

Gucky materialisierte zwischen ihnen und warf einen langen Blick auf die Holoschirme. »Das ist der reinste Sternenpudding. – Aber was ich sagen wollte: Parantos schleppt seine Ideologie sogar in die Sporthalle. Er reduziert das künstliche Schwerefeld auf zwei zehntel Gravos und behauptet, nur Solaner könnten unter solchen Bedingungen die gleichen Leistungen erbringen wie die Terraner unter Erdbedingungen. Ich finde, das ist eine Unverschämtheit!«

Atlan lächelte nachsichtig. »Beruhige dich, Kleiner. Parantos reagiert nur seine Komplexe ab.«

»Soll er, wo er will, meinetwegen in seiner Kabine, wo er ohnehin vor dem Spiegel Volksreden hält. Aber setzt den Kerl doch einfach ab!«

»Er wurde mit Mehrheit zum Lehrer ernannt. Wir haben kein Recht, diese Entscheidung rückgängig zu machen.«

»Das weiß ich selbst«, muffelte Gucky, der sich nur ungern in dieser direkten Art belehren ließ. »Unser Katzer steckt übrigens in letzter Zeit viel mit Joscan Hellmut zusammen, der wiederum mit Parantos befreundet ist.«

Sie wurden unterbrochen, als der Orterschirm flackerte. Die Galaxis »Blauauge« im Hintergrund verschwamm, dafür wurde ein Objekt sichtbar, das auf der Panoramagalerie nicht auszumachen gewesen war. Es sah aus wie eine gigantische Schildkröte.

Ronald Hennes fühlte, dass er bald sterben würde; angesichts seines Alters von hundertfünfzig Jahren war das nicht außergewöhnlich. Sicher, er hätte gern noch ein paar Jahre gelebt, zumindest so lange, bis er wieder den Boden eines Planeten unter den Füßen spüren konnte. Aber nun lag er in der Krankenstation der SOL und wartete auf den Tod.

Manchmal besuchten ihn Freunde, die wie er auf der Erde geboren worden waren. Wenn sie bei ihm waren, fühlte er sich nicht mehr so einsam und verlassen wie in den anderen Stunden. Das Pflegepersonal kümmerte sich aufopfernd um ihn, daran war nichts auszusetzen, aber alle waren an Bord der SOL geboren worden. Die gefühlsmäßige Distanz zwischen diesen Menschen und ihm war schwer zu überbrücken. Wenn er von der Erde erzählen wollte, schauten sie ihn nur verwirrt an. *Widerwillig,* fand er sogar. Es interessierte sie nicht, was er zu sagen hatte.

Hennes lachte zufrieden, als Bea den Kopf zur Tür hereinstreckte. Als junge Frau war sie mit der Erde in den Mahlstrom der Sterne verschlagen worden, und das lag mittlerweile schon sehr lange zurück. Bea lebte ebenfalls allein, wie so viele der Alten auf der SOL. Sie schien froh darüber zu sein, in Hennes einen Gesprächspartner gefunden zu haben, vor allem einen, der gern zuhörte.

»Du siehst heute schon viel besser aus«, log sie drauflos. »In einigen Tagen, spätestens in zwei oder drei Wochen bist du wieder auf den Beinen.«

»In drei Wochen bin ich tot«, wagte Hennes einen Widerspruch.

»Red keinen Unsinn, Ronald! Außerdem ...«, sie beugte sich zu ihm hinab und fuhr im Flüsterton fort: »... außerdem brauchen wir jeden, der auf Terra geboren wurde. Diese Solaner werden immer frecher, und fast täglich gibt es eine neue Geburt.«

»Lass sie doch«, riet Ronald Hennes schwach. »Solange es Spaß macht ...«

Bea dämpfte ihre Stimme nicht mehr. »So ein Unsinn! Spaß – weißt du überhaupt, wovon du redest? Und kannst du dir ausrechnen, wie das in zehn Jahren aussieht? Dann haben wir an Bord nichts mehr zu sagen, und diese SOL-Geborenen ...«

»Ich werde sterben, dafür wird ein anderer Mensch geboren – na und? Das gleicht sich aus.«

»Du warst immer mies in Mathematik, Ronald. Ein Solaner mehr und ein Terraner weniger – das sind in Wirklichkeit zwei Solaner mehr. So musst du das rechnen!«

Hennes wollte sich aufrichten, sank aber wieder in die Antigravkissen zurück. »Lass mich damit in Frieden, Bea!« Er gab sich gar keine Mühe mehr, seine Stimme stark klingen zu lassen. »Ich bin nicht an der Zukunft beteiligt, außerdem liegt sie meiner Meinung nach in guten Händen. Ich will nur noch einmal einen Planeten unter den Füßen haben, das ist alles. Und wenn es schon gar nicht anders geht, bin ich mit einer Direktübertragung aus dem Orbit zufrieden. Vielleicht halte ich wenigstens noch so lange durch.«

»Wenn du Glück hast – bestimmt. Eben hörte ich die neuesten Informationen über Interkom. Die SOL fliegt irgendein neu entdecktes Objekt an. Wahrscheinlich handelt es sich um einen Planeten, wenn er auch eine komische Form zu haben scheint. Du kannst ruhig schon mal anfragen, ob dir die Medoroboter einen Spaziergang erlauben.«

»Mich lässt hier keiner mehr raus«, befürchtete der Alte.

Bea winkte energisch ab. »Unsinn! Einem Sterbenden muss man den letzten Wunsch erfüllen, das war schon immer so«, sagte sie brutal. »Ich werde mich darum kümmern.«

Der Schock war Hennes nicht anzusehen. Er blieb zumindest äußerlich ruhig. »Dann tu das, Bea. Hoffentlich ist es ein blauer Planet – mit Gras und Bäumen, Bächen und Bergen. Dort will ich dann bleiben.«

»Immer noch diese Sehnsucht nach der Erde?« Verstohlen wischte sich die Frau die Augenwinkel aus. »Ich muss gehen, wollte dich heute nur kurz besuchen. Aber wenn ich bis zu Atlan selbst vordringen müsste, ich werde dir helfen ...«

Der Arkonide taxierte das Ortungsbild des fremden Objekts. Das gedrungene Gebilde bestand aus Stahl mit unbekannten Beimischungen, und es glich in der Tat einer hochgebuckelten Schildkröte mit leicht gewölbter Unterseite. Die Maße waren beachtlich: mehr als fünf Kilometer lang, beinahe vier Kilometer breit und dreitausendsiebenhundert Meter dick. Ähnlich wie bei einer terranischen Schildkröte schien der Rücken aus einzelnen, jeweils fast ebenen Flächen zusammengesetzt zu sein.

»Eine riesige Station zwischen den Galaxien ...« Bully holte tief Luft. »Warum verschwinden wir nicht, ehe es zu spät ist?«

»Aber Dicker!«, rief der Mausbiber schrill, sein vorwurfsvoller Ton war nicht zu überhören. »Wer nicht neugierig ist, wird nie mehr erfahren, als er schon weiß. Das ist eine uralte Raumfahrerregel.«

»Du kannst meinetwegen hinüberteleportieren und nachsehen«, schlug Reginald Bull gereizt vor. »Aber wundere dich nicht, wenn du in einer Parafalle versauerst und niemand kommt, um dich da wieder rauszuholen.«

»Teleportiert wird auf keinen Fall!«, wehrte Atlan entschieden ab. »Aber ansehen werden wir uns das Ding trotzdem.«

Die Entfernung betrug noch knapp drei Lichtmonate.

»Macht eigentlich einen verlassenen Eindruck«, stellte Bully fest. »Bis jetzt keine Energieemissionen. Vielleicht ist da drüben längst niemand mehr.«

Atlan wandte sich an den Emotionauten: »Eine kurze Linearetappe über zwei Lichtmonate, Mentro, dann sehen wir weiter!«

Auf der Panoramagalerie erloschen kurz darauf die Sterne. Sie wichen dem wesenlosen Wogen des Zwischenraums, als die SOL wieder in den Überlichtflug ging, wenn auch nur für wenige Augenblicke.

2.

Als der Antrieb aussetzte, fiel das schwarze Raumschiff, das die Form einer stumpf gerundeten Ellipse aufwies, auf Unterlichtgeschwindigkeit zurück. Mit nur noch knapp dreißigtausend Kilometern in der Sekunde kroch es auf die mehr als sieben Millionen Lichtjahre entfernte Galaxis zu, die sein Ziel war.

Hinter dem Schiff schimmerte die Sterneninsel, aus der es kam. Aber auch dieser verwaschene Lichtfleck in der ewigen Schwärze war unerreichbar fern, falls der Antrieb nicht repariert werden konnte.

Das Schiff KYLÖX trieb einsam durch den Raum.

Kommandant Darx-Vernschion ähnelte einem etwas zu kurz geratenen, aber wuchtig gebauten Terraner, doch sein Körper war von einem schwarzen, stachligen Pelz bedeckt. Nur die faltige Lederhaut des Gesichts war frei von jeder Behaarung, wenngleich es deshalb nicht menschlicher wirkte. Die gesamte Stirn wurde von einem strahlend blauen Sehorgan eingenommen, darunter blähten sich die langen Atemschlitze. Der Mund war hornig und schmal. Darx-Vernschion war ein Hulkoo.

Er wusste, dass er sich mit seiner Besatzung in einer nahezu aussichtslosen Lage befand. Sein Stellvertreter Corl-Hendox war der gleichen Meinung.

»Die Techniker haben bisher nicht einmal die Ursache des Defekts herausgefunden«, meldete Corl-Hendox. »In einiger Entfernung wurde ein Objekt geortet. Sehr diffus. Da die Ortung ebenfalls nicht mehr zuverlässig arbeitet, ist eine genaue Definition noch unmöglich.«

Darx-Vernschions Handbewegung drückte Zweifel aus. »Vielleicht ein Planet?«, überlegte er. »Aber hier, im intergalaktischen Leerraum?«

»Kein Planet, Kommandant. Wahrscheinlich eine unserer verlassenen Stationen, die zu Beginn der intergalaktischen Raumfahrt als Inseln benutzt wurden.«

»Entfernung?«

»Bei der augenblicklichen Geschwindigkeit benötigen wir zwei Wochen, um die Station zu erreichen. Wenn wir Glück haben, finden wir dort alles Material für eine Reparatur vor – meinen die Techniker.«

»Ich entsinne mich, dass diese Stationen bestens ausgerüstet sind. Wir ändern den Kurs.«

Corl-Hendox kümmerte sich darum.

Darx-Vernschion zog sich in seine Kabine zurück, nachdem er noch einmal mit den leitenden Technikern gesprochen hatte. Sie übten sich in gedämpftem Optimismus, doch der Kommandant erkannte ihre Hilflosigkeit. Ohne die geeigneten Werkzeuge und Ersatzteile würde die KYLÖX nie ihr Ziel erreichen.

Im Leerraum gestrandet ... Dieser entsetzliche Gedanke ließ Darx-Vernschion nicht mehr los. Nach planetarischen Maßstäben gerechnet, legte das Schiff in jeder Sekunde eine ungeheure Strecke zurück, in Wirklichkeit kroch es unendlich langsam durch das Nichts. Zurück nach Barxöft würde die KYLÖX mit ihrer Restgeschwindigkeit fünfzehn Millionen Jahre benötigen. Darx-Vernschion schwindelte bei dieser Vorstellung.

Rettung konnte nur die verlassene Station bedeuten. Es gab noch etliche dieser alten Inseln, wenngleich einige längst von unbekannten Intelligenzen geplündert worden waren. Darx-Vernschion hoffte inbrünstig, dass gerade diese eine nicht zu den ausgebeuteten Objekten gehörte.

Sein Stellvertreter meldete sich aus der Zentrale. »Wir haben die Station identifiziert, Kommandant. Es handelt sich um PARXTORV, die in den Daten nur als Vorposten bezeichnet wird. Trotzdem dürfte sie über ein umfangreiches Ersatzteillager verfügen.«

»Das brauchen wir.« Der Kommandant gab sich keine Mühe, seine Enttäuschung zu verbergen. »Vorposten« bezeichnete in den meisten Fällen eine Station, die nur aus Bewaffnung bestand.

»In zwei Wochen werden wir mehr wissen ...«

Die Techniker erzielten keine Fortschritte, nicht einmal der überlichtschnelle Funk konnte wieder in Gang gebracht werden.

Die vierzehn Tage vergingen in einer Mischung aus Eintönigkeit, Langeweile und Anspannung. Alle Daten der Fernortung ließen darauf schließen, dass sich kein lebendes Wesen auf PARXTORV befand. Die Energieabstrahlung der Station war gering, deutete aber darauf hin, dass wenigstens kleinere Anlagen in Betrieb sein mussten; wahrscheinlich die Lebenserhaltungssysteme.

Darx-Vernschion schöpfte neue Hoffnung. Neben seinem Stellvertreter saß er vor den Kontrollen in der Kommandozentrale der KYLÖX.

»Was meinen Sie, Corl? Keinen Verdacht?«

»Warum auch, Kommandant? Die Station wirkt verlassen und unbeschädigt – die Söldner der Kaiserin von Therm scheinen sie niemals entdeckt zu haben. Ich habe keine Bedenken, außerdem bleibt uns keine andere Wahl.«

»Dann bereiten Sie alles für das Andocken vor. Die Normaltriebwerke funktionieren einwandfrei, es dürfte also keine Schwierigkeiten geben.«

Die Geschwindigkeit der KYLÖX verringerte sich.

»Landung erfolgt auf der mittleren Zenitebene«, gab Corl-Hendox bekannt, als er den forschenden Blick des Kommandanten bemerkte. »Von dort aus gestaltet sich die Suche am einfachsten.«

Darx-Vernschion gab keine Antwort, sie war auch überflüssig. Sein Stellvertreter war ein erfahrener Pilot, auf ihn war Verlass.

Die gewölbte Oberfläche der Station war leer. Nichts deutete darauf hin, dass in den letzten Jahrzehnten Raumfahrer hier gewesen waren.

»PARXTORV scheint doch kein Vorposten gewesen zu sein, sondern eher eine Versorgungs- und Reparaturstation«, bemerkte Corl-Hendox. »Genau das Richtige für uns. Im Innern befinden sich also Werftanlagen, mit deren Ausrüstung sich sogar ein neues Schiff zusammensetzen ließe. Wir sind gerettet, Kommandant!«

Darx-Vernschions ohnehin schwarzes Gesicht verdüsterte sich noch mehr. »Sie scheinen zu vergessen, dass diese Stationen seit Langem nicht mehr benutzt werden, weil sie überflüssig wurden. Wenn Ersatzteile vorhanden sind, dann nur für uralte Schiffstypen. Wir werden viele nutzlose Aggregate und Werkzeuge vorfinden.« Der Kommandant seufzte. »Aber ich will auch nicht zu pessimistisch sein, Corl. Unsere Techniker haben Erfahrung und verfügen über Intuition. Sie werden das Unmögliche schaffen.«

Das schwarze Schiff senkte sich der Zenitebene entgegen und setzte mit einem sanften Ruck auf. Die natürliche Schwerkraft der Station war gering, ihre künstlichen Gravitationsfelder waren nicht eingeschaltet. Die KYLÖX wurde mit Magnetankern abgesichert, währenddessen ließ Darx-Vernschion Robotkameras ausfliegen.

Die Bildübertragungen waren alles andere als ermutigend, denn jetzt erst zeigten sich vielfältige Zerstörungen. Explosionskrater auf der Unterseite, vorher nicht sichtbar gewesen, zeugten von Zerstörungen im Innern. Spezialkommandos hatten offensichtlich dafür gesorgt, dass der Feind nichts mit dieser Station anfangen konnte. Das ließ befürchten, dass überlebenswichtige Anlagen gänzlich unbrauchbar waren.

»Die Relativ-Eigengeschwindigkeit der Station beträgt etwa ein fünftel Licht, sie nützt uns also gar nichts«, sagte Darx-Vernschion. »Entweder gelingt es, zumindest die Funkanlage wieder in Betrieb zu setzen, oder wir versuchen, ein altes Antriebsaggregat in die KYLÖX einzubauen. Wenn beide Versuche erfolglos bleiben, hat ein Start wenig Sinn. Eine solche Riesenstation ist im Raum leichter zu entdecken als unser kleines Schiff.«

»Wir sollen hier warten ...?«

»Bis uns jemand findet – wer auch immer.«

Zehn Kommandotrupps drangen von verschiedenen Zugängen aus in die Station ein. Jedem Trupp gehörten technische Spezialisten an, die vor Ort das Ausmaß der Zerstörungen überprüfen sollten.

Vor vielen Jahrhunderten waren Stationen wie PARXTORV noch als »Sprungbrett« unerlässlich gewesen, damit Hulkoo-Schiffe die gigantischen Entfernungen zwischen den Galaxien überwinden konnten, später hatten neue Antriebsarten Zwischenaufenthalte und Reparaturen überflüssig werden lassen.

Je mehr Suchtrupps in die KYLÖX zurückkehrten und Bericht erstatteten, desto geringer wurde Darx-Vernschions Hoffnung auf eine baldige Rettung. Sein Schiff war gestrandet, daran konnte es keinen Zweifel mehr geben. Einige Lebensmittellager der Station waren noch gefüllt, und es gab sogar gut funktionierende Einrichtungen, die von der Zerstörung verschont geblieben waren. Verhungern würde also keiner der Besatzung, und im Notfall konnten sie sich sogar gegen einen eventuellen Angriff verteidigen.

Die KYLÖX wurde geräumt, die Hulkoos siedelten in einen intakten Wohnbereich der Station über. Hier lebten sie nicht mehr so gedrängt zusammen wie im Schiff, was die Stimmung zumindest vorübergehend ein wenig hob. Der Gedanke, über Jahre hinweg ausharren zu müssen – oder vielleicht nie gerettet zu werden –, bewirkte jedoch bald eine Gereiztheit, deren Darx-Vernschion nur mit äußerster Strenge Herr wurde.

Mehrere Monate nach der Landung auf PARXTORV saßen der Kommandant und Corl-Hendox in einem Raum des Wohnviertels beieinander. Regelmäßig tauschten sie ihre neuen Erfahrungen aus.

»Unzufriedenheit macht sich breit«, sagte Corl-Hendox. »Die Besatzung braucht Ablenkung und Beschäftigung. Ich habe dafür gesorgt, dass noch einmal alle Sektionen systematisch durchsucht werden. Vielleicht wurden anfangs wichtige Dinge übersehen.«

»Ich fürchte und hoffe zugleich, dass wir sehr bald Abwechslung bekommen werden«, erwiderte der Kommandant ruhig.

»Ich verstehe nicht ganz.«

»Es gibt Anzeichen dafür, dass wir nicht allein sind.«

Fassungslos starrte Corl-Hendox den Kommandanten an. Sein Stachelpelz sträubte sich, was deutlich seine Überraschung und sein Entsetzen verriet. »Nicht ... allein ...?«

»Ein Erkundungstrupp hat in einem der zerstörten Ersatzteillager Veränderungen bemerkt. Jemand hat darin nach etwas gesucht.«

»Das können unsere eigenen Leute gewesen sein.«

»Eben nicht! Sie wissen, Corl, dass jeder Trupp nach Abschluss seines Auftrags einen Bericht abliefert und dass aufgrund dieser Daten Karten erstellt werden. Jeder Schritt ist mit Datum verzeichnet, bildlich gesprochen. Damit lässt sich nachweisen, dass das betreffende Lager zwar untersucht, aber in der Zwischenzeit nicht mehr betreten wurde. Also muss ein Fremder dort gewesen sein.«

»Aber – wer?« Es fiel Corl-Hendox schwer, seine Überraschung zu überwinden.

»Jedenfalls keiner von uns«, versetzte der Kommandant. »Ein Hulkoo, vielleicht gestrandet wie wir, hätte sich sofort zu erkennen gegeben. Und die Station ist riesig, vergessen Sie das nicht. Wenn sich jemand verstecken will, können wir monatelang nach ihm suchen, ohne fündig zu werden.«

»Könnte es doch ein Irrtum ...?«

»Ich habe alles nachprüfen lassen. Jemand hält sich außer uns in dieser Station auf, und er vermeidet eine Begegnung. Ich werde diesen Tatbestand heute bekannt geben – damit haben wir das, was Sie sich wünschen: Ablenkung. Wir werden systematisch Jagd auf den oder die Unbekannten machen.«

Corl-Hendox lehnte sich zurück. »Vielleicht haben Sie recht, Kommandant. Die Tatsache, dass wir nicht ein einziges brauchbares Ersatzteil finden, hat unsere Leute halb verrückt gemacht. Vor allem der Gedanke, den Rest ihres Lebens hier verbringen zu müssen. – Aber ich wollte auch das andere Thema ansprechen. Mein Vorschlag liegt Ihnen bereits vor. Wie ist es mit einem Notzeichen auf der Station?«

Darx-Vernschion machte eine abwehrende Handbewegung, alle vier Finger weit abgespreizt. »Niemals, Corl! Ein Hulkoo-Schiff wird auf jeden Fall hier landen, wenn es die Station entdeckt. Aber auch die Söldner der Kaiserin von Therm würden PARXTORV sofort untersuchen. In einem solchen Fall wäre es besser, sie sähen nur das verlassene Schiff auf der Zenitebene und ahnten nichts von unserer Anwesenheit. Aus diesem Grund bin ich dafür, dass wir uns ruhig verhalten und abwarten.«

»Hoffentlich akzeptieren das unsere Leute.«

»Sie haben es zu verstehen!«, sagte Darx-Vernschion hart. »Stellen Sie morgen die ersten Jagdkommandos zusammen und geben Sie Handwaffen aus. Wir müssen die Unbekannten finden.«

Corl-Hendox führte einen der Jagdtrupps an, die am nächsten Tag ausgeschickt wurden. Die Nachricht, dass sich Fremde in der Station befinden mussten, stachelte die Besatzung auf. Fast alle meldeten sich freiwillig für die Suche, aber der Kommandant teilte die Leute sparsam ein – er rationierte die Medizin, damit sie länger wirksam blieb.

Nicht einmal Corl-Hendox wusste, wo er mit der Suche anfangen sollte. Abgesehen von der Spur im Ersatzteillager gab es keine Hinweise. Mit Handstrahlern bewaffnet, die sonst unter Verschluss standen, drang der Trupp in das noch unerforschte Innere der Station vor. Aus alten Unterlagen wusste Corl-Hendox, dass diese Stationen in 350 Etagen unterschiedlicher Höhe eingeteilt waren. Manche Ebenen waren nur zehn oder zwölf Meter hoch und dienten als Wohnstätten, Speicher oder Werkstätten. Andere maßen im Durchschnitt sechzig bis hundert Meter und waren Kavernen mit mächtigen Maschinenblöcken und Energieerzeugern.

Von mir aus können wir jahrelang suchen … Corl-Hendox erschrak über seine Gedanken. Hatte er sich bereits mit dem Schicksal abgefunden und damit, dass es keine Hoffnung gab? Würde es besser sein, mit der KYLÖX weiterzufliegen und auf eine zufällige Begegnung mit einem anderen Schiff zu hoffen?

Ein anderes Schiff … Die Chance für eine Begegnung zweier Raumschiffe zwischen den Galaxien stand eins zu unendlich.

Im Zentrum der Station schienen die Zerstörungen geringer zu sein. Allem Anschein nach war PARXTORV in aller Eile geräumt worden, und die Spezialkräfte hatten lediglich die äußeren Anlagen unbrauchbar gemacht, um jede weitere Nachforschung für ungebetene Eindringlinge überflüssig erscheinen zu lassen.

»Eine Energiesperre! Hier geht es nicht weiter!« Der Ausruf schreckte Corl-Hendox jäh aus seinen Überlegungen auf.

Der Maschinenraum, den sie durchquert hatten, endete an einem schweren Schott. Dicht davor flimmerte der Energieschirm, dessen Generator überall und nirgends stehen mochte.

»Dieses Schirmfeld kann seit Jahrhunderten in Betrieb sein«, behauptete Corl-Hendox gelassen. »Das hat nichts zu bedeuten.«

»Aber wir können nicht weiter!«

»Dann nehmen wir einen anderen Weg. Wir würden Wochen benötigen, den zuständigen Generator zu lokalisieren.«

»Und was befindet sich hinter dem Schott?«

»Ein Raum wie jeder andere, Lagerflächen, Maschinen ...«

»Wozu dann die Sperre?«

»Wir suchen einen anderen Weg.« Corl-Hendox wich einer direkten Antwort aus.

Sie fanden an diesem Tag keinen Hinweis auf die Anwesenheit von Fremden.

Das durchschnittliche Lebensalter eines Bautoks betrug etwa tausend Jahre. So erfreulich das für die aufrecht gehenden Echsenabkömmlinge sein mochte, im Fall einer Gefangenschaft hatte Langlebigkeit schwerwiegende Nachteile.

Die Bautoks waren ein Hilfsvolk der Kaiserin von Therm, das sie gern für langfristige Aufträge einsetzte.

Vor fast dreihundert Jahren war während eines solchen Einsatzes ein Raumschiff der Bautoks von Hulkoos geortet, angegriffen und vernichtet worden. Bis auf drei Besatzungsmitglieder hatte keiner überlebt. Diese drei waren gefangen genommen und in die Station PARXTORV gebracht worden, in der Absicht, sie später weiterzutransportieren.

Doch dazu war es nicht mehr gekommen; der Befehl zur Räumung und teilweisen Zerstörung der Station war eingetroffen. Die Bautoks schienen vergessen worden zu sein, denn niemand hatte sich mehr um sie gekümmert. Als die Kommandos der Hulkoos schließlich die Station verlassen hatten, waren die Gefangenen zurückgeblieben.

Ihrer anfänglichen Erleichterung über die plötzliche »Freiheit« war bald die Ernüchterung gefolgt. Zwar war es den drei Unglücklichen nicht schwergefallen, sich mit der teilweise noch funktionierenden Technik vertraut zu machen und sich in den hydroponischen Anlagen häuslich einzurichten, aber die Gewissheit, Jahrhunderte im Leerraum verbringen zu müssen, war wenig erbaulich gewesen.

Chelzamin-Neben und seine Schicksalsgefährten Jarzmir-Neben und Pollez-Mitten versuchten, das Beste aus ihrer ausweglosen Situation zu machen. Aus der ursprünglichen Gartenanlage der Hulkoos war ein Dschungel geworden, in dem sich die Bautoks relativ wohlfühlen konnten.

Dieser Sektor der Station konnte nach jahrelangen Reparaturarbeiten durch Energiesperren vom Rest der Anlage isoliert werden. Abgesehen davon, dass die Hydroponik genügend Nahrung produzierte, gab es ohnehin noch riesige Lebensmittelvorräte.

Die Positronikzentrale ermöglichte eine Bildüberwachung der gesamten Station und ihres Außenbereichs. So kam es, dass die Landung der KYLÖX für Chelzamin-Neben und seine Gefährten nicht verborgen blieb. Vom ersten Tag an standen die Hulkoos deshalb unter ständiger Beobachtung. Für die Bautoks war es trotzdem eine Enttäuschung, feststellen zu müssen, dass der Erzfeind schiffbrüchig war wie sie selbst.

»Wir können nur abwarten und dafür sorgen, dass wir weiterhin unentdeckt bleiben«, fasste Chelzamin resignierend zusammen. »Von nun an darf keiner von uns mehr die isolierte Hydroponik verlassen. Sie haben schon Verdacht geschöpft und schicken Suchtrupps aus, aber wir kennen die Station besser als sie.«

»Warum sehen wir untätig zu?«, erkundigte sich Pollez-Mitten. »Wir könnten sie töten, einen nach dem anderen.«

»Wir wissen nicht einmal, ob zwischen ihnen und uns noch Krieg herrscht. Außerdem würde uns das nichts nützen. Sobald wir einen von ihnen ausschalten, hätten sie die Gewissheit, dass sie nicht allein sind. Sie würden vorsichtiger werden. Also ist es klüger, sie im Ungewissen zu lassen.«

»Das ist sicherer für uns«, pflichtete Jarzmir bei.

Pollez gab nach. »Vielleicht verschwinden sie eines Tages wieder, wenn es ihnen gelingt, ihren Antrieb zu reparieren.«

»In diesem Fall verändert sich die Situation«, sagte Chelzamin mit Nachdruck. »Selbstverständlich müssen wir dann versuchen, ihr Schiff zu kapern.«

»... und wir lassen sie hier zurück, so, wie sie uns ebenfalls zurückgelassen haben.« Pollez verzog das verhornte Gesicht zu einer herausfordernden Grimasse. »Aber ich fürchte, sie werden den Antrieb nie reparieren können.«

»Wie auch immer, wir verbergen uns, bis sich die Situation ändert.« Chelzamin beendete damit die Diskussion.

Während Jarzmir-Neben die Wache in der Positronikzentrale übernahm, glitten Chelzamin und Pollez in den künstlichen Teich des Urwalds, der sie an die verlorene Heimat erinnerte ...

3.

Delia Benjam gehörte zu den Anhängern von Parantos und verfolgte wie er einen durchaus radikalen Kurs. Obwohl Atlan informiert war, versuchte er nicht zu verhindern, dass Delia zur »Mutter« eines Kindergartens ernannt wurde.

Auch Weran Putzag war auf der SOL geboren worden. Er hatte nach Erreichen des Mindestalters die Technikerlaufbahn eingeschlagen. Die politischen Strömungen in der SOL waren ihm zwar bekannt, aber er kümmerte sich nicht um sie. Parantos' Methoden erschienen ihm sogar unfair, vor allem seine Forderung nach Übergabe des Schiffes an die Solaner. Die Terraner hatten es schließlich gebaut.

Sowohl Delia Benjams als auch Weran Putzags Einstellung waren Atlan und Reginald Bull bekannt.

Als die SOL nach einer zweiten kurzen Linearetappe fünf Lichtminuten von der unbekannten Station entfernt im Normalraum stand, wurde das flache Schiff der Hulkoos entdeckt. Messungen bewiesen, dass Emissionen fehlten. Möglicherweise handelte es sich bei dem Schiff um ein Wrack.

Gucky und Fellmer Lloyd bestätigten, dass sie keine fremden Gedanken auffingen. Hulkoos waren telepathisch nicht direkt zu erfassen, doch Atlan war überzeugt, dass zumindest der Mausbiber ihre Anwesenheit wahrgenommen hätte. Das sollte sich indes als verhängnisvoller Irrtum herausstellen.

»Wir schicken eine Space-Jet«, entschied der Arkonide. »Wie besprochen. Hast du zwei Solaner als Begleitung ausgewählt, Gucky?«

»Habe ich. Nur wissen beide noch nichts von ihrem Glück.«

»Dann informiere sie! Start in einer halben Stunde.«

Der Mausbiber entmaterialisierte.

»Ich habe meine Zweifel …« Reginald Bull verstummte, als Atlan abwinkte.

»Es geht mir vor allem darum, die wachsende psychische Spannung abzubauen«, erklärte der Arkonide. »Es ist reiner Zufall, dass wir auf diese Station gestoßen sind, aber warum sollen wir das nicht nutzen? Wir verlieren dabei ein paar Stunden. Aber der positive Effekt für das aufgeheizte Klima an Bord ist mir das allemal wert.«

Joscan Hellmut meldete sich über Interkom. »Ein gewisser Ronald Hennes hat mich gebeten, der Kommandozentrale mitzuteilen, dass er zu der entdeckten Station möchte«, sagte der Kybernetiker.

»Die Besatzung ist komplett …«

»Hennes ist Terraner und wird nicht mehr lange leben. Er sagt, das sei sein letzter Wille.«

Atlan warf Bull einen bestürzten Blick zu. »Letzter Wille?«, wiederholte er. »Ist der Mann unheilbar krank?«

»Alt, Atlan, sehr alt und krank«, antwortete Hellmut. »Ich habe Erkundigungen eingezogen. Die Ärzte geben ihm wirklich nur noch wenige Tage. Hennes sagt, er wolle noch einmal festen Boden unter den Füßen spüren.«

»Zwischen dieser Station und der SOL besteht wohl kaum ein Unterschied.«

»Es handelt sich um den Wunsch eines Sterbenden ...«

Bully nickte Atlan auffordernd zu. »Also gut«, entschied der Arkonide daraufhin. »Hennes soll zum Hangar B-7 gebracht werden. Mentro Kosum bereitet dort eine Space-Jet für den Start vor.«

Als die Verbindung nicht mehr bestand, wandte der Arkonide sich an Bull: »Ich weiß nicht, ob wir richtig handeln. Ein Todkranker kann für alle Beteiligten zu einem lebensbedrohlichen Hindernis werden. Auf der anderen Seite respektiere ich einen letzten Wunsch.«

»Noch etwas«, sagte Reginald Bull. »Wie könnten wir den Solanern eindrucksvoller demonstrieren, dass wir ebenfalls unsere Probleme haben? Ein Mann, der ein letztes Mal in seinem Leben festen Boden unter den Füßen haben möchte, nicht nur den Plastikbelag der Schiffskabinen ...«

Gucky erschien wieder. »Die beiden Solaner habe ich zu Mentro transportiert. Sie waren über die angebotene Abwechslung recht erfreut.« Er schaute Atlan mit weit aufgerissenen Augen an. »Ein Todkranker? Auch das noch.«

»Akzeptiere es einfach«, bat der Arkonide. »Und sei nett zu ihm.«

Gucky seufzte. »Sicher werde ich nett sein, ich kann gar nicht anders. Aber dieser Delia werde ich bestimmt mehrmals versehentlich auf die Füße treten. Wer die mal heiratet, tut mir jetzt schon leid.«

»Du hast sie selbst ausgesucht«, erinnerte Bully den Mausbiber.

»Zugegeben, und das nicht ohne Grund. Außerdem will ich sie bestimmt nicht heiraten. Mentro hat sich ihrer schon angenommen. Übrigens treffen die Pfleger soeben mit dem alten Hennes ein. Die Space-Jet ist startbereit. Können wir?«

»Seid vorsichtig und haltet Kontakt!«, bat Atlan. »Und noch etwas: Gestaltet eure Berichte so spannend wie möglich, von mir aus kannst du alles Geheimnisvolle einflechten, damit die Solaner auf andere Gedanken kommen. Aber trage nicht zu dick auf!«

»Wennschon, dann richtig dick.« Gucky teleportierte in den Hangar.

Der alte Ronald Hennes machte einen recht munteren Eindruck, wehrte jede Hilfe ab und kletterte mit etwas wackligen Knien in die Schleuse der Space-Jet. Delia Benjam folgte ihm mit skeptischen Blicken. Sie war offensichtlich über die Gesellschaft des alten Terraners nicht erfreut.

Mentro Kosum saß schon hinter den Kontrollen. Als auch Weran Putzag und Gucky Platz genommen hatten, schwang er mit seinem Kontursessel herum.

»Bildet euch nicht ein, dass wir einen Spazierflug vor uns haben. Die Station sieht verlassen aus, aber sie ist es nicht. Unsere Telepathen haben verworrene Gedankenimpulse geortet. Macht euch also auf einiges gefasst …«

Er wurde von Atlan unterbrochen: »Schon gut, Mentro. Beunruhige deine Passagiere nicht unnötig. Ich hatte den Interkom noch eingeschaltet und konnte mithören.«

Gucky grinste in sich hinein, denn der Dialog war verabredet. Die SOL-Geborenen sollten ihn mithören, das würde sie für eine Weile beschäftigen.

Das große Tor öffnete sich, die Space-Jet verließ den Hangar und entfernte sich schnell. Mit bloßem Auge war die fremde Station noch nicht zu erkennen, nur auf dem Schirm wurden Einzelheiten sichtbar.

Die SOL hielt einen Abstand zwischen drei und vier Lichtminuten und würde im Notfall schnell zur Stelle sein.

Gucky saß neben dem Piloten und blickte angestrengt in Richtung des langsam aufscheinenden Lichtflecks. Die Station reflektierte selbst den geringsten Lichteinfall ferner Galaxien.

Aber das allein war es nicht, was Guckys Aufmerksamkeit erregte. Er empfing tatsächlich Gedankenimpulse. Sehr undeutlich und verschwommen, als müssten sie stark behindernde Sperren durchdringen.

Nicht einmal Emotionen konnte er herauslesen. Dieses mentale Rauschen stammte nicht von Hulkoos, das war dem Ilt klar.

Atlan wollte eine fantastische Geschichte hören, warum also nicht gleich mit der Wahrheit anfangen? Der Mausbiber berichtete …

Darx-Vernschion hatte nicht die geringste Ahnung davon, dass seine Befehlszentrale angezapft war. Was immer er im Weltraum durch die Instrumente oder mithilfe der Fernortung beobachtete, wurde von den Bautoks registriert.

Als die mächtige SOL fünf Lichtminuten entfernt den Linearflug beendete, verschlug es Darx-Vernschion die Sprache. Abgesehen von der unglaublichen Größe des Schiffes war auch dessen Bauweise unbekannt.

Aber Schiff blieb Schiff!

In aller Eile ließ der Hulkoo-Kommandant den Außenbereich der Station räumen und sorgte dafür, dass in der havarierten KYLÖX keine Geräte mehr arbeiteten. Alles musste verlassen wirken, damit die Unbekannten wirklich näher kamen und vielleicht landeten.

Darx-Vernschion entging nicht, dass sich von dem riesigen Schiff ein vergleichsweise winziger Körper löste und Kurs auf die Station nahm. »Sie schicken ein Untersuchungskommando!«, triumphierte er, als Corl-Hendox neben ihm einen Laut der Überraschung von sich gab.

In ihrer hermetisch abgeriegelten Positronikzentrale wechselten sich die Bautoks in der Beobachtung ab und machten sich ihre eigenen Gedanken. Wenn es ihnen gelang, die Fremden von den bösen Absichten der Hulkoos zu überzeugen, konnte man sie vielleicht als Verbündete gewinnen. Aber noch war es zu früh für jede Spekulation.

»Ich habe nie ein solches Schiff gesehen«, stellte Pollez-Mitten fest und betrachtete die zwei mächtigen Kugelzellen, die durch ein Mittelstück verbunden waren. »Von den Hulkoos stammt es nicht.«

»Natürlich nicht!«, hielt Chelzamin-Neben ihm ungeduldig entgegen. »Sonst wäre ihre Geheimhaltung paradox. Es stammt überhaupt nicht aus den uns bekannten Galaxien.«

»Wir können nichts tun«, jammerte Jarzmir-Neben. »Gelingt der Plan der Hulkoos, die Fremden zu überlisten, ändert sich nichts. Entdecken die Fremden rechtzeitig die Falle, sind sie verschwunden, ehe wir uns bemerkbar machen können.«

»Oder sie vernichten die Station«, befürchtete Pollez düster.

Chelzamin-Neben erhob sich und machte den Platz vor den Kontrollen frei. »Es wird Zeit, dass mich jemand ablöst. Ich brauche ein Bad, sonst vertrockne ich. Du bist an der Reihe, Pollez! Und du bleibst hier, bis ich dich wieder ablöse.«

Die Space-Jet umrundete die Station und übermittelte die eingefangenen Bilder zur SOL, wo die Analytische Abteilung mit der Auswertung befasst war. Das verlassene Schiff auf der Rückenseite der

»Schildkröte« war zweifellos hulkooscher Bauart, aber es gab keine Hinweise darauf, wie lange es schon hier stand.

»Immer noch geheimnisvolle Impulse«, gab Gucky mit aufgeregter Reporterstimme durch, als Atlan ihm mitteilte, dass der Bordinterkom der SOL eingeschaltet war. »Wir können auf der sonst so glatten Metalloberfläche der Station Schleifspuren erkennen, die darauf schließen lassen, dass sich hier noch kürzlich jemand aufhielt – oder noch da ist. Wir werden bald landen ...«

Mentro Kosum schaltete den Sender aus, als Delia Benjam sagte: »Spuren? Ich sehe keine Spuren auf dem Metall. Bin ich blind?«

»Wir sind schon vorbei.«

Delia war nicht überzeugt, aber sie schwieg.

»Wann landen wir?«, fragte Hennes schwach. »Setzt mich doch einfach irgendwo ab.«

»Aber vorher den Helm schließen!«, riet der Mausbiber.

»Wir werden landen, und Ronald Hennes bleibt als Wache bei der Space-Jet zurück«, entschied Kosum. »Ich habe nichts dagegen, wenn er sich dabei die Beine vertritt, aber er muss in der Nähe des Schiffes bleiben. Kann ich mich darauf verlassen?«

»Ich bin damit zufrieden«, versprach der alte Mann.

Die Verwüstungen an der Unterseite der Station waren nicht zu übersehen. Gucky schilderte die Schäden in allen Einzelheiten und in einem Stil, der die Solaner in ständiger Anspannung hielt. Atlan war mit ihm vollauf zufrieden.

Mentro Kosum landete die Space-Jet schließlich keine hundert Meter von dem Schiff der Hulkoos entfernt.

»Es muss Eingänge geben, die wir bislang nicht erkennen können. Nur das Innere der Station kann Antwort auf unsere Fragen geben.«

Alle schlossen die Schutzanzüge. Die Reichweite des Helmfunks genügte, um mit der SOL Verbindung zu halten.

Hennes machte ein paar zögernde Schritte. Die geringe Schwerkraft half ihm, sich ohne besondere Mühe aufrecht zu halten. Fast fröhlich winkte er den anderen zu. »Ich fühle mich so wohl wie lange nicht mehr. Es ist ein herrliches Gefühl, einen anderen Boden unter den Füßen zu haben und einen Horizont zu sehen. Das ist wie auf einem Asteroiden. Ich bin glücklich, das noch erleben zu dürfen. Ihr werdet mich zurücklassen müssen, damit ich in Ruhe sterben kann ...«

»Darüber reden wir später«, sagte Kosum. »Bleiben Sie in der Nähe der Space-Jet.«

Die Gruppe bewegte sich Richtung des verlassenen Scheibenschiffs, um es zu untersuchen.

Puukar, Kriegsherr der Choolks und Todfeind der Hulkoos, war von seinen Verletzungen wieder genesen. Er beobachtete unablässig beide Kristalle der Kaiserin von Therm, die ihm Hinweise auf Perry Rhodans Verbleib gaben.

Das pulsierende Leuchten hatte sich in den letzten Stunden verstärkt, aber auch verändert. Es deutete offenbar nicht mehr auf Rhodans Spur hin, sondern auf etwas ganz anderes, was Puukars Kampfgeist ungemein anstachelte.

Er nahm Verbindung mit Ras Tschubai auf, den er besonders schätzte. Der Teleporter informierte Atlan und begab sich anschließend zu dem Choolk. »Du wolltest mich sprechen?«

Puukar deutete auf die Kristalle. »Hulkoos sind in der Nähe, Freund Ras. Nicht nur die Kristalle verraten es mir, ich spüre es selbst ebenso. Es müssen sehr viele Hulkoos sein. Tausende …«

»In der Station?«

»Sie wäre die einzige Möglichkeit. Atlan muss die Besatzung der Space-Jet sofort warnen.«

»Du könntest dich irren …«

»Ein Irrtum ist so gut wie ausgeschlossen! Die Hulkoos sind eure Gegner ebenso wie meine. Wenn sie in der Station sind, warum nehmen sie keinen Kontakt auf? Weil sie euch überraschen wollen.«

»Was schlägst du vor?«

»Ich muss zur Station. Ich nehme ein Schiff, oder du bringst mich hin.«

»Das kann nur Atlan entscheiden.«

»Worauf warten wir dann noch?«

Ras Tschubai überlegte kurz. Wenn Puukar recht hatte, befanden sich Mentro Kosum und seine Begleiter in größter Gefahr. Gucky konnte Hulkoos nicht mit Sicherheit orten, und wenn er noch so verrückte und spannende Berichte durchgab, so waren diese nicht ernst zu nehmen. Atlan selbst hatte ihn ja darum gebeten.

»Komm!« Der Teleporter griff nach Puukars achtfingriger Hand, und in derselben Sekunde materialisierten sie in der Hauptzentrale.

Atlan hörte sich geduldig an, was der Choolk zu sagen hatte. Er nahm Puukar ernst, verzichtete aber darauf, eine Warnung an Kosum weiterzugeben. Ohnehin hatte die Gruppe einen Eingang zur Station entdeckt und war eingedrungen. Der Funkkontakt war seither gestört. Eine einwandfreie Verbindung bestand nur noch zu Ronald Hennes.

»Gut, Ras, du teleportierst mit Puukar zur Station. Gibt es wirklich Hulkoos dort, vermeidet jeden Kontakt mit ihnen, versucht aber trotzdem, ihre Absichten herauszufinden.« Atlan wandte sich an den Choolk. »Keine unüberlegten Handlungen, bitte!«

»Ich kenne meine Aufgaben – und Grenzen«, erwiderte Puukar ruhig und straffte seinen pfahlförmigen Leib.

Tschubai und der Choolk vervollständigten ihre Ausrüstung, dann peilte der Mutant die Station an und teleportierte mit Puukar.

Einsam standen sie unter dem fast sternenlosen Firmament, an dem die beiden Galaxien dominierten, und sahen sich um. Außer dem Schiff der Hulkoos und der Space-Jet konnten sie nichts entdecken.

Puukar spürte, dass sich in dem Schiff kein Hulkoo aufhielt. Nach einer Weile deutete er auf den Boden unter seinen Füßen. »Dort!«, sagte er nur und setzte sich in Bewegung.

Ronald Hennes hielt sich gerade eine Stunde lang an Mentro Kosums Anweisung, sich nicht von der Space-Jet zu entfernen, dann packte ihn die Abenteuerlust mit aller Gewalt. Hinzu kam sein Wille, noch einmal zu etwas nützlich zu sein. Er wollte nicht nur herumstehen und auf ein Schiff aufpassen, das ohnehin niemand stehlen würde. Er überprüfte seinen Handstrahler, entsicherte die Waffe aber nicht.

Die Gruppe mit Kosum, Gucky und den beiden Solanern hatte er infolge des kurzen und stark gekrümmten Horizonts sehr schnell aus den Augen verloren. Eine Weile hatte er noch Funkkontakt mit ihnen gehabt, der aber rasch schwächer geworden und schließlich verstummt war.

Seine Begleiter waren in die Station eingedrungen. Hennes selbst lief nun in die entgegengesetzte Richtung, unbeschwert und voll neuem Lebensmut. Vorbei war sein Dahinvegetieren in den engen Korridoren der SOL, in denen sich die Jugend so wohlfühlte, als gäbe es keinen freien Himmel und keinen wirklichen Boden mehr. Nie wieder würde er in das Schiff zurückkehren, und wenn er sich verstecken musste.

Er hatte schon viele Raumstationen gesehen, aber diese übertraf an Größe und Anordnung fast alle. Außerdem war sie fremd. Doch das interessierte Hennes erst in zweiter Linie. Für ihn war nur wichtig, dass er in jede beliebige Richtung gehen konnte, ohne von Wänden und Decken eingeschlossen zu sein. Das war auch der Grund, warum er einen der Eingänge einfach ignorierte und daran vorbeilief. Die winzige Robotsonde, die sich hinter ihm erhob und ihm folgte, sah er nicht.

»Seltsame Wesen«, murmelte Darx-Vernschion und betrachtete die Gruppe auf dem Schirm. »Von wo mögen sie kommen? Ob sie zu den Söldnern der Kaiserin gehören?«

»Mir ist ihre Erscheinung ebenfalls unbekannt«, sagte Corl-Hendox. »Obwohl es sich um ein technisch weit fortgeschrittenes Volk handelt.«

»Ein Haustier haben sie auch dabei.« Darx-Vernschion deutete auf das kleine Pelzwesen, das in seinem Raumanzug tollpatschig wirkte. »Was machen wir mit ihnen?«

»Vorerst nichts, würde ich vorschlagen. Es ist besser, wenn sie noch keinen Verdacht schöpfen.«

Ein Summen ertönte. Der Kommandant nahm den Anruf an.

»Einer der Bordärzte möchte den Kommandanten sprechen. Sein Name ist Careen-Dhoor.«

»Was will er?«

»Er meint, es sei wichtig. Er ist noch nicht lange an Bord der KYLÖX, diente früher unter dem Kommandanten Xehmer-Naad bei Unternehmungen gegen die Kaiserin.«

»Ich habe wenig Zeit ...«

»Er behauptet, die Fremden zu kennen.«

Darx-Vernschion verschlug es fast den Atem. »Soll herkommen, sofort!«, rief er.

Careen-Dhoor erschien gleich darauf. »Sie haben diese Fremden schon einmal gesehen?«, fragte der Kommandant, kaum dass der Arzt Platz genommen hatte.

»Sie nennen sich selbst Terraner und sind schon lange mit diesem großen Schiff unterwegs. Unter ihnen gibt es Exemplare mit besonderen Fähigkeiten – Mutanten. Sie können Gedanken lesen oder sich ohne Zeitverlust von einem Ort zum nächsten versetzen.«

»Das kann gefährlich für uns sein«, bemerkte Corl-Hendox. »Wozu haben wir in unserem Schiff den psionischen Projektor? Er neutralisiert solche Fähigkeiten.«

»Aber warum ...?« Careen-Dhoor wurde sofort vom Kommandanten unterbrochen.

»Dank für Ihre Information, Doktor, Sie können gehen. Wir sind gewarnt, das genügt. Der Rest unserer Unterhaltung ist militärischer Art und hat mit Ihrem Fach nichts mehr zu tun.«

Kaum hatte der Mediziner den Raum verlassen, traf eine weitere Meldung ein. Sie besagte, dass die Gruppe der Terraner in die Station eingedrungen war und unter ständiger Beobachtung stand.

Darx-Vernschion sah seinen Stellvertreter triumphierend an. »Sie gehen in die Falle, Corl. In der Station finden sie sich nicht mehr zurecht, aber vorerst sollen sie noch nichts von unserer Anwesenheit erfahren.«

»Das wird sich kaum vermeiden lassen ...«

»In dem Augenblick schalten wir die Schutzschirme der Station ein, dann wird jede Verbindung zwischen den Terranern und ihrem Schiff unterbrochen. Das darf vorerst aber noch nicht erfolgen. Sie sollen sich sicher fühlen.«

Sekunden später baute sich ein Holo auf, das einen einzelnen Terraner zeigte. Anscheinend ziellos entfernte er sich von dem gelandeten kleinen Diskusschiff. Darx-Vernschion versuchte vergeblich zu ergründen, weshalb der Fremde sich von seiner Gruppe getrennt hatte und warum er nicht bei seinem Schiff blieb. Auch Corl-Hendox hatte keine logische Erklärung.

»Er geht in Richtung Sektoreingang sieben«, murmelte der Kommandant, und nach einer Weile fügte er verblüfft hinzu: »Er geht vorbei ...«

»Wir sollten ihn gefangen nehmen«, schlug Corl vor. »Mithilfe eines Translators könnten wir ihn verhören und herausbekommen, was die Terraner hier wollen.«

Darx-Vernschion stimmte zu.

In seiner Euphorie achtete Ronald Hennes kaum noch auf seine Umgebung. Die Space-Jet hatte er längst aus den Augen verloren. Zum zweiten Mal passierte er einen Eingang in die Station und blieb endlich stehen.

In einiger Entfernung entdeckte er mehrere Gestalten, die auf ihn zukamen. Sie schwärmten aus, als wollten sie ihm jede Fluchtmöglichkeit abschneiden. Diesmal verspürte der alte Mann Angst, obwohl ihm dieses Gefühl angesichts des nahen Todes unbekannt sein sollte. Es war wohl mehr die Angst davor, ohne Nutzen für die Freunde sterben zu müssen.

Aber so leicht sollten ihn die Fremden nicht einfangen. Hennes trat einfach einen Schritt zur Seite und schwebte in den halbdunklen Schacht hinab, der in die Station führte.

Seine Waffe hatte er in den Gürtel geschoben. Mit beiden Händen regulierte er seinen langsamen Fall in die Tiefe, indem er sich wiederholt von der Wandung abstieß, um möglichst in der Mitte des Schachtes zu bleiben, der kein Ende zu nehmen schien.

Es musste sich um einen stillgelegten Antigravschacht handeln. Die geringe Anziehungskraft der Station genügte jedoch, Hennes sanft in die Tiefe gleiten zu lassen.

Er ging leicht in die Knie, als er auf dem Boden des Schachtes landete. Es war dunkel, vorsichtig tastete er herum, bis seine Hände kein Hindernis mehr fanden. Er folgte dem Gang, der schräg abwärts weiterführte.

Nach einer Weile schaltete Hennes seine Lampe ein. Mehrmals bog er in Seitengänge ab, die jeweils in Verteilerhallen endeten. Und schließlich wurde ihm bewusst, dass er sich hoffnungslos verirrt hatte.

Von irgendwo erklangen Geräusche, doch die Wände reflektierten den Schall so oft, dass keine Richtung zu bestimmen war. Ronald Hennes schaltete die Lampe aus, denn die Räume, die er rastlos durcheilte, waren mittlerweile von einem dämmerigen Licht erfüllt.

Plötzlich standen sie vor ihm, sechs oder sieben Gestalten in Raumanzügen. Ihre Gesichter waren unkenntlich, aber die Waffen in ihren Händen konnte Hennes nicht übersehen.

Er hatte keineswegs die Absicht, sich kampflos zu ergeben, doch er wurde überrumpelt, ehe er nach seinem eigenen Strahler greifen konnte.

»Ras Tschubai und Puukar sind oben auf der Station angekommen«, sagte Gucky, als sie in einer weiträumigen Maschinenhalle überlegten, welchen Weg sie einschlagen sollten. »Puukar ist überzeugt, dass Hulkoos hier sind. Wie schade, dass ich das Atlan nicht mitteilen kann …«

»Euer Propagandafeldzug ist sinnlos«, bemerkte Delia Benjam verächtlich. »Ihr glaubt, uns so von allen Problemen ablenken zu können, nicht wahr?«

Mentro Kosum achtete nicht auf das sich anbahnende Streitgespräch. »Kannst du die beiden orten, Gucky?«, wollte er wissen.

Der Ilt konzentrierte sich auf Tschubai, der nur Teleporter, aber kein Telepath war, dann schloss er seinen Helm wieder und teleportierte. Er lachte, als Puukar überrascht vor ihm zurückwich.

»Wir sind unten«, sagte Gucky über Helmfunk, der an der Oberfläche der Station weit besser funktionierte als in der Tiefe. »Atmosphäre ist vorhanden. Kommt mit, dann sind wir wieder zusammen.«

Gemeinsam teleportierten sie zu den anderen Expeditionsteilnehmern. Puukar behauptete, dass es in ihrer Nähe von Hulkoos wimmelte, obwohl Gucky immer wieder beteuerte, außer undeutlichen Emotionen nichts espern zu können.

»Wenn Puukar recht hat, dürfen wir den Hulkoos nicht die Initiative überlassen«, mahnte Kosum. »Ich fürchte, unser Ausflug weitet sich aus. Am besten, wir verschwinden so schnell wie möglich wieder.«

»Jetzt nicht mehr!«, sagte Puukar grimmig. »Hier gibt es Hulkoos, die Todfeinde meines Volkes.«

»Es ist nicht unsere Aufgabe, deine Feinde zu töten«, protestierte Gucky. »Wir sollen nur feststellen, ob sich jemand in der Station aufhält – und wenn ja, warum. Falls wir angegriffen werden, verteidigen wir uns, das ist alles.«

Vorsichtig spähte der Hulkoo nach allen Seiten. Erst als er nichts Verdächtiges entdecken konnte, verließ er seine Deckung und lief auf das verlassene Schiff zu. Die geringe Schwerkraft erlaubte ihm weite Sprünge.

Ein Kodeimpuls öffnete das schwarze Schiff. Der Hulkoo, ein spezialisierter Techniker für fünfdimensionale Phänomene, begab sich sofort in die Schaltzentrale des Projektors für das überlappende Neutralisationsfeld.

Diese neuartige Waffe gab es bisher nur in wenigen Schiffen. Sie arbeitete auf fünfdimensionaler Basis und befand sich noch im Erprobungsstadium. Nicht alle Projektoren arbeiteten gleich gut, aber nahezu alle erzielten die beabsichtigte Wirkung und lähmten Psi-Fähigkeiten.

Falls sich unter den auf der Station gelandeten Terranern auch Mutanten befanden, würde sich deren Situation sehr schnell ändern. Das hoffte der Techniker, als er den Projektor befehlsgemäß aktivierte.

Atlan erlebte eine unangenehme Überraschung. Die Station wurde plötzlich von einem starken Energiefeld abgeriegelt. Die Messungen ergaben eine Intensität, die jeden Funkverkehr zwischen der Station und der SOL unmöglich machte. Es schien sogar sicher, dass Teleporter den Schirm nicht durchdringen konnten.

»Puukars Vermutung stimmte also.« Bully ließ eine Verwünschung folgen. »Hulkoos sind in der Station. Unser kleiner Trupp befindet sich demnach in größter Gefahr.«

Der Arkonide nickte verbissen. Ihm war schlagartig bewusst geworden, dass er einen großen Fehler gemacht hatte, nur um das Problem der SOL-Geborenen vorübergehend zu beschönigen. »Die Station ist unangreifbar geworden«, stellte er fest. »Nicht einmal die SOL kann diesen Schirm durchdringen. Es sei denn, wir nehmen in Kauf, dass wir schwerste Schäden anrichten.«

»Besteht die Möglichkeit, dass der Schirm automatisch aufgebaut wurde, als unsere Leute in die Station eindrangen?«, fragte Balton Wyt.

»Natürlich gibt es diese Option«, antwortete Atlan. »Ich würde sogar davon ausgehen – wenn das mit den Hulkoos nicht wäre.«

»Wir wissen also, dass wir nichts wissen«, knurrte Balton Wyt missmutig.

»Das ist immerhin etwas«, kommentierte Bully.

Atlan entschied, zunächst auf eine Reaktion der Gegenseite zu warten. Die Hulkoos in der Station befanden sich trotz allem in einer schlechteren Situation, deshalb glaubte er, dass ihnen keine andere Wahl blieb, als sich mit einem Verhandlungsangebot zu melden.

Chelzamin-Neben kehrte vom Bad erfrischt in die Zentrale zurück, um Pollez-Mitten abzulösen. Jarzmir-Neben war ebenfalls anwesend.

»Die Hulkoos haben den Schutzschirm der Station aktiviert und damit ihre Anwesenheit verraten«, berichtete Pollez-Mitten. »Bei den Fremden handelt es sich um Terraner, anscheinend Freunde der Kaiserin von Therm und damit automatisch unsere Verbündeten. Der Kommandant der Hulkoos hat die Jagd auf sie freigegeben.«

»Die Terraner können den Stachelpelzen nicht mehr entkommen, also werden wir uns einschalten müssen«, befürchtete Chelzamin.

»Damit verraten wir ebenfalls unsere Anwesenheit«, stellte Jarzmir nüchtern fest.

»Das nehmen wir in Kauf. Unterstützung können wir nur von diesen Terranern erwarten, niemals von den Hulkoos. Ich übernehme die nächste Wache.«

Es war ein Glück, dass sich fast die gesamte Station von der Positronikanlage aus optisch überwachen ließ. Leider waren die Schaltungen nicht mit der automatischen Abwehranlage gekoppelt, sonst hätte sich sogar der Energieschirm abschalten lassen, der die Station isolierte.

Chelzamin-Neben beobachtete nicht nur die Gefangennahme des einzelnen Terraners, sondern auch, dass dieser bei dem Verhör durch die Choolks beharrlich schwieg. Wahrscheinlich wusste der Mann nicht viel. Er wiederholte nur, dass er in Ruhe sterben wollte, da seine Zeit gekommen sei. Darx-Vernschion befahl wütend, den Mann einzusperren.

Chelzamin-Neben konzentrierte seine Aufmerksamkeit wieder auf alle Schirme. Er sah, dass der Hulkoo-Kommandant noch kurz vor der Aktivierung des KYLÖX-Projektors einen Beweis für die besonderen Fähigkeiten der Eindringlinge erhielt. Der kleinste Teilnehmer der Vierergruppe entmaterialisierte vor seinen Augen und kehrte nach wenigen Sekunden mit zwei anderen Gestalten zurück. Das war zweifellos eine Teleportation durch mehrere Etagen der Station hindurch.

Einer der beiden Neuankömmlinge war ein Choolk! Von seinem sicheren Platz aus konnte der Bautok Chelzamin-Neben die Reaktion des Hulkoo-Kommandanten treffend beobachten und analysieren. Der Schock war unverkennbar, denn Darx-Vernschion saß regungslos vor seinen Schirmen, zu keiner Handlung mehr fähig. Erst als der Hulkoo mehrmals angerufen wurde, meldete er sich schließlich. »Corl-Hendox soll sofort zu mir kommen!«, befahl er und widmete sich wieder der Projektion. Als sein Stellvertreter eintraf, sagte er: »Das ist Puukar, unser Todfeind, der Kriegsherr der Choolks! Er steht aufseiten dieser Terraner …«

Corl-Hendox schwankte. Zweifellos erkannte er, dass es bei einer Auseinandersetzung mit Puukar keine Kompromisse geben konnte.

Was würde wohl geschehen, überlegte Darx-Vernschion, wenn es ihm gelänge, Puukar gefangen zu nehmen und der Inkarnation auszuliefern? Wäre er dann nicht mit einem Schlag der größte Held seines Volkes? Darx-Vernschion, der Hulkoo, der Puukar unschädlich machte!

Dieser Gedanke ließ den Kommandanten nicht mehr los, obwohl er wusste, dass es vorsichtig zu sein galt. Vielleicht musste er schon jetzt Corl-Hendox einweihen, um dessen Ehrgeiz anzuspornen und ihn zu seinem Mitwisser zu machen. Aber dann schien es ihm wieder besser zu sein, vorerst noch zu schweigen.

»Die Gruppe besteht nun aus sechs Personen, Corl«, stellte Darx-Vernschion fest. »Sie können weder Verbindung zu ihrem Schiff aufnehmen noch teleportieren.«

»Und dieser Puukar?«

»Um ihn geht es in erster Linie«, gab Darx-Vernschion zu, ohne etwas von seinen wahren Absichten zu verraten. »Er darf auf keinen Fall getötet werden. Lebendig ist er das Faustpfand für unsere eigene Freiheit und Rettung.«

»Glauben Sie, die Terraner würden für einen Choolk ihr Schiff opfern?«

Natürlich werden sie das nicht tun, dachte Darx-Vernschion und empfand so etwas wie Heiterkeit über die Naivität seines Stellvertreters. Aber wenn er Puukar erst in seiner Gewalt hatte, gab es andere Möglichkeiten. Da war zum Beispiel das auf der Station gelandete Diskusschiff der Terraner. Es war groß genug, ihn, einige Vertraute und den gefangenen Puukar fortzubringen. Mit einem solchen Schiff ließ sich zweifellos Kontakt zu eigenen Einheiten aufnehmen, der Rest würde dann Routine sein. Ob seine Mannschaft noch eine Zeit lang in der Station bleiben musste oder nicht, welche Rolle spielte das schon?

»Nein, Corl, ich glaube nicht, dass sie ihr Schiff opfern würden, aber ich bin sicher, dass sie mit uns verhandeln werden«, antwortete der Kommandant auf die Frage seines Stellvertreters. »Die Terraner haben Hyperfunk und können Hilfe für uns anfordern. Bis unsere Flotte eintrifft, müssen wir dann nur hier in der Station mit unseren Gefangenen abwarten. Verstehen Sie nun, warum ich Puukar und alle anderen lebend haben will?«

Chelzamin-Neben bekam natürlich nur das mit, was gesprochen wurde, von den wirklichen Absichten des Hulkoo-Kommandanten ahnte er nichts. Es hätte auch keinen Unterschied gemacht. Nach wie vor war der Bautok entschlossen, den Terranern zu helfen, ohne jedoch die eigene Sicherheit zu gefährden.

»Jarzmir hat recht, wir müssen uns vorerst noch zurückhalten. Das ist umso leichter, als wir nun wissen, dass die Hulkoos die Terraner und den Choolk nicht töten wollen ...«

Seine Überlegung stimmte. Natürlich wäre es möglich gewesen, die sechs Personen in der abgeschirmten Hydroponik unterzubringen, aber damit hätte er lediglich einen Aufschub erreicht – und dass sich die Hulkoos mehr als bisher um den geheimnisvollen Sektor kümmern würden, zu dem sie keinen Zutritt hatten. Nein, abwarten und beobachten war besser.

Chelzamin-Neben verfolgte die Aktionen der Hulkoos. Ihm fiel auf, dass Darx-Vernschion darauf verzichtete, das kleine Schiff zu besetzen. Im Augenblick war es ohnehin wertlos, denn es konnte den Energieschirm der Station bestimmt nicht durchdringen.

Jarzmir-Neben erschien, um zu übernehmen.

Chelzamin berichtete kurz und fügte hinzu: »Ich glaube, dieser Darx-Vernschion sagt nicht immer, was er denkt. Achte darauf bei seinen Unterhaltungen. Und verliere die Terraner nicht aus den Augen. Früher oder später werden die Hulkoos alle gefangen nehmen, auch den Choolk. Wir müssen ständig informiert sein, wohin man sie bringt.«

»Wir greifen noch nicht ein?«

»Du hattest recht, wir würden damit nur unsere Position verraten. Außerdem sind uns die Terraner weit mehr zu Dank verpflichtet, wenn wir sie aus den Händen ihrer Feinde befreien, statt sie vor der Gefangennahme zu bewahren.«

»Sehr klug, mein Freund. Ich werde daran denken.«

»Gut, dann verschwinde ich jetzt im See. Wo steckt Pollez?«

»Er liegt im Dschungel und meditiert.«

Der Einfachheit halber richtete Chelzamin sich nicht erst auf, als er die Zentrale verließ, sondern eilte auf allen vieren davon. Jarzmir-Neben widmete sich der Überwachung.

4.

»Ich empfange überhaupt keine Gedankenströme mehr«, sagte Gucky unsicher und stieß Ras Tschubai an, der neben ihm durch eine Gasse zwischen mächtigen Generatoren ging. »Spürst du mehr als ich?«

»Ein komisches Gefühl, als wäre ich in Watte eingepackt.«

»Genau, das ist es! In Watte oder in ein nasses Bettlaken. Wieso?«

»Keine Ahnung, Gucky. Vielleicht die schlechte Luft ...«

»Die Luft ist frisch und gut, direkt aus der Klimaanlage.«

»Ich spüre zwar nichts dergleichen, aber ich habe das Gefühl, dass wir beobachtet werden«, warf Weran Putzag ein.

»Das sind die Hulkoos!«, zischelte Puukar zornig.

Mentro Kosum blieb stehen. »Wir müssen uns entscheiden, wie es weitergehen soll. Es ergibt doch keinesfalls Sinn, wenn wir planlos in der Station herumlaufen. Bei ihrer Größe kann es Wochen dauern, bis wir jemanden finden.«

»Vielleicht finden die anderen uns«, sagte Delia Benjam betont.

Ras Tschubai legte plötzlich einen Finger auf die Lippen und deutete schräg nach oben. »Eine Robotkamera«, flüsterte er. »Sie folgt unseren Bewegungen.«

»Ich habe gewusst, dass wir beobachtet werden«, stellte Putzag laut fest. »Die Gegenseite ist über jeden unserer Schritte unterrichtet. Es dauert bestimmt nicht mehr lange, dann werden sie Verbindung aufnehmen.«

»Und ich werde dem Ding den Kragen umdrehen«, piepste Gucky und konzentrierte seine telekinetischen Kräfte auf die Kamera. »Ganz einfach so ...«

Aber ganz so einfach schien es doch nicht zu sein. Die anderen blickten hinauf zu der Kamera, die unter der hohen Decke hing. Niemand hatte sich die Mühe gemacht, sie getarnt anzubringen, und vor allem war sie, verglichen mit den modernen Geräten an Bord der SOL, eine hoffnungslos veraltete Konstruktion. »Was ist, Gucky?«, fragte Kosum ungeduldig, als nichts geschah.

Mit stierem Blick visierte der Mausbiber die Kamera an. Die Anstrengung ließ ihn zittern. Schließlich sackte er regelrecht in sich zusammen und wäre zu Boden gestürzt, hätte Tschubai ihn nicht gedankenschnell aufgefangen.

»Was ist los, Gucky?«, wiederholte der Teleporter Kosums Frage.

»Es geht nicht, Ras! Es geht einfach nicht! Diese Watte ...«

»Eine Parafalle?«

»So etwas Ähnliches, nehme ich an. Meine Fähigkeiten sind weitestgehend lahmgelegt. Ich kann deine Gedanken nur noch ganz schwach aufnehmen, aber alle anderen sind erloschen. Und die Kamera da oben – sie ist für mich telekinetisch nicht mehr zu erreichen.«

»Wir sollten zusehen, dass wir hier verschwinden!«, drängte Mentro Kosum.

Puukar richtete sich zu seiner vollen Größe auf. »Es geht hier um Hulkoos. Ihr könnt umkehren, ich nicht!« Sein kreuzförmiges Sehorgan schien sich für einen Moment zu verfärben, die vielen winzigen Saugrüssel vollführten einen hektischen Tanz, als sie die Öffnungen der Sprechmembrane durchstießen. Kein Zweifel, der Choolk war bis zum Äußersten erregt.

»Wir bleiben zusammen«, bot der Emotionaut einen Kompromiss an. »Aber wir werden auf keinen Fall angreifen, sondern uns nur verteidigen.«

»Jeder rechtzeitige Angriff ist ein Akt der Verteidigung«, beharrte Puukar auf seinem aggressiven Standpunkt. »Sie sind unsere Todfeinde!«

»Warum gehen wir nicht endlich weiter«, drängte Delia Benjam. »Mich macht die Kamera da oben nervös.«

»Es gibt Tausende davon«, behauptete Ras Tschubai und setzte sich in Bewegung.

Wortlos folgten ihm die anderen.

»Wie schätzen Sie ihre Reaktion ein?«, fragte der Kommandant den Arzt Careen-Dhoor, den er als Berater und Kenner der Terraner zu sich in die Zentrale geholt hatte. »Die Eindringlinge wissen nun, dass sie beobachtet werden, aber sie kümmern sich kaum darum. Außerdem ist den Mutanten – es werden nur diese zwei sein, nehme ich an – bekannt, dass wir ein Mittel gegen sie eingesetzt haben, das ihre Fähigkeiten nahezu völlig neutralisiert. Sie gehen trotzdem weiter und dringen sogar noch tiefer in die Station ein. Wie ist das zu erklären?«

Careen-Dhoor ließ sich Zeit mit seiner Antwort. »Es gibt mehrere Erklärungen, die nicht alle nur mit der Mentalität dieser Terraner zu tun haben. Vor allem wissen sie noch nicht, dass ein Energieschirm die Station umgibt und sie damit von jeder Hilfe abgeschnitten sind. Sie scheinen immer noch zu glauben, dass ihnen das große Schiff Verstärkung bringen kann. Außerdem ist der Choolk bei ihnen.«

»Puukar ...«

»Die Terraner teilen seinen Hass nicht, wie wir jetzt wissen.«

»Das spricht für sie«, gab Darx-Vernschion zu.

»Richtig. Auch geht aus der Unterhaltung einigermaßen deutlich hervor, dass sie Probleme sozialer Art haben. Der Zufall, unsere Station entdeckt zu haben, wird von dem terranischen Kommandanten als Ablenkungsmanöver genutzt.«

»Finden Sie das verständlich?«

»Wir hätten in ihrer Situation ähnlich gehandelt. Allerdings kann ich die Art der Probleme nur ungenau definieren, mit denen sie zu tun haben. Es scheint einfach so zu sein, dass es in ihrem Schiff zwei Strömungen gibt, deren unterschiedliche Anschauungen einander widersprechen.«

»Können wir diese Vorgänge irgendwie für unsere Zwecke ausnutzen?«

»Wir tun es schon, indem wir die Spannung erhöhen und die gelandete Gruppe gefangen nehmen.«

»Das klingt paradox«, bemerkte Darx-Vernschion.

»Aber es ist logisch.«

Innerlich musste der Kommandant dem Arzt dabei zustimmen. Er versuchte, das Gehörte in seinem eigenen Plan unterzubringen, doch auf Anhieb wollte ihm das nicht gelingen. Auf gewisse Weise hatte er das Gefühl, sich mit seinem Vorhaben im Kreis zu drehen. »Glauben Sie, Careen-Dhoor, dass wir durch die Gefangennahme der kleinen Gruppe die Besatzung des Mutterschiffs zur Aufgabe zwingen können?«

»Warum sollten sie? Schon allein die Größe beider Einheiten steht in keiner Relation.«

»Aber zu Verhandlungen?«

»Das wäre möglich. Doch so groß das Schiff der Terraner auch ist, es wird keine dreitausendfünfhundert Hulkoos zusätzlich zur vorhandenen Besatzung aufnehmen können.«

»Das ist der Grund, warum ich mir weitergehende Gedanken gemacht habe«, sagte Darx-Vernschion und weihte den Arzt in seine Absichten ein. »Das ist in meinen Augen die einzige Möglichkeit, Careen. Wir verraten damit unsere Besatzung nicht, im Gegenteil. Wir fliehen mit dem kleinen Schiff der Terraner, übergeben Puukar der Inkarnation und holen danach unsere Leute hier ab.«

»Sie glauben, die Terraner ließen das so einfach zu, Kommandant? Sie unterschätzen den Gegner, fürchte ich.«

»Wenn Ihre Beurteilung halbwegs korrekt ist, sind die Fremden erpressbar. Sie werden keinen aus ihren Reihen opfern, schon gar nicht eines der Wesen mit den besonderen Fähigkeiten, sondern auf unsere Forderungen eingehen. Als Sicherheit erlauben wir ihnen, an der Station anzukoppeln, innerhalb des Energieschirms. Praktisch haben sie dann unsere Mannschaft als Geiseln.«

Careen-Dhoor überlegte lange.

»Ihr Plan ist gut, aber nicht ganz sauber, Kommandant«, sagte der Arzt schließlich. »Sie versuchen, zwei Seiten gegeneinander auszuspielen, um selbst einen Vorteil zu erringen. Ob Corl-Hendox damit einverstanden ist?«

»Ich werde ihn fragen«, versprach Darx-Vernschion. »Und Sie muss ich bitten, vorerst Stillschweigen zu bewahren.«

Jarzmir-Neben hatte das Gespräch der beiden Hulkoos mit wachsendem Interesse verfolgt und fing an, die Zusammenhänge zu verstehen. Ihm wurde zugleich klar, dass es früher oder später zwischen den Hulkoos zu bedeutenden Meinungsverschiedenheiten kommen musste. Und vor allem: Wenn Darx-Vernschions Plan gelang, war die Gefangenschaft der drei Bautoks in der Station noch lange nicht zu Ende.

Chelzamin und Pollez waren der gleichen Meinung, nachdem er sie informiert hatte. Aber sie waren sich auch einig darüber, dass sie noch nichts unternehmen konnten. Zuerst mussten die Terraner von den Hulkoos gefangen genommen werden.

»Wir haben schon so lange gewartet«, sagte Chelzamin. »Nun kommt es auf ein paar kleine Zeiteinheiten mehr oder weniger bestimmt nicht mehr an ...«

Mentro Kosum fügte sich der Forderung seiner Begleiter, an die Oberfläche der Station zurückzukehren, um Funkkontakt mit Atlan aufzunehmen. Noch konnten sie nicht wissen, dass ein solcher Kontakt unmöglich geworden war.

Energetische Sperren zwangen die Terraner wiederholt, von der eingeschlagenen Marschrichtung abzuweichen. Die Hulkoos kannten diese Energiebarrieren und konnten eindeutig den Weg von Puukar und seinen Begleitern vorhersagen. Ein Raum, den sie zwangsläufig durchqueren mussten, wurde in aller Eile mit Feldgeneratoren eingezirkelt. Schwer bewaffnete Soldaten bewachten die Geräte, die selbsttätig arbeiten würden, sobald die Eindringlinge die Schwarzlichtschranken durchbrachen.

Darx-Vernschion beobachtete von seiner Zentrale aus die letzte Phase, veranlasste hier und da Verbesserungen und überzeugte sich mehrfach davon, dass sich kein Fehler einschlich. Dann schaltete er wieder zu der Gruppe der Terraner zurück.

»Ich möchte wissen, weshalb es hier Energiesperren gibt«, sagte Ras Tschubai, als eine schimmernde Wand die Eindringlinge erneut zu einem Umweg zwang. »Das sieht nach Absicht aus.«

»Abgeschirmte Sektoren der Station waren auch vorher schon da«, entgegnete Mentro Kosum.

»Wenn ich wenigstens teleportieren könnte!«, jammerte der kleine Pelzige. »Dann könnten wir uns die blöde Lauferei ersparen.« Er entdeckte eine Kamera, schüttelte die Faust und rief: »He, ihr Hulkoos! Warum nehmt ihr nicht endlich Kontakt auf? Was soll überhaupt der ganze Unsinn?«

»Wir werden bald wissen, was das zu bedeuten hat«, prophezeite Putzag düster.

Mit ihren Flugaggregaten schwebten sie in einem Schacht empor, bis ihnen abermals eine Energiewand den Weg verlegte. Nur ein einziger Gang führte weiter. Er endete in einem leeren Raum.

Zwei Kilometer von diesem Raum entfernt aktivierte Darx-Vernschion eine Zweitschaltung. Das wäre überflüssig gewesen, doch er wollte sichergehen. Die Generatoren für die Lähmfelder waren bereits angelaufen …

Weran Putzag und Delia Benjam brachen lautlos zusammen. Mentro Kosum versuchte noch, den Ausgang zu erreichen – vergeblich.

Gucky und Ras Tschubai wehrten sich, als die Lähmwirkung einsetzte, und für einige Sekunden blieben ihre Bemühungen sogar erfolgreich. Doch ihre Widerstandskraft wurde mit jeder Sekunde schwächer, und schließlich sanken sie zu Boden. Im Gegensatz zu den anderen verloren sie das Bewusstsein nicht; sie konnten sehen und hören, waren aber zu keiner Bewegung mehr fähig.

Am längsten kämpfte Puukar gegen die verhängnisvolle Strahlung an. Er schaffte es sogar noch, seinen Strahler aus dem Gürtel zu ziehen, aber gleichzeitig stürmten mehrere Hulkoos heran. Puukars verzweifelter Versuch, sich auf die verhassten Gegner zu stürzen, endete im Feuer ihrer Narkosestrahler.

Der Kriegsherr der Kaiserin von Therm wachte erst wieder auf, als er mit Stahlketten gefesselt auf dem Stahlboden einer Gefängniszelle lag.

»Es ist zum Aus-der-Haut-Fahren!«, schimpfte Gucky, für den unter normalen Umständen eine Stahlkette kein Hindernis bedeutet hätte. Ohne seine Parafähigkeiten war er jedoch genauso hilflos wie die anderen.

»Dann fahr endlich; ich möchte wissen, wie das aussieht«, knurrte Tschubai verbittert. »Die haben uns ganz schön hereingelegt.«

»Ich bringe sie alle um!«, keuchte Puukar.

Putzag und Delia Benjam schwiegen. Eine solche Situation war neu für sie. Zweifellos wurden sie in ihrem Wissen bestärkt, wie sicher und geborgen sie doch an Bord der SOL lebten.

Eine Wand schimmerte plötzlich hell, dann entstand auf ihr ein Bild, das lederhäutige, tiefschwarze Gesicht eines Hulkoos. Seine Stimme klang mechanisch, sicheres Indiz dafür, dass er einen Translator verwendete.

»Ich bin Darx-Vernschion, Kommandant des Schiffes, das auf dieser Station steht. Wir mussten wegen eines Antriebsschadens hier landen. Seit langer Zeit warten wir auf Rettung, und wir scheinen nicht umsonst gewartet zu haben. Ihr werdet uns euer Schiff zur Verfügung stellen.«

»Wie haben Sie sich das vorgestellt?«, unterbrach Mentro Kosum den Redeschwall. »Sollen wir vielleicht an Ihrer Stelle auf der Station zurückbleiben?«

»Das wäre eine gute Lösung«, stimmte Darx-Vernschion zu. »Ich werde Funkverbindung zu Ihrem Schiff und dem Kommandanten aufnehmen und die Übergabe vereinbaren. Ihr Leben gegen das Schiff.«

»Total verrückt geworden!«, raunte Gucky empört. »Was bildet sich der Kerl eigentlich ein? Atlan wird ihn mit der SOL wegpusten ...«

»Das dürfte diesem Atlan schwerfallen, denn ich habe den Energieschirm der Station eingeschaltet.«

»Na und wennschon.« Die eigene Hilflosigkeit machte Gucky wütend. »Du kannst lange warten, bis man dir das Schiff als Geschenk präsentiert, bis du schwarz wirst. Ihr Hulkoos sitzt genauso in der Tinte wie wir.«

»Das dürfte ein Fehlschluss sein. Im Übrigen bist du kein Terraner. Welchem Volk gehörst du an?«

»Das geht dich einen feuchten ...«

»Ruhig!«, fiel Kosum dem Mausbiber ins Wort und wandte sich wieder der Bildwand zu. »Ich akzeptiere, dass Sie einen Trumpf in der Hand haben, aber er genügt nicht, um die Übergabe des Schiffes zu erzwingen. Wenn ich Ihnen einen guten Rat geben darf, verhandeln Sie mit unserem Kommandanten Atlan. Ich bin sicher, dass er Sie unterstützen wird, allerdings nicht so, wie Sie sich das momentan vorstellen.«

»Wir werden sehen«, sagte Darx-Vernschion, dann wurde die Wand wieder dunkel.

Eine Weile blieb es still in dem Gefängnis. Nach endlos lang erscheinenden Minuten ertönten Schritte. Als die energetische Sperre erlosch, schoben zwei Hulkoos den gefesselten Ronald Hennes herein. Der alte Mann konnte sich ohne Hilfe kaum noch auf den Beinen halten, stolperte bis zur Mitte des Raums und sackte dort zusammen.

Die Hulkoos verschwanden, zugleich flammte die Energiesperre wieder auf.

»Ronald Hennes!« Tschubai kauerte dem Alten am nächsten. »Was haben die mit Ihnen gemacht?«

Mühsam öffnete der Alte die Augen. Erkennen flackerte in ihnen auf. Seine Worte kamen langsam und stockend: »Ich ... wollte doch ... nur ...«

»Später. Ruhen Sie sich erst aus«, riet Tschubai, der einsah, dass der Mann zu schwach war, um Fragen zu beantworten. »Wir werden versuchen, den Kommandanten der Hulkoos dazu zu bewegen, dass er einem von uns die Fesseln löst. Dann kann derjenige Ihnen helfen. Jede Flucht ist ohnehin sinnlos.«

Hennes hatte die Augen schon wieder geschlossen.

Wenig später erlosch der Energieschirm abermals. Zwei Hulkoos betraten den Raum und öffneten die Schlösser der Stahlfesseln. Ein dritter überwachte die Aktion mit entsicherter Strahlwaffe. Puukar blieb gefesselt. Lautstark beschimpfte er die Hulkoos, die schnell wieder verschwanden und die Energiebarriere einschalteten.

»Viel nützt es uns nicht«, stellte Gucky fest, »aber wir können uns wenigstens um Ronald kümmern ...«

»Dieser Darx-Vernschion hat schnell reagiert«, stellte Weran Putzag fest, und in seiner Stimme schwang ein wenig Hoffnung mit.

»Normalfunkkontakt von der Station!«, meldete jemand über Interkom.

Atlan, der angezogen auf seinem Bett lag, sprang auf. »Mentro Kosum und seine Begleiter?«

»Hulkoos! Soll ich reagieren?«

»Ich komme ...«

Es dauerte immerhin einige Minuten, bis Atlan die Kommandozentrale erreichte.

Hulkoos! Die Vermutung stimmt also ..., bemerkte sein Extrasinn. Warum aber meldete sich Mentro Kosum nicht? Oder Ras Tschubai?

Das Gesicht eines Hulkoos schaute ihm aus dem Übertragungsholo entgegen. Der Arkonide zwang sich zur Ruhe. »Ich bin Atlan, Kommandant dieses Schiffes.«

»Darx-Vernschion«, stellte sich der Hulkoo vor. »Ich habe Ihre Leute in meiner Gewalt und damit eine gute Ausgangsbasis für meine Forderung. Wir benötigen Ihr Schiff!«

Atlan versuchte, in dem fremden Gesicht zu lesen, doch das war ihm nahezu unmöglich. Er musste Zeit gewinnen. »Bitte erklären Sie mir, was eigentlich los ist. Haben Sie nicht selbst ein Schiff? Wie geht es meinen Leuten?«

Das Gespräch erfolgte zwangsläufig mit der Verzögerung der Funklaufzeit. Obwohl sich die SOL der Station mittlerweile weiter angenähert hatte, vergingen doch einige Minuten.

»Den Gefangenen geschieht nichts, wenn Sie vernünftig sind. Unser Schiff hat einen Antriebsschaden, wir sitzen auf der Station fest. Auch der Hyperfunk ist ausgefallen, ebenso alle Sender der Station. Ich benutze ein tragbares Normalgerät aus dem Schiff. Sie werden einsehen, dass ich alles tun muss, um mich und meiner Mannschaft das Überleben zu gewährleisten. Mir ist jedes Mittel recht.«

»*Jedes* Mittel lehne ich ab!«, erwiderte Atlan. »Ich biete Ihnen trotzdem Hilfe an. Lassen Sie die Gefangenen frei, dann werde ich ein Notsignal mit Ihrer Position senden. Ich garantiere Ihnen den Erfolg.«

»Erfolg?« Ein heiseres Krächzen war zu hören. »Die Choolks werden kommen und uns töten. Nennen Sie das einen Erfolg?«

»Ich versichere Ihnen, dass ich nur Hulkoos rufen werde!«

»Warum nehmen Sie uns nicht an Bord und bringen uns zu einem Planeten von Barxöft?«

Atlan warf einen Blick auf den Panoramaschirm. Links von der Station schimmerte »Blauauge«. Die Hulkoos nannten diese Galaxis also Barxöft.

»Ich schicke Ihnen eines Ihrer Schiffe, das ist alles, was ich für Sie tun kann«, lehnte der Arkonide das Ansinnen ab.

»Das ist nicht genug!« Darx-Vernschion lehnte sich zurück und schien zu überlegen. Dann unternahm er einen neuen Vorstoß: »Ich werde die Gefangenen nicht freilassen und den Energieschirm auch nicht abschalten. Sie können inzwischen über Hyperfunk ein Notsignal abstrahlen. Sobald unsere Schiffe erscheinen, verhandeln wir weiter.«

»Abgelehnt«, sagte Atlan kühl. »Wenn Sie mir nicht vertrauen, können Sie bis an Ihr Lebensende in der Station bleiben. Es ist zu riskant für uns, hier auf Ihre Flotte zu warten.«

»Noch etwas«, spielte der Hulkoo einen weiteren Trumpf aus. »Wir haben Ihre Mutanten kaltgestellt. Dieser kleine Teleporter mit dem braunen Pelz kann Ihnen keine Hilfe mehr sein, der andere auch nicht. Unsere neue Waffe arbeitet hervorragend.«

»Lassen Sie sich eines gesagt sein, Darx-Vernschion: Wenn nur einem unserer Leute etwas zustößt, kann ich für nichts mehr garantieren. Mit Hilfe brauchen Sie dann nicht zu rechnen.«

»Ich glaube, wir helfen uns besser selbst.« Der Hulkoo unterbrach die Verbindung.

Längst war auch Bully in die Zentrale gekommen und war dem immer wieder von Wartezeiten unterbrochenen Gespräch mit verbissener Miene gefolgt. »Ein ziemlich sturer Bursche«, urteilte er. »Was machen wir nun?«

»Abwarten, was sonst? Ich glaube, wir sind in der besseren Position. Ohne unseren Beistand warten die Hulkoos noch jahrelang auf ein Schiff.«

»Und Mentro, Gucky, Ras und die anderen? Puukar?«

»Sie sind für die Hulkoos die Garantie einer möglichen Rettung. Verlass dich darauf, Bully, in ein oder zwei Stunden nimmt dieser Darx-Vernschion wieder Kontakt auf. Er wird sich inzwischen mit seinen Leuten beraten.«

»Und wenn die genauso stur sind?«

»Dann warten wir eben ein wenig länger ...«

Nachdem die Besatzung der SOL über die Situation informiert worden war, änderte sich rein äußerlich nichts. Das gewohnte Bordleben ging weiter, als sei nichts geschehen.

Joscan Hellmut traf sich mit einigen Freunden, darunter auch dem Lehrer Parantos. Sie besprachen die Lage und stellten einmütig fest, dass unter den gegebenen Umständen alle anderen Probleme zurückgestellt werden mussten.

»Zwei SOL-Geborene befinden sich in der Gewalt der Hulkoos«, erinnerte Parantos zum Schluss. »Sic müssen befreit werden, das ist klar. Zusammen mit den anderen natürlich. Vielleicht wäre es besser gewesen, Atlan hätte die Station von Anfang an ignoriert.«

»Er wird seine Gründe gehabt haben«, verteidigte Hellmut den Arkoniden. Er ahnte diese Gründe, aber er schwieg sich darüber aus.

»Was sollen wir tun?«, drängte jemand.

»Nichts. Die Lage an Bord ist gespannt genug, und zum Wohl von uns allen darf sie unter keinen Umständen verschärft werden. Du wirst bei deinem Unterricht daran denken, Parantos ...«

»Wenn wir wieder unterwegs sind, mache ich weiter.«

»Vorerst müssen wir Atlan unterstützen, statt ihn mit dem alten Streit zu belasten.«

»Bald muss ohnehin eine Entscheidung fallen«, sagte eine junge Frau ungeduldig. »Das Schiff gehört uns, es ist unsere Heimat, und wir lassen sie uns von niemandem vorenthalten.«

»Das wissen wir selbst«, beschwichtigte Joscan Hellmut die von Neuem aufkochenden Gemüter. »Wir werden es auch nicht vergessen.«

»Rhodan hätte vielleicht mehr Verständnis für uns als der Arkonide ...«

»Perry Rhodan ist Terraner. Noch ist die SOL sein Schiff, und ich bin sicher, dass er es uns eines Tages übergeben wird«, erinnerte Hellmut. »Dann, wenn er es nicht mehr braucht.«

»Und wo finden wir Rhodan? Seit einem halben Jahr haben wir keine deutliche Spur mehr. Auf der Glaswelt waren wir ihm zuletzt sehr nahe. Und was nun? So kann es jedenfalls nicht weitergehen, wie lange will Atlan diese erfolglose Suche ausdehnen?«

Joscan Hellmut verlor allmählich die Geduld, obwohl er die Auffassung der anderen teilte. Aber er wusste auch, wie gefährlich es werden konnte, wenn die Kluft zwischen Terranern und SOL-Geborenen sich vertiefte. »Die blaue Galaxis ist unser Ziel, und dort werden wir Perry Rhodan finden. Die Kristalle der Kaiserin von Therm zeigen es deutlich«, sagte er.

»Aber Puukar, der mit den Kristallen umgehen kann, befindet sich in der Gewalt der Hulkoos!«, rief Parantos erregt.

Hellmut nickte. »Eben das ist einer der vielen Gründe, warum wir zu Atlan halten müssen. Gemeinsam werden wir es schaffen, die Hulkoos zu überlisten. Statt zu argumentieren, sollten wir besser überlegen, wie wir den Arkoniden unterstützen können. Ich bin jederzeit erreichbar und nehme gern Vorschläge entgegen.«

Es gab noch einige Fragen, etwas weniger Antworten, aber im Großen und Ganzen war man sich einig, den momentanen Status quo einzuhalten.

Die drei Bautoks hatten ebenfalls Probleme. In ihrer Zentrale saßen sie vor den Schirmen, von denen einer das Gefängnis ihrer heimlichen Verbündeten zeigte. »Der alte Terraner stirbt«, sagte Jarzmir-Neben. »Warum unternehmen wir nicht endlich etwas?«

»Jarzmir hat recht«, stimmte Pollez-Mitten zu.

Chelzamin-Neben erklärte: »Dem alten Mann können wir nicht mehr helfen, außerdem ist der Unterhaltung der Terraner zu entnehmen, dass es sich um einen natürlichen Vorgang handelt. Sein Tod ist nicht eine Folge der Gefangenschaft, also sind die Hulkoos nicht dafür verantwortlich.«

»Warum unternehmen wir nicht endlich etwas?« Hartnäckig wiederholte Jarzmir seine Frage. Sogar sein Tonfall war gleich geblieben.

Chelzamin deutete auf den Schirm. »Wir befreien die Gefangenen!«

»Und wie, ohne unsere Anwesenheit zu verraten?«

»Es muss so aussehen, als hätten sie sich selbst befreit. Wir leben seit ewiger Zeit in dieser Station und kennen jeden Winkel, auch das Gefängnis. Es grenzt sehr dicht an unseren abgeschirmten Bezirk. Wir müssen nur einen einzigen Generator abschalten, um die Sperre zu beseitigen. Die Energiebarriere vor dem Gefängnis lässt sich leicht desaktivieren, die entsprechenden Schaltstellen sind nicht einmal bewacht. Überhaupt scheinen sich die Hulkoos sehr sicher zu fühlen.«

»Umso besser.« Jarzmir war jede Art von Abwechslung willkommen. »Fangen wir sofort an ...?«

»Einer bleibt hier, um die Aktion zu beobachten und im Notfall eingreifen zu können. Ich schlage Pollez vor.«

»Einverstanden!«, rief Jarzmir.

»Ich beuge mich der Mehrheit«, sagte Pollez ohne großes Bedauern. »Keinen Augenblick werde ich euch unbeobachtet lassen.«

Die beiden Bautoks bewaffneten sich und gingen los. Sie verließen ihre vertraute Grünanlage und betraten die kahlen und nüchtern ausgestatteten Außenbezirke ihres Refugiums. Da die Station bis auf wenige Ausnahmen in allen Sektoren mit atembarer Atmosphäre geflutet war, verzichteten sie auf das Anlegen von Schutzanzügen. Je weniger Ballast sie bei sich hatten, desto besser für sie.

Endlich erreichten sie die Grenzen der Hydroponik und nahmen Verbindung mit Pollez auf. »Wie sieht es aus?«, fragte Chelzamin.

»Keine Hulkoos auf der anderen Seite, ihr könnt die Sperre dort beruhigt ausschalten.«

»Was ist mit Darx-Vernschion?«

»Befindet sich in seiner Zentrale, hat aber keine Zeit, sich um die Vorgänge in der Station zu kümmern. Er hat mit dem Kommandanten der Terraner verhandelt und berät sich in Kürze mit seinen Leuten.«

»Was ist mit der gegnerischen Überwachung?«

»Ein Hulkoo kümmert sich darum, aber der schläft.«

»Fein, dass die so faul sind ... Behalte uns weiter im Auge.«

Jarzmir desaktivierte die Energiesperre und ließ eine Stahltür in die Verschalung gleiten. Vorsichtig betraten die beiden Bautoks jenen Bereich der Station, den sie seit dem Eintreffen der Hulkoos gemieden hatten. Sie befanden sich somit in Feindesland.

Der Korridor führte in gerader Linie zu dem Gefängnis.

Gucky hielt den Kopf des alten Mannes in seinem Schoß und las in seinen Gedanken die Sehnsucht nach dem sandigen Boden eines Planeten, auf dem Gras und Bäume wuchsen und über dessen Landschaft sich ein klarer, blauer Himmel spannte. Es war ihm unmöglich, ein Wort des Trostes zu finden.

Als Ronald Hennes das Bewusstsein verlor, war das zweifellos ein Vorbote des nahen Todes.

Jäh richtete sich der Mausbiber auf. Jeder konnte förmlich sehen, dass er die Ohren spitzte.

»Was hast du?«, fragte Tschubai. »Kommt jemand?«

»Ich empfange Impulse, ganz schwach nur – aber bekannt. Sie stammen nicht von den Hulkoos.«

»Jemand von der SOL?«

»Das nicht. Fremde.«

Tschubai stellte keine Fragen mehr. Sollte sich wirklich außer ihnen und den Hulkoos eine dritte Partei in der Station aufhalten, von der sie nichts wussten? Und wenn ja, war derjenige Freund oder Feind?

»Wir bereiten uns besser auf eine unangenehme Überraschung vor!«, riet Mentro Kosum. »Aber noch ist die Energiesperre da …«

Gucky bedeutete den anderen, ruhig zu sein. Er musste sich stark konzentrieren, um überhaupt etwas wahrnehmen zu können. Trotzdem nahm er bislang nur Emotionen wahr, wenngleich ihm diese keineswegs unfreundlich erschienen.

Nur langsam wurden sie mental greifbarer. Augenblicke später erlosch die Energiebarriere.

Delia Benjam stieß einen spitzen Schrei aus, als sie die Bautoks erblickte, aber Weran Putzag hielt ihr geistesgegenwärtig den Mund zu. Das Aussehen eines Fremdwesens hatte nichts zu bedeuten.

Chelzamin, so nannte sich die aufrecht gehende Echse, die als Erste den Raum betrat, machte beruhigende Bewegungen mit beiden Händen, und Gucky empfing nun deutlich seine Gedanken. Die Bautoks kamen, um sie zu befreien. Allerdings stellten sie erst jetzt zu ihrer Bestürzung fest, dass sie ein wichtiges Hilfsmittel vergessen hatten: ihren Translator.

Hastig informierte der Mausbiber seine Gefährten, weil er falsche Reaktionen unterbinden wollte. Er versuchte, eine Verständigung herzustellen.

Die beiden Bautoks verstanden sehr schnell, dass sie es mit einem Telepathen zu tun hatten. Sie konnten ihm ihre Wünsche problemlos mitteilen. Umgekehrt war es schwieriger. Der Mausbiber benutzte eine Zeichensprache, die der Mentalität und den Gewohnheiten der Bautoks entsprach und die er ihren Gedanken entnahm.

Schließlich entspann sich ein stockender, aber immerhin verständlicher Dialog.

»Der Kommandant der Hulkoos, Darx-Vernschion, hat mit dem Kommandanten eures Schiffes verhandelt. Es gab keine Einigung. Wir kommen, um euch zu befreien.« Chelzamin schilderte kurz das eigene Schicksal und fuhr fort: »Ihr seid bei uns sicher, die Hulkoos werden euch nicht mehr finden.«

»Es wäre sinnlos, aber wir sehen euren guten Willen«, gab Gucky nach kurzer Beratung mit Mentro Kosum zurück. »Die Hulkoos würden uns überall in der Station suchen, denn sie wissen, dass wir uns nicht selbst befreien konnten. Sie werden euch aufspüren. Warum wollt ihr euch in Gefahr begeben?«

»Weil ihr ebenfalls Gegner der Hulkoos seid.«

»Wir werden hierbleiben, denn eine Flucht wäre sinnlos«, sagte Mentro Kosum streng.

»Wir werden mehr erreichen, wenn wir im Gefängnis bleiben«, versuchte Gucky den Bautoks klarzumachen. »Wären wir frei, würden die Hulkoos uns jagen. Solange der Energieschirm der Station besteht, muss alles bleiben, wie es ist. Die Hulkoos dürfen keinen Verdacht schöpfen.«

»Würde es denn helfen, wenn wir den Energieschirm abschalten?«

Als Gucky die gedankliche Frage empfing, durchzuckte es ihn wie ein elektrischer Schlag. Die Bautoks konnten den Energieschirm trotz der Kontrolle durch die Hulkoos abschalten? Er erkundigte sich danach und erhielt sofort Antwort.

»Wir kennen die Station und ihre Funktionen sehr genau. Die Schaltzentrale wird zwar streng bewacht, aber mehr aus reiner Gewohnheit. Kein Hulkoo rechnet mit einer Bedrohung. Sie wissen nichts von unserer Anwesenheit.«

»So soll es auch bleiben ...«

»Was wird geschehen, falls wir den Energieschirm abschalten?«

»Vielleicht greift unser Schiff die Station an und befreit uns ...«

»Würdet ihr uns mitnehmen?«

»Selbstverständlich helfen wir euch.«

»Erkundige dich, ob sie etwas von der Parafalle wissen«, wandte Mentro Kosum ein.

Gucky machte den Bautoks die Frage klar, was nach einigen Zeichensprach-Verrenkungen auch gelang. »Nein, davon wissen wir nichts«, gab Chelzamin Auskunft. »Aber eurem Kommandanten gegenüber erwähnte Darx-Vernschion eine neue Waffe. Könnte das die Parafalle sein?«

Damit wurde klar, dass es sich wohl nicht um eine Einrichtung der Station handelte, sondern um etwas, das im Schiff der Hulkoos zu finden war.

»Das wird schwer sein«, erwiderte Chelzamin auf eine entsprechende Frage des Mausbibers. »Es ist zwar leicht, die Oberfläche der Station zu beobachten, da sie kaum Deckung bietet, aber wenn die Parafalle in dem notgelandeten Schiff installiert ist, dürfte sie kaum auszuschalten sein. Die Hulkoos würden uns schnell entdecken.«

»Wir müssten für genügend Verwirrung sorgen, um sie abzulenken.«

»Pollez warnt!«, unterbrach Jarzmir-Neben. »Hulkoos nähern sich.«

»Bringt euch in Sicherheit!«, bedeutete Gucky den Bautoks. »Schnell!«

Die Echsenwesen verschwanden, nachdem sie die Energiesperre wieder eingeschaltet hatten. Kurz darauf kamen drei Hulkoos. Sie forderten Mentro Kosum auf, ihnen zu folgen.

»Wird ein Verhör werden«, vermutete Ras Tschubai. »Damit können wir nur Zeit gewinnen. Halte sie hin …«

»Frage bei der Gelegenheit nach beruhigenden Medikamenten für Ronald!«, rief Gucky noch, ehe die Wachen Kosum aus dem Raum führten und die Sperre erneut aktivierten.

Delia Benjam kniete sich neben Gucky. »Wie geht es ihm?«, fragte sie und deutete auf den Sterbenden.

»Ronald kommt wieder zu sich …«

Hennes öffnete mühsam die Augen. Sein Gesicht verzog sich zu einem schmerzlichen Lächeln. Tastend griff er nach der Hand der SOL-Geborenen. »Wir müssen alle sterben, der eine früher, der andere später. Nur wäre ich gern auf einem Planeten gestorben, nicht hier, wo es auch nicht anders ist als in der SOL. Aber das kannst du nicht verstehen, Delia …«

»Doch, ich verstehe dich sehr gut«, erwiderte sie sanft. »Jetzt verstehe ich dich, vor wenigen Stunden noch nicht. Wir haben Medikamente an Bord …«

»Keine, die den Tod aufhalten können«, sagte Hennes schwach.

»Du darfst nicht so viel reden«, ermahnte ihn Gucky.

Der Alte schüttelte den Kopf. »Ich spüre, dass mir nicht mehr viel Zeit bleibt. Nehmt auf mich keine Rücksicht, wenn ihr gehen könnt, und lasst mich hier.« Seine Augen schlossen sich wieder, er atmete nur noch schwach. In dem Gefängnisraum herrschte absolute Stille. Alle wussten, dass sie Ronald Hennes nicht mehr helfen konnten.

Delia, die Solanerin, schloss jetzt beide Hände um die Hand des Terraners. Sie spürte, wie das Leben aus ihm wich. Aber sie wusste plötzlich auch, dass dieser Mann ihr Großvater hätte sein können, ohne den sie niemals auf der SOL geboren worden wäre.

Dann war Ronald Hennes tot.

Behutsam griff der Mausbiber nach Delias Schultern. »Du bist großartig«, sagte er leise, denn er hatte ihre Gedanken erfasst. »Wenn alle Solaner so wären, gäbe es weniger Probleme.«

Ihr Gesicht verhärtete sich wieder. »Der Tod von Hennes allein schafft diese Probleme nicht aus der Welt …«

»Aber vielleicht macht er einige Probleme lösbar.« Gucky faltete die Hände des Toten auf dessen Brust. Delia setzte sich in der gegenüberliegenden Ecke auf den Boden. Wortlos stützte sie den Kopf in die Hände.

5.

Darx-Vernschion deutete auf einen Stuhl. »Setzen Sie sich, Terraner! Ich werde Ihnen Gelegenheit geben, mit Ihrem Kommandanten zu sprechen, damit Sie ihm die Situation mit eigenen Worten schildern können. Vielleicht stimmt ihn das verhandlungsbereiter.«

In der Tür standen zwei Hulkoos, ihre Strahlwaffen auf den Gefangenen gerichtet. Darx-Vernschion gab über eine Sprechverbindung die Anweisung, den Kontakt zu dem Schiff der Terraner herzustellen. Wenig später erschien Atlans Gesicht auf dem Schirm.

»Reden Sie!«, befahl Darx-Vernschion.

»Atlan ...«, sagte Mentro Kosum, aber der Arkonide unterbrach ihn sofort: »Ich kenne die Situation. Die Hulkoos haben euch alle erwischt, und die Mutanten sind machtlos wegen einer Parasperre. Wie geht es Ronald Hennes?«

»Schlecht. Er wird sterben. Ich wollte dir nur sagen, dass du keine Rücksicht auf uns nehmen darfst. Wir werden ...«

»Wir lassen uns nicht erpressen – wenn du das meinst. Die Partie steht trotz allem noch unentschieden, Mentro. Unser Freund Darx-Vernschion sitzt genauso in der Klemme wie wir.«

»Du brauchst nur abzuwarten, Atlan. Halte die SOL einsatzbereit ...«

Fast unmerklich kniff der Arkonide die Augen zusammen, dann nickte er. »Das Schiff ist immer einsatzbereit, Mentro. Und was das Abwarten angeht, kannst du beruhigt sein. Wir haben Zeit.«

Darx-Vernschion mischte sich ein. »Ihre Leute werden diese Station nicht lebend verlassen, wenn wir das Schiff nicht bekommen.«

»Ich wiederhole mein Angebot«, sagte Atlan. »Sie lassen die Gefangenen frei, Darx-Vernschion, und ich werde sofort das Notsignal für Sie senden. Aber bevor Ihre Schiffe eintreffen, will ich diesen Sektor verlassen haben. Das werden Sie hoffentlich verstehen.«

Darx-Vernschion wandte sich an die beiden Wächter. »Bringt den Gefangenen zurück zu den anderen!« Er wartete, bis Mentro Kosum den Raum verlassen hatte, dann sagte er zu Atlan: »Wir werden abwarten, wer die besseren Nerven hat, Terraner.« Er sah den Unterschied nicht und hielt den Arkoniden auch für einen Terraner. »Sie werden nachgeben müssen.«

»Also gut, warten wir«, gab Atlan zurück und unterbrach seinerseits die Verbindung.

Erst als der Energieschirm wieder hinter ihnen aufschimmerte, hielten Chelzamin und Jarzmir an. Nur mit Mühe waren sie den Hulkoos entkommen. »Haben sie uns noch gesehen, ehe wir verschwinden konnten?«, fragte Jarzmir bedrückt.

Chelzamin hatte sich auf alle viere niedergelassen. »Ich weiß es nicht, aber wir werden es bald erfahren.«

Nach einer kurzen Verschnaufpause liefen sie weiter und erreichten schließlich ihre Zentrale. Pollez berichtete ihnen, dass die Hulkoos einen der Terraner abgeholt und zu ihrem Kommandanten gebracht hatten, aber auch, dass das Verhör des Gefangenen ergebnislos beendet worden war. »Beide Seiten beharren auf ihrer Position. Es wird also auf uns ankommen«, kommentierte er das Geschehen.

»Wenn wir jemals von hier fortwollen, müssen wir versuchen, den Energieschirm abzuschalten«, stimmte Jarzmir zu. »Aber es ist ein weiter Weg bis zu der Kontrollstation, und überall sind die Hulkoos. Früher oder später werden sie uns entdecken.«

»Wir müssen wissen, ob man uns gesehen hat oder nicht«, sagte Chelzamin. »Wenn ja, werden die Hulkoos ihre Beobachtungstätigkeit verstärken und sich um die Energiesperren der Hydroponik kümmern. Außerdem wird es fast unmöglich sein, an die Schaltzentrale heranzukommen.«

Wieder einmal schien Pollez seine Meinung geändert zu haben. »Darum werde ich mich kümmern, Freunde. Bleibt hier und lasst mich nicht aus den Kameraaugen. Warnt mich, sobald Hulkoos in meiner Nähe sind. Wenn alles klappt, werde ich außerdem versuchen, in das havarierte Schiff einzudringen. Es wäre gut, könnten die terranischen Mutanten wieder aktiv werden.«

Chelzamin machte ein nachdenkliches Gesicht. »Ich frage mich die ganze Zeit, warum wir diesen Zweibeinern überhaupt vertrauen.«

»Wir gehen auch auf den Hinterbeinen.«

»Das schon, aber erst seit einigen Jahrtausenden. Also, ich frage mich, warum …«

»Weil wir keine andere Wahl haben«, rief Jarzmir überzeugt. »Und weil die Hulkoos unsere Feinde sind. Deren Feinde können nur unsere Freunde sein. Darum!«

»Gute Logik«, stimmte Pollez zu.

»Wir können dir nicht helfen, wenn du in Schwierigkeiten gerätst«, sagte Chelzamin mit Bedauern in der Stimme.

»Dann bewahrt mich davor«, riet Pollez trocken und fügte hinzu: »Ich breche aber erst in zehn Minuten auf, weil ich vorher ein Bad nehmen muss. Ich habe keine Lust, unterwegs auszutrocknen.«

Nachdem Mentro Kosum berichtet hatte, blieb es eine Weile ruhig in dem Gemeinschaftsgefängnis. Die unmittelbare Nähe des Toten schien jeden nachdenklich zu stimmen.

»Du meinst also, Atlan hat verstanden?«, fragte Ras Tschubai endlich. Sie konnten nicht offen reden, da sie abgehört wurden.

»Ich bin sicher, er wird abwarten.« Mentro Kosum spielte sein Spiel weiter, um Darx-Vernschion zu verunsichern. »Wir dürfen nicht vergessen, dass wir alle Zeit des Universums zur Verfügung haben. Die Lebensmittel an Bord der SOL reichen für Jahrzehnte. Außerdem kann unser Schiff immer noch auf unserer Frequenz Hilfe herbeiholen, die diese Station dann im Sturm einnehmen wird. Nein, die Hulkoos befinden sich in einer für sie hoffnungslosen Lage, sie wissen es nur noch nicht.«

»Wenn das so ist, verzichte ich gern auf meine Fähigkeiten«, sagte Gucky laut genug, damit ihn jeder verstehen konnte. »Wir sitzen einfach hier und warten ab.«

»Ich habe Hunger«, protestierte Putzag. »Diese Konzentratnahrung ...«

»... ist besser als gar nichts«, schnitt Mentro Kosum ihm das Wort ab. »Außerdem werden uns die Hulkoos in ihrem eigenen Interesse nicht verhungern lassen. Es sei denn, sie legen wirklich Wert darauf, den Rest ihres Lebens in dieser gnadenlosen Einsamkeit zu verbringen.«

»Das ist der reinste Psychokrieg«, murmelte Gucky.

Eine laute Stimme von dem Wandschirm her unterbrach die Unterhaltung. Gleichzeitig stabilisierte sich Darx-Vernschions Gesicht in Metergröße. »Setzt eure Hoffnung nicht auf diese beiden fremden Wesen, die bei euch waren. Sie werden bald unschädlich gemacht sein. Bringt stattdessen euren Kommandanten dazu, unsere Bedingungen zu erfüllen.«

Das Bild erlosch. Mentro Kosum warf Gucky einen fragenden Blick zu.

»Fremde Wesen?«, sagte der Ilt im Brustton der Überzeugung. »Bei den Hulkoos müssen irgendwelche Videoprogramme in der Leitung sein. Habt ihr fremde Wesen gesehen?«

»Nein!«, rief Putzag geistesgegenwärtig.

»Ich auch nicht«, pflichtete Delia Benjam bei.

Puukar schnaubte vor Wut.

»Sie irren sich!«, rief Ras Tschubai in Richtung des Wandschirms. »Sie irren sich gewaltig!«

Mentro Kosum legte den Finger auf den Mund. *Gucky, wir müssen sie verrückt machen!,* dachte er intensiv. *Vielleicht haben wir Glück, und die Hulkoos glauben wirklich an Halluzinationen. Oder befürchtest du, dass unsere Echsenfreunde in Gefahr schweben?*

»Nein«, sagte Gucky und wusste, dass die Hulkoos damit nicht viel anfangen konnten, weil ihnen die Frage nicht bekannt war.

Du meinst, sie sind jetzt ebenfalls gewarnt, weil sie dieses Gespräch mit Darx-Vernschion mithören konnten?

»Richtig.«

Mentro Kosum lehnte sich gegen die Wand und streckte die Beine von sich. »Endlich kann ich beruhigt ein Stündchen schlafen, ich bin nämlich müde. Ich hoffe nur, dass bald eine Entscheidung fällt – umso besser für die Hulkoos.«

»Für uns auch«, bekannte Gucky und rollte sich zusammen. »Ich werde ebenfalls die Augen zukneifen.«

Delia Benjam saß neben Weran Putzag und starrte wortlos an die Decke.

Pollez-Mitten ließ sich von Jarzmir-Neben bestätigen, dass der gewählte Ausgang frei war, und schaltete die Sperre ab. Schnell glitt er in den feindlichen Sektor, während sich hinter ihm der Energieschirm wieder schloss. Das bewerkstelligte Jarzmir von der Zentrale aus.

Der Korridor war breit und leer. Pollez war ihn oft gegangen, bevor die Hulkoos kamen. Dieser Weg führte zu einem Antigravlift, der den Benutzer zum Zentrum der Station, aber auch an die Oberfläche brachte.

Pollez wählte einen Umweg. Zuerst ließ er sich, ohne die Liftkontrollen zu betätigen, in die Tiefe gleiten. Die Schwerkraft war hier kaum noch der Rede wert. Auf einer der Zentraletagen angelangt, änderte er mehrmals die Richtung, um eventuelle Beobachter in die Irre zu führen.

Zu dem Zeitpunkt erreichte ihn Jarzmirs Mitteilung, dass die Hulkoos von ihrer Existenz wussten und die Wachen verstärkt hatten. Um seinen Standort nicht zu verraten, bestätigte er nur mit einem Zischlaut und ließ sich im nächsten Lift einige Dutzend Etagen höher tragen.

»Kein Hulkoo in der Nähe«, beruhigte ihn Jarzmir. Aber Pollez war noch weit von seinem Ziel entfernt.

»Wir müssen diese Fremden fassen!«, befahl Darx-Vernschion sichtlich nervös. »Ich mache Sie dafür verantwortlich, Corl! Sie sind mein Stellvertreter, vergessen Sie das nicht! Ich kann mich nicht um alles kümmern.«

»Ich werde die Jagd übernehmen, Darx«, versicherte Corl-Hendox. »Allerdings habe ich schon immer darauf gedrungen, dass wir den abgeschirmten Teil der Station erforschen sollten ...«

»Richtig, das sagten Sie. Aber hatten wir nicht andere Sorgen?«

»Jetzt haben wir noch mehr!«

»An die Arbeit!«, fauchte Darx-Vernschion und wartete, bis sich die Tür geschlossen hatte. Dann schaltete er den Rundspruch zu allen Hulkoos ein. »In der Station halten sich Fremdwesen auf, wahrscheinlich gehören sie zum Volk der Bautoks und sind Verbündete der Kaiserin von Therm. Die Wachen werden ab sofort verdoppelt! Alle wichtigen Schaltzentralen sind vierfach zu besetzen!«

Er lehnte sich zurück.

Die Bautoks waren eine böse Überraschung, wenngleich er ihnen nicht viel zutraute. Zumindest konnten sie bei den Verhandlungen mit den Terranern hinderlich sein. Sie mussten schon in der Station gewesen sein, als die KYLÖX gelandet war. Und nun hatten sie zu allem Überfluss Kontakt zu den Terranern aufgenommen, die aus einer anderen Galaxis kamen und die der Konflikt im Grunde überhaupt nichts anging.

Kontakt ...? Wozu eigentlich? Darx-Vernschion besaß durchaus die Fähigkeit, logisch zu denken. Als er die Aufzeichnung aus dem Gefängnis betrachtete, konzentrierte er sich immer mehr auf den kleinen Teleporter. Die eigenartige Unterhaltung bestätigte den Verdacht des Kommandanten, dass der Teleporter zugleich telepathische Fähigkeiten hatte und zumindest diese nicht völlig erloschen waren.

Trotzdem sitzen sie fest, denn sie können nicht einfach verschwinden, beruhigte Darx-Vernschion sich selbst. *Dieser Atlan kann sagen, was er will, er muss auf meine Bedingungen eingehen. Das heißt, wenn er seine Leute wiederhaben will ...*

Atlan wollte, davon war Darx-Vernschion überzeugt. Careen-Dhoor, der die Terraner kannte, hatte es ihm noch einmal bestätigt. Terraner ließen keinen der Ihren im Stich. Aber das war die einzige Garantie.

An diesem Punkt seiner Überlegungen angelangt, fielen dem Kommandanten die Bautoks wieder ein. Wie viele von ihnen mochten sich in der Station verborgen halten? Wie waren sie überhaupt hierher gelangt? Und wie lange waren sie schon in der Station? Die Sorgen häuften sich. Dabei wollte Darx-Vernschion nichts anderes, als endlich diesem riesigen Gefängnis im Leerraum zu entrinnen.

Es kam ihm nicht in den Sinn, auch den Standpunkt der anderen Seite in die Waagschale zu werfen. Der Kommandant dachte nur an seine eigenen Ziele, und darum war er keines Kompromisses mehr fähig. Wie hätte er ahnen können, dass er in diesem Augenblick seinem Todfeind Puukar ähnelte, dessen Hass ebenfalls keine Verständigung erlaubte.

»Wenn Corl die Bautoks nicht fasst, war er die längste Zeit mein Stellvertreter«, murmelte Darx-Vernschion ratlos und erkannte nicht einmal, dass er damit nur versuchte, sein eigenes Versagen einem anderen zuzuschieben.

Pollez-Mitten – ein von Translatoren nur behelfsmäßig übersetzter Ausdruck, der mit der Vielgeschlechtlichkeit der Bautoks zu tun hatte – zögerte, als er den nächsten Lift betrat. Von Jarzmir wusste er, dass man ihn jagte. Aber die Station besaß einen Inhalt von mehr als fünfundsiebzig Kubikkilometern. Das war der Vorteil. Der Nachteil war nur, dass überall Kameras angebracht waren und er nicht wissen konnte, ob an dem betreffenden Verteilerknoten die Aufnahmen überwacht wurden.

»He, Jarzmir?«

Diesmal antwortete Chelzamin. »Ich habe ihn abgelöst. Was gibt es?«

»Könnt ihr die Überwachungszentrale der Station stören? Ich habe das Gefühl, unablässig vor Kameras zu stehen.«

»Haben wir schon versucht, geht aber leider nicht. Wir können dich nur warnen, sobald Gefahr droht.«

»Welch ein Trost!« Pollez regulierte die Auftriebskraft des Lifts. Langsam schwebte er aufwärts. Nach seiner Schätzung waren es etwa zweihundert Etagen bis zur Ebene der Haupt-Schaltzentrale. Im Lift konnte er von den Hulkoos nicht überwacht werden, das bewies die Erfahrung. Zumindest hier fühlte er sich wieder sicherer.

»Wie sieht es oben aus?«, fragte er und wusste, dass Chelzamin unterrichtet war, was er mit »oben« meinte.

»Schlecht. Überall Hulkoos. Sei vorsichtig!«

»Die wissen ohnehin, dass ich unterwegs bin. Gut, ich melde mich wieder – oder du meldest dich, je nach Situation.«

An den Markierungen rechnete er sich aus, wo er sich befand. Eine Etage unter der Schaltzentrale stieg er aus. Er musste seine Spur verwischen und ließ sich auf alle viere nieder, um schneller laufen zu können. Nach einer Weile erreichte er eine Nottreppe. »Alles klar?«, fragte er.

»Vorsicht weiter oben!«, warnte Chelzamin.

Während Pollez die Treppe nahm, entsicherte er seine Waffe. Er war auf jede Überraschung gefasst.

Schon von Weitem hörte er Stimmen und verlangsamte seine Bewegungen. Es mussten mehrere Hulkoos sein, die sich unterhielten. Sie wähnten sich in Sicherheit, sonst wären sie vorsichtiger gewesen.

»Zu viel für dich«, vernahm Pollez die Warnung im Kopfhörer. Er glitt die Treppe wieder hinab, eilte einen Korridor entlang und erreichte schließlich eine der hohen Maschinenhallen, deren obere Hälfte schon auf der Ebene des darüber liegenden Stockwerkes lag.

Pollez kroch zwischen Generatoren und Metallblöcken hindurch, zwängte sich eine schmale Stahlleiter hinauf und erreichte endlich den engen und von einem Gitter begrenzten Laufsteg, der in zehn Metern Höhe rund um die Halle verlief. In regelmäßigen Abständen gab es in der Hallenwand Türen. Sie führten hinaus auf die Etage der Schaltzentrale.

»Hörst du mich, Chelzamin?«

»Du musst die Orientierung verloren haben ...«

»Absicht. Wie sieht es dahinter aus?« Er deutete auf eine der Türen.

»Niemand in der Nähe.«

Pollez machte sich an dem mechanischen Schloss zu schaffen, das ihm keine Schwierigkeiten bereitete. Langsam zog er die Tür auf und spähte durch den Spalt.

Genau wusste er nicht, wo er sich befand. Jedenfalls in der richtigen Etage. Vor ihm lag ein kahler Raum mit einer zweiten Tür auf der gegenüberliegenden Seite. Da Chelzamin keine Warnung durchgab, huschte Pollez weiter. Die zweite Tür ließ sich leicht öffnen. Er sah einen breiten Gang vor sich. Kein Hulkoo war da.

»Nach links!«, half ihm Chelzamin.

Das gedämpfte Licht, das aus den Wänden kam, konnte Pollez nur recht sein. Seine Augen waren an die ewige Dämmerung gewöhnt, die nahezu überall in der Station herrschte. Seiner Schätzung nach war er nun nicht mehr weit von seinem Ziel entfernt und konnte es innerhalb kürzester Zeit erreichen. Die Hulkoos kannten die Station noch nicht gut genug, um von allen Nebeneingängen zu wissen.

Pollez wurde vorsichtiger, je weiter er sich der Zentrale näherte. Chelzamin teilte ihm mit, dass er bald auf die ersten Wachposten treffen würde. Nur wenn es ihm gelang, jene Hulkoos schnell auszuschalten, bestand die Aussicht, dass er wirklich unbemerkt den Schaltraum erreichen konnte.

»Ich habe keine Bildverbindung mehr«, sagte Chelzamin plötzlich.

Ein toter Winkel, dachte Pollez, ohne sein Tempo zu verringern. *Oder ein Defekt. Jetzt ist alles egal ...* Er richtete sich auf, den Strahler auf Vollnarkose justiert und schussbereit.

Zwei Hulkoos tauchten vor ihm auf, schienen aber derart überrascht zu sein, dass ihre Reaktion viel zu spät kam. Paralysiert brachen sie zusammen.

Pollez eilte an ihnen vorbei und erreichte die Vorhalle. Die Stimmen einiger Hulkoos warnten ihn rechtzeitig, es mussten mindestens sechs oder sieben von ihnen sein. Kein Problem, wenn er als Erster schoss.

Die Hulkoos standen vor dem geöffneten Schott der Schaltzentrale. Pollez löste seine Waffe aus, als er geschmeidig um die letzte Biegung herumglitt. Der breit gefächerte Paralysestrahl erfasste die Wachen, die ihre Aufgabe nicht allzu ernst nahmen. Ehe sie überhaupt registrierten, was geschah, brachen sie zusammen.

Das alles ging sehr viel einfacher, als Pollez es sich vorgestellt hatte, und erst jetzt wunderte er sich, dass die Hulkoos ihn nicht entdeckt hatten. War die Bildübertragung auch bei ihnen ausgefallen?

An den paralysierten Wachposten vorbei drang er in den Schaltraum ein, den er schon mehrmals betreten hatte. Zwei der Schwarzpelze saßen vor den Kontrollen, ohne ihnen sonderliche Beachtung zu schenken. Pollez paralysierte sie von hinten und zerrte sie zur Seite, um Platz zu schaffen.

Er stand vor den Kontrollen des Schirmfeldgenerators, dessen Energie die Station unangreifbar machte. In diesem Moment hörte er herbeieilende Schritte.

Mit einer knappen Schaltung ließ er das Schott zugleiten. Ihm war nun klar, dass die Hulkoos ihn doch entdeckt hatten. Folglich würde er die Zentrale nicht mehr verlassen können.

»Hörst du mich noch, Chelzamin?«

»Das schon, aber die Bildübertragung ist weiterhin gestört. Du darfst keine Zeit verlieren! Die Hulkoos wissen, wo du ...«

»Es gibt nur einen Eingang, und den habe ich verriegelt.«

Vor den Kontrollen baute sich ein Hologramm auf. Der Hulkoo-Kommandant erschien. »Bautok, gib auf! Dann schone ich dein Leben.«

Pollez veränderte die Einstellung seines Strahlers. Wenn er die

Waffe nun auslöste, wurden tödliche Energien freigesetzt. »Hulkoos versprechen viel, aber sie halten nichts. Ich verlasse mich lieber auf mich selbst«, erwiderte er zischend.

»Du sitzt in der Falle!«

Pollez feuerte auf die Kontrollen. Überschlagsblitze zuckten auf und unterstützten das Zerstörungswerk. »Achte lieber auf das Leben deiner Gefangenen, es wird bald das Wertvollste sein, was du hast, Darx-Vernschion!«

Die Schaltanlage verformte sich zähflüssig. Obwohl er Wärme gut vertrug, brach Pollez der Schweiß in Strömen aus. Gluthitze tobte durch die Zentrale. Trotz des Schadens, den er hier anrichtete, blieb ihm der Erfolg seiner Bemühungen verborgen. Pollez konnte nur hoffen, dass der Schutzschirm der Station zusammenbrach.

»Wie sieht es aus, Chelzamin?«, fragte er und behielt das Schott im Auge. »Schon was festzustellen?«

Keine Antwort. Die Verbindung war tot.

Pollez wich in die äußerste Ecke des großen Raumes zurück. Das leise Zischen der Klimaanlage verstummte. Sie war ausgefallen oder abgeschaltet worden. Eine Zeit lang würde er noch ohne Sauerstoffzufuhr auskommen, aber dann musste er den Raum verlassen, falls er nicht ersticken wollte.

Seit Stunden beobachteten sie die Anzeigen der Messinstrumente. Trotz seines Zellaktivators spürte Reginald Bull eine gewisse Erschöpfung, aber wenn Atlan recht behielt, musste in Kürze etwas Entscheidendes geschehen.

»Mentro Kosum war deutlich genug, Bully. Seine Anspielung war unmissverständlich.«

»Solange der Energieschirm um die Station liegt, können wir nichts unternehmen …«

»Vielleicht geht es eben darum.«

Wer soll ihn abstellen?, dachte Bully zum wiederholten Mal in diesen Stunden. *Die Hulkoos sicherlich nicht, und unsere Leute sitzen fest. Ras und Gucky fallen mit ihren Fähigkeiten aus …*

Wer also, wenn überhaupt?

Einmal noch hatte Darx-Vernschion Kontakt aufgenommen und seine Überredungskünste aufgeboten. Vergeblich. Schließlich hatte er sich auf Drohungen verlegt. Das war vor zwei Stunden gewesen.

An Bord der SOL herrschten Ruhe und Gelassenheit. Von der gewohnten angespannten Atmosphäre war nichts mehr zu spüren. Es sah ganz danach aus, erkannte Bully, dass Atlans Absicht doch nicht völlig falsch gewesen sein konnte.

»Die Station ... Der Energieschirm ist erloschen ...!«, sagte der Arkonide unvermittelt. Das feine Flimmern, das wie ein transparenter Schleier zwischen der SOL und der Station gestanden hatte, war verschwunden. Kein Zweifel, jemand hatte den Schutzschirm abgeschaltet.

Schon nach wenigen Sekunden nahm die SOL Fahrt auf. Atlan rechnete mit einer Falle der Hulkoos und ließ die eigenen Schutzschirme aufbauen.

Aber kein Angriff erfolgte. Nach mehreren Minuten hatte sich die SOL der Station schon bis auf vierzig Millionen Kilometer genähert.

Reginald Bull verließ die Hauptzentrale. Das Einsatzkommando, aus Terranern und Solanern zusammengewürfelt, erwartete ihn bereits. Auch Kampfroboter waren dem Trupp angegliedert.

Während Bully seinen Raumanzug anlegte, kam Bjo Breiskoll. »Es ist vielleicht gut, wenn ich dabei bin«, sagte der Katzer und schloss seinen Kampfanzug. »Ich kann bereits Gedanken auf der Station erfassen, wenn auch noch zu undeutlich.«

Bully nickte zustimmend.

Achtzig Menschen und zwanzig Kampfroboter verließen die SOL ...

Vergeblich versuchte Darx-Vernschion, die beginnende Panik unter seiner Mannschaft einzudämmen. Er hatte nicht verhindern können, dass der Ausfall des schützenden Energieschirms und die Ankunft des gigantischen Hantelraumschiffs bekannt geworden waren, obwohl die Bildübertragung nicht mehr einwandfrei funktionierte.

Seine letzte Hoffnung waren die Gefangenen. Er ließ weitere Wachen aufziehen, weil er den Terranern mittlerweile ziemlich alles zutraute.

»Das fremde Schiff ruft uns!« Corl-Hendox riss den Kommandanten aus seinen Überlegungen heraus.

»Sind Sie nun endlich zu Verhandlungen bereit?« Mehr sagte Atlan nicht.

Darx-Vernschion hätte dem Terraner für diese Überheblichkeit den Hals umdrehen können. »Sie kennen meinen Standpunkt«, erwiderte er heftig. »Daran hat sich nichts geändert.«

»Werden Sie vernünftig, Darx-Vernschion! Ein Spezialkommando ist soeben in Ihre Station eingedrungen. Ich meine es ernst.«

»Ich ebenfalls. Die Gefangenen ...«

»Meine Leute sind der einzige Trumpf, den Sie haben, also gehen Sie behutsam mit ihnen um. Ich biete Ihnen ein letztes Mal an, Hilfe für Sie herbeizuholen, sobald Sie meine Leute freigelassen haben. Wenn Sie nicht darauf eingehen, tragen Sie die Verantwortung für alles, was danach geschieht.«

»Erst die versprochene Hilfe, dann die Gefangenen!«

»Wie Sie wollen.«

Der Schirm wurde dunkel. Darx-Vernschion starrte die leere Fläche an, bis sein Auge schmerzte.

»Vielleicht machen wir einen Fehler«, sagte Careen-Dhoor vorsichtig. »Es wird zum Kampf kommen, und die Station hat keine brauchbaren Abwehrwaffen, die wir gegen das terranische Schiff einsetzen könnten.«

»Aber wir haben dreieinhalbtausend Bewaffnete – und die Gefangenen!«, brüllte Darx-Vernschion. Er hatte nie gewusst, dass Hilflosigkeit derart wütend machen konnte.

Chelzamin informierte den ihn ablösenden Jarzmir. »Pollez sitzt in der Schaltzentrale, nachdem er die Kontrollen des Energieschirms zerstört hat. Wir haben keine Sichtverbindung mehr zu ihm.«

»Warum kommt er nicht zurück?«

»Weil er von Hulkoos belagert wird. Außerdem ist die Luftzufuhr unterbrochen; Pollez wird ersticken, falls sich für ihn nichts ändert.«

Jarzmir setzte sich. »Was unternehmen die Terraner?«

»Sie haben reagiert und ihr Schiff der Station angenähert. Möglicherweise greifen sie an.«

»Die Gefangenen?«

»Werden verstärkt bewacht. Ein Befreiungsversuch wäre Selbstmord.«

Jarzmir schickte Chelzamin in den Teich. Vorerst konnten sie noch nichts unternehmen, aber sie mussten bald eine Entscheidung fällen. Falls diese bis dahin nicht von selbst gefallen war.

Ähnlich hilflos fühlten sich die Gefangenen. Sie ahnten noch nicht, was geschehen war, bemerkten jedoch die verstärkte Bewachung. Hinter dem Energieschleier der offenen Tür waren die Umrisse der Wachposten zu erkennen.

»Vielleicht ist es den Echsen wirklich gelungen, den Energieschirm abzuschalten«, bemerkte Mentro Kosum. »Dann wird Atlan sofort reagiert haben.«

»Hier kann uns niemand mit Gewalt herausholen, ohne unser Leben zu gefährden«, sagte Delia Benjam bitter. »Wenn Gucky und Ras wenigstens teleportieren könnten ...«

»Nichts zu machen.« Gucky rümpfte die Nase. »Nicht einmal die Gedanken der Hulkoos kann ich lesen. Sie sind ein wahres Emotionschaos, mehr nicht.«

»Teleportation würde mir nur wenig nützen«, meldete sich Puukar zu Wort. »Es sei denn, jemand nimmt mir vorher die Fesseln ab.«

Nachdenklich betrachtete Mentro Kosum den Choolk. »Warum eigentlich nicht?«, murmelte er nach einer Weile. »Das Schloss ist stark, aber auch primitiv. Etwas Werkzeug habe ich dabei ...«

Mit seinem Körper verdeckte er gleich darauf die Sicht der Wachen auf Puukar. In aller Ruhe hantierte er an dessen Fesseln, obwohl er ahnte, dass er keinen Erfolg haben würde. Die Hauptsache war, er unternahm überhaupt etwas. Die beiden SOL-Geborenen schauten ihm aufmerksam auf die Finger.

Langsam verging die Zeit ...

Reginald Bull und das Einsatzkommando drangen in die Station ein, ohne auf Widerstand zu stoßen. Der Katzer behauptete, bekannte Gedankenmuster empfangen zu können, doch waren sie zu schwach, er konnte noch nichts damit anfangen.

Tiefer drang der Trupp in die düstere, verwinkelte Stahlwelt ein. Längst gab es eine atembare Atmosphäre, sodass die Helme geöffnet und in den Nackenwulst zurückgeschoben worden waren. Die Funkverbindung zur SOL wurde nicht beeinträchtigt.

Bully blieb mit einem Ruck stehen, als eine Lautsprecherstimme unter der Decke aufklang. Der mechanische Klang verriet den zwischengeschalteten Translator. »Bleibt auf dieser Etage und geht ein Stück weiter, dann trefft ihr die ersten Hulkoos. Sie belagern unseren Freund Pollez-Mitten, der den Energieschirm ausgeschaltet hat. Er wird ersticken, weil er einen Instrumentenbrand ausgelöst hat.«

»Wer sind Sie?«, fragte Bully verblüfft.

»Jarzmir-Neben vom Volk der Bautoks, Verbündete der Kaiserin von Therm. Wir sind auch eure Freunde.«

»Wir werden Pollez-Mitten helfen. Wie geht es den gefangenen Terranern?«

»Sie leben. Nur der alte Mann nicht mehr.«

Ronald Hennes' Tod bedeutete keine Überraschung.

»Sie können uns sehen?«

»Nicht mehr weit. Ein Teil der Anlage ist ausgefallen. Beeilt euch, die Hulkoos können mithören ...«

Die Kampfroboter hatten ohnehin schon die Sicherung des Trupps übernommen. Es war nur noch ein kurzes Wegstück, bis der Korridor eine leichte Biegung beschrieb, und dann sahen sie die Hulkoos.

Mehr als zwei Dutzend Schwarzpelze versuchten, mit ihren Strahlwaffen irgendetwas zu verdampfen, was außerhalb von Bullys Blickfeld lag. Vielleicht waren sie im Begriff, das Schott zu dem Raum aufzubrechen, in dem der Bautok eingeschlossen war.

Als die Hulkoos die Eindringlinge bemerkten, war es für sie zu spät für eine Flucht. Auf den ersten Strahlschuss der Hulkoos reagierten die Kampfroboter konsequent und kompromisslos.

Kurz darauf stand Reginald Bull vor dem schon halb aufgeschnittenen Schott. »Jarzmir«, rief er auf Verdacht und hoffte, dass der Bautok ihn hören konnte, »wenn Sie Kontakt zu Ihrem Freund haben, dann sagen Sie ihm, er kann den Raum verlassen! Hier sind keine Hulkoos mehr.«

Nicht einmal eine Minute später öffnete sich das Schott knirschend, beinahe widerwillig, und Bully wurde an die längst vergessen geglaubten Topsider erinnert, als er Pollez sah. Er streckte die Hand aus, eine Geste, die auch der Bautok verstand.

Gucky zuckte plötzlich zusammen, warf Ras Tschubai einen fragenden Blick zu und schlenderte zu Kosum, der noch mit Puukars Fesseln beschäftigt war. »Es geht wieder«, flüsterte der Ilt dem Emotionauten zu. »Ich empfange eure Gedanken klar und deutlich – und eine Menge mehr. Bully ist irgendwo in der Nähe – unverkennbar. Ein Stoßtrupp muss in die Station eingedrungen sein.«

Ein stummes Lächeln umfloss Mentro Kosums Mundwinkel.

»Nimm die Finger von Puukars Fesseln! Ich versuche es telekinetisch.«

»Wenn du meinst, dass es klappt ...«

Gucky setzte sich auf den Boden, den Rücken gegen die Wand gelehnt. An Kosum vorbei fixierte er die Stahlfesseln und konzentrierte sich auf die Mechanik des primitiven Schlosses. Sekunden später sprang es mit einem Klicken auf.

Mentro Kosum drückte Puukar geistesgegenwärtig zurück und flüsterte ihm eine Warnung zu. Die Hulkoos durften nichts bemerken.

Bjo, kannst du mich empfangen?, dachte Gucky intensiv.

Klar und deutlich, gab der Katzer zurück. *Ich peile dich an.*

Passt auf die Wachen auf!

Keine Sorge, mit denen werden wir schon fertig ...

Gucky verfolgte den Weg des Einsatzkommandos, von dem sich der Bautok inzwischen getrennt hatte, um in die Hydroponik zurückzukehren und dringend zu baden. Bullys Gedanken kamen klar und deutlich. Für ihn fungierte der Katzer als Übermittler. So blieb der Kontakt zwischen den beiden Gruppen erhalten.

Die Sinnlosigkeit jeder weiteren Verhandlung zwang Atlan dazu, den Befehl zur Vernichtung des Hulkoo-Schiffes zu geben. Das sollte eine unmissverständliche Warnung sein, und er konnte nicht ahnen, dass er damit zugleich den Psionischen Projektor außer Betrieb setzte.

Als Darx-Vernschion von dem Beschuss erfuhr, befahl er, die Gefangenen sofort zu töten. Den besonneneren Corl-Hendox, der ihn noch vor den verheerenden Folgen zu warnen versuchte, paralysierte er. Dann wiederholte der Kommandant seine Anordnung mit Nachdruck.

Die Wachposten schalteten die Energiesperre aus und drangen mit vorgehaltenen Waffen in das Gefängnis ein. Gucky erkannte die drohende Gefahr rechtzeitig, Sekunden bevor die Energiewand erlosch. Er setzte seine wiedergewonnenen Fähigkeiten ein und ging dabei nicht eben rücksichtsvoll vor. Von einer unsichtbaren Kraft wurden den Hulkoos die Waffen entrissen, die sich dann sofort gegen ihre Besitzer richteten.

Panik entstand, und fast gleichzeitig war bereits Bullys Einsatzkommando zur Stelle und besorgte den Rest. Einige der Hulkoos konnten lebend festgenommen werden.

»Sie werden hoffentlich gesprächiger sein als ihr Kommandant.« Bull bat Ras Tschubai, zwei der Gefangenen zu Atlan zu bringen und den Arkoniden zu informieren. Vielleicht hatte Atlan Anweisungen, die besser nicht an falsche Ohren gelangten.

Der Teleporter war Minuten später wieder zur Stelle. »Rückzug!«, überbrachte er Atlans Botschaft. »Zurück in die SOL und dann weg von hier!«

»Nicht so schnell!« Die Stimme erklang aus einer Lautsprechermembran unter der Korridordecke. »Nehmt ihr uns mit?«

»Pollez? Oder Jarzmir?«, fragte Reginald Bull.

»Richtig, die Bautoks. Wir sitzen hier seit drei Jahrhunderten fest und wollen nur noch zu unserem Volk zurückkehren.«

»Wir erwarten euch bei unserem Schiff!«

Auf dem Weg zurück an die Oberfläche der Station wurde das Kommando mehrmals von Hulkoos angegriffen, die sich dabei aber nur blutige Köpfe holten. Gucky bändigte den fast verrücktspielenden Puukar telekinetisch, denn der Kriegsherr der Choolks wollte die Station vernichten und alle Hulkoos töten.

Dann – endlich – schlossen die Terraner wieder ihre Helme und betraten die Oberfläche der Station. Nur Minuten nach ihnen kamen auch die Echsen.

Ein Hangar der SOL öffnete sich.

Careen-Dhoor meldete sich, als Atlan die Station anfunkte. »Der Kommandant ist nicht zu sprechen, Terraner.«

»Das kann ich mir denken.« Der Arkonide sah in der optischen Wiedergabe die Station rasch kleiner werden. Gleichzeitig gewann er den Eindruck, dass der Hulkoo, mit dem er soeben sprach, in sich zusammensank. »Ich weiß nicht, wie lange Sie auf Rettung warten müssen«, fuhr Atlan unbewegt fort. »Wenn Darx-Vernschion mein Angebot angenommen hätte, wären Ihre Schiffe vielleicht schon unterwegs.«

»Nicht alle von uns waren mit den Entscheidungen des Kommandanten einverstanden«, sagte Careen-Dhoor freimütig. »Wir werden ihn absetzen.«

»Ich habe die beiden Gefangenen freigelassen«, sagte Atlan noch, bevor er die Verbindung unterbrach.

Die Station war nur mehr ein winziger Lichtpunkt im Leerraum.

»›Blauauge‹ also ist unser Ziel?«, vergewisserte sich Bully.

»Nach wie vor«, versicherte Atlan. »Wir wissen jetzt, dass diese Galaxis von den Hulkoos Barxöft genannt wird. Ich bin sicher, wir werden Perry endlich finden.« Er warf Joscan Hellmut einen forschenden Blick zu.

»Vorerst wird es keine Schwierigkeiten mehr geben«, sagte der Sprecher der SOL-Geborenen. »Wir scheinen insgesamt auf dem richtigen Weg zu sein.«

»Vielleicht ist es das, was wir nötig hatten, Joscan: ein greifbares Ziel vor Augen, nicht nur Ungewissheit und Verwirrung. In dem Fall hatte das Zwischenspiel doch seine gute Seite.«

»Wenngleich das vorher niemand wissen konnte.« Hellmut schaute Atlan erwartungsvoll an. »Oder vielleicht doch?«, fügte er hinzu. Atlan lächelte nur und gab keine Antwort.

»Unhöfliches Pack«, bemerkte Gucky laut. »Wenn es schon sein muss, kümmere ich mich eben um unsere Gäste. Ihr könnt ja weiter philosophieren.«

»Gäste?«, wunderte sich Bully, ehe ihm die Erleuchtung kam. »Du meinst die Bautoks? Die hätte ich fast vergessen.«

»Das sieht dir ähnlich. Dabei waren sie es, die unseren Sieg erst ermöglichten. Hätten sie den Energieschirm nicht ausgeschaltet, hätte die SOL nie bei der Station anlegen können, dann wäre es auch nicht möglich gewesen, das Schiff der Hulkoos und damit den verrückten Projektor zu vernichten, und wenn nicht ... Ach was, wieso rede ich mir den Mund fusselig ... ihr wisst das ja selbst.«

»Grüße unsere Gäste!«, rief Atlan dem Mausbiber nach. »Wir werden sie auf einem für sie geeigneten Planeten absetzen.«

Gucky teleportierte.

Inzwischen war auf der Panoramagalerie nur noch Barxöft zu sehen. Die Station war verschwunden. Sie war nichts als eine einsame Insel zwischen den Galaxien, die höchst selten von einem Schiff angeflogen wurde.

6.

Die Entstehung der Superintelligenz BARDIOC

Der Verrat

Der Anblick war vertraut: Laire war da, der einäugige Roboter mit dem Körper aus weichem Stahl. Er kauerte neben dem Sockel der Unberührbarkeit und hielt die Hand mit den viel zu kurzen und ausgeglühten Fingern vor seine leere Augenhöhle, als schäme er sich der körperlichen Unvollkommenheit.

In einer Wolke aus Wasserdampf war Bardioc in der Ebene materialisiert. Der Mächtige sah vor sich die einsame Gestalt des Roboters, und mit einem Mal erschien ihm alles, was er plante, absurd und undurchführbar.

Der auf Laires dunkler Hülle kondensierende Dampf verlieh dem Roboter vorübergehend den Anschein glänzender Neuheit. Aber darauf achtete Bardioc kaum. Er fühlte den Druck der unvollkommenen Sonnen draußen im Weltraum. Gravitationsfelder umtosten die Ebene und zerrten an ihr, doch sie hing unverrückbar im Nichts, wo sie von einer Macht errichtet worden war, von der Bardioc nicht einmal den Namen kannte.

Sicher war die Ebene nicht der ideale Treffpunkt; allein nach ihren technischen Gegebenheiten beurteilt, war sie zu alt und unkalkulierbar. Ihre psychologische Wirkung war jedoch unvergleichlich. Bardioc erschauerte jedes Mal unter der Wucht des Eindrucks, den diese Umgebung auf ihn machte: Auf dieser schier endlosen Fläche im Nichts schien die Zeit gefangen zu sein, dieses mächtige Gebilde erweckte den Anschein, im Rhythmus der Ewigkeit zu atmen.

Dennoch würde die Ebene eines Tages zerfallen, zernagt und zermürbt von den Gewalten der nahen Sonnen, von ihren Strahlenschauern, den Gravitationsstürmen und Hitzefluten. Laire würde dann immer noch hier sein – ein robotischer Krüppel, einsam und schweigend, das ihm verbliebene Auge auf das Bild der Zerstörung gerichtet. Er würde das Geheimnis seiner Herkunft mit in den Untergang nehmen.

Ich kann es nicht tun!, dachte Bardioc.

Wahrscheinlich hätte er aufgegeben, wenn einer der sechs Brüder schon vor ihm da gewesen wäre. Aber noch war er allein.

Kaum, dass der *Ruf* an ihn ergangen war, hatte Bardioc seinen Lebensbereich verlassen und war zu der Ebene aufgebrochen. Er hatte gewusst, wie ihm nach seiner Ankunft zumute sein würde, und sich entsprechend beeilt. Nun war er allein hier und hatte Zeit, seine Gedanken zu ordnen und die psychische Kraft zu sammeln, die er brauchte, um seinen Plan zu realisieren.

Bardiocs lichtdurchfluteter Körper ließ mit jeder Bewegung erkennen, dass sich in ihm Kraft, Mut, Intelligenz und ungezügelte Wildheit vereinten. Er schüttelte das wallende Haar zur Seite. Obwohl er sicher sein konnte, als Erster auf der Ebene materialisiert zu sein, sah er sich mit glühenden Augen um. Er durfte keinen Fehler begehen. Falls die anderen von seinen Absichten erfuhren, würden sie ihn gnadenlos bestrafen.

Ein ketzerischer Gedanke beschäftigte ihn. Hatte jemals einer der Mächtigen einen solchen Plan ins Auge gefasst? Vielleicht der kleine Ganerc? Oder der düsterte Partoc?

Keiner hätte je den nötigen Mut und die Initiative aufgebracht, dachte Bardioc überzeugt. Sie meditierten in ihren Kosmischen Burgen, bis der *Ruf* an sie erging.

Der einäugige Roboter kam näher und berührte Bardiocs Körper. Unwillkürlich zuckte der Mächtige zusammen. Vielleicht, sagte er sich, konnte Laire Gedanken lesen.

»Du bist Bardioc; ich habe dich erkannt«, sprach Laire die Begrüßungsformel.

Entgegen seiner Gewohnheit versuchte Bardioc nicht, den Roboter in ein Gespräch zu verwickeln. Er fürchtete, sich schon durch eine winzige Kleinigkeit zu verraten.

Bardioc wusste nichts über die Macht, der er diente. Vielleicht existierte sie nur jenseits der Materiequellen und würde für ihn und seine Brüder im Bund der Zeitlosen stets unerreichbar bleiben.

Im Vergleich zu den Heimstätten der anderen wirkte Bardiocs Kosmische Burg armselig. Auch wenn nie darüber gesprochen wurde, hatte er doch den Eindruck, dass er deshalb als minderwertig angesehen wurde.

Ich werde es ihnen zeigen!, dachte er grimmig.

Er war nicht gern in seiner Burg, sie bedrückte ihn mit einem Gefühl des Gefangenseins, dass seine Pflichtmeditationen eher düstere Visionen als heitere Gedankenspielereien waren. Doch nun war der *Ruf* wieder ergangen, und Bardioc war entschlossen, niemals in seine Burg zurückzukehren.

Er wandte sich von Laire ab und schritt die Ebene entlang. Sobald die anderen eintrafen, würde er schnell zurück sein, um sie zu begrüßen.

Bardioc war sich darüber im Klaren, dass er zur Realisierung seines Planes unendlich viel Zeit und Geduld aufbringen musste, doch das verheißungsvolle Ziel rechtfertigte alle Anstrengungen. Als er zurückblickte, konnte er Laire nur mehr verschwommen erkennen, die Gestalt des Roboters schien mit dem Sockel der Unberührbarkeit zu verschmelzen. Lorvorc, einer der sechs anderen, hatte oft behauptet, die Ebene sei nichts als eine optische Täuschung, eine im Traum manifestierte Illusion, an der nur Laire echt sei. Nun, da er die Ebene hinabschritt, erschien sie Bardioc keineswegs illusionär.

Er blickte zu den brodelnden Sonnenmassen hinaus. In ein kosmisches Gebiet ähnlich diesem würden er und seine Artgenossen demnächst aufbrechen, jeder für sich an Bord seines mächtigen Sporenschiffs.

Kemoauc erschien.

Obwohl die Materialisation in erheblicher Entfernung stattfand, ließ die Aura goldenen Lichts keinen Zweifel daran, dass es Kemoauc war, der da ankam.

Bardioc spürte, dass sich alles in ihm verkrampfte. Wieso, überlegte er unbehaglich, kam ausgerechnet Kemoauc so früh, der stille und selbstbewusste Kemoauc, den alle stillschweigend als Anführer akzeptierten?

Kemoauc war kleiner als Bardioc, aber etwas lag in seinem Blick, was ihn überlegen machte. Tiefer als Kemoauc, sagten die anderen, war noch keiner bei der Beladung der Sporenschiffe in die Materiequellen eingedrungen, und Kemoauc hatte dabei Dinge erblickt, die ihn gestärkt und verändert hatten. Die Tiefe und Dunkelheit seiner Augen waren von Murcon einst mit einem Zeitbrunnen verglichen worden, und Bardioc konnte sich in der Tat keinen besseren Vergleich vorstellen.

Bardioc beobachtete, dass Kemoauc zu Laire ging und die Begrüßungszeremonie absolvierte. Es war tröstlich für ihn, zu wissen, dass nicht einmal der große Kemoauc sich dieser Pflichten zu entziehen vermochte.

Da er seine Anwesenheit nicht länger verborgen halten konnte, ging Bardioc zurück zu dem Sockel der Unberührbarkeit, um Kemoauc zu begrüßen.

»Seit unserem letzten Hiersein ist alles noch brüchiger geworden«, beklagte Kemoauc den Zustand der Ebene. Er warf einen besorgten Blick in Richtung der Sonnenwirbel. »Irgendwann werden wir uns einen anderen Treffpunkt suchen müssen.«

Erst dann kam er auf Bardiocs frühes Hiersein zu sprechen, ein Umstand, der seine Gefährlichkeit unterstrich und Bardiocs Wachsamkeit zu unerträglicher Anspannung steigerte.

»Täusche ich mich, oder hattest du tatsächlich den weitesten Weg von uns allen?«, fragte Kemoauc.

»Es ist so« erwiderte Bardioc gelassen, obwohl er innerlich vibrierte. »Die Länge des Weges sagt jedoch nichts über die Geschwindigkeit aus, mit der sich jemand bewegt. Und Geschwindigkeit ist motivierbar.«

Ein Lächeln entstand auf Kemoaucs Gesicht. »Kann ich den Grund deiner Motivation erfahren?«

»Er entspringt einer ureigenen Meditation.«

Kemoauc fragte nicht weiter, denn es galt als unschicklich, über die Meditationen eines anderen zu reden. Bardioc fühlte sich zwar erleichtert, dass das Thema damit erledigt war, aber besonders klug hatte er nicht reagiert und bestimmt das Interesse des anderen erst recht auf sich gelenkt.

Er war froh, als ein Schatten auf die Ebene fiel. Ariolc glitt aus dieser dunklen Wolke hervor, eingehüllt in ein Gewand aus rotem Samt, zu dem seine hellen Haare einen reizvollen Kontrast bildeten. Ariolcs Auftritte waren stets Spiegelbilder seiner Eitelkeit, und in seiner Burg herrschte ein Prunk, der Bardioc sogar anwiderte. Dabei konnte Ariolc selbst umgänglich und humorvoll sein.

Die Wolke fiel schnell in sich zusammen, während Ariolc zu Laire ging, um sich zu identifizieren.

»Wie ich sehe, hätte ich mich nicht so sehr zu beeilen brauchen.« Ariolcs Blick fiel auf Bardioc. »Du bist schon lange hier?«

»Er war der Erste«, bemerkte Kemoauc scheinbar beiläufig.

Bardioc zog es vor, zu schweigen. Er durfte sich nicht verunsichern lassen. Wahrscheinlich, sagte er sich, gehörten diese Bemerkungen und Fragen doch nur zur oberflächlichen Konversation, und allein sein schlechtes Gewissen veranlasste ihn, diesen Worten eine tiefere Bedeutung beizumessen.

Ganercs Erscheinen unterbrach das Gespräch, bevor es richtig in Gang kommen konnte.

Ganerc unterschied sich schon äußerlich beträchtlich von den sechs anderen, denn er war nur halb so groß wie sie. Niemand wusste, ob er unter diesem Umstand litt, aber er hatte als Einziger bei einem Treffen gefehlt und nicht auf den *Ruf* geachtet. Damals war das Gerücht entstanden, er wollte freiwillig aus dem Leben scheiden. Ganerc selbst hatte nie darüber gesprochen und auch keine Erklärung für sein Fernbleiben abgegeben.

»Es ist lange her, dass wir uns getroffen haben«, sagte er.

»Ziemlich lange«, bestätigte Kemoauc. »Doch der *Ruf* wird uns wieder vereinen.«

Als Nächster erschien Partoc. Wie es seinem Wesen entsprach, hockte er sich stumm auf den Boden. Partoc hatte einmal eine Havarie mit seinem Sporenschiff erlitten und war gezwungen gewesen, lange Zeit unter Sterblichen zu leben. Dieses Erlebnis hatte er nie ganz überwunden.

Laire schaltete die Beleuchtung der Ebene ein, sodass die kochenden Sonnenmassen zurückzutreten und zu verblassen schienen.

Als hätte er nur auf diesen Moment gewartet, materialisierte Murcon in einer Lichtkaskade. Murcon lebte als Einziger der sieben nicht allein in seiner Kosmischen Burg, aber er verschwieg, wer noch bei ihm war, und wenn ihn einer der anderen besuchte, pflegte er seinen geheimnisvollen Gast zu verstecken.

»Ich freue mich«, sagte Murcon und schaute sich um. »Wie ich sehe, fehlt nur noch Lorvorc.«

»Vielleicht hat er den *Ruf* überhört«, argwöhnte Ariolc, aber das war ein schlechter Scherz, über den keiner lachte.

Zum ersten Mal fühlte Bardioc sich in diesem Kreis einsam und verlassen. Das zeigte ihm, wie sehr er sich innerlich schon von den anderen abgenabelt hatte. Nun war die Zeit gekommen, die Trennung auch körperlich und räumlich zu vollziehen.

Bardioc war nicht länger bereit, im Sinn seiner anonymen Auftraggeber tätig zu werden. Er wollte aus dem Kreis der sieben ausbrechen und seine eigenen Wünsche verwirklichen. Das Leben in seiner kleinen Kosmischen Burg erschien ihm unbefriedigend; er sehnte sich danach, ein eigenes großes Reich aufzubauen, über das er herrschen wollte. Bardioc hatte begonnen, den Traum von unbegrenzter Macht zu träumen.

»Ob wir jemals erfahren werden, wer unsere Auftraggeber sind?«, sinnierte Ganerc und unterbrach mit dieser Frage Bardiocs Überlegungen.

»Wer immer sie sind – sie handeln positiv«, erwiderte Kemoauc.

Ganerc sah sich im Kreis der anderen um. »Eigentlich müsste einer von uns ihr Vertrauter sein und demzufolge mehr wissen als alle anderen.«

»Kemoauc käme dafür infrage. Weißt du mehr als wir, Kemoauc?«

»Nein.« Jeder konnte fühlen, dass die Antwort mit großer Aufrichtigkeit gegeben wurde. »Ich weiß nicht mehr als ihr. Genau wie euch wurde mir ein Sporenschiff zur Verfügung gestellt, mit dem ich Lebenskeime in unbelebte galaktische Regionen transportiere.«

»Warum sind die Unbekannten, die diese Schiffe beladen, so sehr daran interessiert, dass sich das Leben auch in den verlassensten kosmischen Regionen ausbreitet? Warum geben sie sich nicht mit der natürlichen Evolution zufrieden?«

»Das ist eine philosophische Frage, über die ich schon lange nachdenke«, gestand Kemoauc. »Ich nehme an, dass die Unbekannten den Sinn des Universums darin sehen, dass es überall Leben trägt. Vielleicht handeln sie ihrerseits nur im Auftrag einer über ihnen stehenden Macht.«

»Jenseits der Materiequellen befindet sich nichts mehr!«, behauptete Ganerc.

»Wer will das wissen? Am Beginn unserer Existenz glaubten wir noch, das Universum ende jenseits unserer Burgen. Aber hinter jeder Tür, die wir aufgestoßen haben, befand sich ein neuer Raum mit weiteren Geheimnissen.«

Obwohl er froh darüber war, dass das Gespräch sich in für ihn unverfänglichen Bahnen bewegte, wünschte Bardioc, dass es bald vorüber sein würde. Er dachte nicht gern über seine Herkunft nach. Sie lag – genau wie die seiner Brüder – völlig im Dunkeln. Eines Tages waren sie alle sieben sich in ihren Burgen ihrer selbst bewusst geworden. Wenig später war zum ersten Mal der *Ruf* ertönt. Zum ersten Mal waren die Schiffe aufgebrochen, um Sporen zu transportieren, und zum ersten Mal war in der nächsten Phase des Entwicklungsplans ein Schwarm konstruiert worden, der auf seiner langen Reise Intelligenz zu den entstehenden Völkern tragen sollte.

Das alles hatte sich seither oft abgespielt, und nun war, nach einer längeren Pause, der *Ruf* erneut ergangen.

»Wir sind die sieben Mächtigen, und damit sollten wir zufrieden sein«, sagte Kemoauc. »Wir sind relativ unsterblich, und unsere Macht ist so groß, dass uns Sterbliche, denen wir begegnen, für götterähnliche Wesen halten.«

Sein Blick fiel auf Partoc, und er entschuldigte sich sofort. »Es tut mir leid. Ich wollte mit meinen Worten keine alten Wunden aufreißen.«

Partoc starrte auf den Boden und sagte nichts.

»Trotzdem sollten jene, die unsere Schiffe beladen, uns nicht länger im Unklaren lassen, welcher tiefere Sinn hinter den sich wiederholenden Unternehmungen steckt«, sagte Ariolc.

»Vielleicht würden wir diesen Sinn überhaupt nicht verstehen«, wandte Bardioc ein, denn er befürchtete, dass sein allzu langes Schweigen das Misstrauen der anderen beflügeln könnte.

Murcon sagte verbissen: »Manchmal komme ich mir vor wie der Teil einer gigantischen Maschinerie. Was wir tun, ist großartig, aber es verliert seinen Reiz, weil niemals etwas Neues geschieht. Ich gestehe, dass ich es allmählich langweilig finde.«

Diesmal wird etwas Neues geschehen!, dachte Bardioc ironisch. Der Gedanke, dass er eine lange Kette immer wiederkehrender Ereignisse unterbrechen würde, berauschte ihn. Er empfand sogar Triumph bei der Vorstellung, dass er es als einziger der sieben Mächtigen wagen wollte, den Auftrag zu ignorieren.

Eine Lichtkugel erschien über ihren Köpfen und machte dem Gespräch ein Ende.

»Das ist Lorvorc!«, sagte Kemoauc.

Die Kugel zerbarst. Der vierschrötig aussehende Lorvorc stand vor den anderen und schaute sie mit deutlicher Abneigung an.

»Bevor ich hierherkam, hatte ich eine negative Meditation«, sagte er, nachdem er Laire begrüßt hatte. »Ich sah deutlich vor mir, dass einer von uns zum Verräter wurde.«

Bardioc starrte den Ankömmling an. Ihm war, als schwanke der Boden unter seinen Füßen. Das Blut rauschte in seinen Ohren. Er wollte sich umdrehen und fliehen, aber er war nicht in der Lage dazu.

»Das war eine Vision, keine Tatsache«, widersprach Kemoauc ruhig. »Jeder von uns erlebt das irgendwann.«

»Eigentlich wollte ich nicht kommen, denn ich finde den Gedanken unerträglich, Seite an Seite mit einem Verräter zu sitzen«, fuhr Lorvorc unbeirrbar fort.

Er weiß es nicht!, erkannte Bardioc mit unsäglicher Erleichterung. *Er weiß nicht, dass ich derjenige bin. Trotzdem ist die Situation für mich gefährlich.*

»Kannst du uns Konkretes sagen?«, erkundigte sich Murcon.

»Nichts, leider«, musste Lorvorc zugeben. »Aber wir sollten uns vorsehen und jedem von uns klarmachen, dass ihn eine schreckliche Strafe erwartet, falls er uns verrät.«

»Das ist unnötig«, widersprach Kemoauc. »Wir haben unsere ungeschriebenen Gesetze, und jeder weiß, was auf ihn zukommt, wenn er nicht im Sinn unserer Auftraggeber handelt.«

»Dann lasst uns beginnen!«, schlug Murcon vor.

Kemoauc wandte sich an Laire. »Öffne die Halle für uns!«, befahl er dem Roboter. »Wir müssen die Schiffe verteilen und die Koordinaten bekannt geben.«

Dies war der entscheidende Augenblick, erkannte Bardioc. Noch war Zeit für eine Umkehr. Er konnte sein Fehlverhalten gestehen und um Gnade bitten. Die anderen würden ihm verzeihen. Ebenso konnte er schweigen und den Auftrag korrekt wie immer durchführen.

Aber er würde weder das eine noch das andere tun. Der Traum von der Macht ließ ihn nicht mehr los.

Viele Millionen Jahre später – Perry Rhodan

Die Ankunft

Während des langen Fluges in BULLOCS Energiesphäre war er oft in tiefe Bewusstlosigkeit versunken, aus der er zuletzt wohl nicht mehr erwacht wäre, hätte der Zellaktivator seinem Körper nicht immer neue Kräfte zugeführt.

Perry Rhodan ahnte, dass sie sich längst nicht mehr in Ganuhr, sondern in einer anderen Galaxis befanden.

Als er sich an Bord der Sphäre begeben hatte, um die SOL und ihre Besatzung zu retten, hatte er nicht ahnen können, welch schreckliche

Reise ihm bevorstand. Der erste Teil des Fluges war gerade noch erträglich gewesen, denn Rhodan hatte Gelegenheit gefunden, die Sphäre zu verlassen und für kurze Zeit aus der Nähe der vierten Inkarnation zu entkommen. Das war auf der Glaswelt der Fall gewesen und vorher auf dem Planeten Culhm.

Danach waren Wochen um Wochen verstrichen, in denen er pausenlos der verheerenden mentalen Ausstrahlung BULLOCS ausgesetzt blieb, ein Zeitraum, den BULLOC wahrscheinlich genutzt hatte, um den Abgrund zwischen zwei Galaxien zu überwinden.

Obwohl es Perry Rhodan gelungen war, sich gegen BULLOCS Impulse abzuschirmen, hatten sie ihn mit der Zeit zermürbt. Der Tag war gekommen, an dem Rhodan einen schnellen Tod dem weiteren Dahinvegetieren in der Energiesphäre vorgezogen hätte.

Trotzdem war seine Hoffnung nicht gänzlich erloschen. Irgendwann musste BULLOC sein Ziel erreichen, dann bestand Aussicht auf eine Veränderung der Lage.

Der seelische Zerfallsprozess, gegen den Perry Rhodan sich zur Wehr setzen musste, wurde schon durch die Nähe der vierten Inkarnation ausgelöst. Ab und zu hatten BULLOC und er sogar versucht, miteinander zu reden. Dabei hatte der Terraner erfahren, dass BULLOC seine drei Vorgänger CLERMAC, SHERNOC und VERNOC endgültig ausgelöscht hatte. Am Machthunger und an der Selbstherrlichkeit der vierten Inkarnation bestanden für Perry Rhodan keine Zweifel mehr.

Seine geringen Vorräte waren längst aufgebraucht. Rhodan fühlte sich schon so apathisch, dass er auf die zunehmende Geschäftigkeit der Inkarnation erst reagierte, als BULLOC ihn ansprach.

»Perryrhodan!«

Die dumpfe, scheinbar aus dem Nichts kommende Stimme ließ ihn hochschrecken. Die letzten Stunden hatte Rhodan in einer Art Dämmerzustand verbracht.

In der Sphäre herrschte Dunkelheit. Das änderte sich nur, wenn BULLOC die Außenhülle transparent werden und das Licht fremder Sonnen eindringen ließ. Aber nicht einmal dann war Rhodan in der Lage, BULLOCS wahres Aussehen zu ergründen. Die Inkarnation zeigte sich ihm als nackter und geschlechtsloser Mensch. Rhodan kannte die Täuschung. Jedes Wesen, das der Inkarnation gegenüberstand, sah einen Angehörigen des eigenen Volkes im Innern der Sphäre.

»Perryrhodan!«

Der Terraner richtete sich auf. Er war zu müde und zu erschöpft, um mehr als diese schwache Reaktion zu zeigen.

»Wir befinden uns im Anflug auf BARDIOC«, berichtete BULLOC. »Ich werde dem Meister mit strahlender Macht gegenübertreten und ihm einen wichtigen Gefangenen übergeben.«

Rhodan brauchte geraume Zeit, um den Sinn das Gesagten zu verstehen. Zu lange hatte sein Verstand auf jeglichen Informationsfluss verzichten müssen. Er hatte nur noch den Wunsch, endlich dem Martyrium entkommen.

»Sobald wir in das Sonnensystem einfliegen, werde ich dir einen Blick in die Umgebung gestatten«, fuhr BULLOC fort.

Rhodan verstand, dass die Inkarnation nur mit ihm sprach, weil sie auf diese Weise ihren Triumph noch besser auskosten konnte. Der lange Flug näherte sich dem Ende. BARDIOC erwartete sie, wer oder was immer sich hinter diesem Namen auch verbarg.

Perry Rhodan fragte sich, ob er die Superintelligenz sehen würde. Vielleicht war er nicht einmal in der Lage, sie optisch zu erfassen, weil sie zu andersartig war. Ebenso wenig war auszuschließen, dass die Begegnung ihn töten würde. Nach dem langen und schrecklichen Flug war er vielleicht nicht in der Lage, die Gegenwart der Superintelligenz zu ertragen, zumal er davon ausgehen musste, dass sie in ihren Ausstrahlungen noch schlimmer war als ihre vierte Inkarnation.

Geräusche verrieten, dass BULLOC sich regte.

Plötzlich wurde es hell. Rhodan wusste nicht, ob die Hülle der Sphäre tatsächlich transparent wurde oder ob mit geeigneten Mitteln lediglich das Bild der kosmischen Umwelt projiziert wurde. Er sah eine gelbe Normalsonne mit sieben Planeten. Doch diese Konstellation interessierte ihn erst in zweiter Linie. Weitaus interessanter waren die Raumschiffe.

Tausende Raumer verließen das Sonnensystem oder kamen gerade an, andere hingen in dichten Verbänden zwischen den Planeten. In erster Linie handelte es sich um Scheibenschiffe der Hulkoos, aber Perry Rhodan sah auch andere Konstruktionen, die vermuten ließen, dass in diesem System Angehörige der verschiedenartigsten raumfahrenden Völker für BARDIOC arbeiteten.

Zentrum aller Bewegungen war zweifellos der dritte Planet.

»Das ist BARDIOCS Welt«, sagte BULLOC, als hätte er die Gedanken des Terraners erraten. »Und nicht nur das – diese Welt *ist* BARDIOC.«

Rhodan spürte, dass von dem Planeten ein mentaler Druck ausging, der aber vorerst noch leichter zu ertragen war als BULLOCS Ausstrahlung. Er mobilisierte seine letzten geistigen und körperlichen Kräfte. Obwohl er sich darüber im Klaren war, dass er den Status eines

Gefangenen besaß, schöpfte er wieder Hoffnung. Hatte er sich nicht selbst zum Ziel gesetzt, BARDIOC zu begegnen?

Rhodan dachte an die SOL. Wo mochte sich das mächtige Fernraumschiff mittlerweile befinden? Folgte die Besatzung noch seiner Spur? Er bezweifelte das. Ohnehin war es sinnlos, wenn er sich jetzt darüber den Kopf zerbrach, denn damit würde er sein Schicksal nicht beeinflussen. Seine Abenteuer in Naupaum fielen ihm ein. Damals war ihm nur sein Gehirn geblieben, und er hatte sich eines fremden Körpers bedienen müssen. Trotzdem hatte er zu den Menschen zurückgefunden.

Warum sollte ihm das nicht auch diesmal gelingen?

Er musste versuchen, möglichst viel über BARDIOC herauszufinden, bevor er mit der Superintelligenz zusammentraf.

»Wer oder was ist BARDIOC?«, wandte er sich an die vierte Inkarnation. »Kannst du mir über die Superintelligenz und ihre Entstehung berichten?«

Zu seinem Erstaunen lehnte BULLOC diesen Wunsch nicht ab.

»Ich werde dir in Kürze BARDIOCS Geschichte erzählen«, versprach die Inkarnation. »Es ist die Historie einer beispiellosen Machtentfaltung. Vor allem wirst du dabei auch viel über mich erfahren und erkennen, dass ich dem Meister in vielen Dingen nicht nachstehe.«

Rhodan hatte aufmerksam zugehört. BULLOCS Worte machten ihn nachdenklich. Sprach aus ihnen nur Eitelkeit, oder träumte die vierte Inkarnation insgeheim davon, eines Tages BARDIOCS Platz einnehmen zu können?

BULLOC hatte CLERMAC, VERNOC und SHERNOC vernichtet – lauerte er nun auf ein bedeutenderes Opfer?

Zwischen den Pulks von Raumschiffen hindurch glitt die Energiesphäre mit BULLOC und seinem Gefangenen auf den Planeten zu.

Hier war nichts von der strahlenden Großartigkeit zu sehen, mit der sich die Kaiserin von Therm Besuchern aus dem Weltraum präsentierte. Doch das besagte überhaupt nichts. BARDIOC war zweifellos genauso mächtig wie die Duuhrt, wenn seine Handlungen auch oft unlogisch und verwirrend erschienen waren.

Rhodan wunderte sich, dass er weder Raumstationen noch Satelliten sah, die um BARDIOCS Welt kreisten. Angesichts der vielen Raumschiffe in diesem Sektor hatte er damit gerechnet, umfangreiche technische Anlagen zu erblicken. Wahrscheinlich befanden diese sich auf der Oberfläche des Planeten.

»Wie heißt diese Welt?«, wandte er sich an BULLOC.

»BARDIOC!«

Perry Rhodan war irritiert, aber er stellte keine weiteren Fragen. Er entsann sich BULLOCS Aussage, dass dieser Planet BARDIOC sei. Es war natürlich absurd, sich unter einer Superintelligenz einen ganzen Planeten vorzustellen.

Die Sphäre drang in die Ausläufer der Atmosphäre ein. Kurz darauf konnte Rhodan einen Kontinent sehen. Der Anblick überraschte ihn derart, dass er an eine optische Täuschung glaubte.

Dort unten gab es keine technischen Einrichtungen. Fast das gesamte Land war bewachsen. Die Schiffe der Hulkoos und anderer Raumfahrer landeten auf großen Lichtungen, aber weder Stationen noch Kontrolltürme ragten dort auf. Wären diese Raumschiffe nicht gewesen, hätte man BARDIOC für einen unberührten Planeten ohne intelligentes Leben halten können.

Perry Rhodan musste sich zu der Überzeugung zwingen, dass er die Realität sah.

Aber wo war BARDIOC?, fragte er sich. Wer oder was war BARDIOC überhaupt?

Rhodan spürte die Nähe von etwas unsagbar Fremdem und Mächtigem. Dieses Gefühl wurde von irgendetwas ausgelöst, was sich dort unten befand. Wahrscheinlich war der Kontinent unberührt, eine Art Naturschutzgebiet, und in anderen Regionen dieser Welt konzentrierte sich, was er hier vermisste. Vielleicht lagen alle technischen Einrichtungen subplanetar.

Je länger Perry Rhodan überlegte, desto überzeugter wurde er, dass der optische Eindruck nicht den wahren Charakter des Planeten offenbarte.

Die Energiesphäre überflog einen Ozean. Nicht ein Schiff war aus dieser Höhe zu sehen. An den Küsten gab es weder Häfen noch Städte, und der nächste Kontinent, den die Sphäre erreichte, glich in jeder Beziehung dem ersten.

Rhodan zweifelte nicht mehr daran, dass er eine Halluzination erlebte. Er vermutete jetzt, dass hochwertige Projektoren Besuchern aus dem Weltraum dieses Bild unberührter Natur vorgaukelten, um von den wahren Einrichtungen abzulenken. Raumforts, ausgedehnte Raumhäfen, Werftanlagen …

»Die Geschichte BARDIOCS beginnt vor vielen Millionen Jahren deiner Zeitrechnung«, drang BULLOCS Stimme in Perry Rhodans Bewusstsein. »Damals kamen die sieben Mächtigen in diesen Teil des Universums, um einen Auftrag auszuführen …«

Die Entstehung der Superintelligenz BARDIOC

Der Diebstahl

Einige Jahre nachdem sein Sporenschiff beladen und in das vorgeschriebene Zielgebiet aufgebrochen war, stellte Bardioc fest, dass er nicht allein an Bord war.

Bei der Größe des Schiffes war diese Entdeckung ein Zufall, und Bardioc machte sie zum Glück, bevor er den Kurs ändern und das Sporenschiff in das vorbereitete Versteck entführen konnte. Die Entdeckung bedeutete für ihn einen ungeheuren Schock, denn er musste davon ausgehen, dass jemand einen Spion eingeschleust hatte. Vielleicht befand sich sogar einer der sechs anderen Mächtigen an Bord, um ihn zu überwachen.

Vielleicht hatte Lorvorc mehr gewusst, als er während der letzten Zusammenkunft zugegeben hatte.

Eine Zeit lang war Bardioc unfähig, irgendetwas zu tun. Er zog sich in seine ausgedehnten Privatgemächer zurück und versuchte, sich zu entspannen. Es wäre ziemlich sinnlos gewesen, sich auf die Suche nach dem unheimlichen zweiten Passagier zu begeben, denn nichts war einfacher, als sich an Bord eines Sporenschiffs zu verstecken.

Bardioc brauchte eine Lösung. Die Kursänderung musste in naher Zukunft vorgenommen werden, sonst vergeudete er zu viel Zeit und konnte nicht rechtzeitig zu der Zusammenkunft der sieben Mächtigen kommen, bei der die zweite Phase eingeleitet wurde.

Für einen Augenblick erwog er sogar, den Plan, sich einen eigenen Machtbereich zu schaffen, wieder aufzugeben.

Dann erwachte sein Trotz.

Wenn tatsächlich einer aus dem Bund der Zeitlosen an Bord war, konnte der Betreffende ihm dennoch nichts beweisen. Das Schiff war vorschriftsmäßig an der Materiequelle mit Sporen beladen worden und befand sich auf dem richtigen Kurs. Für jeden Beobachter musste der Eindruck entstehen, dass Bardioc das Schiff in das vorgesehene Gebiet lenkte, um durch die Ausstreuung von Lebenskeimen die natürliche Evolution, die andernfalls erst sehr viel später oder überhaupt nicht eingesetzt hätte, einzuleiten und zu beschleunigen.

Bardioc beschloss, die Initiative zu ergreifen. Er musste den Unbekannten zur Konfrontation zwingen.

Nun, da er entschlossen war, sein Vorhaben auf jeden Fall zu realisieren, verflog seine Panik schnell. Wer immer sich an Bord befand, war ihm bestenfalls ebenbürtig, auf keinen Fall aber überlegen.

Ein bestürzender Gedanke meldete sich. Befand sich ein Passagier an Bord, der von jenseits der Materiequellen kam? Ein Gesandter der geheimnisvollen Auftraggeber, die alle Sporenschiffe beluden und an die Mächtigen den *Ruf* ergehen ließen, sobald es galt, neu entstandene Galaxien für organisches Leben zu präparieren?

Unmöglich!, dachte Bardioc.

Noch nie war jemand von der anderen Seite gekommen, und alle Gesetze des Universums sprachen dagegen, dass dies jemals geschehen könnte. Aber vielleicht hatten Bardiocs Auftraggeber jemanden an Bord geschleust, der zu dem Raum-Zeit-Kontinuum gehörte, in dem Bardioc seine Arbeit verrichtete. Es wäre leicht gewesen, dies während der Beladeaktion zu bewerkstelligen.

Ich muss es herausfinden!, dachte Bardioc grimmig.

Trotzdem ließ er sich Zeit. Er durfte nichts überstürzen. Wenn er zu schnell angriff und dabei unterlag, würde er den Grund für seine Aggressivität später nur schwer erklären können.

Schließlich machte er sich daran, eine Bombe zu bauen. Mit den ihm zur Verfügung stehenden Mitteln war das einfach. Er hielt seine Idee für genial, denn der zweite Passagier rechnete bestimmt nicht damit, dass der Schiffsbesitzer einen derart primitiven Trick anwenden würde. Vor allem wusste der Unbekannte nicht, dass er entdeckt worden war.

Oder doch? Hatte der Fremde seine Spur absichtlich hinterlassen, um Bardioc auf sich aufmerksam zu machen und aus der Reserve zu locken? Das Problem wurde immer vielschichtiger, und Bardioc entschied, dass er aufgeben würde, wenn ihm innerhalb kurzer Zeit keine Lösung gelang.

Er deponierte die Bombe in dem beweglichen Kontroll- und Wartungssystem des Schiffes und transportierte sie auf diese Weise in eine Sekundärzentrale. Der Vorgang erforderte Geduld, denn das System arbeitete mit konstanter Geschwindigkeit, die zu ändern Bardioc nicht wagte.

Bevor er die Bombe losgeschickt hatte, war er bei drei verschiedenen Rechnern gewesen, um sich unabhängig voneinander die Ankunftszeit des Sprengkörpers in der Sekundärzentrale ermitteln zu lassen. Entsprechend den identischen Ergebnissen hatte Bardioc den Zünder eingestellt. Die Bombe explodierte zum vorgesehenen Zeitpunkt; das Kontrollsystem gab für diesen Teil des Sporenschiffs Alarm.

Bardioc schaltete alle Triebwerke ab. Das war eine übertriebene Vorsichtsmaßnahme, aber sie ließ sich vertreten.

Er hatte Zeit gewonnen.

Wenn der andere einer der Mächtigen war oder in ihrem Auftrag handelte, musste er nun aktiv werden.

Bardioc zog sich in seine Gemächer zurück und wartete. Das Schiff war wesentlich größer als seine Kosmische Burg, deshalb fühlte er sich an Bord wohl. Zunächst hatte er auch nur in Erwägung gezogen, den Giganten zu stehlen und damit von Galaxis zu Galaxis zu fliegen, ohne ein festes Ziel. Doch das wäre unbefriedigend gewesen. Er brauchte einen festen Standort, von dem aus er regieren und seine Macht ausdehnen konnte.

Deshalb galt es, das Schiff an einem sicheren Ort zu verstecken, damit er es später für seine Zwecke benutzen konnte. Doch dazu musste er Phase Zwei abwarten.

Im Vergleich zu der Aufgabe, die er sich im Zusammenhang mit dieser zweiten Phase gestellt hatte, war der Diebstahl des Sporenschiffs eine einfache Sache. Es war jedoch verfrüht, schon an den Schwarm und dessen Manipulation zu denken.

Während seine Gedanken in die Zukunft schweiften, wurde Bardioc ungeduldiger und erregter.

Niemand zeigte sich. Die Reparaturarbeiten hatten längst begonnen und würden bald abgeschlossen sein. Danach blieb ihm keine andere Wahl, als die Triebwerke wieder einzuschalten und den Flug fortzusetzen. Bardioc erhob sich von seinem Lager und wanderte unruhig von Raum zu Raum.

Wahrscheinlich steckte der kluge Kemoauc hinter allem. Schon auf der Ebene hatte Bardioc befürchtet, der andere würde ihn durchschauen. Und Kemoauc war genau der Gegner, der einen Nervenkrieg erfolgreich bestehen konnte.

Bardioc hörte Schritte. Sie erklangen aus einem der unzähligen Korridore rund um seine Privatgemächer.

Er hielt inne, seine glühenden Augen richteten sich auf den Eingang.

»Bardioc«, sagte eine müde Stimme, die ihm vertraut erschien.

Er war unfähig zu antworten. In diesem Augenblick wünschte Bardioc, niemals den Verrat geplant zu haben.

Die Schritte näherten sich, dann trat der zweite Passagier in den Raum. Bardioc starrte ihn fassungslos an. »Laire!«, sagte er grenzenlos überrascht.

Der Roboter musterte ihn – wachsam, wie es Bardioc erschien, und der Mächtige spürte, wie sich grenzenlose Enttäuschung in ihm ausbreitete. *Laire!* Das bedeutete, dass die Auftraggeber von seinem Verrat wussten und deshalb den einäugigen Roboter zu ihm geschickt hatten.

»Nach der Explosion und dem Abschalten der Triebwerke erkannte ich, dass du mich entdeckt hast«, sagte Laire bedächtig. »Es hat also keinen Sinn mehr, mich länger zu verbergen.«

»So ist es«, stimmte Bardioc zu.

»Wirst du mich zurückschicken?«, wollte Laire wissen.

»Zurückschicken?«, echote der Mächtige verwirrt. »Was willst du damit sagen? Bist du nicht hier, um mich zu überwachen? Wer hat dich beauftragt, Laire?«

»Niemand gab mir einen Auftrag. Ich kam aus eigenem Antrieb an Bord. Auf der Ebene war es für mich unerträglich geworden, ich konnte die Einsamkeit nicht mehr aushalten.«

Bardiocs Augen weiteten sich, dann lachte er lauthals. »Wir fürchteten uns voreinander!«, rief er erheitert. »Verstehst du das, Laire? In Wahrheit sind wir Verbündete.«

»Ich kann also bei dir bleiben?«

»Natürlich kannst du bleiben. Ich bin sogar froh, dass du hier bist, denn mir ist jede Unterstützung willkommen. Weißt du, was ich tun werde?«

»Nein.«

»Ich stehle dieses Schiff!«

In dem einen Auge, das dem Roboter verblieben war, schien es aufzublitzen. »*Wir* stehlen es«, sagte er betont. »*Wir* stehlen das Schiff.«

Bardioc hätte den Roboter am liebsten umarmt, aber das wäre sicher ein völlig unangebrachter Freundschaftsbeweis gewesen. Das Gefühl der Erleichterung überwältigte ihn. Zitternd ließ er sich auf eine Liege sinken.

Eine Zeit lang lag er schweigend da, während Laire ihn stumm beobachtete.

»Wird nur dieses eine Schiff gestohlen?«, erkundigte sich der Roboter.

Bardioc grinste ihn an. »Ich glaube, du möchtest eine ganze Flotte entführen …«

»Nach so langer Zeit völliger Tatenlosigkeit ist das kein Wunder«, antwortete Laire leise.

Bardioc entsann sich der Arbeit, die nun vor ihm lag. Die Triebwerke mussten reaktiviert und das Schiff auf den neuen Kurs gebracht werden. Ihm blieb gerade noch so viel Zeit, dass er rechtzeitig zurück sein konnte, um mit den anderen Mächtigen die zweite Phase zu besprechen.

Bardioc teilte die Arbeit auf und sagte dem Roboter, was zu tun war. Es fühlte sich für ihn ungewohnt an, einen Partner zu haben, doch das bedeutete keine Schwierigkeit. Dass Laire mit den Auftraggebern jenseits der Materiequellen in Verbindung stehen könnte, brauchte Bardioc nicht zu befürchten, denn eine solche Kommunikation ließ sich technisch nicht realisieren. Sollte der Roboter im Auftrag eines der sechs anderen Mächtigen gekommen sein, was Bardioc aber entschieden bezweifelte, gab es erst bei der nächsten Zusammenkunft Probleme. Bardioc war jedoch entschlossen, Laire daran zu hindern, dieses nächste Treffen zu besuchen – nötigenfalls mit Gewalt.

Der einäugige Roboter stellte keine Fragen hinsichtlich Bardiocs Plänen. Er schien zufrieden zu sein, dass er an Bord des Sporenschiffs geduldet wurde.

Als sie sich dem vorgesehenen Versteck näherten, sagte Bardioc: »Sobald die zweite Phase beginnt, werde ich dich dringender benötigen als jetzt.«

Laire stellte auch diesmal keine Fragen.

Das Versteck war von Bardioc sorgfältig ausgewählt worden. Niemand würde das Schiff an diesem Ort finden, sodass er es zu jedem ihm genehmen Zeitpunkt wieder holen und für seine eigenen Zwecke einsetzen konnte. In diesem Schiff schlummerte ein unermesslicher Schatz: Bardiocs spätere Sklaven! Er würde die Sporen ausstreuen, aber nicht an den vorgesehenen Orten, sondern in seinem späteren Machtbereich.

Auf keinen Fall würde er in die armselige Kosmische Burg zurückkehren, in der sein Leben bewusst begonnen hatte.

»Was hältst du von diesem Versteck?«, fragte er seinen stählernen Partner, nachdem das Schiff am Ziel angekommen war.

»Ein guter Platz«, antwortete Laire in seiner knappen Art.

Bardioc blickte zu den Sternen hinaus und lächelte bei dem Gedanken, dass Kemoauc und die fünf anderen dabei waren, den Inhalt ihrer Schiffe zu entladen. Sicher zweifelten sie nicht daran, dass Bardioc mit der gleichen Tätigkeit beschäftigt war.

Zum ersten Mal empfand Bardioc so etwas wie Trauer, denn er war sich dessen bewusst, dass er sich mit seinem Schritt für alle Zeiten aus der Gemeinschaft der Zeitlosen ausgeschlossen hatte. Er musste den Weg, den er selbst gewählt hatte, bis zum Ende gehen.

»Du bleibst an Bord, Laire!«, entschied Bardioc. »Ich nehme dich nicht mit zum nächsten Treffen.«

»Die Mächtigen werden sich wundern, dass ich nicht da bin.«

»Darüber brauchen wir uns keine Gedanken zu machen. Vergiss nicht den Zustand der Ebene. Du bist ein Teil davon. Jeder wird glauben, dass du ausgefallen bist.«

Laire drehte sich um die eigene Achse und schaute sich ausgiebig um. »Ich werde hier so einsam sein wie auf der Ebene.«

»Aber nicht für einen so langen Zeitraum. Ich werde zurückkommen und dich holen.«

Dies war ein Versprechen, das Bardioc niemals einhalten würde. Doch das wusste der Mächtige noch nicht.

7.

Viele Millionen Jahre später – Perry Rhodan

Die Erkenntnis

BULLOC hörte unvermittelt auf zu sprechen, und Perry Rhodan, der die Umgebung beobachtete, stellte fest, dass die Energiesphäre allmählich an Höhe verlor. Trotz seiner Erschöpfung hatte der Terraner dem Bericht der Inkarnation fasziniert zugehört. Noch ergab das, was er erfahren hatte, keinen rechten Zusammenhang, aber zweifellos war der Bardioc, von dem die Inkarnation sprach, nicht mit der Superintelligenz zu vergleichen, mit der die Menschen es heute zu tun hatten.

»Warum schweigst du?«, fragte der Terraner. »Ich würde diese Geschichte gern zu Ende hören.«

»Später. Erst landen wir. Ich muss mich mit BARDIOC in Verbindung setzen.«

Dass BULLOC mit technischen Abläufen beschäftigt war, minderte den von ihm ausgehenden mentalen Druck. Ein Blick durch die transparente Hülle verriet Rhodan, dass die Sphäre in einem Gebiet niederging, in dem auch Schiffe der Hulkoos gelandet waren. Die Ankunft der vierten Inkarnation schien kein Aufsehen zu erregen.

Je tiefer BULLOCS seltsames Flugobjekt sank, desto leichter konnte Perry Rhodan Einzelheiten unterscheiden und desto offensichtlicher wurde für ihn, dass er keiner Halluzination zum Opfer gefallen war. Auf dieser Welt gab es keine eigenständige Technik, weder auf noch unter der Oberfläche.

Der Himmel war düsterblau, nur dicht über dem Horizont schimmerte er in helleren Farben. Vor der Sphäre glitzerte eine rätselhafte Lichterscheinung, vielleicht eine Wolke oder eine Art energetische Entladung.

Von dem Plateau, auf dem die Sphäre zur Landung ansetzte, erstreckte sich ein merkwürdiger Wald bis weit in die Ferne. Bäume und Büsche wurden von einer Struktur überwuchert, die fast überall zu sein schien und die Perry Rhodan an etwas erinnerte.

Alles wirkte still und erhaben – und vor allem völlig fremdartig.

Die Hulkoos, die ihre Schiffe verlassen hatten, bewegten sich langsam. Sie erinnerten Rhodan an Marionetten inmitten einer bizarren Bühnenkulisse.

Seine Augen verengten sich, sein Verstand arbeitete angestrengt. Er fühlte, dass er der Lösung sehr nahe war. Gleichzeitig spürte er, dass sein Herzschlag sich beschleunigte. Die Ahnung von dem, was sich außerhalb der Sphäre befand, drohte ihn zu überwältigen. Perry Rhodan fürchtete plötzlich die Konfrontation mit der Wahrheit.

Die Bäume in der Nähe des Landeplatzes sahen im Gegensatz zu allen anderen kahl aus. An den im Boden eingegrabenen Spuren erkannte Rhodan, dass kürzlich ein Schiff der Hulkoos hier gestanden haben musste.

Jäh verschwand die Transparenz der Sphäre. Perry Rhodan fühlte sich, als sei er soeben aus einem unwirklichen Traum erwacht.

»Was geschieht dort draußen?«, fragte er. »Was tun die Hulkoos und alle anderen Raumfahrer – und wo ist BARDIOC?«

»Still!«, befahl BULLOC, der offenbar konzentriert mit anderen Dingen beschäftigt war. Er unterstrich den Befehl mit einem mentalen Hieb, der Rhodan körperlichen Schmerz bereitete.

Perrys Hass auf die Inkarnation wuchs. Er hatte jedoch erkannt, dass es sinnlos war, solche Gefühle zu artikulieren. Das führte nur zu noch wütenderen psychischen Attacken BULLOCS.

Wahrscheinlich suchte die Inkarnation Kontakt zu BARDIOC oder hatte ihn schon gefunden. Danach würde die Hülle des Flugkörpers wieder transparent werden. Vielleicht, hoffte Rhodan, durfte er die Energiesphäre dann für eine Weile verlassen. Es gab nichts, wonach er sich mehr sehnte.

Unablässig hatte er das exotische Bild vor seinem geistigen Auge. Er fragte sich, was für eine seltsame Struktur das sein mochte, die wie ein Netz schier endloser Windungen und Verästelungen nahezu alle

Pflanzen überzog. Handelte es sich um ein Kommunikationssystem BARDIOCS?

In der Sphäre war es still geworden. BULLOCS Ausstrahlungen hatten sich auf kaum noch wahrnehmbare Impulse reduziert. Perry Rhodan registrierte diese Veränderung mit Erleichterung, obwohl er aus Erfahrung wusste, dass die Inkarnation sofort wieder aktiv werden konnte. Mittlerweile schien sie jedoch so in ihren Kontakt mit BARDIOC versunken zu sein, dass ihr Gefangener in Vergessenheit geriet. Rhodan gab sich dennoch keinen Illusionen hin. Auch in diesem Zustand war die Inkarnation unangreifbar, jedenfalls solange er sich ohne Waffen im Innern der Sphäre befand.

Perry Rhodan glaubte nicht, dass BARDIOC sich um ihn kümmern würde. Warum sollte die Superintelligenz von dem einsamen Gefangenen überhaupt Notiz nehmen? Falls es zu einer Kontaktaufnahme kommen konnte, musste die Initiative von Rhodan ausgehen.

Licht fiel in die Sphäre und blendete ihn.

Diesmal war nicht nur die Hülle durchsichtig geworden, sondern BULLOC hatte das Flugobjekt geöffnet. Feuchtwarme Luft strömte herein.

Perry Rhodan erhob sich zögernd. Er konnte nicht glauben, dass die Inkarnation ihn ohne Auflagen und Befehle ins Freie entließ.

BULLOC verhielt sich jedoch passiv, sodass Rhodan es schließlich riskierte, sich aus der Sphäre zu schwingen. Er blieb unbehelligt.

Das Plateau fiel nach einer Seite steil ab. Süßlicher Duft stieg dem Terraner in die Nase. Ein antilopenähnliches Tier äste wenige Schritte entfernt zwischen niedrigen Büschen und beäugte ihn misstrauisch.

Täuschte er sich, oder trug das Tier auf seinem Rücken ein Fragment jener netzartigen Struktur, die sich weit ausgebreitet hatte? Perry Rhodan machte einen Schritt auf die Kreatur zu, doch sie warf sich herum und floh den Steilhang hinab.

Rhodan wusste nicht, was BULLOC von ihm erwartete, aber auch ohne diese Ungewissheit hätte er sich vorerst nicht zu weit von der Sphäre entfernt. Immerhin ging er auf den Rand des Plateaus zu, um das tiefer liegende Land in Augenschein zu nehmen. Die Pflanzen in der Ebene waren von der bleichen Struktur wie von einem Teppich überzogen. Doch überall gab es Lichtungen, auf denen Raumschiffe standen.

In unmittelbarer Nähe schräg unter sich sah Rhodan einige Hulkoos. Sie bewegten sich, als suchten sie nach etwas. Eine Gruppe von ihnen schwebte mithilfe kleiner Antriebsprojektoren in Rückentornistern zu den Wipfeln der Bäume hinauf. An verschiedenen Stellen der netzartigen Struktur gab es dort große knollenförmige Auswüchse. Die Raumfahrer lösten sie vorsichtig von der übrigen Masse und legten sie in mitgeführte Behälter.

Es sah so aus, als würden diese Verdickungen regelrecht abgeerntet.

Perry Rhodan stöhnte, als er mit einem Schlag begriff, was die Knollen waren. *Junge Kleine Majestäten!* Diese Erkenntnis traf ihn wie ein Schlag. Nun wusste er auch, woran ihn diese Struktur erinnerte, die alles wie ein wucherndes Gewebe bedeckte. Er hatte die Wahrheit die ganze Zeit über geahnt, sie aber immer wieder verdrängt.

Dieses allumfassende Netz gehörte zu den Windungen eines unvorstellbar großen Gehirns, das den gesamten Kontinent, nein, den Planeten insgesamt überzog.

Das war BARDIOC.

Rhodan taumelte. Er wich in Richtung der Sphäre zurück. Sein Verstand rebellierte gegen diese Wahrheit.

Ein globales Gehirn oder ein gehirnähnlicher monströser Organismus, der die Fauna und Flora dieses Planeten zu einer gigantischen Symbiose vereinigt hatte – das war BARDIOC. Nicht der Bardioc aus BULLOCS Bericht. Keinesfalls!

Rhodan fragte sich, wie ein solches Wesen, das einen Planeten umspannte, überhaupt leben und ein Bewusstsein entwickeln konnte. Von dieser Welt aus, daran gab es für ihn keinen Zweifel, wurden BARDIOCS Ableger in die Galaxien seiner Mächtigkeitsballung transportiert, wo sie als Kleine Majestäten ihren unheilvollen Auftrag erfüllten.

Perry Rhodan hatte den Landeplatz der Sphäre wieder erreicht. Erst jetzt bemerkte er, dass BULLOCS Flugobjekt nicht mehr auf dem Plateau stand, sondern jenseits des Steilhangs über einem kleinen Wald schwebte. Er nahm an, dass BULLOC einen Auftrag von BARDIOC erhalten hatte.

Aber wie trat man mit einem derart gigantischen Gehirn in Verbindung, das mit der Natur offensichtlich eine Symbiose eingegangen war? Rhodans Vermutung, dass BARDIOC keinerlei Notiz von ihm nehmen würde, stellte sich als immer wahrscheinlicher heraus. Die Superintelligenz war sicher nicht in der Lage, ihn als einzelnes Wesen bewusst wahrzunehmen.

Wie lange mochte es gedauert haben, bis BARDIOC sich zu dem entwickelt hatte, was er heute war? Jahrtausende mussten dabei vergangen sein.

Und wie war es überhaupt zu dieser Entwicklung gekommen? Perry

Rhodan konnte sich nicht vorstellen, dass er das Ergebnis eines von BARDIOC gewollten oder gar natürlichen Prozesses vor sich sah. Auf dieser Welt mussten sich unvorstellbar schreckliche Dinge ereignet haben.

Eine Zeit lang stand Rhodan reglos an der verlassenen Landestelle. Angesichts dieser unbegreiflichen Wesenheit besann er sich nur langsam wieder seiner eigenen Probleme. BULLOC hatte ihn hierher gebracht, nach BARDIOC. Erst jetzt verstand er, wie berechtigt die Wahl dieses Namens für den gesamten Planeten war.

Perry Rhodan zwang sich dazu, BARDIOC aus seinen Gedanken zu verdrängen. Es ging um sein eigenes Überleben. Er musste sich in der näheren Umgebung umsehen, denn er brauchte zu essen und zu trinken. Auf Dauer konnte ihn der Zellaktivator ohne Nahrungszufuhr nicht am Leben erhalten. Danach galt es für ihn herauszufinden, ob dieses Land wirklich so still und friedlich war, wie es auf den ersten Blick wirkte. Die Raumfahrer, die auf BARDIOC landeten, stellten keine unmittelbare Bedrohung dar, doch es war durchaus möglich, dass größere Tiere gefährlich werden konnten, selbst dann, wenn sie Teil einer Symbiose waren.

Der Terraner fragte sich, wie lange sein Aufenthalt wohl dauern würde und von wem sein weiteres Schicksal abhing. Kaum von BARDIOC, denn die Superintelligenz war zweifellos mit dem beginnenden Krieg zwischen den Mächtigkeitsballungen beschäftigt. Und BULLOC würde in erster Linie BARDIOCS Sklaven im Kampf gegen die Kaiserin von Therm unterstützen.

Vielleicht kümmerte sich niemand mehr um ihn, vermutete Rhodan. Sollte er versuchen, sich an Bord eines der vielen Raumschiffe einzuschleichen? Ein Fluchtversuch war bestimmt nicht gefährlicher als der ständige Aufenthalt auf diesem Planeten. Vorerst jedenfalls sah es so aus, als hätte man ihn vergessen. Er war auf sich allein gestellt.

Am Fuß des Steilhangs plätscherte ein kleiner Bach dahin. Dort konnte Perry Rhodan seinen Durst löschen. Er kletterte den Hang hinab. Sein Körper war von der langen Reise in der Energiesphäre geschwächt und an anstrengende Bewegungen nicht mehr gewöhnt. Mehrmals verlor Rhodan den Halt und rutschte über den harten Untergrund, wobei er sich Hände und Gesicht aufschürfte. Schließlich erreichte er den Bach, aber als er sich über das Ufer beugte, erschauerte er bei dem Anblick, den ihm das klare Wasser bot. Von der anderen Seite wucherten Ausläufer BARDIOCS bis auf den Grund hinab, wo sie die Wasserpflanzen überzogen. Rhodan hätte sich nicht gewundert, wären Fische aufgetaucht, die ebenfalls kleine Klumpen der gehirnähnlichen Struktur auf ihren Körpern trugen.

Obwohl das Wasser kühl und sauber wirkte, scheute Perry plötzlich davor zurück, aus dem Bach zu trinken. Letztlich überwand sein Durst jedoch die Abneigung.

Danach fühlte er sich erfrischt. Seine Blicke suchten die größeren Pflanzen in der Umgebung nach Früchten ab. BULLOCS Energiesphäre hatte er aus den Augen verloren. Er vermutete, dass die Inkarnation weitergeflogen war, vielleicht zu einer zentralen Stelle der Superintelligenz.

Rhodan fand essbare Früchte und stillte seinen Hunger. Danach entkleidete er sich und nahm ein Bad an einer breiten Stelle des Baches. So gut wie im Augenblick hatte er sich nicht mehr gefühlt, seit er die SOL verlassen hatte.

BARDIOC selbst schien nicht jene bösartige Ausstrahlung zu besitzen, die seiner vierten Inkarnation anhaftete, trotzdem war seine Anwesenheit spürbar. Sie machte sich mit einem dumpfen Druck im Gehirn bemerkbar, der jedoch nicht so unerträglich war wie BULLOCS Aura. Zweifellos verfügte BARDIOC über paranormale Kräfte, die denen seiner jüngsten Inkarnation weit überlegen waren. BARDIOC war nicht darauf angewiesen, damit gegen ein einzelnes Individuum wie Perry Rhodan vorzugehen. Die Anwesenheit ganzer Raumflotten bewies nur allzu deutlich, wofür die Superintelligenz ihre Fähigkeiten einsetzte.

Rhodan stieg aus dem Bach und rieb sich mit großen Blättern trocken. Nach dem Stand der Sonne zu schließen, war der Abend nicht mehr fern. Er dachte mit Unbehagen an die bevorstehende Dunkelheit, denn er wusste nicht, was die Nacht in dieser Umgebung bereithielt. Deshalb entschied er sich, wieder auf das Plateau hinaufzusteigen und seine Erkundungen erst am nächsten Morgen fortzusetzen. Dort oben befand er sich an einem relativ abgelegenen und ruhigen Platz.

Der Aufstieg war beschwerlich, aber Perry Rhodan spürte, dass seine Körperkräfte wiederkehrten. Seine Hoffnung und Zuversicht wuchsen gleichzeitig. Er glaubte nicht daran, dass jemand ihn töten wollte. Vielmehr hatte er den Eindruck, dass er sich selbst überlassen war.

Er ging bis ans Ende des Plateaus und ließ sich dort nieder. Einige hundert Meter unter ihm waren Hulkoos damit beschäftigt, einen Ableger BARDIOCS aus dem Netzwerk zu lösen. Es sah so aus, als würden Tag für Tag Dutzende solcher Kleiner Majestäten »geerntet«

und abtransportiert. BARDIOCS Mächtigkeitsballung war groß und dehnte sich aus. Das Ziel der Superintelligenz schien es zu sein, alle Welten ihres Herrschaftsbereichs mit Kleinen Majestäten zu besetzen.

Rhodan nahm an, dass die hier arbeitenden Hulkoos nie etwas von der Menschheit gehört hatten. Die Schwarzpelze, die nach BARDIOC kamen, mussten ihn für einen Raumfahrer halten, der ebenso wie sie in BARDIOCS Dienst stand. Von ihnen drohte demnach keine Gefahr.

Perry Rhodan sah auch Angehörige anderer Völker – Wesen, wie er sie bisher niemals zu Gesicht bekommen hatte. Auch sie gehörten zu BARDIOCS Mächtigkeitsballung.

Er erkannte, wie sehr sich das Prinzip der Machtausbreitung bei den ihm bekannten Superintelligenzen ähnelte. Während die Kaiserin von Therm ihre Kristalle verteilte, sorgte BARDIOC für die Verbreitung der Kleinen Majestäten. Und ebenso, wie die Kaiserin mit ihrem kristallinen Körper einen gesamten Planeten umhüllte, hatten sich die Ausläufer von BARDIOCS Gehirn über diese Welt ausgebreitet.

Rhodan nahm nicht an, dass dieser Entwicklungsprozess für alle Superintelligenzen charakteristisch war – zumindest ES bildete darin eine Ausnahme –, aber nach allem, was er von BARDIOC und der Kaiserin von Therm wusste, ähnelten sie einander in vielen Dingen. Lag darin der Grund für ihren Konflikt verborgen?

Perry Rhodan war in tiefes Nachdenken versunken. Erst als die Sonne am Horizont untertauchte und den Himmel mit eigenartigen Leuchterscheinungen überzog, schaute er sich nach einem geeigneten Platz für die Nacht um. Er entdeckte eine Mulde unter einem Baumstumpf. Dieser verrottete Baum war längst abgestorben und aus der globalen Symbiose BARDIOCS entlassen worden. Trotzdem suchte Rhodan den gesamten näheren Umkreis nach Gehirnwindungen der Superintelligenz ab. Sein Verstand sagte ihm jedoch, dass diese Vorsichtsmaßnahme sinnlos war. Wann immer BARDIOC von ihm Besitz ergreifen wollte, konnte er das sicher mühelos tun. Aber Rhodans Abscheu, von diesen Ausläufern berührt zu werden, war so groß, dass er seinen Gefühlen nachgab.

Als er sich endlich niederließ, war es nahezu dunkel. Die Nacht brach schnell herein.

Trotz der hinter ihm liegenden Strapazen fand Perry Rhodan keinen Schlaf. Seine Gedanken kreisten unablässig um die Ereignisse der letzten Stunden.

Dann – der Terraner war in unruhigen Halbschlaf gefallen – tauchte ein Licht in der Dunkelheit auf. Sofort war er wieder hellwach und kroch aus seinem Versteck.

Das Licht kam näher und entpuppte sich als die Sphäre der Inkarnation. Obwohl Rhodan BULLOC hasste, fühlte er eine gewisse Erleichterung, als die Sphäre auf dem Plateau niederging.

»Perryrhodan!«, rief die ihm inzwischen vertraute Stimme.

Ohne zu zögern, ging der Terraner an Bord. In der Energiesphäre würde er sich während der Nacht sicherer fühlen als im Freien.

»Du sollst mehr über BARDIOC erfahren«, kündigte BULLOC an.

Rhodan wunderte sich über diese Bereitwilligkeit. Er wurde den Eindruck nicht los, dass BULLOC die Superintelligenz herabwürdigen wollte, indem er alles über sie berichtete. Schon einmal hatte Rhodan vermutet, dass das Verhältnis zwischen BARDIOC und seiner vierten Inkarnation nicht so einhellig war, wie man hätte annehmen sollen. Er beschloss, darauf zu achten, denn von eventuellen Meinungsverschiedenheiten konnte er nur profitieren.

»Eines möchte ich klarstellen«, drohte BULLOC. »Du bist und bleibst mein Gefangener! Vergiss das nie, sonst werde ich dich vernichten«

Angesichts der Sachlage kam Rhodan diese Drohung merkwürdig vor. Wieder fragte er sich, ob der erste Kontakt zwischen BARDIOC und seiner bisher mächtigsten Inkarnation nicht so verlaufen war, wie beide sich das vorgestellt hatten.

Dann konzentrierte er sich darauf, was BULLOC berichtete …

Die Entstehung der Superintelligenz BARDIOC

Phase Zwei

Die Ebene erschien Bardioc noch trostloser als bei seinem letzten Besuch. Doch er fand wenig Zeit, sich mit den äußeren Umständen zu beschäftigen, denn die sechs Mächtigen waren bereits eingetroffen. Obwohl er sich beeilt hatte, war er durch den Zwischenfall mit Laire und dem Anflug des Verstecks länger aufgehalten worden als ursprünglich angenommen. Die zufriedene Stimmung, in der Bardioc zur Ebene aufgebrochen war, verflüchtigte sich, weil er plötzlich ahnte, dass er sich der verfänglichen Fragen Kemoaucs und der anderen würde erwehren müssen.

»Du kommst spät«, kritisierte Murcon. »Wir befürchteten schon, deine Mission sei gescheitert«

»Was soll schon passieren?«, entgegnete Bardioc unwirsch. »Ich habe die Arbeit gründlicher erledigt und einige Welten bedacht, die eigentlich nicht vorgesehen waren.«

Kemoauc sah ihn nachdenklich an. »Seltsam. Beim letzten Mal warst du lange vor uns hier, nun kommst du mit großer Verspätung.«

Bardioc zuckte mit den Schultern, um den anderen zu zeigen, wie bedeutungslos diese Feststellung war.

»Wir fragen nicht ohne Grund«, fügte Lorvorc hinzu. »Laire ist weg!«

Bardioc hätte fast aufgelacht. *Deshalb* machten sie sich Gedanken? Es ging weniger um ihn als um den alten Roboter.

»Was habe ich damit zu tun?«, fragte er. »Ihr wisst, wie es um die Ebene bestellt ist. Früher oder später werden wir uns einen neuen Treffpunkt suchen müssen. Der Verfall schreitet fort, und Laire ist genauso davon betroffen wie alles andere.«

»Für mich ist Laire ein Bestandteil unserer Arbeit«, sagte Ganerc zögernd. »Ich kann mir nicht vorstellen, dass er ausfällt. Ihm muss etwas zugestoßen sein.«

Er ist euch und eure widerliche Wichtigtuerei über!, dachte Bardioc wütend. *In dieser Beziehung geht es ihm offenbar wie mir.* Aber er hütete sich, etwas davon auszusprechen.

»Ganerc meint, dass wir vielleicht heimliche Widersacher hätten«, bemerkte Ariolc kichernd.

Bardioc starrte die in das rote Samtgewand gehüllte Gestalt an und fragte sich, warum er früher fast so etwas wie Sympathie für Ariolc empfunden hatte.

»Ich lasse mich nicht davon abbringen, dass wir einen Verräter in unserer Mitte haben«, warf Lorvorc ein. Er blickte in Richtung des düsteren Partoc, der wie immer schweigend abseits hockte. »Er hat lange Zeit bei Sterblichen gelebt. Ist es nicht denkbar, dass er sich ihnen heute noch verbunden fühlt und mit ihnen gemeinsame Sache macht?«

Partoc reagierte überhaupt nicht auf diese Verdächtigung, sondern starrte weiter ins Leere.

»Dann müssen wir Murcon ebenso verdächtigen, weil er einen Unbekannten in seiner Burg beherbergt«, verteidigte Ganerc den Düsteren.

»Hört auf damit!«, befahl Kemoauc. »Ich glaube, dass es so ist, wie Bardioc vermutet. Laire hat einfach aufgehört zu funktionieren. Wir brauchen ihn ohnehin längst nicht mehr. Was wir als seine Kontrollfunktion ansahen, war nur noch Teil einer überholten Zeremonie, an die wir uns gewöhnt hatten. Seht euch doch um!«

Bardioc sah, dass Ganerc erschauerte. »Ich habe ein ungutes Gefühl, wenn ich daran denke, dass wir Phase Zwei ohne ein Zusammentreffen mit Laire beginnen«, sagte Ganerc.

»Du bist abergläubisch?«, rief Ariolc in gespieltem Entsetzen. »Ein unsterblicher Mächtiger, der in einer Kosmischen Burg wohnt, ist abergläubisch?«

Kemoauc schlug vor, dass sie trotzdem die Halle betreten mussten. »... wir kennen den Weg und wissen, wie sie zu öffnen ist. Auch dazu brauchen wir Laire längst nicht mehr.«

Alle waren einverstanden. Kemoauc setzte sich an die Spitze der kleinen Gruppe. Es war ein beeindruckendes Bild, das die sieben Mächtigen boten, als sie vor dem Hintergrund der wirbelnden Sonnenmaterie über die Ebene schritten. Prompt wurde Bardioc noch einmal von dem alten Zusammengehörigkeitsgefühl ergriffen. Er erinnerte sich, wie großartig er sich vorgekommen war, als er den *Ruf* zum ersten Mal vernommen hatte. Lange Zeit hatte er sich bedeutsam und mächtig gefühlt, bis ihm klar geworden war, dass er nur als Werkzeug einer übergeordneten Macht fungierte.

Was nutzte ihm das Leben in einer Kosmischen Burg, was die Fähigkeit der Materialisation, was das gigantische Sporenschiff, die Gelegenheit zur Manipulation anderer Völker und was die Unsterblichkeit, wenn er all dies nur wie eine gut funktionierende Maschine im Interesse anderer einsetzen konnte?

Er ließ sich hinter die anderen zurückfallen. Stolz schritten sie einher, stolz und wie berauscht von ihrer entliehenen Macht.

Nein!, dachte Bardioc verächtlich. *Ich gehöre nicht mehr zu ihnen. Ich werde als Einziger wirkliche eigene Macht entfalten.*

Kemoauc betätigte den Öffnungsmechanismus der Halle. Über eine riesige Fläche hinweg glitt die Ebene nach zwei Seiten auseinander und gab den Blick in ein künstlich angelegtes Tal frei.

An diesem Platz hätten sich viele tausend Wesen vom Rang der sieben Mächtigen zusammenfinden können, und sie hätten in diesem weiten Grund noch immer verloren gewirkt. Bardioc und seine sechs Brüder wurden förmlich darin aufgesogen. Vielleicht war die Halle dazu erbaut worden, in allen Besuchern das Bewusstsein der eigenen Winzigkeit zu wecken. Bardioc empfand hier jedes Mal Beklemmung, und er fragte sich, warum sie ihre Treffen nicht oben auf der Ebene durchführten. Längst wusste jeder, was er zu tun hatte. Die Gespräche, die sie führen würden, waren nur mehr ein Ritual.

Kemoauc schritt in die Senke hinab und nahm Platz.

»Wie lautet unser Auftrag?«, rief er aus, nachdem sich alle um ihn versammelt hatten.

»Leben verbreiten und dieses Leben intelligent werden lassen!«, antworteten sie im Chor.

Kemoauc nickte. Bardioc würde nie herausfinden, ob Kemoauc übertrieben konservativ oder nur traditionsbewusst war – jetzt nicht mehr. Bei diesem Treffen sah er Kemoauc und die anderen zum letzten Mal.

Kemoauc sprach mit dröhnender Stimme. »Phase Eins ist abgeschlossen. Die Sporenschiffe sind entladen.«

Nicht alle!, dachte Bardioc triumphierend.

»Phase Zwei kann beginnen!«

Bardioc brauchte nicht zuzuhören. Er kannte jedes Wort, das nun gesprochen wurde.

»In den von uns betreuten Sektoren des Kosmos sollen viele intelligente Völker entstehen«, erinnerte Kemoauc. »Eine größere Vielfalt, als die natürliche Evolution jemals hervorbringen würde. Deshalb werden wir jetzt Völker auskundschaften, die in ihrer Entwicklung sehr weit fortgeschritten sind. Wir werden sie veranlassen, ein kosmisches Gebilde zu konstruieren, das später für die Verbreitung von Intelligenz in den betreuten Sektoren sorgen soll: einen Schwarm von wandernden Sternen und Planeten. Dieser Schwarm wird nach seiner Fertigstellung auf eine lange Reise gehen und durch seine besondere Strahlung auf viele Lebewesen einwirken.«

Die Behauptung, dass nun geeignete Völker gesucht werden sollten, war im Grunde genommen eine Floskel. Kemoauc wusste genauso wie Bardioc und alle anderen, dass bereits feststand, welches Volk in erster Linie dem neuen Schwarm vorstehen sollte.

Die sieben Mächtigen hatten ihre Wahl längst getroffen. Die Wesen, die den neu zu schaffenden Schwarm lenken sollten, hießen Cynos.

Lange werden sie nicht an der Macht bleiben!, dachte Bardioc. Er konnte es sich nicht leisten, dass in der Nähe seines späteren Herrschaftsbereichs zu viele intelligente Völker existierten. Eine solche Entwicklung hätte seinen eigenen Plänen gefährlich werden können. Deshalb musste er dafür sorgen, dass dieser Schwarm seinen Auftrag niemals in dem Umfang ausführen konnte, wie es vorgesehen war.

Die Entstehung eines Schwarms zu verhindern oder dieses gigantische Gebilde später zu vernichten wäre Bardioc unmöglich gewesen. Er konnte jedoch aus dem Hintergrund dafür sorgen, dass die Cynos nicht die Herren des Schwarms blieben. Ihren Platz mussten Wesen einnehmen, die ganz andere Dinge im Sinn hatten als die Verbreitung von Intelligenz.

»Sobald der Schwarm fertiggestellt und auf seine Reise geschickt wurde, können wir uns wieder in die Kosmischen Burgen zurückziehen, bis der *Ruf* zum nächsten Mal ergeht«, sagte Kemoauc.

Tut, was ihr wollt!, hätte Bardioc fast geraten. Er würde niemals wieder in seine Burg zurückkehren und dort geduldig warten. Sogar für einen Unsterblichen war die Zeitspanne zwischen den einzelnen Aufträgen zu lang, für jede Phase ihrer Arbeit benötigten die sieben Mächtigen zudem eine halbe Ewigkeit.

Die Manipulation des Schwarms in seinem Sinn würde nicht einfach sein, wusste Bardioc. Er durfte nicht vergessen, dass den sieben Mächtigen ein bewährtes und ausgeklügeltes Wachsystem in Form der Zeitbrunnen zur Verfügung stand. Über die Zeitbrunnen konnten sie oder die von ihnen instruierten Wächter den Weg des Schwarms verfolgen und nötigenfalls eingreifen.

Zum Glück waren die Mächtigen in dieser Beziehung träge geworden. Sie glaubten längst nicht mehr daran, dass einem Schwarm etwas zustoßen könnte, deshalb wurden die Zeitbrunnen kaum oder nur noch von einem Wächter benutzt. Mit einem Wächter aber würde Bardioc es jederzeit aufnehmen.

»Ich möchte eine Bitte äußern!«, hörte er den kleinen Ganerc sagen.

Sofort wurde Bardioc wieder hellwach. Dass einer aus ihrer Gruppe eine Bitte aussprach und damit von der üblichen Zeremonie abwich, war mehr als ungewöhnlich.

Die anderen sahen Ganerc verstört an, und der kleine Mächtige wurde verlegen. »Es ist nicht viel«, erklärte er. »Aber Laires Ausbleiben und Lorvorcs Meditationsergebnisse haben mich nachdenklich gestimmt. Ich bin der Ansicht, dass besondere Vorsichtsmaßnahmen notwendig sind.«

»Unsinn!«, protestierte Bardioc spontan. »Niemand würde es wagen, gegen einen Schwarm vorzugehen.«

Kaum hatte er die Worte ausgesprochen, bereute er sie schon. Er sah ein, dass er einen schweren Fehler begangen und den anderen Anlass zum Misstrauen gegeben hatte. Doch keiner schien ihm zugehört zu haben. Nach wie vor waren aller Blicke auf den kleinen Ganerc gerichtet.

»Was schlägst du vor, Ganerc?«, wollte Murcon wissen.

Ganerc senkte die Augen. »Ich biete mich als Wächter an«, sagte er leise.

Wie immer hatte Kemoauc sich auch jetzt völlig in der Gewalt. Er ließ sich nicht anmerken, wie betroffen ihn dieser Vorschlag machte, denn Ganercs Angebot lief letztlich darauf hinaus, dass der kleine Mächtige des Lebens in seiner Burg überdrüssig war.

Die anderen, Bardioc eingeschlossen, protestierten heftig. Bardioc hatte den Eindruck, dass sie nur deshalb ärgerlich reagierten, weil Ganerc ihnen zuvorgekommen war.

Ihre Burgen mochten schöner und gewaltiger sein – glücklicher waren die sechs deshalb offenbar nicht. Ganercs Angebot entsprang der gleichen Motivation wie Bardiocs Plan, Partocs Aufenthalt bei den Sterblichen und Murcons Zusammensein mit einem unbekannten Gast.

»Noch nie hat einer von uns eine Wächterfunktion übernommen«, erinnerte Kemoauc mit großer Gelassenheit. »Wir haben Kontrollen über die Zeitbrunnen durchgeführt und sind danach in unsere Burgen zurückgekehrt. Ein Wächter ist jedoch ständig unterwegs. Wir haben deshalb für diese Aufgabe immer geeignete Intelligenzen ausgewählt.«

Bardioc sah, dass Ganerc sich versteifte.

»Ich möchte es trotzdem tun«, erklärte der kleine Mächtige hartnäckig.

»Vielleicht ist er der Verräter«, bemerkte Ariolc spöttisch.

»Das war kein guter Scherz«, herrschte Ganerc ihn an.

Streit lag in der Luft, registrierte Bardioc. Zum ersten Mal, seit sie hier zusammenkamen, hatte sich ein Zwischenfall ereignet.

Für seine eigenen Pläne war diese Entwicklung alles andere als erfreulich. Wenn Ganercs Idee Zustimmung fand, musste Bardioc sich in absehbarer Zukunft nicht nur mit den bereits einkalkulierten Schwierigkeiten auseinandersetzen, sondern auch mit einem Gegner, der ihm ebenbürtig war.

»Du solltest uns deinen Plan erklären«, schlug Kemoauc vor. Er wollte offenbar Zeit gewinnen.

»Ich bin mir dessen bewusst, dass ich nicht in meinem Status als Mächtiger auftreten kann«, lenkte Ganerc ein. »Daher bin ich bereit, mich als Wächter konditionieren zu lassen und einen anderen Namen anzunehmen.«

Kein Wunder, dachte Bardioc wütend. *Nur ein Wächter darf Waffen vom Rang des Anzugs der Vernichtung tragen.* Ganercs Vorschlag entsprang also durchaus kühler Berechnung und war keineswegs Ausdruck von Bescheidenheit.

»Du wirst einen anderen Namen annehmen müssen und eine andere Gestalt«, warnte Kemoauc den kleinen Mächtigen. »Wenn du die Waffe veruntreust, die wir dir für die Ausübung deiner Funktion aushändigen, kannst du niemals zurückkehren.«

»Ich bin mir der Risiken bewusst«, sagte Ganerc.

Bardioc musste sich dazu zwingen, ruhig zu bleiben. Er spürte, dass Kemoauc im Begriff war, Ganercs Wunsch zu akzeptieren.

»Wir wollen hören, was die anderen dazu sagen«, äußerte Kemoauc jedoch diplomatisch.

»Ich bin dagegen!«, rief Murcon. Die anderen nickten, nur der düstere Partoc zeigte keine Reaktion.

»Ich werde darüber nachdenken und dir später mitteilen, wie ich mich entschieden habe«, sagte Kemoauc.

Das, dachte Bardioc ernüchtert, war mit einer Zusage identisch. Es bedeutete gleichzeitig, dass er seine Pläne in vielen Einzelheiten ändern musste. Aufgeben wollte er keinesfalls. Auch Ganerc war nicht allwissend und konnte nicht überall zugleich sein. In mancher Beziehung war er vielleicht sogar einfacher kalkulierbar als ein Fremder, den man für die Funktion des Wächters einsetzte.

»Lasst uns jetzt über alles andere reden.« Kemoauc erinnerte die Versammelten an ihre Pflichten. »Wer weiß, wann wir uns wieder treffen können.«

Bardioc ahnte, welcher Gedanke die anderen quälte. Er hatte sich lange genug selbst damit herumgeschlagen – bis zu dem Zeitpunkt, da er sich zu seinem Verrat entschlossen hatte.

Sie alle fürchteten, dass der *Ruf* irgendwann nie wieder ergehen würde. Dann würden sie verurteilt sein, für alle Zeiten in ihren Kosmischen Burgen zu leben – hünenhafte Gestalten ohne jeden Glanz und in ihrer grenzenlosen Einsamkeit bestenfalls bedauernswert. Ganercs Anstrengungen bewiesen, dass auch die anderen überlegten, wie sie dieser drohenden Gefahr entkommen konnten. Nur Kemoauc schien gegenüber allen Vorkommnissen gewappnet zu sein, seine Unerschütterlichkeit war beispielhaft.

Sie diskutierten die Einzelheiten von Phase Zwei. Es waren Gespräche, wie Bardioc sie aus der Vergangenheit kannte, lediglich die Namen von Völkern und Galaxien hatten sich geändert.

In seinen Gedanken war Bardioc bereits wieder in anderen Regionen. Er überlegte, ob dies vielleicht schon der letzte Auftrag war, den sie erhielten. Wer immer diese Vorgänge von jenseits der Materiequellen aus in Gang brachte, war sicher mächtig genug, um die Zerfallserscheinungen in der kleinen Gruppe vorherzusehen und Gegenmaßnahmen einzuleiten.

Vielleicht würden jene, die in ihre Kosmischen Burgen zurückkehrten, dort für immer einschlafen, wie sie einst dort auch erwacht waren. Bardioc hatte sich nie den Kopf darüber zerbrochen, wer er wirklich war und woher er kam. Sein Leben hatte bewusst in der Kosmischen Burg begonnen, aber es sollte auf keinen Fall dort enden. Bardioc wollte seine Unsterblichkeit auskosten, innerhalb eines kosmischen Sektors, den er allein beherrschte.

Er fieberte dem Ende der Diskussion entgegen, denn er wusste, dass sie dann auseinandergehen würden, um Phase Zwei zu realisieren.

Als sie über alles gesprochen hatten, ergriff Partoc das Wort. Bardioc erinnerte sich nicht, den Düsteren jemals sprechen gehört zu haben, umso erstaunter war er darüber.

»Wenn alles vorüber ist, kehre ich zu den Sterblichen zurück«, sagte Partoc traurig. »Ich kann sie nicht vergessen.«

Zerfall!, schoss es Bardioc durch den Kopf. *Zerfall und Auflösung! Sie dürften mir keinen Vorwurf machen, wenn sie wüssten, was ich vorhabe.*

»Wenn hier schon jeder über seine Pläne spricht, will ich auch etwas sagen«, meldete sich Murcon. »Ich werde weitere Gäste in meine Burg holen, sobald dieses Projekt abgeschlossen ist.«

»Und ich werde meine Burg verändern«, verkündete Ariolc. »Sie soll noch schöner werden.«

»Ich verstehe euch.« Wie immer blieb Kemoauc ruhig, seine Stimme klang sanft. »Wir wollen uns aber nicht gegenseitig nervös machen. Lasst uns darüber nachdenken und beim nächsten Treffen über alles reden.«

Sie verließen die Halle, die sich hinter ihnen wieder schloss. Unschlüssig standen sie wenig später auf der Ebene; jeder spürte, dass sich alles geändert hatte und dass nichts mehr so sein würde wie früher. Auf diese oder jene Weise sehnten sie sich nach dem ursprünglichen Zustand zurück, verlegen dachten sie daran, dass ihre Gemeinschaft am Zerbrechen war. Aber niemand tat etwas, um diesen Prozess aufzuhalten, nicht einmal Kemoauc.

Bardioc sah dessen mächtige Gestalt an und fragte sich, ob Kemoauc ebenfalls eigene Pläne geschmiedet hatte. Der großartige und unbezwingbare Kemoauc, woran dachte er wirklich? An einen Vorstoß in eine Materiequelle? Oder gar an einen gewaltsamen Tod, gegen den nicht einmal ein Unsterblicher gefeit war?

Das Schweigen wurde unerträglich.

»Ganerc«, sagte Kemoauc in diese Stille hinein. »Du wirst der Wächter sein.«

Diesmal erhob niemand einen Einwand. Ganerc zeigte keine übertriebene Freude, er hatte mit dieser Entscheidung gerechnet.

»Du kannst Gestalt, Waffe und Namen wählen«, bot Kemoauc großzügig an.

Der kleine Ganerc blickte zu den glühenden Sonnen empor, als fände er dort eine Antwort auf alle Fragen. »Bei meiner Gestalt liegt es nahe, dass ich mich für die Maske eines Zwerges entscheide. Als Waffe wähle ich einen Anzug der Vernichtung.«

»Und dein Name? Wie willst du dich nennen?«

Wieder überlegte Ganerc eine Weile. »Callibso«, sagte er endlich.

Viele Millionen Jahre später – Perry Rhodan

Onklantson, der Tramp

Durch die transparente Hülle der Energiesphäre konnte Perry Rhodan sehen, dass ein neuer Tag auf BARDIOC anbrach. BULLOCS Bericht hatte ihn derart fasziniert, dass er kaum registriert hatte, wie die Stunden vergangen waren. Seine Gedanken befanden sich in Aufruhr, weil ungeheuerliche Zusammenhänge erkennbar geworden waren. Fragen, auf die er schon immer Antworten gesucht hatte, erschienen plötzlich in einem völlig anderen Licht.

Rhodan wusste jedoch, dass voreilige Spekulationen sinnlos waren, denn er kannte längst nicht die ganze Geschichte BARDIOCS.

BULLOC hatte aufgehört zu sprechen, womöglich war der beginnende Tag für ihn ein Signal, anderen Tätigkeiten nachzugehen.

Benommen erhob sich der Terraner vom Boden der Sphäre. »Ich möchte mehr darüber erfahren«, drängte er.

»Du sollst alles wissen, was ich herausgefunden habe«, versprach BULLOC. »Doch vorerst musst du die Sphäre verlassen. Es gibt Wichtiges für mich zu tun.«

Die Antwort wurde von einem Schwall bösartiger Impulse begleitet, die Rhodan zusammenzucken ließen. BULLOC konnte offenbar nicht anders, als auf jeden in seiner Nähe einzuwirken. Vielleicht war das für ihn eine Art instinktive Schutzvorkehrung.

Für Rhodan war dieses Verhalten jedoch gleichbedeutend mit einer Rückkehr in die Realität. Er besann sich darauf, wo er sich befand und wie er zu BULLOC stand.

Die vierte Inkarnation öffnete die Sphäre. Rhodan beeilte sich, ins Freie zu gelangen.

Kaum hatte er das Plateau betreten, schwebte die Sphäre schon davon. Rhodan fragte sich, wohin die Inkarnation aufgebrochen sein mochte. Gab es bestimmte Orte auf BARDIOC, von denen aus man leichter mit der Superintelligenz in Kontakt treten konnte?

Wenn dem so war, musste er versuchen, einen solchen Ort zu finden.

Unten in der Ebene waren neue Hulkoo-Schiffe gelandet. Rhodan sah auch mehrere säulenförmige Raumfahrzeuge, in deren näherer Umgebung sich Echsenwesen aufhielten. Es hatte den Anschein, als seien die Raumfahrer sogar während der Nacht ihrer Tätigkeit nachgegangen.

Der Terraner fragte sich, ob auf BARDIOC stets so viele Raumschiffe landeten und starteten oder ob diese Geschäftigkeit damit zusammenhing, dass BARDIOC sich im Krieg mit der Kaiserin von Therm befand.

Wenn BULLOCS Bericht stimmte, war Bardioc vor undenkbar langer Zeit aus seiner Gruppe ausgeschieden, um sich einen eigenen Machtbereich aufzubauen. Rhodan konnte sich jedoch nicht vorstellen, dass Bardioc dabei an ein planetenumspannendes Gehirn gedacht hatte. Dazu war diese Person in BULLOCS Bericht zu aktiv und beweglich erschienen.

Was also war geschehen?

Hatte Bardioc eine Mutation erlebt?

Rhodan kannte die entscheidenden Ereignisse noch nicht. Dagegen begann sich die Herkunft des Schwarms, die lange Zeit im Dunkeln gelegen hatte, allmählich zu klären. Der Terraner hoffte, dass er zu diesem Fragenkomplex weitere Einzelheiten von der Inkarnation hören würde.

Was mochten »Materiequellen« sein – und wer waren jene, die jenseits dieser Quellen lebten oder gelebt hatten?

Was war mit den anderen Mächtigen geschehen, und wo befanden sich ihre Kosmischen Burgen und die Sporenschiffe?

Nach allem, was Perry Rhodan erfahren hatte, handelte es sich bei diesen Sporenschiffen um Objekte, die vermutlich sein Vorstellungsvermögen weit übertrafen. Er ahnte, dass er an der Schwelle zu einem Tor stand, durch das er einen Blick auf kosmische Geschehnisse und Zusammenhänge werfen konnte, die seit Jahrmillionen andauerten und längst nicht abgeschlossen waren. Völlig neue Aspekte ergaben sich.

Unwillkürlich musste Perry Rhodan an die Prophezeiung von ES denken, das ihn vor dem langen Weg gewarnt hatte, der vor ihm lag. In den vergangenen Jahren hatte er oft geglaubt, alles überblicken zu können und die Zusammenhänge zu verstehen. Nun musste er einsehen, dass er von einem solchen Stand des Wissens und des Erkennens noch sehr weit entfernt war.

Da waren die sieben Mächtigen, gewaltige Gestalten, die einst in sogenannten Kosmischen Burgen gelebt hatten und dem *Ruf* einer anderen Macht gefolgt waren. Diese sieben hatten nichts von ihrer Herkunft gewusst, aber jemand hatte sie in die Lage versetzt, Lebenskeime in öden galaktischen Gebieten auszubringen. Und nicht nur das – sie hatten dem auf diese Weise verbreiteten Leben sogar zu einer schnellen Intelligenzentfaltung verholfen. Dazu hatten sie sich eines Gebildes bedient, das der Menschheit bekannt war: des Schwarms.

Perry Rhodan bezweifelte nicht, dass es Bardioc gewesen war, der einst den Schwarm zweckentfremdet hatte. Wahrscheinlich würde er dazu von BULLOC noch Einzelheiten erfahren.

Irgendjemand, der jenseits der Materiequellen lebte, war interessiert daran, dass in diesem Bereich des Universums das Leben sich an möglichst vielen Orten ausbreitete und Intelligenz entwickelte. Angesichts der Vielfalt des Lebens im Universum durfte man wohl vorausschicken, dass im Grunde genommen nur ein kleiner Teil durch die Aktivität der sieben Mächtigen beeinflusst worden war, aber immerhin!

Und wir Menschen?, dachte Rhodan bestürzt.

Waren die Urahnen der Menschheit aus Lebenskeimen entstanden, die ein Sporenschiff transportiert hatte?

Arkoniden, Akonen, Lemurer, Cappins – waren sie alle das Ergebnis einer rätselhaften Tätigkeit? Oder stellte die Menschheit das bisherige Ergebnis einer natürlich verlaufenen Evolution dar?

Hatten die Urväter der Menschheit ihre Intelligenz langsam und mühevoll erworben, oder war sie ihnen von einem Schwarm gebracht worden?

Alle diese Überlegungen mündeten immer wieder in die eine Frage: *Warum war das alles geschehen?*

Das Tor war aufgestoßen, und Perry Rhodan, der einen Blick auf die andere Seite geworfen hatte, wusste, dass ihn diese Dinge nie mehr loslassen würden.

Ein Geräusch schreckte ihn auf. Er fuhr herum und sah eine dürre Gestalt an der Abbruchkante des Steilhangs stehen. Sie war in ein netzartiges dunkelbraunes Gewand gehüllt. Rhodan hatte den Eindruck, dass sie schon länger dort stand und ihn beobachtete.

Das Wesen war wohl knapp zwei Meter groß und besaß humanoide Körperform, obwohl es in Rhodan spontane Assoziationen an ein graziles Rieseninsekt auslöste. Wahrscheinlich handelte es sich um einen Raumfahrer im Dienst BARDIOCS, vermutete der Terraner und entschied, mit gebührender Zurückhaltung vorzugehen.

Der Unbekannte bewegte sich. Rhodan erkannte, dass das, was er für Kleidung gehalten hatte, in Wirklichkeit mehrfach zusammengefaltete Rückenflügel waren. Darunter lagen die Arme des Wesens fast völlig verborgen. Auch von dessen Beinen war nicht viel zu sehen.

Die Gestalt wirkte so zerbrechlich und zart, dass Rhodan sich prompt fragte, ob sie den Strapazen eines Raumflugs überhaupt gewachsen war. Außerdem schien sie keine technische Ausrüstung bei sich zu tragen, sodass es sich ebenso gut um einen Bewohner des Planeten BARDIOC handeln konnte.

Rhodan atmete schneller. Stand er einem Abgesandten BARDIOCS gegenüber, und kam es nun zu dem erhofften Kontakt?

Das Wesen streckte einen knochigen, unglaublich dünnen Arm unter den Flügeln hervor. Rhodan konnte sehen, dass es etwas in der Klaue hielt, was es ihm offenbar zeigen wollte. Es war eine Waffe oder ein Instrument.

Hulkoo-Technik, erkannte der Terraner. Es handelte sich um ein Übersetzungsgerät der Hulkoos, das Gegenstück eines terranischen Translators.

Vorsichtig streckte Rhodan beide Arme aus und drehte die Handflächen nach oben, um dem Fremden zu zeigen, dass er selbst keine Ausrüstung besaß.

Er wusste nicht, ob das Insektenwesen ihn richtig verstand, aber es kam langsam näher. Das Gehen auf den dünnen Beinen schien dem Fremden Schwierigkeiten zu bereiten; wahrscheinlich war er daran gewöhnt, durch die Luft zu gleiten.

Der Raumfahrer hatte ein dunkelblaues Puppengesicht, in dem zwei Augen dominierten. Sie standen weit hervor und setzten sich aus Halbkugeln zusammen, von denen die inneren Hälften rot und die äußeren weiß waren.

Erst jetzt hörte Rhodan, dass das Wesen in einer leisen, zirpenden Sprache auf ihn einredete.

»Ich verstehe nichts«, sagte er bedauernd und mit gedämpfter Stimme. »Und ein Translator der Hulkoos auf BARDIOC dürfte kaum für Interkosmo programmiert sein.«

Der Geflügelte deutete auf einige Gegenstände in der Nähe und dann wieder auf das Übersetzungsgerät.

»Ich verstehe, mein Freund.« Rhodan nickte. »Du bist überzeugt davon, dass wir diese Programmierung mit etwas Mühe hinbekommen.« Er deutete auf sich selbst. »Terraner.« Danach berührte er den Boden. »Erde.«

Minutenlang nannte er die verschiedenartigsten Dinge beim Namen. Er wusste, dass alle Wortsymbole in dem Translator gespeichert wurden.

Der Fremde hörte geduldig zu. Rhodan glaubte nicht mehr, dass er einen Abgesandten BARDIOCS vor sich hatte, denn dieser hätte bestimmt über andere Möglichkeiten der Kommunikation verfügt. Dieses Wesen konnte nur ein Raumfahrer sein, der mit den Hulkoos zusammenarbeitete.

Aber warum war der Fremde so sehr an einem Gespräch interessiert, dass er sich dieser zeitraubenden Prozedur unterzog?

Wahrscheinlich hält er mich ebenfalls für einen Raumfahrer im Dienst BARDIOCS, dachte Perry Rhodan sarkastisch. Der Geflügelte wunderte sich vielleicht, dass er niemals zuvor ein Wesen wie ihn gesehen hatte, und wollte in Erfahrung bringen, woher der Zweibeiner kam und was er tat.

Sorgenvoll fragte sich der Terraner, wie BULLOC reagieren mochte, falls er zufällig Zeuge dieser Zusammenkunft wurde.

Endlich schien der Fremde zufrieden zu sein, denn er ließ den Arm sinken.

»Nun gut«, sagte Rhodan achselzuckend. »Wir können einen Versuch machen, mein Freund. Wie heißt du?«

»Onklantson!«, zirpte sein Gegenüber, aber Perry Rhodan konnte nicht erkennen, ob das wirklich dessen Name war. Vielleicht handelte es sich um eine Begrüßungsfloskel.

»Onklantson«, wiederholte Rhodan und deutete auf den Geflügelten. Der parodierte diese Geste und sagte: »Terraner.«

»Meinetwegen.« Rhodan seufzte. »Ich will unser Gespräch nicht komplizieren. Kannst du mir erklären, zu welchem Raumschiff du gehörst und woher du kommst?«

Eine Zeit lang blieb es still. Rhodan befürchtete schon, der Hulkoo-Translator könnte die von ihm verlangte Aufgabe nicht lösen. Dann jedoch erhielt er eine kurze Antwort, die der schwarze Apparat in holpriges Interkosmo übersetzte.

»Nicht gehöre zu einem Raumschiff.«

»Du bist demnach ein Bewohner dieser Welt!«, stieß Rhodan verblüfft hervor. »Und wo trägst du den gehirnähnlichen Zellklumpen, der dich als Eingeborenen ausweist?«

»Nicht gehören zu dieser Welt«, gab ihm Onklantson zu verstehen.

Rhodan war vollends verwirrt. »Kannst du mir das erklären?«

»Vagabund«, eröffnete ihm Onklantson. »Gehören vielen Schiffen.«

»Natürlich. Sicher bist du als eine Art blinder Passagier an Bord eines Hulkoo-Schiffes nach BARDIOC gekommen.« Rhodan besann sich darauf, dass der Translator mit Bezeichnungen wie »blinder Passagier« kaum etwas anfangen konnte, und fügte hinzu: »Ich meine, dass du heimlich an Bord gegangen bist. Sobald das Schiff gelandet war, hast du es verlassen. Den Translator hast du entweder gestohlen, oder er gehört zur ständigen Ausrüstung eines Sternentramps.«

»Ich wollte nicht hierher«, zirpte Onklantson. Soweit das bei einem so fremden Wesen überhaupt feststellbar war, wirkte er sehr nachdenklich. »Aber es gibt kein Zurück. Niemand nimmt mich mit.«

»Der Zufall hat dich demnach auf diese Welt verschlagen. Ich kann nachvollziehen, dass es dir hier nicht gefällt. Die Hulkoos lassen dich nicht gehen, damit du BARDIOCS Geheimnis nicht verraten kannst. Eigentlich solltest du froh darüber sein, dass sie dich nicht getötet haben.«

»Ich bin froh«, erklärte Onklantson.

Rhodan wunderte sich, dass ein derart zart aussehendes Wesen von sich behauptete, ein Vagabund zu sein, der an Bord von Raumschiffen anderer Völker von Planet zu Planet zog. Wahrscheinlich täuschte Onklantsons Aussehen, und er war widerstandsfähiger, als es den Anschein hatte.

»Wie lange bist du schon hier?«

»Sehr lange. Es gibt noch mehr Fremde, die nicht zu den Versklavten gehören, aber ich habe sie alle wieder verloren. Die meisten von ihnen verlieren den Verstand oder sterben.«

Perry Rhodan zweifelte keine Sekunde lang daran, dass dieses Schicksal allen drohte, die nicht im Auftrag BARDIOCS auf diesem Planeten weilten. Beunruhigt fragte er sich, ob ihm ein ähnliches Ende bevorstand.

Er schaute Onklantson an. »Ich denke darüber nach, warum man dich nicht in die globale Symbiose miteinbezogen hat.«

»Ich bin nicht von hier. Das bedeutet, dass ich nicht dazugehöre und nicht dazugehören kann.«

»Was weißt du über BARDIOC?«

»BARDIOC?«

»Der planetenumspannende gehirnähnliche Organismus! Hast du davon gehört, dass er eine Superintelligenz ist?«

»Nein ...«

Rhodan reagierte enttäuscht. Onklantson schien sich schon sehr lange auf dieser Welt aufzuhalten, aber sein Wissen war dennoch nicht sehr umfangreich. Oder hielt er seine Informationen aus Misstrauen zurück?

Der Zellaktivatorträger unternahm einen neuen Vorstoß. »Hattest du jemals einen Kontakt mit diesem Planetengehirn?«

»Kontakt?« Onklantson schien sich über diese Frage zu wundern. »Wie sollte das möglich sein?«

»Das weiß ich auch nicht. Wahrscheinlich geht es nur auf telepathischem Weg oder unter ähnlich paranormalen Umständen. Irgendwie muss BARDIOC seine Befehle an die Hulkoos und die anderen Raumfahrer erteilen.«

»Es ist etwas anderes, ob BARDIOC von sich aus zu jemandem Kontakt aufnimmt oder ob jemand versucht, mit ihm in Verbindung zu treten.«

»Und weshalb?«

»Ich glaube, du weißt das wirklich nicht«, zirpte der Tramp. »Dieser gigantische Symbiont, den du BARDIOC oder Superintelligenz nennst, *schläft*.«

8.

Die Entstehung der Superintelligenz BARDIOC

Die Manipulation

Allein der Beginn von Phase Zwei währte mehrere Jahrtausende menschlicher Zeitrechnung, doch für den Unsterblichen Bardioc verging diese Zeit steter Anspannung wie im Flug. Das rührte nicht zuletzt von der Tatsache her, dass er einer Doppelbelastung ausgesetzt war. Um die Gruppe nicht vorzeitig misstrauisch zu machen, musste er einerseits der gewohnten Arbeit nachgehen, zu der er eingeteilt war, und andererseits den Grundstein für die Manipulation des Schwarms legen.

In einer Galaxis, die ihnen geeignet erschien, hatten die sieben Mächtigen sechsunddreißig raumfahrende Völker ausgewählt, die den Schwarm erbauen sollten. Diese Völker bekriegten einander und kämpften um die Vorherrschaft in ihrer Sterneninsel. Sie mussten befriedet und zu einem haltbaren Bündnis bewegt werden. Das allein nahm Jahrhunderte menschlicher Zeitrechnung in Anspruch. Danach wurde ihnen suggeriert, mit dem Bau des Schwarms zu beginnen.

Während er sich intensiv an dieser Arbeit beteiligte, berechnete Bardioc bereits den Kurs, den der Schwarm in naher Zukunft nehmen sollte. Das war eigentlich Kemoaucs Aufgabe, aber Bardioc musste die Flugroute des Schwarms in Erfahrung bringen. Nur dann konnte er nach einem geeigneten Volk suchen, das die auserwählten Cynos ablösen und den Schwarm zweckentfremden würde.

Bardioc wusste genügend über das Prinzip des Schwarms, um einen umfassenden Plan ausarbeiten zu können.

Die Cynos würden nicht von Anfang an Statthalter sein, denn erst musste dieses kosmische Gebilde fertiggestellt und auf die Reise geschickt werden. Viele Völker würden innerhalb dieser wandernden Kleingalaxis leben und spezielle Aufgaben erfüllen.

Auf seiner ersten Station musste der Schwarm die Zivilisation der Karties aufnehmen. Die Karties wurden von den Mächtigen seit Jahrhunderten für diese Aufgabe konditioniert und hatten dabei nicht nur einen Zugvogeltrieb entwickelt, den sie mittlerweile für angeboren und natürlich hielten, sondern zudem einen hohen Wissensstand auf dem Gebiet der Groß- und Massentransition entwickelt.

Jeder der sieben Mächtigen arbeitete in einem vorher bestimmten Bezirk, und da alle genau wussten, was sie zu tun hatten, waren erneute Treffen überflüssig. Sobald wirklich ein Erfahrungsaustausch nötig wurde, benutzten sie dafür Kuriere, die in der Regel raumfahrenden Völkern angehörten und überhaupt nicht wussten, warum sie unterwegs waren.

Dieser Umstand kam Bardiocs verräterischer Tätigkeit natürlich entgegen, andererseits bedeutete er einen ständigen Unsicherheitsfaktor für ihn, denn er wusste nie, womit die anderen sich gerade beschäftigten.

Vielleicht waren sie bereits hinter ihm her. Bardioc wusste, dass er einen Verfolgungswahn erleiden würde, falls er diesen Gedanken nicht verdrängte.

Es gelang ihm, mit seinen Ängsten einigermaßen fertig zu werden, doch Ganerc und dessen freiwillig übernommene Wächterfunktion vergaß er nie. Um völlig sicher zu sein, musste er Ganerc eines Tages dessen wichtigste Waffe rauben – den Anzug der Vernichtung. Das würde einen Sieg in doppelter Hinsicht bedeuten. Ganerc würde keine Waffe mehr besitzen und außerdem in Zukunft als Verbannter leben müssen.

Bardioc beschloss, den Anzug der Vernichtung innerhalb des Schwarms zu verstecken, denn dort würde Ganerc ihn bestimmt nicht vermuten.

Bei solchen Überlegungen geriet Bardioc oft ins Träumen und vergaß, dass diese Aufgaben erst noch erledigt werden mussten.

Eines Tages – der Schwarm nahm aktuell die ersten Sonnen und Planeten nach einer gelungenen Transition in sich auf – beschloss Bardioc, Ganerc einen heimlichen Besuch abzustatten und ihn zu beobachten. Er konnte nicht anders, er musste in Erfahrung bringen, ob Ganerc noch seiner normalen Aufgabe nachging oder schon als Wächter arbeitete.

Bardioc überzeugte sich, dass in seinem Sektor alles nach Wunsch verlief, danach bereitete er seine Materialisation vor. Er wusste, in welchem galaktischen Sektor Ganerc arbeitete, deshalb war es leicht, eine geeignete Welt als Zielort auszuwählen. Bardioc wollte keinen unmittelbaren Zusammenstoß mit Ganerc und wählte einen Planeten, von dem er mit Sicherheit wusste, dass dort nicht Ganercs ständiger Aufenthaltsort war.

Er materialisierte in einer Ebene, in der gewaltige Maschinen standen. Die Gebäude am Rand der Ebene waren längst verlassen, nur Wachmannschaften und Glücksritter hielten sich dort noch auf. Sie gehörten zu dem Bündnis jener sechsunddreißig Völker, die den Schwarm erbaut hatten.

In Bardiocs Zeitvorstellung waren diese Anlagen neu, aber sie hatten ihren Zweck, Sonnenenergie zu zapfen, längst erfüllt und würden bald wieder verrotten.

In der Maske eines versponnenen Wissenschaftlers näherte sich der Mächtige dem Komplex und suchte die Nähe einiger Wesen, die träge im Schatten eines gewaltigen Betonsockels lagen und wahrscheinlich von den Reichtümern träumten, die sie hier vergeblich gesucht hatten.

Die Wachmannschaften hatten offenbar längst eingesehen, dass es nichts mehr zu bewachen gab, und ließen alle gewähren, die sich auf dieser Welt herumtrieben. Der Zeitpunkt, an dem sie in ihr Schiff steigen und davonfliegen würden, lag in nicht mehr allzu ferner Zukunft.

Bardioc begrüßte die fünf Unbekannten und verwickelte sie in ein Gespräch. Dabei erfuhr er Einzelheiten, die ihn interessierten.

Es gab insgesamt 117 Planeten mit solchen Anlagen. Alle lagen in diesem Sektor, gesteuert von einer Zentrale, die auf dem Planeten Achatzon erbaut worden war.

Fast alle Anlagen waren inzwischen abgeschaltet, denn der Schwarm war fertiggestellt und stabilisiert. Derart gigantische Energiemengen wie zu Beginn des Projekts benötigte niemand mehr.

Weiterhin wurden von Achatzon aus einige Anlagen funktionsfähig erhalten, um die Energieeinbrüche zu nivellieren, die zum Teil im Raum-Zeit-Gefüge entstanden waren. Der führende Wissenschaftler dieses postenergetischen Projekts, so erfuhr Bardioc, hieß Ganerc und hielt sich auf Achatzon auf.

Bardioc konnte ein triumphierendes Lächeln nicht unterdrücken. Zum Glück hatte der kleine Mächtige es nicht einmal für nötig befunden, einen anderen Namen anzunehmen.

Ganerc hatte also noch eine Weile zu tun, vielleicht zwischen fünfzig und einhundert Jahren. Der Ehrenkodex der sieben Mächtigen ließ es nicht zu, dass nach dem Bau eines Schwarms Spätschäden für die Konstrukteure zurückblieben. Deshalb würde Ganerc die Welt Achatzon erst verlassen können, sobald alles wieder in Ordnung gebracht war.

Trotzdem beendete Bardioc das Gespräch noch nicht. Er musste mit allem rechnen, sogar damit, dass Ganerc Spione eingesetzt hatte. Eigentlich war die Wahrscheinlichkeit, hier einen Spion Ganercs anzutreffen, lächerlich gering, es ging Bardioc vor allem um ein längeres Zusammensein mit den Sterblichen, die einen unerklärlichen Reiz auf ihn ausübten. Schließlich wurden die fünf Prospektoren des Gesprächs überdrüssig und ließen ihn einfach stehen.

Bardioc betrachtete sie noch eine Zeit lang und überlegte, woher sie das Selbstbewusstsein nahmen, angesichts ihres baldigen Todes nur herumzuliegen und nichts zu tun, dann zog er sich zurück. Als er sicher war, dass niemand ihn mehr sehen konnte, verließ er die Welt und kehrte in seinen Sektor zurück.

Die Zeit, in der Ganerc auf Achatzon gebunden war, würde Bardioc nutzen. Er musste ein Volk finden, das geeignet war, anstelle der Cynos den Schwarm zu übernehmen.

Die Wahl würde nicht einfach sein, denn Bardioc wusste so gut wie nichts von den Cynos. Er musste sich einfach darauf verlassen, dass seine Maßnahmen so unerwartet kamen, dass sie auf jeden Fall Erfolg haben würden. Nötigenfalls musste er in verschiedenen Situationen eben selbst einspringen.

Ab und zu hatte Bardioc das seltsame Gefühl, dass er beobachtet wurde. Das war natürlich eine Reaktion, die seinem schlechten Gewissen entsprang und die er ignorieren musste. Ein gutes Dutzend Jahre hielt er sich noch in seinem Sektor auf, denn es war durchaus möglich, dass ein anderer Mächtiger ihn besuchte.

Als er schließlich aufbrach, tat er das nicht ohne gewisse Vorkehrungen. Er hinterließ eine Nachricht für den Fall, dass ihn während seiner Abwesenheit einer der sechs anderen Mitglieder der Gruppe besuchen sollte. In dieser Botschaft begründete er seine Abwesenheit damit, dass eines der sechsunddreißig Völker, die den Schwarm gebaut hatten, unerwartet starke Dekadenzerscheinungen zeigte. Diese Aussage war risikolos, denn in der Vergangenheit hatte es sich mehrfach gezeigt, dass das eine oder andere Volk die Manipulation seiner Entwicklung nur für einen gewissen Zeitraum ertrug und schließlich rückfällig wurde.

Bardioc führte seine Materialisationen entlang der Route aus, die der Schwarm einschlagen würde. Dabei überholte er den bereits gestarteten Schwarm. Er nahm sich die Zeit, das seltsame Gebilde von einem atmosphärelosen Mond aus zu beobachten. Der Schwarm war noch verhältnismäßig klein, er hatte höchstens drei oder vier Transitionen hinter sich.

Sein Anblick war dennoch imposant, er breitete sich wie ein unförmiger Schleier im Weltraum aus. Bardioc empfand Stolz und Wehmut zugleich. Stolz bei dem Gedanken, dass die Erschaffung dieses Schwarms auch auf seine Initiative zurückging, Wehmut, sobald er daran dachte, dass er zum letzten Mal an einer Phase Zwei mitgearbeitet hatte.

Er blieb länger als geplant auf dem Mond und wartete mehrere Jahre, während der Schwarm weiterzog und die nächste Transition vorbereitete. Noch wurde das Gebilde in erster Linie von jenen kontrolliert und gesteuert, die es gebaut hatten. Aber die Karties hatten sich schon etabliert und nahmen allmählich Einfluss. Später würden die verschiedensten Völker hinzukommen und sich integrieren, eines Tages auch die Cynos.

Aber die Cynos werden nicht die Letzten sein, dachte Bardioc grimmig. Er wollte dafür sorgen, dass andere die Macht übernahmen. Diese würden nicht Intelligenz verbreiten, sondern deren Entstehen im Keim ersticken. Und nicht nur das. Sie würden außerdem dafür sorgen, dass Völker, die schon Intelligenz erworben hatten, wieder verdummten. Bardioc wollte vermeiden, dass sich in der Nähe seines späteren Reiches andere Sternenvölker von Bedeutung entwickelten.

Er war kein Träumer und wusste, dass ein Plan über einen derart großen Zeitraum von vielen Zufälligkeiten abhängig war. Schon deshalb konnte er seine Absichten nicht allein realisieren. Er brauchte ein Hilfsvolk, das er manipulieren konnte und das in seinem Sinn handeln würde.

Auf seiner Suche nach einer geeigneten Welt stieß Bardioc auf einen Planeten, der von einem aggressiven Insektenvolk bewohnt wurde. Er beobachtete diese Wesen viele Jahre und kam zu dem Entschluss, dass sie für seine Zwecke geeignet waren. Da der Schwarm diesen Planeten ohnehin schlucken würde, brauchte Bardioc keine besonderen Vorbereitungen zu treffen. Er musste die Insektenwesen nur für ihre Aufgabe koordinieren.

Als sehr viel später der Schwarm durch diesen Sektor zog, war Bardioc längst wieder verschwunden, und nichts deutete darauf hin, dass sich jemals ein Mächtiger in dem Gebiet aufgehalten hatte. Der Schwarm nahm das Sonnensystem der Insektenabkömmlinge in sich auf und transportierte es weiter.

Die Insektoiden nannten sich nach einem von Bardioc ausgelösten zwanzigtausend Jahre währenden Entwicklungsprozess Karduuhls.

Zu dem Zeitpunkt, da sie ihre unheilvolle Entwicklung begannen, waren die Cynos längst in den Schwarm aufgenommen und führten ihn auf seinem vorgezeichneten Weg durch jene Galaxien, in denen in ferner Vergangenheit schon die Sporenschiffe der Mächtigen gewirkt hatten.

Bardioc fieberte da längst seiner nächsten Aufgabe entgegen. Er musste Ganerc den Anzug der Vernichtung entwenden, damit der kleine Mächtige seine selbst gewählte Wächterfunktion nicht ausüben konnte.

Ganerc, der sich nun Callibso nannte und seine wahre Gestalt in der Regel hinter einer Zwergmaske verbarg, benutzte den Zeitbrunnen Garmohn, um nach Schleygor III zu gelangen. Er fühlte eine innere Unruhe, ohne dass er zu sagen vermocht hätte, wodurch sie ausgelöst worden war.

Vielleicht konnte er sich doch nicht an das unstete Leben fern seiner Kosmischen Burg gewöhnen. Bislang hatte er nicht einen Zwischenfall registriert – und es war möglich, dass gerade diese Tatsache ihn beunruhigte. Bis zu einem gewissen Punkt war Ganerc abergläubisch, er erwartete geradezu, dass etwas geschehen würde, und je länger sich dieses Ereignis hinauszögerte, desto schrecklicher musste es seiner Ansicht nach ausfallen.

Ganerc blickte an sich hinab und fragte sich, ob er wirklich glücklicher lebte, seit er als hässlicher Zwerg erschien und einen Zylinder trug. Das Glücksgefühl, das er sich von dieser Aufgabe erhofft hatte, wollte sich nicht einstellen. Ganerc erkannte mit zunehmender Deutlichkeit, dass es nicht von äußerlichen Veränderungen abhängig war.

Das Glück, sein ureigenes Glück, hatte er verloren, als er sich in seiner Kosmischen Burg seiner selbst bewusst geworden war. Damals, als sein Verstand erwacht war, hatte er sein Glück aufgegeben. Er würde es nur wiedererlangen, wenn er zu jenem Zustand zurückfand.

Schleygor III war ein Sumpfplanet, und es bedeutete wahrlich kein Vergnügen, abseits des Zeitbrunnens im Morast zu waten. Doch früher oder später würde der Schwarm das Sonnensystem passieren, zu dem Schleygor III gehörte, und Ganerc wollte sich davon überzeugen, dass alles in Ordnung war.

Seine fixe Idee, es müsste etwas geschehen, hatte ihn vorsichtig gemacht, sodass er in allem und jedem einen Gegner sah. Das hatte ihn in der jüngsten Vergangenheit oft zu übertriebenen oder überflüssigen Reaktionen verführt.

Ganerc suchte sich einen halbwegs sicheren Platz im Sumpf und beobachtete den nächtlichen Himmel. Irgendwann in den nächsten Jahren würde er von dieser Stelle aus den Schwarm erblicken. Wieder überwältigte ihn das Gefühl, dass etwas nicht in Ordnung sei. Er prägte sich die Sternkonstellationen ein, damit er sie jederzeit wiedererkennen konnte.

Auf Schleygor III gab es keine intelligenten Wesen. Allerdings war es möglich, dass bestimmte hier lebende Tierarten wegen der Einflüsse des Schwarms wesentlich früher Intelligenz entwickeln würden, als dies aufgrund der natürlichen Entwicklung der Fall gewesen wäre. Doch das interessierte Ganerc erst in zweiter Linie. Er hatte darauf zu achten, dass der Schwarm erschien und wieder verschwand. Aber so weit war es noch nicht; Ganerc konnte zu seinem Stützpunkt nach Garmohn zurückkehren.

Er warf einen letzten Blick in die unfreundliche Umgebung und stieg in den Zeitbrunnen. Er hatte sich so an die Benutzung der Zeitbrunnen gewöhnt, dass er kaum mehr auf seine Fähigkeit der Materialisation zurückgriff, zumal er auf diese Weise seine physischen und psychischen Kräfte besser einteilen konnte.

Als er auf Garmohn ankam, dämmerte soeben ein neuer Tag. Ganerc blickte in ein von Gras und niedrigen Büschen bewachsenes Tal. An den Hängen grasten vierbeinige Tiere.

Der Schwarm war kürzlich hier vorbeigekommen. Ganerc fragte sich, wann er die ersten Anzeichen steigender Intelligenz feststellen würde.

Da sah er die Fußspuren im Gras. Er blieb wie angewurzelt stehen.

Morgens war das Gras nass und der Boden weich, sodass sich Spuren leichter eindrückten. Trotzdem musste hier erst vor kurzer Zeit jemand vorbeigekommen sein, sonst hätten sich die Halme bereits wieder aufgerichtet gehabt. Die Eindrücke waren unregelmäßig, als hätte jemand absichtlich sein Gewicht verlagert, um zu verhindern, dass von den Spuren auf sein Aussehen geschlossen wurde.

Ganerc hielt den Atem an. Das konnte nur bedeuten, dass ein Feind in der Nähe war.

Ruhe bewahren!, suggerierte er sich ein. Er durfte nicht den in letzter Zeit oft begangenen Fehler wiederholen und die Situation falsch einschätzen. Wahrscheinlich drohte überhaupt keine Gefahr. Womöglich spielte ihm seine Fantasie einen Streich, und die Spuren stammten doch nur von einem Tier, das zufällig vorbeigekommen war.

Er schaute hinüber zu seiner Unterkunft. Die aufblasbare Kuppel durchmaß zehn Meter Durchmesser und war vier Meter hoch.

Der Eingang stand offen.

Ganerc schluckte schwer. War während seiner Abwesenheit jemand in seine Behausung eingedrungen, oder hatte er selbst die Tür offen gelassen? Er entsann sich nicht, aber schon die Befürchtung, jemand könne in der Kuppel gewesen sein, ließ ihn losjagen. Für einen Augenblick vergaß er alles, was ihn hierher geführt hatte.

Gleich darauf stand er im Eingang seiner Unterkunft und starrte in den einzigen Raum. Niemand hielt sich dort auf. Ganerc stieß die Luft aus den Lungen, schloss die Augen und gab sich seiner Erleichterung hin.

Als er die Augen wieder öffnete, sah er, dass der Anzug der Vernichtung verschwunden war. Jemand hatte ihn gestohlen und war dabei so hastig vorgegangen, dass ein Fetzen Stoff an der Aufhängung zurückgeblieben war.

Ganerc tappte quer durch die Kuppel und riss das kleine Stück Material von der Wand. Nie gekannte Einsamkeit und Leere überfielen ihn. Er hatte nicht länger das Recht, sich Ganerc zu nennen, denn der Weg zurück war ihm versperrt, solange er den Anzug der Vernichtung nicht wiederfand.

Wie hatte er so leichtfertig handeln und seine wichtigste Waffe ungeschützt zurücklassen können? Ihm blieben nur die wenigen Ausrüstungsgegenstände, die er unter dem Zylinder aufbewahrte.

»Callibso«, krächzte er verzweifelt. »Nun bist du Callibso – endgültig.«

Hemmungslos schluchzend sank er mitten in der Kuppel zu Boden.

Im letzten Augenblick hatte Bardioc fast gezögert, denn es war etwas anderes, ob er fremde Wesen beeinflusste oder Ganerc bestahl, einen Bruder.

Auch nachdem er sein Vorhaben erfolgreich abgeschlossen hatte, zitterte Bardioc noch am ganzen Körper. Er hatte unverschämtes Glück gehabt, denn Ganerc war nicht anwesend gewesen; der Diebstahl des Anzugs hatte sich wie ein Kinderspiel ausgenommen. Die Vorstellung, von Ganerc überrascht und entlarvt zu werden, hatte Bardioc dennoch bis zur letzten Sekunde gequält.

Nun war alles vorbei.

Bardioc wusste, dass er den Anzug der Vernichtung keinesfalls behalten durfte, denn damit hätte er sich früher oder später verdächtig gemacht. Wie vorgesehen würde er die Waffe innerhalb des Schwarms verstecken, möglichst auf einer der Hauptwelten.

Seine Erregung klang nur langsam ab. Er untersuchte den Anzug flüchtig und stellte fest, dass dieser an einer Stelle leicht beschädigt war. Zu überprüfen, ob die Waffe in ihrer Wirkung beeinträchtigt wurde, erschien ihm jedoch zu riskant.

Er dachte an Ganerc. Eigentlich hatte er nicht geglaubt, dass er jemals Mitgefühl für einen der Zeitlosen empfinden könnte, doch er bedauerte den kleinen Mächtigen, der nun dazu verdammt war, für immer in der Verbannung zu leben.

Bardioc rollte den Anzug zusammen. Er würde sich einige Wochen erholen und dann den Schwarm aufsuchen. Zu diesem Zeitpunkt würden alle anderen bis auf Ganerc und ihn wahrscheinlich in ihre Kosmischen Burgen zurückgekehrt sein. Das bedeutete, dass er von nun an nicht mehr so vorsichtig zu sein brauchte.

Bardioc wollte nicht nur den Anzug der Vernichtung verstecken, sondern zugleich die Situation im Schwarm überprüfen. Er hielt es für durchaus möglich, dass er kleinere Korrekturen und Manipulationen vornehmen musste, um sein Ziel endgültig zu erreichen. Erst danach konnte er sich endlich seiner eigentlichen Aufgabe widmen, dem Aufbau eines eigenen galaktischen Reiches.

Bardioc brach die Ruhepause früher als vorgesehen ab, denn der Gedanke an den Schwarm ließ ihm keine Ruhe. Er verstaute den Anzug der Vernichtung bei seiner Ausrüstung und bereitete die Materialisation innerhalb des Schwarms vor. Sogar diesen Vorgang hatte er sorgfältig geplant, er wollte nichts dem Zufall überlassen. Deshalb wusste er schon jetzt, auf welcher Welt er ankommen würde. Es war ein verlassener Planet, der gemeinsam mit zwei bewohnten Welten und einer gelben Sonne vom Schwarm geschluckt worden war. Von dort aus konnte Bardioc eine Zeit lang die Gegebenheiten studieren und herausfinden, was die Cynos bereits erreicht hatten. Er würde ihre Hauptwelten erkunden und ihr Herrschaftssystem ergründen – sofern sie nicht längst abgelöst und verjagt worden waren. Es ließ sich keineswegs auf das Jahrzehnt genau berechnen, wann die Karduuhls die Macht übernehmen würden.

Schon kurz nach seiner Ankunft stellte Bardioc fest, dass sich ein Machtfaktor entwickelt hatte, der von ihm nicht geplant worden war: die sogenannten neun Imaginären. Bardioc fand heraus, dass diese Wesen sogar Einfluss darauf gewonnen hatten, welche Planeten vom Schwarm aufgenommen wurden und welche nicht.

Bardioc brachte ein Intelligenzwesen namens Hesze Goort dazu, den Imaginären den Paradimschlüssel mit dem Tabora darin zu stehlen. Hesze Goort ging durch diese Tat als ein Verräter in die Geschichte des Schwarms ein.

Was Bardioc nicht wusste, war, dass dem Tabora die Flucht aus dem Paradimschlüssel gelang, sodass dieser für die Karduuhls unbrauchbar wurde. Er ahnte auch nicht, dass das Tabora etwa eine Million Jahre später bei den Meisterdieben wieder auftauchen sollte.

Bardioc war überzeugt davon, nun alles getan zu haben, um die Funktion des Schwarms in seinem Sinn zu manipulieren. Er nahm sich vor, dieses Gebilde aus Sonnen und Planeten noch vor dessen nächster Transition wieder zu verlassen. Der Planet, auf dem er den Anzug der Vernichtung deponiert hatte, war eine der beiden Hauptschaltstationen des Schwarms und hieß Stato II.

Mehr als eine Million Jahre später – Perry Rhodan

Der Schläfer

Den ganzen Tag über diskutierte Perry Rhodan mit dem Sternentramp Onklantson, aber als BULLOC bei Anbruch der Abenddämmerung mit der Energiesphäre zurückkehrte, zog sich das geflügelte Wesen über den Steilhang vom Plateau zurück.

Rhodan wäre dem Fremden gern gefolgt, doch er empfing einen hypnosuggestiven Impuls solcher Intensität, dass er keine andere Wahl hatte, als auf seinem Platz auszuharren.

Offensichtlich kam BULLOC gereizt und ermüdet zurück. Irgendetwas entwickelte sich nicht so, wie die vierte Inkarnation sich das erhofft hatte. Entweder hatte BULLOC Schwierigkeiten mit BARDIOC, oder es war ihm bisher nicht gelungen, Kontakt zu der Superintelligenz herzustellen. Onklantsons Aussage, dass BARDIOC schlief, ließ sich nicht beweisen, obwohl der Geflügelte beteuert hatte, dass er sich nicht täuschte. Nachdem er mit Hunderten verschiedener Wesen gesprochen hatte, war Onklantson zu diesem Schluss gelangt.

Wenn BARDIOC tatsächlich schlief, sinnierte Perry Rhodan, konnte er dann für seine Handlungen verantwortlich gemacht werden?

Rhodan hoffte, dass er von BULLOC weitere Einzelheiten über die Entwicklungsgeschichte BARDIOCS erfahren und auf diese Weise der Wahrheit abermals ein Stück näherkommen würde. Eine schlafende Superintelligenz – dieser Gedanke war fantastisch! Aber warum schlief BARDIOC, und wie hatte er sich zu diesem monströsen Superorganismus entwickeln können?

Rhodan blickte den Steilhang hinab, doch er sah Onklantson schon nicht mehr. Verdenken konnte er dem Tramp den schnellen Rückzug nicht, denn wer BULLOCS Impulse spürte, dachte nur noch an Flucht.

Rhodan wandte sich der gelandeten Sphäre zu, in der eine Öffnung entstanden war.

»Perryrhodan!«, erscholl BULLOCS ungeduldiger Ruf.

Der Terraner wollte den Zorn der Inkarnation nicht auf sich ziehen, deshalb beeilte er sich, in die Sphäre zu gelangen. BULLOC hielt sich in völliger Dunkelheit verborgen, aber Rhodan wurde den Eindruck nicht los, dass sich die Inkarnation in Aufruhr befand. Schweigend ließ er sich auf den Boden sinken.

»Der Meister missachtet mich«, grollte BULLOC. »Neidet er seiner eigenen Inkarnation deren wunderbare Fähigkeiten?«

Rhodan war sicher, dass er Zeuge einer Art Selbstgespräch wurde, deshalb hütete er sich davor, zu antworten. Es war offenbar, wie er vermutet hatte: Zwischen BARDIOC und der vierten Inkarnation gab es Schwierigkeiten. Vielleicht wusste BULLOC nicht, dass BARDIOC schlief, oder er kannte den Schlüssel zu BARDIOC nicht.

»Ich komme nur schwer an die Hulkoos und all die anderen armseligen Narren auf dieser Welt heran«, erklärte BULLOC düster. »Sie stehen völlig unter BARDIOCS Einfluss und glauben, dass sie seine Inkarnation ungestraft ignorieren können.«

Den Geräuschen nach zu schließen, wand BULLOC sich heftig in seinem fremdartigen Medium.

»Du bist mein einziges Werkzeug, das im Augenblick zuverlässig ist, Perryrhodan! Ich überlege, wie ich dich einsetzen kann.«

»Was kann ich schon ausrichten?«, fragte der Terraner vorsichtig.

»Schwachkopf! Wie kommst du auf den absurden Gedanken, dass du etwas ausrichten könntest, wo meine Macht versagt? Wenn ich an deinen Einsatz denke, spreche ich von Dingen, die du nicht verstehst.«

Perry Rhodan ließ sich nicht verblüffen. Er spürte sehr deutlich, dass BULLOC verunsichert war. Das ließ sich auch nicht mit markigen Worten verdecken.

»Du sollst die Fortsetzung von BARDIOCS Entwicklungsgeschichte hören«, verkündete BULLOC.

Rhodan zweifelte nicht mehr daran, dass er diese Einzelheiten nur aus einem bestimmten Grund erfuhr. Entweder wollte BULLOC seinen Schöpfer um jeden Preis herabsetzen, oder er nahm an, dass es ihm nützlich sein konnte, wenn sein Gefangener dieses Wissen besaß.

Wieder sprach BULLOC die ganze Nacht, und die Geschichte faszinierte Perry Rhodan. Die Manipulation des Schwarms durch Bardioc war ein Ereignis, das sogar den Menschen von Terra Schwierigkeiten bereitet hatte.

Rhodan entsann sich der Zeit, als der Schwarm erschienen war und die Milchstraße mit seiner Verdummungsstrahlung angegriffen hatte. Es war ein großartiger Gedanke, dass ausgerechnet die Menschheit geholfen hatte, den Schwarm an die Cynos zurückzugeben und damit Bardiocs Manipulation zu korrigieren.

Ohne es zu wissen, hatten die Terraner indirekt also schon mit der Superintelligenz BARDIOC zu tun gehabt. Unter diesen Umständen sah Perry Rhodan seine Anwesenheit auf dem Planeten in einem neuen Licht.

Mehr als eine Million Jahre bevor er im Sinn Bardiocs zweckentfremdet durch die Galaxis gezogen war, musste der Schwarm schon einmal die Heimat der Menschheit durchquert haben. Damals war er noch seiner eigentlichen Aufgabe nachgekommen. Rhodan fragte BULLOC nach dieser Vergangenheit.

»Das sind Nebensächlichkeiten«, erwiderte die vierte Inkarnation ungeduldig. »Sie erscheinen dir wichtig, weil sie sich in einem Sektor ereignet haben, zu dem dein Heimatplanet zählt.«

»Trotzdem möchte ich etwas darüber erfahren«, wagte Rhodan zu verlangen. »Es sei denn, dir sind keine Einzelheiten bekannt.«

Das wirkte. Erstaunlicherweise ließ BULLOC sich bei seiner Eitelkeit packen. »Eines Tages brachte der Wächter eine alarmierende Nachricht«, berichtete er. »Eine Gefahr war erschienen, die viele Galaxien bedrohte.«

Rhodan stieß einen leisen Pfiff aus. »Was war das für eine Gefahr?«, erkundigte er sich.

»Eine Antimaterieballung.«

Das Suprahet!, schoss es Rhodan durch den Kopf.

»Die Antimaterieballung bewegte sich auf die Milchstraße zu«, fuhr BULLOC fort. »Berechnungen ergaben, dass sie diese Galaxis in dreihunderttausend Jahren erreichen würde. Weitere zweihunderttausend Jahre später würde die Sterneninsel völlig verwüstet sein und nur noch aus Antimaterie bestehen. Das durfte nicht zugelassen werden, denn genau zu jenem Zeitpunkt sollte der Schwarm die Milchstraße erreichen.«

»Bestand keine Möglichkeit, den Schwarm umzulenken?«

»Das war zu kompliziert, obwohl es theoretisch möglich gewesen wäre«, antwortete die vierte Inkarnation. »Vergiss nicht, dass der Schwarm unbedingt jenen Kurs einhalten sollte, der durch die Aktionen der Sporenschiffe vorgezeichnet war. Deshalb wurden andere Maßnahmen ergriffen. Jene Union der sechsunddreißig Völker, die den Schwarm erbaut hatten, erhielt einen neuen Auftrag. Sie mussten ihre gesamte geistige und technische Kapazität einsetzen, um eine Abwehrblockade gegen ein weiteres Vordringen der Antimaterieballung zu errichten.«

»Ja«, murmelte Rhodan, »so muss es gewesen sein.« Längst vergessen geglaubte Bilder kehrten in sein Gedächtnis zurück.

»Trotz dieser Vorsichtsmaßnahmen riss die Antimaterieballung große Lücken in verschiedene Regionen der Milchstraße«, setzte BULLOC seinen Bericht fort. »Den Blockadebauern gelang es jedoch, dieses gefährliche Gebilde in eine Art Starre zu versetzen. Aus der Antimaterieballung wurde ein gigantischer Himmelskörper mit siebzehn Monden.«

Rhodan erschauerte.

»Die Blockadebauer errichteten auf einem dieser Monde ein Observatorium, in dem sie eine Botschaft für die Völker dieser Galaxis hinterließen«, erklärte BULLOC.

»Die Wächter rufen alle!«, zitierte Perry Rhodan aus dem Gedächtnis. »Alles Leben ist in Gefahr! Wir rufen das Leben, um es zu warnen. In einer in letzter Minute …«

»Halt!«, dröhnte BULLOC. »Diese Details sind nicht einmal mir bekannt. Woher kennst du sie?«

»Ein Wissenschaftler namens Till Leyden nahm diese Botschaft entgegen«, erinnerte sich Perry Rhodan. »Der Mond, auf dem das Observatorium stand, wurde Impos genannt. Leyden bezeichnete jene, die das Observatorium errichtet hatten, als Oldtimer …«

Eine Weile herrschte Schweigen.

»Diese Oldtimer müssen noch andere Stationen erbaut haben, um das Suprahet zu beobachten und zu kontrollieren«, sagte Perry Rhodan schließlich.

»Das ist richtig«, bestätigte BULLOC. »Aber dieses Ereignis hat mit BARDIOCS Entstehung nur am Rand zu tun. Sie ereignete sich, als der Schwarm zum ersten Mal auf die Milchstraße zukam und sich noch unter der Kontrolle der Cynos befand.«

»Für dich mag dieser Teil der Geschichte unbedeutend sein«, sagte Rhodan. »Das gilt aber nicht für mich. Jene, die den Schwarm im Auftrag der sieben Mächtigen erbaut haben, sind identisch mit den Oldtimern! Sie haben ihre Botschaft so stark verfälscht, dass ihre wahre Identität verborgen bleiben musste.«

Rhodan sagte sich, dass es sinnlos war, BULLOC weitere Einzelheiten über das Suprahet mitzuteilen. Die vierte Inkarnation war daran nicht interessiert, sie hatte andere Probleme.

Außerhalb der Sphäre wurde es allmählich wieder hell, und Rhodan befürchtete, dass er auf den Schluss von BARDIOCS Entstehungsgeschichte noch warten musste. Tatsächlich entfaltete BULLOC bei Sonnenaufgang wieder große Aktivität. Der Terraner hörte die Inkarnation im Hintergrund rumoren.

Schließlich öffnete sich die Luke.

»Verlasse die Sphäre!«, befahl BULLOC. »Vergiss nicht, dass du mein Gefangener bist. Ich wünsche, dass ich dich antreffe, sobald ich hierher zurückkehre.«

Die Drohung, die sich hinter diesen Worten verbarg, war unmissverständlich. Rhodan begab sich auf das Plateau hinaus und sah die Energiesphäre wenige Augenblicke später davonschweben. Er wünschte, er hätte sie heimlich begleiten können, um zu beobachten, was BULLOC während des Tags unternahm.

Perry Rhodan war entschlossen, diesmal die weitere Umgebung zu erkunden. Dabei wollte er sich in die Nähe von BARDIOCS Gehirnwindungen wagen und versuchen, an jene knollenartige Auswüchse heranzukommen, aus denen Kleine Majestäten wurden. Er hoffte, dass es ihm gelingen könnte, irgendetwas von BARDIOC direkt zu erfahren.

Nachdem er aufgebrochen war, stillte er seinen Durst am Bach unter dem Steilhang. Außerdem sammelte er einige Früchte. Dabei stieß er wieder auf Tiere, die ausnahmslos Mitglieder der planetaren, von BARDIOC errichteten Symbiose waren.

Oder hatte BARDIOC diese Symbiose überhaupt nicht verursacht? War er seinerseits integriert worden und hatte sich danach im Verlauf der Jahrhunderttausende zu ihrem Beherrscher aufgeschwungen? Dieser Gedanke war es wert, weiterverfolgt zu werden.

Als Rhodan gegessen hatte, erschien Onklantson. Der Geflügelte kam nicht allein, sondern hatte einen untersetzten Hulkoo bei sich.

Rhodan beobachtete den Schwarzpelz misstrauisch und fragte sich, ob Onklantson ihn belogen hatte. Kam der Hulkoo, um ihn gefangen zu nehmen? Er hätte sich nicht einmal dagegen gewehrt, denn vielleicht wäre es ihm möglich gewesen, auf diese Weise BULLOC zu entkommen.

»Das ist Martlo-Paresch.« Onklantson deutete auf seinen Begleiter. »Er gehört zu einem Kommando, das gestern gelandet ist, um Kleine Majestäten abzuholen.«

»Ja«, bellte der Hulkoo zur Bestätigung. »Der Tramp hat mir von einem interessanten Fremden berichtet, deshalb wollte ich dich kennenlernen.«

Rhodan unterdrückte ein Lächeln. Wahrscheinlich wusste der Hulkoo nicht einmal, dass seine Artgenossen in einem anderen Teil zwischen den Mächtigkeitsballungen kriegerische Auseinandersetzungen zu bestehen hatten – mit Menschen. Die Entfernungen waren so gewaltig, dass BARDIOCS Hilfstruppen einfach nicht alles voneinander wissen konnten. Wahrscheinlich dauerte es oft Jahre, bis alle wichtigen Nachrichten ausgetauscht waren.

BARDIOC selbst gab bestimmt nur brisante Informationen weiter. Der Kampf zwischen Menschen und Hulkoos am Rand seiner Mächtigkeitsballung war für ihn wohl nur ein unbedeutendes Nebenereignis, von dem er kaum Notiz nahm.

Oder galten für eine schlafende Superintelligenz andere Wertmaßstäbe? Diese Frage war nicht zu beantworten – noch nicht, dachte der Zellaktivatorträger.

»Wie heißt du?«, wollte Martlo-Paresch wissen.

»Perry Rhodan«, sagte der Terraner spontan. Gleichzeitig bereute er seine Voreiligkeit, denn es war immerhin möglich, dass sein Name auch den Hulkoos auf BARDIOC ein Begriff war.

Tatsächlich schien Martlo-Paresch nachzudenken. »Ist es möglich, dass ich diesen Namen schon einmal gehört habe?«

»In welchem Zusammenhang?«, fragte Rhodan zurück.

»Ich weiß es nicht. Vielleicht täusche ich mich auch.«

»Wenn du mit einem Raumschiff gekommen bist, musst du wissen, wo wir uns befinden«, lenkte Perry Rhodan ab.

»Auf BARDIOC in der Galaxis Barxöft«, erwiderte der Hulkoo bereitwillig. »Das System, zu dem der Planet gehört, steht im mittleren Zentrumsring dieser Galaxis«

»Beim Anflug auf Barxöft habe ich aus dem Innern der Sphäre ein intensives blaues Leuchten beobachtet.«

»Diese Galaxis ist ein Spiralnebel mit in sich sehr eng geschlossenen Spiralarmen«, sagte Martlo-Paresch. »Sie hat einen Durchmesser von einhundertzehntausend Lichtjahren und ist an der Hochachse sechsundfünfzigtausend Lichtjahre dick, sodass es sich um keine der üblichen flachen Galaxien handelt. Die Ballungsmasse im Zentrum ist ungewöhnlich dicht, viel dichter als in anderen Galaxien dieser Art. Dort im Zentrum muss sich eine energetische Hölle befinden. Die Millionen Zentrumssterne sind ausnahmslos kräftige Fünf-D-Strahler, deren Internfelder und hinausschießende n-dimensionale Energie ununterbrochen mit den Gewalten des Normalkontinuums kollidieren. So entsteht ein gigantisches Wechselfeld aus verschiedenartigen Fünf-D-Strömungen mit unterschiedlicher Intensität.«

»Von dort kommt das blaue Leuchten«, vermutete Rhodan.

»So ist es«, bestätigte der Hulkoo. »Du kannst dir vorstellen, dass es bisher keine Schiffsbesatzung gewagt hat, ins Zentrum von Barxöft vorzudringen.«

Ich kenne ein Schiff, das es unter Umständen riskieren könnte!, dachte Perry Rhodan. *Die SOL.* Er sprach seine Überlegung aber nicht aus.

Unwillkürlich fragte er sich, ob es Zufall war, dass BARDIOC sich in einer extremen Galaxis befand. Hatte dieses hochenergetische Leuchten mit der Existenz der Superintelligenz zu tun?

»Bist du an weiteren Daten interessiert?«, fragte Onklantson.

»Martlo-Paresch ist Navigator an Bord seines Schiffes und zählt daher zu den Eingeweihten.«

»Er soll sprechen!« Rhodan nickte.

»Dieses Sonnensystem heißt Parföx-Par«, erklärte der Hulkoo. »Das bedeutet sinngemäß ›Bewahrer für die Ewigkeit‹.«

Was sollte hier für alle Ewigkeit bewahrt werden?, fragte sich Rhodan. BARDIOC? Oder ein Geheimnis, von dem er bislang nichts ahnte?

Er hörte kaum zu, als ihm der Hulkoo weitere Einzelheiten nannte. Martlo-Paresch schien sich für intelligent und bedeutungsvoll zu halten, denn sein Redefluss endete erst, als Perry Rhodan ihm mit einer Frage das Wort abschnitt. »Was hältst du von Onklantsons Theorie, dass BARDIOC schläft?«

»Das ist keine Theorie, sondern eine Tatsache!«, warf der Geflügelte ein.

Martlo-Paresch selbst schien dieses Thema als unangenehm zu empfinden. Jedenfalls antwortete er nicht, sondern fuhr fort, über die Schwerkraftverhältnisse auf BARDIOC zu sprechen.

Kein Wunder!, dachte Rhodan ironisch. *Welches intelligente Wesen lässt sich schon nachsagen, dass es im Dienst eines Schläfers steht?*

»Ich habe vor, mich in der Umgebung umzusehen«, verkündete er herausfordernd. »Dabei will ich versuchen, auf die eine oder andere Weise an BARDIOC heranzukommen.«

»Das würde deinen Tod zur Folge haben!«, sagte Martlo-Paresch drohend.

»Oder seine Integration in die Symbiose«, fügte Onklantson hinzu. Er breitete die Flügel aus, als wollte er sie auf ihre Tragfähigkeit prüfen. »Nun kann er wählen, welches Schicksal er vorzieht.«

»Ich möchte weder sterben noch zum Sklaven werden«, versetzte Rhodan.

»Dann musst du dich so verhalten wie ich«, riet ihm der Sternentramp.

»Passiv!«, rief Martlo-Paresch aus. »Onklantson darf diese Welt nicht mehr verlassen, aber er darf dank der Gnade BARDIOCS hier leben.«

»Und was ist das für ein Leben?«, wandte Rhodan sich an den Geflügelten. »Wie in einem Gefängnis.«

»Das Gefängnis ist sehr weiträumig«, kommentierte Onklantson philosophisch.

»Für jemanden, der immer unterwegs war, um von Planet zu Planet zu reisen, hört sich das wie ein Eingeständnis seiner Niederlage an.«

»Ich bin unterlegen«, gab Onklantson mit entwaffnender Offenheit zu. »Ist das eine Schande? Ich lebe im Zentrum einer Mächtigkeitsballung, geduldet und ohne Gefahr für meine Existenz.«

Rhodan schüttelte den Kopf. »So würde ich niemals leben können.«

»Was willst du dagegen tun?«, fragte Onklantson mit sanftem Spott.

»Ich werde dafür sorgen, dass BARDIOC aufwacht!«, hörte Perry Rhodan sich sagen.

9.

Die Entstehung der Superintelligenz BARDIOC

Die Entlarvung

Normalerweise hätte er etwa um diese Zeit in seine Kosmische Burg zurückkehren sollen, doch Bardioc hatte längst beschlossen, die armselige Umgebung zu meiden. Er würde nie mehr in seine Burg zurückgehen. Alle Vorbereitungen für den Aufbau seines eigenen großen Reiches waren getroffen.

Das Sporenschiff hatte er gut versteckt, seine Ladung konnte Bardioc jederzeit nutzen. Die Manipulation des Schwarms war abgeschlossen, sodass von dieser Seite keine Gefahr drohte. Ganerc hatte den Anzug der Vernichtung verloren und würde für alle Ewigkeit in der Verbannung leben. Die fünf anderen Mächtigen befanden sich wieder in ihren Burgen, abgesehen vielleicht von Partoc, der angekündigt hatte, sich unter die Sterblichen zu mischen. Keiner von ihnen ahnte etwas von Bardiocs Plänen, deshalb brauchte er auch nicht zu fürchten, dass jemand sie durchkreuzen würde.

Auf einer einsamen Welt, die zu einem abgelegenen Sonnensystem jenes Sektors gehörte, in dem Bardioc einst an der Entstehung der Union von sechsunddreißig Völkern mitgearbeitet hatte, wollte er sich erholen und danach mit dem Aufbau seines Reiches beginnen.

Der Planet war von wilder Schönheit und glich einem verlassenen Garten, in dem sich die Natur in ihrer üppigsten Pracht entfaltete. Bardioc genoss es, die Tiere dieser Welt zu beobachten und die Vielfalt der Pflanzen zu bewundern. Zum ersten Mal seit undenklichen

Zeiten empfand er Ruhe und Zufriedenheit und erwog ernsthaft, für immer hierzubleiben.

Doch er wusste, dass ihn dieses Leben auf Dauer nicht befriedigen konnte. Was er erlebte, war ein Rausch, wie ihn die Nähe alles Sterblichen schon immer in den Mächtigen ausgelöst hatte. Dieser Rausch würde abklingen und Bardioc ein enttäuschendes Erwachen bereiten. Deshalb wollte er aufbrechen, solange ihm das Hiersein noch Vergnügen bereitete.

Manchmal saß er auf einem weißen Kreidefelsen und blickte in ein sonnendurchflutetes Tal hinab. Dann flogen seine Gedanken hinaus in die Unendlichkeit, und er spürte den Hauch von etwas, das wirklich ewig war und demgegenüber seine eigene Macht unbedeutend wirkte. Zwangsläufig beschäftigte er sich in solchen Tagträumen mit den Materiequellen und ihren Rätseln.

An jenem Tag, da er alles für eine große Materialisation vorbereitet hatte und dieser Welt den Rücken kehren wollte, ging er noch einmal zu dem Kreidefelsen hinauf, um Abschied zu nehmen von dem Platz seiner seltsamen Träume. Zu seiner Überraschung war der Felsen besetzt. Eine gekrümmt dahockende Gestalt hatte Bardiocs Platz eingenommen und wandte ihm den Rücken zu.

Bardioc lief es heiß und kalt über den Körper, im ersten Augenblick wäre er fast in wilder Panik davongestürmt. Dann jedoch gewann seine Vernunft die Oberhand, und er sagte sich, dass jener, der da saß, von der Anwesenheit eines Mächtigen wissen musste. Außerdem war es keiner seiner Brüder, obwohl ihm die Gestalt merkwürdig vertraut erschien.

Er näherte sich leise und vorsichtig, aber offenbar nicht leise genug, denn als er den Felsen fast erreicht hatte, drehte der rätselhafte Besucher sich um und wandte Bardioc sein Gesicht zu. Es war ein starres, stählernes Gesicht mit nur einem Auge.

»Laire!«, stieß Bardioc in grenzenloser Überraschung hervor.

»Ja, ich bin es«, sagte der Roboter. »Und es war wahrlich nicht einfach, deiner Spur zu folgen und dich zu finden. Warum hast du dich nie um mich gekümmert?«

Tausend Gedanken jagten Bardioc durch den Kopf, er spürte förmlich die Gefahr, die sich wie ein unsichtbares Netz um ihn zusammenzog.

»Ich habe dich vergessen, Laire« sagte er wahrheitsgemäß. »Einfach vergessen …«

»Vergessen«, echote der einäugige Roboter. »Wie muss es um dich bestellt sein, dass du mich vergessen konntest. Weißt du überhaupt noch, wo du mich zurückgelassen hast?«

»Aber ja«, beteuerte Bardioc. »Im Versteck des Sporenschiffs.«

Im gleichen Augenblick wusste er, dass er einen Fehler begangen hatte, einen Fehler, der nicht mehr regulierbar war.

Laire zerfloss vor seinen Augen und nahm eine andere Gestalt an. Bardioc blieb fast das Herz stehen, als er erkannte, wer wirklich zu ihm gekommen war. Dieser Besucher war nicht Laire, sondern hatte sich nur eine Robotermaske zugelegt. Der falsche Laire hatte sich in eine hünenhafte Gestalt mit wallendem Haar und glühenden Augen verwandelt.

Einer der sieben Mächtigen.

Der Mächtigste von allen.

»Kemoauc«, flüsterte Bardioc mit erstickter Stimme. Seine Gefühle, seine Gedanken, alles war wie ausgelöscht. Er war erniedrigt, vernichtet – so gut wie tot.

Die Gestalt auf dem Kreidefelsen erhob sich. Sie verdunkelte die aufgehende Sonne, und ihr Schatten fiel auf Bardioc. »Ja«, sagte sie traurig. »Ich bin es, Kemoauc.«

»Bruder«, stöhnte Bardioc.

»Bruder?«, wunderte sich Kemoauc. »Es war leicht, dich zu finden, Bardioc, denn in deiner Überheblichkeit hast du eine Spur hinterlassen, die so breit war wie die eines vorbeiziehenden Schwarms. Dass es allerdings so einfach sein würde, dich zu überführen, dachte ich nicht. Ich ahnte, dass du etwas mit Laires Verschwinden zu tun hattest, deshalb wählte ich diese Maske. Und schon dein erster Satz war ein Geständnis deines Verrats.«

Jeder Satz, jedes Wort traf Bardioc tief ins Innerste, und er wünschte sich, auf der Stelle sein Leben zu beenden. Doch das wäre zu einfach gewesen, damit hätte Kemoauc sich kaum zufriedengegeben.

Kemoauc wies mit einer Hand auf den Felsen. »Setz dich!«, befahl er. »Ich will alles wissen. Berichte, was du getan hast, auch wenn es so schrecklich sein sollte, dass du es nicht auszusprechen wagst.«

Bardioc wankte zu seinem Platz, diesmal jedoch, ohne die Schönheit der Natur ringsum wahrzunehmen. Seine Sinne waren abgestorben, sein Leben war nur mehr eine kalte Flamme tief in seinem Bewusstsein, eine Flamme, die nicht erlöschen wollte, obwohl sich ihr Träger mit jeder Faser seines Körpers danach sehnte.

Er sprach leise, ohne auch nur ein Detail seines Planes zu verschweigen. Willenlos breitete er vor Kemoauc aus, was er getan hatte.

Und Kemoauc, der nie seine Gelassenheit verlor, schauderte. »Es ist schrecklich«, sagte er.

Bardioc senkte den Kopf. Bleischwer hockte er auf dem Felsen und rührte sich nicht. Er wünschte, der Bruder würde ihn töten.

»Wie konntest du glauben, dass dieses Tun verborgen bleiben würde?«, fragte Kemoauc verzweifelt. »Warum hast du unsere Arbeit pervertiert?«

Bardioc wusste es nicht. Nun, da er entlarvt worden war, erschien ihm die Vergangenheit wie ein unwirklicher Traum und nicht wie etwas, das sich tatsächlich ereignet hatte. War er überhaupt je in diese Geschehnisse verwickelt gewesen, oder hatte er sie nur über eine große Distanz hinweg beobachtet?

»Ich habe befürchtet, dass es eines Tages zu einem Zwischenfall kommen würde«, drang Kemoaucs Stimme wieder an sein Gehör. »Allerdings ahnte ich nicht, dass es so schlimm werden könnte. Unsere Unsterblichkeit ist unser größter Feind, sodass es kein Wunder ist, wenn Partoc zu den Sterblichen geht, Ganerc zum Wächter wird und Murcon Fremde in seine Burg einlädt. Was du jedoch getan hast, übersteigt meine ärgsten Befürchtungen.«

Anklagend schwangen die Worte in Bardioc nach.

Kemoauc fuhr fort: »Wahrscheinlich kann nur jemand, der wie ich tief in eine Materiequelle vorgedrungen ist, den unschätzbaren Wert dieser Naturphänomene ermessen und erahnen, was sie für das Universum bedeuten. Du hättest fast den Rhythmus gestört.«

»Es war ein Traum«, sagte Bardioc. Auf gewisse Weise fühlte er sich erleichtert, dass nun alles vorbei war. Der Schock des Zusammentreffens mit Kemoauc ließ allmählich nach, und Bardioc fragte sich, ob er unbewusst seine Entlarvung längst herbeigesehnt hatte. »Ein unerfüllbarer Traum ... Vielleicht wollte ich etwas Wirkliches schaffen, das nur mir gehört und mir nicht aus den Händen gleitet, kaum, dass ich es berührt habe.«

»Das sind die Gedanken eines Unsterblichen, der die Arbeit von Sterblichen leistet«, sagte Kemoauc.

»Der Gedanke an meinen eigenen Machtbereich ließ mich nicht mehr los!« Mit einem Mal sprudelten die Worte Bardioc nur so über die Lippen. »Es war gleichzeitig die Jagd nach einer eigenen, immerwährenden Identität. Dieser Traum geht niemals zu Ende. Er findet in meinem Innern seine Fortsetzung.«

»Wir alle kennen diesen Traum«, gestand Kemoauc. »Aber wir haben ihm widerstanden. Nun, da du versagt hast, wird der *Ruf* nicht mehr an uns ergehen. Andere werden an unsere Stelle treten, und wir werden für immer in unseren Kosmischen Burgen leben müssen.«

»Ich wollte nie wieder in meine Burg zurückkehren«, sagte Bardioc versonnen. »Dieser Platz ist mir zuwider, er ist ein Symbol meiner Unvollkommenheit.«

»Du wirst auch nicht dorthin zurückkehren, diese Strafe wäre zu gering für dich.«

»Willst du mich töten?«, fragte Bardioc hoffnungsvoll.

»Selbst wenn ich das wollte, könnte ich es nicht. Hast du vergessen, dass wir verpflichtet sind, Leben zu erhalten und zu verbreiten? Das ändert sich auch nicht, wenn einer von uns zu den Betroffenen gehört.«

Bardioc richtete sich auf. Endlich konnte er Kemoauc ansehen. In dessen Gesicht las er keinen Hass, eher Verständnis und Anteilnahme.

»Was wird geschehen?«

»Du wirst mich begleiten«, entschied Kemoauc. »Ahnst du, wohin wir gehen werden?«

»Zur Ebene.«

»Die Brüder erwarten uns dort, abgesehen natürlich von Ganerc. Wir führen eine Materialisation zu der Ebene im Nichts durch – zum letzten Mal«

»Und danach?«

»Danach?«, echote Kemoauc tonlos. »Danach wird nichts mehr sein.«

Die Entstehung der Superintelligenz BARDIOC

Die Bestrafung

An der Stelle, an der Kemoauc und Bardioc materialisierten, war die Ebene nur noch ein Fragment, ein stählernes Bruchstück mit gezackten und zerbröckelten Außenrändern.

Die Ära der sieben Mächtigen war vorbei. Jene, von denen der *Ruf* ergangen war und von denen man annahm, dass sie jenseits der Materiequellen lebten, hatten ihr Projekt abgeschlossen, oder sie würden nach anderen Wesen suchen, denen sie Aufträge erteilen konnten.

»Sieh dich um!«, forderte Kemoauc seinen Begleiter auf. »Das ist alles, was übrig blieb. Vielleicht treibt weiter draußen noch ein Bruchstück, aber das sieht bestimmt nicht besser aus als alles hier.«

»Die Halle?«, fragte Bardioc matt.

»Sie existiert nicht mehr.«

»Ihr … werdet einen anderen Treffpunkt suchen müssen«, sagte Bardioc behutsam.

»Ja.« Kemoaucs große Augen blickten ins Leere.

Bardioc sah sich um, aber Kemoauc und er waren offensichtlich zuerst gekommen. Vielleicht, hoffte Bardioc, würden die vier anderen nicht erscheinen, dann konnte er die Angelegenheit mit Kemoauc allein austragen.

»Du könntest sagen, dass du mich nicht gefunden hast«, schlug er vor. »Ich werde mich zurückziehen und niemals wieder auftauchen.«

Zum ersten Mal erschienen harte Linien in Kemoaucs Gesicht. »Nein!«, lehnte er ab.

Bardioc drängte nicht weiter, denn er sah ein, dass es keinen Sinn hatte. Die Zeitlosen würden ihn bestrafen. Das war auch richtig so, denn wie konnten sie sich darauf verlassen, dass er ein Versprechen, in Zukunft wieder in ihrem Sinn zu handeln, einhalten würde?

Ariolc materialisierte und lenkte Bardiocs Gedanken ab. Der eitle Mächtige trug ein neues Gewand, eine Fantasieuniform mit verrückten Verzierungen und abstoßenden Farben. Er tänzelte auf Bardioc zu und hielt die Arme dabei leicht angewinkelt. »Mein lieber Bardioc«, sagte er teilnahmsvoll. »Wie konnte es nur dazu kommen?«

»Sieh dich doch an, dann weißt du es!«, antwortete Bardioc verächtlich.

Ariolc verlor für keine Sekunde seine Fassung. Er umrundete Bardioc, als stünde ein seltenes Tier vor ihm, das es ausführlich zu betrachten galt.

»Wo hast du ihn gefunden?«, wandte er sich an Kemoauc.

»Irgendwo.« Kemoauc machte eine vage Geste. »Spielt das eine Rolle? Ich habe ihn gefunden und hierher gebracht, das ist alles, was zählt.«

»Und was werden wir mit ihm tun? Stürzen wir ihn in eine Materiequelle?«

»Bist du von Sinnen?«, herrschte Kemoauc Ariolc an. »Er wird seine Strafe bekommen, aber nicht auf diese Weise.«

In diesem Augenblick erkannte Bardioc, dass auch Kemoauc nicht mehr der Alte war. Kemoauc hatte immer stillschweigend vorausgesetzt, dass die anderen ihn als Anführer akzeptierten. In dieser Rolle war er mittlerweile unsicher geworden.

Ariolc betrachtete seine ausgestreckten Hände. »Ich kann warten«, sagte er und deutete auf eine Leuchterscheinung über dem Bruchstück. »Ich glaube, da kommt Murcon.«

Es war jedoch der vierschrötige Lorvorc, der erschien. Der Ankömmling blickte von Ariolc zu Bardioc, dann schaute er Kemoauc an. »Wer war es?«, grollte er. »Ariolc oder Bardioc?«

»Was denkst du, wer es war?«, lautete Kemoaucs Gegenfrage.

»Ariolc hat uns verraten«, sagte Lorvorc bedenkenlos.

Kemoauc lächelte stumm.

»Ich war es!«, rief Bardioc.

Lorvorc zuckte mit den Schultern. »Wir sollten die Sache hinter uns bringen. Wer weiß, wann die anderen kommen. Drei Richter sind so gut wie fünf.«

»Wir warten«, widersprach Kemoauc.

Lorvorc stieß eine Verwünschung aus. Er fing an, auf dem Bruchstück auf und ab zu wandern, und machte dabei den Eindruck eines Arbeiters, den jemand bei einer unaufschiebbaren Tätigkeit unterbrochen hatte. Aber das, dachte Bardioc mitleidig, war bestimmt nicht der Fall. Wahrscheinlich würde Lorvorc von ihnen allen die Krise am ehesten überstehen, denn sein Äußeres spiegelte seine Seele wider.

Wenig später erschien Murcon. Bardioc hatte schon befürchtet, der Mächtige würde einen seiner geheimnisvollen Gäste mitbringen, doch damit hatte er Murcon unrecht getan.

»Stellt euch vor, ich werde meine Kosmische Burg verlieren«, sagte Murcon anstelle einer Begrüßung.

»Was …?«, entfuhr es Lorvorc, der gerade vorbeistampfte. »Was redest du für einen Unsinn?«

Murcon breitete die Arme aus. Er wirkte sehr heiter und gelassen. »Ich werde meine Burg verlieren. Jene, die ich zu mir eingeladen habe, nutzten meine Gastfreundschaft schlecht. Sie zettelten eine Revolte an und erklärten die Burg zu ihrem Besitz. Ich musste mich in den inneren Bereich zurückziehen, in dem ich jetzt lebe. Sie belagern mich, und es ist nur mehr eine Frage der Zeit, dann fällt auch dieses Refugium.«

»Sobald das hier vorbei ist, kommen wir mit dir«, erbot sich Lorvorc. »Wir treiben das Gesindel in den Leerraum zwischen den Galaxien.«

»Auf keinen Fall«, lehnte Murcon ab. »Das ist eine Angelegenheit zwischen meinen Gästen und mir. Schließlich habe ich sie zu mir geholt.«

»Du darfst nicht zurück!«, beschwor Ariolc.

Murcon strich sich über das Gesicht. Obwohl er nach außen hin heiter wirkte, hatte Bardioc den Eindruck, dass er jeden Augenblick zusammenbrechen konnte.

»Ich werde zurückkehren«, erklärte Murcon unbeirrbar. »Ich bin gespannt, was sie mit mir anstellen, sobald die Revolte erfolgreich beendet sein wird. Vielleicht genieße ich dann ihre Gastfreundschaft – als Gefangener in meiner eigenen Burg.«

Bardioc war erschüttert und sah, dass es Kemoauc ebenso erging. Kemoauc hatte bislang nicht versucht, Murcon zum Bleiben zu bewegen, er hatte ihm nicht einmal Unterstützung angeboten. Kemoauc wusste, wie es um sie alle stand, deshalb schwieg er.

»Welche Gäste beherbergst du?«, wollte Lorvorc wissen. »Unter den gegebenen Umständen könntest du uns einweihen. Wen hast du zuerst auf deine Burg geholt?«

»Besucht mich irgendwann«, schlug Murcon vor. »Dann werdet ihr alles erfahren.«

Endlich erschien Partoc in einem blassen energetischen Schimmer. Als der Düstere daraus hervortrat, löste sein Anblick bei den anderen einen Schock aus.

Partoc, das war unübersehbar, war *gealtert*.

»Was starrt ihr mich so an?«, rief er trotzig.

Kemoauc ging auf ihn zu, ergriff ihn bei der Hand und führte ihn zu den anderen. »Was ist geschehen?«, erkundigte er sich sanft.

»Das seht ihr doch«, brummte Partoc. »Ich habe meine Unsterblichkeit aufgegeben. Es ist ein Wunder, dass ich noch kommen konnte.«

Partocs Anblick machte Bardioc fast wahnsinnig, es war für ihn unerträglich, einen der anderen so zu sehen.

»Aufgegeben?«, stöhnte Ariolc. »Hast du den Verstand verloren? Es gibt nichts, was diesen Verlust wettmachen könnte – nichts!« Er ging zu Partoc und schlug ihm mit den Fäusten gegen die Brust. Partoc ließ es nahezu willenlos geschehen, aber er verzog das Gesicht und hustete.

»Hört auf!«, befahl Kemoauc.

»Warum?«, brachte Ariolc hervor. »Warum hast du das getan?«

Partoc schaute an ihm vorbei, seine Augen bekamen einen fiebrigen Glanz. In seinen Gedanken, erkannte Bardioc, war der Düstere sehr weit weg.

»… einer Sterblichen zuliebe«, sagte Partoc.

Ariolc krümmte sich zusammen. »Lebt sie mit dir auf deiner Burg?«

»Mein Bruder, du verstehst überhaupt nichts. Ich lebe bei ihr, auf einer Welt, zwischen vielen Millionen Sterblichen.«

»Er ist wirklich verrückt!«, stellte Ariolc fest.

»Das Leben der Sterblichen ist wie ein kurzer, aber unglaublich intensiver Rausch«, sagte Partoc verträumt. »Es ist wie der Schluck aus einem Becher, der mit einer Köstlichkeit gefüllt ist. Man nimmt diesen Schluck, und schon ist alles vorüber. Ich bin nicht verrückt, Ariolc. Ich habe eine Wahl getroffen und bin zufrieden damit.«

Lorvorc trat zwischen die anderen und deutete mit ausgestrecktem Arm auf Partoc. »Kann er – ein Sterblicher – über einen Unsterblichen richten?«

»Ich lege keinen Wert darauf, das zu tun«, sagte Partoc. »Vielleicht verdammt ihr den Verräter dazu, mit mir zu kommen. Dann bin ich bereit, ihn mit zu den Sterblichen zu nehmen.«

»Partoc ist immer noch einer von uns«, erklärte Kemoauc. »Deshalb wird er an dem Urteilsspruch teilhaben.«

Fast schien in Vergessenheit zu geraten, dass sie *seinetwegen* gekommen waren, erkannte Bardioc sarkastisch. Es ging um die Bestrafung eines Verräters, aber davon war bisher kaum die Rede gewesen. Eigentlich hatten sie keine andere Wahl, als ihn freizusprechen, sinnierte Bardioc, war sich aber gleichzeitig im Klaren darüber, dass dieser Glücksfall nicht eintreten würde.

Der unbeugsame Kemoauc, der die Traditionen niemals verleugnen würde, stand einem Freispruch ebenso im Weg wie der harte Lorvorc. Ihre Stimmen gegen die von Murcon und Partoc, das bedeutete, dass Ariolc die Entscheidung herbeiführen musste. Ariolc, daran bestand kein Zweifel, würde so entscheiden wie Kemoauc und Lorvorc.

»Bruder«, sagte Kemoauc zu Bardioc. »Du hast das Recht, zu sprechen und alles zu sagen, was deine Strafe mildern könnte.«

Wer würde ihm überhaupt zuhören?, fragte sich Bardioc. Lorvorc, für den es bereits beschlossene Sache war, dass Bardioc die härteste denkbare Strafe erhalten würde? Murcon, der seiner entscheidenden Niederlage in der eigenen Burg förmlich entgegenfieberte? Partoc, der schon so gut wie tot war und dessen Herz ausgefüllt wurde von der Liebe zu einer Sterblichen? Ariolc, der nur daran dachte, sich selbst um jeden Preis in Szene zu setzen?

Nur Kemoauc würde ihn anhören!, wusste Bardioc. Und Kemoauc kannte die Beweggründe der anderen genauso gut wie seine eigenen. Man brauchte Kemoauc nichts zu erklären.

»Ich will nicht sprechen«, sagte Bardioc.

Kemoauc sah sich um. »Ist da einer, der für ihn sprechen will?«

Niemand regte sich.

»Dann werde ich für ihn reden«, verkündete Kemoauc zu Bardiocs Überraschung. »Ich werde von seiner Blindheit sprechen und von seiner Ahnungslosigkeit. Davon, dass es versäumt wurde, ihn in die Verantwortung zu nehmen. Er, ein Unsterblicher, wurde zu einer Art Maschine herabgewürdigt, die immer ein und dieselbe Bewegung ausführen muss.«

Bardioc hörte kaum zu.

Kemoauc berichtete in allen Einzelheiten, wie es zu dem Verrat hatte kommen können. Aus jedem seiner Worte sprachen Verständnis und – das war die eigentliche Überraschung für Bardioc – unversöhnlicher Hass auf jene, in deren Auftrag die sieben Mächtigen gehandelt hatten.

Ausgerechnet Kemoauc!, dachte Bardioc verblüfft. *Der Traditionalist und Treueste der Getreuen!*

»Es geht hier nicht um die Bedeutung der Materiequellen oder um die Berechtigung des *Rufs*«, sagte Kemoauc. »Das alles ist unumstritten. Es geht darum, dass wir erbarmungslos verschlissen wurden. Von dem Augenblick an, da wir in unseren Burgen das Bewusstsein erlangten und zu leben anfingen, wurden wir ausgenutzt. Wir hatten überhaupt keine Chance – Bardioc hatte keine Chance.«

»Bruder, ich danke dir« sagte Bardioc ergriffen.

»Trotzdem war Bardioc Herr seines eigenen Willens«, fuhr Kemoauc unbeirrbar fort. »Er wusste, was er tat, er ist dafür verantwortlich, dass einer unserer Brüder, Ganerc, als Wächter Callibso in der Verbannung leben muss. Wenn der Bund der Zeitlosen sich nun auflöst, ist das ebenfalls Bardiocs Schuld. Dafür und nur dafür muss er bestraft werden.«

Der Missbrauch des Sporenschiffs und die Manipulation des Schwarms waren ihm verziehen worden, begriff Bardioc. Nicht aber der Verrat an seinen Brüdern.

»Wir müssen uns entscheiden«, sagte Kemoauc müde. »Jeder soll überlegen, was er sagt: Ich stimme für schuldig.«

Lorvorc trat mit geballten Händen vor. »Schuldig!«, rief er.

»Nicht schuldig!«, sagte Murcon leise.

»Nicht schuldig!«, plädierte auch Partoc.

Ariolc genoss es, die Entscheidung herbeiführen zu müssen. Er stand da und zupfte an seiner Fantasieuniform. Bardioc schaute angeekelt weg.

»Schuldig!«, sagte Ariolc schließlich.

»Du hast den Verband der Zeitlosen verraten«, erklärte Kemoauc, an Bardioc gewendet. »Du wurdest schuldig befunden des Verrats an deinen Brüdern. Wir können dich nicht töten, das weißt du. Aber du hast die härteste Strafe verdient, die einen von uns treffen kann.«

Bardioc war, als hätte er einen Schlag ins Gesicht erhalten. Er taumelte zurück, das Blut schoss ihm in den Kopf. »Nein!«, kreischte er in höchster Not. »Das könnt ihr mir nicht antun!«

Kemoaucs Gesicht war ohne Leben. Im Licht der wirbelnden Sonnenmassen über dem Bruchstück wirkte es wie ein Stein.

»Das Urteil lautet auf Entkörperung!«, sagte Kemoauc.

Sie gingen auseinander wie Fremde, jeder schon wieder mit seinen eigenen Problemen befasst. Schließlich standen nur noch Kemoauc und Bardioc auf den Überresten der Ebene. Bardioc wimmerte leise.

»Sie überlassen es mir, aber das hätte ich wissen sollen«, klagte Kemoauc.

Er nahm Bardioc mit auf seine Burg, wo er ihn paralysierte und die Entkörperung vorbereitete.

Es kam darauf an, Bardiocs Gehirn vom Körper zu isolieren, ohne dass es dabei Schaden erlitt oder gar starb. In den riesigen Labors seiner Burg standen Kemoauc alle Geräte zur Verfügung, die er brauchte, um die Trennung durchzuführen. Er hatte nicht mehr mit Bardioc gesprochen. Das wäre ohnehin sinnlos gewesen, denn der Verräter hatte bis zu seiner Paralyse unter einem durch das Strafmaß ausgelösten Schock gestanden.

Für Bardioc hätte es eine Erlösung bedeutet, wenn er während der Operation ums Leben gekommen wäre. Doch Kemoauc blieb sich selbst treu und achtete darauf, dass ihm kein Fehler unterlief.

In wochenlanger Arbeit isolierte er Bardiocs Gehirn und schloss es an ein Lebenserhaltungssystem an. Dieses System gehörte zu der Einrichtung einer Kapsel aus unzerstörbarem Metall. In jener Kapsel sollte Bardiocs unsterbliches Gehirn fortan existieren, aber nicht in der Burg Kemoaucs, sondern auf einem fernen, eigens dafür ausgewählten Planeten.

In diesem entlegenen Sonnensystem musste Bardiocs Gehirn nach dem Willen der anderen Mächtigen für alle Zeit bleiben.

Kemoauc hätte leicht mit dem Gehirn kommunizieren können, doch er scheute davor zurück. Er fürchtete, dass er den Bitten des Verurteilten im letzten Moment noch nachgeben und ihn töten würde.

Sorgfältig stellte Kemoauc die abschließenden Verbindungen zwischen dem Lebenserhaltungssystem und der Kapsel her.

Als er die Kapsel endlich versiegelte, war er überzeugt, dass keine noch so starke Gewalt diese Kugel jemals sprengen konnte. Selbst dann, wenn der Planet eines Tages explodieren oder in seine Sonne stürzen sollte, würde die Kapsel unbeschädigt bleiben. Sie war von außen nicht zu zerstören.

Kemoauc behielt die Kapsel mit Bardiocs Gehirn mehrere Jahrzehnte in seiner Burg, um sie zu kontrollieren. Erst als er sicher war, dass Bardioc in dieser Form weiterexistierte, bereitete er alles für die Materialisation zu jener Welt vor, auf der das Gehirn in Verbannung leben sollte.

Kemoauc deponierte die Kapsel in einer Höhle dieses Planeten und zog sich danach in seine Burg zurück. Er verdrängte Bardioc aus seinen Gedanken.

Auch die anderen Mächtigen vergaß er.

Jahrtausende später verschloss er seine Burg und verließ sie. Er verschwand mit unbekanntem Ziel, niemand sah ihn jemals wieder.

An einer Stelle, die jenem Bereich des Universums zuzurechnen ist, dem die Milchstraße angehört, wo durch das Zusammenspiel natürlicher Gewalten ein Pulk von Sonnen einen gigantischen Wirbel ungebändigter Energien erzeugt, tauchte eines Tages ein Flugkörper auf, der im weitesten Sinn als Raumschiff bezeichnet werden konnte.

Der einzige Passagier an Bord war gleichzeitig der Pilot, und seine Blicke ließen erkennen, dass er nach etwas suchte.

Das Wesen sah absonderlich aus, es schien in keiner Weise in seine technische Umgebung zu passen. Es war klein, hatte ein faltiges Gesicht und trug einen Zylinder auf dem Kopf.

Über der Rückenlehne des Pilotensessels hing ein seltsames Kleidungsstück, das entfernt an einen Raumanzug erinnerte.

Der Fremde suchte das Gebiet Lichtjahr für Lichtjahr ab, bis er endlich einen schwachen Ortungsimpuls wahrnahm. Erregt richtete er sich in seinem Sitz auf, änderte den Kurs des kleinen Flugobjekts und steuerte es dorthin, wo die Quelle der Impulse sein musste. Schließlich stoppte er den Flug und blickte durch die transparente Bugkuppel seines Raumschiffs hinaus auf das, was er gefunden hatte.

Vor ihm im Raum trieb ein Stück Metall, zerfetzt und in Auflösung begriffen. Schweigend sah der einsame Raumfahrer zu, wie das Gebilde vorbeischwebte. Nach vielen Mühen und langer Zeit hatte er endlich hierher gefunden, aber nun sah es so aus, als sollten alle Anstrengungen umsonst gewesen sein.

Er brachte den Anzug der Vernichtung zurück, als einen Ausweis, der ihm wieder Zugang zum Bund der Zeitlosen verschaffen sollte. Bei der Jagd nach dem Anzug hatte er seinen eigenen Körper opfern müssen. Lediglich sein Über-Ich existierte noch und erfüllte die Zwergenpuppe mit Leben, die er sich von Derogwanien geholt hatte.

Auf seiner langen Reise zurück hatte er zuerst die Kosmischen Burgen seiner Brüder aufgesucht, denn die Wahrscheinlichkeit, sie dort anzutreffen, war wesentlich größer als hier im Gebiet der Ebene.

Seine Gedanken schweiften ab in die nahe Vergangenheit.

Ariolcs Burg – er erkannte sie kaum noch als das, was sie einmal gewesen war. Sie war verändert und mit Dingen ausgerüstet worden, wie sie nur der Fantasie eines Wahnsinnigen entspringen konnten.

Trotzdem ließ er sich nicht abschrecken und drang in die Burg ein. Ihr Inneres erschien ihm wie eine Orgie von Formen und Farben.

Er stieß bis zu Ariolcs Gemächern vor. Dort fand er seltsame Gemälde, von den Echowänden wurde fremdartige Musik erzeugt. In fast allen Räumen stapelten sich groteske Kleidungsstücke, manche mit so viel Zierrat versehen, dass niemand, den der Besucher kannte, kräftig genug gewesen wäre, sie zu tragen – auch Ariolc nicht. Es gab Gewänder aus Blumen und solche mit Schleifen, die so lang waren, dass sie – aufgerollt – von einem Ende der Burg bis zum anderen gereicht hätten.

Aber Ariolc war nirgends zu entdecken. Der Besucher setzte daraufhin seinen Flug fort.

Einer inneren Eingebung folgend, wandte er sich Bardiocs Burg zu. Im Vergleich zu den anderen sah sie tatsächlich unbedeutend aus, und der einsame Ankömmling konnte sich vorstellen, wie sehr Bardioc das zu schaffen gemacht hatte.

Als er die Burg betreten wollte, fand er über dem Eingang das Zeichen des Verräters und wusste daraufhin, dass er Bardioc nicht antreffen würde. Bardioc war also jener, der ihm den Anzug der Vernichtung gestohlen und seine Verbannung verschuldet hatte.

Der Zwerg steuerte sein Raumschiff zur nächsten Burg. Lorvorcs Heimstatt war aber nur noch eine Ruine, ein Trümmerhaufen von unvorstellbaren Ausmaßen.

In dem Besucher regte sich der Verdacht, dass Lorvorc die Burg selbst zerstört hatte und irgendwo unter den Trümmern begraben lag. Er überlegte, ob er in die Ruine eindringen und nach dem Leichnam suchen sollte, um seinen Verdacht bestätigt zu sehen. Doch seine Furcht, auf Dinge zu stoßen, die besser unentdeckt blieben, veranlasste ihn schließlich zur Umkehr.

Er setzte seine Reise fort.

Schon aus der Ferne war zu sehen, dass Murcons Burg vor Leben fast barst. Fremde hatten sich ihrer bemächtigt. Der Raumfahrer brauchte nur einen Blick auf die Fernortung zu werfen, um zu erkennen, dass er Murcon kaum im Kreis dieser monströsen Unholde finden würde.

Ernüchtert und enttäuscht brach er zu Partocs Burg auf.

Im Weltraum vor dem Eingang entdeckte er das große Skelett eines sehr alten Wesens. Es sah so aus, als habe der Unglückliche kurz vor seinem Tod noch versucht, die schützenden Mauern zu erreichen. Der Besucher transportierte das Skelett deshalb ins Innere der Burg, wo er es bestattete.

Dann setzte er seine Suche fort. Ihm blieb nur noch Kemoaucs Burg.

Als er sie erreichte, fühlte er sich im ersten Augenblick erleichtert. Die Burg war unversehrt, sie schien ein Abbild des unverwüstlichen Kemoauc zu sein. Aber sie war versiegelt, und ihr Bewohner hatte keine Nachricht zurückgelassen …

Die Gedanken des Raumfahrers kehrten in die Gegenwart zurück. Er aktivierte die Bordwaffen und zerstrahlte die Überreste der Ebene im Weltraum.

Dann aktivierte er die Tonaufzeichnung. »Die Suche nach dem Anzug der Vernichtung war erfolgreich, aber vergebens«, sagte er. »Ich habe den Anzug zurückgebracht, weil ich hoffte, wieder in den Bund der Zeitlosen aufgenommen zu werden. Doch die Zeitlosen sind tot oder verschwunden, und ihr Treffpunkt existiert nicht mehr. Wozu habe ich alle Mühen auf mich genommen, und was soll ich jetzt tun?«

Die stummen Instrumente würden ihm keine Antwort geben.

Wenn einer der Mächtigen noch lebte, dann nur Kemoauc. Er und vielleicht – ein fantastischer Gedanke – der Verräter Bardioc.

Der Raumfahrer hatte die Aufzeichnung gestoppt, nun aktivierte er sie erneut. »Ich war so lange unterwegs und auf der Suche, dass ich mich mit diesem Schicksal schon abgefunden habe. Welche andere Wahl bleibt mir, als zu versuchen, Kemoauc irgendwo zu finden oder vielleicht sogar Bardioc?«

Tausend Gedanken gingen ihm durch den Kopf, Erinnerungen an Ereignisse aus der fernen und der jüngsten Vergangenheit. Er sah sich wieder mit den anderen Mächtigen auf der Ebene stehen, hoch über ihnen loderten die Sonnenmassen. Er hörte sich wieder jenen Vorschlag machen, der ihm schließlich zum Verhängnis geworden war. Dann dachte er an den Verlust des Anzugs und an seine Begegnung mit jenem Fremden, der sich Alaska Saedelaere genannt und ihm den Anzug zurückgegeben hatte.

Er erinnerte sich an den Tod seines eigenen Körpers.

Die Materiequellen fielen ihm ein, tief in seinem Innern ließ er den *Ruf* widerhallen, dem er einst gefolgt war.

Er beschloss, in seine eigene Kosmische Burg zurückzukehren und dort vorübergehend zu bleiben. Er musste zu sich selbst zurückfinden und seine nächsten Schritte sorgfältig überlegen. Vielleicht war es angebracht, alle Burgen noch einmal nach Spuren und Hinweisen zu untersuchen.

»Ich werde vergessen, dass ich einer der sieben Mächtigen war«, sagte er. »Ich werde meinen Namen vergessen. Es gibt keinen Ganerc mehr, ich werde nur noch Callibso sein.« Er nahm den Zylinder vom Kopf und holte das wenige heraus, was ihm geblieben war.

Viele Jahre später erreichte er müde und ohne innere Energie seine Burg. Sie war unberührt geblieben und zeigte kaum Spuren des Zerfalls. Immerhin war sie etwas Vertrautes.

Er betrat die Burg mit einer gewissen Erleichterung. Obwohl er sich nicht vorstellen konnte, dass ihn jemand stören würde, verschloss er sie und legte sich zur Ruhe nieder.

Lange Zeit später erwachte er.

Zunächst dachte er, ein Geräusch in seiner unmittelbaren Umgebung hätte ihn geweckt, doch dann erkannte er die Täuschung. In der Burg hatte sich nichts bewegt. Was er für ein Geräusch gehalten hatte, war ein Vorgang in seinem Bewusstsein gewesen.

Er wurde an den Beginn seines Lebens erinnert.

War er damals auf ähnliche Weise erwacht und zu Bewusstsein gekommen?

Doch die beiden Situationen waren nur ähnlich und nicht miteinander zu vergleichen. Er zerbrach sich den Kopf auf der Suche nach der Antwort auf die Frage nach dem, was ihn aus der Ruhe gerissen hatte.

Plötzlich wusste er es.

Der *Ruf* war wieder ergangen!

Callibso sprang auf und raste durch die Burg, dorthin, wo sein kleines Fluggerät stand. Zitternd überprüfte er die Kontrollen. Sein Verstand arbeitete mit einer Intensität, wie er es seit der Suche nach dem Anzug der Vernichtung nicht mehr erlebt hatte.

Der Ruf!, dachte er überglücklich.

Sein Dasein war nicht länger sinnlos. Nun hatte er wieder ein Ziel und wusste, wohin er sich zu wenden hatte.

Er spürte, wie das kleine Schiff vibrierte, als die Triebwerke ansprangen. Dann lehnte er sich zurück und wartete. Er brauchte genauere Angaben, Koordinaten, Geschwindigkeiten, Treffpunkte. Das alles würde im nächsten *Ruf* enthalten sein.

Der *Ruf* erging zum zweiten Mal.

Callibso, der ihn herbeigesehnt hatte, sank auf dem Pilotensitz zusammen. Die Wahrheit hätte ihn wahrscheinlich umgebracht, wenn er nicht an schlimme Rückschläge gewöhnt gewesen wäre.

Er verstand den Sinn des *Rufs* nicht.

Der *Ruf* war ergangen. Aber nicht an die sieben Mächtigen. Nicht an Ganerc! Nicht an Callibso!

Es gab längst andere, die den *Ruf* hörten und ihm folgten.

10.

Die Entstehung der Superintelligenz BARDIOC

Der Ausbruch

Stumm und verzweifelt lachte das Gehirn. Wie jedes Mal, wenn es sich einer heiteren Episode aus seinem früheren Leben erinnerte. Es gab keinen Augenblick in seiner Vergangenheit, an den das Gehirn sich nicht tausendmal zurückerinnert hätte, kein Gefühl, das es im Nachhinein nicht viele hundertmal auszukosten versucht hätte.

Bardioc hätte nicht zu sagen vermocht, was schrecklicher war in dieser nach Jahrtausenden zählenden Verbannung: die Dunkelheit, die Stille oder die Bewegungslosigkeit.

Da lag er nun – oder vielmehr das, was noch von ihm übrig war: sein Gehirn – in einer unzerstörbaren Kapsel, zu der ein perfektes, niemals erlöschendes Lebenserhaltungssystem gehörte, und er lebte und war dennoch so gut wie tot.

Sein Zeitgefühl war erloschen. Er wusste nicht, wie lange er sich schon in der Verbannung befand. Das war auch unwichtig geworden, denn an seinem Zustand würde sich bis in eine unvorstellbar ferne Zukunft nichts ändern.

Unzählige Male hatte er versucht, einfach mit dem Leben aufzuhören. Aber wie hätte er das wirksam bewerkstelligen sollen? Er hatte sich bemüht, den Denkprozess abzubrechen, der seine einzige bewusste Lebensfunktion geblieben war. Es war ihm nicht gelungen. Er wusste, dass seinem Gehirn Sauerstoff und Nahrung zugeführt wurden, aber davon spürte er nichts.

Die Qualen, die das einsame Gehirn erlitt, waren unvorstellbar.

Schließlich mündete Bardiocs Verzweiflung in Hass. Hass auf jene, die ihn zu diesem unerträglichen Leben verurteilt hatten. Er stellte sich in allen Einzelheiten vor, wie er eines Tages ausbrechen und Rache nehmen würde.

Seine Brüder hatten ihn in die Verbannung geschickt. Bardioc hatte längst aufgehört zu differenzieren, denn auf diese oder jene Weise war jeder der sechs für sein Schicksal verantwortlich.

Bardiocs Hass wuchs, bis er die einzige ihn noch beherrschende Empfindung war. Dieses Gefühl war so übermächtig, dass es zum eigentlichen Beginn einer Veränderung wurde, die, zunächst kaum spürbar und nur unbewusst vollzogen, weitreichende Konsequenzen haben sollte.

Die intensiven Hassgefühle bewirkten, dass jene Teile von Bardiocs Gehirn besonders aktiv wurden, die ein Mensch als Zwischenhirn bezeichnet hätte. Die unbewussten und instinktiven Denkvorgänge liefen immer heftiger ab.

Auch die kosmische Strahlung, die von dem dichten Zentrum der fremden Galaxis ausging und optisch als blaues Leuchten zu erkennen war, beeinflusste jenen hochaktiven Teil von Bardiocs Gehirn. So gebaren Hass und fünfdimensionale Weltraumstrahlung eines Tages eine winzige pervertierte Gehirnzelle. Diese besondere Art von Mutation hatte niemand vorhersehen können, nicht einmal die Mächtigen. Der denkende Teil des Gehirns ahnte ebenfalls nichts von dem, was sich in seinen unteren Bereichen abspielte.

Die pervertierte Zelle teilte sich schließlich, und damit begann eine Wucherung, die in relativ kurzer Zeit für die Entstehung eines Zellknotens sorgte. Dieser Knoten hätte operativ entfernt werden müssen.

Zu solchen weitreichenden Maßnahmen war das Lebenserhaltungssystem der Kapsel jedoch nicht in der Lage. Im Gegenteil, es half durch zusätzliche Produktion von Sauerstoff und Nahrung, den Zellknoten am Leben zu erhalten.

Der Knoten im Triebsektor des Gehirns wucherte langsam weiter und entwickelte eine primitive Instinktintelligenz.

Indessen ersann Bardioc eine Möglichkeit, sich die Zeit zu vertreiben. Er »sprach« mit *denen da draußen.*

Die da draußen, das waren hypothetische Lebewesen, die den Planeten seiner Verbannung bevölkerten. Und die Gespräche waren einseitig, ausschließlich Monologe, aber sie konnten Bardioc ab und zu von seinem grenzenlosen Elend ablenken.

»*Ihr da draußen* wisst noch nichts von meiner Existenz«, dachte Bardioc. »Andererseits kann ich nicht einmal sicher sein, ob es euch gibt.

Vielleicht seid ihr längst ausgestorben, vielleicht werdet ihr erst in vielen Jahrmillionen existieren. Am Ende seid ihr sogar darauf angewiesen, dass erst ein Sporenschiff kommt und danach ein Schwarm. Das wäre eine Ironie des Schicksals. Oder ihr werdet niemals da sein, weil diese Welt für ewig ein Ödplanet bleiben wird.«

So und ähnlich führte Bardioc seine Unterhaltungen. *Jene da draußen* wurden zu einem festen Bestandteil seiner erbärmlich gewordenen Existenz. Sie wurden zu einer fixen Idee, denn schließlich war Bardioc nicht nur überzeugt, dass es sie gab, sondern auch davon, dass sie ihn hörten und verstanden.

So richtete er seine Gedanken ernsthaft an die Außenwelt.

»Ich bin Bardioc, der Verbannte. Eines Tages werdet ihr mich finden und befreien. Ich werde einen Körper erhalten und damit Gelegenheit, mich an den anderen zu rächen.«

Manchmal bildete er sich ein, *jene da draußen* würden ihm antworten. Längst zweifelte er nicht mehr daran, dass seine Befreiung irgendwann erfolgen würde. Er hatte nun eine Hoffnung, an die er sich klammern konnte. *Jene da draußen* waren in seiner Nähe, sie würden dafür sorgen, dass er nicht bis in alle Ewigkeit in der Kapsel vegetieren musste.

Unbemerkt von Bardioc produzierte unterdessen der pervertierte Zellknoten eine organische Flüssigkeit, eine säurehaltige Verbindung, die sich als Kondensat auf der Innenseite der Kapsel niederschlug.

Jene, die diese Kapsel einst gebaut hatten, waren von ihrer Unzerstörbarkeit überzeugt gewesen, aber sie hatten niemals damit gerechnet, dass der Behälter von innen heraus beschädigt werden könnte. Die äußere Umhüllung war gegen jede noch so extreme Gewalt geschützt, nicht hingegen das Kapselinnere.

Das säurehaltige Kondensat verdunstete, bildete sich erneut und verdunstete wieder. Dieser Prozess konnte nur stattfinden, weil es das Lebenserhaltungssystem gab, das im Innern des Behälters ein winziges ökologisches Reich aufrechterhielt.

An der Innenwand der Kapsel nagte nach vielen tausend Jahren die Korrosion. Die glatte Schicht änderte ihre Konsistenz, sie wurde rau und brüchig. Schließlich bröckelte sie in dünnen Plättchen ab. So wurde die Wandung allmählich von innen heraus ausgehöhlt und zerfressen.

Bardioc wusste nichts von alldem, er spürte es nicht einmal. Womit hätte er das Geschehen auch wahrnehmen sollen?

Die Kapsel wurde mürbe. Die für unzerstörbar gehaltene Hülle verlor ihre Grundlage und war nicht mehr das, wofür man sie einst konstruiert hatte. Trotzdem hielt sie stand. Es schien, als sollte ein sich anbahnendes Wunder unterbrochen werden, bevor es sich vollenden konnte.

Die Säure zernagte schließlich die gesamte Innenwand – doch an der äußeren Schicht verpuffte ihre Wirkung. Kondensatbildung und Verdunstung gingen weiter, aber sie brachten keine neuen Veränderungen. Es schien, als wäre alles, was in vielen Jahrtausenden geschehen war, vergebens gewesen.

Bardioc sprach mit *jenen da draußen*, ohne etwas von dem aus pervertierten Zellen bestehenden Knoten zu ahnen. Die Wucherung produzierte unablässig niedere Instinkte, eine kleine und bösartige Maschinerie, aber es gab keinen Körper, der diese Impulse in die Tat hätte umsetzen können, sodass eigentlich alles, was sich in Bardiocs Zwischenhirn abspielte, im Grunde genommen sinnlos war.

Der Status quo, der unterbrochen gewesen zu sein schien, war in Wirklichkeit nur durch einen anderen ersetzt worden.

Unbemerkt von Bardioc hatte sich aber außerhalb der Bodenhöhle, in der die Kapsel lag, ein weiteres kleines Wunder ereignet. Einem zufällig vorbeikommenden Betrachter wäre aufgefallen, dass rings um die Höhle die Pflanzen besonders dicht wuchsen und häufiger blühten als an anderen Orten dieses Planeten. Jener Bereich ähnelte einer kleinen Oase.

Es war, als hätten die Pflanzen Bardiocs Rufe »gehört« und darauf reagiert. Sie hatten sich um die Höhle versammelt und lauschten der telepathischen Stimme des Verbannten, ohne zu begreifen, was sie in sich aufnahmen, und ohne jede Möglichkeit, dem eingeschlossenen Gehirn beizustehen.

Manchmal erscheint eine Kette von Zufällen so wunderbar, dass jeder geneigt ist, an eine Fügung des Schicksals zu glauben. Nach dem Gesetz der Wahrscheinlichkeit hätten sich all jene Dinge, die schließlich zur Befreiung Bardiocs führten, niemals in dieser Reihenfolge ereignen dürfen. Doch das allein schloss die Möglichkeit nicht völlig aus, dass sie sich trotzdem ereigneten.

Das letzte Glied in der Kette von Zufällen war ein Erdbeben. Unter normalen Umständen wäre dieses Beben für den Behälter ohne Folgen geblieben, aber die organische Säure hatte ihn von innen heraus zerfressen und brüchig werden lassen.

Das Beben riss die Decke über der Höhle auf. Ein Felsblock von mehreren Tonnen Gewicht stürzte auf die Kapsel herab.

Bardioc spürte die Erschütterungen, denen sein Gehirn ausgesetzt war, gleichwohl konnte er sich die Ursache dessen nicht erklären, weil er nicht genügend Informationen besaß. Er fürchtete nicht um sein Leben, der Tod wäre ihm im Vergleich zu seinem armseligen Dasein wie eine Erlösung erschienen. Deshalb erfasste ihn eine irrsinnige Hoffnung. Die Erschütterungen mochten das Signal dafür sein, dass *jene da draußen* sich bemühten, ihn aus dem schrecklichen Gefängnis zu befreien.

Bardioc ahnte nicht, dass dies ein überaus dramatischer Augenblick in seinem Leben war. Er wusste nicht, dass er in diesen Sekunden wirklich unmittelbar an der Schwelle des Todes stand.

Der Aufprall des Felsens hatte die Kapsel gesprengt, und das Gehirn war der mit Keimen durchsetzten Luft der unbekannten Welt schutzlos ausgesetzt. Doch das bedeutete nicht die einzige Gefahr. Die Versorgungsleitungen des Lebenserhaltungssystems hatten sich losgerissen und konnten ihre Aufgabe nicht mehr erfüllen. Das Gehirn erhielt auf dem alten Weg keinen Sauerstoff und keine Nahrung mehr.

Davon waren auch die pervertierten Wucherungen betroffen. Kaum, dass sie der Luft des fremden Planeten ausgesetzt waren, starben sie ab und zerfielen.

Zweifellos hätte Bardiocs Gehirn dieses Schicksal früher oder später geteilt. Unbewusst spürte er, dass er von dem lebenserhaltenden System der Kapsel für immer abgeschnitten war. Nun konnten ihm nur noch *jene da draußen* helfen. Er rief nach ihnen, flehte sie an und beschwor sie, ihn in seiner unerträglichen Not nicht allein zu lassen.

Ein schwer bestimmbares mentales Raunen antwortete ihm. Es war die Antwort eines seltsamen Kollektivs, das mit einer für Bardioc unverständlichen Stimme sprach.

Von der zerstörten Decke der Bodenhöhle hingen Hunderte Wurzeln herab. Sie hatten ihre Lage verändert. Einige drangen durch das Leck in der Kapsel ein und berührten Bardiocs Gehirn.

Für Bardioc war dies ein elektrisierendes Gefühl. Vorübergehend drohte ihn die Panik zu überwältigen, denn er hatte zu lange abgeschlossen und einsam gelebt.

Da ist der Kontakt!, tosten seine Gedanken. Der ersehnte Kontakt mit *jenen da draußen*.

Weitere Wurzeln schlängelten heran, wanden sich um das Gehirn, drangen behutsam in die Zellstruktur ein.

Bardioc fühlte, dass er durch die Pflanzen, die sich mit ihm vereinigten, eine neue Form der Wahrnehmung erlangte. Er spürte Sonnenlicht, Wind und Regen. All das durchdrang ihn mit einer Wucht, die ihn mehr erschütterte als jedes andere Ereignis jemals zuvor. Seine

Freiheit, das erkannte er, würde völlig anders sein, als er sie sich vorgestellt hatte.

Wie der Rausch einer Wiedergeburt überkam es Bardioc. Gleichzeitig mit dieser neuen und unerwarteten Körperlichkeit wurde er von tiefer Müdigkeit überfallen. Jahrtausende hatte er in der Kapsel wach gelegen und nachgedacht oder mit *denen da draußen* gesprochen. Jetzt endlich konnte er schlafen …

Er gab diesem erlösenden Gefühl nach.

Sein alter Traum begann erneut … Es war der Traum von Macht.

Viele Jahrhunderttausende später – Perry Rhodan

Erkundung

Tag um Tag verstrich, ohne dass sich BULLOCS Vorgehen änderte. Jeden Morgen brach die vierte Inkarnation mit unbekanntem Ziel auf und befahl Perry Rhodan, auf ihre Rückkehr zu warten. Abends war BULLOC wieder da, in der Regel wütend und enttäuscht.

Im Verlauf der Nächte erfuhr Rhodan von BULLOC weitere Einzelheiten aus BARDIOCS Leben, sodass er sich ein gutes Bild davon machen konnte, wie dieses Wesen in das Parföx-Par-System gelangt war. Rhodan wusste inzwischen sogar, wie die planetenumspannende Symbiose begonnen hatte.

Wahrscheinlich würde er früher oder später auch erfahren, wie BARDIOC zu einer Superintelligenz geworden war. Rhodan konnte sich diese Entwicklung schon gut vorstellen, obwohl ihm wichtige Einzelheiten noch unbekannt waren.

BARDIOCS Evolution war nicht weniger fantastisch als die der Kaiserin von Therm. Allerdings hätte Perry Rhodan gern mehr über die sieben Mächtigen und die Materiequellen erfahren. BULLOCS Wissen war in dieser Beziehung leider alles andere als umfassend.

Der Terraner spürte, dass er die mentalen Impulse der Inkarnation leichter ertrug, seitdem sie auf BARDIOC weilten. Das schien mit der Präsenz der Superintelligenz zusammenzuhängen, deren Ausstrahlungen offenbar ein Gegengewicht zu BULLOCS Kraft darstellten.

Neben den letzten Rätseln von BARDIOCS Entwicklung beschäftigten Rhodan vor allem seine Fragen nach dem Verhältnis zwischen der Superintelligenz und ihrer vierten Inkarnation sowie die Möglichkeit einer direkten Kommunikation. Nur wenn es ihm gelang, diesen Kontakt herzustellen, konnte er hoffen, BARDIOC aus seinem schon Jahrhunderttausende währenden Schlaf zu reißen.

Davon, dass BARDIOC geweckt wurde, hing unglaublich viel ab. Der umfassende Konflikt zwischen der Kaiserin von Therm und BARDIOC konnte dann vielleicht verhindert werden. Das würde positive Auswirkungen für die Menschheit haben, ganz abgesehen davon, dass Rhodans eigenes Schicksal unlösbar mit dem BARDIOCS verbunden war.

Solange die Superintelligenz schlief, musste Perry Rhodan befürchten, entweder eines Tages von BULLOC getötet zu werden oder bis in alle Zukunft ein Leben zu führen wie Onklantson, der Sternentramp.

Seit seinem Besuch mit dem Hulkoo Martlo-Paresch war Onklantson nicht wieder erschienen. Rhodan bedauerte das sehr, denn der Geflügelte schien gute Ortskenntnisse zu besitzen. Bisher hatte Rhodan seine Erkundungen nicht über das Gebiet um das Plateau herum ausgedehnt. Nicht nur BULLOCS unmissverständliche Drohungen hatten ihn davon abgehalten, sondern auch die Hoffnung, Onklantson würde ihn begleiten.

Doch der Vagabund blieb verschwunden. Ebenso Martlo-Paresch, der wahrscheinlich längst wieder an Bord seines Raumschiffs gegangen war und BARDIOC verlassen hatte. Rhodan konnte sich vorstellen, dass das Schiff Martlo-Pareschs mit einer Ladung Kleiner Majestäten unterwegs war, um neue Planeten für BARDIOCS Mächtigkeitsballung in Besitz zu nehmen.

An jenem Morgen, als der Terraner sich entschloss, auf eigene Faust aufzubrechen, schien BULLOC es besonders eilig zu haben. Rhodan wurde aus der Sphäre gedrängt, und die vierte Inkarnation flog davon, ohne noch ein einziges Wort an ihren Gefangenen zu richten.

Perry Rhodan stand am Rand des Plateaus und verfolgte den Flug der Sphäre, bis er sie aus den Augen verlor. Dann stieg er den Steilhang hinab und nahm sein morgendliches Bad. Inzwischen hatte er sich an die Anwesenheit der Gehirnwindungen selbst im Wasser gewöhnt und störte sich nicht mehr daran. Sie bedeuteten keine unmittelbare Bedrohung für ihn, wenn er sich auch davor hütete, sie zu berühren.

Rhodan hatte herausgefunden, welche Früchte am wohlschmeckendsten und bekömmlichsten waren, sodass für sein Frühstück sogar eine gewisse Auswahl bereitstand. Nachdem er sich wieder angezogen und gegessen hatte, lief er in Richtung Sonnenaufgang. Da er kein festes Ziel hatte, war dieser Weg so gut wie jeder andere, letztlich hing es vom Zufall ab, ob er bei dieser ersten größeren Erkundung wichtige Entdeckungen machen würde.

Die zwischen den Bäumen und Büschen wuchernden Ausläufer des Gehirns schrieben Rhodan den Weg geradezu vor, denn er wählte für sein Vorwärtskommen jene Stellen, die bislang nicht von dem gigantischen Organismus bedeckt waren.

Die Pflanzen gediehen in der Symbiose prächtig. Zweifellos versorgten sie das globale Gehirn mit Nahrung. Rhodan vermutete, dass BARDIOC als Gegenleistung den Gewächsen zuträgliche paramentale Energie abgab. Die terranische Wissenschaft hatte längst herausgefunden, dass Pflanzen auf bestimmte psionische Ausstrahlungen positiv reagierten, und zwischen der Flora dieser Welt und BARDIOCS Gehirn schien eine Art Idealzustand zu bestehen.

Aber nicht nur die Pflanzen gediehen prächtig, auch der gehirnähnliche Riesenorganismus selbst wuchs und dehnte sich aus. Vielleicht war die stetig erfolgende »Ernte« Kleiner Majestäten nicht nur Teil eines Invasionsplans der Superintelligenz, sondern Notwendigkeit. Rhodan argwöhnte, dass die Kleinen Majestäten, sofern sie nicht kontinuierlich abgeholt wurden, zu einem Problem für BARDIOC werden konnten – zu einem Übervölkerungsproblem. Andererseits bestand die Möglichkeit, dass Kleine Majestäten, die nicht abgeholt wurden, nach einem gewissen Reifeprozess wieder abstarben.

Rhodan bewegte sich entlang einer Art Schneise. In den beidseits wachsenden Bäumen hingen BARDIOCS netzartige Ausläufer. Einzelne Stränge reichten bis auf den Boden herab und bedeckten sogar Farnkräuter und Moose.

Ein Geräusch ließ Rhodan aufblicken. Onklantson flatterte über den Bäumen und schien nach etwas zu suchen.

Perry Rhodan formte mit den Händen einen Trichter und rief nach dem Tramp. Der Geflügelte sank tiefer und landete auf seinen dürren Beinen. Rhodan sah, dass Onklantson eine verkrustete Wunde an der rechten Schulter hatte. Einer seiner Flügel war zudem so abgeknickt, dass er sich nicht mehr zusammenfalten ließ und über den Boden schleifte.

Der Vagabund aktivierte den Hulkoo-Translator. »Ich habe in der Nähe des Plateaus nach dir gesucht. Du bist sicher noch nicht lange unterwegs, sonst hätte ich dich nicht gefunden.«

»Ich bin erst aufgebrochen«, erwiderte Rhodan. »Was ist geschehen? Ich dachte schon, ich würde dich nicht wiedersehen.«

Das Puppengesicht des Käferartigen nahm einen traurigen Ausdruck an. »Ich habe einen Fehler gemacht«, seufzte er. »Martlo-Paresch schien ein guter Freund zu sein, deshalb versuchte ich, an Bord seines Schiffes von BARDIOC zu entkommen.«

Obwohl Rhodan Onklantson gewünscht hätte, BARDIOC verlassen zu können, war er über die Anwesenheit des Geflügelten doch erleichtert. »Sie haben dich vor dem Start entdeckt«, vermutete er.

»Ich zog Martlo-Paresch ins Vertrauen, aber er hat mich verraten.« Onklantsons zirpende Stimme wurde um eine Nuance schriller. »Dann haben sie mir eine Lektion erteilt.«

»Das ist unübersehbar«, stellte Rhodan fest. »Es tut mir leid.«

»Immerhin habe ich bei den Gesprächen mit Martlo-Paresch Einzelheiten erfahren, die mir vorher unbekannt waren.« Onklantson drehte sich um die eigene Achse. »Ist dir an dieser planetenumspannenden Symbiose noch nichts aufgefallen?«

»Eine Menge«, antwortete der Terraner. »Trotzdem weiß ich nicht, worauf du hinauswillst.«

Der Geflügelte hockte sich auf einen kleinen Hügel. In dieser Haltung erinnerte er Rhodan an eine Riesenlibelle.

»Unsere Furcht vor BARDIOC scheint mir in einer Beziehung unbegründet«, sagte der Tramp nachdenklich. »Wir werden niemals Teil dieser Symbiose werden.«

Rhodan blickte Onklantson überrascht an. »Was macht dich so sicher?«

»Es gibt keinen Präzedenzfall! Schau dich um, du wirst auf ganz BARDIOC kein Intelligenzwesen finden, das in die Symbiose integriert ist.«

»Du hast vermutlich recht!«, rief Rhodan verblüfft.

»Alle Intelligenzen werden von BARDIOC paranormal gelenkt«, fuhr Onklantson fort. »Das trifft für die Hulkoos und ebenso für die anderen Hilfsvölker zu. Entweder unterstehen sie der Kontrolle BARDIOCS selbst, oder sie werden von einer Inkarnation und den Kleinen Majestäten beherrscht.«

»Gibt es dafür eine Erklärung?«

Onklantson hob die Schultern, eine sehr menschlich wirkende Geste. »Ich weiß es nicht. Vielleicht ist die Symbiose mit Tieren und Pflanzen nur eine Vorstufe in BARDIOCS Evolution. Was mit den Intelligenzen geschieht, könnte eine Art geistige Symbiose darstellen.«

Perry Rhodan atmete auf. »Wir müssen also nicht befürchten, eines Tages mit einem Zellklumpen ausgerüstet zu werden.«

»Bestimmt nicht, da bin ich ziemlich sicher. Und noch etwas ist mir aufgefallen. BARDIOC kann offenbar nur größere Gruppen und ganze Völker beeinflussen. Bei Einzelpersonen hat er Schwierigkeiten.«

»Dafür gibt es allerdings zwei Beispiele«, stimmte Rhodan zu. »Sie heißen Onklantson und Perry Rhodan.«

»Wir müssen die Inkarnation und die Kleinen Majestäten fürchten, ebenso BARDIOCS Sklaven, die mit ihren Raumschiffen landen. Sie werden uns vernichten, sobald wir nicht erwartungsgemäß handeln.«

»Bei BULLOC bin ich nicht so sicher«, sagte der Terraner. »Zwischen ihm und der Superintelligenz muss es zu Differenzen gekommen sein.« Er deutete in die Schneise hinein. »Begleitest du mich?«

»Wohin?«, fragte Onklantson. »Was hast du vor?«

»Vielleicht gibt es in der Nähe so etwas wie eine bevorzugte Stelle für Kommunikation. Ich will Verbindung zu BARDIOC aufnehmen.«

»Zu einem Schläfer?« Onklantson zirpte überrascht. »Das wird dir nicht gelingen.«

»Begleitest du mich?«, wiederholte Rhodan hartnäckig. »Du kennst dich hier besser aus als ich.«

Onklantson erhob sich. »Nun gut«, sagte er widerstrebend. »Du musst versprechen, nichts zu tun, was unser Leben gefährden könnte.«

»Ich habe nicht vor, auf dieser Welt zu sterben«, versetzte Rhodan grimmig.

Er spürte einen stechenden Schmerz am rechten Oberarm und öffnete sein Hemd, um zu untersuchen, was diesen Schmerz ausgelöst hatte. Erschrocken stellte er fest, dass die Bisswunde, die ihm Preux Gahlmann auf der SOL zugefügt hatte, gerötet war. Zu dieser Entzündung hätte es nach so langer Zeit nicht mehr kommen dürfen, schon deshalb nicht, weil der Zellaktivator alle Krankheitskeime und Erreger abtötete.

Onklantson schien zu spüren, dass etwas nicht stimmte. »Hast du Schwierigkeiten?«, erkundigte sich der Geflügelte.

»Schwer zu sagen«, antwortete Rhodan unsicher. »Vor längerer Zeit hat mich ein Artgenosse, der den Verstand verloren hatte, in den Arm gebissen. Die Wunde verheilte schnell, aber jetzt hat sie sich entzündet und schmerzt.«

Onklantsons Antwort ließ erkennen, dass er einen scharfen Verstand besaß. »Du fürchtest weniger die Wunde als etwas anderes?«

»Das kann ich dir nur schwer erklären«, gestand Rhodan. »An Bord meines Raumschiffs gibt es kleine Tiere, wir nennen sie Mäuse. Eine hat diesen Mann gebissen, Preux Gahlmann, und wir nahmen an, dass dies schließlich dazu führte, dass er den Verstand verlor. Er hielt sich selbst für eine Maus oder etwas Ähnliches.«

»Du fürchtest, dass dir das ebenfalls widerfahren könnte?«

»Ich weiß nicht.« Rhodan wiegte den Kopf. »Im Grunde genommen ist es unmöglich. Mein ...« Er unterbrach sich, denn er wusste nicht, ob es klug war, Onklantson von dem Zellaktivator zu berichten.

Der Geflügelte stieß Laute aus, die sich wie Gekicher anhörten. »Weißt du, woran ich eben denken musste? Wenn du dich wirklich in ein solches Tier verwandelst, kannst du in BARDIOCS Symbiose integriert werden.«

Rhodan schoss das Blut in den Kopf. Er fand Onklantsons Vorstellung durchaus nicht zum Lachen.

»Lass uns aufbrechen!«, sagte er rau und schloss sein Hemd.

Nebeneinander bewegten sie sich durch die Schneise, wobei Onklantson Mühe hatte, mit Rhodan Schritt zu halten. Der Terraner fragte sich, weshalb der Tramp nicht vorausflog.

»Was ist das für ein Gerät auf deiner Brust?«, wollte Onklantson unvermittelt wissen.

Rhodan hielt inne und sah seinen Begleiter überrascht an. Der Extraterrestrier musste den Zellaktivator gesehen haben, als Rhodan sein Hemd geöffnet hatte, um nach der Bisswunde zu sehen.

»Dir entgeht wohl nichts?«, stieß der Terraner ärgerlich hervor. »Es ist ein Zeitmesser, eine Uhr.«

»Ja«, sagte Onklantson knapp, ohne erkennen zu lassen, ob er mit dieser Auskunft zufrieden war. Auf jeden Fall schien er an einer Fortsetzung des Gesprächs nicht interessiert zu sein, denn er hob vom Boden ab und flatterte ein paar Meter voraus.

Das Land wurde hügeliger. Es gab nur noch einzelne Stränge des Gehirns, die ihrerseits wieder kleine Seitenarme gebildet hatten. Rhodan brauchte keine großen Umwege mehr zu machen, um die Windungen zu umgehen.

Er schätzte, dass sie mehrere Kilometer zurückgelegt hatten, als er links vor sich einen dunklen Fleck in der Landschaft sah. Nachdem er Onklantson darauf aufmerksam gemacht hatte, änderte er seine Richtung und ging auf die rätselhafte Stelle zu.

Der Tramp landete schon vor ihm dort.

Perry Rhodan sah abgestorbene Bäume. Auch die kleineren Pflanzen in diesem Gebiet waren eingegangen und bildeten bereits eine dünne Humusschicht, aus der vereinzelt Schösslinge emporsprossen.

»Ich dachte mir, dass dieser Platz dein Interesse finden würde«, begrüßte Onklantson seinen Begleiter.

Rhodan wölbte die Augenbrauen. »Du warst also schon früher hier?«

»Hier nicht, aber es gibt weitere Stellen, die dieser sehr ähnlich sind.«

»Hier existieren keine Gehirnwindungen«, sagte Rhodan nachdenklich. »Haben sie sich zurückgezogen, als die Bäume und Pflanzen abstarben?«

»Auf jeden Fall werden sie wiederkommen, sobald die neue Saat aufgegangen ist. Ich denke, BARDIOC hat sich in den Rhythmus von Werden und Vergehen integriert.«

»Ich habe schon überlegt, was BARDIOC in jenen Zonen unternimmt, in denen es Winter wird.«

»Winter?«, echote Onklantson verständnislos.

Rhodan winkte ab, hielt eine Erklärung nicht für zwingend nötig. Er sah sich zwischen den zum Teil umgeknickten Stämmen um. Das Holz war schon so morsch, dass es bei einer Berührung auseinanderbrach.

»Der Hauch des Todes liegt über diesem Platz«, sagte Rhodan. »Hier erleben wir aber auch, dass BARDIOC keineswegs allmächtig ist. Er kann sich den natürlichen Abläufen dieser Welt nicht entgegenstemmen.«

»Ein tröstlicher Gedanke«, pflichtete Onklantson bei.

Sie setzten ihre Erkundung fort, bis sie ein weitläufiges Tal erreichten, in dem sich BARDIOCS Gehirnwindungen zu einem Gewebeklumpen entwickelt hatten, der das gesamte Gebiet bedeckte. Dort waren auch keine Raumschiffe niedergegangen.

Rhodan blickte von einem Hang hinab in das Tal. Er konnte sehen, dass BARDIOCS Ausläufer sanft pulsierten. Zum ersten Mal wurde er sich der Tatsache voll bewusst, dass er ein Lebewesen beobachtete und keine überdimensionale abstrakte Anlage.

»Ich wette, dass dies eine zentrale Stelle im Netz des Gehirns ist«, sagte der Terraner zu seinem Begleiter. »Ich bin auch sicher, dass es mehrere solcher Orte gibt.«

»Das ist richtig.«

»An Plätzen wie diesen laufen Informationen zusammen und werden gespeichert. Hier wird Willen gebildet, und hier werden Entschlüsse gefasst.«

»An einer solchen Stelle könnten wir BARDIOC aus dem Schlaf reißen«, sinnierte Onklantson. »Daran dachtest du doch?«

»Obwohl ich nicht die Spur einer Idee habe, wie sich das bewerkstelligen lässt. – Hast du je die eigentliche Zentrale aufgespürt?«, wandte Rhodan sich spontan an den Geflügelten.

»Die eigentliche Zentrale? Was meinst du damit?«

»Die Stelle, an der alles begann! Die Bodenhöhle mit der Kapsel.« Rhodan fiel ein, dass Onklantson nicht die ganze Geschichte von BARDIOCS Vergangenheit kannte, und er gab ihm einen kurzen zusammenfassenden Bericht.

»Ich bin nicht sicher, ob es eine solche zentrale Stelle überhaupt gibt«, sagte der Tramp.

Perry Rhodan stieß einen verhaltenen Pfiff aus. »Ich glaube, ich weiß endlich, warum BULLOC Tag für Tag unterwegs ist.«

»Was?«, zirpte Onklantson, der diesem Gedankensprung nicht folgen konnte.

»BULLOC sucht jene Höhle. Dort muss sich immer noch der Kern von BARDIOCS Gehirn befinden, der alte Bardioc.«

»Warum sollte die Inkarnation danach suchen?«

»Vielleicht, um den Meister zu töten und selbst die Macht zu übernehmen«, sagte Rhodan düster.

»Das ist ja schrecklich!« Onklantson ließ die Flügel hängen.

Rhodan rieb sich den schmerzenden Arm. »Wenn meine Befürchtung stimmt, haben wir nicht mehr lange Zeit, mein Freund. Wir müssen BARDIOC wecken, bevor eine Katastrophe eintritt. BARDIOC ist ein Schläfer, den niemand für seine Taten verantwortlich machen kann. Wenn er aufhört zu träumen, können die Kämpfe mit den Völkern der Kaiserin von Therm beendet werden. Anders verhält es sich mit der vierten Inkarnation. Sie ist bewusst böse und weiß genau, was sie tut. Falls sie eines Tages über die Mächtigkeitsballung ihres Meisters herrschen sollte, wäre alles verloren.«

»Du vergisst, was wir sind«, warf Onklantson dem Terraner vor. »Nur Staubkörnchen, die der Zufall auf diese Welt verschlagen hat.«

Rhodan ballte die Hände. »Dann wollen wir den Zufall nutzen!«

Seine Entschlossenheit erhielt einen jähen Dämpfer, als er am anderen Ende des Tales eine leuchtende Kugel erscheinen sah. »Dort ist BULLOC in seiner Energiesphäre!«, rief er. »Die Inkarnation kehrt früher als gewöhnlich zurück.«

Onklantson ergriff seinen Begleiter am Arm. »Lass uns nach einem Versteck suchen!«

Rhodan hatte für diesen Vorschlag nur ein kurzes Lachen übrig. Er wusste, dass es sinnlos war, vor der Inkarnation zu fliehen. BULLOC würde die Flüchtlinge überall aufspüren. Rhodan wagte nicht, an die Bestrafung zu denken, die ihn dann wegen seiner Eigenmächtigkeit erwartete.

Tatsächlich kam die Sphäre näher. Onklantson flatterte hastig davon.

Augenblicke später schwebte das Energiegebilde mit der Inkarnation darin vor Rhodan. Die Außenhülle war transparent, sodass der Terraner jenes Bild sehen konnte, das ihm immer wieder von BULLOC vorgegaukelt wurde.

»Du bist weit vom Treffpunkt entfernt, Perryrhodan!«, vernahm er BULLOCS dröhnende Stimme. Eine Woge ungezügelter Mentalimpulse brach über ihn herein, doch er ertrug sie besser, als er befürchtet hatte.

»Ich habe mich umgesehen«, sagte er wahrheitsgemäß. »Mich interessiert diese Welt.«

»Das kann ich verstehen«, erwiderte BULLOC, der auf Rhodan einen erschöpften Eindruck machte und wohl wegen dieser Schwäche nicht so aggressiv war. »Komm jetzt herein!«

»Wo bist du gewesen?«, fragte Rhodan forsch.

»Sei still!« BULLOC öffnete die Sphäre, damit sein Gefangener einsteigen konnte. Durch die transparent bleibende Hülle verfolgte der Terraner, dass dieses absonderliche Flugobjekt zum Plateau zurücksteuerte.

Nachdem die Sphäre zur Ruhe gekommen war, sagte BULLOC wie zu sich selbst: »Irgendwann werde ich Erfolg haben!«

»Du kennst die Geschichte BARDIOCS.« Diese Feststellung traf die Inkarnation erst nach geraumer Zeit.

»Nur bis zu einem gewissen Punkt«, antwortete Rhodan vorsichtig. »Du hast mir berichtet, dass die Kapsel mit BARDIOCS Gehirn zerstört wurde und die Symbiose anfing. Danach hast du mich aus der Sphäre geschickt und bist weggeflogen.«

»Richtig.« BULLOC schien nachdenklich zu werden. »Du beginnst dich zu verändern, Perryrhodan!«

»Was heißt das?«, stieß Rhodan hervor. Seine Wunde am Oberarm fiel ihm ein, und lähmendes Entsetzen breitete sich in ihm aus. Spürte BULLOC schon im Ansatz, was ihm, Rhodan, vielleicht erst in den nächsten Tagen widerfahren würde?

Unsinn!, dachte er. Seine Veränderung war psychisch bedingt und hing mit dem Aufenthalt auf BARDIOC zusammen.

»Ich werde dich aufmerksam beobachten«, verkündete BULLOC. »Wenn deine Entwicklung zu Befürchtungen Anlass gibt, vernichte ich dich.«

Perry Rhodan zog es vor, darauf nicht zu antworten.

»Mit der Zerstörung der Kapsel ist BARDIOCS Entwicklungsgeschichte längst nicht abgeschlossen«, nahm die Inkarnation den Faden ihrer Erzählung wieder auf. »Du sollst erfahren, was sich danach ereignet hat.«

11.

Die Entwicklung der Superintelligenz BARDIOC

Albträume

Als nach vielen Jahren die Kapsel weiter zerfiel, schien dies eine Signalwirkung auf die Umwelt zu haben. Der Pflanzenwuchs verdichtete sich, und es setzte ein regelrechter Wettstreit unter den Gewächsen ein, sich einen Platz in unmittelbarer Nähe des schlafenden Gehirns zu sichern. Jedoch war nur wenigen der in diesem Gebiet wachsenden Pflanzen vergönnt, ihre Wurzeln bis an das Gehirn wuchern zu lassen.

Irgendwann zu dieser Zeit entwickelte das Gehirn selbst die ersten Ausläufer. Bardioc erhielt genügend Nahrung von den mit ihm in einer Symbiose verbundenen Pflanzen. Die organischen Wucherungen, die sich rings um den schlafenden ehemaligen Mächtigen bildeten, waren keine entarteten Zellen mehr wie jene, die einst in der Kapsel entstanden waren.

Nicht allein die Symbiose mit der Pflanzenwelt begünstigte dieses ungewöhnliche Wachstum, auch die galaktische Zentrumsstrahlung trug zu dieser Entwicklung weiterhin bei. Das blaue Leuchten regte die latenten psionischen Fähigkeiten des Schläfers an. Die anfangs nur lockere halb telepathische Verbindung zwischen Bardioc und den Pflanzen in seiner Nähe wurde intensiver. Bardioc erreichte mit seinen Impulsen nun auch andere Regionen. Es schien, als wollte er die weiter entfernt wachsenden Bäume, Büsche und Blumen auf seine Ankunft vorbereiten.

In ferner Vergangenheit, als Bardioc noch einer der sieben Mächtigen gewesen war und einen Körper besessen hatte, war er von der Idee geleitet worden, einen eigenen Machtbereich aufzubauen. Dieser Plan war für das Gehirn immer noch lebendig, es versuchte sogar im schlafenden Zustand dessen Verwirklichung.

Etwa fünftausend Jahre nach der Zerstörung der Kapsel »beherrschte« der schlafende Mächtige ein Gebiet von zehn Quadratmetern, so weit waren seine Gehirnwindungen ausgeufert. Bardioc wartete jetzt nicht mehr, bis die Pflanzen ihre Wurzeln in die neu entstandenen Zellgruppierungen schoben, sondern wuchs der Flora entgegen, berührte Blätter, Stiele, Äste und Blüten. Auf diese Weise gelang es ihm, sein Wachstum zu beschleunigen, wenngleich es in diesem Anfangsstadium noch quälend langsam voranging. Gemessen an den Ansprüchen des Schläfers war der Bezirk um die Bodenhöhle winzig und unbedeutend.

Bald stellte sich heraus, dass Bardiocs Wachstum mit zunehmender Ausdehnung des Gehirns schneller voranschritt. Der Kontakt mit den Pflanzen war nach den Jahrtausenden der Gefangenschaft für ihn ein ungewöhnliches Erlebnis, sodass er sich lange Zeit damit zufriedengab. Mit den Jahren jedoch wurden die Träume des Schläfers eintönig, und nicht einmal die Einbeziehung weiterer Gebiete und neuer Pflanzenarten brachte die ersehnte Abwechslung.

Unbewusst erkannte Bardioc, dass dies an seiner Unbeweglichkeit lag. Die Körper, derer er sich bediente, waren mit Wurzeln im Boden verwachsen. Das bedeutete, dass Bardioc sich nur in dem Maß bewegen konnte, wie sein Gehirn sich weiter ausdehnte oder die Pflanzen innerhalb seines Herrschaftsbereichs Ableger bildeten.

Bardioc träumte von einer Möglichkeit, diesen Zustand zu ändern.

Er begann, seine Gedanken den Tieren zu übermitteln, die in diesem Gebiet lebten. Das erwies sich als problematisch, denn die primitiven Geschöpfe waren nicht in der Lage, in seinem Sinn zu reagieren. Anfangs riefen seine Befehle nur heillose Verwirrung hervor.

Bardioc erkannte, dass allein intelligente Wesen fähig gewesen wären, auf die hypnosuggestive Beeinflussung folgerichtig zu reagieren. Doch auf dem Planeten gab es kein intelligentes Leben. Es war nicht vorauszusehen, wann die Evolution diesen Schritt endlich einleiten würde – falls es überhaupt jemals dazu kommen sollte.

Auf einen zufällig vorbeiziehenden Schwarm zu hoffen war so absurd, dass Bardioc nicht einmal in seinem Traum einen Gedanken daran verschwendete.

Er hatte sich weiter ausgedehnt und bedeckte eine Fläche von mehreren hundert Quadratmetern. Bisher waren die Zellverbände wild gewuchert, um möglichst viele Pflanzen zu erreichen. Nun stellte sich heraus, dass die Versorgung dieser Stränge vom Urgehirn aus problematisch wurde. Die Gefahr wuchs, dass Bardiocs Netz von Gehirnwindungen in der Peripherie außer Kontrolle geriet. Der Schläfer reagierte ratlos, zumal er die Zusammenhänge in seinem Zustand nur unbewusst erfasste.

Wahrscheinlich wäre dieses Stadium in der Entwicklung Bardiocs das Ende gewesen, hätte nicht eine natürliche Entwicklung regulierend eingegriffen.

Wo die Gehirnwindungen einander überlappten, Seitenarme bildeten und sich ausdehnten, entstanden Verdickungen. Man konnte sie als organische Relais bezeichnen, die eine Reihe von Aufgaben erfüllten.

Zunächst sorgten sie dafür, dass für den Randbereich des Gehirns ideale Lebensbedingungen geschaffen wurden und die Versorgung nicht abriss. Außerdem gaben sie Informationen an das Zentralhirn und nahmen dessen Impulse entgegen.

Das Entstehen dieser Außenschaltstellen war ein entscheidender Schritt in der Entwicklung Bardiocs hin zu einer Superintelligenz.

Das Gehirn wuchs weiter, ließ seine ersten Relais hinter sich und bildete in einem Radius von mehreren hundert Metern weitere Relais. So entstand mit der Zeit ein System verschieden großer Organklumpen, denen die Funktion zukam, dem zentralen Gehirn die Kontrolle und Steuerung seines größer werdenden »Körpers« zu ermöglichen.

An den Nahtstellen, die sich zuerst entwickelt hatten, wuchsen kleine knollenartige Gebilde, regelrechte Pseudogehirne mit zunächst noch sehr schwachen eigenen Fähigkeiten. Diese Auswüchse konnten abgestoßen werden, ohne dass sie dabei abstarben. Im Gras wuchsen sie weiter und integrierten sich wieder in das Gesamtnetz. So entstand ein stetig größer werdendes Gehirn.

Eines Tages fiel ein solcher Gehirnklumpen auf ein großes Nagetier und blieb an dessen Fell haften. Der Zufall hatte Bardioc geholfen, die Tiere in seine Symbiose einzubeziehen, denn nun war ihm die Methode klar, wie er dieses einfache Leben unter Kontrolle bringen konnte.

So groß der Erfolg auch war, befriedigen konnte er Bardioc auf Dauer nicht.

Der Schläfer verfügte nun über Leben, das sich bewegen konnte, aber was machte es für einen Sinn, die Tiere nur herumlaufen zu lassen? Sie waren nicht in der Lage, mehr für Bardioc zu tun, als es ihrem primitiven Instinkt entsprach.

Ganz ohne Sinn blieb diese neue Eroberung dennoch nicht. Bardioc lernte, Gehirnklumpen von den Tieren in die entlegensten Gebiete transportieren zu lassen, wo sie sich mit neuen Pflanzen vereinten und dem eigentlichen Riesenorganismus wieder entgegenwuchsen. Auf diese Weise erfuhr Bardiocs Wachstumsprozess eine deutliche Beschleunigung.

In vergleichsweise kurzer Zeit »eroberte« das Gehirn nun den Kontinent und schickte sich an, seine Ausdehnung über die Landmasse hinaus fortzusetzen.

Ungefähr zu dieser Zeit entsann sich der Schläfer seiner Herkunft. Ihm wurde bewusst, dass draußen im Weltraum jene Wesen existierten, die er so verzweifelt benötigte, um seine Pläne zu realisieren.

Auch in der Galaxis, in die er verbannt worden war, musste es raumfahrende Völker geben. Bardioc fühlte sich groß und stark genug, mit Intelligenzen Kontakt aufzunehmen.

Wieder rief er nach *denen da draußen*, aber diesmal war sein Ruf an Wesen gerichtet, die im Weltraum lebten. Bardioc konzentrierte seine Kraft und seine Fähigkeiten, um Verbindung aufzunehmen …

Jeder Triumph, dachte Hulkoo-Kommandant Penx-Ranosch müde, barg bereits den Keim einer Niederlage in sich.

Dieser philosophische Gedanke war der Weisheit eines alten Mannes wie Penx-Ranosch würdig, obwohl er sich davor hütete, solche Überlegungen in Worte zu kleiden und der Besatzung der VOORSCH-XAHN mitzuteilen. Die einfachen Gemüter sollten sich an dem Erfolg der Expedition berauschen und weiterhin glauben, dass das Unternehmen einen guten Abschluss finden würde.

Die Besatzung der VOORSCH-XAHN hatte bewiesen, dass es in der fremden Galaxis mit dem rätselhaften blauen Zentrumsleuchten keine großen raumfahrenden Zivilisationen gab. Mit anderen Worten: Dieses Gebiet stand den ruhelosen Hulkoos offen.

Eine entsprechende Funkbotschaft war längst an die zentralen Heimatwelten ergangen; Penx-Ranosch konnte sich vorstellen, welche Aktivitäten sie dort ausgelöst hatte.

»Kommandant«, sagte eine vertraute Stimme. »Möchten Sie mit uns feiern?«

Penx-Ranosch blickte auf. Er kauerte in dem schweren Sitz vor den Hauptkontrollen, ohne nur einen Blick auf die Kontrollen zu werfen. Dafür hatte er seine Navigatoren und Piloten.

»Es ist schön, Puhrt-Minx, dass Sie mich dazu auffordern«, antwortete er seinem Adjutanten. »Aber sagen Sie selbst: Wäre meine Anwesenheit eine Bereicherung der Feierlichkeiten?«

Puhrt-Minx schaute ihn verwirrt an, sodass der Kommandant seine Frage selbst beantwortete.

»Ich wäre nur ein Störfaktor, denn jedermann würde annehmen, dass er sich in meiner Gegenwart besonders zusammennehmen muss. Die Fröhlichkeit würde zu sterilen Floskeln der Höflichkeit erstarren. Nein, mein lieber Puhrt-Minx! Sagen Sie der Besatzung, dass ich müde bin und mich in meine Gemächer zurückziehen werde.«

Er fühlte den abschätzenden Blick des Adjutanten auf sich ruhen und konnte dessen Gedanken förmlich erraten. Ein so alter Mann, dachte Puhrt-Minx sicherlich, hätte die große Expedition niemals leiten dürfen. Es war durchaus möglich, dass der Kommandant starb, noch bevor die VOORSCH-XAHN ihren Heimathafen wieder erreichte.

Penx-Ranosch lächelte bei dem Gedanken, dass sein Anblick bei den ausnahmslos jüngeren Raumfahrern Assoziationen an den Tod auslöste. Das war in der Tat heilsam und erinnerte diese Himmelsstürmer an die Vergänglichkeit alles Lebenden.

Eigentlich bin ich ein Anachronismus, dachte der Kommandant. *Einer der Letzten aus der alten Garde der großen Raumfahrer.*

Er passte nicht mehr in diese Zeit und in die neue Gesellschaft der Hulkoos. In den letzten Jahrzehnten war die technische Entwicklung seines Volkes allein durch die Entdeckung des mehrgalaktischen Triebwerks stürmisch verlaufen.

Wir leben uns auseinander! Wehmut schwang in seinen Gedanken mit. Die Zeit der großen Hulkoo-Bastionen mit ihren festen Lebensregeln war endgültig vorbei. Was sich jetzt abzeichnete, war eine ungezügelte Expansion in alle Richtungen, eine Abkehr von den Traditionen und ein derart schneller Wechsel von Systemen, dass sich keines davon mehr festigen konnte.

Diese totale Technifizierung bedeutete das Ende jeder Kultur. Das war es, was der Kommandant als Niederlage betrachtete.

»Ich kann also gehen?«, drang die Stimme des Adjutanten an sein Gehör, das ihm gleichzeitig auch als Sehorgan diente.

»Gehen Sie nur!« Penx-Ranosch winkte dem Jüngeren zu. »Vergnügen Sie sich, mein Freund. Und vielen Dank für alles.«

»Sie bedanken sich?«, fragte der Raumfahrer erstaunt. »Das hört sich nach Abschied an.«

»Flotal-Morn wird während des Rückflugs das Kommando übernehmen«, verkündete der Kommandant einen lang gehegten Wunsch. »Wir haben unser Ziel erreicht, die Heimkehr wird im Vergleich zu der eigentlichen Expedition ein Kinderspiel sein.«

»Ich habe gern für Sie gearbeitet«, sagte Puhrt-Minx offen. Es war das höchste Kompliment, zu dem er einem Vorgesetzten gegenüber in der Lage war. »Sie waren hart, sehr hart. Sie haben uns geschunden, ohne jemals ungerecht zu sein. Wie es scheint, hat sich diese Schinderei gelohnt.«

»Gelohnt?« Der Alte lachte. »Was heißt das schon? Für mich rentiert sich nur die Erkenntnis.« Er entließ den Untergebenen mit einer knappen Handbewegung.

Eine Zeit lang verharrte er unentschlossen in seinem Sessel und lauschte auf den Lärm, den die Feiernden machten. Sie hatten diese

Entspannung wirklich verdient angesichts dessen, was ihnen in letzter Zeit alles widerfahren war.

Dann wurde es übergangslos still. Der Wechsel zwischen Lärm und völliger Lautlosigkeit vollzog sich so abrupt, dass der Kommandant wie unter einem körperlichen Schlag zusammenzuckte.

Aber es war nicht allein diese unerklärliche Veränderung, die den Hulkoo aus seinen Gedanken riss. Da war zugleich etwas Fremdes und Unbegreifliches, was sich mit aller Macht in sein Bewusstsein drängte.

Penx-Ranosch griff sich mit beiden Händen an den Kopf. Verlor er den Verstand? Zeigten sich nun an seinem alten Körper Folgen der strapaziösen Expedition? Woher sonst kam diese »Stimme« in seinem Kopf?

Stöhnend erhob sich der Kommandant und schwankte einige Schritte an den Kontrollen entlang. Allmählich begriff er, dass er fremde Gedankenimpulse empfing.

Von überall kamen jetzt Besatzungsmitglieder in die Zentrale. Es schien, als handelten sie unter einem inneren Zwang.

Penx-Ranosch taumelte und fiel schwer in den Sessel zurück. *Dies ist ein Angriff!*, dröhnten seine Gedanken. *Ein alles umfassender Angriff auf unser Schiff und unser Leben.*

Hilflos tasteten seine vierfingrigen Hände über die Kontrollen. Was konnte er tun? Kein Schutzschirm würde den psionischen Zwang aufhalten. Die Besatzung der VOORSCH-XAHN wusste nicht einmal, wo der unheimliche Gegner sich befand und warum er das Schiff angriff.

Furcht ergriff von dem alten Raumfahrer Besitz, er krümmte sich im Sessel zusammen und kämpfte stumm gegen die hämmernden Impulse an, aber er konnte ihnen nicht widerstehen.

»Wir … sind in eine … Falle geraten«, brachte er stoßweise hervor. »Flotal-Morn, das Schiff muss zerstört werden, solange noch Zeit dazu ist.« Er sah sich um und entdeckte seinen Stellvertreter am Navigationstisch. »Haben Sie gehört, Flotal-Morn? Geben Sie den Befehl, die VOORSCH-XAHN zu sprengen!«

»Das kann ich nicht.«

Unter normalen Umständen wäre der Kommandant aufgebraust, in dem Moment fühlte er sich wie gelähmt und willenlos. Er war nicht einmal in der Lage, den Vernichtungsbefehl selbst zu erteilen. Ohnehin sagte er sich, dass ein solcher Befehl von niemandem befolgt worden wäre.

Allmählich schälte sich aus den fremden Gedanken eine unüberhörbare Anordnung heraus. Das Schiff musste den Kurs ändern!, erkannte Penx-Ranosch. Es würde eine fremde Welt anfliegen und dort landen.

Ich habe in Freiheit gelebt!, dachte er betroffen. *Trotzdem werde ich als Sklave sterben.* Das spürte er überdeutlich, und das Wissen darum machte ihn vor Kummer und Enttäuschung krank.

Stunden später landete die VOORSCH-XAHN als erstes Schiff der Hulkoos auf jener Welt, auf der vor langer Zeit Bardiocs Verbannung begonnen hatte. Die ovale schwarze Scheibe setzte auf jenem Kontinent auf, der von Bardioc schon vollständig kontrolliert wurde, in einer Sandebene, in der es kein Leben gab und in der die Triebwerksausstöße keinen Schaden anrichten konnten.

Auf den Schirmen in der Zentrale betrachtete der Kommandant die fantastische Umgebung.

»Was ist das für ein Riesenorganismus?«, keuchte Flotal-Morn. »Hat er uns gerufen?«

Der alte Mann nickte schwer.

»Wir müssen unter allen Umständen verhindern, dass weitere Schiffe unseres Volkes in diese Galaxis gelangen«, erklärte der Stellvertretende Kommandant.

Penx-Ranosch sagte spöttisch: »Sie vergessen, dass wir eine Funkbotschaft abgestrahlt haben, die den Erfolg unserer Expedition verkündet! In absehbarer Zeit werden hier unsere ersten Flotten eintreffen.«

Flotal-Morns riesiges Sehorgan verfärbte sich, äußeres Anzeichen seiner beginnenden Panik. »Wir müssen die Schiffe warnen!«, stieß er hervor. »Bevor es zu spät ist.«

Der alte Kommandant sank im Sessel in sich zusammen. »Versuchen Sie es«, sagte er sarkastisch. »Versuchen Sie es, Flotal-Morn, aber Sie werden keinen Erfolg damit haben. Von nun an werden wir nur noch das tun, was der dort draußen von uns verlangt. Das bedeutet Sklaverei für Sie und für mich, für alle an Bord. Und schließlich für unser ganzes Volk.«

Das war eine düstere Prophezeiung.

Sie sollte sich erfüllen.

Die Entwicklung der Superintelligenz BARDIOC

Abklatsch

Bardiocs Triumph kannte keine Grenzen. Jetzt erst, mit dem ersten Kontakt zu anderen Intelligenzwesen, war es ihm gelungen, aus der Verbannung auszubrechen. Nun besaß er fähige Helfer, die in der Lage sein würden, all das für ihn zu tun, was er aufgrund seiner Beschaffenheit selbst nicht ausführen konnte.

Doch bald wurde dieser Teil von Bardiocs Traum mit düsteren Ahnungen überschattet.

Was, wenn einer seiner sechs Brüder herausfand, dass es Bardioc gelungen war, aus seinem Gefängnis auszubrechen und die Strafe zu umgehen? Eine solche Entdeckung musste für Bardioc schreckliche Folgen haben, denn ein zweites Mal würden die Mächtigen das Risiko eines Ausbruchs einkalkulieren und entsprechende Gegenmaßnahmen ergreifen.

Die Furcht vor einer Entdeckung war übertrieben, aber in seinem Zustand war Bardioc nicht in der Lage, die Verhältnisse richtig einzuschätzen und ihnen gemäße Entscheidungen zu treffen. In seinem Traum verwischten die Wertvorstellungen, unwichtigen Dingen wurde übergroße Bedeutung beigemessen, und wichtige Erkenntnisse wurden ignoriert.

Bardiocs Angst vor einer Entdeckung durch seine Brüder aus dem Bund der Zeitlosen erlosch nie und bestimmte daher zusammen mit den Machtgelüsten weitgehend die Handlungsweise des Schläfers.

In einer ersten Reaktion hätte Bardioc den Kontakt zu den Hulkoos beinahe wieder abgebrochen, doch dann ergriff er die Flucht nach vorn. Er musste schnell ein großes Reich aufbauen, um sich gegen alle Angriffe von außen abzusichern. Das bedeutete, dass er die Sonnensysteme in diesem Raumsektor unter Kontrolle bringen musste.

Nachdem er gelernt hatte, die Hulkoos und deren Technik für seine Zwecke einzusetzen, zwang er weitere Völker in seinen Dienst. Diese Entwicklung ging jedoch langsam vonstatten. Er war darauf angewiesen, dass der Zufall Raumschiffe fremder Zivilisationen in die Nähe seines Sonnensystems führte oder die Hulkoos Schiffe kaperten und zu ihm brachten.

Von allen Intelligenzwesen, die Bardioc bisher beherrschte, erschienen ihm die Hulkoos als Helfer am geeignetsten. Sie wurden zu seinem favorisierten Volk. Unbewusst schienen sie nur darauf gewartet zu haben, dass etwas geschah, was ihre zersplitterten Volksgruppen von Neuem zusammenschweißte. Diese entwurzelten Raumfahrer wurden durch ihren Dienst für Bardioc wieder vereint, wenn auch auf andere Art und Weise, als sie sich das jemals vorgestellt hätten.

Trotzdem war Bardioc mit dem von ihm geschaffenen System nicht zufrieden, er hielt es in mancher Beziehung für unvollkommen. Kaum, dass ein Raumschiff seine Welt verlassen hatte, war der Schläfer darauf angewiesen, dass seine paranormalen Befehle lange genug nachwirkten, um die Raumfahrer früher oder später zur Rückkehr zu bewegen. Bardioc wusste nie genau, was sich außerhalb seines Sonnensystems abspielte, denn er war auf die Informationen angewiesen, die er von den Hulkoos und anderen Raumfahrern erhielt.

Ein kühner Gedanke belebte seine Träume. Hatten nicht Tiere Teile seines Gehirns in die entlegensten Gebiete des Planeten transportiert? War nicht auf diese Weise das organische Netz immer weiter gewachsen?

Bardioc erschauerte im Schlaf angesichts seiner neuen Idee. Warum sollte er sich für alle Zukunft auf die Botendienste der Hulkoos und anderer Völker verlassen, wenn er die Möglichkeit hatte, viele Dinge selbst unter Kontrolle zu bekommen?

Er beschloss, einen Versuch zu wagen. Inzwischen hatte er gelernt, das Wachstum der knollenartigen Zellverbände an den Schnittpunkten des organischen Netzwerks zu beeinflussen und gehirnähnliche Klumpen von beachtlichem Ausmaß zu erschaffen.

Bardioc zwang einen Hulkoo-Kommandanten namens Gumahr-Cantsch, alle Vorbereitungen für den Transport eines solchen Ablegers zu einer fremden Welt zu treffen. Das Pseudogehirn sollte in einem geeigneten Behälter auf jenen Planeten gebracht werden. Bardioc war sicher, dass die paranormale Verbindung zu seinem Ableger niemals abbrechen würde. Außerdem besaß dieser kleine, aus ihm hervorgegangene Zellklumpen ebenfalls die Fähigkeit, hypnosuggestiv zu wirken.

Das hieß, dass der Zellverband alle Wesen auf der fernen Welt unter seinen und damit unter Bardiocs Willen zwingen konnte.

Sollte das Experiment sich als Erfolg erweisen, beabsichtigte Bardioc, alle Planeten dieses Raumsektors mit seinen Ablegern zu besetzen. Seine Statthalter würden überall sein!, dachte Bardioc euphorisch. In einer Vision sah er ein riesiges Sternenreich entstehen, das von ihm mithilfe der beeinflussten Völker und seiner Ableger beherrscht wurde. Noch ahnte er nicht, dass diese Vision einst Wirklichkeit werden sollte.

Auf der Welt, auf die seine Brüder ihn verbannt hatten, schritt sein ungezügeltes Wachstum weiter voran. Hulkoos hatten Zellklumpen in die Meere und zu den übrigen Kontinenten gebracht, wo sie schnell wucherten und sich mit dem inzwischen gigantischen Netz der Ausläufer vereinigten.

Ängstlich verfolgte Bardioc den Flug von Gumahr-Cantschs Schiff. Der befürchtete Riss in der Verbindung zu seinem Ableger trat jedoch nicht ein.

Bardioc spürte, dass ein Teil seiner selbst auf jenem anderen Planeten zu pulsieren anfing und Macht ausübte. Das war ein überwältigender Erfolg.

Von diesem Tag an schickte Bardioc die Schiffe der Hulkoos regelmäßig zu anderen Planeten. Er hatte mit dem Aufbau einer Mächtigkeitsballung begonnen. Bardioc wurde zu BARDIOC, zu einer Superintelligenz.

Sein Schlaf war tief, der Traum von Macht konnte bis in alle Ewigkeit fortgesetzt werden.

Lange Zeit änderte sich an den Verhältnissen nichts. Der Schläfer registrierte zufrieden jede neue Eroberung und fühlte sich eins mit seinen Abkömmlingen auf inzwischen vielen hundert Planeten. Es war eine Phase der Konsolidierung. Allmählich fühlte BARDIOC sich sicherer. Er wurde sich seiner neuen Macht bewusst. Keiner der sechs anderen hätte ihn ohne Weiteres überraschen und vernichten können.

BARDIOC war für jeden Gegner gefährlich.

Der Prozess der Machtentfaltung verlief jedoch so eintönig, dass der Schläfer sich nach einiger Zeit langweilte. Im Grunde genommen geschah immer wieder das Gleiche: Raumschiffe der Hulkoos brachten Ableger BARDIOCS zu neuen Welten. Falls wirklich Widerstand geleistet wurde, erschienen Flotten der Hulkoos und anderer Hilfsvölker, um ihn zu brechen.

In der Galaxis mit dem blauen Zentrumsleuchten gab es keine große raumfahrende Zivilisation, die in der Lage gewesen wäre, die Superintelligenz aufzuhalten. BARDIOC dachte bereits daran, Schiffe über den Leerraum hinweg in benachbarte Galaxien zu schicken. Dieses Vorhaben würde sich aber nicht ohne Schwierigkeiten realisieren lassen.

BARDIOC bezweifelte, dass er über solche Entfernungen hinweg Kontakt zu seinen Ablegern halten konnte. Deshalb suchte er nach einer besseren Kontrollmöglichkeit.

Wieder einmal erwies es sich, dass die Superintelligenz trotz aller Erfolge und ihrer ungeheuren Machtentfaltung sehr unter ihrer relativen Unbeweglichkeit litt. Das Gehirn war gewachsen und besaß fast planetenumspannende Größe, es entsandte seine »Sprösslinge« in alle Teile dieser Galaxis – doch es war ein Gehirn ohne Körper geblieben. In seinem Traum empfand BARDIOC Unbehagen darüber, dass er zwar Macht angesammelt hatte, aber in dieser einen Beziehung ärmer dran war als ein Tier.

In seiner Erinnerung entstand das Bild jenes prächtigen Körpers, aus dem Kemoauc das Gehirn entfernt hatte. BARDIOC sah sich selbst, eine hünenhafte Gestalt mit wallendem Haar und glühenden Augen. Doch keine Macht des Universums konnte ihm diesen Körper zurückgeben.

Was nutzte ihm im Grunde genommen das gewaltige Reich, das er sich aufbaute?

Das riesige Gehirn, das sich über die Kontinente erstreckte, zog sich wie unter Krämpfen zusammen. BARDIOC litt in seinem Traum, er sehnte sich nach einem Körper. Sehr viel hätte er dafür gegeben, wieder so zu sein wie früher!

Aber war er nicht großartig und mächtig? Besaß er nicht Fähigkeiten, von denen er früher nicht einmal etwas geahnt hatte? Konnte ein so gewaltiges Wesen wie er sich in dieser Lage wirklich nicht helfen? BARDIOC nutzte fast seine gesamte Kapazität, um darüber nachzudenken. Es musste eine Lösung geben.

Inzwischen war er dazu übergegangen, das zentrale Gebiet seines Gehirns abzuschirmen und zu verbergen. Das war eine Vorsichtsmaßnahme, die durch nichts begründet schien, denn keiner der auf dem Planeten landenden Raumfahrer hätte es gewagt, sich in die Nähe des Ursprungsgehirns zu begeben.

BARDIOC blieb dennoch misstrauisch. In seinen Träumen sah er Spione und Attentäter, die von seinen Gegnern, vielleicht sogar von den anderen Mächtigen, ausgesandt wurden. Schon deshalb hielt er es für sinnvoll, die Bodenhöhle mit den Überresten der Kapsel und dem Stammhirn darin zu tarnen. Er ging daran, das Gebiet mit einem höher liegenden System von Ausläufern zu überziehen, die den eigentlichen zentralen Standort verbergen sollten. Außerdem würden die paramentalen Ausstrahlungen der knotenartigen Verdickungen rund um die Bodenhöhle jeden in die Irre fuhren, der BARDIOCS Versteck suchte.

All diese Maßnahmen waren bedingt durch BARDIOCS Körperlosigkeit, denn wohin hätte er im Fall eines Angriffs fliehen sollen? So lag das Stammhirn in der Bodengrube und sinnierte darüber nach, wie es sich aus diesem Dilemma befreien konnte. Nebenbei kümmerte es sich um den bereits zur Routine gewordenen Ausbau seiner Mächtigkeitsballung, ließ Ableger auf andere Welten transportieren und empfing Informationen aus den verschiedensten Sektoren seines Herrschaftsbereichs.

Warum, so fragte sich BARDIOC nach einer langen Periode des Nachdenkens, sollte er sich mithilfe seiner neuen Fähigkeiten keinen Körper erschaffen können? Wenn es ihm gelang, Ableger von beachtlicher Größe hervorzubringen und als seine Statthalter auf ferne Planeten zu schicken, musste es auch möglich sein, einen beweglichen Körper zu entwickeln, eine Inkarnation des echten Bardioc!

Diese Überlegung stimulierte BARDIOCS Fantasie. Er stellte sich vor, wie ein Wesen von unübertroffener Schönheit entstehen würde, ein Ebenbild des Mächtigen Bardioc. Dieses Wesen würde an BARDIOCS Stelle überall dorthin gehen, wo seine Anwesenheit nötig war.

Angetrieben von dem Wunsch, diese Inkarnation bald zur Verfügung zu haben, konzentrierte BARDIOC seine paranormalen Kräfte auf einen bereits stark entwickelten Zellverband. Er sorgte dafür, dass dieser Organklumpen vermehrt Nahrung erhielt und unablässig von psionischer Energie durchdrungen wurde.

BARDIOC war sich seines Erfolgs nicht gewiss, denn er wusste nicht, wie sich der Organklumpen ab einer gewissen Größe weiterentwickeln würde. Aufmerksam und sorgenvoll beobachtete er das heranwachsende Gebilde, das in der Nähe des zentralen Gehirns entstand.

Nach einiger Zeit versuchte BARDIOC vorsichtig, telepathische Verbindung zu dem großen Zellverband aufzunehmen. Das Gebilde reagierte instinktiv, aber das bewies nur, dass es noch keinen eigenen Intellekt, geschweige denn ein Selbstbewusstsein erlangt hatte. Noch war es in jeder Beziehung ein Teil BARDIOCS, genau wie alle die anderen kleinen Ableger auch.

Unwillkürlich scheute BARDIOC davor zurück, weitere paranormale Substanz zu investieren.

Was, wenn diese Inkarnation sich nicht so entwickelte, wie er sich das vorstellte? War es denkbar, dass sie eines Tages, voll herangewachsen und im Bewusstsein ihrer Eigenständigkeit, gegen BARDIOC selbst vorgehen würde?

Das schlafende Gehirn spielte diese Möglichkeit in seinen Träumen durch und fand die Gefahr gering. Die Inkarnation würde ein Teil seiner selbst sein und zwangsläufig so handeln, wie er selbst gehandelt hätte. Sie konnte sich nicht gegen ihren Meister stellen.

Lange vor ihrer Fertigstellung gab BARDIOC der Inkarnation einen Namen. Er nannte sie CLERMAC. Das war ein Begriff aus der Sprache der sieben Mächtigen und bedeutete so viel wie »Eroberer.«

Ja, dachte BARDIOC. CLERMAC würde ein mächtiger Eroberer sein. Er sollte nach BARDIOCS Vorstellung an den Grenzen der Mächtigkeitsballung operieren und diese immer weiter ausdehnen.

In ihrer Erwartung vergaß die Superintelligenz ihre ursprünglichen Bedenken.

Der Zellverband wuchs weiter und wurde zu einem unförmigen Gebilde, das nicht einmal entfernt BARDIOCS früherer Gestalt ähnelte. Erschrocken erkannte der Schläfer, dass er ein Monstrum geschaffen hatte.

Sein erster Gedanke war, das Ding zu vernichten. Wahrscheinlich hätte er das sogar getan, wenn das Gebilde in diesem Moment nicht von sich aus Verbindung zu ihm aufgenommen hätte. Das Monstrum gab sich unterwürfig und zeigte von Anfang an, dass es BARDIOC bewunderte. Die Superintelligenz fühlte Mitleid, außerdem schmeichelte ihr die Haltung des jüngsten Ablegers.

»Ein Wesen wie du kann nicht als Ebenbild des echten Bardioc gelten«, dachte das Gehirn. »Du verkörperst meine Macht und meine Fähigkeiten, aber nicht meine Großartigkeit.«

»Meister«, kam die telepathische Antwort, »ich bin dein Diener CLERMAC. Ich werde tun, was du für richtig hältst.«

BARDIOC wusste, dass er das Aussehen seiner Inkarnation nicht korrigieren konnte. Vielleicht würde dies zu einem späteren Zeitpunkt möglich sein, wenn er gelernt hatte, seine paranormalen Kräfte gezielter einzusetzen.

BARDIOC überlegte, was er tun konnte. Schließlich hatte er die rettende Idee. Von einem Volk, das in seinem Dienst stand und die Energiemanipulation beinahe bis zur Vollkommenheit beherrschte, ließ er eine flugfähige Sphäre konstruieren. Ihr Inneres füllte er mit einem psionischen Schleier. Danach trennte er sich von CLERMAC und befahl ihm, die Sphäre aufzusuchen und sie nur zu verlassen, wenn er sicher sein konnte, dass niemand in der Nähe war.

Das monströse Geschöpf schleppte sich in das bereitstehende Flugobjekt und teilte BARDIOC telepathisch mit, dass es mit seinem Los zufrieden sei.

BARDIOC hatte von den Konstrukteuren verlangt, dass kein Wesen, das vor die Sphäre trat, je CLERMACS wahres Aussehen erkennen konnte. Die genialen Erbauer des Flugobjekts hatten deshalb einen Psi-Reflektor montiert, der jedem Betrachter ein Ebenbild seiner selbst zeigen würde.

»Ich leihe dir einen Teil meiner Macht«, schickte BARDIOC seine Gedanken an die Inkarnation. »An meiner Stelle wirst du die Grenzen meines Reichs besuchen. Wohin du auch kommst, wirst du in meinem Sinn sprechen und handeln, denn du bist meine Inkarnation.«

CLERMAC versicherte, dass er nichts anderes wolle, als seinen Meister würdig zu vertreten, und brach zu seiner ersten Reise auf.

Als er viele Jahre später zurückkehrte, glaubte BARDIOC in der Lage zu sein, das Aussehen CLERMACS in positivem Sinne zu verändern und ihm weitere Fähigkeiten zu verleihen. CLERMAC sollte ein zusätzliches Bewusstsein erhalten, eine zweite Inkarnation, die den Namen VERNOC tragen würde, was so viel wie »Blender« bedeutete.

BARDIOCS Hoffnungen wurden jedoch enttäuscht. CLERMAC nahm das zweite Bewusstsein mühelos in sich auf, aber an seinem Aussehen änderte sich dadurch nichts.

Auch als BARDIOC ein weiteres Jahrhundert später ein drittes Bewusstsein schuf, ihm den Namen SHERNOC – Zerstörer – gab, erweiterten sich nur die Fähigkeiten der Inkarnation. Ihr monströses Aussehen blieb unverändert, sehr zum Kummer der Superintelligenz, die weiterhin davon träumte, ein Wesen zu erschaffen, das ihrer einstigen Gestalt glich.

So beschloss BARDIOC, den vierten Versuch behutsamer vorzubereiten und mithilfe der bereits existierenden Inkarnationen durchzuführen. Die Kraft von CLERMAC, VERNOC und SHERNOC sollte zusammen mit BARDIOCS Anstrengungen das Entstehen einer vierten Inkarnation bewirken, die mächtiger und kraftvoller sein würde als ihre drei Vorgänger.

Aber deren Entstehung lag noch in weiter Zukunft …

Viele Jahrhunderttausende später – Perry Rhodan

Das Monstrum

Während er von der Entstehung der Inkarnationen berichtet hatte, war BULLOC immer erregter geworden. Rhodan spürte dic unkontrollierte mentale Ausstrahlung der vierten Inkarnation. Plötzlich verstummte BULLOCS Stimme.

Der Terraner vermutete, dass die seltsame Wesenheit mit der Sphäre wieder aufbrechen würde, obwohl es draußen noch nicht hell geworden war. Aber weder BULLOC noch die Sphäre bewegten sich. Rhodan ahnte, dass die Inkarnation sich in einem schlimmen psychischen Zustand befand, deshalb zog er es vor, das Schweigen nicht zu brechen.

»Nun weißt du, wer ich bin, Perryrhodan«, sagte BULLOC nach einiger Zeit mit dumpfer Stimme. »Ich habe CLERMAC, VERNOC und SHERNOC vernichtet und bin jetzt der alleinige Besitzer dieser Sphäre.«

Rhodan verhielt sich abwartend. Er wusste nicht, worauf BULLOC hinauswollte.

»Meine drei Vorgänger waren von BARDIOC abhängig«, fuhr die Inkarnation fort. »Sie waren erbärmliche Kreaturen, die es nicht wagten, einen eigenen Gedanken zu denken.«

»Und du?«

»Ich bin frei!«, rief BULLOC wild, doch seine Stimme verlor bereits wieder an Heftigkeit. Müde sagte er: »Aber ich habe weiterhin diesen schrecklichen Körper, der schon den drei anderen gedient hat.«

Perry Rhodan verstand, dass die Inkarnation unter ihrem monströsen Aussehen litt. Wahrscheinlich machte sie BARDIOC dafür verantwortlich. Das mochte der tiefere Grund für die Auseinandersetzung zwischen BARDIOC und BULLOC sein. Daran, dass es zwischen der Superintelligenz und ihrer letzten Inkarnation zu Differenzen gekommen war, zweifelte Rhodan nicht mehr.

BULLOC weilte zum ersten Mal auf BARDIOC. Der Terraner war überzeugt davon, dass die Superintelligenz sich dieses Zusammentreffen anders vorgestellt hatte. Die Selbstständigkeit BULLOCS gefiel ihr bestimmt nicht.

»Wo befindet sich das zentrale Gehirn?«, fragte Rhodan direkt. »Ich meine jene Stelle, an der die Kapsel einst von Kemoauc in die Bodenhöhle gelegt wurde.«

»Das weiß ich nicht! BARDIOC offenbart sich mir nicht.«

Perry Rhodan spürte die nur mühsam unterdrückte Wut BULLOCS. »Du hattest noch keinen Kontakt mit ihm?«, fasste er sofort nach.

»Doch. BARDIOC verlangte, dass ich mich ihm völlig unterwerfe, so, wie es die drei vor mir getan hatten. Aber ich weigerte mich! Seitdem ist die Verbindung abgebrochen. Wahrscheinlich überlegt BARDIOC, wie er mich ausschalten kann. Seine Kräfte reichen dazu nicht aus, denn ich bin inzwischen zu stark geworden.«

Rhodan war nun überzeugt davon, dass BULLOC die ganze Zeit über versucht hatte, BARDIOCS zentrale Stelle zu finden.

»Wir müssen BARDIOC wecken«, sagte der Terraner. »Wenn er sich seiner selbst und seiner im Traum begangenen Taten bewusst wird, kann sich alles ändern. Er wird dann auch dir helfen.«

»Ich benötige diese Hilfe nicht!«, wehrte BULLOC ab.

»Trotzdem kannst du versuchen, ihn aus dem Schlaf zu reißen. Oder gib mir die Gelegenheit, es zu tun.«

BULLOC schien nachzudenken. »Was versprichst du dir davon?«

»Das Ende der kosmischen Kriege im Bereich zweier Mächtigkeitsballungen.«

Die Inkarnation stieß ein schreckliches Gelächter aus. »Für wen sprichst du? Für die Kaiserin von Therm?«

»Für die Menschheit«, antwortete Perry Rhodan ruhig. »Und für alle Intelligenzen, die guten Willens sind.«

»Für mich gibt es nur Starke und Schwache. Die Kaiserin von Therm wird besiegt werden, sobald ich BARDIOCS Mächtigkeitsballung unter meine Kontrolle gebracht habe.«

Endlich ist es heraus!, erkannte Rhodan. BULLOC hielt mit seinen Absichten nicht mehr hinter dem Berg. Die vierte Inkarnation wollte die Macht, die BARDIOC begründet hatte. Das bedeutete, dass es in BULLOCS Absicht lag, die Mächtigkeitsballung zu erobern und den Krieg gegen die Kaiserin von Therm fortzusetzen.

BULLOC hatte gegenüber der Superintelligenz zwei entscheidende Vorteile. Er besaß einen beweglichen Körper und schlief nicht. Damit war die größere psionische Stärke BARDIOCS ausgeglichen.

Es war sinnlos, auf die Inkarnation einzureden. In ihr vereinigte sich alles Böse und Hinterhältige, was BARDIOC jemals in seinen Träumen hervorgebracht hatte – BULLOC war ein fleischgewordener Albtraum.

Rhodan war sich längst darüber im Klaren, warum ihm manche Maßnahmen BARDIOCS in der Vergangenheit sinnlos oder widersprüchlich erschienen waren. Wie alle Träume besaßen auch BARDIOCS Träume ihre eigene Logik. Die Superintelligenz hatte niemals bewusst und konsequent gehandelt, sondern stets nach jenen Lösungen gesucht, die ihr im Schlaf als vernünftig erschienen waren. Damit erklärten sich viele Vorkommnisse in den vergangenen Monaten.

BULLOC aber war wach! Seine Bösartigkeit musste einkalkuliert werden.

»Du willst die absolute Macht«, sagte Rhodan zu der vierten Inkarnation. »Das ist ein Fehler, der dich letztlich die Existenz kosten wird.

Aber noch ist Zeit zur Besinnung. BARDIOC wird dir verzeihen, wenn du dich ihm unterwirfst und dafür sorgst, dass er aus diesem schlimmen Traum geweckt wird.«

In Rhodans Nähe entstanden kratzende Geräusche, als reibe sich BULLOC an den Wänden der Sphäre. Wieder einmal fragte sich der Terraner, wie die Inkarnation wirklich aussehen mochte.

»Ich werde mich weder unterwerfen noch BARDIOC aus dem Schlaf wecken«, erklärte BULLOC. »Vielmehr werde ich das zentrale Gehirn suchen und es vernichten, sobald ich es gefunden habe.«

Genau das hatte Perry Rhodan befürchtet. Er fühlte, wie sich alles in ihm verkrampfte. Wenn es BULLOC gelang, seine Absichten zu realisieren, würde es zwischen den beiden Mächtigkeitsballungen keinen Frieden geben. Dann drohten auch der Menschheit, ebenso wie vielen anderen Völkern, Tod und Vernichtung. BULLOC würde auf den Trümmern untergegangener Zivilisationen ein Reich der Willkür und des Schreckens errichten.

Diese Vorstellung war unerträglich. Sie machte Rhodan zwangsläufig zu einem Verbündeten BARDIOCS, der, gemessen an seiner vierten Inkarnation, geradezu menschlich wirkte.

Doch der Gedanke, dass ein Mensch ohne Waffen und dazu noch als BULLOCS Gefangener der schlafenden Superintelligenz helfen könnte, war absurd. Rhodan musste sich darauf verlassen, dass BULLOC die Höhle mit dem Ursprungsgehirn niemals finden würde.

Draußen dämmerte ein neuer Tag, und BULLOC wurde von wachsender Unruhe erfüllt. Er machte diesmal jedoch keine Anstalten, Rhodan hinauszuschicken und mit der Sphäre loszufliegen. Entweder fürchtete er Gegenmaßnahmen BARDIOCS, oder er brauchte Ruhe und Erholung.

»Keiner dieser Hulkoos und anderen Raumfahrer kennt BARDIOCS Versteck«, klang die Stimme der Inkarnation wieder auf. Sie lachte grell. »Wahrscheinlich hat BARDIOC sie alle bereits gegen mich aufgehetzt. Aber das hilft ihm wenig, denn hier auf dieser Welt können sie die Sphäre nicht angreifen, ohne große Teile des Gehirns zu vernichten, ganz abgesehen davon, dass ich sie für ein solches Vergehen töten würde. Solange sie sich ruhig verhalten, werde ich sie nicht behelligen, denn sie sollen später meine Sklaven sein.«

»Darf ich die Sphäre verlassen?«, wollte Rhodan wissen.

»Ich weiß nicht, ob du mir noch von Nutzen sein kannst«, überlegte BULLOC laut. »Vielleicht wäre es klüger, dich auszuschalten. Andererseits ist es möglich, dass ich dich noch brauchen kann.«

»Ich könnte dabei helfen, BARDIOCS Versteck zu finden.«

»Bist du verrückt? Wenn ich schon keinen Erfolg hatte, bist du ohne jede Chance!«

Trotz der Drohung der Inkarnation fühlte Perry Rhodan sich in der Sphäre verhältnismäßig sicher. BULLOC brauchte jemanden, mit dem er reden konnte, und Rhodan schien ihm in dieser Hinsicht wertvoller zu sein als einer der Hulkoos, die seit Generationen von BARDIOC beeinflusst wurden. Der Wunsch nach Kommunikation war bei BULLOC offenkundig. Das seltsame Wesen war selbstgefällig und wollte sich reflektieren.

Die Energiesphäre öffnete sich.

»Du kannst hinaus«, gab die Inkarnation ihrem Gefangenen zu verstehen. »Bleibe aber in der Nähe, damit du mich hörst, sobald ich nach dir rufe.«

Das konnte nur bedeuten, dass BULLOC seine Suche heute nicht fortsetzen wollte.

Erleichtert, dass BULLOC ihn für einige Zeit freigab, verließ Rhodan die Sphäre. Er fragte sich, wie einer seiner alten Freunde reagiert hätte, wenn er ihm jetzt begegnet wäre. Seine Uniform war verschmutzt und zerschlissen. Ein dichter Vollbart überwucherte sein Gesicht, die Haare hingen ihm längst bis auf die Schultern. Vielleicht hätte ihn niemand erkannt.

Die Erinnerung an die Erde und die SOL machten dem Terraner in schmerzender Eindringlichkeit seine Situation deutlich. Selbst wenn sich die Ereignisse auf BARDIOC zu seinen Gunsten ändern sollten, blieb er fernab jeder menschlichen Niederlassung. Es war mehr als zweifelhaft, ob er jemals wieder Menschen sehen würde.

Rhodan verdrängte diese Gedanken, denn sie belasteten ihn nur und halfen ihm nicht weiter. Er musste seinen klaren Verstand bewahren und trotz aller widrigen Umstände eine befriedigende Lösung erreichen.

Er ging zu dem Bach hinunter und schaute sich nach Onklantson um, doch von dem Geflügelten war keine Spur zu entdecken. Wahrscheinlich mied der Sternentramp die Nähe der Energiesphäre.

In einiger Entfernung war in der vergangenen Nacht ein Schiff der Hulkoos gelandet. Die Besatzung war mit der Verladung einer Kleinen Majestät beschäftigt. Rhodan wusste inzwischen, dass sich die Raumfahrer weder um ihn noch um die Sphäre mit BULLOC kümmerten. Von ihnen durfte er keine Unterstützung erwarten. Sie hatten zu lange als Sklaven gelebt und konnten keine eigene Entscheidung mehr treffen.

Als Rhodan sich am Bachufer niederließ, bemerkte er, dass die

Sphäre ihm gefolgt war und nun über dem Wasser schwebte. Aus der offenen Luke ertönte BULLOCS Stimme: »Ich will, dass du mich ansiehst!«

Rhodan verstand sofort, was gemeint war, aber er reagierte langsam, weil er ahnte, dass sich aus dieser Situation eine Gefahr für ihn entwickeln konnte.

Er hob den Kopf und schaute zu der Sphäre hinüber. »Ich sehe dich«, sagte er.

»Du verstehst mich nicht«, gab BULLOC zurück. »Ich werde den Psi-Reflektor abschalten.«

»Wozu?«

»Darüber bin ich dir keine Erklärung schuldig!«

Rhodan kannte die Antwort auch so. BULLOC litt unter seinem Aussehen, das er für monströs hielt. Ihm war daran gelegen, die Reaktion eines Intelligenzwesens auf seinen Anblick zu erleben.

Rhodan versuchte, sich für diesen Augenblick zu wappnen. Er ahnte, dass ihn ein Fehler das Leben kosten konnte. Da er nicht genau wusste, was BULLOC erwartete, beschloss er, die Gegenüberstellung mit möglichst großer Gelassenheit zu ertragen. Er musste gleichgültig erscheinen, auch wenn ihm keineswegs so zumute war.

Die vierte Inkarnation durchlebte eine Krise. Der von ihr erhoffte Erfolg bei der Suche nach BARDIOCS zentralem Gehirn war ausgeblieben, und sie war ihrer selbst nicht mehr sicher.

»Meinetwegen komm heraus!«, rief Rhodan. »Dann werde ich dich ansehen.«

»Ich werde die Sphäre nicht verlassen; es ist besser, wenn du an Bord kommst. Ich will nicht, dass mich zufällig ein anderer in meiner wahren Gestalt sieht.«

Perry Rhodan holte tief Atem. Die Sphäre kam auf ihn zugeglitten, sodass er leicht durch die offene Luke ins Innere gelangen konnte.

Er stieg ein. Die psionische Struktur, in der BULLOC schwebte, war transparent geworden, aber der Psi-Reflektor arbeitete noch. Nach wie vor sah Rhodan einen gut gewachsenen Menschen vor sich.

Er überlegte, ob er einfach die Augen schließen sollte. Vielleicht würde BULLOC das nicht bemerken und sich mit einer fadenscheinigen Erklärung zufriedengeben.

»Du zögerst«, stellte der Zellaktivatorträger fest. »Mangelt es dir an Mut, BULLOC?«

Ein wütendes Zischen war die Antwort, dann veränderte sich die Farbe des transparenten Gebildes, innerhalb dessen die Inkarnation sich aufhielt. Instinktiv schloss Rhodan die Augen.

BULLOC versetzte ihm einen paranormalen Hieb. »Ich will, dass du mich anschaust!«, schrie er. »Versuche nicht, mich zu hintergehen!«

Rhodan öffnete die Lider wieder. Er war auf einen schrecklichen Anblick vorbereitet, aber was er sah, enttäuschte ihn eher. Im Innern der psionischen Struktur war lediglich ein Flimmern festzustellen. Entweder hatte BULLOC den Psi-Reflektor nicht richtig abgeschaltet, oder es gab an Bord andere technische Einrichtungen, die eine exakte Beobachtung verhinderten.

Das Schweigen wurde schließlich von der Inkarnation durchbrochen. »Was siehst du?«, erkundigte sie sich erwartungsvoll.

»Nichts«, antwortete Rhodan wahrheitsgemäß.

In seinem Kopf schien sich eine Explosion zu ereignen. Rhodan taumelte schreiend zurück. Die Inkarnation griff ihn brutal an.

»Lüge nicht! Ich will wissen, was du siehst!«

Rhodan versuchte, den Schmerz zu ignorieren. Eine weitere falsche Antwort konnte sein Verderben sein.

»Einen … Schimmer«, sagte er stockend. »Es ist … schwer zu beschreiben.«

»Versuche es!«

»Ich sehe eine gehirnähnliche Struktur … von etwa zwei Metern Höhe und einem Meter Breite.« Rhodan log und hoffte, dass er derart die Inkarnation besänftigen konnte. BULLOC glaubte ihm offensichtlich nicht, wenn er sagte, was er wirklich sah.

»Gefalle ich dir?« BULLOC kicherte hinterhältig.

»Nein! Du siehst hässlich und ekelerregend aus.«

Rhodans Gedanken arbeiteten fieberhaft. Was befand sich tatsächlich in der Sphäre? Warum sah er nur ein undeutliches Flimmern? Lag es an der technischen Einrichtung des Flugobjekts, oder hatte die Inkarnation längst ihre Körperlichkeit verloren?

»Gut«, hörte er BULLOC sagen. »Das ist es, was ich erwartet habe. Ich muss damit fertig werden. BARDIOC ist für mein Aussehen verantwortlich. Er hat die erste Inkarnation geschaffen, mit deren Körper ich heute noch auskommen muss.«

Diese Aussage machte das Verhalten der Inkarnation für den Terraner verständlicher. BULLOC suchte nach einer vordergründigen Entschuldigung für seine Revolte gegen die Superintelligenz. Indem er BARDIOC für sein Aussehen verantwortlich machte, erhielt BULLOC eine Begründung für seinen Rachefeldzug.

In Wahrheit wollte BULLOC seinen Schöpfer nicht vernichten, weil dieser ihn mit einem unzureichenden Körper ausgerüstet hatte, sondern einzig und allein, weil BARDIOC dem Machtanspruch seiner vierten Inkarnation im Wege stand.

»Wie lange kannst du meinen Anblick ertragen?«, wollte BULLOC von seinem Gefangenen wissen.

»Ich weiß es nicht«, sagte Rhodan zögernd.

»Wir versuchen, das herauszufinden«, schlug BULLOC gehässig vor. »Ich werde dir von der weiteren Entwicklung BARDIOCS erzählen, ohne den Psi-Reflektor wieder einzuschalten.«

»Nein!«, protestierte Rhodan, obwohl er im Grunde genommen nichts gegen die augenblickliche Erscheinungsform der Inkarnation einzuwenden hatte.

»Es ist deine Sache, was du ertragen kannst.« Der Schimmer innerhalb des psionischen Schleiers schien durcheinanderzuwirbeln. »Wenn ich einst BARDIOCS Mächtigkeitsballung beherrschen werde, muss ich mich nicht mehr verstecken. Dann werde ich mich nur noch in meiner wahren Gestalt zeigen.«

Rhodan atmete unmerklich auf. Die gefährliche Phase schien überstanden. Wenn BULLOC berichtete, konzentrierte er sich stets auf seine Geschichte und unterließ jeden mentalen Angriff.

Wissbegierig wartete Perry Rhodan auf weitere Informationen. Je mehr er über die Superintelligenz erfuhr, desto größer wurden seine Aussichten, Kontakt zu BARDIOC aufzunehmen und ihn zu wecken, bevor dieser von seiner Inkarnation vernichtet werden konnte.

12.

Die Entwicklung der Superintelligenz BARDIOC

Die andere Macht

Obwohl der Verband aus 4729 Einheiten bestand, stellte er keine Eroberungsflotte dar. Das war ein Umstand, der dem Oberkommandierenden Gors-Klaschor Missvergnügen bereitete, denn er hätte dieses gewaltige Instrumentarium der Macht gern eingesetzt. Dieser Wunsch ging nicht zuletzt von der Überzeugung aus, dass es in diesem Teil des Universums keine vergleichbare Flotte gab, die den Hulkoos ernsthaften Widerstand hätte entgegensetzen können. Zudem war Gors-Klaschor ein verhältnismäßig junger Kommandeur, ein furchtloser Kämpfer, der sich darüber hinaus durch Übersicht und Intelligenz auszeichnete.

Er wusste, dass er seinen Auftrag pflichtgemäß zu erfüllen hatte, dafür sorgte schon BARDIOCS Ableger an Bord des Flaggschiffs LUSCHER. Vielleicht wäre Gors-Klaschor auf den Gedanken gekommen, einen Zwischenfall zu konstruieren, um die Flotte in den Kampf zu schicken, wenn es den Kontrolleur nicht gegeben hätte. Der Oberkommandierende war BARDIOC treu ergeben, wollte aber keineswegs einsehen, dass sein als Eroberungsflotte ausgerüsteter Verband lediglich Erkundungen durchführen sollte.

Sicher, er hatte die am weitesten vorgeschobenen Grenzen von BARDIOCS Mächtigkeitsballung inzwischen überschritten und befand sich in einem fremden Sektor, aber das war kein Grund für eine übertrieben defensive Haltung. Früher oder später würde den Scoutschiffen sowieso eine Eroberungsflotte folgen und dieses Gebiet für BARDIOC in Besitz nehmen. Es sah danach aus, als wollte BARDIOC in absehbarer Zeit zu einem großen Schlag ausholen und seinem Machtbereich ein ausgedehntes Gebiet hinzufügen.

Gors-Klaschor gehörte einer Generation von Hulkoos an, für die es längst zur Selbstverständlichkeit geworden war, BARDIOC zu dienen. Das war sein Lebensinhalt, den er niemals in Zweifel gestellt hätte.

Der junge Befehlshaber mit dem glänzenden Pelz saß vor den Kontrollen der LUSCHER und ärgerte sich über die Eintönigkeit der Mission. Seine Flotte bewegte sich auf das Zentrum einer fremden Galaxis zu. Bisher waren nur über die Fernortungen unbekannte Raumschiffe entdeckt worden, aber ihre Zahl erschien unbedeutend und würde für die später eintreffenden Eroberer mit den Transportschiffen für BARDIOCS Ableger kein Problem bedeuten.

»Wir hätten diesen Auftrag ebenso mit nur fünfzig Schiffen durchführen können«, sagte Gors-Klaschor missmutig zu einem der neben ihm sitzenden Offiziere. »Vielleicht hätte dann jemand genügend Mut aufgebracht, uns anzugreifen.«

Der Angesprochene, ein älterer Mann namens Husg-Borsch, sah ihn verwundert an. »Sie haben alles erreicht, was ein Raumfahrer sich wünschen kann. Ich verstehe nicht, dass Sie sich nach Kämpfen sehnen. Sie haben sich längst bewährt und sind Oberkommandierender geworden. Dies ist eine der größten Flotten, die wir Hulkoos jemals zusammengestellt haben. Was wollen Sie mehr?«

Gors-Klaschor streckte sich im Sessel, sodass die Muskelbündel unter seinem Pelz hervortraten. »Ich werde fett und träge«, klagte er.

»Wahrscheinlich ergeht es mir schlechter als jedem Kartografen, der immerhin noch die Aufgabe hat, diesen Sektor zu vermessen.«

»Wir sollten froh sein, dass alles reibungslos verläuft«, erwiderte Husg-Borsch nachdenklich. »Ich bin keine kriegerische Natur.«

»BARDIOC ist so mächtig, dass es niemand mehr wagt, ihm Widerstand zu leisten«, fuhr der Befehlshaber fort. »Für uns ist diese Entwicklung schlecht – wir werden zu einfachen Arbeitern.«

»Was möchten Sie stattdessen sein?«

»Soldat und Eroberer!«, rief Gors-Klaschor aus. »Erinnern Sie sich an die Geschichten von der alten Garde? Penx-Ranosch und all die anderen, das waren noch wirkliche Abenteurer. Sie stießen mit einem einzigen Schiff in unbekannte Gebiete vor. Was tun wir hingegen? Wir bilden Geleitzüge, um von vornherein jedes Risiko auszuschließen.«

»Unsere Soldaten kämpfen in vielen Sonnensystemen.«

Der Kommandant winkte ab und lachte geringschätzig. »Das sind lokale Gefechte, bei denen in der Regel wenige Barbaren niedergekämpft werden müssen, die sich gegen eine Besatzung wehren.«

»Mir gefällt meine Arbeit«, sagte Husg-Borsch lakonisch.

Gors-Klaschor glaubte in dieser Antwort eine versteckte Kritik zu erkennen, aber er ließ seinen Untergebenen einen gewissen Spielraum, weil sie dann ihre Fähigkeiten besser entfalteten. Ihn offen zu kritisieren, hätte ohnehin niemand gewagt.

»Kommunikationskontakt!«, rief ein Hulkoo an den Überlichtfunkgeräten.

Der Oberkommandierende fuhr herum. Er hatte nicht erwartet, dass er eine Nachricht erhalten würde, nachdem die Flotte sich schon weit vom Hauptquartier entfernt hatte.

Gleich darauf musste er erkennen, dass ihm ein Gedankenfehler unterlaufen war. Die aufgefangenen Signale kamen nicht von einem Hulkoo-Stützpunkt. Es war auch nicht CLERMAC, der sich meldete.

»Die Nachricht ist unverständlich«, stellte der Funker fest. »Sie ist in einer uns unbekannten Sprache abgefasst, aber zweifellos an uns gerichtet. Auswertung läuft.«

Gors-Klaschor erhob sich und ging zu den Ortungskontrollen hinüber. Er blickte den Spezialisten über die Schultern und las die Werte auf den Instrumenten ab. »Nichts!«, stellte er verblüfft fest. »Ein paar Schiffe in sehr großem Abstand, das ist alles.«

»Die Signale kommen von einer Bodenstation, Befehlshaber.«

»Was war das?«, rief Gors-Klaschor. »Wer könnte so verrückt sein und eine Flotte von annähernd fünftausend Raumschiffen auf seine Welt aufmerksam machen?«

»Jemand, der in Not ist oder sich stark genug fühlt«, antwortete einer der Navigatoren. »Eine andere Erklärung ist kaum denkbar.«

»Wie lange werden Sie brauchen, um die Quelle anzupeilen?«

»Nicht viel länger als für die Entschlüsselung der Nachricht. Bitte gedulden Sie sich, Befehlshaber.«

Gors-Klaschor ging vor den Kontrollen auf und ab. Endlich geschah etwas Unerwartetes. Zwar versprach er sich nicht viel von diesem Ereignis, aber er war schon für jede kleine Abwechslung dankbar.

»Die Botschaft kommt aus dem äußeren Zentrumsring dieser Galaxis«, wurde ihm endlich mitgeteilt. »Es hat den Anschein, als würden die Signale von mehreren Welten gleichzeitig abgestrahlt und über Relaisstationen verstärkt.«

Gors-Klaschor strich sich über den Pelz. »Das klingt nach einem kleinen Sternenreich.« Er war bei seiner Wanderung wieder bei seinem eigenen Sessel angelangt und stützte beide Hände auf die Rückenlehne.

Husg-Borsch sah zu ihm auf. »Wir werden das System katalogisieren, ihm einen Namen geben und die Signale ignorieren«, sagte der alte Raumfahrer ruhig.

Der Oberkommandierende schwieg. Was Husg-Borsch eben von sich gegeben hatte, entsprach der offiziellen Mission, in der die Flotte unterwegs war. Gors-Klaschor war nicht bereit, es dabei bewenden zu lassen. Es wäre jedoch unklug gewesen, Pläne zu schmieden, bevor die entschlüsselte Nachricht vorlag. Jede Voreiligkeit konnte zu einem Eingreifen von BARDIOCS Ableger führen, der in seinem Behälter im Lagerraum der LUSCHER wartete und kaum zulassen würde, dass gegen BARDIOCS Anweisungen gehandelt wurde.

Die Hoffnung des Kommandanten konzentrierte sich auf den Inhalt der Funksignale. Wenn sie nur den geringsten Vorwand für eine Intervention boten ...

Er musste Geduld haben!

Die Flotte hatte ihren Flug nicht unterbrochen, dafür gab es nach dem Stand der Dinge keine Veranlassung. Auch der Kurs war beibehalten worden. Gors-Klaschor verschränkte die Arme vor seiner breiten Brust, um den Anschein von Gelassenheit zu erwecken. Er fragte sich, was in den Köpfen der Besatzungsmitglieder vorgehen mochte. Die meisten waren sicher bereit, Befehle des Kommandanten ohne längeres Nachdenken zu befolgen. Männer wie Husg-Borsch bildeten eine Ausnahme. Ein Kommandant war der verlängerte Arm CLERMACS und BARDIOCS. Damit war alles gesagt. Ein Kommandant war unfehlbar.

Auch Gors-Klaschor hatte in seiner Zeit als einfacher Raumfahrer nicht anders gedacht – mit einem Unterschied: Er hatte stets überlegt, wie sich die Befehle noch gründlicher ausführen ließen. Gors-Klaschor hatte immer mehr getan, als von ihm verlangt worden war, das hatte schließlich zu seinem schnellen Aufstieg geführt.

»Der Text läuft an!«, rief einer der Männer am Bordrechner. »Auswertung liegt vor.«

Gors-Klaschors Sehorgan weitete sich, als der entschlüsselte Wortlaut in einem Laufband erschien. Er gab einen dumpfen Laut von sich, denn er konnte nicht glauben, was er las.

Ihre Flotte nähert sich einer Außenstation der Kaiserin von Therm. Ergeben Sie sich und stellen Sie Ihre Schiffe in den Dienst der Duuhrt. Wenn dieser Ergebenheitsbeweis ausbleibt, wird Ihre Flotte vernichtet.

»Das ... das können nur Verrückte sein!«, stammelte einer der Funker.

Obwohl die Funkbotschaft dazu geeignet schien, seine geheimsten Wünsche zu erfüllen, empfand Gors-Klaschor keine Genugtuung. Im Gegenteil: Die Nachricht verunsicherte ihn. Sie schien keineswegs nur das Ergebnis dümmlicher Arroganz zu sein.

»Wer ist die Kaiserin von Therm?«, fragte einer der Offiziere. »Ich habe nie zuvor von ihr gehört.«

Alle sahen Gors-Klaschor an, denn sie erwarteten eine Entscheidung von ihm.

»Wir werden nicht antworten«, sagte der junge Hulkoo. »Und die Flotte behält den Kurs bei.«

»Schicken wir ein Erkundungskommando aus?«, erkundigte sich einer seiner Stellvertreter.

Gors-Klaschor nickte bedächtig. »Die Schiffe sollen sich dem Sender vorsichtig nähern, sich aber nicht in Gefechte verwickeln lassen.«

»Wahrscheinlich versucht jemand, uns einzuschüchtern«, bemerkte einer der Navigatoren. »Wir sollten den Unbekannten eine Lektion erteilen.«

Gors-Klaschor verzog das Gesicht. Er wunderte sich über seinen Gesinnungswandel. Vor wenigen Minuten wäre er noch bereit gewesen, den geringsten Zwischenfall zum Anlass zu nehmen, um einen Angriff zu fliegen. Diese Bereitschaft war mit einem Schlag erloschen, ja, er hoffte sogar, dass sich keine weiteren Komplikationen ergaben.

Er wusste, dass er sich auf seinen Instinkt verlassen konnte. Sein inneres Warnsystem hatte ihn noch nie getrogen.

Eine Außenstation der Kaiserin von Therm, überlegte er. Bedeutete dies, dass sie sich lediglich einem vorgeschobenen Stützpunkt einer großen Macht näherten?

»Der Funkspruch wird unablässig wiederholt«, teilte ihm einer der Funker mit.

»Wir antworten nicht!«, sagte Gors-Klaschor heftig.

»Vielleicht sollten wir einen Ergebenheitsbeweis in Form einer freundlichen Begrüßung senden«, schlug Husg-Borsch vor. »Nur so zum Schein.«

»Kein Hulkoo wird sich einer fremden Macht beugen«, erwiderte der Kommandeur ärgerlich. »Allein BARDIOC und seiner Inkarnation gehört unsere Ehrerbietung.«

Noch bevor er zu Ende gesprochen hatte, tauchten die ersten Raumschiffe auf. Es waren mehrere hundert, und jedes von ihnen maß etwa tausend Meter. Gegenüber diesen lanzettförmigen schlanken Flugobjekten wirkten die ovalen Scheibenschiffe der Hulkoos plump.

»Sie sind von den Planeten jener Sonnensysteme gestartet, auf denen die Sendeanlagen stehen«, meldete ein Offizier. »Es sieht so aus, als würden sie sich zu großen Verbänden sammeln.«

Gors-Klaschor verfolgte die Entwicklung mit gemischten Gefühlen. Einerseits war er froh, dass sie nun einem greifbaren Gegner gegenüberstanden. Andererseits überlegte er, wie stark dieser Widersacher sein mochte.

»Wie viel, denken Sie, sind es?«, fragte Husg-Borsch.

»Zweitausend«, sagte der Oberkommandierende knapp. »Aber es werden mehr.«

Tatsächlich war der Aufmarsch der fremden Raumschiffe längst nicht abgeschlossen. Auf den großen Schirmen der Raumortung war deutlich zu erkennen, dass die einzelnen Verbände unaufhörlich anwuchsen. Die Raumschiffe erschienen wie aus dem Nichts, was auf eine überlegene Technik schließen ließ.

Schließlich materialisierten Lanzettschiffe sogar in unmittelbarer Nähe der Flotte.

Gors-Klaschors Stellvertreter versuchte ein Lächeln. Es gelang ihm nicht. »Auf der Gegenseite stehen mindestens ebenso viele Raumschiffe, wie wir zur Verfügung haben«, sagte er matt.

»Es sind sogar doppelt so viele«, stellte Gors-Klaschor richtig.

Er gab Gefechtsalarm.

Die Flotte der Hulkoos formierte sich.

Stunden später kam es zum ersten Schusswechsel, und in der Folge entwickelte sich in diesem Sektor eine Raumschlacht, die wochenlang hin und her wogte. Keine Seite konnte einen entscheidenden Vorteil erringen.

Gors-Klaschor setzte Funksprüche an CLERMAC und das Hauptquartier ab, denn BARDIOC musste schnellstmöglich über diese unerwartete Entwicklung informiert werden.

Die Schlacht tobte fast zwei Monate terranischer Zeitrechnung, dann erhielten die Fremden, die sich Feyerdaler nannten, weitere Verstärkung. Gors-Klaschor, der die unvermeidliche Niederlage kommen sah, ordnete seine Verbände zu einem Rückzugsgefecht.

An der Spitze der geschlagenen Flotte floh die LUSCHER aus der unbekannten Galaxis. Die Hulkoos schworen Rache für diese Niederlage.

Das war der erste Zusammenstoß zweier Völker, die im Dienst verschiedener Superintelligenzen standen. Weitere Zwischenfälle an anderen Berührungspunkten der Mächtigkeitsballungen sollten folgen.

Als er bereits geglaubt hatte, seine Expansion bis in die entferntesten Regionen des Universums fortsetzen zu können, musste BARDIOC erkennen, dass es Mächte gab, die ihm ebenbürtig waren. Nicht nur das – er hatte erfahren, dass in seiner Nachbarschaft eine zweite Superintelligenz existierte, die sich Kaiserin von Therm nannte. Die Mächtigkeitsballung der Kaiserin expandierte ebenfalls, die Grenzen beider Reiche berührten sich schon an verschiedenen Stellen.

Die ersten kriegerischen Auseinandersetzungen endeten mit unterschiedlichen Ergebnissen. BARDIOCS Völker errangen Erfolge, erlitten jedoch ebenso Niederlagen.

BARDIOC sah ein, dass er seine Strategie ändern musste. Die Zeit, da er sein Reich schnell und ohne besondere Vorsichtsmaßnahmen vergrößern konnte, war vorbei. Er musste einkalkulieren, dass es außer der Kaiserin von Therm noch weitere Superintelligenzen gab. Sie alle waren potenzielle Gegner. BARDIOC hatte zudem die anderen Mächtigen nicht vergessen. Er musste stets damit rechnen, dass sie kamen und ihm Schwierigkeiten bereiteten. Es war sogar denkbar, dass sie Verbündete der Kaiserin von Therm geworden waren.

BARDIOC richtete sich auf einen langen Krieg ein. Er hielt sich für unsterblich, daher war es bedeutungslos, ob er eintausend oder zehntausend Jahre benötigte, um die Kaiserin von Therm zu besiegen. Seine am weitesten vorgeschobenen Stützpunkte ließ er auflösen, über die

Grenzgebiete hinaus operierende Flotten zog er zurück. BARDIOC ging keine Risiken ein, sondern beschränkte sich zunächst darauf, die bestehenden Grenzen zu stabilisieren.

Sein großer Widersacher schien eine ähnliche Strategie zu verfolgen, sodass die mit großer Heftigkeit aufgeflammten Kampfhandlungen an verschiedenen Fronten bald abflauten. Zwar kam es fortwährend zu Zusammenstößen, aber diese waren bedeutungslos, gemessen an der Größe der sich gegenüberstehenden Parteien.

Beide Seiten rüsteten für den entscheidenden Schlag.

Vergeblich bemühte sich BARDIOC, mehr über seinen Gegner zu erfahren. Trotz hektischer Spionagetätigkeit konnte er nicht herausfinden, wer die Kaiserin von Therm war und wo sich ihr zentraler Sitz befand.

Umgekehrt war das sicher genauso. BARDIOC konnte sich vorstellen, wie die andere Superintelligenz vergeblich herauszufinden versuchte, wer oder was sich hinter dem Begriff BARDIOC verbarg.

In seinem Traum empfand BARDIOC die Erkenntnis, dass sein Gegner und er im Grunde genommen einander ähnlich waren, als unangenehm. Das alles machte den Schläfer noch entschlossener, die Kaiserin von Therm zu vernichten.

Viele Jahrtausende später – Perry Rhodan

Flucht

Schon während BULLOCS Erzählung hatte Perry Rhodans Arm wieder heftig zu schmerzen begonnen. Der Terraner wagte jedoch nicht, sein Hemd zu öffnen und nach der Bisswunde zu sehen, denn er wollte die Inkarnation nicht auf die Verletzung aufmerksam machen.

Unvermittelt unterbrach BULLOC seinen Bericht und fragte: »Kannst du dich an mein Aussehen gewöhnen, oder findest du mich nach wie vor abscheulich?«

»Dein Aussehen ist erträglicher als dein moralischer Zustand«, sagte Rhodan unumwunden.

BULLOC lachte. Er schaltete den Psi-Reflektor wieder ein. Sekundenlang sah Rhodan einen nackten Menschen vor sich, dann verdunkelte die Inkarnation ihre Umgebung und entzog sich den Blicken ihres Gefangenen.

»Der Krieg zwischen BARDIOC und der Kaiserin von Therm ist noch nicht entschieden«, erinnerte BULLOC. »Das bedeutet, dass BARDIOC versagt hat. In seinem Zustand ist er nicht in der Lage, dem Gegner die entscheidende Niederlage beizubringen. Er macht Fehler, weil er träumt. Also steht zu befürchten, dass er letztlich unterliegen wird, obwohl er das größere Machtpotenzial besitzt.«

Auch Rhodan war nach den Berichten der Inkarnation zu der Überzeugung gelangt, dass BARDIOCS Mächtigkeitsballung größer sein musste als die der Kaiserin von Therm. Außerdem schien der Schläfer über kampfstärkere Hilfsvölker zu gebieten. Sein Nachteil war, dass er keine bewussten Entscheidungen treffen konnte, sondern davon abhängig war, inwieweit Traum und Realität übereinstimmten. Rhodan wusste aus eigener Erfahrung, wie viel Fehler BARDIOC bereits begangen hatte.

Ein wacher BARDIOC hätte die Kaiserin von Therm leicht besiegt. Aber war es unter diesen Umständen tatsächlich wünschenswert, die Superintelligenz zu wecken?

BULLOCS Worte erleichterten Rhodan die Antwort auf diese Frage. »Es wird Zeit, dass BARDIOC ausgeschaltet wird und ich seine Stelle einnehme«, erklärte die Inkarnation.

BULLOC, ahnte Rhodan, würde keine Fehler begehen. Er war auch nicht verhandlungsbereit, was man von einem wachen BARDIOC vielleicht erwarten konnte.

»Wenn ich BARDIOC finden und vernichten kann, gehört die Mächtigkeitsballung mir!«, rief BULLOC aus. »Reizt dich der Gedanke nicht, an der Seite eines Mächtigen zu stehen?«

»An deiner Seite?«, fragte Rhodan ironisch. »Wen würdest du an deiner Seite dulden? Ich müsste dich anerkennen und mich dir völlig unterwerfen.«

»Ich könnte dich dazu zwingen! Du weißt, dass du meiner paranormalen Kraft nicht gewachsen bist.«

»Das ist richtig. Aber damit gibst du dich nicht zufrieden. Du willst, dass ich freiwillig in deine Dienste trete, aus Furcht und Opportunismus.«

BULLOC schien nachzudenken.

»Ist es nicht seltsam, dass wir im Grunde genommen ein Ziel haben?, fragte er einige Zeit später.

Das war tatsächlich so, erkannte Perry Rhodan. BULLOC und er suchten nach dem zentralen Gehirn BARDIOCS, wenn auch mit völlig unterschiedlichen Absichten. BULLOC wollte das Stammgehirn des Mächtigen vernichten, Rhodan wollte es aus dem Jahrhunderttausende währenden Schlaf wecken.

»Wir sollten uns verbünden«, schlug BULLOC vor. »Warum arbeiten wir nicht zusammen, bis zu dem Augenblick, da einer von uns BARDIOCS Versteck findet?«

Rhodan wusste, dass dies nur ein hypothetischer Vorschlag sein konnte. BULLOC würde ihn niemals freiwillig gehen lassen. Rhodan antwortete deshalb nicht.

»Ich fange an, mich an BARDIOCS Nähe zu gewöhnen«, verkündete die Inkarnation. »Meine anfängliche Erschöpfung geht vorüber. Ich werde bald Tag und Nacht nach BARDIOC suchen. Dann kann es nicht mehr lange dauern, bis ich ihn gefunden habe.«

Wahrscheinlich ahnte der Schläfer nicht einmal, dass sich seine vierte Inkarnation gegen ihn gestellt hatte. BULLOC würde den Planeten Stück für Stück untersuchen, dann musste er BARDIOC früher oder später entdecken.

Rhodan fragte sich, wie viel Zeit ihm noch blieb, um BULLOC zuvorzukommen. Würde er überhaupt noch einmal Gelegenheit erhalten, sich um einen Kontakt mit der schlafenden Superintelligenz zu bemühen? Die Gefahr, dass BULLOC ihn jetzt wieder in der Energiesphäre internierte, war nicht auszuschließen.

»Was geschieht mit mir?«, wandte er sich an die Inkarnation.

»Ich werde dich bei meiner Suche nicht mitnehmen. Du könntest dich als störender Faktor erweisen. Deshalb wirst du in der Nähe des Plateaus bleiben und auf meine Rückkehr warten.«

Rhodan schöpfte wieder Hoffnung.

»Aber denke daran, dass du mir auf dieser Welt niemals entkommen kannst«, warnte ihn BULLOC. »Es gibt kein Versteck, in dem ich dich nicht aufspüren würde.«

»Dessen bin ich mir bewusst.« Perry Rhodan war entschlossen, sich von BULLOC nicht einschüchtern zu lassen. Was hatte er schon zu verlieren? Sobald BULLOC die Suche fortsetzte, wollte er auf eigene Faust einen Kontaktversuch unternehmen. Vielleicht kam Onklantson wieder und half ihm dabei.

BULLOC ließ die Sphäre transparent werden. Rhodan konnte sehen, dass es Tag war. Nach dem Stand der Sonne zu schließen, bereits früher Nachmittag.

BULLOC öffnete die Luke. »Verschwinde!«, herrschte er den Terraner an. »Und wage nicht, etwas gegen meine Interessen zu unternehmen!«

Rhodan warf einen letzten Blick auf die Inkarnation, aber sie blieb in der Dunkelheit ihrer Unterkunft verborgen. Achselzuckend verließ er die Energiesphäre und beobachtete, wie sie davonglitt. BULLOC setzte seine Suche nach BARDIOC fort.

Rhodan wartete geduldig, bis die Sphäre verschwunden war.

Kontakt zu BARDIOC aufzunehmen war seiner Ansicht nach nur an einem der größeren Knotenpunkte möglich. Rhodan wollte nach einer solchen Stelle suchen und dort mit seinem Experiment beginnen, obwohl er sich keineswegs schon schlüssig war, wie er dabei vorgehen musste.

Er stieg den Steilhang hinab. Als er den Bach erreichte, tobte ein stechender Schmerz durch seinen Oberarm. Einen Aufschrei unterdrückend, rollte er den Ärmel des Uniformhemds zurück. Die ehemalige Wunde war angeschwollen, blaurot unterlaufen und glänzte.

Rhodan starrte den Arm an. Er würde keine Blutvergiftung bekommen, solange der Zellaktivator auf seiner Brust arbeitete. Trotzdem zeigten sich die typischen Anzeichen einer beginnenden Sepsis. Hatte Preux Gahlmann ihn mit einem Gift infiziert, mit dem der Aktivator nicht fertig wurde?

Perry Rhodan suchte große Blätter zusammen, tränkte sie im Bach und presste sie auf die Wunde. Mehr konnte er nicht tun. Falls sich sein Zustand verschlimmerte, musste er versuchen, die Wunde zu öffnen. Nötigenfalls würde er Kontakt mit den Hulkoos oder anderen Raumfahrern aufnehmen und sie um geeignete Instrumente bitten.

Er folgte diesmal dem Bachlauf, ging flussabwärts und schlug damit die entgegengesetzte Richtung ein wie bei seinem ersten Ausflug.

Kein Raumschiff stand in der Nähe. Die Gehirnwindungen der Superintelligenz reichten teilweise bis ans Ufer und drangen verschiedentlich sogar ins Wasser vor. Rhodan stieg über diese Ausläufer hinweg.

Wieder begegnete er größeren Tieren, die Organklumpen BARDIOCS am Körper trugen. Rhodan hatte den Eindruck, dass diese primitiven Wesen ihn aufmerksam beobachteten.

Wenn sie BARDIOCS »Augen« waren, was vermittelten sie dem Schläfer an Informationen über den Fremden, der sich am Bachrand bewegte? Warum reagierte BARDIOC nicht auf seine Anwesenheit? Auf all diese Fragen gab es vorläufig keine Antwort.

Rhodan sah zahlreiche Knotenpunkte und Dutzende von halb fertigen Kleinen Majestäten, aber diese Stellen schienen ihm für sein Vorhaben wenig geeignet. Er brauchte eine Art Hauptrelais, das schon seit langer Zeit existierte und zu den Speichern des schlafenden Gehirns gehörte.

Er schätzte, dass er über zwei Stunden dem Bachlauf gefolgt war, als er endlich in einem kleinen Tal auf ein dichtes Netz von Gehirnwindungen stieß. In diesem Gewirr lag ein großer Organklumpen, den Rhodan aufgrund seines Aussehens als bedeutsam einschätzte. Es schien sich um die Ursprungsformation der Gehirnwindungen in diesem Bereich zu handeln.

Die Frage war nur, wie er an dieses Gebilde herankommen konnte, ohne dabei auf anderen Ausläufern herumzutrampeln.

Ein Ziehen in seinem Oberarm erinnerte Rhodan daran, dass ihm vielleicht nicht mehr viel Zeit blieb. Außerdem durfte er nicht vergessen, dass BULLOC unterwegs war, um BARDIOC zu ermorden. Unter diesen Umständen war es zu verantworten, wenn er das Netz der Gehirnwindungen überquerte und den Ausläufern dabei vielleicht Schmerzen zufügte.

Entschlossen, jedes Risiko einzugehen, kletterte Rhodan an der weichen elfenbeinfarbenen Masse hinauf. Der schwankende Untergrund schien jeden Augenblick nachzugeben, aber nachdem Rhodan sich daran gewöhnt hatte, kam er gut voran.

Endlich stand er vor seinem Ziel.

Der zentrale Zellverband dieses Tales erinnerte den Terraner an ein deformiertes Riesengehirn. Nach allem, was Rhodan über BARDIOC wusste, konnte er davon ausgehen, dass dieser Klumpen nicht nur eigene Intelligenz, sondern sogar paranormale Fähigkeiten besaß.

Aber das organische Gewebe schlief – ebenso wie BARDIOC, aus dem es hervorgegangen war.

Rhodan stand nachdenklich vor den bizarren Wucherungen. Es war sinnlos, wenn er nur auf diesen Zellverband einredete. Aber gab es eine andere Methode? Er dachte intensiv an BARDIOC. Vielleicht empfing der Schläfer diese Gedanken, dann war es möglich, dass er mit einer telepathischen Botschaft antwortete.

Doch Rhodan wartete vergeblich auf eine Reaktion.

»BARDIOC!«, rief er schließlich. »Ich bin noch nicht lange auf dieser Welt, aber ich kenne deine Geschichte. Du schläfst und träumst einen tragischen Traum. Wenn du nicht daraus erwachst, wird deine vierte Inkarnation dich vernichten!«

Falls der Schläfer das wirklich registrierte, zeigte er es nicht.

Entschlossen, alles zu wagen, trat Rhodan näher an den Zellklumpen heran und versetzte ihm einen Tritt.

Die Gehirnwindungen schienen sich zusammenzuziehen. Gleich darauf empfing der Terraner einen heftigen Mentalimpuls, der sich wie Feuer in seinem Körper ausbreitete und ihn stöhnen ließ. BAR-

DIOCS Ableger setzte sich gegen den Tritt zur Wehr und benutzte dabei seine mentalen Fähigkeiten.

Kurz darauf erkannte Rhodan, dass er im Grunde genommen keinen Fortschritt erzielt hatte. Der Gehirnklumpen hatte sich instinktiv verteidigt, und das war alles andere als die ersehnte Verständigung.

Rhodan hütete sich, noch einmal gegen den zentralen Knotenpunkt vorzugehen, denn er musste damit rechnen, dass die nächste Reaktion von tödlicher Heftigkeit sein würde.

Warum begriff der Schläfer nicht, dass ihm jemand helfen wollte?

Die Antwort war nicht schwer. Ein Traum hatte eigene Gesetze, und BARDIOC hatte seine Handlungen nur nach den Gesetzen seines Traumes ausgerichtet. Solange Rhodan nicht wusste, wie er an diesem Traum teilhaben konnte, blieb ihm der Zugang zu BARDIOC versperrt.

Perry Rhodan musste sich so verhalten, wie es den Traumvorstellungen der Superintelligenz am ehesten entsprach. Erst wenn er in diese Matrix passte, konnte er hoffen, beachtet zu werden. Doch das war illusorisch. Niemand, am allerwenigsten ein Mensch wie Rhodan, konnte sich der Logik dieses langen und schrecklichen Traumes anpassen.

Enttäuscht wandte er sich ab und kehrte an den Rand des Zellnetzes zurück. Je länger er darüber nachdachte, desto brennender wurde sein Wunsch, Verbindung mit den Hulkoos oder anderen Raumfahrern aufzunehmen, die BARDIOC dienten.

Die Hulkoos empfingen Befehle der Superintelligenz und waren so beeinflusst, dass sie in BARDIOCS Traum die ihnen zugedachte Rolle spielten. Wenn sie Anweisungen entgegennahmen, mussten sie zugleich in der Lage sein, Informationen an BARDIOC weiterzugeben.

Perry Rhodan war sich der Gefahr bewusst, in die er sich begab, sobald er zu den Hulkoos ging. Es war möglich, dass die Stachelpelzigen ihn töteten oder gefangen nahmen. Vielleicht informierten sie auch BULLOC und lieferten Rhodan letztlich der Inkarnation aus.

Er sah sich nach einer Anhöhe um, von der aus er das gesamte Gebiet überblicken konnte. Rhodan war jetzt entschlossen, auf das nächstbeste Raumschiff zuzugehen und Verbindung mit der Besatzung aufzunehmen.

Er hörte das Schwirren von Flügeln und entdeckte Onklantson über sich in der Luft. Der Geflügelte winkte ihm zu.

»Ist es nicht seltsam, dass du mich immer wieder aufspürst?«, bemerkte Rhodan misstrauisch.

Der Tramp landete. In einer Hand hielt er den Translator. »Du bist nicht schwer zu finden, ich muss dich nur in der Nähe des Plateaus suchen. Immerhin bin ich schon einige Zeit unterwegs, um mit dir zu sprechen.«

»Ich brauche deine Hilfe!«, sagte Rhodan impulsiv. »Die vierte Inkarnation ist unterwegs, um BARDIOC zu töten. Sie sucht nach dem zentralen Gehirn. Ich bin entschlossen, das zu verhindern.«

Onklantsons Puppengesicht blieb ausdruckslos. »Es ist besser, wenn du dich da nicht einmischst.«

»Dann halte du dich meinetwegen heraus!«, fuhr Rhodan den Tramp barsch an. »Das ist deine Sache.«

»Du bist böse auf mich«, erkannte Onklantson. »Ich will versuchen, dir zu helfen, soweit es in meiner Macht liegt und solange meine eigene Sicherheit nicht beeinträchtigt wird.«

»Führe mich zu den Hulkoos, zu irgendeinem ihrer Kommandos, meinetwegen auch zu anderen Raumfahrern!«

»Und wozu?«

»Ich muss mit ihnen reden. Sie sollen BARDIOC vor der ihm drohenden Gefahr warnen!«

Onklantson schien nachzudenken. Schließlich sagte er: »Warum sollte ich dich zu den Hulkoos führen? Sie sind überall, du kannst sie leicht selbst finden.«

»Sie werden dir eher zuhören. Du bist nicht so fremd für sie wie ich. Außerdem bin ich verletzt und brauche die Hilfe eines Mediziners, auch wenn er ein Fremder ist.« Perry Rhodan rollte seinen Ärmel hoch und zeigte Onklantson die Wunde.

»Komm!«, sagte der Geflügelte nur.

Rhodan folgte ihm, denn er war überzeugt davon, dass Onklantson genau wusste, wo das nächste Raumschiff zu finden war. Überhaupt schien der Tramp über verschiedene Dinge gut informiert zu sein. Eigentlich wusste Rhodan viel zu wenig über ihn, als dass er ihm hätte vertrauen können. Er war gezwungen, sich auf sein Gefühl zu verlassen, dass Onklantson ein anständiger Kerl war.

Der Vagabund war ein paar Meter hoch aufgestiegen, um sich zu orientieren, dann änderte er die Richtung. Sie durchquerten einen kleinen Buschwald, der ebenfalls von Ausläufern des Gehirns durchzogen wurde. Als Rhodan wieder freies Land erreichte, sah er in einigen hundert Metern Entfernung eine riesige schwarze Scheibe auf dem Boden – ein Raumschiff der Hulkoos.

Onklantson landete neben ihm.

»Die Besatzung ist bis auf wenige Ausnahmen unterwegs«, erklärte der Geflügelte. »Es wäre sicher ein Fehler, wenn wir uns unter diesen

Umständen dem Schiff nähern. Die Hulkoos sind in der Regel sehr misstrauisch.«

Rhodan nickte nur.

»Ich schlage vor, dass wir Kontakt zu Besatzungsmitgliedern aufnehmen, die sich außerhalb des Schiffes aufhalten und damit beschäftigt sind, Ableger BARDIOCS an Bord zu holen«, fuhr Onklantson fort.

Perry Rhodan war damit einverstanden, und der Sternentramp übernahm erneut die Führung.

Rechter Hand erstreckte sich ein wahres Blumenmeer, die Blüten verströmten einen süßlichen Duft. Dünne Ausläufer BARDIOCS schlängelten sich zwischen den Pflanzen hindurch. Auf der anderen Seite reichte Gras bis an die nächste Baumgruppe heran. An Stellen wie diesen wirkte das Land beinahe künstlich gestaltet. Rhodan fragte sich, ob BARDIOC mit seinen Psi-Fähigkeiten das Wachstum der Pflanzen kontrollierte und in Bahnen lenkte, die seiner eigenen Entwicklung zuträglich waren. Vielleicht stand BARDIOC im Begriff, seine Welt in einen Garten zu verwandeln.

Wer derartige Schönheit hervorbrachte, konnte eigentlich nicht völlig negativ eingestellt sein, überlegte Rhodan. Der Anblick der Blumen machte ihm Mut, dass es ihm gelingen könnte, BARDIOC zu wecken und dem Gehirn deutlich zu machen, was geschehen war.

Rhodans Überlegungen wurden unterbrochen, als er weit vor sich eine Gruppe von sieben Hulkoos sah, die einen Behälter transportierten. Entweder waren sie unterwegs, um eine Kleine Majestät abzuholen, oder sie hatten ihren Auftrag bereits ausgeführt und kehrten zu ihrem Schiff zurück.

Die Hulkoos schienen sich auf BARDIOC sehr sicher zu fühlen. Sie trugen keine Schutzanzüge, sondern nur die üblichen kurzen Hosen mit den breiten Gürteln, die sie auch an Bord ihrer Schiffe anhatten. Der Behälter wurde auf einer kleinen Antigravplattform transportiert.

»Willst du vorausfliegen und meine Ankunft ankündigen?«, fragte Rhodan seinen Begleiter. »Es ist vielleicht besser, wenn du die Hulkoos auf mich aufmerksam machst.«

Onklantson machte ein Zeichen der Zustimmung und flatterte davon. Es war erstaunlich, welche Geschwindigkeit dieses grazile Geschöpf im Flug erreichte. Bald hatte der Tramp einen beachtlichen Vorsprung. Rhodan sah, dass Onklantson bei den Hulkoos landete und sich mit ihnen unterhielt.

Sofort erwachte wieder sein Misstrauen. Konnte er sicher sein, dass der Geflügelte in seinem Sinn sprach? Vielleicht ermunterte Onklantson die Hulkoos, Rhodan festzunehmen und an BULLOC auszuliefern.

Der Terraner unterdrückte diese Verdächtigungen. Er musste sich auf Onklantson verlassen. Im Augenblick stellten die Hulkoos seine einzige Chance dar, BARDIOC zu warnen.

Als der Tramp ihm winkte, lief er auf die Gruppe zu.

Die Hulkoos standen im Halbkreis um die Antigravplatte und schauten dem Terraner entgegen. Es war für Rhodan unmöglich, in den schwarzen Gesichtern mit dem großen Sinnesorgan Gefühle zu erkennen.

Onklantson deutete auf einen untersetzten Hulkoo. »Das ist Roscher-Parx, einer der Stellvertretenden Kommandanten der PSCHUR.«

»Ich grüße Sie«, sagte Rhodan, nachdem er sich davon überzeugt hatte, dass Onklantson den Translator bereithielt. »Mein Name ist Perry Rhodan. Ich wurde von der vierten Inkarnation auf diese Welt gebracht.«

Roscher-Parx machte eine Geste der Ungeduld. »Was willst du?«, bellte er. »Wir haben nicht viel Zeit.«

Die schroffe Art des Hulkoos ärgerte Rhodan, aber er hatte jetzt keine Zeit, auf solche Dinge einzugehen.

»Ihr müsst BARDIOC warnen!«, sagte er.

»Was?«, rief der Hulkoo. »Wovor?«

»Vor der vierten Inkarnation, vor BULLOC.«

Roscher-Parx wandte sich an Onklantson. »Wer ist das?«, erkundigte er sich aufgebracht. »Ein Verrückter?«

»Ich habe mit der Sache nichts zu tun«, beeilte sich der Geflügelte zu versichern. »Perry Rhodan verlangte von mir, dass ich ihn zu euch bringe, das ist alles.«

Roscher-Parx stemmte beide Arme in die Hüften. »Verschwindet wieder!«, befahl er. »Ihr haltet uns unnötig von unserer Arbeit ab.«

Die arrogante Art des Bepelzten machte Rhodan wütend. Allerdings musste er damit rechnen, dass er von anderen Hulkoos ebenso abgewiesen wurde. Außerdem blieb ihm nicht mehr viel Zeit. BULLOC war auf der Suche nach BARDIOCS Versteck, vielleicht fand er es in diesem Augenblick.

»Ihr müsst mich anhören!«, sagte er beschwörend. »BULLOC ist machtbesessen und will BARDIOC nicht dienen. Er ist auf der Suche nach BARDIOCS zentralem Gehirn und will es töten. Danach wird er selbst die Macht übernehmen.«

Einer der Hulkoos trat auf seinen Kommandanten zu und tuschelte mit ihm. Rhodan beobachtete diese Entwicklung mit Sorge. Er sah, dass Roscher-Parx nickte.

»Byrsch-Gort machte mich gerade auf etwas aufmerksam«, erklärte der Hulkoo. »In einer anderen Galaxis sind unsere Kommandos auf Wesen gestoßen, die aussehen wie du. Es heißt, dass sie Verbündete der Kaiserin von Therm sind.« Er zog eine Waffe und richtete sie auf Rhodan. »Er muss ein Spion sein!«, sagte er, an Onklantson gewandt. »Ein Spion der Kaiserin, der auf BARDIOC für Unruhe sorgen will.«

»Ich weiß nichts«, erklärte der Tramp. »Aber ich kann mir nicht vorstellen, dass ausgerechnet BULLOC auf einen Spion hereinfallen sollte. Vergesst nicht, dass dieses Wesen mit BULLOC angekommen ist.«

Rhodan war dem Geflügelten für dieses Argument dankbar. Er hatte nicht damit gerechnet, dass der Tramp in dieser Form Partei für ihn ergreifen würde.

Roscher-Parx zögerte, aber er hielt seine Waffe weiter auf Rhodan gerichtet. »Was hast du dazu zu sagen?«, herrschte er den Terraner an.

»Ich bin zu lange von meinem Volk getrennt, um zu wissen, was sich dort alles ereignet hat. Es ist möglich, dass es zu einem Kontakt zwischen Hulkoos und Menschen gekommen ist. Außerdem kann ich nicht ausschließen, dass wir von Sklaven der Kaiserin angegriffen wurden. Ich bin jedoch kein Spion. Es ist meine Absicht, BARDIOC zu helfen.«

»Das ist sehr undurchsichtig«, brummte Roscher-Parx. »Wir nehmen dich mit an Bord unseres Schiffes. Dort werden deine Aussagen auf ihre Richtigkeit überprüft.«

Rhodan verwünschte seine Voreiligkeit. Er hätte sich niemals auf dieses Gespräch mit den Hulkoos einlassen dürfen. Nun musste er damit rechnen, dass sie ihn verhörten. Dabei würden sie rücksichtslos vorgehen.

»Ich gehe nicht mit euch«, sagte er. »Onklantson und ich verlassen euch jetzt.«

Der Hulkoo lachte rau und hob seine Waffe. »Du hast die Wahl!«

Perry Rhodan hatte sich selbst in diese Sackgasse manövriert. Eine kleine Hoffnung blieb ihm jedoch. Vielleicht gelangten die Hulkoos während des Verhörs zu der Überzeugung, dass es besser sei, wenn sie den Wunsch ihres Gefangenen respektierten und BARDIOC informierten.

»Vorwärts!« Roscher-Parx winkte mit der Waffe. »Du gehst voraus. Wage keinen Fluchtversuch!«

Widerspruchslos setzte Rhodan sich in Bewegung. Immerhin war er auf diese Weise von BULLOC getrennt worden. Wie würde die Inkarnation reagieren? Konnte sie es riskieren, gegen die Hulkoos vorzugehen, wenn sie herausfand, dass die Raumfahrer den Terraner festgenommen hatten?

Rhodan erkannte, dass sein Schicksal mehr als ungewiss war. Die nächsten Stunden konnten für ihn ebenso die endgültige Niederlage und den Tod bringen wie den ersehnten Kontakt zu der Superintelligenz.

Er stellte fest, dass Onklantson der Gruppe folgte, obwohl die Hulkoos den Tramp nicht dazu zwangen. Auch das machte Rhodan Mut. Er konnte sich zwar nicht vorstellen, wie der Geflügelte ihm helfen sollte, aber allein die Anwesenheit des vertrauten Wesens erleichterte es ihm, seine Lage zu ertragen.

Rhodan blickte über die Schulter zurück und stellte fest, dass zwei Hulkoos ihre Waffen auf ihn richteten. Zweifellos würden sie sofort schießen, falls ihr Gefangener einen Fluchtversuch wagte.

Sie bewegten sich am Rand eines Waldes auf das große schwarze Schiff zu.

In diesem Augenblick erschien BULLOC. Rhodan sah die Sphäre zwischen den Bäumen herausgleiten und auf die Gruppe zusteuern. Prompt blieb er stehen.

Sekunden später entdeckten auch die Hulkoos die Energiesphäre der Inkarnation. Rhodan erkannte, wie verwirrt sie auf BULLOCS Erscheinen reagierten. Roscher-Parx blickte unschlüssig zwischen seinem Schiff und der Sphäre hin und her.

»Denkt daran, was ich euch gesagt habe!«, rief Rhodan den Hulkoos zu, obwohl er nicht sicher sein konnte, dass die Raumfahrer ihn verstanden, denn Onklantson schwebte mit dem Translator hoch über ihnen.

Die Sphäre glitt schnell heran.

Rhodan fragte sich, ob die Inkarnation die Vorgänge aus der Ferne registriert hatte und deshalb auftauchte. Innerhalb der nächsten Minuten musste eine Entscheidung fallen.

»Niemand bewegt sich von der Stelle!«, befahl Roscher-Parx rau. »Wir warten, bis wir herausgefunden haben, was passiert ist.«

Dicht über der Gruppe kam die Sphäre zum Stillstand und öffnete sich. BULLOC rief einen Befehl in der Sprache der Hulkoos. Die Schwarzpelze zogen sich zurück. Es war offensichtlich, dass sie die Autorität der Inkarnation respektierten. Sie begriffen einfach nicht, dass BULLOC und BARDIOC nicht mehr zusammengehörten. Wahrscheinlich konnten sie sich das nicht einmal vorstellen.

In diesem Augenblick stieß Onklantson aus der Luft herab.

»Du musst fliehen!«, zirpte er schrill. »Die Inkarnation wird dich töten, wenn du bleibst.«

Perry Rhodan erkannte, dass der Tramp den Wortwechsel zwischen BULLOC und den Hulkoos verstanden hatte und deshalb genau wusste, was geschehen würde.

Aber wohin sollte er sich wenden?, fragte sich Rhodan bestürzt. Die Inkarnation konnte ihn jederzeit mit einem paramentalen Schlag aufhalten.

Der Terraner blickte sich gehetzt um. Im selben Augenblick schoss Onklantson seitwärts und raste im Sturzflug auf die Sphäre zu. Rhodan beobachtete das Geschehen wie gebannt. Er konnte sich nicht erklären, was plötzlich in den Tramp gefahren war. Zweifellos wollte Onklantson die Inkarnation ablenken und riskierte dafür sogar sein Leben.

Mit gefalteten Flügeln schwang Onklantson sich durch die offene Luke in die Sphäre.

Das war für Rhodan das Signal zur Flucht. Er warf sich herum und stürmte in weiten Sätzen auf den nahen Wald zu. Hinter sich hörte er die wütenden Belllaute der Hulkoos. Er rechnete jede Sekunde damit, von einem Energieschuss getroffen zu werden.

Trotzdem rannte er weiter, denn von BULLOC hatte er keine Gnade zu erwarten.

Da geschah Fantastisches. Wie von einer Geisterhand gelenkt, kamen Hunderte Tiere aus dem Wald und umringten Rhodan. Sie hinderten ihn nicht an einer weiteren Flucht, aber sie bildeten einen lebenden Wall um ihn.

Perry Rhodan registrierte, dass die Rufe der schwarzen Raumfahrer verstummten. Für die Hulkoos musste dieses Phänomen wie ein Schock wirken. Vielleicht ahnten sie endlich, dass alles, was der Gefangene ihnen gesagt hatte, der Wahrheit entsprach.

Rhodan hätte vor Freude fast aufgeschrien. Dieser Aufmarsch der Tiere konnte nur bedeuten, dass BARDIOC endlich reagierte. Die Superintelligenz hatte begriffen, dass es um ihre Existenz ging, und sie kannte ihren Verbündeten …

13.

Perry Rhodan

Symbiose

Perry Rhodan hatte den Eindruck, dass die Tiere ihn in eine bestimmte Richtung drängen wollten, und er folgte ihnen bereitwillig. In seiner Situation hatte er keine andere Wahl, als die erste Rettungsmöglichkeit zu ergreifen, die sich ihm bot. Er rannte mit unverminderter Schnelligkeit weiter, denn sein Instinkt sagte ihm, dass er längst nicht in Sicherheit war.

Die Tiere rings um ihn trugen ausnahmslos Zellklumpen von BARDIOCS Gehirn, das ließ an ihrer Motivation keine Zweifel aufkommen.

Rhodan dachte an Onklantson. Hatte der Tramp sein Leben geopfert, oder war es ihm gelungen, BULLOC wieder zu entkommen?

Es war denkbar, dass der Geflügelte nicht aus eigenem Antrieb gehandelt hatte. Bis zu dem Zeitpunkt seines Eingreifens war Onklantson eher übervorsichtig erschienen. Vielleicht war er von BARDIOC zu seiner Tat gezwungen worden. Dieser Gedanke gefiel Rhodan nicht, aber es war jetzt zu spät, etwas für Onklantson zu tun.

Perry Rhodan wich Bäumen und Büschen aus, sprang über Ausläufer BARDIOCS hinweg und ließ sich von den Tieren dirigieren. Offenbar wollten sie ihn tiefer in den Wald führen.

In diesem Augenblick erfolgte BULLOCS Angriff. Rhodan hatte mit einem paranormalen Schlag gerechnet und sich gewappnet, so gut es ging. Trotzdem taumelte er. Ein Feuersturm schien durch seinen Körper zu rasen, das Blut dröhnte in seinen Schläfen, sein Kopf drohte zu zerspringen.

Dies, erkannte Rhodan entsetzt, war keiner der üblichen Angriffe, mit denen die Inkarnation ihn gequält und bestraft hatte. Diesmal wollte BULLOC ihn töten.

Rhodan war überzeugt davon, dass er abermals von den Tieren und Pflanzen in seiner Umgebung gerettet wurde. Der mit BARDIOC zu einer globalen Symbiose vereinten Natur gelang es, BULLOCS Impulse weitgehend abzublocken und in ihrer Wirkung zumindest so weit zu mildern, dass Rhodan nicht getötet wurde.

Trotzdem waren die Auswirkungen verheerend. Er taumelte nur

noch vorwärts, stieß gegen Bäume und riss sich tiefe Wunden an den Ästen. Alles um ihn herum verschwamm hinter blutig roten Schleiern.

Er stürzte und wurde sofort von den Tieren umringt, von denen einige ihn sogar aufzurichten versuchten. Auf allen vieren kroch er weiter und spürte unbewusst, dass das Unterholz dichter wurde. Der Wald schien spontan zu wachsen, als wollte er den Gejagten verbergen.

BULLOCS Druck wuchs ebenfalls.

Rhodans Bewegungen erlahmten allmählich, in seinem Körper tobte die zerstörerische Kraft der Inkarnation. Sein Herz schlug langsamer, das Blut schien ihm in den Adern zu gerinnen.

Er fiel zur Seite, bekam noch einen Ausläufer BARDIOCS zu fassen und klammerte sich daran fest. Sofort ließ BULLOCS Druck nach, als fließe der psionische Angriff auf BARDIOC über.

Rhodan wälzte sich herum, versuchte mühsam, wieder auf die Beine zu kommen. Er musste seine Flucht unter allen Umständen fortsetzen. Noch war er nicht mehr als ein bedeutungsloser Abschnitt in einem Traum BARDIOCS. Jeden Augenblick konnte er wieder in Vergessenheit geraten, dann war er der Inkarnation hilflos ausgeliefert.

Er sah wieder klarer. Vor ihm erhob sich ein großer Felsen, aus dem eine Quelle entsprang. Rund um einen kleinen Tümpel wuchsen farbenprächtige Blumen. Überall schlängelten sich Ausläufer BARDIOCS über den Boden oder rankten an Bäumen und Büschen empor.

Rhodan schob sich weiter.

BULLOC wusste, was die Flucht des Gefangenen bedeutete, und er würde alles daransetzen, den Terraner aufzuspüren und zu vernichten. Noch hatte die Inkarnation das zentrale Versteck BARDIOCS nicht gefunden. Das ließ Rhodan hoffen, dass es für ihn einen ähnlich sicheren Unterschlupf geben könnte.

Starke Schmerzen im Arm erinnerten ihn daran, dass nicht nur BULLOC sein Leben bedrohte. Bei den Hulkoos hätte er die Wunde behandeln lassen können, doch daran war nun nicht mehr zu denken.

Rhodan erreichte die Quelle und tauchte den Kopf in das kühle Wasser. Das brachte ihm weitere Erleichterung. Als er sich aufrichtete, hatte er den Eindruck, dass sich alle Pflanzen in seine Richtung neigten, als wollten sie einen lebenden Zaun bilden. Die Tiere standen im Kreis um die Quelle. Rhodan schätzte ihre Zahl auf mittlerweile einige tausend, aber immer noch kamen weitere hinzu. Die verschiedensten Arten beteiligten sich an diesem Aufmarsch. Er sah Wesen, die nicht viel größer waren als eine Maus, und andere, die Pferdegröße erreichten. Er ahnte, dass es nicht die Körper dieser Tiere waren, die ihn schützten, sondern ihre mentale Kraft, die von BARDIOCS Organklumpen verstärkt wurde.

Mehrere katzengroße Wesen drängten sich an Rhodan heran. Es war offensichtlich, dass sie ihn zu einer Fortsetzung der Flucht bewegen wollten. BULLOCS mentaler Druck hatte entweder nachgelassen oder wurde von der Natur schon besser abgeschirmt. Rhodan war in der Lage, seine Gedanken zu ordnen und die Flucht planvoll fortzusetzen. Wieder überließ er die Führung den Tieren, denn sie wussten sicher am besten, wohin er sich wenden musste.

Je tiefer die Gruppe in den Wald eindrang, desto vielfältiger wurde die Farbenpracht. Rhodan sah Blumen von überwältigender Schönheit. Hier, wohin Hulkoos und andere Raumfahrer offensichtlich niemals kamen, entfaltete die Natur dieser Welt unter dem mentalen Einfluss des Träumers alle ihre Möglichkeiten. Zierliche Tiere mit sanften Augen traten zwischen den Büschen hervor und beobachteten den Fliehenden. Auch dieses paradiesische Gebiet war ein Teil von BARDIOCS Traum, hier hatte die Fantasie eines genialen Wesens die Evolution beeinflusst.

Der Initiator dieser Veränderung konnte nicht nur ein machtbesessenes, bösartiges Wesen sein, überlegte Rhodan. BARDIOC besaß einen tiefen Sinn für Schönheit und Harmonie. Er musste endlich aus diesem Albtraum geweckt werden, damit er sich auf seine positiven Fähigkeiten besann.

Perry Rhodan fragte sich umso hartnäckiger, wo sich das Versteck mit dem Urgehirn befinden mochte. Wahrscheinlich lag es auf einem anderen Kontinent, unerreichbar für ihn.

Seine Gedanken verwirrten sich. Erschrocken hielt der Terraner inne, denn er erkannte, dass diesmal kein mentaler Angriff BULLOCS für die Veränderung verantwortlich war. Er spürte, dass seine vernünftigen Überlegungen zurückgedrängt wurden. An ihre Stelle traten nie gekannte Emotionen. Rhodan ertappte sich dabei, dass er instinktive Handlungen ausführte.

In grenzenloser Bestürzung entsann er sich des Schicksals, das Preux Gahlmann an Bord der SOL ereilt hatte. Gahlmann war infiziert worden und hatte seinerseits Perry Rhodan gebissen. Hatte er damit den Keim einer Krankheit übertragen, mit der nicht einmal der Zellaktivator fertig wurde?

Rhodan riss den ohnehin längst zerfetzten Hemdsärmel ab. Die Entzündung war in erschreckendem Tempo weiter fortgeschritten. Eine mit blutigem Eiter gefüllte Geschwulst hatte sich am Oberarm gebildet. Rhodan berührte sie mit der Hand und schrie vor Schmerz.

Er untersuchte den Arm, um festzustellen, ob es in der Nähe der Lymphdrüsen schon Streifen gab, die auf eine fortschreitende Blutvergiftung hindeuteten. Es war jedoch nichts zu sehen.

Trotzdem musste die Eiterbeule geöffnet werden, bevor von ihr das gesamte Blut vergiftet wurde.

Es war unerklärlich, dass der Zellaktivator ausgerechnet jetzt versagte. Für Rhodan war es ein Rätsel, warum das Gerät mit dieser Entzündung Schwierigkeiten hatte, obwohl es ihm in viel schlimmeren Situationen stets eine Hilfe gewesen war. Die lebensverlängernde Wirkung des Aktivators hielt unvermindert an, sonst hätte er bereits Anzeichen des Verfalls an sich festgestellt. Nur das Gahlmann-Virus schien unbesiegbar.

Der Gedanke, dass er hier und jetzt zu einem blind reagierenden Tier werden könnte, ließ Rhodan nicht mehr los.

Da schoss ihm siedend heiß Onklantsons Ausspruch durch den Kopf. Was hatte der Tramp gesagt? *»Schau dich doch um, du wirst auf ganz BARDIOC kein Intelligenzwesen finden, das in die Symbiose integriert ist!«*

Eine Symbiose, hatte Onklantson dem Terraner klargemacht, gab es nur mit niederen Wesen wie Pflanzen und Tieren. Mit den Angehörigen intelligenter Völker verkehrte BARDIOC kollektiv auf mentaler Basis.

Rhodan war überwältigt, als er an die Konsequenzen dachte, die sich abzeichneten. War es vielleicht kein Zufall, dass der Zellaktivator gegen das Gahlmann-Virus versagte? Konnte das von ES an Perry Rhodan übergebene Gerät zwischen nützlichen und schädlichen Erkrankungen unterscheiden? Rhodan bezweifelte das.

Oder war BARDIOC dafür verantwortlich, dass der Zellaktivator in diesem einen Punkt seine Wirksamkeit verloren hatte? Auch das schien mehr als unwahrscheinlich. Rhodan nahm an, dass er selbst einen gewissen Einfluss auf den Aktivator ausübte. Er wollte unter allen Umständen mit BARDIOC reden. Das war lebenswichtig für ihn und die gesamte Menschheit. War es unter diesen Umständen denkbar, dass er den Zellaktivator über sein Unterbewusstsein steuerte? Riskierte er den Aufbau einer animalischen Komponente in seinem Körper, um die einzige Verbindung zu erreichen, die für ihn zu BARDIOC infrage kam, die Symbiose?

Diese Überlegungen erschienen fantastisch, aber alles, was geschehen war und noch geschah, ließ die Vermutung zu, dass sie der Realität entsprachen.

Trotzdem musste die Infektion an seinem Oberarm behandelt werden. Rhodan suchte den Boden ab, bis er einen spitzen Felsbrocken fand. So gut es ging, schärfte er dessen Spitze an einem zweiten Stein, danach säuberte er sie im Wasser eines kleinen Baches.

Der Eingriff, den Rhodan an sich selbst vornehmen musste, würde alles andere als hygienisch sein, aber er verließ sich darauf, dass der Zellaktivator alle gefährlichen Keime abtöten würde. Das hatte der Aktivator stets getan – nur das Gahlmann-Virus schien immun zu sein.

Perry Rhodan ließ sich an einem dicken Baum nieder, stemmte die Beine in den Boden und presste seinen Rücken gegen den Stamm. Ihm war klar, dass der Schnitt sehr schmerzhaft sein würde. Unter Umständen verlor er dabei sogar das Bewusstsein.

Er umklammerte sein primitives Instrument mit der Hand und setzte es in der Mitte der Eiterbeule an. Zu einem zweiten Stich würde er kaum die Kraft haben, deshalb musste er sofort erfolgreich sein.

Rhodan schloss die Augen und biss die Zähne aufeinander. Dann führte er mit der gesamten Kraft seines gesunden Arms die Steinspitze quer durch die Wunde.

Er schrie auf vor Schmerz. Kalter Schweiß perlte auf seiner Stirn, und er zitterte am ganzen Körper. Gleichzeitig spürte er, dass ihm schwindlig wurde. Schwarze Kreise wirbelten vor seinen Augen, dann kippte er seitwärts ins Gras.

Minutenlang tobte der Schmerz mit unverminderter Heftigkeit, aber Rhodan kämpfte gegen die drohende Ohnmacht an und schaffte es tatsächlich, bei Bewusstsein zu bleiben.

Endlich konnte er sich wieder aufrichten. Er schleppte sich ans Wasser und spülte die Wunde aus. Mit dem abgerissenen Ärmel fertigte er einen notdürftigen Verband an. Perry Rhodan spürte die kräftigende Ausstrahlung des Zellaktivators, der ihm half, diese Situation zu überstehen.

Die Tiere waren die ganze Zeit über nicht aus seiner Nähe gewichen. Sie schienen ungeduldig darauf zu warten, dass er die Flucht fortsetzte.

»Geduld«, murmelte Rhodan. »Habt Geduld mit mir.«

Er stand vorsichtig auf. Seine Beine drohten nachzugeben, aber er hielt sich aufrecht und wartete darauf, dass seine Schwäche nachließ.

Erneut machte sich die animalische Komponente in seinem Innern bemerkbar. Rhodan blickte wild hin und her und dabei stieß er unverständliche Laute aus.

Der Anfall ging vorbei, aber der Terraner ahnte, dass er sich bald mit stärkerer Intensität wiederholen würde. Letztlich würde jede vernünftige Überlegung aussetzen. Ihm graute vor dieser Entwicklung, die er nicht aufhalten konnte, aber auch nicht aufhalten wollte. Seine einzige Hoffnung war, dass dieser Prozess ihn in die Lage versetzen würde, in die globale Symbiose BARDIOCS mit der Natur einzutreten. Sobald dies geschah, gab es vielleicht eine Heilung von den Folgen des Gahlmann-Virus.

Schließlich fühlte Rhodan sich in der Lage, die Flucht fortzusetzen. Die Tiere brachen sofort auf, als sie witterten, dass der Fremde wieder kräftig genug war, sich ihnen anzuschließen.

Zu Rhodans Überraschung führte eine Art Trampelpfad durch den Wald. Dieser Weg war frei von den Ausläufern BARDIOCS, eine Art Schneise, die sich die Tiere im Verlauf vieler Jahrzehnte geschaffen hatten.

Der Tag neigte sich dem Ende zu, bald würde die Sonne untergehen und Dunkelheit um sich greifen. Perry Rhodan fürchtete die Nacht nicht, aber er fragte sich, ob er dann noch in der Lage sein würde, weiterzulaufen. Alles hing davon ab, wie die Tiere sich nach Sonnenuntergang verhielten. Blieben sie in seiner Nähe, konnten sie ihn auch durch den nächtlichen Wald führen.

Wollten die Symbionten ihn lediglich vor BULLOC retten, oder hatten sie ein bestimmtes Ziel? Rhodan glaubte nicht, dass er das Urgehirn BARDIOCS sehen würde. Dazu war der Schläfer viel zu vorsichtig. Nach allem, was Rhodan über die Superintelligenz gehört hatte, würde sie nicht einmal einen ihrer Symbionten in die Nähe ihres zentralen Verstecks vordringen lassen, geschweige denn einen Fremden.

Es wurde schnell dunkler, aber von zahlreichen Pflanzen ging ein fahles Leuchten aus, sodass der Terraner sich auch ohne die Unterstützung der Tiere orientieren konnte.

Auf einer kleinen Lichtung hielten sie an. Rhodan bezweifelte, dass seine Flucht schon zu Ende war. Entweder warteten die Tiere auf neue Anweisungen BARDIOCS, oder sie wollten ihm eine Erholungspause gönnen.

Rhodan ließ sich auf dem weichen Boden nieder. Kaum, dass er sich ausgestreckt hatte, spürte er BULLOCS mentale Kraft. Es war nicht abzuschätzen, aus welcher Entfernung sie kam, aber allein die Tatsache, dass er die Inkarnation wieder spürte, ließ Rhodan befürchten, dass der Verfolger auf seiner Spur war.

BULLOC griff nicht direkt an, seine Ausstrahlungen waren eher behutsam und tastend. Entweder suchte er nach Rhodan, oder er wollte ihn anlocken. Der wahre Sinn dieser Signale ließ sich nicht erkennen, denn sie wurden von Flora und Fauna absorbiert und verändert.

Das war Rhodans Glück. Ohne Schutz hätte er dem bedrohlichen Zwang nicht widerstehen können.

Der Terraner beobachtete seine Begleiter. Sie verhielten sich still und schienen keine unmittelbare Gefahr zu fürchten. Der einsame Mann hoffte, dass er sich auf die Symbionten verlassen konnte.

Trotzdem fand er keine Ruhe. BARDIOCS Nähe, die Ausstrahlung der Inkarnation und seine eigenen immer wieder aufflackernden animalischen Instinkte versetzten ihn in einen Zustand permanenter Anspannung. Er wäre froh gewesen, wenn die Tiere das Signal zum Aufbruch gegeben hätten, denn der Marsch durch die Nacht hätte ihn ablenken können.

Endlich fiel er in eine Art Halbschlummer. Seltsame Träume beschäftigten ihn. Er erwachte müde und zerschlagen. Über der Lichtung stand ein silberner Mond.

Rhodan fuhr hoch.

BARDIOC besaß keinen Satelliten! Was im Zenit schwebte und intensiv leuchtete, war BULLOCS Energiesphäre.

Entsetzt stellte er fest, dass die Tiere verschwunden waren. Er wäre beinahe in Panik geraten, doch dann sah er die leuchtenden Augen seiner Begleiter zwischen den Büschen. Die Symbionten hatten sich lediglich von der Lichtung zurückgezogen.

Rhodan starrte zu der Sphäre hinauf. Er konnte sich keinen anderen Grund für die Anwesenheit der Inkarnation denken, als dass sie ihn entdeckt hatte. BULLOCS Impulse waren aber nur schwach spürbar. Vielleicht hatte er sich bei der Suche nach BARDIOC und auf der Jagd nach Rhodan erschöpft.

Der Terraner wagte dennoch nicht, sich zu bewegen.

Jäh hatte er den Eindruck, als würde in der Sphäre ein dunkler Fleck sichtbar. Anscheinend wurde die Luke geöffnet.

Tatsächlich fiel ein schwarzer Gegenstand aus der Sphäre auf die Lichtung herab.

Rhodan rollte sich zur Seite, um nicht getroffen zu werden. Er hörte den Aufprall eines Körpers. Gleich darauf sah er im ungewissen Licht Onklantson wenige Meter entfernt auf dem Boden liegen. Der Geflügelte zirpte kläglich. Seine Flügel schienen gebrochen zu sein, aber das mochte noch das Geringste sein, was ihm widerfahren war.

Perry Rhodan glitt auf den Sternentramp zu. Onklantson bewegte sich nur schwach, wahrscheinlich hatte er zu seinen schrecklichen Verletzungen auch psychische Schäden davongetragen.

Rhodan beugte sich zu ihm hinab. Er entdeckte den Translator in der Armbeuge des Käferartigen und schaltete das Gerät ein.

»Onklantson?«, fragte er leise.

»Berühre mich nicht, das würde meine Schmerzen nur verschlimmern«, sagte der Geflügelte matt.

Rhodans Kehle war wie zugeschnürt, er empfand wilden Hass auf BULLOC, der für den Zustand des Tramps verantwortlich war. »Was ist geschehen?«, brachte er endlich hervor.

»Ich habe eine Botschaft für dich!« Die Stimme war kaum mehr hörbar, aber der Translator arbeitete einwandfrei. »BULLOC weiß, wo du dich befindest, und er wird dich töten, wenn der Zeitpunkt gekommen ist. Vorerst aber hofft er, dass du ihm helfen wirst, BARDIOCS Stammhirn zu finden.«

Rhodan blickte zur Sphäre hinauf. War die Inkarnation wirklich in der Lage, ihn jederzeit zu vernichten? Oder wollte sie ihn auf diese Weise nur einschüchtern?

»Wie kann ich dir helfen?«, wandte er sich an Onklantson. »Ich kann versuchen, die Hulkoos zu rufen, damit sie dich pflegen.«

»Lass es!«, widersprach der Vagabund. »Meine Organe sind zerstört, ich kann nicht weiterleben.«

»Dafür wird BULLOC büßen!«, sagte Rhodan grimmig.

»Er ist zu mächtig. Versuche zu fliehen und Verbindung mit BARDIOC aufzunehmen, bevor BULLOC das zentrale Gehirn findet. Das ist die einzige Hoffnung für dich und viele Völker.«

Rhodan sah sich nach den Tieren um und fragte sich, ob sie in der Lage sein mochten, dem Geflügelten zu helfen.

»Es gibt ein Sprichwort bei uns Tramps«, klang Onklantsons Stimme noch einmal auf. »Steige nie in ein falsches Schiff, heißt es. Es sieht so aus, als hätte ich diese Regel missachtet und müsse nun dafür büßen.«

Seine Unfähigkeit, dem anderen zu helfen, bedrückte Rhodan. Onklantson wollte nach ihm greifen, aber er besaß nicht mehr die Kraft, Rhodans Arm festzuhalten.

»Du musst BULLOC entkommen!«, flüsterte der Tramp beschwörend.

»Ich werde es schaffen!«, versprach Rhodan dem Sterbenden. Er wusste, dass dieses Versprechen nur schwer einzulösen sein würde. Scheinbar mühelos war ihm die Inkarnation bis zu dieser Lichtung gefolgt. Rhodan konnte nicht entkommen, solange er die für ihn typische Ausstrahlung hatte, die BULLOC immer wieder anlocken würde.

Der Terraner begriff, dass der Erfolg seiner Flucht davon abhing, ob es ihm gelang, die Symbiose mit BARDIOC einzugehen. So gesehen war die animalische Komponente, ausgelöst durch das Gahlmann-Virus, vielleicht die einzige Rettung.

Wenn seine Verwandlung so weit ging, dass er seine menschliche Mentalaura verlor, konnte BULLOC ihm nicht länger nachspüren. In dieser Hinsicht hatte die Inkarnation ähnliche Schwächen wie BARDIOC. Die Superintelligenz benötigte Zellklumpen, um die Tiere dieser Welt zu kontrollieren, während sie intelligente Wesen allein mit ihrer Psi-Fähigkeit beeinflussen konnte.

»Das letzte Schiff …«, murmelte Onklantson. »Wohin wird es mich bringen?«

»Auf eine schönere Welt«, antwortete Rhodan.

Ein Ruck ging durch den Körper des Geflügelten, seine zweifarbigen Augen glühten ein letztes Mal von innen heraus auf. Perry Rhodan sah, dass die Farben allmählich ineinanderflossen und zu einem dunklen Grau wurden. Es sah aus, als verwandelten sich Onklantsons Augen in Basaltklumpen. Dann erloschen sie.

Der Geflügelte war tot.

Rhodan richtete sich auf und blickte zu der Sphäre empor. Ob BULLOC die Szene beobachtet hatte? Warum griff er nicht an? Hoffte er tatsächlich, dass der Terraner ihn auf die Spur BARDIOCS führen könnte, oder bedeuteten die rings um die Lichtung versammelten Tiere einen Schutzwall, den auch die Inkarnation nicht zu durchbrechen vermochte?

Es widerstrebte Rhodan, den Sternentramp einfach liegen zu lassen, aber er hatte keine Möglichkeit, Onklantson zu begraben. Vielleicht, hoffte er, übernahmen die Pflanzen in der Umgebung diese Aufgabe.

Unverändert hing die Sphäre über der Lichtung. Nur der dunkle Fleck war verschwunden, BULLOC hatte die Luke wieder geschlossen.

Rhodan ballte eine Hand und reckte sie drohend in Richtung der Sphäre. Er war sich seiner Ohnmacht bewusst. Ohne Waffen hatte er keine Aussicht, gegen BULLOC vorzugehen.

Nur mit BARDIOCS Hilfe konnte er etwas erreichen.

Perry Rhodan verließ die Lichtung. Die wartenden Tiere bildeten vor ihm eine Gasse.

Wütend und enttäuscht musste BULLOC beobachten, dass sein ehemaliger Gefangener die Lichtung verließ und erneut im Wald untertauchte. Die Inkarnation hätte den Menschen angreifen und vernichten können, doch dabei wären ein paar tausend Symbionten der Superintelligenz umgekommen, eine Herausforderung, wie BULLOC sie unter den derzeitigen Umständen nicht riskieren durfte. Erst wenn er das Urgehirn gefunden und vernichtet hatte, konnte er gegen BARDIOCS Symbionten vorgehen.

BULLOC hatte festgestellt, dass es zunehmend schwerer wurde, dem Fliehenden zu folgen. Mit Rhodan schien eine rätselhafte Veränderung vorzugehen. Ansätze dazu hatte BULLOC schon registriert, als der Terraner sich noch in seiner Gewalt befunden hatte. Es schien, als würde dieser Mann seine Persönlichkeit verändern.

Jener Vorgang war nicht die einzige unangenehme Überraschung für die Inkarnation, seit sie auf dem Planeten angekommen war. Der schlimmste Schock war der Abbruch der Verbindung zu BARDIOC selbst gewesen.

BULLOC erkannte, dass die Superintelligenz ihn ignorierte. Sie schien von Anfang an geahnt zu haben, dass es zwischen ihr und ihrer vierten Inkarnation zum Bruch kommen würde – und dies schon zu einem Zeitpunkt, als BULLOCS rebellische Pläne noch keine festen Konturen angenommen hatten.

Die Missachtung seiner Wünsche hatte BULLOC gezwungen, die Maske frühzeitig fallen zu lassen und offen auf sein Ziel loszugehen.

Aber auch als feststand, dass BULLOC ihr unversöhnlicher Gegner war, hatte die Superintelligenz nicht mehr reagiert. Sie hatte sich verhalten, als existierte ihre Inkarnation überhaupt nicht.

Die Tatsache, dass er nicht genau wusste, ob BARDIOC bewusst so handelte oder lediglich aus seinem Traumverständnis heraus, machte BULLOC noch unsicherer. Erst während seines Angriffs auf den Terraner hatte die Superintelligenz so etwas wie eine Reaktion gezeigt. Oder handelte es sich dabei nur um eine spontane Aktion einiger tausend Symbionten?

BULLOC wünschte, er hätte einen Hinweis auf BARDIOCS Versteck gefunden. Das zentrale Gehirn musste abgetötet werden, erst dann konnte er daran denken, seine Pläne weiter zu realisieren.

BULLOCS Hoffnungen konzentrierten sich auf den Flüchtling, der anscheinend zu BARDIOCS Schützling geworden war. Das war der zweite Grund, warum BULLOC noch nicht massiv gegen Rhodan vorgegangen war.

Inzwischen war BULLOC sich darüber klar geworden, dass seine Rebellion nicht erst mit seiner Ankunft im Parföx-Par-System begonnen hatte. Schon die Eliminierung der drei frühen Zustandsformen der Inkarnation war nicht in BARDIOCS Sinn gewesen. BULLOC hatte die Bewusstseine von CLERMAC, SHERNOC und VERNOC ausgelöscht, um sich in den alleinigen Besitz dieses Körpers zu setzen. Mit dieser Handlungsweise hatte er sich gegen BARDIOC gestellt.

BULLOC spann den Faden seiner düsteren Gedanken weiter. Wenn es ihm gelungen war, die drei anderen Zustandsformen zu besiegen, würde er BARDIOC ebenfalls vernichten können.

Die Superintelligenz war ein schlafender Riese, ein unbeweglicher, in eigenwillige Träume verstrickter Organismus. Sie war kein wirklich ernst zu nehmender Gegner. Der Tag, an dem BULLOC über die Mächtigkeitsballung herrschen würde, lag nicht mehr in allzu ferner Zukunft.

Von BARDIOC war nicht viel zu spüren. Seine Gegenwart zeigte sich in einer Art stetem mentalen Hintergrundrauschen. Diese Aura war jedoch überall gleich stark und konnte BULLOC nicht zu dem gesuchten Versteck führen.

BULLOC wusste, dass es sinnlos war, blindlings mentale Schläge gegen BARDIOC zu führen. Vielleicht hätte er den einen oder anderen Knotenpunkt ausschalten können, doch das übrige System hätte den Angriff unbeschadet überstanden und seine gesamte Kraft gegen die Inkarnation mobilisiert.

BULLOC aktivierte die Energiesphäre und steuerte sie in die Richtung, die der Mensch eingeschlagen hatte. Er konzentrierte sich auf die von Rhodan ausgehenden mentalen Impulse. Sie wurden immer verworrener und drohten in den allgemeinen Ausstrahlungen der Tiersymbionten unterzugehen.

Vergeblich rätselte BULLOC, was die Veränderung Rhodans ausgelöst haben mochte. Wirkte ein organischer Schutzfaktor, sobald dieses Wesen in ernste Gefahr geriet? Handelte es sich um eine bewusst herbeigeführte Metamorphose? Und, was noch wichtiger erschien, was stand am Ende dieser Entwicklung?

Wenn er seinen ehemaligen Gefangenen aus dem Tastbereich seiner mentalen Sinne verlor, sanken seine Erfolgsaussichten. Dann würde er vielleicht doch gezwungen sein, die Superintelligenz wahllos anzugreifen. Das Ende einer Auseinandersetzung, bei der BARDIOC die Kapazität des Urgehirns zur Verfügung stand, war mehr als ungewiss.

Die Sphäre glitt dicht über dem Wald dahin. BULLOC hatte festgestellt, dass sogar die Pflanzensymbionten in diesem Gebiet aktiviert waren und mit ihren bescheidenen Möglichkeiten für den Schutz des Menschen eintraten.

BULLOC dachte an den Zwischenfall mit Onklantson. Auch der Sternenvagabund hatte sich für Perry Rhodan eingesetzt, obwohl eine solche Verhaltensweise nicht seiner Mentalität entsprach.

Was hatte den Geflügelten zu seinem verzweifelten Angriff auf

BULLOC bewogen? Entsprechende Befehle BARDIOCS oder sogar geheime Signale des Terraners? Nun, Onklantson hatte für seine Kühnheit bezahlt, und Perry Rhodan würde der Inkarnation ebenfalls nicht entgehen.

BULLOC konnte es kaum erwarten, an BARDIOCS Stelle über die Mächtigkeitsballung zu herrschen. Sobald er dieses mehrere Galaxien umfassende Gebiet kontrollierte, würde er zum entscheidenden Schlag gegen die Kaiserin von Therm ausholen. Dieser lästige Konkurrent musste erledigt werden, denn er bedeutete ein Hindernis auf dem Weg zur Machtentfaltung.

Die Inkarnation entsann sich des Bundes der Zeitlosen, zu dem BARDIOC einst gehört hatte. Lebten die sechs Mächtigen noch?

Nach allem, was BULLOC wusste, konnte er sich das kaum vorstellen. Ganerc befand sich wahrscheinlich weiterhin in der Verbannung, Partoc war bestimmt gestorben, und Ariolc musste längst den Verstand verloren haben. Auch Murcon bedeutete keine Gefahr mehr, sodass nur noch Lorvorc und Kemoauc als potenzielle Gegner blieben. Doch darüber brauchte BULLOC sich vorläufig keine Sorgen zu machen. Sobald er BARDIOC vernichtet hatte, waren alle Brücken in die Vergangenheit abgebrochen. Falls Kemoauc oder Lorvorc jemals auf den Gedanken kommen sollten, sich um den Verbannten zu kümmern, würden sie nichts mehr finden.

Keiner der ehemaligen Brüder würde je erraten, dass eine Superintelligenz namens BULLOC etwas mit dem ehemaligen Mächtigen Bardioc zu tun haben könnte.

Natürlich existierten außer der Kaiserin von Therm noch weitere Superintelligenzen, aber die Wahrscheinlichkeit, dass ihre Mächtigkeitsballungen so nahe lagen wie die der Kaiserin, war sehr gering. Wenn überhaupt, würde BULLOC mit diesen Mächten erst in ferner Zukunft zusammenprallen, und bis dahin würde er so stark sein, dass er jeden Gegner besiegen konnte.

Er spürte, dass Rhodans Impulse immer mehr verblassten. Sie vereinten sich mit der Ausstrahlung der Tiere und waren von diesen kaum noch zu unterscheiden.

BULLOC befürchtete, dass er den Terraner früher oder später verlieren würde. Das erschwerte seine Aufgabe. Er fragte sich, ob er unter diesen Umständen überhaupt versuchen sollte, Rhodan weiter zu verfolgen, oder ob er besser die Suche nach BARDIOCS Urgehirn fortsetzte.

Schließlich entschied er sich dafür, dem entflohenen Gefangenen so lange wie möglich zu folgen. Immerhin bestand die Hoffnung, dass der Terraner ihn zu dem wichtigsten Ort auf dieser Welt führte.

Rhodans Bewusstsein war auf seltsame Weise gespalten, ohne dass er Einfluss darauf gehabt hätte, welche Komponente dominierte. Sein Verstand arbeitete immer schwerfälliger, und er hatte Mühe, wie ein vernunftbegabtes Wesen vorzugehen. Im gleichen Maß, in dem sein Verstand nachließ, entwickelten sich Instinkte, von denen er nicht einmal geahnt hatte, dass sein Körper sie sich nutzbar machen könnte. Rhodan stellte fest, dass es ihm leichter fiel, den Tieren zu folgen, ja dass er ihrer kaum noch bedurfte, um auf dem richtigen Weg zu bleiben.

Mit Erleichterung hatte er registriert, dass die Schmerzen in seiner Armwunde nachließen. Als er vorübergehend völlig bei Sinnen war, nahm er den Verband ab, um die Wunde zu kontrollieren. Sie verheilte bereits.

Aber das Gahlmann-Virus nistete noch in seinem Körper und bewirkte jene Veränderung, die aus ihm ein Wesen mit tierähnlichem Verhalten werden ließ.

Noch während Rhodan die Wunde untersuchte, gewann die animalische Komponente in seinem Bewusstsein die Oberhand. Er ließ den Verband fallen und hastete in geduckter Haltung durch das Unterholz, folgte einer Verlockung, deren er sich im normalen Zustand überhaupt nicht bewusst geworden wäre.

Die Phasen vernünftigen Denkens wurden kürzer, aber Rhodan stellte fest, dass er die Ausstrahlung der vierten Inkarnation kaum noch spürte. Entweder hatte BULLOC seine Aktivitäten eingestellt oder Rhodans Spur verloren.

Die ganze Nacht über folgte der Zellaktivatorträger der riesigen Herde. Mittlerweile begleiteten ihn an die zehntausend Tiere.

Bei Tagesanbruch erreichten sie ein weitläufiges Tal. Rhodan sah Nebelschwaden treiben. In der Ferne erhob sich eine Gebirgskette.

Als die ersten Sonnenstrahlen auf das Land fielen, öffneten sich Tausende riesiger Blüten. Sie bildeten ein Meer bizarrer Farben und Formen.

Perry Rhodan schnaubte leise. Nur mehr unbewusst erinnerte er sich seiner Herkunft und seiner Absichten. Die Verlockung für seine Sinne war unglaublich stark geworden.

Die Tiere zogen sich dann allmählich zurück. Rhodan drang allein in den Blütenwald ein. Die vielfältigen Gerüche irritierten ihn, aber er lief, ohne anzuhalten, weiter, bis mächtige Bäume um ihn herum aufragten. BARDIOCS Ausläufer überwucherten den Pflanzenwuchs.

Riesige runde Steine, die wie glatt geschliffen aussahen, lagen herum. Zwischen den Bäumen blühten mannsgroße Blumen.

Betäubt vom Duft der Pflanzen und von einem nie gekannten Gefühl der Zufriedenheit erfüllt, ließ Perry Rhodan sich auf alle viere sinken und kroch zwischen die Blumen. Er legte sich auf den Rücken und starrte in den Himmel.

Seine Gedanken waren ausgelöscht.

Um ihn herum pulsierte die Natur, und Rhodan ließ ihren Rhythmus auf sich einwirken. Er fühlte sich eins mit der Welt.

Irgendwann regten sich die Pflanzen. Blätter und Stiele neigten sich über den Körper des Mannes und verwoben sich allmählich zu einem Baldachin.

Perry Rhodan zuckte nicht einmal zusammen, als seine Haut von feinen Fasern berührt wurde. Dann schlängelte etwas über ihn hinweg, das sich wie eine Wurzel anfühlte, aber keine Wurzel war.

Rhodans Augen weiteten sich. Für wenige Sekunden arbeitete sein Verstand wieder, doch er fand nicht die Kraft, sich zu erheben und loszureißen.

Die tierische Komponente!, schoss es ihm durch den Kopf. *Nun gibt es keinen Hinderungsgrund mehr.*

Betäubender Duft stieg ihm in die Nase. Seine Gedanken verwischten und machten nie gekannten Emotionen Platz.

Noch einmal fand er zu sich selbst zurück. *Symbiose!,* dachte er. *Bin ich bereits ein Teil davon?*

Dann erstarben endgültig alle Gedanken und Gefühle. Rhodan schlief. Die Pflanzen wucherten ebenso über ihn hinweg wie zahlreiche Ausläufer BARDIOCS. Regungslos lag der einsame Mann am Boden.

Er schlief viele Tage, sein Körper pulsierte im Rhythmus der Natur.

Dann erwachten seine Sinne, und er träumte …

Enttäuscht und niedergeschlagen war Ganerc in seine Kosmische Burg zurückgekehrt und hatte sich eine Zeit lang nicht gerührt. Er hatte versucht, alle Gedanken zurückzudrängen, um wieder zu sich selbst zu finden. Schließlich war er eingeschlafen.

Nun, da er gerade erwacht war, fühlte er sich zumindest körperlich erholt und überlegte, welchen Sinn sein Leben noch haben mochte. Er fragte sich, was er tun konnte, um seine düsteren Erinnerungen zu vergessen und Ruhe zu finden.

Diese Frage beschäftigte ihn, als er später ruhelos durch seine Burg streifte. Viele Räume hatte er niemals zuvor betreten, aber sie boten ihm nichts Neues, denn sie unterschieden sich kaum von den Gemächern, in denen er lebte.

Flüchtig überlegte er, wer die Kosmischen Burgen erschaffen und die sieben Mächtigen in ihnen ausgesetzt haben mochte. Auf jeden Fall würde er nicht mehr lange in der Burg bleiben. Die Gemäuer erinnerten ihn zu sehr an sein bisheriges Leben. Er würde sich auf die Suche nach einem neuen Aufgabenbereich machen. Vielleicht war er dazu verurteilt, für alle Zeiten durch die Galaxien in diesem Teil des Universums zu streifen.

Ganerc war so in Gedanken versunken, dass er beinahe die Nachricht übersehen hätte. Sie war in einer länglichen Metallkapsel untergebracht und neben dem Durchgang in einen anderen Raum an die Wand geheftet worden. Ganerc fragte sich, warum diese Botschaft ausgerechnet hier zurückgelassen worden war, an einem Ort, von dem nicht sicher war, ob der Bewohner dieser Burg ihn jemals aufsuchen würde.

Vielleicht galt die Nachricht überhaupt nicht ihm, überlegte Ganerc, sondern einem mutmaßlichen späteren Besucher. Er nahm die Kapsel dennoch von der Wand und öffnete sie.

Ein Schauder durchrieselte Ganerc, als er sah, dass auf der Innenseite des Deckels Kemoaucs Zeichen angebracht war.

Die zwergenhafte Gestalt kehrte in ihre Wohnräume zurück. Dort nahm sie den Inhalt der Kapsel heraus. Es handelte sich um ein doppeltes Informationsplättchen. Ganerc legte es auf das energetische Lesefeld.

Zunächst war nur ein Flackern zu sehen, und er befürchtete schon, die Plättchen hätten durch die lange Zeit der Lagerung Schaden genommen. Doch dann erschien wieder Kemoaucs Zeichen.

Unterhalb des Zeichens begann das Schriftbild. Es war von Kemoauc selbst angefertigt worden, wie Ganerc an den schnörkellosen Symbolen leicht erkennen konnte.

Ganerc!, las der einsame Betrachter. *Ich weiß nicht, ob dich diese Nachricht jemals erreichen wird, denn du lebst in der Verbannung und es ist fraglich, ob du den Anzug der Vernichtung jemals wiederfinden wirst.*

»Ich habe ihn gefunden«, schluchzte Ganerc-Callibso, der von seinen Gefühlen überwältigt wurde. »Ich habe ihn zurückgebracht, aber es war zu spät.«

Er richtete seine Aufmerksamkeit von Neuem auf die Wiedergabe.

Die anderen sind tot! Ariolc verfiel dem Wahnsinn, Murcon wurde von fremden Horden umgebracht. Partoc endete als Sterblicher, und Lorvorc hat sich ein mächtiges Grab in seiner Burg geschaffen. Ich sehe keinen Sinn mehr darin, länger in meiner Burg zu bleiben. Ich werde sie verlassen – für immer.

»Wohin?« Ganercs Stimme klang dumpf. »Wohin bist du gegangen, Kemoauc?«

Doch darauf erhielt er keine Antwort. Kemoaucs Botschaft beschäftigte sich mit anderen Dingen.

Es lebt noch ein Mitglied unserer Gruppe, wenn man seine Existenzform überhaupt als Leben bezeichnen kann. Das ist der Verräter Bardioc, den wir entkörpert und in die Verbannung geschickt haben. Ich denke, er hat genug gelitten, deshalb überlasse ich es dem Schicksal, ob du jemals zurückkehren und diese Botschaft finden wirst. Ich gebe dir die Koordinaten jener Welt, auf der Bardiocs Gehirn leidet. Es steht dir frei, dorthin zu gehen und Bardioc zu erlösen.

Danach erschienen die Koordinaten einer entfernten Galaxis und eines fremden Planeten. Ganerc prägte sie sich ein.

Das ist alles!, lautete der Schluss der Botschaft. *Es gibt nichts mehr zu sagen. Halte dich von den Materiequellen fern. Kemoauc.*

Ganerc drehte das Plättchen um und las die Nachricht erneut, dann wieder und immer wieder, bis er ihren Inhalt auswendig kannte. Doch er entdeckte keine verschlüsselte Botschaft zwischen den Zeilen, wie er eigentlich erhofft hatte. Kemoauc hatte das Geheimnis seines Verschwindens für sich behalten, niemals sollte ein anderer erfahren, wohin der Anführer der Zeitlosen gegangen war.

Die Warnung vor den Materiequellen war überflüssig, denn Ganerc wusste weder, wie er sie erreichen sollte, noch hatte er beabsichtigt, diese Orte jemals wieder aufzusuchen.

Bardioc!, dachte er. *Der Dieb und Verräter, der auf einer fremden Welt schmachtet und den Tod herbeisehnt.*

Nun hatte er eine Aufgabe.

Er würde sie erfüllen.

In den nächsten Wochen bereitete Ganerc alles für den Flug in die ihm unbekannte Galaxis vor. Dabei beschäftigten sich seine Gedanken unablässig mit dem Augenblick des Zusammentreffens. Bardioc war entkörpert worden – das bedeutete, dass sein Gehirn in einer Kapsel mit einem Lebenserhaltungssystem lag. Wahrscheinlich hatte Bardioc längst den Verstand verloren.

Ganerc hegte keine Rachegefühle mehr gegenüber dem Dieb des Anzugs der Vernichtung. Bardioc hatte genug gelitten. Er sollte den Tod, den er sicher herbeisehnte, endlich durch Ganercs Hände erfahren.

Der Zeitlose konnte es kaum abwarten, zu seinem neuen Ziel aufzubrechen. Doch da ihn der Flug in weite Ferne führen würde, musste er alles sorgfältig vorbereiten.

Endlich war er damit fertig. Er vernichtete Kemoaucs Botschaft, um sicher zu sein, dass niemand sie lesen und ihm folgen konnte, obwohl ihm dieser Gedanke natürlich absurd erschien. Danach ging er daran, seine Burg zu versiegeln, genau wie Kemoauc es getan hatte.

Als er jenen Flugkörper bestieg, der ihn ans Ziel bringen sollte, warf er einen letzten Blick auf seine Kosmische Burg. Hier war er sich in ferner Vergangenheit seiner selbst bewusst geworden. Als Mitglied im Bund der Zeitlosen hatte er ein gewaltiges Sporenschiff gesteuert und für die Verbreitung von Intelligenz gesorgt.

Nun begann eine neue Phase seines Lebens.

Ganerc bezweifelte, dass er jemals wieder zu seiner Burg zurückkehren würde. Vielleicht würde sein Über-Ich den Zwergenkörper verlassen, sobald der Auftrag ausgeführt und Bardioc erlöst war.

Ganerc-Callibso wusste es nicht.

Er lehnte sich im Sitz zurück und beschleunigte.

Die Kosmische Burg fiel zurück, war nur noch ein energetisches Flattern auf den Suchschirmen.

Vor dem Zeitlosen öffnete sich das Universum.

Als würde er davon aufgesogen, stürzte der seltsame Flugkörper mit dem einsamen Passagier darin in die Unendlichkeit. Sein Ziel war jene Welt, auf der ein Mensch namens Perry Rhodan soeben begonnen hatte, BARDIOCS Traum mitzuträumen …

14.

BULLOC stoppte die Energiesphäre am Eingang des Tales und beobachtete die Umgebung. In den vergangenen Tagen hatte er seine Suchmethode geändert. Nicht nur, dass er BARDIOCS Urgehirn bislang nicht gefunden hatte – er hatte die Spur des Terraners verloren und wusste nichts über dessen derzeitigen Aufenthaltsort.

BULLOC nahm an, dass BARDIOC Perry Rhodan Unterschlupf gewährt hatte, auch wenn dies wahrscheinlich unbewusst geschehen war.

Doch die vierte Inkarnation hatte nicht nur Niederlagen hinnehmen müssen, sondern auch Erfolge erzielt. Es war ihr gelungen, ihre Mordabsichten vor den Hulkoos und allen anderen Raumfahrern, die auf BARDIOC lebten und für die Superintelligenz arbeiteten, geheim zu halten. Das bedeutete, dass ihr von dieser Seite keine Gefahr drohte.

Darüber hinaus hatte BULLOC gelernt, bestimmte Tiere und Pflanzen zu beeinflussen. Es war ihm gelungen, einige Exemplare unter seine Kontrolle zu bringen. Gemessen an der globalen Ausdehnung BARDIOCS war die Anzahl der Arten, die BULLOC gehorchten, lächerlich gering, aber ein Anfang war gemacht.

Die Inkarnation bezweifelte, dass BARDIOC in der Lage war, irgendetwas gegen sie zu unternehmen. Es war sogar fraglich, ob die Superintelligenz begriffen hatte, dass sie ausgerechnet von ihrer Inkarnation vernichtet werden sollte.

BULLOC schätzte die Situation nüchtern ein. Seine bescheidenen Erfolge waren ein Hoffnungsschimmer, aber solange er BARDIOCS Zentralversteck nicht fand, konnte er seine Pläne nicht verwirklichen.

Die Energiesphäre glitt langsam in das Tal hinein. BULLOC suchte Meter für Meter ab. Dies war die einzige zielführende Methode. Alle großflächigen Aktionen hatten sich als sinnlos erwiesen. Was BULLOC brauchte, war ein winziger Hinweis, wo sich BARDIOCS Versteck befand. Auf diese Weise würde er früher oder später auch Perry Rhodan entdecken.

Das Tal wurde von sanften Hügeln begrenzt. Wie fast überall gab es auch in diesem Gebiet üppigen Pflanzenwuchs, und zwischen Bäumen und Büschen wimmelte es von Tieren. Ungehemmt wucherten Seitenstränge und Verdickungen des Gehirns. Täler wie dieses hatten sich für die Ausbreitung der Superintelligenz als ideal erwiesen. Trotzdem war anhand ihres Wachstums nicht nachvollziehbar, wo alles begonnen hatte. Es gab zu viele Seiten- und Querverbindungen. Von jedem Organknoten aus liefen Gehirnwindungen praktisch in alle Richtungen, wo sie neue Verdickungen bildeten. Aus einiger Höhe betrachtet, ähnelte BARDIOC einem dicht geknüpften Netz, in dem es zwar unterschiedliche Strukturen, aber keine Besonderheiten gab, die auf das Zentrum hingewiesen hätten.

Am anderen Ende des Tales stand ein schwarzes Scheibenschiff der Hulkoos. BULLOC wusste, dass es bereits vor ein paar Tagen gelandet war und inzwischen mehrere Ableger BARDIOCS in sich aufgenommen hatte. Auch keiner der auf dem Planeten weilenden Raumfahrer kannte BARDIOCS Zentrale, obwohl diese Wesen ständig Befehle der Superintelligenz empfingen.

Im Verlauf des Tages suchte BULLOC das Tal Stück für Stück ab, ohne eine nennenswerte Entdeckung zu machen. Gegen Abend erreichte er den Landeplatz der Hulkoos.

Eine Zeit lang schwebte die Sphäre bewegungslos über dem Schiff, während ihr einziger Passagier eine Gruppe von sieben Hulkoos beobachtete, die einen Behälter mit einer frisch »geernteten« Kleinen Majestät heranschafften.

Als die Schwarzpelze ihre Last vor der Hauptschleuse abstellten, öffnete BULLOC die Sphäre. »Wer ist euer Kommandant?«, rief er.

»Das bin ich.« Einer der sieben Hulkoos trat vor. »Mein Name ist Gardosch.«

»Gut«, sagte BULLOC, dem die unterwürfige Haltung des Hulkoos gefiel. »Du weißt, wer ich bin?«

»Die Inkarnation des Meisters. BULLOC.«

»Wie lange befindet ihr euch schon hier?«

»Seit vier Tagen. Wir haben sechs Ableger an Bord gebracht und werden morgen wieder starten.«

»Ich bin hier, um gewisse Probleme zu beseitigen, die den Meister und mich betreffen«, sagte BULLOC. »Die Angelegenheit ist natürlich zu kompliziert, als dass ihr sie verstehen könntet. Trotzdem habe ich einige Fragen an euch.«

Gardosch senkte demütig den Kopf, um seine Bereitschaft zu zeigen, jede Frage, so gut er konnte, zu beantworten.

»Ich bin auf der Suche nach einem Terraner. Er nennt sich Perry Rhodan und befindet sich auf dieser Welt. Habt ihr von ihm gehört?«

»Nein«, sagte Gardosch.

BULLOC war darüber nicht erstaunt. Nicht alle Hulkoos waren in Ganuhr zum Einsatz gekommen.

»Seine körperliche Beschaffenheit ähnelt der euren. Er trägt jedoch keinen Pelz, sondern hat glatte und helle Haut, die zum größten Teil von grüner Kleidung bedeckt wird.«

»Ein solches Wesen haben wir nicht gesehen.«

Obwohl es ein gewisses Risiko bedeutete und den Hulkoo vielleicht verwirrte, entschloss die Inkarnation sich zu einer direkten Frage. »Kennt ihr die zentrale Stelle auf dieser Welt?«

Gardosch sah sich Hilfe suchend nach seinen Artgenossen um. »Niemand kennt sie«, sagte er schließlich.

»Nun gut.« BULLOC unterdrückte seinen Ärger. »Habt ihr Ungewöhnliches gesehen, seit ihr euch auf BARDIOC befindet?«

»Das allerdings«, sagte Gardosch zu BULLOCS Überraschung. »Als wir die zweite Ladung an Bord brachten, konnten wir einen ungewöhnlichen Flugkörper beobachten.«

Die Inkarnation, die schon hellhörig geworden war, gab einen dumpfen Laut der Enttäuschung von sich. »Das war sicher ein Raumschiff, dessen Besatzung auf BARDIOCS Anweisung kam.«

»Wenn es ein Raumschiff war, dann handelte es sich dabei um eine merkwürdige Konstruktion.«

BULLOCS schnell erlahmtes Interesse kehrte zurück. »Berichte mir alles, was ihr gesehen habt!«, forderte er den Hulkoo ungeduldig auf.

Gardosch konzentrierte sich. BULLOC konnte deutlich fühlen, dass das Ereignis Eindruck auf die Hulkoos gemacht hatte.

»Wir hatten unser Schiff schon fast erreicht, als wir ein eigenartiges Geräusch vernahmen«, berichtete der Raumfahrer. »Es war nicht sehr laut, aber es schien gleichzeitig aus dem Innern des Planeten und vom Himmel zu kommen. Als ich aufblickte, sah ich einen Gegenstand, der unablässig seine Form veränderte. Über seine Größe kann ich keine Angaben machen, denn sie variierte ebenso wie die Umrisse in bestimmten Abständen. Außerdem tat der Anblick unseren Augen weh.«

»Leuchtete das Objekt sehr stark?« BULLOC kannte die Lichtempfindlichkeit der Hulkoos.

»Überhaupt nicht. Auch das war sehr rätselhaft. Das Gebilde wechselte jedoch stetig die Farbe.«

»Trotzdem hattet ihr den Eindruck, dass es sich um einen künstlichen Körper handelte?«

»Ich weiß nicht. Es war etwas Unbeschreibliches und Fremdartiges. Keiner von uns hat zuvor Ähnliches gesehen.«

Merkwürdig!, dachte BULLOC. Die Hulkoos waren nüchterne Wesen, die trotz ihrer Abhängigkeit von BARDIOC nicht so schnell aus der Fassung zu bringen waren. Außerdem kannten sie die Raumschiffe fast aller anderen Hilfsvölker der Superintelligenz.

»Wohin ist das Ding geflogen?«

Gardosch deutete zum Ausgang des Tales, in Richtung eines Gebirges, dessen höchste Gipfel verschwommen am Horizont aufragten. »Ungefähr dort hielt es an. Das Geräusch, das wir die ganze Zeit über gehört hatten, erstarb. Es gab eine Lichtkaskade, die sich abwärts ausbreitete, dann war nichts mehr zu sehen.«

»Das hört sich nach einer Explosion an.«

»Es war keine Explosion.«

»Eine Landung?«

»Vielleicht. Da wir keine Anordnungen im Zusammenhang mit dieser Erscheinung erhielten, haben wir uns nicht weiter darum gekümmert, sondern lediglich einen Bericht an unser Flaggschiff abgegeben.«

»Das war richtig«, sagte BULLOC widerwillig. »Wie hat euer Oberkommandierender reagiert.«

»Der Eingang unseres Berichts wurde bestätigt, mehr ist nicht geschehen.«

Das Oberkommando der Hulkoos hatte wahrscheinlich ebenfalls nichts unternommen, überlegte BULLOC. Die Hulkoos handelten über den Rahmen ihrer normalen Aufgaben hinaus erst dann, wenn BARDIOC entsprechende Befehle gab. Und BULLOC bezweifelte, dass die Superintelligenz auf diese mysteriöse Erscheinung reagiert hatte.

BULLOC wusste, dass es keinen Sinn hatte, wilde Spekulationen anzustellen. Trotzdem machte er sich Sorgen. War mit diesem seltsamen Objekt ein Verbündeter BARDIOCS angekommen, der von der Superintelligenz gerufen worden war? Aber vielleicht war das Ereignis auch bedeutungslos. Immerhin schien eine unbekannte Naturerscheinung ebenso denkbar.

»Ihr könnt eure Arbeit fortsetzen«, sagte BULLOC zu Gardosch. »Bringt den Ableger an Bord.«

Die Erleichterung der Schwarzpelze war unverkennbar. Sie waren froh, dem psychischen Druck, der von BULLOC ausging, entkommen zu können.

Bis zum Einbruch der Dunkelheit suchte BULLOC den letzten Abschnitt des Tales gründlich ab, dann legte er eine Pause ein, um sich zu erholen und nachzudenken.

Sein Verlangen wuchs, das Gebirge zu untersuchen. Eventuell würde er Spuren finden, die auf das Eingreifen einer unbekannten Macht schließen ließen. Ein bestürzender Gedanke drängte sich geradezu auf: Gab es Aktivitäten der Kaiserin von Therm auf der Welt BARDIOCS?

BULLOC wusste, dass er unter solchen Umständen alle Pläne zur eigenen Machtentfaltung würde zurückstellen müssen. Die Kaiserin von Therm war auch sein erbitterter Gegner.

Die Inkarnation beruhigte sich schnell wieder. Sie bezweifelte, dass die Duuhrt die Koordinaten dieses Planeten überhaupt kannte. Wahrscheinlich hätte sie auch nicht riskiert, eine Flotte tief in BARDIOCS Mächtigkeitsballung einfliegen zu lassen. Das Risiko einer totalen Niederlage wäre zu groß gewesen.

Was aber war wirklich geschehen? BULLOC entschloss sich, das Gebiet rund um die Berge abzusuchen.

Er setzte die Sphäre in Bewegung und konzentrierte sich auf die Tiere und Pflanzen der Gebirgsregion, um herauszufinden, ob einige Exemplare für seine Beeinflussung empfänglich waren. Wahrscheinlich würden nicht mehr als ein halbes Dutzend Tiere reagieren, alle anderen standen in zu enger Beziehung zu BARDIOC. BULLOC lernte jedoch, auch mit Wesen umzugehen, die von der Superintelligenz kontrolliert wurden.

Vielleicht war es ein Fehler gewesen, SHERNOC, VERNOC und CLERMAC zu vernichten. Die drei ersten Zustandsformen der Inkarnation hätten ihn jetzt unterstützen können. Andererseits wären sie mit ihrer unerschütterlichen Loyalität zu BARDIOC ein großes Hindernis gewesen.

Manchmal hatte BULLOC das Gefühl, einen schweren Fehler zu begehen und wichtige Dinge zu übersehen. Vielleicht wusste er zu wenig und sah alles in einem falschen Zusammenhang. Das war jedoch kein Grund für ihn, seine Absichten zu überdenken oder gar einen Rückzieher zu machen.

Er vertraute seiner Stärke. In der direkten Konfrontation mit BARDIOC würde er siegen, denn im Gegensatz zu der Superintelligenz besaß er einen beweglichen Körper. Das würde bei jedem Kampf den Ausschlag geben.

Perry Rhodans seltsamer Zustand zwischen Wachen und Schlafen wurde von dem Traum beherrscht. Es war BARDIOCS Traum, jener nun schon Jahrhunderttausende währende Albtraum, in dessen Verlauf BARDIOC zur Superintelligenz geworden war und eine Mächtigkeitsballung aufgebaut hatte. Der unter dem Pflanzendach liegende Terraner konnte an diesem fremden Traum teilhaben.

Seine eigenen Träume wurden dennoch nicht unterdrückt. Auch sie entwickelten sich mit großer Intensität, sodass der Schlafende oft den Eindruck hatte, zwei Szenarien gleichzeitig zu erleben.

Im Rahmen dieser Träume konnte Rhodan Überlegungen anstellen und Entscheidungen treffen. Er wusste, wo er war und in welcher Situation er sich befand. Das war ein unschätzbarer Vorteil. Ein Nachteil war seine Bewegungsunfähigkeit. Sie zwang ihn, nach ungewöhnlichen Methoden zu suchen, mit deren Hilfe er sich schützen und zugleich seine Absichten weiterverfolgen konnte.

Dabei hatte er schon Fortschritte erzielt. Mehrmals war es ihm gelungen, sich kurz in BARDIOCS Traum einzuschalten und eigene Vorstellungen einfließen zu lassen. Zudem hatte Perry Rhodan gelernt, Tiere und Pflanzen in seiner unmittelbaren Umgebung zu lenken.

Er hoffte, dass seine Möglichkeit, in BARDIOCS Traum einzudringen, früher oder später zu einer Kommunikation mit der Superintelligenz führen würde. Zwar konnte er sich bislang nicht vorstellen, wie ein solches Gespräch ablaufen sollte, aber es musste unter allen Umständen zustande kommen. BARDIOCS Traum musste endlich ein Ende finden, damit das Gehirn des ehemaligen Mächtigen erkennen konnte, was es angerichtet hatte.

Rhodan war sich dessen bewusst, dass ihm zur Verwirklichung seiner Pläne nicht unbegrenzt Zeit zur Verfügung stand. BULLOC machte weiterhin Jagd auf ihn und suchte nach dem Urgehirn der Superintelligenz.

BARDIOC wusste zwar von BULLOCS Anwesenheit, aber er schien noch nicht erkannt zu haben, was die vierte Inkarnation beabsichtigte. In dieser Beziehung glich BARDIOC eher einem unwissenden Kind als einer Superintelligenz. Der Schläfer hatte in seinem Traum eine eigene Logik geschaffen, nach der er handelte. Vor allem besaß er nicht die Fähigkeit, sein Handeln kritisch zu hinterfragen.

Perry Rhodan gab sich keinen Illusionen hin. Er war auf sich allein gestellt. Solange die Superintelligenz nicht begriff, dass ihr Gefahr drohte, konnte er das den Angehörigen ihrer Hilfsvölker ebenso wenig deutlich machen.

Der Terraner verließ sich in erster Linie auf die Tarnung, die ihm das Gahlmann-Virus verschafft hatte. Immer noch fragte er sich, ob der Zellaktivator »gewusst« haben konnte, dass er die von dem Virus ausgelöste animalische Komponente brauchte, um von BARDIOCS Symbionten anerkannt zu werden. Wenn dies so war, besaß der von ES überreichte Aktivator noch weitaus wunderbarere Fähigkeiten, als Perry Rhodan bislang angenommen hatte. Mittlerweile schien das Gahlmann-Virus erloschen zu sein.

Vor wenigen Tagen war ein Raumschiff der Hulkoos in dem Tal gelandet, in dem Rhodans Versteck lag. Die Raumfahrer holten Kleine Majestäten an Bord. Rhodan konnte die Vorgänge leicht über die Wahrnehmungen der Tiere verfolgen.

Die Hulkoos gehörten längst zu dem Planeten BARDIOC. Anders verhielt es sich indes mit einem Vorgang, den Rhodan registriert hatte, nachdem die Hulkoos schon mit dem zweiten Ableger des Riesengehirns zu ihrem Schiff unterwegs gewesen waren. Am Himmel war ein merkwürdiges Objekt erschienen, für dessen Verhalten der Terraner bisher keine Erklärung gefunden hatte. Er mutmaßte, dass es sich um ein Raumschiff eines von BARDIOCS Hilfsvölkern gehandelt hatte, aber sicher war er dessen nicht.

Seine Gedanken wurden jäh unterbrochen. Er spürte, dass die Energiesphäre mit BULLOC auf das Tal zuflog.

In einer ersten panikartigen Reaktion spannte Rhodan im Schlaf die Muskeln, doch sein Körper gehorchte nicht. Die Pflanzen, die über ihm wuchsen, erbebten, die Ausläufer des planetenumspannenden Gehirns pressten sich fester an ihn.

Perry Rhodans erster Gedanke war: *BULLOC hat mich entdeckt!*

Erst dann begriff er, wie absurd diese Befürchtung war. Ständig hatte er damit gerechnet, dass BULLOC in der Nähe des Tales auftauchen könnte, schließlich lag es auf dem Kontinent, auf dem die Inkarnation die Spur des Terraners verloren hatte. Es war nur natürlich, dass BULLOC zunächst das nahe Umfeld absuchte.

Nachdem Rhodan sich von seinem Schrecken erholt hatte, begann er mit den bereits geplanten Schutzmaßnahmen. Glücklicherweise näherte BULLOC sich nur sehr langsam, er schien sich bei seiner Suchaktion sehr viel Zeit zu lassen. Rhodan gab alle notwendigen Befehle und reduzierte seine eigene Bewusstseinsaktivität auf ein Mindestmaß. Er passte sich den Pflanzen der Umgebung an. Ihre Bedürfnisse mochten einem Menschen primitiv erscheinen, aber dennoch waren diese Erscheinungsformen des Lebens nicht weniger kompliziert.

Rhodan verfeinerte seine Tarnung, so gut es ging, dann wartete er ab, was geschehen würde. Er wäre ohnehin nicht in der Lage gewesen, sofort aufzuwachen und die Flucht zu ergreifen. Vor allem hätte er sich nicht von einem Augenblick auf den anderen der Symbiose wieder entziehen können. Das hätte vermutlich einen für ihn tödlichen Schock ausgelöst.

Am frühen Nachmittag kam BULLOC in die Nähe jener Stelle, wo Rhodan schlief. Der Terraner spürte die aggressive und hasserfüllte Aura der Inkarnation. Ihre Gefühle und ihr Eifer zielten jedoch fast ausschließlich auf BARDIOC.

Die Inkarnation kam ihm sehr nahe, aber sie war abgelenkt. Vielleicht richtete sie ihre Aufmerksamkeit unbewusst auf das Schiff der Hulkoos.

Rhodan musste eine bange Stunde überstehen. So lange dauerte es ungefähr, bis BULLOC sich langsam in Richtung des Scheibenschiffs entfernte.

Nach Anbruch der Nacht verließ die Inkarnation das Tal. Erst jetzt spürte Rhodan, unter welch enormer Anspannung er die ganze Zeit über gestanden hatte. Er gab sich der Erleichterung hin, danach versuchte er wieder, eine Verbindung zu BARDIOC aufzubauen.

BARDIOCS Traum war mit dem eines Menschen nicht vergleichbar. Schon angesichts der Größe des Gehirns war dies nicht erstaunlich. Immerhin musste BARDIOC die Ereignisse in seiner gewaltigen

Mächtigkeitsballung registrieren und entsprechend reagieren können. Dass er dabei nach der Logik vorging, die sein Traum bestimmte, war von untergeordneter Bedeutung.

Rhodan war nicht in der Lage, BARDIOCS Traum in seiner Gesamtheit zu verstehen. Er nahm nur Fragmente davon in sich auf.

An einer dieser Stellen, an denen ihm das Eindringen gelang, musste er ansetzen. Dann hing alles davon ab, ob seine Gedankenbilder weitergeleitet wurden – in das eigentliche Zentrum des globalen Gehirns. Im Grunde genommen versuchte Perry Rhodan, etwas Ähnliches zu erreichen wie BULLOC, wenn auch aus völlig anderen Motiven.

Rhodan konzentrierte sich auf einen für ihn erreichbaren Traumabschnitt. Er konnte nicht eindeutig erkennen, worum es dabei ging, aber zweifellos spielten Ereignisse aus BARDIOCS Vergangenheit eine Rolle. Das hatte Rhodan in den letzten Tagen mehrfach erlebt. Wie Blitze kamen diese Erinnerungsschübe und veränderten das Traumbild. BARDIOC schien immer noch unter den Geschehnissen zu leiden, die sich vor seiner Bestrafung ereignet hatten.

Die Furcht, dass Kemoauc und die anderen Mächtigen seinen Ausbruch aus der Kapsel entdecken und ihn erneut bestrafen könnten, bestimmte BARDIOCS Handlungsweise ebenfalls. Wahrscheinlich war sie sogar der Motor für die zunehmend schneller werdende Expansion der Mächtigkeitsballung. Je größer BARDIOCS Reich wurde, desto umfassender war der Schutz vor Eindringlingen.

In dem Traum, den Perry Rhodan miterlebte, kamen spinnenähnliche gelbhäutige Wesen vor, die offenbar vor Jahrhunderten von einer Kleinen Majestät versklavt worden waren und nun eine verzweifelte Revolution begonnen hatten. Dieser Aufstand hing mit einer natürlichen Immunität zusammen, die die Spinnenwesen gegen die hypnosuggestiven Impulse der Kleinen Majestät entwickelt hatten. Für BARDIOC war dies keineswegs der erste Zwischenfall dieser Art, und Rhodan konnte mitverfolgen, wie BARDIOC die Präzedenzfälle aus den Speichern des riesigen Gehirns abrief.

Wie immer trug BARDIOC seinen Hilfsvölkern auch diesmal Zurückhaltung auf. Es lag ihm nicht daran, die Angehörigen der rebellischen Zivilisation zu vernichten, er wollte sie wieder in sein Reich integrieren.

Die Erkenntnis, dass BARDIOC selbst im Schlaf keinen seiner Widersacher zu vernichten suchte, war für Perry Rhodan tröstlich. Das ließ ihn weiterhin hoffen, dass BARDIOC, sobald er erwachte, einsichtig sein und seine Handlungsweise bereuen würde. Der umfassende Krieg gegen die Kaiserin von Therm würde sich auf diese Weise wahrscheinlich vermeiden lassen.

Rhodan konzentrierte sich auf den Fortgang des Traumes. Es fiel ihm nicht immer leicht, Realität und Fantasie zu unterscheiden; es gab in BARDIOCS Träumen keine eindeutigen Grenzen. Auch Zeit und Ort der Handlungen waren schwer zu bestimmen, weil die Superintelligenz Gedankengut aus der Vergangenheit mit gegenwärtigem Geschehen und zukünftigen Plänen vermischte und sich außerdem über die Ausdehnung der eigenen Mächtigkeitsballung nicht im Klaren war.

So geriet jeder Traum zu einem Kaleidoskop an Eindrücken, die Perry Rhodan nur schwer in eine richtige Rangordnung bringen konnte. Er sah eine Flotte der Hulkoos auf dem Planeten der Gelbhäutigen landen, konnte aber nicht feststellen, ob dies längst geschehen war, sich aktuell ereignete oder erst als Aktion geplant wurde.

Rhodan überlegte, ob er mithilfe dieses Traumes Kontakt zu BARDIOC finden konnte. Das war außerordentlich schwierig, weil er eben nur einen winzigen Ausschnitt aus einer überschäumenden Vielfalt von Wahrscheinlichkeiten sah, die BARDIOC durchlebte. Rhodan versuchte, sich intensiver mit diesem Traum zu befassen und die Hintergründe zu verstehen.

Ob es möglich war, sich in diesen Traum einzuschalten?, fragte er sich. Und was, wenn er selbst zu einer der handelnden Figuren dieses Traumes wurde?

Perry Rhodan ließ seiner Fantasie ungehinderten Lauf. Er stellte sich vor, an Bord eines jener Schiffe zu sein, die auf der Welt der Spinnenwesen landeten. Er war der verantwortliche Kommandant der Hulkoos. Sein Name war – er kannte ihn aus BARDIOCS Traum – Korstal-Darv.

Rhodan wusste, dass er allein damit nichts gewonnen hatte. Er musste zudem einen Zwischenfall konstruieren, der so gut in diese Szene passte, dass er von BARDIOCS Traum assimiliert wurde.

Korstal-Darv hatte den Auftrag, die Spinnenwesen zu befrieden, ohne dass es dabei zu größerem Blutvergießen kam. Rhodan in seiner neuen Rolle dachte daran, dass ein Raumschiff der Kaiserin von Therm auf der Welt der Spinnenwesen gelandet war – ein Schiff der Choolks. Für Rhodan war es nicht schwer, ein Saturnraumschiff in seinem Traum zu erschaffen, dazu ein paar Dutzend Choolks, die schwer bewaffnet und in Raumanzügen durch die Städte der Eingeborenen patrouillierten.

Korstal-Darv beobachtete den Vorgang aus dem Orbit des Planeten. Er gab den Befehl, das Schiff der Choolks anzugreifen.

Rhodan spürte, dass seine Fantasie sich immer leichter in diesen Traum einordnete, er wurde allmählich ein Teil dieses wirren Durcheinanders, das nur in BARDIOCS Traumlogik funktionierte.

Behutsam spann er die Geschichte weiter, denn der geringste Fehler konnte seine Vorstellungen zerplatzen lassen wie eine Seifenblase. BARDIOCS Traum würde danach anders verlaufen.

Allerdings hatte BARDIOC in diesem einen Traum die Existenz eines Saturnschiffs der Choolks akzeptiert. Es wäre interessant gewesen, zu erfahren, wie das Gehirn auf dieses Scheingebilde reagierte, sobald Rhodan wieder aus dem Traum ausschied. Doch gerade das wollte der Terraner unter allen Umständen vermeiden.

In seiner Rolle als Korstal-Darv ließ Rhodan das gegnerische Schiff unter Beschuss nehmen und zerstören. Er sorgte dafür, dass der Kommandant der Choolks überlebte und kapitulierte. Der Choolk wurde gefangen genommen und an Bord des Flaggschiffs der Hulkoos gebracht.

Korstal-Darv empfing den Gefangenen in der Zentrale. Er startete das Verhör.

»Wie ist dein Name, Choolk?«

»Barsik!«

»Du bist mit deinem Schiff auf einem Planeten gelandet, der zur Mächtigkeitsballung BARDIOCS gehört. Die Strafe dafür ist dir bekannt. Was hast du zu sagen?«

Barsik sagte: »Ich habe eine wichtige Botschaft für BARDIOC!«

»Das kann nicht sein.« Korstal-Darv schien plötzlich transparent zu werden und ebenso wie Barsik aus der Zentrale des Schiffes zu verschwinden.

Rhodan begriff, dass diese Szene nicht in BARDIOCS Traumlogik passte.

»BARDIOC schläft und träumt!«, schrie Barsik, bevor er sich endgültig auflöste. »Er muss erwachen ...«

Die Bilder erloschen.

Ernüchtert stellte Perry Rhodan fest, dass er abrupt von diesem Traum ausgeschlossen war. Er konnte nicht feststellen, was weiterhin geschah, aber er war geradezu überzeugt davon, dass BARDIOC den Traum korrigierte, sodass er wieder in das allgemeine Bild aller Träume passte.

BARDIOC kapselte sich gegen die fremden Sinneseindrücke ab. Auf diese Weise war ihm nicht beizukommen. Dabei hatte Rhodan sich schon auf dem richtigen Weg gewähnt.

Eine schwache Hoffnung blieb dem Terraner: Die Worte der

Traumfigur Barsik wurden womöglich in diesem Augenblick an anderen Relaisstellen des globalen Gehirns verarbeitet und überprüft. Vielleicht brachten sie im Nachhinein noch einen Effekt.

Rhodan war entschlossen, seine Experimente fortzusetzen. Möglich, dass es ein Fehler gewesen war, diese Szene aus der Gegenwart aufzubauen. Wenn BARDIOC in seinem Traum immer wieder die Vergangenheit aufleben ließ, war diese der Schlüssel zum Erfolg. Dort musste er ansetzen.

Geduldig wartete Rhodan ab, bis sein Bewusstsein Anschluss an einen anderen Traum fand.

Lange Zeit hatte Ganerc-Callibso unter dem Schock gestanden, den der unerwartete Anblick Bardiocs in ihm ausgelöst hatte. Unmittelbar nach seiner Ankunft hatte der Zeitlose seinen Flugkörper aufgelöst und mit der Atmosphäre des Planeten verwoben. Von dort konnte er ihn jederzeit wieder abrufen und zu einer brauchbaren Form zurückbilden.

Vorläufig war jedoch an ein Verlassen dieser Welt nicht zu denken. Ganerc, der vor langer Zeit die Funktion eines Schwarmwächters übernommen hatte und nun hier war, um Kemoaucs letzten Auftrag auszuführen, saß am Rand eines Waldes auf einem umgestürzten Baumstamm und betrachtete jene Teile von Bardiocs neuem Körper, die bis in dieses Gebiet vorgedrungen waren.

Es steht dir frei, dorthin zu gehen und Bardioc zu erlösen! Dieser Satz aus Kemoaucs Botschaft ging Callibso nicht aus dem Sinn.

Ganerc-Callibso war hierhergekommen, weil er das in einer Kapsel eingeschlossene Gehirn Bardiocs abtöten musste. Nur auf diese Weise konnte der ehemalige Mächtige aus dem Bund der Zeitlosen erlöst werden. Kemoauc hatte nicht ahnen können, was inzwischen geschehen war.

Nur allmählich gewann Callibso seine Fassung zurück. Er versuchte zu rekonstruieren, was sich auf dieser Welt abgespielt hatte. Besondere Umstände hatten die als unzerstörbar geltende Kapsel aufgebrochen und Bardiocs Gehirn freigegeben. Es grenzte an ein Wunder, dass das Gehirn in diesem Augenblick nicht abgestorben war. Es musste von Anfang an eine symbiotische Verbindung zu Pflanzen und Tieren dieses Planeten aufgenommen haben. Danach war es gewachsen und bedeckte längst in einem dichten Netz diese Welt.

Damit nicht genug, schien Bardioc Mittel und Wege gefunden zu haben, Kontakt mit außerplanetarischen Zivilisationen aufzunehmen.

Überall auf dem Planeten landeten und starteten Raumschiffe, vorwiegend scheibenförmige schwarze Objekte. Zweifellos standen die Wesen, die sie steuerten, in Bardiocs Abhängigkeit, und das konnte nur bedeuten, dass sein mutiertes Gehirn auch andere Welten kontrollierte.

Callibso spürte die starken mentalen Ausstrahlungen des Riesengehirns, aber sie machten ihm nichts aus. Er war dagegen immun.

Bardioc hatte das Erscheinen seines Artgenossen nicht registriert, und er offenbarte auch in anderen Belangen eine Blindheit, die in keinem Zusammenhang mit seinen ansonsten demonstrierten Möglichkeiten und Fähigkeiten stand. Es gab dafür nur eine Erklärung: Bardioc befand sich trotz der gigantischen organischen Maschinerie, die ihm zur Verfügung stand, nicht im Vollbesitz seiner geistigen Kräfte. Er schien sich in einem tranceartigen Zustand zu befinden.

Das bedeutete, dass Bardioc eigentlich nicht für das verantwortlich gemacht werden konnte, was hier geschah.

So, wie sich das Problem jetzt darstellte, war es unlösbar. Ganerc-Callibso wusste in der Tat nicht, wie er vorgehen sollte. Hatte Kemoaucs Auftrag noch eine Berechtigung, und war er überhaupt durchführbar, falls Callibso sich dazu entschließen sollte?

Nicht nur, dass Callibso schon vor dem Gedanken zurückschreckte, dieses planetenumspannende Organgebilde zu vernichten, für ihn erhob sich zugleich die Frage nach der Durchführbarkeit eines solchen Unternehmens. Wie hätte er Bardioc töten sollen? Abgesehen davon, dass er in Kämpfe mit den unbekannten Raumfahrern verwickelt worden wäre, hätte er diese gesamte Welt zerstören und damit deren Flora und Fauna dem Untergang preisgeben müssen.

Irgendwann in ferner Vergangenheit war es dem Gehirn gelungen, die Kapsel mit dem lebenserhaltenden System zu verlassen und sich auszudehnen. Das Ergebnis dieser Entwicklung sah Callibso vor sich. Konnte er sagen, dass es Bardioc gelungen war, seine Verbannung und damit seine Bestrafung zu umgehen?

Fühlte Bardioc sich glücklich? War er frei? Schon diese Fragen bewiesen, dass die philosophische Seite des Problems für sich allein bereits unlösbar war.

Ein merkwürdiger Gedanke beschlich Ganerc-Callibso. Hatte Kemoauc vielleicht geahnt, was sich hier abspielte? Gatte er Ganerc deshalb losgeschickt? Auf jeden Fall, überlegte der Zeitlose, hatte er eine Aufgabe zu lösen, mit der er sich für einen noch unüberschaubaren Zeitraum beschäftigen musste.

Er nahm den Zylinder vom Kopf und untersuchte die Instrumente und Waffen, die ihm aus seiner Zeit als Wächter des Schwarms geblieben waren. Wahrscheinlich würde er diese Ausrüstung nun öfter benutzen müssen.

Als er sich davon überzeugt hatte, dass alle Geräte einwandfrei funktionierten, rollte er den Anzug der Vernichtung auf. Er hatte dieses Kleidungsstück als Bündel zusammengefaltet am Gürtel getragen. Die Wiederentdeckung des Anzugs hatte ihm die Rückkehr in den Bund der Zeitlosen ermöglichen sollen, doch so, wie es im Augenblick aussah, gab es außer ihm und dem monströs entarteten Bardioc keine Mächtigen mehr. Vielleicht lebte Kemoauc noch, aber das war eine Spekulation.

Callibso überprüfte den Anzug der Vernichtung.

Der Puppenkörper, in dem Ganerc-Callibso jetzt lebte, schien nicht dafür geschaffen, dieses Kleidungsstück auszufüllen, doch der ehemalige Wächter wusste es besser. Der Anzug besaß die Eigenschaft, sich an den Körper eines jeden Trägers anzuschmiegen. Solange er den Anzug trug, war Callibso vor Angriffen der fremden Raumfahrer sicher. Bisher waren solche Attacken zwar nicht erfolgt, aber er wollte gegen alle Eventualitäten gewappnet sein.

Nachdem er den Anzug angelegt hatte, trat der ehemalige Mächtige dicht an einen der Ausläufer des Gehirns heran.

»Bardioc, ich weiß nicht, ob du mich sehen oder hören kannst«, sagte er verhalten. »Trotz allem, was du getan hast, fühle ich keinen Hass gegen dich. Ich will dich nicht vernichten, sondern dir helfen. Das ist alles, was ich im Augenblick zu sagen habe. Gib mir ein Zeichen, wenn du mich verstehen kannst.«

Nichts geschah. Der Zeitlose, der nichts von der dramatischen Entwicklung auf dieser Welt ahnte, wollte sich mit der gründlichen Untersuchung Bardiocs Zeit lassen, um ein genaues Bild von den Verhältnissen zu erlangen. Erst danach wollte er entscheiden, was er tun konnte, um eine Verbindung zu Bardioc zu bekommen.

Sein erster Schritt würde darin bestehen, die Stelle zu finden, an der Kemoauc einst die Kapsel mit Bardiocs Gehirn abgelegt hatte. Er nahm an, dass er dort am ehesten Antworten auf alle Fragen erhalten würde, die ihn beschäftigten.

Unter normalen Umständen wäre es einfach gewesen, die Kapsel zu finden, denn ihr Lebenserhaltungssystem war mit einem kleinen Sender gekoppelt gewesen, dessen Impulse Ganerc-Callibso leicht mit seinem Instrumentarium aufgespürt hätte. Doch das Lebenserhaltungssystem hatte bei Bardiocs Ausbruch wohl zu funktionieren aufgehört, die Impulse waren jedenfalls nicht mehr zu orten.

Callibso ging den düsteren Raumfahrern aus dem Weg, obwohl sie sich nicht um ihn kümmerten. Sie schienen vorauszusetzen, dass jemand, der auf dieser Welt weilte, kein Gegner Bardiocs sein konnte.

Ein Lächeln erschien auf dem runzligen Gnomengesicht des Zeitlosen. Im Weltraum standen unzählige Wachschiffe, aber sie hatten die Ankunft des ungewöhnlichen Flugkörpers, mit dem Ganerc-Callibso angekommen war, offenbar nicht einmal wahrgenommen. Das Gefühl der Überlegenheit tat Callibso gut. Es half ihm, eine andere Empfindung zu kompensieren, die sich jetzt wieder stärker in ihm bemerkbar machte – die Einsamkeit.

Schon in seiner Kosmischen Burg, als er hatte erkennen müssen, dass er der wahrscheinlich letzte wirklich Überlebende aus dem Bund der Zeitlosen war, hatte ihm das Bewusstsein des Alleinseins schwer zu schaffen gemacht. Die Nähe dieses monströsen Gehirns, das einstmals Bardioc gewesen war, änderte nichts daran.

Wie würde Bardioc reagieren, wenn er trotz seines seltsamen Zustands begriff, dass einer seiner Artgenossen angekommen war? Musste Ganerc-Callibso nicht mit einem panikerfüllten Angriff rechnen?

Er hatte seinen Flugkörper in Höhe eines Gebirges verlassen und war zum Boden hinabgeglitten. Inzwischen hatte er die Berge hinter sich gelassen. Er glaubte, dass er sich ein gutes Bild vom Aussehen des planetenumspannenden Gehirns machen konnte, denn so wie hier breitete es sich überall auf dieser Welt aus.

Die Instrumente, die Callibso noch besaß, zeigten ihm frühzeitig die Landeplätze der verschiedenen Raumschiffe, sodass er sie umgehen konnte. Einmal ortete er ein fliegendes Energiegebilde, aus dem verschwommen mentale Impulse zu ihm durchdrangen, aber bevor er sich intensiver darum kümmern konnte, verschwand das geheimnisvolle Objekt wieder aus seinem Beobachtungsbereich.

Callibso rechnete damit, noch weitere Überraschungen zu erleben.

Den ganzen Tag über wanderte er durch das seltsame Land, ohne zu ermüden. Bei Anbruch der Nacht hielt er inne. Es hätte ihm keine Schwierigkeiten bereitet, während der Dunkelheit weiterzumaschieren, aber er wollte die tagsüber gemachten Beobachtungen überdenken.

Als er sich nach einem geeigneten Ruheplatz umsah, erweckte ein kleines, braun bepelztes Nagetier seine Aufmerksamkeit. Es hockte auf einem von der erst vor Kurzem untergegangenen Sonne noch erwärmten Stein und beobachtete ihn ruhig aus seinen schwarzen Augen.

Das Verhalten des Tieres war ungewöhnlich. Es floh nicht einmal, als Callibso mit den Armen wedelte. Wie die meisten anderen Tiere trug der Nager einen Gewebeklumpen am Körper, der ihn zum Mitglied der Symbiose zwischen Bardioc und der planetaren Biosphäre machte.

»Bist du vielleicht ein Bote Bardiocs?«, fragte Callibso überrascht. Das Tier hob den Kopf, obwohl es den Sinn der Worte zweifellos nicht verstand.

»Ich weiß nicht, was du von mir erwartest«, fuhr Callibso fort. »Wenn du mich jedoch irgendwo hinführen sollst, bin ich bereit, dir zu folgen.«

Mühsam unterdrückte er die Aufregung, die ihn ergriffen hatte. Die Aussicht, früher oder später mit Bardioc sprechen zu können, elektrisierte ihn, obwohl er sich noch keine Vorstellung davon machte, wie eine Verständigung überhaupt vonstattengehen sollte.

Nach einer Weile glitt das Tier von dem Stein herunter und entfernte sich von Callibso.

»Also gut«, sagte der Zeitlose. »Ich folge dir.« Er setzte seinen zwergenhaften Körper in Bewegung.

Das Tier folgte einem Fluss, über den Ausläufer des Riesengehirns zahlreiche organische Brücken bildeten. Am Ufer wucherten Büsche und verschiedenartige Blumen zwischen Bardiocs Seitenarmen.

Der nachtsichtige Callibso sah, dass der Fluss vor ihm einen scharfen Knick beschrieb und sich seinen Weg durch eine hoch aufragende schroffe Felsformation gesucht hatte.

Mit einem Mal hatte der ehemalige Mächtige das Empfinden, in eine Falle zu gehen. Er hielt inne.

Es war ruhig ringsum. Auch sein Suchgerät zeigte keine Anzeichen drohender Gefahr. Callibso verließ sich jedoch auf sein Gefühl, das von den Funktionen des Anzugs der Vernichtung noch intensiviert wurde.

Das Nagetier war zwischen den Felsen verschwunden, als wäre es sicher, dass sein Begleiter ihm auf jeden Fall folgen würde.

Der Zwerg zögerte. Hatte Bardioc ihn aufgespürt und wollte ihn vernichten, bevor er seinerseits Maßnahmen ergreifen konnte? Bardioc waren, sofern er ihn wirklich entdeckt hatte, die Absichten seines Artgenossen nicht bekannt. Der Verräter musste annehmen, dass jemand gekommen war, um ihn erneut seiner verdienten Strafe zu überantworten. Kein Wunder also, wenn Bardioc sich mit allen Mitteln wehren würde.

Callibso entschloss sich zum Weitergehen. Er verließ sich auf den

Anzug der Vernichtung, der ihn zumindest vor den Folgen eines ersten Überfalls bewahren würde. Danach hatte er immer noch Zeit, Gegenmaßnahmen zu planen oder die Flucht zu ergreifen.

Er trat zwischen den Felsen hindurch, die einen natürlichen Kreis bildeten. Auf dem freien Platz, den sie einrahmten, schwebte dicht über dem Boden ein dunkles, etwa sechs Meter durchmessendes kugelförmiges Gebilde.

Prompt dachte Callibso an das Objekt, das er für einen kurzen Augenblick geortet hatte. War es möglich, dass es sich dabei um ein und denselben Gegenstand handelte? Wenn dem so war, dann hatte der Besitzer des Objekts mittlerweile alle Energiequellen abgeschaltet, um eine Ortung zu verhindern.

Das Nagetier war nirgends mehr zu sehen, wahrscheinlich hatte es seinen Zweck erfüllt und ging wieder seinen natürlichen Beschäftigungen nach.

Der Zeitlose beobachtete die Kugel. Sie schien das Produkt einer ihm unbekannten Technik zu sein. Auf jeden Fall war sie flugfähig, denn wie sonst hätte sie zwischen die Felsen gelangen sollen?

In diesem Moment wurde Callibso von einer Woge mentaler Impulse überschüttet. Sie waren hypnosuggestiver Natur und hätten ein anderes Wesen auf der Stelle getötet oder zumindest kampfunfähig gemacht. Nicht so den Zeitlosen. Er starrte die Kugel an und überlegte, ob sie eine Waffe Bardiocs sein mochte.

Die Signale enthielten keine spezifischen Befehle. Sie dienten offenbar nur dem Zweck, ihr Opfer zu lähmen und willenlos zu machen.

»Das hat keinen Sinn, Bardioc«, stellte Ganerc-Callibso langsam fest. »Außerdem bin ich nicht gekommen, um dir Schaden zuzufügen.«

Augenblicklich erloschen die Impulse. Die Kugel erhellte sich, sie wurde zu einer strahlenden energetischen Sphäre mit transparenter Hülle.

Zu seiner maßlosen Überraschung sah Callibso in ihrem Innern sein Ebenbild – den Puppenspieler von Derogwanien. Das Ding – Callibso glaubte keineswegs daran, dass sich in der Kugel eine weitere Puppe befinden könnte – bewegte sich in einer milchfarbenen Flüssigkeit oder in einem besonderen Gemisch, das war nicht genau festzustellen. Im Gegensatz zu Callibso trug es keinen Anzug, sondern war nackt.

Wahrscheinlich, überlegte der ehemalige Mächtige, handelte es sich um eine psionische Spielerei, die Bardioc sich ausgedacht hatte und die von seinen Helfern technisch realisiert worden war.

Eine dumpfe Stimme drang aus der Sphäre. »Ich bin nicht Bardioc«, sagte sie. »Aber das Rätsel um deine Person ist noch größer. Du sprichst die Ursprache, die Sprache der sieben Mächtigen.«

»Genau wie du!«, konterte Ganerc-Callibso. »Wenn du nicht zu Bardioc gehörst, wer bist du dann?«

Es entstand eine Pause. Schließlich drang ein Geräusch aus der Sphäre, das sich wie ein Stöhnen anhörte.

»Du musst Ganerc sein!«, rief das Ding in der Kugel. »Soweit ich Bardiocs Geschichte kenne, kannst du nur Ganerc sein, der zum Wächter Callibso wurde und diese Zwergengestalt annahm.«

Mit allem hatte der Zeitlose gerechnet, aber nicht damit, dass jemand, der angeblich nicht Bardioc war, ihn erkennen würde. Sein Schock war beinahe so groß wie nach seiner Ankunft auf dieser Welt, als er verstanden hatte, was mit Bardioc geschehen war.

»Ich bin Ganerc«, brachte er endlich hervor. »Aber woher weißt du das?«

»Ich bin eine Inkarnation BARDIOCS, die vierte und letzte – und damit gleichzeitig die mächtigste. Ich bin BULLOC.«

Dieser Name sagte Callibso nichts. Auch die damit verbundene Erklärung stellte mehr Fragen, als sie beantwortete.

»Wenn du Ganerc bist«, fuhr der geheimnisvolle Passagier der Energiesphäre fort, »bist du wahrscheinlich gekommen, um dafür zu sorgen, dass BARDIOC den Rest seiner Strafe verbüßt. Ich will dir gerne bei deinen Bemühungen helfen, wenn du mich als Verbündeten anerkennst.«

Callibso fühlte sich regelrecht überrumpelt. *Was geht hier vor?*, fragte er sich. BULLOC hatte sich als eine Inkarnation Bardiocs bezeichnet. Wie war das zu verstehen? Offensichtlich war BULLOC ein Widersacher Bardiocs. Aber warum duldete Bardioc ihn in seiner Nähe?

Callibso fühlte sich von diesen Fragen überwältigt. Seine Gedanken verloren sich in sinnlosen Spekulationen. Er verstand nichts.

»Es geht mir nicht darum, Bardioc zu bestrafen«, sagte er. »Kemoauc hat mich geschickt, damit ich Bardioc erlöse. Ich konnte nicht ahnen, was ich hier antreffen würde.«

»Was willst du jetzt tun?«, erkundigte sich BULLOC gespannt.

»Das weiß ich noch nicht«, erwiderte Callibso wahrheitsgemäß. »Eigentlich hatte ich vor, mich gründlich auf dieser Welt umzusehen und danach eine Entscheidung zu treffen.«

»Überlege dir gut, was du tust«, forderte ihn BULLOC auf. »Vergiss nicht, dass BARDIOC ein Verbrecher ist, der sich seiner gerechten Strafe entzogen hat.«

»Das liegt lange Zeit zurück«, bemerkte der Zeitlose nachdenklich. »Ich fühle keinen Hass mehr gegen ihn, obwohl er die Schuld an meiner Verbannung auf sich geladen hat.«

»Ich werde ihn vernichten!«, sagte BULLOC.

Callibso zuckte zusammen. Er spürte die wilde Entschlossenheit, die hinter diesen Worten steckte. Gleichzeitig fühlte er einen Hauch jener düsteren Macht, die von der Inkarnation verkörpert wurde.

»Welche Beziehungen hast du zu Bardioc?«, wollte er wissen.

BULLOC erklärte es ihm und sagte abschließend: »BARDIOC ist unfähig, die von ihm aufgebaute Mächtigkeitsballung zu leiten. Er schläft und träumt und macht dabei viele Fehler. Es kommt immer wieder zu Katastrophen, weil die Superintelligenz die Kontrolle über die Entwicklung verloren hat.«

Hatte Callibso geglaubt, die Inkarnation würde von nackter Mordlust getrieben, so musste er nun einsehen, dass sie wie Bardioc vom Willen zur absoluten Macht beherrscht wurde. Es schien, als hätten sich alle schlechten Eigenschaften Bardiocs in seiner vierten Inkarnation vereinigt.

Trotzdem fragte sich der ehemalige Schwarmwächter, ob er das Recht hatte, in diese Auseinandersetzung einzugreifen. War es nicht besser, den Dingen ihren Lauf zu lassen?

»Ich bin auf der Suche nach dem Versteck des Urgehirns«, drang BULLOCS Stimme wieder an Callibsos Gehör. »Wo einst die Kapsel abgelegt wurde, muss es sich noch heute befinden.«

»Ich suche diesen Ort ebenfalls.«

»Dann sollten wir uns verbünden!«

»Nein!«, rief Ganerc-Callibso mit plötzlicher Furcht, in den Sog der Ereignisse gerissen zu werden und nicht mehr zurückzukönnen. »Ich bin noch nicht in der Lage, die Situation richtig zu beurteilen.«

Es war nicht zu erkennen, ob BULLOC enttäuscht war, auf jeden Fall verdunkelte sich das Innere der Sphäre, und die Inkarnation wurde unsichtbar. Ihre Stimme war aber weiterhin zu hören. »Es gibt noch einen Dritten, der Kontakt mit BARDIOC aufnehmen will«, sagte BULLOC. »Ich habe seine Spur verloren. Das bedeutet, dass es ihm gelungen sein muss, sich in die Symbiose zu integrieren.«

»Von wem sprichst du?«

»Von einem Menschen«, erklärte BULLOC. »Von Perry Rhodan.«

Dies war der dritte Schock, mit dem der Zeitlose fertig werden musste, seitdem er nach BARDIOC gekommen war.

15.

Es gab einige sichere Anhaltspunkte dafür, dass BULLOC allmählich lernte, Tiere und Pflanzen unter seine Kontrolle zu bringen. Ihre Anzahl war zwar noch auf wenige Exemplare begrenzt, doch Perry Rhodan sah darin keinen Anlass, diese Entwicklung zu unterschätzen. Seitdem BULLOC das Tal abgesucht hatte, wusste Rhodan nicht mehr, was die Inkarnation gerade tat, und das war fast noch beunruhigender, als BULLOC in seiner unmittelbaren Nähe zu wissen.

Perry Rhodan befürchtete, dass er plötzlich BARDIOCS Tod wahrnehmen könnte. Diese apokalyptische Vision würde Wirklichkeit werden, sobald es der Inkarnation gelang, das Urgehirn der Superintelligenz zu finden und zu vernichten, bevor es aus seinem Schlaf erwachte. Eine solche Entwicklung hätte zugleich Rhodans Ende bedeutet, denn er hielt es für fraglich, ob er sich schnell genug aus der Symbiose würde zurückziehen können. Und selbst wenn ihm das gelingen sollte, würde er über kurz oder lang BULLOC dennoch zum Opfer fallen.

Diese Überlegungen belasteten den Terraner und behinderten ihn in seinen Bemühungen, Kontakt zu dem Träumer aufzunehmen.

Rhodan versuchte, sich zu entspannen, Traumfragmente BARDIOCS in sich mitschwingen zu lassen und zu verarbeiten. Er hoffte, dass es ihm noch einmal gelingen würde, sich in einen Traum des Schläfers einzufühlen. Dann würde er völlig anders vorgehen als bei seinem ersten fehlgeschlagenen Versuch.

Es hatte keinen Sinn, BARDIOC abrupt aufwecken zu wollen, dazu brauchte er Geduld. Perry Rhodan war entschlossen, ein eigenes Gedankengebäude in einem von BARDIOCS Träumen zu manifestieren. Wenn er seine Fantasien erst fest verankert hatte, durfte er hoffen, dass BARDIOC sie akzeptierte und über seine organischen Relais in andere Träume einordnete.

Rhodan musste BARDIOC suggerieren, dass alles, was er ihm an Traumsequenzen zuführte, überragende Bedeutung hatte. Nur dann würden die falschen Bilder von dem Schläfer in vollem Umfang akzeptiert werden.

Der Stoff für eine solche Geschichte lag zweifellos in der Vergangenheit der Superintelligenz, denn was vor Bardiocs Verbannung geschehen war, bildete bis heute das Grundmuster des kosmischen Albtraums. Dort musste Perry Rhodan ansetzen und einen Anti-Traum aufbauen, der in BARDIOC eine derart nachhaltige Wirkung hinterließ, dass er seinen Fehler erkannte und aufwachte.

Rhodans Anti-Traum musste schockieren!

Jeder Albtraum gelangte früher oder später an einen kritischen Punkt seiner Entwicklung, und der Schläfer erwachte. Wenn dies bei BARDIOC nicht der Fall war, musste eine solche Situation künstlich herbeigeführt werden. In der Theorie erschien dies einleuchtend, die Frage war nur, ob es Rhodan gelingen würde, seine Absichten schnell genug in die Realität umzusetzen.

Der Terraner zuckte zusammen, als er vor seinem geistigen Auge wieder Traumbilder BARDIOCS vorbeiziehen sah. Sie wirkten wie Teile eines überdimensionalen Puzzles. Landschaften, Gestalten und Objekte wechselten in wilder Folge ab, und es schien kein Sinn in diesem Ablauf zu liegen. Perry Rhodan wusste aber inzwischen, dass sich aus diesem Wust scheinbar unüberschaubarer Geschehnisse schließlich ein Ablauf herausschälen würde. Jeder von BARDIOCS Träumen war mit Ballast behaftet, der dem Unterbewusstsein des Schläfers entstammte oder benötigt wurde, um die irrationale Logik des Traumes aufrechtzuerhalten. Rhodan musste diese Begleiterscheinungen ignorieren und durchdringen, um den Kern des jeweiligen Traumes zu verstehen.

Er ließ die scheinbar in willkürlicher Reihenfolge erscheinenden Bilder auf sich einwirken. Der auf die Gegenwart bezogene Teil des Traumes befasste sich mit der vierten Inkarnation. Rhodan erkannte bestürzt, dass seine Befürchtung, BARDIOC könnte BULLOCS Pläne nicht durchschaut haben, in vollem Umfang zutraf. Zwar sorgte BARDIOC sich wegen der mangelnden Unterwürfigkeit BULLOCS, aber er plante bereits die nächsten Einsätze der Inkarnation an weit entfernten Grenzen der Mächtigkeitsballung. Diese Unternehmungen bildeten gleichzeitig die Grundlagen für den zukünftigen Aspekt des Traumes.

Die Vergangenheitselemente lagen nicht weit genug zurück, um einen wirklichen Ansatzpunkt für Rhodan zu bieten. Sie beschäftigten sich mit der Entstehung der Inkarnation, lagen also weit entfernt von dem Zeitpunkt, als Bardioc aus der Kapsel ausgebrochen war.

Angesichts des Zeitdrucks, unter dem er stand, unternahm der Terraner trotzdem einen vorsichtigen Versuch. Er wusste inzwischen, worauf es ankam. Da BARDIOC in seiner eigenen Traumlogik alle eigenen Untaten als richtig akzeptiert oder verdrängt hatte, galt es, fremde Schreckensbilder in den Traum einzuschleusen.

In Rhodans Erinnerungen bestand an solchen Visionen kein Mangel. Als Zellaktivatorträger lebte er seit mehr als eineinhalb Jahrtausenden und hatte vielfältige Widerwärtigkeiten erlebt – angefangen vom Kampf der Dritten Macht um die Existenz der Menschen auf der Erde, über die Meister der Insel mit ihren skrupellosen Experimenten und seiner Odyssee nach Naupaum bis hin zu den unmenschlichen Auswirkungen der Aphilie. Wenn es ihm gelang, alle diese negativen Erfahrungen und viele andere mehr in BARDIOCS Traum einzuschleusen, war schon viel erreicht. Trotzdem bedeutete das noch nicht die Rettung. BARDIOC musste daran glauben, dass er selbst für diese Entwicklungen verantwortlich sei und dass sie sich in seiner Mächtigkeitsballung abgespielt hatten.

Perry Rhodan stellte in Gedanken einen Katalog des Schreckens zusammen. Darin waren der Overhead ebenso enthalten wie die Individualverformer, Thomas Cardif und Iratio Hondro. Anti-ES wurde aufgeführt, Trevor Casalle und die Laurins. Das Cappin-Volk der Takerer, der Ceynach-Jäger aus Naupaum, und als Höhepunkt negativer Entwicklung spielten die Uleb eine wichtige Rolle.

Rhodan ließ alle schlimmen Erinnerungen Revue passieren, er durchlebte noch einmal sämtliche Schrecknisse, die sich seit der Gründung der Dritten Macht ereignet hatten. Dann spielte er sie BARDIOC zu, integrierte sie in den Traum der Superintelligenz und versuchte hartnäckig, sie der Logik dieses Traumes anzupassen.

Wahrscheinlich wäre ein einzelnes Ereignis von dem Schläfer umgehend als falsch und unlogisch erkannt und verdrängt worden, doch die Summe der Berichte ergab ein in sich geschlossenes Bild, sodass BARDIOC es nicht einfach ignorieren konnte.

Jener Teil der Superintelligenz, der das von Rhodan beobachtete Traumfragment produzierte, konnte die anfallenden Daten nicht mehr allein verkraften, vor allem konnte er keine Entscheidung darüber treffen, ob die Szenarien in den üblichen Rahmen passten. So geschah das, worauf der Terraner gehofft hatte: Seine Schreckensvisionen wurden über die organischen Verknotungen des Planetengehirns in andere Bereiche weitergeleitet. Dort trafen sie gefiltert und manipuliert ein, BARDIOC kam nicht mehr auf den Gedanken, dass die Informationen falsch sein könnten, er akzeptierte sie.

Rhodan, der »aus der Ferne« beobachtete, so gut es ihm möglich war, glaubte, eine um sich greifende Unruhe der Superintelligenz zu spüren.

Ihm blieb jedoch keine andere Wahl, als die weitere Entwicklung abzuwarten. Dabei produzierte er unablässig neue Gedankenszenen und formte die Uleb zu den Zentralfiguren allen Schreckens. Er versuchte, BARDIOC zu suggerieren, dass diese Geschöpfe in seiner Mächtigkeitsballung entstanden und mithilfe der Kleinen Majestäten zu einem Vernichtungsfeldzug angetreten waren, den jeder BARDIOC bisher verheimlichte.

Kaum war die SOL in jene Galaxis eingedrungen, die von den Besatzungsmitgliedern wegen ihrer Form und Farbe Blauauge und von den Hulkoos Barxöft genannt wurde, zeigten die Ortungs- und Messgeräte eine Entdeckung, die das Interesse der Ortungstechniker und Hyperphysiker erweckte.

Der fünfdimensionale Geräuschpegel in Barxöft war ungewöhnlich hoch. In vielen Bereichen gab es ein wahres Prasseln störender Impulse.

Da dieses Phänomen der Struktur dieser Galaxis zugeschrieben wurde und es die Sicherheit des hantelförmigen Riesenschiffs in keiner Weise beeinträchtigte, hielt sich das Interesse der Besatzung in Grenzen und wurde von der Schiffsführung weitgehend ignoriert.

An Bord der SOL gab es dennoch einen Mann, der sich intensiv damit beschäftigte, nachdem jeder in der Ortungszentrale schon wieder zur Tagesordnung übergegangen war: Joscan Hellmut.

Man wusste mit an Sicherheit grenzender Wahrscheinlichkeit, dass diese Galaxis der zentrale Sitz der Superintelligenz BARDIOC war. Das bedeutete eine permanente Drohung, die wie ein Damoklesschwert über dem Schiff hing und keinen Raum für Reibereien ließ. Hellmut war Realist. Er ahnte, dass die Streitigkeiten zwischen den Kindern der SOL und den Terranern von Neuem aufflammen würden, sobald das Hantelraumschiff in sichere Bereiche des Universums zurückkehrte. Momentan hatte er jedoch Zeit, sich technisch und naturwissenschaftlich zu beschäftigen. Er hatte sogar das Roboterpaar Romeo und Julia in sein Labor geholt und aus den Depots die verschiedensten Geräte angefordert.

»Könnte es sein, dass diese hyperphysikalischen Phänomene mit BARDIOC zu tun haben?«, wandte er sich an die beiden kastenförmigen Roboter, die in ihrem Aussehen dem Bild entsprachen, das sich menschliche Gemüter im zwanzigsten Jahrhundert von Robotern gemacht hatten. Als er keine Antwort erhielt, erinnerte Hellmut sich daran, dass er kein Mitglied des Robotgespanns direkt angesprochen hatte.

»Was hältst du davon, Romeo?«

»Wir haben keine Vergleichsmöglichkeiten.«

Hellmut kratzte sich am Kinn. »Wieso eigentlich nicht?«, fragte er. »Ich brauche die Burschen von der Ortungszentrale nur zu bitten, mir Kopien aller Speicher zu überlassen, auf denen die Ergebnisse der hyperenergetischen Messungen erhalten sind.«

»Das ist eine Möglichkeit!«, sagte Romeo.

»Ich bezweifle, dass du wirklich begreifst, was ich vorhabe, mein Freund«, sagte Hellmut sarkastisch. »Es geht mir darum, die Messungen zu vergleichen, um möglicherweise Unterschiede zu finden zwischen jenen kosmischen Bezirken, die von BARDIOCS Helfern und Kleinen Majestäten besetzt, und jenen, die frei geblieben sind.«

»Er denkt, dass dieser Störgeräuschpegel charakteristisch für alles ist, was mit BARDIOC zusammenhängt«, mischte sich Julia ein.

»In der Tat«, lobte der Kybernetiker. »Du hast erkannt, worum es mir geht. Die Ortungstechniker können mir diese Aufgabe abnehmen und die Vergleiche anstellen, während wir uns mit den spezifischen Impulsen auseinandersetzen.«

Er stellte eine Funkverbindung zur Ortungszentrale her und trug seine Bitte vor.

»Kein Problem für uns«, bestätigte der Diensthabende. »Allerdings frage ich mich, was Sie damit anfangen wollen.«

Hellmut grinste breit. »Ich will einen verschollenen Geburtstagsgruß aufspüren, den meine Großmutter mir gesendet hat.«

»Sie Spaßvogel«, sagte der Ingenieur beleidigt und unterbrach die Verbindung.

Der Sprecher der SOL-Geborenen widmete sich wieder den Instrumenten. »Was wir als Störungen registrieren, hat vielleicht einen Sinn. Romeo, kannst du dir vorstellen, dass wir nur den Kode herausfinden müssen, um diese Störungen als das zu erkennen, was sie vielleicht sind?«

»Als Nachrichten!«, rief der Roboter ohne Enthusiasmus.

»Denkst du wirklich, wir könnten diesen Kode dechiffrieren?«, fragte Julia. »Du verlangst nicht mehr und nicht weniger, als dass wir Modulationstechniken auf die Spur kommen, Joscan.«

»Ihr seid nicht auf euch allein gestellt«, sagte Hellmut. »Ich gebe euch die Erlaubnis, SENECA miteinzubeziehen.«

»In Situationen wie dieser darf die Hyperinpotronik nur mit Einwilligung der Schiffsführung für private Forschungsobjekte benutzt werden«, erinnerte Romeo.

»Na und? Wer sagt denn, dass dies ein privates Forschungsobjekt ist? Die Lösung des Rätsels liegt im Interesse aller.«

Da Hellmut keinen Widerspruch erhielt, ging er davon aus, dass beide Roboter seine Argumentation geschluckt hatten.

»Fangen wir also an«, schlug er vor und zeigte auf ein kleines Holo. »Vielleicht gelingt es uns, BARDIOCS Botschaften zu projizieren. Stellt euch vor: Bilder von BARDIOC, die wir Atlan und allen anderen zeigen können.«

»Deine Worte haben erhöhten hypothetischen Gehalt«, verwies ihn Romeo.

»Dessen bin ich mir natürlich bewusst«, stimmte Hellmut ernüchtert zu.

Sie arbeiteten gemeinsam, und sobald es sich als notwendig erwies, stellte das Roboterpaar eine Verbindung zu SENECA her, der in Sekundenschnelle die nötigen Auswertungen lieferte. Schließlich erhielt Hellmut einen Anruf aus der Ortungszentrale. Der Ingenieur, mit dem er schon vor Stunden gesprochen hatte, meldete sich.

»Viele Grüße von Ihrer Großmutter«, sagte der Mann spöttisch. »Sie häkelt weiter an Ihrem Nasenwärmer, damit Sie sich Ihr Riechorgan nicht erkälten, wenn Sie es in die Weltraumkälte stecken.«

Hellmut starrte die Bildwiedergabe an. »Jetzt sind wir quitt«, sagte er ruhig. »Was haben Sie herausgefunden?«

»Vermutlich genau das, was Sie erwarten. Alle Bereiche, die nach Puukars Aussage mit BARDIOC zu tun haben, zeigen diesen Störgeräuschpegel. Er ist in den Regionen am stärksten, die auch von den beiden Kristallen der Kaiserin von Therm bezeichnet werden.«

»Ausgezeichnet!«, rief Hellmut triumphierend. »Ich werde …«

»Halt!«, unterbrach ihn der SOL-Geborene in der Ortungszentrale. »Was immer Sie vorhaben, vergessen Sie nicht, dass es sich um Impulse im Hyperbereich handelt, also um fünfdimensionale Qualität.«

»Ich denke immerzu daran.«

»Dann wissen Sie auch, dass diese Signale psionischen Ursprungs sein können.«

»Ja, natürlich!«

»Sie suchen den Schlüssel, nicht wahr?«, erriet der Ingenieur.

»Sie sind ein heller Kopf.« Hellmut nickte anerkennend. »Aber ich verlasse mich darauf, dass Sie vorerst schweigen.«

»Wem sollte ich etwas davon mitteilen?« Die Stimme aus der Ortungszentrale bekam einen leicht verächtlichen Unterton. »Den Terranern in der Zentrale?«

Hellmut wollte den Mann zurechtweisen, doch das Bild erlosch; die meisten SOL-Geborenen wussten, dass Hellmut eine neutrale Haltung zwischen beiden Parteien einnahm.

»Ihr habt gehört, was los ist«, sagte Joscan Hellmut zu Romeo und Julia. »Mein Verdacht scheint zuzutreffen – wir müssen nur noch den Informationskode entschlüsseln.«

»Grob gesagt. Wir wissen, dass wir etwas suchen, aber das ist auch schon alles«, erklärte Julia. Romeo fügte hinzu: »Wenn uns der Zufall nicht hilft, werden wir nichts erreichen.«

Hellmut ließ sich nicht beirren. Er wusste, dass es sich bei den Kleinen Majestäten um organische Gebilde handelte. Worauf anders sollten sie reagieren, wenn nicht auf paramentale Signale? BARDIOC versorgte möglicherweise seine Helfer mit Gedankenbildern, wahrscheinlich auf dem Weg der Hypersuggestion.

Sie arbeiteten weiter, während das Fernraumschiff langsam und mit der angebrachten Vorsicht tiefer in Barxöft eindrang.

Hellmut gönnte sich nur wenige Schlafpausen, die er so anordnete, dass die Roboter in der Zwischenzeit Statistiken anlegen und Auswertungen vornehmen konnten.

Als er nach der dritten, sich selbst verordneten Ruhezeit erwachte, sagte Romeo: »Wir haben Besuch!«

Joscan Hellmut blinzelte gegen das helle Licht und sah Atlan unter dem Türschott stehen.

Der Arkonide deutete auf die zusätzlichen Anlagen in dem Labor. »Ist *das* der Grund für das Eremitendasein, das Sie neuerdings führen?«

Hellmut hob die Schultern und ließ sie langsam wieder sinken. »Allerdings … die Dinge sind nur noch nicht spruchreif.«

»Sie nutzen Ihre Privilegien und arbeiten mit SENECA. Angesichts der Bestimmungen …«

»Werden Sie mich jetzt aufhalten?«

»Nicht, wenn Sie mir in allen Einzelheiten verraten, was Sie hier tun«, sagte der Arkonide, der seit Perry Rhodans Entführung durch BULLOC das Oberkommando an Bord der SOL innehatte. Das hieß, eigentlich war es nur ein begrenztes Kommando, denn der Kurs des Fernraumschiffs wurde weitgehend von den Kristallen der Kaiserin von Therm bestimmt: von Puukars Pruuhl und dem Stein, der Perry Rhodan gehörte.

»Ich versuche, BARDIOCS Botschaften zu entschlüsseln!« Hellmut seufzte.

»Empfangen wir solche?«

»Ich bin ziemlich sicher, Atlan. Es sind wahrscheinlich psionische Botschaften, bestimmt für die Kleinen Majestäten in BARDIOCS Mächtigkeitsballung.«

»Was haben Sie bisher erreicht?«

Zögernd deutete Hellmut auf eine Holodarstellung, in der sich verzerrte Muster abzeichneten. »Das ergibt noch keinen Sinn. Immerhin können wir die Signale mittlerweile bildlich umsetzen, wenn auch noch nicht in der Reihenfolge, die für unser Empfinden ein vernünftiges Szenario ergibt.«

»Sie hätten die Schiffsführung längst über Ihre Experimente unterrichten sollen«, sagte Atlan stirnrunzelnd. »Die Wissenschaftler hätten Sie bei Ihrer Arbeit unterstützen können, dann wären wir wahrscheinlich schon weiter.«

»Das bezweifle ich«, widersprach Hellmut. »Eine bessere Unterstützung als die beiden Roboter und SENECA kann ich nicht bekommen.«

Atlan blickte nachdenklich auf die Anlage. »Was erwarten Sie zu sehen?«, wollte er wissen.

Darüber hatte Hellmut sich bislang vergeblich den Kopf zerbrochen. Die Wahrheit war, dass er nicht einmal ahnen konnte, wie eine entschlüsselte Botschaft aussehen würde.

Atlan deutete das Zögern des Wissenschaftlers richtig. »Sie wissen es nicht! Nun gut, Josc. Ich lege Ihnen nichts in den Weg, erwarte aber, dass Sie mich ab sofort über jeden Fortschritt unterrichten.«

»Selbstverständlich, Kommandant! Ich danke Ihnen.«

Atlan nickte und verließ das Labor.

Hellmut, der ihm nachsah, wandte sich an die beiden Roboter. »Der Arkonide ist kühl bis ans Herz. Das hat uns bisher vor ernsten Zusammenstößen zwischen SOL-Geborenen und Terranern bewahrt.«

»Seine Körpertemperatur in der Herzgegend kann sich nicht von der aller übrigen Besatzungsmitglieder unterscheiden«, erklärte Romeo. »Andernfalls wäre er bei dieser körperlichen Konzeption kaum lebensfähig.«

Hellmut starrte den Roboter ungläubig an. »Das meinte ich rhetorisch, es ist nur eine Redensart.«

»Ja«, sagte Romeo, »das habe ich bereits in Erwägung gezogen.«

»Wir setzen unsere Arbeit fort.« Hellmut wusste, dass bestimmte Abstraktionen geeignet waren, stundenlange Diskussionen mit den Robotern heraufzubeschwören – und dafür hatte er keine Zeit.

Er war überzeugt, dass Atlan ihn nur gewähren ließ, weil der Arkonide keine weiteren Unruheherde schaffen wollte. Vermutlich glaubte Atlan nicht, dass Hellmut Erfolg haben könnte, deshalb erachtete er es als unnötig, die Besatzung zu informieren.

»Wir werden einen glaubwürdigen Beweis liefern müssen, wenn unsere Arbeit anerkannt werden soll«, sagte Joscan Hellmut zu den Robotern. »Beide Kristalle werden die SOL dorthin bringen, wo BARDIOC residiert, wer oder was diese Superintelligenz auch sein mag. Es wäre von unschätzbarem Wert, wenn wir bis zu diesem Zeitpunkt griffige Informationen liefern könnten.«

Er arbeitete ohne Pause weiter. Doch erst als Hellmut schon resignieren wollte und selbst nicht mehr an einen Erfolg seiner Arbeit glaubte, lösten sich die wirren Muster in der Wiedergabe endlich auf und wurden zu einem symmetrischen Gebilde.

Fasziniert stand der Kybernetiker vor der Anlage. »Seht euch das an!«, forderte er die beiden Roboter auf. »Wofür haltet ihr das?«

»Für das Abbild eines Sonnensystems«, antworteten Romeo und Julia wie aus einem Mund.

»Ein Anfang ist gemacht«, sagte Hellmut stolz. »SENECA wird nun, da er den Schlüssel gefunden hat, alle Botschaften in Bildsymbole umsetzen können.«

Er stellte eine Verbindung zur Zentrale her. Reginald Bull meldete sich. Der Zellaktivatorträger wirkte angespannt; die Suche nach Perry Rhodan zehrte an seiner Nervenkraft. Hellmut überlegte, wie lange Rhodan und Bull sich kannten. Konnte er als Sterblicher eine Freundschaft verstehen, die nach Jahrhunderten zählte? Wie so oft, wenn er sich mit den menschlichen Problemen der Aktivatorträger beschäftigte, beschlich ihn ein unbehagliches Gefühl.

Die lange Lebensdauer einiger weniger war einfach unnatürlich.

Hellmut glaubte, dass die psychische Verfassung dieser Personen stabil war, und er hatte nie davon gehört, dass es bei ihnen schwere Krisen gegeben hätte. Das bedeutete aber keineswegs, dass es eines Tages nicht doch dazu kommen würde.

Bisher, dachte Hellmut mit einem gewissen Schaudern, hatte der Mensch stets dafür bezahlen müssen, wenn es ihm gelungen war, die Natur scheinbar zu überlisten.

Eines Tages würde auch den Aktivatorträgern eine Rechnung präsentiert werden. Joscan Hellmut befürchtete dies trotz Atlans Existenz, der mittlerweile fast elftausend Jahre alt war. Der Arkonide war jedoch aus zwei Gründen nicht unbedingt ein Beispiel für die terranischen Aktivatorträger. Er besaß Psyche und Physis eines Arkoniden, nicht die eines Menschen. Außerdem hatte er lange Schlafperioden in seiner Kuppel am Grund des Atlantiks auf der Erde zugebracht.

»Hellmut, Sie träumen mit offenen Augen!«, hörte der Kybernetiker Bull sagen. Er gab sich einen Ruck und entschuldigte sich.

»Vermutlich hat Atlan mit Ihnen über meine Versuche hier im Labor gesprochen.«

»So ist es«, bestätigte Bull. »Wie kommen Sie voran?«

»Gut. Wir bekommen die ersten Bilder. Ich möchte einige Mitglieder der Schiffsführung und der wissenschaftlichen Teams in mein Labor rufen.«

»Das wird nicht nötig sein. Atlan hat dafür gesorgt, dass alles, was

Sie selbst sehen, in die Zentrale übertragen werden kann. SENECA hat die entsprechenden Vorbereitungen getroffen.«

Hellmut schluckte. Er fühlte sich ein wenig betroffen, obwohl er eigentlich damit gerechnet hatte, dass der Arkonide keineswegs untätig bleiben würde.

»Dann komme ich zu Ihnen in die Zentrale«, erklärte er. »Ich werde zu Ihrer Verfügung stehen, falls es Fragen gibt.«

Bull nickte. »Wir erwarten Sie!«

An Romeo und Julia gewandt, sagte Hellmut: »Ihr habt gehört, was los ist. Ihr beide bleibt hier und überwacht die Anlage, damit es nicht zu Schwierigkeiten kommt.«

Er verließ die Kabine. Auf dem Weg in die Zentrale im Mittelteil der SOL traf er im Hauptkorridor mit Alaska Saedelaere zusammen. Obwohl der Kybernetiker keine Anhaltspunkte dafür besaß, hatte er den Eindruck, dass dies kein zufälliges Zusammentreffen war, sondern von dem Transmittergeschädigten gewollt.

»Ich werde Sie nicht lange aufhalten«, versprach ihm der Mann mit der Plastikmaske. »Über Ihre Experimente wird in der Zentrale heftig diskutiert.«

»Ja«, sagte Hellmut abwartend. Er wusste nicht, was Saedelaere vorhatte, aber es sah so aus, als erwartete der andere bestimmte Informationen von ihm.

Welche Informationen?, fragte Hellmut sich beunruhigt.

»Gibt es konkrete Hinweise, woher diese Sendungen kommen?«, fragte der hagere Terraner.

»Von BARDIOC.«

»Haben Sie den Eindruck, dass dabei noch eine ... eine andere Macht eine Rolle spielen könnte?«

»Wie soll ich das verstehen?«

Saedelaere machte einen verlegenen Eindruck. Obwohl sein Gesicht von der Maske verdeckt war, konnte der SOL-Geborene das leicht erkennen.

»Es ist mehr eine Ahnung«, erklärte Saedelaere in seiner holprigen Sprechweise. »Vielleicht sollte ich nichts darauf geben. Aber ein untrügliches Gefühl sagt mir, dass ich mich in der Nähe von etwas befinde, was mir nicht unbekannt ist.«

Hellmut lächelte ungläubig. »Wir fliegen auf BARDIOCS Hauptquartier zu. Was sollten Sie dort kennen? Vielleicht Perry Rhodan?«

»Ich glaube nicht, dass meine Ahnungen mit Rhodan zu tun haben.«

»Was wollen Sie von mir hören?«, fragte Hellmut geradeheraus.

»Wenn ich das wüsste, wäre mir wohler«, gestand der Transmittergeschädigte. Er ergriff Hellmut am Arm und zog ihn mit sich weiter.

Als die beiden Männer die Zentrale betraten, spürte der Kybernetiker sofort die herrschende Anspannung. Ein Blick auf die Monitoren, die alle Bilder aus Hellmuts Labor übertrugen, zeigte dem Sprecher der SOL-Geborenen den Grund dafür.

Inzwischen hatten sich die Szenen verändert und wurden wie eine Art Film eingespielt. Dabei schien der Film keine Handlung zu haben, sondern lediglich eine Anhäufung wirrer Bilder zu sein.

»Wenn das alles von BARDIOC kommt, sind wir entweder unfähig, seine Botschaften richtig zu verstehen, oder diese Superintelligenz ist verrückt«, sagte Reginald Bull.

»Kommen Sie zu uns!«, rief Atlan, der Hellmut entdeckt hatte. »Es ist immerhin Ihr Programm, das da abläuft.«

Das allgemeine Interesse konzentrierte sich vorübergehend auf den Kybernetiker. Er fing abweisende Blicke SOL-Geborener auf, die offenbar nicht damit einverstanden waren, dass ihr Sprecher sich mit Problemen abgab, die mit ihren Ansprüchen nichts zu tun hatten. Hellmut befürchtete, dass diese Entwicklung für die Radikaleren wieder Anlass sein konnte, die Besitzverhältnisse infrage zu stellen. Es gab eine neue Gruppe einflussreicher Solaner, die von einem Mann namens Gavro Yaal angeführt wurden. Bisher hatte Hellmut keine Zeit gefunden, sich intensiv mit Yaal auseinanderzusetzen, aber er ahnte, dass dieses Problem nur aufgeschoben war und früher oder später gelöst werden musste.

Hellmut blieb vor den Monitoren stehen und beobachtete die eingespielten Bilder.

Einige waren verständlich. Sie ließen Hulkoos, Kleine Majestäten und unbekannte Planeten erkennen. Vermutlich handelte es sich um Szenen aus der Mächtigkeitsballung der Superintelligenz. Andere Bilder wirkten fremd. Sie zeigten seltsame riesige Gebäude und große, heroisch anmutende Gestalten. Es war auffallend, dass es nur sieben von ihnen zu geben schien, die in willkürlicher Reihenfolge auftauchten. Dann wieder wechselte die Darstellung zu einer gigantischen Plattform. Sie schien mitten im Raum zu schweben. Über ihr loderten Sternenmassen. Der Sinn dieser Bilder blieb unverständlich. Sie wirkten beinahe wie Ausschnitte aus einem wilden Traum.

Hellmut sprach aus, was er dachte, ohne dabei zu ahnen, wie nahe er der Wahrheit kam. »Das scheinen Szenen eines Albtraums zu sein!«

»SENECA ist nicht in der Lage, die Bedeutung aller Bilder zu erfassen«, sagte Atlan. »Die Mutanten sind völlig verwirrt. Es hat den

Anschein, dass wir uns keine richtige Vorstellung von BARDIOC machen können. Er mag über ungeheure psionische Kräfte verfügen, das ist aber schon alles, was wir herausgefunden haben.«

»Ich denke, wir sollten uns mit der Möglichkeit vertraut machen, dass sogar eine Superintelligenz verrücktspielen kann«, warf Galbraith Deighton ein. »Vieles, was wir bisher erlebt haben und uns unverständlich erschien, ließe sich damit erklären, dass BARDIOC nicht bei Sinnen ist. Diese Bilder scheinen das sogar zu belegen.«

Plötzlich gab es einen Aufschrei. Hellmut fuhr herum und sah Reginald Bull mit aufgerissenen Augen vor den Monitoren stehen. Der Aktivatorträger deutete mit ausgestrecktem Arm auf die Geräte.

»Da!«, stieß er entsetzt hervor. »Ein Uleb!«

Auch als Joscan Hellmut die Zusammenhänge erfahren hatte, konnte er den panikartigen Schrecken der Terraner nur zum Teil verstehen. Für den Kybernetiker war nicht der eigentliche Inhalt dieser Szenen bestürzend, sondern dass BARDIOC Bilder aus einer früheren Epoche des Solaren Imperiums sendete.

In die bisher unverständlichen Botschaften BARDIOCS wurden zunehmend Bilder eingeblendet, die ihren Ursprung nicht im Bewusstsein der Superintelligenz haben konnten – es sei denn, man wäre zu akzeptieren bereit gewesen, dass BARDIOC eine hintergründige Rolle in der frühen Entwicklungszeit der Menschheit gespielt hatte.

»Welche Erklärungen haben Sie dafür?«, fragte Atlan den SOL-Geborenen.

»Es gibt nur eine Erklärung. Jemand unter den Terranern an Bord kopiert Bilder in diese Sendungen. Wahrscheinlich geschieht dies unbewusst und wurde durch einen uns unbekannten Faktor ausgelöst.«

Atlan machte eine ablehnende Geste. »Das glaube ich nicht!«

»Perry Rhodan könnte Gefangener BARDIOCS sein«, meldete sich Fellmer Lloyd zu Wort. »Dann ergäben diese seltsamen Signale einen Sinn.«

»Vielleicht will Perry uns eine Nachricht übermitteln!«, rief Gucky enthusiastisch.

»Mit Bildern von Ulebs und anderen Schreckensgestalten?«, zweifelte Atlan. »Mir fällt auf, dass alle Bilder, die uns bekannte Wesen und Objekte zeigen, nur negativen Inhalt haben. Dafür muss es einen Grund geben. Ich kann mir nicht vorstellen, dass Perry, wenn er wirklich der Auslöser dieser Sendungen ist, sich ausgerechnet solcher Ereignisse bedienen würde.«

Joscan Hellmut ahnte, dass sie das Rätsel vorerst nicht lösen würden. Aber sie hatten ohnehin keine andere Wahl, als tiefer in Barxöft einzudringen und sich dabei der Gefahr auszusetzen, von BARDIOCS Hilfsvölkern angegriffen zu werden.

»Nur Perry Rhodan kommt als Quelle dieser Bilder infrage«, durchbrach Atlan das Schweigen. »Dabei müssen wir davon ausgehen, dass es sich um einen zufälligen Effekt handelt. Keiner von uns wird ernsthaft glauben, dass Perry sich auf diese Art und Weise bemerkbar zu machen versucht.«

Alles deutete also darauf hin, dass Perry Rhodan sich in BARDIOCS Nähe befand. Hellmut überlegte, dass Rhodan wohl nur von BULLOC dorthin gebracht worden sein konnte.

Aber warum enthielten die psionischen Botschaften der Superintelligenz Sequenzen, wie sie lediglich der Terraner kennen konnte? Darauf gab es keine Antwort. Wie immer die Verbindung zwischen einer Superintelligenz und einem Menschen aussehen mochte, Hellmut konnte sie sich nicht vorstellen.

SENECA sollte die Bilder auswerten, war aber nicht in der Lage, einen logischen Ablauf hineinzuinterpretieren. Deshalb wurde versucht, Signale, die von Perry Rhodan zu stammen schienen, von den übrigen Sequenzen zu isolieren.

Dabei trafen die Wissenschaftler eine erstaunliche Feststellung: Die »menschliche« Komponente der Sendungen stand in einem nicht zu begreifenden Zusammenhang mit allem anderen. Als hätte jemand aus zwei verschiedenen Filmen eine durchgängige Handlung zusammenschneiden wollen und dabei kläglich versagt. Für Hellmut war diese Entdeckung geradezu unheimlich, denn sie deutete darauf hin, dass es zwischen den beiden Sendern, von denen man annahm, dass es BARDIOC und Rhodan waren, eine Verflechtung gab.

»Ich gestehe, dass die Sache immer mysteriöser wird«, sagte Atlan anlässlich einer Lagebesprechung.

Seit dem Empfang der ersten Bilder waren mittlerweile drei Tage verstrichen, und die Schiffsführung war sicher, das System lokalisiert zu haben, in dem sich BARDIOC befinden musste.

Das Hantelraumschiff stand unweit einer blauen Sonne. Atlan und Reginald Bull, die über den Weiterflug entscheiden mussten, schienen zu zögern, jenes System anzufliegen, auf das alle Reaktionen der beiden Kristalle hinwiesen.

Hellmut wusste, dass die Verantwortlichen befürchteten, in eine Falle zu fliegen.

An Bord herrschte eine angespannte Atmosphäre. Sogar die radikalen SOL-Geborenen hatten ihre politische Aktivität eingestellt. Entweder waren sie durch die jüngsten Ereignisse beeindruckt oder sie erkannten, dass die Schiffsführung zu diesem Zeitpunkt unter keinen Umständen bereit sein würde, etwas anderes zu tun, als die Suche nach Rhodan fortzusetzen.

Hellmut fühlte sich von jenen, denen er aufgrund seiner Herkunft hätte zugetan sein müssen, weiter denn je entfernt. Seine innere Einstellung beunruhigte ihn, und er sprach mit Bjo Breiskoll darüber, dem einzigen SOL-Geborenen, dem er in jeder Hinsicht vertraute.

»Ich glaube, dass es eine Art geistige Lähmung ist«, sagte der Katzer. »Wir befinden uns so nahe an BARDIOC, dass wir vermutlich von ihm und seiner mentalen Ausstrahlung beeinflusst werden, ohne dass wir das zu erkennen vermögen.«

»Ich kann klarer denken als jemals zuvor«, behauptete Hellmut. »Außerdem bin ich sicher, dass ich Herr meines eigenen Willens bin. Und doch beschäftige ich mich ausschließlich mit Dingen, die nicht im Interesse jener liegen, die ich vertreten soll.«

Der junge Mutant zuckte mit den Schultern. »Was liegt schon in unserem Interesse?«

»Die Sicherheit des Schiffes.«

»Richtig«, sagte Bjo mit seiner sanften Stimme. »Aber das Schiff gehört nicht uns, es kann nicht ausschließlich für unsere Zwecke genutzt werden.«

Hellmut verzog das Gesicht. »Ich sollte mich in diesem Schiff zu Hause fühlen, aber ich komme mir eher vor wie in einem Hotel.«

»Eines Tages wird die SOL uns allein gehören«, prophezeite der Katzer. »Die echten Terraner an Bord sterben aus.«

»Bis auf die Aktivatorträger!«

»Sie werden uns das Schiff überlassen, wenn sie Rhodan gefunden haben und wir sie alle auf der Erde abgesetzt haben.«

»Inzwischen kann eine neue Generation an Bord herangewachsen sein. Wissen wir, wie diese Menschen denken und handeln werden?«

Bevor Bjo Breiskoll darauf etwas erwidern konnte, wurden alle mit Hellmuts Projekt befassten Wissenschaftler in die Zentrale gerufen.

Das Gespräch zwischen Hellmut und dem Mutanten hatte in der Unterkunft von Lareena Breiskoll, Bjos Mutter, stattgefunden.

»Ich muss dich jetzt verlassen«, sagte Hellmut zu seinem jungen Freund. »Irgendetwas Unvorhergesehenes ist passiert.«

Als er die Zentrale betrat, fand Hellmut seine eigenen Worte bestätigt. Die Holos, auf die BARDIOCS Sendungen übertragen wurden, waren dunkel.

»Wer hat die Anlage ausgeschaltet?«, fragte der Kybernetiker ärgerlich. Die unsinnigsten Gedanken schossen ihm durch den Kopf, bis zu jenem, dass eine Gruppe Radikaler einen Sabotageakt durchgeführt haben könnte.

Atlans Antwort belehrte ihn jedoch eines Besseren. »Die Sendungen haben abrupt aufgehört«, sagte der Arkonide.

Hellmut starrte ihn an und versuchte, die Konsequenzen des soeben Gehörten zu begreifen. »Das ist nicht möglich. Die Sendungen können nicht einfach aufhören. Das wäre, als würden Sie oder ich plötzlich aufhören zu denken.«

»Wieso ist das unmöglich?«, fuhr Atlan ihn grob an. »Wenn ich sterben sollte, höre ich auf zu denken.«

Hellmut reagierte erschüttert. »Sie glauben, dass BARDIOC … tot ist?«

Der Arkonide antwortete nicht, sondern sah ihn nur finster an.

»Das würde bedeuten, dass auch … Perry Rhodan …«

»Finden Sie es heraus!«, stieß Atlan beinahe drohend hervor. »Finden Sie heraus, was geschehen ist. Inzwischen setzt die SOL den Flug auf das lokalisierte Sonnensystem fort.«

16.

Die dramatischen Umstände, unter denen Ganerc-Callibso zum letzten Mal mit einem Menschen zusammengetroffen war, hafteten unauslöschbar in seinem Gedächtnis. Die Ereignisse auf Derogwanien hatten die Entscheidungen des ehemaligen Schwarmwächters entscheidend beeinflusst.

Er erinnerte sich, dass der Name des Mannes, den er damals auf Derogwanien getroffen hatte, Alaska Saedelaere gewesen war. Dieser Terraner hatte davon geträumt, zu seiner Heimatwelt zurückzukehren.

Von Saedelaere hatte Callibso seinerzeit den Namen Perry Rhodan gehört – allerdings nicht zum ersten Mal. Als er noch dem Anzug der Vernichtung nachgejagt war, hatte er auf dem Planeten Poikto in der Galaxis Catron den Accalaurie Zeno und den Petraczer Gayt-Coor kennengelernt. Diese beiden ungleichen Wesen hatten den Namen Perry Rhodan ebenfalls erwähnt.

Callibso bemühte sich, seine Erschütterung vor BULLOC zu verbergen. Obwohl die Inkarnation ihre Sphäre verdunkelt hatte, musste er davon ausgehen, dass sie ihn weiterhin intensiv beobachtete, um Rückschlüsse aus seinen Reaktionen zu ziehen.

Perry Rhodan auf dieser Welt! Für Callibso war das beinahe zu fantastisch, als dass es ihm glaubhaft erschienen wäre. Aber welchen Grund sollte BULLOC haben, ihn in dieser Hinsicht zu belügen?

Der ehemalige Mächtige fragte sich, ob er ein solches Zusammentreffen noch als Zufall bezeichnen konnte. Gab es unbegreifliche Verflechtungen im Schicksal völlig verschiedener Wesen?

Nach allem, was Callibso über die Zusammenhänge im Universum wusste, hatte der Zufall eigene Gesetze. Gewisse Dinge ereigneten sich geradezu zwangsläufig.

»Nun?«, drang BULLOCS Stimme in sein Bewusstsein. »Wie denkst du jetzt über meinen Vorschlag? Verbünden wir uns?«

Callibso spürte die negative Kraft der Inkarnation. Zweifellos war BULLOC die Essenz alles Bösen, das jemals in Bardioc existiert hatte. Aber hatte Callibso deshalb das Recht, gegen die vierte Inkarnation vorzugehen, ganz abgesehen davon, ob er dazu überhaupt in der Lage gewesen wäre?

»Ich denke darüber nach«, versicherte er. »Es wäre sicher interessant, in Erfahrung zu bringen, wo dieser Perry Rhodan sich befindet. Ich möchte wissen, was ihn dazu bewegt, BARDIOC zu suchen.«

BULLOC kicherte hässlich. »*Ich* habe Rhodan auf diese Welt gebracht, er war mein Gefangener. Wenn er BARDIOC sucht, dann nur deshalb, weil er sich Hilfe von ihm verspricht.«

»Ich verstehe noch nicht alles«, sagte Callibso. »Es ist besser, wenn du vorerst die Suche allein fortsetzt. Ich muss nachdenken. Wenn wir uns zu einem späteren Zeitpunkt wiedersehen, werde ich dich über meinen Entschluss informieren.«

Drohend klang die Stimme aus der Sphäre: »Wer nicht für mich ist, kann nur mein Gegner sein!«

Callibso lüftete seinen Zylinder und holte wie zufällig eines der dort aufbewahrten Instrumente hervor. Es war ein mit leuchtenden Kugeln gefülltes Röhrchen. Er schüttelte den Gegenstand, bis es aussah, als würden die Kugeln einen Zylinder bilden. Callibso wusste, dass er für BULLOC nun unsichtbar geworden war.

Doch die Inkarnation zeigte sich unbeeindruckt. »Wenn ich dich auch nicht mehr sehen kann, spüre ich dennoch genau, wo du dich aufhältst«, sagte sie.

Callibso schaltete das Gerät wieder ab. »Ich trage eine komplette Ausrüstung bei mir«, erklärte er und strich mit der freien Hand über seinen Körper. »Dies ist der Anzug der Vernichtung.«

»Du hast ihn also zurückbekommen!« BULLOC bewies mit dieser Äußerung zum wiederholten Mal, dass er die Geschichte der sieben Mächtigen in allen Einzelheiten kannte. Er war immerhin das Produkt eines dieser Zeitlosen.

»Ich habe ihn, und er funktioniert«, bestätigte Callibso. Das war eine offene Drohung, und BULLOC schien sie zu verstehen.

»Ich brauche deine Hilfe nicht«, sagte die Inkarnation wütend.

Die Sphäre glitt davon. Callibso fragte sich für einen Moment, ob er sich einen unversöhnlichen Feind geschaffen hatte. Vorläufig war BULLOC mit der Suche nach dem Urgehirn beschäftigt und würde sich erst wieder um Callibso kümmern, wenn er diese Aufgabe gelöst hatte.

Ganerc-Callibso sah wenig Sinn darin, sich ebenfalls auf die Suche nach der zentralen Stelle zu machen, denn er würde in jedem Fall später dort eintreffen als BULLOC. Er wusste einfach zu wenig von den Gegebenheiten dieser seltsamen Welt, um BULLOC zuvorkommen zu können. Andererseits ihm wurde klar, dass er nicht zusehen durfte, wie BARDIOC von seiner eigenen Inkarnation vernichtet wurde.

Vielleicht war es einfacher, Perry Rhodan zu finden. Von dem Menschen erhoffte Callibso sich wertvolle Informationen.

Während er nachdachte, spürte er einen kühlen Windhauch, der aus dem Nichts zu entstehen schien. Er fuhr herum.

Zu seiner Überraschung sah Callibso ein junges weibliches Wesen vor sich stehen. Die Frau trug ein weites Gewand. Ihre Füße waren nackt und schmutzig. Das schwarze Haar fiel ihr bis auf die Schultern. Ihre Augen schimmerten in einer Mischung aus stiller Heiterkeit und Melancholie.

Eine Halluzination!, schoss es Callibso durch den Kopf. Trotzdem erinnerte ihn die Gestalt an etwas, das längst vergessen schien.

Er starrte sie an. Sie lächelte ihm zu.

»Woher kommst du?«, entfuhr es ihm. »Was bist du?«

»Keine Sorge.« Sie mochte sehr jung sein, doch sie bediente sich der Sprache der sieben Mächtigen. »Ich bin nicht wirklich hier, sondern nur eine Bewusstseinsprojektion. Kemoauc gibt mir die Kraft, in dieser Form zu erscheinen.«

»Kemoauc?«, echote Callibso ungläubig. »Lebt er noch?«

»Muss jemand leben, um seine Kraft auf andere zu übertragen?«, fragte sie rätselhaft zurück.

Endlich fiel Callibso ein, woran sie ihn erinnerte. In ihrem Aussehen glich sie den Angehörigen des Volkes, das im Auftrag der sieben Mächtigen einen Schwarm erbaut hatte. Kein Zweifel, diese junge Frau entstammte jenem Volk.

»In gewissem Sinn bist du mein Vorgänger«, fuhr sie fort.

»Was sagst du da? Ich begreife nicht.«

»Nachdem du verbannt wurdest, weil dir der Anzug der Vernichtung abhandengekommen war, wurde ich von Kemoauc dazu ausgebildet, den Schwarm zu beobachten.«

»Du warst meine Nachfolgerin in der Wächterfunktion?«

»Solange es einen Sinn machte, ja. Inzwischen habe ich versucht, zu meinem Volk zurückzukehren, aber ich habe überall nur die verlassenen Städte gefunden, die wir nach dem Kontakt mit den sieben Mächtigen erbaut hatten. Mein Volk muss eine schreckliche Entwicklung durchgemacht haben. Nachdem es erkannte, dass es manipuliert worden war, versuchte es unglücklicherweise, genauso mächtig zu werden wie die Zeitlosen.«

Callibso konnte die Erscheinung nur anstarren.

»Natürlich stießen wir auf das Phänomen der Materiequellen, und unsere Wissenschaftler glaubten, es beherrschen zu können«, sagte die Fremde. »Seitdem ist mein Volk verschollen. Ich vermute, dass es in einer Materiesenke verschwunden ist.«

Zitternd schloss sie die Augen. Dieser Zustand währte aber nur kurz, dann gewann sie die Kontrolle über sich zurück. Offenbar war sie von grenzenloser Einsamkeit überwältigt worden. Callibso glaubte, sie verstehen zu können; er hatte lange genug allein und in Verbannung gelebt.

»Wenn dich Kemoauc schickt, muss er einen Grund haben«, stellte der Zeitlose endlich fest.

»Ich soll all jene in ihren Bemühungen stärken, die BARDIOC helfen wollen. BARDIOC darf nicht sterben, solange niemand weiß, wo er sein Sporenschiff versteckt hat. Es ist wichtig, dass dieses Schiff gefunden und seiner ursprünglichen Bestimmung zugeführt wird, sonst gerät das System der Materiequellen und Materiesenken ins Wanken, und unser Universum wird vom Untergang bedroht.«

Callibso schwankte.

Kemoauc hatte also den an Ganerc-Callibso erteilten Auftrag erweitert. BARDIOC sollte nicht erlöst, sondern gerettet werden. Das war offenbar notwendig, um sein Sporenschiff zu finden.

Bedeutete dies, dass Kemoauc wieder Kontakt zu jenen Mächten jenseits der Materiequellen hatte? War es Kemoauc gar gelungen, in eine Materiequelle einzudringen? War ein spezieller *Ruf* an ihn ergangen?

Ein Schwindelgefühl ergriff den Zeitlosen.

»Ich kann mich nicht länger halten«, sagte die Fremde. »Die Kraft, die mir Kemoauc verliehen hat, reicht dazu nicht aus. Ich beschwöre dich, so zu handeln, wie Kemoauc es für richtig hält.«

Die Gestalt schien zu flackern, als stünde sie in Flammen. Ganerc-Callibso erkannte, dass sie sich innerhalb weniger Sekunden auflösen würde.

»Deinen Namen!«, schrie er. »Sage mir wenigstens deinen Namen!«

Kaltes Feuer hüllte die junge Frau ein, die nur mehr konturenhaft zu sehen war. Aber noch einmal wehte der Wind ihre sanfte Stimme heran.

»Kytoma«, sagte sie.

An einem Punkt, der nicht exakt zu bestimmen war, verlor Perry Rhodan die Kontrolle über seinen Traum. BARDIOC griff die Szenen aus Rhodans Fantasie auf und integrierte sie vollständig in seinen eigenen Traum. Mit wachsendem Entsetzen beobachtete der Terraner, was aus den von ihm eingebrachten Bildern wurde; er spürte, dass BARDIOC in einen Zustand zunehmender Erregung geriet. Die Superintelligenz fürchtete sich vor ihren eigenen Gestalten.

Die Entwicklung eskalierte. Perry Rhodan konnte sich vorstellen, dass BARDIOC allmählich das Stadium erreichte, in dem ein Mensch, der unter einem Albtraum litt, schweißgebadet erwachte.

Mit einem Schlag begriff Rhodan, dass er einen schwerwiegenden Fehler begangen hatte. Der Schock, den er BARDIOC zugefügt hatte, schien seine Wirkung nicht zu verfehlen, doch deutete sich an, dass das abrupte Erwachen der Superintelligenz nach vielen tausend Jahren unter dramatischen Umständen vonstattengehen würde.

BARDIOC, das erkannte Rhodan, würde von einer Sekunde zur anderen erwachen, aber er würde nicht fähig sein, zu begreifen, was geschehen war. Er hatte zu lange geschlafen und geträumt. BARDIOC würde sich in der realen Umgebung nicht zurechtzufinden und nicht erkennen, wo er sich befand.

Die Konsequenzen waren unübersehbar.

BARDIOC konnte den Verstand verlieren und im Zustand geistiger Umnachtung schlimmere Schäden anrichten, als er das in seinem Traum jemals getan hatte. Seine Mächtigkeitsballung war in Gefahr. Es war denkbar, dass in diesem riesigen Gebiet ein Chaos von apokalyptischem Ausmaß ausbrach.

Aber auch wenn BARDIOC bei Sinnen bleiben sollte, war das Schicksal der Völker in seiner Mächtigkeitsballung infrage gestellt.

Wie würden die Kleinen Majestäten reagieren, sobald der Kontakt zu der Superintelligenz abriss? Wie würden sich jene Hilfsvölker verhalten, die seit Jahrtausenden unter BARDIOCS Kontrolle standen und plötzlich keine Befehle mehr erhielten?

Perry Rhodan brauchte nur an die Hulkoos zu denken. Er befürchtete, dass sie ohne BARDIOC verloren waren. Sie hatten sich daran gewöhnt, manipuliert und geführt zu werden. Die unerwartete Freiheit konnte tödlich für sie enden.

Der Übergang zwischen Schlaf und Wachsein hätte langsam vonstattengehen müssen, dann wären die Gefahren weitaus geringer gewesen. Rhodan wusste jedoch, dass es kein Zurück mehr gab.

Die von ihm in BARDIOCS Traum eingeschleusten Ereignisse hatten einen eigenen Mechanismus entwickelt und übernahmen allmählich eine dominierende Rolle im Bewusstsein des Schläfers. Rhodan konnte die Kontrolle über seine eigenen Projektionen nicht zurückgewinnen; er war zum Zuschauer degradiert.

Da er selbst diese Entwicklung als eine Art Wachtraum erlebte, wurden sein Denken und Handeln von weitgehend unbewusst ablaufenden Faktoren bestimmt. Rhodan nahm jedoch an, dass er gemeinsam mit BARDIOC erwachen würde.

Das bedeutete, dass seine Verbindung zu dem schlafenden Riesen im Moment des Erwachens völlig abreißen würde.

Welche Möglichkeiten blieben ihm dann noch, sich mit der Superintelligenz zu verständigen? Perry Rhodans Pessimismus wuchs. Niemand war in der Lage, BARDIOC auf die neue Situation vorzubereiten. Falls das globale Gehirn wahnsinnig wurde, konnte dies den Untergang des Planeten herbeiführen. Wie würden die Milliarden Tiere als BARDIOCS Symbionten reagieren?

Der ebenfalls schlafende Terraner gestand sich ein, dass er diese Entwicklungen zu wenig beachtet hatte. Getrieben von dem Wunsch, BARDIOC unter allen Umständen aufzuwecken, hatte er nicht wiedergutzumachende Fehler begangen. Er musste damit rechnen, dass er nicht der Retter, sondern BARDIOCS Mörder wurde, und der Tod der Superintelligenz würde für ihre Mächtigkeitsballung zur Katastrophe geraten.

Aus diesen Überlegungen heraus entwickelte Rhodan einen eigenen Albtraum. Von den Pflanzen geschützt, wälzte sein Körper sich von einer Seite auf die andere. Die bis unter seine Haut reichenden Ausläufer des Gehirns zuckten, als wollten sie sich zurückziehen. Tiere in seiner Nähe erstarrten erst in ihren Bewegungen und gebärdeten sich wenig später wie toll. Die Pflanzen schlossen ihre Blüten, und die Blätter rollten sich ein.

Es war, als sollte Perry Rhodan aus der Symbiose, in die er sich integriert hatte, wieder ausgeschlossen werden.

Aber noch bestand die Verbindung zu BARDIOC, noch war der Terraner in der Lage, Ausschnitte des von ihm inszenierten Albtraums zu beobachten.

In BARDIOCS Traum waren die Uleb längst zu der alles beherrschenden Macht geworden. Sie hatten die Wachflotten im Parföx-Par-System aufgerieben und standen im Begriff, auf BARDIOC zu landen. Rhodan ahnte, dass dieser Zeitpunkt über den Traum entscheiden musste. BARDIOC würde erwachen, sobald er glaubte, dass die Bestienhorden anfingen, sein ausgedehntes Gehirn zu vernichten.

Flüchtig dachte Rhodan an BULLOC. Vorerst war es ein sekundäres Problem, wie die vierte Inkarnation auf das Erwachen ihres Schöpfers reagieren würde. Wahrscheinlich wurde sie davon überhaupt nicht betroffen. Es war eher denkbar, dass sie an Stärke und Macht gewann.

BARDIOC selbst befand sich im Zustand höchster geistiger Aktivität, aber sein Denken und Fühlen kreisten nur noch um das zentrale Problem seines Albtraums.

Schon jetzt, befürchtete Perry Rhodan, konnte das schlimme Folgen für alle abhängigen Intelligenzen haben. BARDIOC hatte wahrscheinlich längst aufgehört, halbwegs vernünftige Befehle zu erteilen. Sein schon in der Vergangenheit mit unlogischen Entwicklungen durchsetzter Traum war zu einem reinen Fantasiegebilde geworden, dem nur noch unverständliche Befehle an alle Hilfsvölker entspringen konnten.

Rhodans einzige Hoffnung war die Fähigkeit aller intelligenten Wesen, sich auf ungewöhnliche neue Situationen rasch einzustellen. Entsetzt und fasziniert zugleich verfolgte er, wie BARDIOCS Traum sich dem kritischen Punkt näherte.

Dann geschah es.

Nach vielen Jahrhunderttausenden endete der Schlaf einer Existenzform, deren Wille zum Überleben sie zur Superintelligenz hatte werden lassen.

Der kosmische Albtraum ging zu Ende.

BARDIOC erwachte.

An der Spitze einer Gruppe schwer bewaffneter Soldaten stürmte der Stellvertretende Oberkommandierende für das Parföx-Par-System, Need-Koorsch, aus der Hauptschleuse des schwarzen Scheibenschiffs. Vor ihnen lag eine blühende Ebene, die, wenn die Befehle des Meisters kein Trugschluss waren, soeben von monströsen Fremden überrannt wurde.

Need-Koorsch lief einige Meter weit, dann riss er einen Arm mit dem schussbereiten Energiegewehr hoch, um seine Begleiter aufzuhalten.

Sein Auge überblickte die weitläufige Ebene. Was sich schon an Bord des Schiffes in der Außenbeobachtung gezeigt hatte und von Need-Koorsch zunächst als technischer Trick der Angreifer eingeschätzt worden war, bestätigte sich: Es gab nicht einen einzigen Fremden! Die Ebene lag leer und verlassen da, abgesehen von den Tieren und den Ausläufern BARDIOCS.

Need-Koorsch war ein abgebrühter Offizier, den so schnell nichts aus der Ruhe bringen konnte. Er warf einen Blick zurück, sah seine Soldaten verwirrt vor dem Raumschiff stehen und stellte eine Funkverbindung zu dem Flaggschiff her. Der Oberkommandierende Moschkatl meldete sich sofort.

»Keine Feindberührung!«, teilte Need-Koorsch seinem Anführer mit. »Das Einsatzgebiet ist verlassen. Hier muss ein Fehler vorliegen.«

»Keines unserer Einsatzkommandos hat Feindkontakt,« erwiderte Moschkatl schrill.

Need-Koorsch spürte, dass der Oberkommandierende sich im Zustand höchster Erregung befand und offensichtlich verzweifelt um seine Fassung kämpfte.

»Sie müssen irgendwo sein!«, rief einer der Soldaten in Need-Koorschs Nähe. »Wahrscheinlich haben sie sich so gut getarnt, dass wir sie nicht entdecken können.«

»Ruhe!«, brüllte Need-Koorsch, obwohl die Angst auch in ihm hochkroch. Dann hob er wieder sein Funkgerät. »In der Einsatzplanung muss ein Fehler vorliegen.«

»Die Befehle sind eindeutig«, erwiderte Moschkatl. »Beziehen Sie Stellung und warten Sie ab, was geschieht!«

Offensichtlich wusste der Oberkommandierende keinen besseren Rat, als seinen Truppen Abwarten zu empfehlen. Wütend über die Hilflosigkeit des mächtigsten Hulkoos in diesem Raumsektor, überlegte Need-Koorsch, wie er das Rätsel auf eigene Faust lösen könnte.

Er spürte, dass BARDIOCS Impulse sich verändert hatten. Sie waren heftiger geworden, ihr Sinn war kaum noch zu verstehen. Es schien tatsächlich so, dass BARDIOC Angst vor diesen Fremden hatte, von denen Need-Koorsch bislang noch nicht einen entdeckt hatte.

»Sollen wir gegen Phantome kämpfen?«, stöhnte einer der Soldaten.

»Schweigen Sie!«, befahl der Stellvertretende Oberkommandierende.

Im Grunde genommen verhielt er sich seinen Untergebenen gegenüber nicht anders, als Moschkatl dies mit ihm praktiziert hatte. Er ahnte, dass sich überall auf BARDIOC ähnliche Szenen abspielten.

Während er nach einer Lösung suchte, wie diesem Dilemma beizukommen sei, sah er eine leuchtende Kugel über der Ebene heranschweben – die Energiesphäre der Inkarnation. Noch bevor sie die Truppen erreichte, registrierte Need-Koorsch schon BULLOCS mentale Ausstrahlung.

Der Hulkoo fühlte Erleichterung, dass die offensichtliche Verwirrung BARDIOCS sich nicht auf seine Inkarnation übertragen hatte.

Die Sphäre stoppte vor dem Raumschiff, in ihrem Innern schien ein Hulkoo von überwältigender Schönheit zu schweben. Das war die Zustandsform, in der BULLOC sich den Hulkoos präsentierte. Vor Jahren war Need-Koorsch mit CLERMAC zusammengetroffen, und dieser hatte genauso ausgesehen.

BULLOCS Stimme dröhnte aus der offenen Luke der Sphäre. »Need-Koorsch, du bist der Stellvertreter Moschkatls und damit befugt, richtige Entscheidungen zu treffen.«

»Ja«, sagte der Hulkoo grimmig. Seine forsche Haltung war jedoch gespielt, er wollte nicht, dass die Inkarnation erkannte, wie verunsichert er in Wahrheit war. Aber wahrscheinlich konnte er seinen wirklichen Zustand nicht verbergen.

»BARDIOC verliert den Verstand«, fuhr BULLOC fort. »Du und deine Soldaten müssen eingreifen, um eine Katastrophe zu verhindern. Du musst ihnen befehlen, nach BARDIOCS Urgehirn zu suchen, und dieser Befehl muss an alle Landetruppen gehen.«

Need-Koorsch glaubte, sich verhört zu haben. Diese Anordnung klang nach Aufruhr und Meuterei. Außerdem hatte er nicht das Recht, über Moschkatl hinweg Befehle von derart weitreichenden Konsequenzen zu geben. Er zögerte mit der Antwort, denn er fühlte, dass ein Fehler sein Leben kosten konnte.

BULLOC war jedoch in Eile. Seine Ungeduld wurde von blinder Gier bestimmt, die so deutlich zu spüren war, dass Need-Koorsch von lähmendem Entsetzen überfallen wurde. Niemals zuvor hatte er Bösartigkeit mit einer solchen Intensität über sich ergehen lassen müssen. Er begriff, dass er nicht mehr imstande war, die Zusammenhänge zu verstehen, und dass sich eine schreckliche Entwicklung anbahnte.

»Worauf wartest du?« BULLOC versetzte ihm einen mentalen Schlag, der ihn taumeln ließ. »Gib die Befehle!«

»Moschkatl«, stammelte der Hulkoo. »Ich muss mit dem Oberkommandierenden sprechen. Nur er kann solche Entscheidungen treffen.«

»Du bist *hier*, um zu entscheiden!«, rief BULLOC wütend. »Moschkatl befindet sich an Bord des Flaggschiffs und weiß nicht, was auf BARDIOC geschieht.«

»Letztendlich weiß ich das ebenso wenig«, verteidigte sich Need-Koorsch.

Ein mentaler Hieb schleuderte ihn zu Boden. Noch Stunden zuvor wäre er in dieser Lage wahrscheinlich von BARDIOC gerettet worden, aber BARDIOC meldete sich nicht. Entweder war er am Schicksal der Hulkoos nicht mehr interessiert, oder er war nicht in der Lage, ihnen zu helfen. Need-Koorsch wollte nicht glauben, dass die zweite Vermutung zutraf, denn das hätte bedeutet, dass die Superintelligenz keineswegs so mächtig war, wie die Hulkoos bisher angenommen hatten.

Need-Koorsch richtete sich mühsam auf.

»Gib jetzt den Befehl!«

Moschkatls Stellvertreter spürte, dass in ihm Barrieren zerbrachen. Es waren Dämme, die von den Hulkoos Generation für Generation im Zuge der Abhängigkeit von BARDIOC errichtet worden waren. Jeder Hulkoo sah sich als ausführendes Organ der Superintelligenz. Keiner war je auf den Gedanken gekommen, die alles umfassende Macht der Superintelligenz anzuzweifeln. Und jeder hatte geglaubt, die Inkarnation sei nur ein höhergestellter Helfer BARDIOCS.

Für Need-Koorsch brachen Welten zusammen. Er fand sich nicht mehr zurecht und wurde schließlich nur noch von dem Wunsch getrieben, den Qualen, die BULLOC ihm zufügte, ein Ende zu machen.

Noch bevor er den Befehl geben konnte, nach BARDIOC zu suchen, handelten einige seiner Soldaten schon eigenmächtig. Für den Offizier, der in einer als unantastbar geltenden hierarchischen Ordnung gelebt hatte, war dieser Anblick niederschmetternd, er signalisierte Auflösung und Verwirrung. Das Ende einer Epoche war gekommen.

Need-Koorsch umklammerte sein Funkgerät.

»Vorwärts!«, schrie BULLOC. »Wir müssen das Urgehirn finden, bevor es aus dem Schlaf erwacht und begreift, was sich abspielt.«

Need-Koorsch zitterte. Er sah seine Soldaten ziellos umherirren.

»Hier ... spricht ... der Kommandant Need-Koorsch!« Die Umgebung verschwamm vor seinem Auge, er wurde von Verzweiflung überwältigt. »BARDIOC, hilf mir!«, rief er halb erstickt.

In diesem Augenblick hörten die allgegenwärtigen Impulse BARDIOCS jäh auf. Auf Need-Koorsch wirkte das, als hätte jemand seinen Lebensfaden durchgeschnitten. In seinem Bewusstsein breiteten sich endlose Schwärze und Leere aus.

Seine Hand öffnete sich, das Funkgerät fiel zu Boden. Die Hulkoos, die sich schon entfernt hatten, blieben stehen wie Marionetten, die den Kontakt zur Hand des Puppenspielers verloren hatten.

»Zu spät!«, heulte BULLOC. »Es ist zu spät. BARDIOC ist erwacht.«

Es ist wahr!, dachte Need-Koorsch wie betäubt. *Die Stimme, die uns immer geleitet hat, ist verstummt. Wir sind allein.*

Der Schock, den Hulkoos und andere Abhängige von BARDIOC beim Erwachen der Superintelligenz erlebten, war gering im Vergleich zu den Folgen dieser Veränderung für die Kleinen Majestäten auf vielen Planeten der Mächtigkeitsballung. Die paranormale Verbindung zwischen BARDIOC und seinen Ablegern wurde jäh unterbrochen. Das hatte zur Folge, dass die Kleinen Majestäten ihre psionische Kraft verloren und abzusterben begannen. Die Völker, die sie im Auftrag der Superintelligenz beherrscht und kontrolliert hatten, wurden frei.

Wo man sich dieser Freiheit noch erinnerte, wo die Schmach der Versklavung Teil des Denkens geblieben war, ereigneten sich unbeschreibliche Szenen des Triumphs.

Ganze Zivilisationen befreiten sich endgültig von dem ihnen aufgezwungenen Joch. Die Stationen mit den Kleinen Majestäten darin wurden gestürmt und vernichtet. Wo immer Hulkoos und andere raumfahrende Intelligenzen diesen Rausch der Revolution erlebten, griffen sie nicht ein. Ratlos und untätig sahen sie zu, wie die befreiten Völker ihre alten Ordnungen wiederherstellten. Ohne die Befehle BARDIOCS und seiner Kleinen Majestäten wussten die treuesten Diener der Superintelligenz nicht, was zu tun war. In vielen Fällen wurden Raumfahrer, die für BARDIOC gearbeitet hatten, angegriffen und getötet.

Anders sah es auf Welten aus, die schon vor sehr langer Zeit von BARDIOC erobert worden waren. Die dort lebenden Intelligenzen konnten sich nicht mehr an ihre Urahnen erinnern, für sie war die jeweilige Kleine Majestät der Mittelpunkt ihrer Existenz. Auf diesen Planeten kam es zu erschütternder Hilflosigkeit. Katastrophen blieben jedoch aus, und wirklich tragische Ereignisse spielten sich nur in lokal begrenzten Bereichen ab.

Sehr schnell begriffen alle Betroffenen, dass sie in der Lage waren, auch ohne die Präsenz einer Kleinen Majestät zu existieren.

In Raumsektoren, in denen Verbände der Kaiserin von Therm gegen BARDIOCS Einheiten kämpften, wo also die Fronten in dem immer umfassender werdenden kosmischen Krieg aufgebaut worden waren, ereignete sich Seltsames.

Die Hulkoos, denn sie trugen in erster Linie die Raumschlachten aus, stellten die Kampfhandlungen ein. Ihre Schiffe trieben im All, keiner der Kommandierenden schien in der Lage zu sein, vernünftige Anordnungen zu geben. Merkwürdigerweise wurde die Handlungsunfähigkeit der Flotten BARDIOCS nicht so vom Gegner ausgenutzt, wie dies strategisch richtig gewesen wäre.

Die Schiffe der Kaiserin stießen nicht in das entstehende Machtvakuum vor oder löschten die gegnerischen Flotten aus.

Den Soldaten der Duuhrt, vor allem den kriegerischen Choolks, war das Ausbleiben entsprechender Befehle unverständlich. Ärgerlich fragten sich die Kommandanten, warum diese einmalige Chance nicht genutzt wurde, dem Gegner einen entscheidenden Schlag zu versetzen. Doch über das Kommunikationsnetz der Kristalle kamen eher gegenteilige Befehle.

Niemand wusste, wie dieser Waffenstillstand zustande gekommen war.

Nur die Vorausschauenden unter den Befehlshabern auf beiden Seiten ahnten, dass dies das Ende des Konflikts zwischen beiden Mächtigkeitsballungen war. Sie verstanden diese Entwicklung jedoch nicht.

An Bord eines Saturnschiffs der Choolks sagte ein alter Kämpfer jene schlichten Worte, die für alle positiven Kräfte des Universums einen magischen Klang hatten:

»Der Krieg ist aus!«

Jeder Peilimpuls auf der Panoramagalerie bezeichnete den Standort eines Raumschiffs, dessen Besatzung in BARDIOCS Dienst stand. Gemessen an der Anzahl der Reflexe stand innerhalb des Sonnensystems, dem die SOL sich näherte, eine riesige Flotte. Die Menschen an Bord des Fernraumschiffs konnten endgültig davon ausgehen, dass sie die Hauptwelt BARDIOCS vor sich sahen.

Doch das wirklich Erstaunliche war das Verhalten aller Einheiten dieser gegnerischen Flotte. Die Schiffe führten keine Flugmanöver durch, obwohl die SOL längst entdeckt sein musste.

Mentro Kosum, der diensthabende Emotionaut, zog die Stirn in Falten, als er die Holos auf sich wirken ließ.

»Natürlich wissen wir nicht, was mit BARDIOC geschehen ist. Er ist auf psionischer Ebene verstummt. Das erklärt aber nicht das Verhalten der Hulkoos. Sie beobachten uns, daran bestehen keine Zweifel, doch sie zeigen keine Reaktion.«

»Angesichts ihrer Überlegenheit haben sie das kaum nötig«, erwiderte Reginald Bull. »Sie können uns in aller Ruhe näher kommen lassen.«

Atlan hob die Augenbrauen. »Ich glaube nicht, dass es sich um eine Falle handelt. Die Schiffe machen auf mich eher den Eindruck, als würden sie von desorientierten Besatzungen geflogen.«

Joscan Hellmut hatte schweigend zugehört. Er überlegte, ob das Verhalten der Fremden mit BARDIOCS Verstummen zusammenhing.

Die Mutanten, die vollzählig in der Zentrale der SOL versammelt waren, konnten seit dem Abbruch der Impulse keine paramentale Ausstrahlung BARDIOCS mehr aufspüren. Von der Welt, die als Hauptquartier der Superintelligenz in Betracht kam, empfingen die Telepathen Fellmer Lloyd, Bjo Breiskoll und Gucky jedoch verschwommene Signale BULLOCS.

Seit feststand, dass die vierte Inkarnation sich auf dem Zielplaneten befand, bezweifelte Hellmut nicht mehr, dass die SOL diese Welt tatsächlich anfliegen würde. Dabei wusste niemand, ob Perry Rhodan sich wirklich auf dem Planeten befand. Es war nicht auszuschließen, dass BULLOC den Aktivatorträger getötet oder weit entfernt zurückgelassen hatte.

Die Diskussion über das seltsame Verhalten der Hulkoos ging weiter, und die SOL flog mit unverminderter Geschwindigkeit auf ihr Ziel zu, ohne dass die Hulkoos Anstalten trafen, das Hantelraumschiff aufzuhalten.

Die Unruhe an Bord wuchs. Paradoxerweise hätte sie nicht dieses Ausmaß angenommen, wenn der Gegner sich zu einem logisch erscheinenden Schritt entschlossen und angegriffen hätte. So blieb der Anflug der SOL ein Flug ins Ungewisse.

»Vielleicht existiert eine unsichtbare Barriere, die jedes fremde Schiff zurückschleudert«, sinnierte Irmina Kotschistowa, die Metabio-Gruppiererin. »Dann wird verständlich, warum die Hulkoos uns ignorieren.«

»Wenn wir näher kommen, schleusen wir Sonden aus«, erwiderte Atlan. »Ich hoffe, dass wir uns auf diese Weise vor unsichtbaren Sperren schützen können. Obwohl ich nicht an solche Einrichtungen glaube.«

»Ich fühle BULLOC immer deutlicher«, sagte Gucky unbehaglich. »Er scheint sich in einem aggressiven Stadium zu befinden.«

»Das kann durchaus mit BARDIOCS Verhalten zusammenhängen«, vermutete der Arkonide. »Vielleicht wurde die Superintelligenz angegriffen, oder sie hat andere Schwierigkeiten. Da ist es denkbar, dass ihre Inkarnation entsprechend reagiert.«

»So ist es aber nicht«, widersprach Bjo Breiskoll mit Bestimmtheit.

Joscan Hellmut wunderte sich über die Selbstsicherheit, die der junge Mutant seit einiger Zeit an den Tag legte. Alaska Saedelaere hatte viel dazu beigetragen, die Persönlichkeit des Katzers zu festigen.

»Was spürst du, Bjo?«, erkundigte sich der Arkonide.

»Ich glaube, dass der Hass der Inkarnation sich gegen BARDIOC richtet«, antwortete Breiskoll.

»Du musst dich irren«, sagte Reginald Bull.

»Wahrscheinlich sieht Bjo die Sache völlig richtig«, schaltete sich Fellmer Lloyd ein. Der Anführer des Mutantenkorps war ebenfalls Telepath, aber er reichte mit seiner psionischen Kapazität weder an Gucky noch an Bjo Breiskoll heran. Da er zugleich Orterfähigkeit besaß, konnte er jedoch manche aufgefangenen Impulse besser deuten als die beiden.

»Also Streit zwischen BARDIOC und seiner Inkarnation!«, stellte Atlan fest. »Gibt es dafür eine Erklärung?«

Bjo Breiskoll schüttelte den Kopf. »Noch nicht. Ich hoffe, dass ich die Impulse differenzieren kann, sobald wir in Planetennähe kommen.«

Großalarm herrschte. Die Waffensysteme der SOL waren einsatzbereit. In den Hangars standen die Beiboote startklar, die Lande- und Einsatzkommandos waren mit voller Ausrüstung an Bord gegangen.

Atlan glaubte, dass er für alle Eventualitäten vorbereitet war. Er hoffte, Perry Rhodan mit einem Handstreich befreien zu können.

Im Haupteingang der Zentrale entstand ein scharrendes Geräusch. Joscan Hellmut wusste, wer es verursachte, noch bevor er sich umdrehte.

Douc Langur, der Forscher der Kaiserin von Therm, kam in die Zentrale. Er trug Alaska Saedelaere, der offenbar bewusstlos war.

Langur hatte einen Translator am Gürtel hängen. »Ich wollte mit Alaska reden und begab mich in seinc Kabine«, erklärte er. »Als er nicht öffnete, wurde ich misstrauisch und habe die Tür aufgebrochen. Da fand ich ihn.«

Atlan eilte dem Forscher entgegen und nahm ihm den Transmittergeschädigten ab. Mühelos trug er den hageren Körper zu einer Liege neben den Kartentischen.

»Das Cappinfragment zeigt keine ungewöhnliche Aktivität«, bemerkte Mentro Kosum.

Ein Arzt nahm sich des Ohnmächtigen an. Als er sich an der Maske zu schaffen machte, stieß Atlan ihn zurück.

»Sind Sie verrückt?«, herrschte der Arkonide den Mediziner an. »Wollen Sie uns alle umbringen?«

Der Arzt, ein junger SOL-Geborener, errötete. »Ich ... ich hatte das völlig vergessen ...«, stammelte er.

»Untersuchen Sie ihn, aber bitte mit der nötigen Vorsicht.«

»Ich glaube, dass er wieder zu sich kommt«, sagte Bjo Breiskoll leise.

»Er hat einen Schock erlitten!«, kommentierte der Mediziner.

Alaska Saedelaere bewegte sich. Er hob beide Hände, als wollte er nach etwas greifen. »Kytoma!«, stieß er hervor.

Das Wort hatte für Hellmut keine Bedeutung, was immer damit gemeint war. Aber Ribald Corello, der auf seinem Trageroboter heranschwebte, sagte überrascht: »Das muss eine Halluzination sein.«

»Der Name Kytoma sagt Ihnen etwas?«, fragte Hellmut.

»Natürlich«, erwiderte Corello. »Dieses rätselhafte Wesen Kytoma hat sich Alaska früher oft in der Gestalt eines kleinen Mädchens gezeigt. Er nahm an, dass Kytoma zu jenem Volk gehört, das einst den Schwarm erbaut hat. Eines Tages verabschiedete sie sich von Alaska und sagte, dass sie für immer gehen würde, um ihrem Volk zu folgen.«

»Ich nehme an, dass die Nähe der Superintelligenz Alaska zu schaffen macht«, mischte sich Bjo Breiskoll ein.

Der Arzt half Saedelaere, sich aufzurichten. »Wie fühlen Sie sich?«, fragte er den Transmittergeschädigten. »Was ist geschehen?«

Alaska schüttelte verwirrt den Kopf, dann schaute er zu Ribald Corello auf. »Kytoma, Rib! Sie war da. Ich habe sie deutlich gesehen.«

Der Mutant mit dem überdimensionierten Schädel und dem puppenhaft wirkenden Kindergesicht musterte den Maskenträger abschätzend. »Du erinnerst dich, dass Kytoma uns für immer verlassen hat? Was immer du erlebt zu haben glaubst, es war eine Sinnestäuschung.«

Alaska antwortete nicht, er schien nachzudenken.

Joscan Hellmut warf einen Blick auf die Panoramaholos und stellte fest, dass die SOL in das fremde Sonnensystem eindrang. Das Schiff hatte die ersten Einheiten der Hulkoos schon ohne Zwischenfall passiert.

»Es gibt Funkaktivitäten zwischen den Einheiten der Riesenflotte«, stellte Galbraith Deighton fest. »Die Besatzungen sind also einsatzbereit.«

»Umso erstaunlicher, dass sie uns gewähren lassen«, sagte Bull.

Atlan warf seinem terranischen Freund einen Blick zu. »Sie sind ratlos. Das kann nur damit zusammenhängen, dass BARDIOC psionisch verstummt ist.«

»Es sieht jedenfalls so aus, als könnten wir den Zentralplaneten ohne Schwierigkeiten anfliegen«, sagte Kosum.

Angespannt wartete Hellmut auf Atlans Entscheidung, obwohl er sich nicht vorstellen konnte, dass der Arkonide das Unternehmen jetzt noch abbrechen würde. Die inzwischen vorausgeschickten Sonden hatten keine Hinweise für die Existenz energetischer Barrieren geliefert.

Trotzdem hatte der Kybernetiker ein ungutes Gefühl. Sobald die SOL BARDIOCS Zentralwelt erreicht hatte, stand sie innerhalb des Wachrings aller gegnerischen Schiffe. Falls die Hulkoos sich dann ihrer Pflichten entsannen, gab es kein Entkommen mehr.

»BULLOC hat uns entdeckt!«, rief Lloyd. »Seine Ausstrahlungen konzentrieren sich auf uns.«

Atlan stieß eine Verwünschung aus. »Er wird uns Schwierigkeiten machen. Wenn Perry sich noch in seiner Gewalt befindet, kann er uns erpressen, wie er es schon bei der Entführung getan hat.«

Hellmut befürchtete, dass sie BULLOC auch ein zweites Mal unterliegen würden, obwohl sie diesmal auf einen Angriff der Inkarnation vorbereitet waren.

»Wir haben eine geringe Chance«, behauptete Lloyd. »Mir scheint, dass BULLOC sich nicht völlig auf uns konzentrieren kann, weil er sich mit anderen Problemen herumschlagen muss.«

»Fellmer hat recht«, bestätigte Gucky. »Ich bin ebenfalls ziemlich sicher, dass die Inkarnation uns entdeckt hat. Unsere Annäherung scheint ihr jedoch Sorgen zu bereiten. Das kann nur mit Ereignissen zusammenhängen, von denen wir noch nichts wissen.«

»Könnt ihr herausfinden, was mit Perry geschehen ist?«

»Nein«, bedauerte Lloyd.

»Er befindet sich nicht mehr in BULLOCS Gewalt«, sagte Alaska Saedelaere.

Aller Blicke richteten sich auf den Transmittergeschädigten.

Alaska hockte mit hängenden Schultern auf der Liege. »Kytoma hat sich kurz auf dieser Welt aufgehalten«, erklärte er. »Von ihr habe ich Einzelheiten erfahren. BARDIOC ist in Gefahr. Kytoma beschwört uns, der Superintelligenz zu helfen.«

»Alaska!«, rief Bull entrüstet. »Weißt du, wovon du redest? Warum sollten wir BARDIOC helfen? Er hat versucht, die Menschheit zu versklaven. Seine Inkarnation hat Perry entführt. Außerdem ist er ein Gegner der mit uns verbündeten Kaiserin von Therm.«

»Saedelaere ist ein Verräter!«, rief Puukar hitzig. »Wir müssen BARDIOC vernichten!«

Die Wildheit des Choolks machte Hellmut Angst. In diesem Gemütszustand war der Träger des Kriegskristalls zu allem fähig. Zum Glück besaß Puukar keinen Einfluss auf die Entscheidungen der Schiffsführung. Hellmut konnte sich jedoch die Folgen vorstellen, hätte Puukar jetzt eine eigene Flotte zur Verfügung gestanden. In seinem Hass wäre der Choolk über die verwirrten Hulkoos hergefallen und hätte ein Massaker angerichtet.

»Mäßigen Sie sich, Puukar!«, sagte Atlan kühl. »Ich kann Ihre Gefühle verstehen, aber in dieser Situation kommt es darauf an, einen klaren Kopf zu bewahren.«

»Geschwätz!« Der Choolk schien zu erstarren. Wahrscheinlich wartete er auf eine Chance, seine Vorschläge doch durchsetzen zu können.

Atlan wandte sich an den Transmittergeschädigten. »Kannst du uns Einzelheiten berichten, Alaska?«

»Ich weiß nur, dass BARDIOC in Gefahr ist und Perry Rhodan ihm zu helfen versucht.«

Hellmut hörte ungläubig zu. Rhodan als Verbündeter der Superintelligenz BARDIOC? Das musste ein Irrtum sein.

»Diesmal können wir BULLOC besiegen«, fuhr der Maskenträger unbeirrbar fort. »Die beiden Kristalle werden unseren Mutanten Kraft geben, gegen die Inkarnation zu bestehen.«

»Der Planet wird von einer organischen Struktur bedeckt, die an ein Gehirn erinnert!«, rief Deighton dazwischen. »Das könnte BARDIOC sein.«

Hellmut wunderte sich, dass es in der Zentrale ruhig blieb.

»Wir gehen in eine stabile Umlaufbahn«, entschied Atlan. »Die Einsatzkommandos sollen sich bereithalten.«

Das ist ja Wahnsinn!, schoss es dem Sprecher der SOL-Geborenen durch den Kopf. *Hier kommt keiner von uns lebend heraus.* Joscan Hellmut war wie gelähmt und nicht in der Lage, seine Gefühle in Worte zu fassen. Er beobachtete die Mutanten und sah, dass sie die ersten Reaktionen auf BULLOCS Impulse zeigten. Fellmer Lloyds Augen waren geweitet, sein Gesicht rötete sich. Ribald Corello hockte zusammengekrümmt im Sitz seines Trageroboters, Gucky zitterte am ganzen Körper.

Das Psi-Duell zwischen den Mutanten und der vierten Inkarnation hatte bereits begonnen, erkannte Hellmut bestürzt. Der Ausgang dieses Kampfes würde darüber entscheiden, ob das Unternehmen fortgesetzt werden konnte.

17.

Perry Rhodan lag auf dem Rücken und spürte, dass sich BARDIOCS Ausläufer von seinem Körper zurückzogen. Die Pflanzen über ihm waren in sich zusammengesunken. Sein Kontakt zu der Superintelligenz war abgerissen, er konnte nicht mehr erkennen, was aktuell geschah.

Rhodan war erschöpft. Er wartete, dass seine Schwäche vorübergehen würde. Bisher hatte ihm der Zellaktivator in solchen Situationen immer geholfen, und so würde es auch diesmal sein.

Er dachte an BULLOC. Falls die vierte Inkarnation jetzt hier erschien, würde sie ihn im Zustand völliger Wehrlosigkeit antreffen und mühelos vernichten können. Der Terraner hoffte jedoch, dass BULLOC vorerst andere Probleme hatte.

Rhodan, der auch seelisch noch unter dem Eindruck von BARDIOCS letztem Albtraum stand, versuchte mühsam, seine Gedanken zu ordnen. Sobald er wieder in der Lage war, aufzustehen und zu handeln, musste er konsequent vorgehen.

Die dringlichste Frage war für ihn, was mit dem aus seinem langen Schlaf erwachten BARDIOC geschah.

Zweifellos lebte die Superintelligenz. Perry Rhodan spürte es an der paramentalen Ausstrahlung, die ihn wie eine sanfte Brandung umspülte. Er hatte jedoch den Eindruck, dass BARDIOC die Kontrolle über sich selbst verloren hatte.

Das war keineswegs erstaunlich. BARDIOC hatte so lange in seiner Traumwelt gelebt, dass er wahrscheinlich viel Zeit brauchte, um sich in der realen Umgebung zurechtzufinden. Vielleicht würde ihm das niemals gelingen. Rhodan musste damit rechnen, dass das globale Gehirn den Verstand verlor und für den Rest seines Lebens vor sich hin dämmerte.

Die Wirkung des Zellaktivators machte sich allmählich bemerkbar. Von den Folgen des Gahlmann-Virus war ohnehin nichts mehr zu spüren.

Perry Rhodan wurde von der Vorstellung gequält, dass die Erweckung BARDIOCS ein Pyrrhussieg sein könnte. Es war durchaus denkbar, dass dieser Erfolg eine kosmische Katastrophe nach sich zog. Rhodan malte sich in düsteren Visionen die Apokalypse in BARDIOCS Reich aus.

Er hörte Geräusche und hob den Kopf, um ihre Ursache herauszufinden. Wahrscheinlich waren es Tiere, verwirrte Symbionten. Rhodan bemitleidete diese Kreaturen, für deren Zustand er sich letztlich verantwortlich fühlte.

Mühsam richtete er sich auf.

»Du musst Perry Rhodan sein!«, sagte jemand hinter ihm.

In dieser Stimme schwang ein Unterton von Einsamkeit und unermesslicher Ferne mit. Das akzentfreie Interkosmo verstärkte diesen Eindruck noch.

Sekundenlang drohte Rhodans Herzschlag auszusetzen, dann gab er sich einen Ruck und wandte sich um.

Vor ihm stand ein humanoides Wesen, ein Gnom mit runzligem Gesicht. Er trug einen Zylinder. Doch das eigentlich Fantastische an dieser Erscheinung war der Anzug der Vernichtung.

»Callibso!«, stieß Perry Rhodan hervor. Er entsann er sich der Entwicklungsgeschichte BARDIOCS und korrigierte sich: »Ganerc!«

»Callibso ist durchaus richtig«, sagte das Männchen mit einem traurigen Lächeln. »Die Ära der Zeitlosen ist vorbei, und ich habe keine Veranlassung mehr, den Namen eines der sieben Mächtigen zu tragen.«

Rhodan versuchte, die Zusammenhänge zu verstehen und sich ein Bild von den Ereignissen zu machen, die sich irgendwo im Kosmos abgespielt hatten. »Wie kommst du hierher?«, wollte er wissen. »Und in welcher Mission?«

»Ich bin in Kemoaucs Auftrag gekommen«, antwortete der Zwerg. »Kemoauc hat mir die Koordinaten dieser Welt überlassen und mich gebeten, BARDIOC zu erlösen. Allerdings wusste er nicht, was sich ereignet hat. Er ging davon aus, dass Bardioc noch in der Kapsel eingesperrt war.«

Unwillkürlich schaute Rhodan sich um.

»BULLOC ist nicht in der Nähe«, beruhigte ihn Callibso, der offenbar erriet, was in den Gedanken des Terraners vorging.

»Ich habe BARDIOC aufgeweckt!«, sagte Perry Rhodan dumpf.

»Ich weiß. Aber das ist nicht genug. Wir müssen BARDIOC weiterhin helfen. Es ist wichtig, dass er das Versteck seines Sporenschiffs preisgibt. Dieses Schiff muss seiner ursprünglichen Bestimmung zugeführt werden.«

Rhodan atmete auf. »Ich dachte schon, du wolltest BARDIOCS Bestrafung vollenden.« Er schaute den Zwerg nachdenklich an. »Schließlich hättest du allen Grund dazu.«

»Weißt du, wie lange das alles schon zurückliegt?«

»Ungefähr«, antwortete der Terraner. »Wenigstens ungefähr weiß ich es.«

»Ich empfinde keinen Hass mehr auf meinen Bruder. Alle haben wir damals Fehler gemacht, und wenn ich mich richtig entsinne, befanden wir sieben uns mehr oder weniger in einer Krise. Wenn Bardioc nicht zum Verräter geworden wäre, hätte es einen anderen aus unserer Mitte erwischt. Wir vermochten einfach nicht mehr, einen Sinn in unserem Tun zu sehen. Man hatte uns zu Robotern herabgewürdigt, die mechanische Arbeit verrichten, aber das waren wir nicht! Unsere Herkunft ist unbekannt. Eines Tages erwachte unser Bewusstsein. Wir befanden uns in unseren Kosmischen Burgen. Dann ertönte der *Ruf* zum ersten Mal.«

»Ich kenne die Geschichte, BULLOC hat sie mir berichtet. Ebenso weiß ich von deinem Zusammentreffen mit Alaska Saedelaere auf Derogwanien.«

Ganerc-Callibso musterte den Terraner nachdenklich. »Glaubst du, dass es eine Verbindung zwischen den Menschen und den Zeitlosen gibt?«

»Ich weiß es nicht.« Rhodan hatte diese Frage noch nicht in Erwägung gezogen, aber nun, da Callibso ihn auf eine solche Möglichkeit aufmerksam machte, brannte sie ihm auf der Seele. »Nein«, sagte er schließlich kopfschüttelnd. »Es kann keine Wechselbeziehung geben. Dieses Zusammentreffen muss Zufall sein, weil wir Menschen in den Krieg zwischen der Kaiserin von Therm und BARDIOC verstrickt wurden.«

Callibso schien gar nicht zugehört zu haben. »Die Idee fasziniert mich!«, sagte er zu dem Terraner. »Würde es nicht bedeuten, dass dein Volk in den Plänen jener eine Rolle spielt, die das System der Materiequellen beherrschen?«

Perry Rhodan sträubte sich gegen solche Spekulationen. Sie waren nicht überschaubar. Er wusste nicht einmal, was Materiequellen waren, wie sie entstanden und welchen Sinn sie hatten. Auch von den Mächten in den Quellen war ihm nichts bekannt.

»Nachdem BARDIOC erwacht ist, wird er der Realität ins Auge sehen müssen«, fuhr Callibso fort. »Das macht mir Hoffnung, dass sein Sporenschiff gefunden werden kann.«

»Wir müssen wieder Kontakt zu BARDIOC aufnehmen«, erinnerte

Rhodan. »Das heißt, wir müssen endlich das zentrale Gehirn finden. BULLOC sucht diesen Ort ebenfalls. Er will BARDIOC vernichten, um die Macht an sich zu reißen.«

»Ich zerbreche mir schon seit einiger Zeit den Kopf, wo Kemoauc die Kapsel abgelegt haben könnte«, sagte Ganerc-Callibso versonnen. »Aber nicht einmal, wenn ich versuche, wie Kemoauc zu denken, kann ich die Stelle finden.«

»BARDIOC hat sich getarnt.«

»Ich weiß.« Callibso lüftete den Zylinder und brachte seine Ausrüstung zum Vorschein. »Aber meine Instrumente haben bisher in dieser Beziehung versagt.«

»BULLOC wird uns zuvorkommen.«

»Unsinn!« Callibso setzte seinen Zylinder wieder auf. Er trug diese eigenwillige Kopfbedeckung ohne Schwierigkeiten, weil er den Helmteil des Anzugs der Vernichtung in den Nacken gerollt hatte.

»Was sollen wir tun?«, fragte Rhodan.

»Wir trennen uns wieder. Auf diese Weise verdoppeln sich unsere Chancen, BARDIOC zu finden.«

»Ich werde BULLOC in die Falle laufen«, argwöhnte Rhodan düster.

»Du darfst nicht den Mut verlieren, Terraner. Nach allem, was ich von dir weiß, bist du in der Lage, diesen Kampf durchzustehen.«

Perry Rhodan gestand sich ein, dass ihm Callibsos Nähe ein Gefühl der Sicherheit vermittelte. Das – und nicht etwa strategische Notwendigkeiten – hatte ihn zu dem Hinweis auf die vierte Inkarnation bewogen. »Wie sollen wir uns verständigen, wenn einer von uns das Urgehirn findet?«, wollte er wissen.

Der Zeitlose lächelte. »Ich werde es dich wissen lassen, sobald ich Erfolg hatte. Im umgekehrten Fall brauchst du dir keine Gedanken zu machen. Du wirst das Richtige tun, auch ohne meine Anwesenheit.«

Ein Gedanke, den er bisher nicht berücksichtigt hatte, beeinflusste Rhodans Überlegungen.

»Es ist möglich, dass du keinen Groll gegen BARDIOC mehr hegst«, sagte er. »Aber wie verhält es sich umgekehrt? Du weißt, dass BARDIOCS Entwicklung nicht zuletzt von dem Trauma ausgelöst wurde, er könnte von seinen Brüdern entdeckt und erneut bestraft werden.«

»Dieses Gefühl musste er haben, solange er schlief. Jetzt denkt er mit Sicherheit anders darüber.«

Das ist eine Hypothese!, dachte Rhodan unzufrieden. Wahrscheinlich konnte auch der Wächter nicht vorhersagen, wie BARDIOC reagieren würde, sobald er mit einem Mitglied aus dem Bund der Zeitlosen zusammentraf. Neue Verwicklungen und Auseinandersetzungen konnten die Folge sein.

Vielleicht, überlegte Rhodan, war es für ihn selbst lebenswichtig, dass er nicht nur BULLOC, sondern auch dem Zeitlosen zuvorkam.

»Spürst du ihn?«, fragte Callibso.

»BARDIOC? Ja, aber nur als mentales Hintergrundrauschen, das keinen Sinn ergibt.«

»Ich meinte BULLOC!«

»Die Inkarnation kann ich nicht spüren«, sagte der Terraner.

»BULLOCS psionische Aura hat sich verändert. Er wird von einem Störfaktor aus dem Weltraum beeinflusst.«

»Aus dem Weltraum?« Rhodan wunderte sich. »Denkst du, er hätte Probleme mit den Hulkoos?«

»Die Hulkoos können ihm kaum gefährlich werden. Es muss etwas sein, was ebenfalls über psionische Kräfte verfügt.«

Perry Rhodan wollte dieses Phänomen eingehender erörtern, doch Callibso wurde plötzlich unsichtbar und meldete sich nicht mehr. Er war ohne jede weitere Erklärung gegangen. Wahrscheinlich setzte er die Suche nach BARDIOCS Urgehirn fort.

Der Terraner entschloss sich, ebenfalls einen Versuch zu unternehmen. Allerdings wollte er sich nicht darauf verlassen, dass BULLOC im Augenblick keine Gefahr bedeutete.

Erleichtert registrierte Rhodan, dass seine Körperkräfte sich schnell regenerierten. Er schritt über die Ausläufer des Riesengehirns hinweg und erreichte schon kurz darauf die erste größere organische Schaltstelle. Was mochte sich in diesen Windungen abspielen? Wurden sie von BARDIOC noch genutzt, oder liefen nach dessen Erwachen alle Denkprozesse nur noch im Stammhirn ab?

Es war müßig, darüber nachzudenken. Rhodan ging weiter.

Als er am Ende des Tales aufschaute, um sich zu orientieren, entdeckte er am Himmel einen dunklen Punkt, der schnell größer wurde. Perry Rhodan blieb wie angewurzelt stehen und versuchte, den Gefühlssturm, den dieser Anblick in ihm auslöste, schnell wieder unter Kontrolle zu bringen.

Das Objekt über ihm war eine Korvette.

BULLOC hatte die Hulkoos verlassen und die Energiesphäre in einer Senke gelandet. Zuvor hatte er sich davon überzeugt, dass es auf dem felsigen Boden keine von BARDIOCS Ausläufern gab. Jeder Störfaktor konnte in der augenblicklichen Situation zu einer Katastrophe führen.

Die SOL befand sich im Anflug auf BARDIOC.

Schon die Erkenntnis, dass die Besatzung dieses Schiffes hierher gefunden hatte, war für BULLOC ein Schock. Nach allem, was er über dieses Schiff und die Menschen wusste, hätte er es nicht für möglich gehalten, dass sie seiner Spur folgen konnten.

Es mussten Dinge im Spiel sein, von denen er nichts wusste. Das beunruhigte ihn.

Außerdem gab es einen weiteren Hinweis, dass sich an Bord des Fernraumschiffs etwas verändert hatte. BULLOC konnte seine psionischen Kräfte zwar voll entfalten, aber es war ihm unmöglich, sie auf die Mutanten der SOL einwirken zu lassen. Irgendetwas verhinderte das. Es war wie ein Wall, der von einer unbekannten Substanz gebildet wurde und die Mutanten abschirmte.

Umgekehrt konnten die Mutanten mit voller Wucht zuschlagen. BULLOC spürte, dass sie einen Psi-Block gebildet hatten und mit vereinten Kräften gegen ihn vorgingen. Er hielt es für unwahrscheinlich, dass der Wall ebenfalls eine Folge dieser Blockbildung war, denn dann hätten die Mutanten schon davon Gebrauch gemacht, als BULLOC sich noch an Bord ihres Schiffes aufgehalten hatte.

Sie haben mich gefunden und hindern mich daran, die Suche nach BARDIOCS Urgehirn fortzusetzen, dachte BULLOC trotzig. *Doch das ist nur eine vorübergehende Behinderung. Ich werde sie zerschmettern.*

Er hatte aufgehört, seine parapsychischen Kräfte zu vergeuden. Wenn das Schiff näher herangekommen war, musste er herausfinden, wie der Wall aufgebaut wurde und wie er ihn zerstören konnte. Danach würde er zum entscheidenden Schlag ausholen.

BULLOC war davon überzeugt, dass die Menschen das Parföx-Par-System nicht aus eigener Fähigkeit entdeckt hatten. Irgendetwas oder irgendjemand hatte sie geführt. Diese rätselhafte Macht war zugleich für den Wall verantwortlich, den die Mutanten wie einen Schild benutzten.

Die Auseinandersetzung mit den Mutanten kam BULLOC höchst ungelegen, denn er konnte sich vorstellen, dass Ganerc inzwischen auf eigene Faust handelte.

Wie die Dinge sich entwickelten, erschien BULLOC sein eigener Optimismus übertrieben, wenn er auch weiterhin nicht daran zweifelte, dass er aus diesem Geschehen als Sieger hervorgehen würde. Nur BARDIOC war ihm gewachsen, aber die Superintelligenz befand sich nicht in der Verfassung, ihn zu attackieren.

BULLOC hatte BARDIOCS Erwachen registriert, und zu seiner Erleichterung begriff BARDIOC überhaupt nicht, was vorgegangen war. Der jahrtausendelange Schlaf wirkte nach und würde BARDIOCS Bewusstsein noch längere Zeit trüben. Erst wenn BARDIOC logisch zu denken anfing, würde er die wahre Rolle der Inkarnation begreifen und darauf reagieren.

Die Dreistigkeit, mit der die Menschen ihr Schiff auf den Planeten zusteuerten, machte die Inkarnation wütend. Bewies dieses Verhalten nicht eindeutig, wie verletzlich die Superintelligenz im Grunde genommen war? Das lächerliche Sicherheitssystem im Parföx-Par-System war zusammengebrochen, weil die Hulkoos nicht mehr wussten, wie sie sich verhalten sollten. Ihre Verbindung zu BARDIOC war abgerissen, und sie warteten hilflos auf Befehle, die nicht mehr kommen würden. BULLOC bedauerte, dass er keine Zeit hatte, dieses Vakuum auszufüllen.

Die SOL schwenkte in einen Orbit um den Planeten ein.

Im Grunde genommen war dies ein ungeheuerlicher Vorgang, der ein bezeichnendes Licht auf BARDIOCS schlechten Zustand warf. Noch vor Tagesfrist wäre es undenkbar gewesen, dass ein Schiff, von dem man ruhigen Gewissens behaupten konnte, dass es zu den Einheiten der Duuhrt gehörte, in das System einflog.

Dies war eine Verhöhnung der Superintelligenz, und wie immer das Verhältnis zwischen BARDIOC und seiner Inkarnation mittlerweile geartet war, auch BULLOC litt unter diesem Vorgang. Obwohl er im Vollbesitz seiner Kräfte war, konnte er die Ankunft der SOL nicht verhindern.

Vielleicht hätte er die Solaner unter Druck setzen können, wäre Perry Rhodan noch sein Gefangener gewesen. Es war jedoch sinnlos, Rhodans Gefangenschaft nur vorzutäuschen. Die Mutanten würden die Wahrheit schnell herausgefunden haben, und BULLOCS Maßnahme wäre dann als sicheres Zeichen der Schwäche aufgefasst worden.

Die Inkarnation sah jedoch keine Veranlassung, sich in der Position des Schwächeren zu zeigen. Sie war überzeugt davon, dass es ihr bald wieder gelingen würde, die Initiative zu übernehmen. Dazu musste sie nur den Wall durchbrechen und den Psi-Block der Mutanten sprengen. Die normalen Besatzungsmitglieder bedeuteten überhaupt kein Problem, denn sie konnte er mit einem hypnosuggestiven Schock leicht zur Räson bringen.

BULLOC musste jedoch schnell erfahren, wie sehr sich die Realität von seinen Wunschvorstellungen unterschied. Die SOL-Mutanten warteten nicht, bis die Inkarnation ihre Angriffe verstärkte, sie griffen ihrerseits an.

BULLOC wurde zum Ziel eines konzentrierten Psi-Überfalls, und die Gegenwehr fiel ihm deshalb so schwer, weil in der Woge psionischer Energie die verschiedensten spezifischen Psi-Kräfte steckten, von denen jede für sich allein schon Gefahr bedeutet hätte. Dabei waren die telepathischen Impulse noch die harmlosesten, denn sie dienten dem Gegner lediglich dazu, Standort und Zustand von BULLOC zu ergründen. Anders verhielt es sich mit den telekinetischen Ausstrahlungen. Sie und andere schwer deutbare psionische Wirkungen brachten BULLOC in Verlegenheit. Er wurde in die Defensive gedrängt.

Seine Sicherheit war nicht gefährdet, aber sein Aktionsradius reduzierte sich auf einen lächerlich geringen Umfang. Er konnte entweder in der Senke abwarten, dass die Mutanten ihn fanden und noch heftiger attackierten, oder die Flucht ergreifen.

Auch daran war BARDIOC schuld!, dachte die Inkarnation hasserfüllt. Die Superintelligenz war erwacht und hatte sich aufgegeben. Sie war nicht mehr in der Lage, sich selbst zu kontrollieren, geschweige denn ihre Umgebung.

BULLOC hätte vor Wut schreien mögen angesichts der Tatsache, dass BARDIOCS Einfluss bröckelte. Welch gigantische Aufgabe würde es sein, diesen kosmischen Sektor ein zweites Mal zu erobern. BARDIOC war ein Schwächling, der einfach aufgab.

In dieser Stimmung ließ BULLOC sich dazu verleiten, wahllos zurückzuschlagen. Erst als er sich völlig verausgabt hatte, kam er wieder zur Besinnung. Er stellte fest, dass sich nichts verändert hatte. Die SOL befand sich weiterhin im Orbit, und wenn nicht alle Anzeichen täuschten, waren die Menschen schon im Begriff, ihre Mutanten mit einem Beiboot auszuschleusen.

Die rätselhafte Substanz, die die SOL und ihre Besatzung schützte, nahmen sie mit. Es musste sich dabei um eine Waffe handeln, die von der Kaiserin von Therm an die Menschen übergegangen war.

BULLOC erinnerte sich an Rhodans Kristall. Es war möglich, dass weitere Kristalle der Duuhrt hinzugekommen waren, vielleicht sogar der legendäre Pruuhl selbst. Über diesen Stein und seine Wirkungen gab es die widersprüchlichsten Geschichten. Es sollte sich um einen schwarzen Kristall handeln, der von dem verhassten Puukar persönlich getragen wurde.

Das bedeutete, dass Puukar an Bord der SOL weilte und alle Gerüchte über seinen Tod aus der Luft gegriffen waren.

BULLOC wurde bei dem Gedanken fast wahnsinnig, dass bald Träger von Duuhrt-Kristallen ihren Fuß auf diese Welt setzen würden. Trotz seiner Revolte gegen BARDIOC fühlte er sich auf gewisse Weise noch mit der Superintelligenz verbunden und empfand die Ankunft von Kristallträgern als ekelerregende Verunreinigung.

Aber was sollte er dagegen tun? Die Hoffnung, dass die Ankömmlinge ihm die Arbeit abnehmen und BARDIOC töten würden, war absurd.

BULLOC war lange genug mit Perry Rhodan zusammen gewesen, um sich ein Bild von den merkwürdigen Moralbegriffen der Menschen machen zu können. Sie würden nichts unversucht lassen, die Superintelligenz, die sie aus berechtigten Gründen bekämpft hatten, zu retten.

Das war geradezu schizophren, erkannte BULLOC. Dennoch war es Tatsache.

Wahrscheinlich hatte die Kaiserin von Therm genau gewusst, warum sie diese Menschen zu ihren Verbündeten gemacht hatte. Aber hatte die Duuhrt vorhersehen können, dass diese Wesen sich schließlich für ihren Erzfeind einsetzen würden?

Wenn dies der Fall war, musste BULLOC alles vergessen, was er über die Kaiserin von Therm wusste, und sich ein völlig neues Bild der Zusammenhänge machen.

Bestürzt erkannte er, dass er nicht genügend Informationen besaß. Wusste BARDIOC mehr? Die vierte Inkarnation kam sich überlistet und betrogen vor. Hatten ihre Vorgänger CLERMAC, SHERNOC und VERNOC nicht loyal für BARDIOC gekämpft?

Die Ereignisse der letzten Tage lieferten BULLOC im Nachhinein Gründe für seinen Verrat an BARDIOC. Scheinbar war er BARDIOC nur zuvorgekommen.

Er fühlte, dass diese Überlegungen zu nichts führten. Vielmehr musste er beharrlich an der Verwirklichung seiner Pläne arbeiten.

Voller Betroffenheit registrierte BULLOC, dass das Beiboot der SOL mit den Mutanten an Bord tatsächlich ausgeschleust wurde. Bis zum letzten Augenblick hatte er nicht geglaubt, dass die Menschen das wirklich wagen würden.

Der psionische Druck auf ihn wurde stärker. BULLOC wehrte sich wütend und erbittert, aber er sah ein, dass er unter den gegenwärtigen Umständen nicht standhalten konnte. Er musste sich zurückziehen. Flucht – diese Schmach war unvorstellbar, BULLOC würde sie niemals ganz verwinden.

Immerhin können sie mich nicht vernichten, dachte er.

Das bedeutete, dass die Gegner stetig mit seiner Rückkehr rechnen mussten. Sie würden keine ruhige Minute haben, denn er konnte praktisch jederzeit angreifen. BULLOC gab eine Position auf, um eine andere, stärkere aufzubauen.

Er hatte eine Schlacht verloren.

Den Krieg jedoch würde er gewinnen.

Er schloss die Energiesphäre und aktivierte den Antrieb. Wenig später schoss das Flugobjekt mit der Inkarnation an Bord aus der Senke hinaus und raste davon.

Need-Koorsch hätte nicht zu sagen vermocht, wie lange er im Zustand körperlicher Starre an diesem Platz verharrt hatte, apathisch und mit einem Gefühl gähnender Leere in seinem Bewusstsein.

Es sprach für die Führungsqualitäten des Stellvertretenden Oberkommandierenden der Hulkoos im Parföx-Par-System, dass sein erster Gedanke dem Wohlergehen seiner Artgenossen galt, die wie er ratlos herumstanden und nicht wussten, was sie tun sollten.

Vergeblich öffnete er sein Bewusstsein für BARDIOCS Befehle. Das mentale Schweigen des Meisters hielt an.

Need-Koorsch hob das Funkgerät auf und versuchte, eine Verbindung zum Flaggschiff herzustellen. Er musste den Versuch mehrmals wiederholen, ehe sich endlich Moschkatl meldete.

»Was ist geschehen?«, fragte Need-Koorsch verzweifelt. »Der Meister meldet sich nicht mehr.«

»Wir wissen es noch nicht.« Moschkatls Stimme klang müde. Wahrscheinlich war er in den letzten Stunden mit Fragen geradezu bombardiert worden – Fragen, auf die er keine Antwort geben konnte.

»Vielleicht hat es tatsächlich einen Überfall auf BARDIOC gegeben, ohne dass wir davon etwas mitbekommen haben«, sagte Need-Koorsch.

»Das ist absurd«, entgegnete der Oberkommandierende. »Wir wissen, dass BARDIOC eine Veränderung durchgemacht hat. Über deren Art können wir nur Spekulationen anstellen. Allerdings gibt es einen vielleicht brauchbaren Hinweis: Ein fremdes Raumschiff befindet sich seit kurzer Zeit im Orbit des Planeten.«

Need-Koorsch hob den Kopf. »Ein fremdes Schiff? Warum wurde nichts unternommen?«

»Es gab keine Befehle. Bei den Ankömmlingen kann es sich um Diener des Meisters handeln. Sollen wir sie auf bloßen Verdacht hin angreifen?«

Natürlich hatte Need-Koorsch keinen Grund, seinen Vorgesetzten zu kritisieren, denn er wusste nur zu genau, dass er sich an dessen Stelle nicht anders verhalten hätte. Seine ganze Hilflosigkeit wurde ihm bewusst, und er begriff erschüttert, dass die gesamte Hulkoo-Zivilisation davon betroffen war. Ein mächtiges raumfahrendes Volk war mit einem Schlag gelähmt worden. Wie konnte BARDIOC Derartiges zulassen?

»Wir müssen abwarten«, klang Moschkatls Stimme wieder auf.

»Abwarten? Und wenn nichts geschieht?« Need-Koorsch sträubte sich gegen die Vorstellung, tatenlos zu warten. Worauf? Vielleicht auf eine Art Wunder?

»Es wird etwas geschehen«, versicherte Moschkatl beinahe beschwörend. »Der Meister ist nur verstummt, um uns zu prüfen. Bald wird er sich wieder melden und uns sagen, was zu tun ist.«

Diese Sätze hatten eine eigenartige Wirkung auf den Stellvertretenden Oberkommandierenden. Sie machten ihm bewusst, wie abhängig sein Volk im Grunde genommen von der Superintelligenz war. Noch vor wenigen Stunden wären ihm solche Überlegungen ketzerisch erschienen, ja, er wäre überhaupt nicht fähig gewesen, sie auch nur ansatzweise in Erwägung zu ziehen.

War ich all die Jahre blind für unsere Situation?, fragte er sich.

Moschkatl schien weiterhin auf BARDIOC zu vertrauen, aber Need-Koorsch wurde von der Überzeugung durchdrungen, dass diese Ära endgültig vorbei war. Er wusste allerdings nicht, wie es weitergehen sollte, und hatte sogar das Gefühl, Zeuge einer unvorstellbaren Katastrophe zu sein.

»Wir sollten unsere Landetruppen zurückziehen«, schlug er Moschkatl vor.

»Zurückziehen?«, rief der Oberkommandierende entsetzt. »Wissen Sie überhaupt, was Sie reden?«

»Ehrlich gesagt, ich weiß nur, dass ich mich an Bord meines Schiffes sicherer fühlen würde als auf dieser Welt.« Das war wirklich so. Die massigen Raumschiffe waren in dieser Lage das Einzige, worauf man sich verlassen konnte.

»Ich werde nichts dergleichen befehlen«, sagte Moschkatl entschieden. »Es sei denn, es gäbe eine entsprechende Anordnung BARDIOCS.«

Need-Koorsch fühlte Mitleid in sich aufsteigen. Moschkatl war ein ruhmreicher Soldat, aber er wollte nicht begreifen, dass es keine Befehle mehr geben würde. Nie mehr. Von nun an mussten die Hulkoos allein entscheiden, was sie tun sollten.

Das war unvorstellbar, doch so war die Realität. Je schneller sie sich damit abfanden, desto größer ihre Chance, dem drohenden Dilemma zu entkommen.

»Sind Sie überhaupt noch bei Sinnen?«, fragte Moschkatl. »Wie Sie reden, könnte ich glauben, Sie planen eine Meuterei.«

»Das Oberkommando kann meiner Loyalität gewiss sein«, sagte Need-Koorsch steif. Es kam ihm unsinnig vor, die Ergebenheitsformel unter diesen Umständen zitieren zu müssen, aber er wollte den Oberkommandierenden unter allen Umständen von einem zusätzlichen Druck befreien.

Tatsächlich wirkte Moschkatl erleichtert. »Ich warte auf weitere Informationen«, verkündete er. »Dann melde ich mich.«

Als die Verbindung unterbrochen war, wandte sich Need-Koorsch an seine Soldaten. »Wir kehren in unser Schiff zurück! Folgt mir!«

Die Korvette schwebte jetzt in geringer Höhe über Perry Rhodan. In der Hauptschleuse wurden vier Gestalten sichtbar. Zwei von ihnen waren Gucky und Fellmer Lloyd, bei den beiden anderen handelte es sich wahrscheinlich um Mediziner.

Rhodan, der den Vorgang beobachtete, fragte sich, warum der Mausbiber nicht einfach teleportierte. Aber wahrscheinlich brauchte er seine Psi-Kraft für andere Zwecke.

Gucky winkte Rhodan zu, dann sprangen alle vier aus der Schleuse und schwebten ins Tal hinab. Der Terraner fürchtete für einen Moment, dass er einem Wunschtraum erlag, so unvorstellbar erschien ihm das Eintreffen seiner Freunde.

Gucky landete zuerst. Er machte eine umfassende Geste und fragte anzüglich: »Das ist doch hoffentlich nicht dein Gehirn, das hier überall herumliegt?«

Rhodans Kehle war wie zugeschnürt, er konnte in dem Moment nicht antworten. Lloyd und die beiden anderen Männer standen gleich darauf ebenfalls vor ihm.

»Meine Begleiter sind Dr. Hayst und Kosmopsychologe Arto Sannis. Sie werden dich in die Krankenstation der SOL begleiten, damit du dich erholen kannst.«

»Den Teufel werden sie!«, widersprach Rhodan. »Wahrscheinlich weiß an Bord der SOL niemand, was hier geschehen ist. Ich kann BARDIOC jetzt nicht verlassen.«

»Sie brauchen dringend Pflege«, sagte Dr. Hayst, ein untersetzter, behäbig wirkender Mann. »Atlan hat uns befohlen, dass wir uns auf keinen Fall zurückweisen lassen dürfen.«

Rhodan blickte zur Korvette auf. Lloyd, der die stumme Frage verstand, sagte: »Der Lordadmiral befindet sich noch auf der SOL. Aber alle Mutanten halten sich im Beiboot auf. Wir haben BULLOC vertrieben.«

»Vertrieben?« Rhodan schaute den Telepathen ungläubig an. »Wie ist euch das gelungen?«

»Ich nehme an, dass die Kristalle der Kaiserin ein schützendes Feld aufgebaut haben.« Lloyd lächelte. »Du weißt natürlich nicht, dass wir den Pruuhl an Bord haben.«

»Und Puukar?«

»Ihn ebenfalls. Der rabiate Bursche würde sich am liebsten durch Terkonitstahlwände fressen, um allen Hulkoos den Garaus zu machen. Doch wir halten ihn zurück.«

»Die Kristalle haben euch den Kurs gezeigt?«

Lloyd nickte. Er schien erstaunt zu sein, dass Rhodan sich so schnell mit den Gegebenheiten zurechtfand.

Der Terraner zeigte auf die welken Pflanzen, zwischen denen er gelegen hatte.

»Ich war Teil von BARDIOCS Symbiose. Dabei hatte ich einige seltsame Visionen. Doch darüber später mehr. Ich muss sofort zur SOL und mit Atlan und den Übrigen sprechen. Wir müssen verhindern, dass BARDIOCS Erwachen eine Katastrophe nach sich zieht. Vor allem darf BULLOC das Urgehirn nicht finden.«

Lloyd schaute ihn verständnislos an.

»An Bord der SOL erkläre ich alles«, vertröstete ihn Rhodan.

Der Anführer des Mutantenkorps gab sich damit zufrieden. Er wandte sich an den Mausbiber: »Ich glaube, dass wir es riskieren können, dich aus dem Block freizugeben, Kleiner. BULLOC hat die Flucht ergriffen. Teleportiere mit Perry in die SOL.«

Gucky streckte seine Hand aus.

»Einen Augenblick noch!«, rief Rhodan. »Ich will nicht, dass durch unüberlegte Handlungen Schaden angerichtet wird. Fellmer, du garantierst mir dafür, dass die Mutanten mit allen Aktionen warten, bis ich entsprechende Befehle gebe.«

»Natürlich, Chef!« Die Selbstverständlichkeit, mit der Rhodan schon wieder das Kommando übernahm, schien Lloyd nicht zu erstaunen.

Der Terraner ergriff Guckys Hand. Sie entmaterialisierten und erreichten in Nullzeit die Zentrale der SOL.

»Ah!«, rief eine raue Stimme. »Endlich geschieht etwas. Jetzt, da Rhodan da ist, werden wir den Hulkoos eine Lektion erteilen.«

Der Sprecher war Puukar. Bevor Perry Rhodan dem Kriegsherrn der Choolks antworten konnte, wurde er von seinen Freunden umringt.

»Feiern können wir später«, protestierte Rhodan. »Vorerst gibt es noch viel zu tun.«

In knappen Sätzen versuchte er, einen möglichst exakten Überblick zu geben. Abschließend sagte er: »BULLOC will das Urgehirn BARDIOCS vernichten und selbst die Macht an sich reißen. Das müssen wir unter allen Umständen verhindern. Wenn die vierte Inkarnation erst BARDIOCS Stelle eingenommen hat, werden unsere Bemühungen keinen Erfolg mehr haben. Von BULLOC dürfen wir keine Verhandlungsbereitschaft erwarten.«

»Ich sehe nicht ein, warum wir plötzlich *für* BARDIOC kämpfen sollen«, sagte Atlan. »Er hat uns verfolgt und seine Kleinen Majestäten auf die Erde geschickt. Wir haben keinen Anlass, ihm zu helfen.«

»Er kann für seine Handlungen nicht verantwortlich gemacht werden. Sie geschahen im Schlaf, als Bestandteil eines schrecklichen Albtraums. Nun ist BARDIOC erwacht. Ich konnte fühlen, dass er von Scham und Reue überwältigt wurde, danach brach mein Kontakt zu ihm ab. Aber er lebt noch und befindet sich höchstwahrscheinlich in einer unerträglichen Notsituation.«

Atlan deutete auf die Panoramaschirme mit der Planetenoberfläche.

»Hast du deinen Sinn für den Maßstab verloren?«, erkundigte er sich. »BARDIOC ist ein entartetes Gehirn, dessen Ausläufer diese Welt im Würgegriff haben. Zwischen ihm und uns kann es keine Beziehungen geben.«

Rhodan hatte mit Einwänden wie diesem gerechnet. Er konnte deshalb niemandem einen Vorwurf machen. Wahrscheinlich musste man den Traum der Superintelligenz selbst erlebt haben, um ein tieferes Verständnis zu erfahren.

»Wir dürfen BARDIOC nicht sich selbst überlassen«, sagte er eindringlich. »Das wäre unmenschlich. Außerdem haben wir eine Chance, den Konflikt zwischen der Kaiserin von Therm und BARDIOC endgültig zu beenden.«

Atlan seufzte. »Du solltest bei deinen Plänen nicht vergessen, dass es an Bord dieses Schiffes eine mühsam zurückgedrängte Konfliktsituation gibt. Jetzt, nachdem wir dich gefunden haben, werden die SOL-Geborenen nachdrücklicher als zuvor ihr Recht fordern.«

»Auch sie haben die moralische Verpflichtung, einem in Not geratenen Wesen zu helfen. Ich glaube nicht, dass sie sich dieser Verantwortung entziehen werden.«

»BARDIOC ist für uns kein Wesen im engeren Sinn«, warf Joscan Hellmut ein. »Er ist eine Abstraktion, außerdem eine, die uns nichts als Kummer bereitet hat.«

»Wir hören uns trotzdem an, was Perry vorhat«, sagte Reginald Bull.

Rhodan warf ihm einen dankbaren Blick zu. »Es kommt darauf an, das Urgehirn BARDIOCS zu finden. Ich glaube, dass ich dann wieder Kontakt zu ihm aufnehmen kann.«

»Welchen Sinn hätte das?«, wollte Kosum wissen.

»Wir müssen BARDIOC von hier wegbringen!«

Schweigen breitete sich aus. Die Frauen und Männer in der Zentrale schienen zu spüren, dass dieser so gelassen ausgesprochene Satz Konsequenzen in sich barg, die niemand außer Perry Rhodan selbst in dem Augenblick übersehen konnte.

Atlan fand als Erster die Sprache wieder. »Du hast das natürlich nur symbolisch gemeint?«

»Keineswegs. Es ist ausschließlich eine technische Frage, und wir werden sie lösen.«

»Das ist lächerlich!«, rief Hellmut. »BARDIOC von hier wegbringen – wie soll sich das bewerkstelligen lassen?«

»Ich sprach lediglich von dem Urgehirn, das auf dem Planeten verborgen ist«, erläuterte Rhodan. »Sobald wir es gefunden haben, müssen wir es an Bord der SOL bringen.«

Hellmut wurde bleich. »Das werden die Solaner nicht zulassen!«, brachte er mühsam beherrscht hervor. »Keiner hat vergessen, was geschehen ist, nachdem BULLOC an Bord kam. Und nun planen Sie, die Wurzel allen Übels ins Schiff zu schaffen …«

»BARDIOC ist nicht BULLOC! Das sind völlig andere Voraussetzungen. Ich werde mit den SOL-Geborenen reden, und ich bin sicher, dass sie schließlich zustimmen werden.«

»Wir müssen dieses Problem ausführlich diskutieren«, sagte Atlan.

Rhodan sah ihn aufmerksam an, doch der Arkonide erwiderte den Blick nicht. Erschrocken begriff Perry Rhodan, dass Atlan argwöhnte, er könnte sich, bedingt durch den langen Aufenthalt bei BARDIOC, in einem Zustand geistiger Verwirrung befinden.

Wahrscheinlich dachten andere ebenso wie Atlan.

Rhodan zwang sich zur Ruhe. »Sobald ihr über alle Einzelheiten informiert seid, werdet ihr mir zustimmen. Im Augenblick bleibt aber keine Zeit für lange Diskussionen. Wir müssen Landungskommandos zusammenstellen und mit der Suche nach dem Urgehirn beginnen.«

»Angenommen, wir finden es«, sagte Bully. »Wenn es uns dann außerdem gelingt, das Gehirn an Bord zu bringen, was ich aus berechtigten Gründen bezweifle, was hast du letztlich vor?«

Rhodan hatte diese Frage befürchtet und gehofft, dass sie erst zu einem späteren Zeitpunkt gestellt würde. Doch nun musste er darauf antworten, trotz des Risikos, dass ihn einige Besatzungsmitglieder endgültig für verrückt erklärten.

»Wir bringen BARDIOC nach Drackrioch«, sagte er. »Zur Kaiserin von Therm.«

18.

Alaska Saedelaere hatte sich von den übrigen Suchkommandos getrennt und sich zusammen mit Bjo Breiskoll auf die Suche nach dem zentralen Urgehirn BARDIOCS begeben. Vor einer halben Stunde war Bjo von den anderen Mutanten in eine der ausgeschleusten Korvetten gerufen worden. Die Mitglieder des Korps wollten einen Psi-Block bilden, um mit dessen Hilfe BARDIOCS Versteck aufzuspüren.

Alaska hatte sein Flugaggregat eingeschaltet und bewegte sich nun dicht über den Ausläufern BARDIOCS und üppig wuchernden Pflanzen in südlicher Richtung. Unerwartet entdeckte er eine einsame Gestalt – es war Douc Langur, der Forscher der Kaiserin von Therm.

Der Transmittergeschädigte landete neben dem grotesk aussehenden Wesen. Langur richtete seine Sinnesorgane auf ihn.

»Es freut mich, dass du uns bei der Suche hilfst, Douc«, sagte Alaska freundlich.

»Woher willst du wissen, dass ich mich beteilige?«, fragte Langur. »Hältst du es für ausgeschlossen, dass mich andere Probleme auf diese Welt führen?«

Seit Langur den Mann mit der Maske in dessen Kabine »überfallen« und ihm Rhodans Kristall gestohlen hatte, war das Verhältnis zwischen ihnen gestört. Sie hatten bisher nicht darüber gesprochen, aber Alaska Saedelaere hatte auch jetzt das Gefühl, dass Douc sich ihm gegenüber distanziert, ja geradezu unfreundlich verhielt.

Vielleicht wurde Langur von einem schlechten Gewissen gequält, und sein Verhalten war nichts anderes als eine Trotzreaktion. Alaska entschloss sich, die Angelegenheit hier und jetzt in Ordnung zu bringen.

»Warum immer du hier bist, ich biete dir meine Hilfe an«, sagte er.

Doucs fächerförmige Sinnesorgane auf der Oberfläche des kissenähnlichen Körpers bewegten sich. Der Maskenträger konnte sich des Eindrucks nicht erwehren, dass dies abschätzende Gesten waren.

»Du kannst mir nicht helfen«, erwiderte der Forscher der Kaiserin schließlich.

»Es geht um dein Identitätsproblem?«

Douc Langur deutete mit einer Greifklaue auf die Ausläufer des Gehirns. »Hier wird mir bewusst, was es bedeutet, *jemand* zu sein.«

Alaska Saedelaere versuchte, den Sinn dieser Bemerkung zu ergründen, doch die tiefere Bedeutung blieb ihm verschlossen. Er ahnte nur, dass sie schrecklich sein musste. Mitleid für den Forscher stieg in ihm auf. Ein wenig glaubte er, Langur zu verstehen, schließlich war er mit dem Cappinfragment im Gesicht ebenfalls ein Einzelgänger und Außenseiter.

»Auch du bist jemand, Douc«, tröstete er den Vierbeinigen. »An Bord der SOL bist du anerkannt und eine Persönlichkeit.«

»Ja«, pfiff Langur matt. Er schien sich Saedelaeres Anwesenheit nicht richtig bewusst zu sein, ganz so, als würde er von Gefühlen oder Gedanken überwältigt.

»Du beneidest BARDIOC hoffentlich nicht?«, fragte der Transmittergeschädigte bestürzt.

»Ich beneide jedes Wesen!«

»Hast du vergessen, warum wir das Urgehirn suchen?«

»Natürlich nicht, Alaska. Perry Rhodan ist davon überzeugt, dass es unsere Aufgabe ist, das Urgehirn der Superintelligenz zur Kaiserin von Therm zu bringen.«

Das hatte Douc wirklich sehr einfach ausgedrückt, erkannte Saedelaere sarkastisch. In diesem Satz war nichts von den Schwierigkeiten gesagt, mit denen sie zu kämpfen hatten. Es ging nicht nur darum, den Ort zu finden, an dem der Mächtige Kemoauc vor einer kleinen Ewigkeit die Kapsel mit Bardiocs Gehirn abgelegt hatte. BULLOC hielt sich nach Aussage aller Mutanten noch im Parföx-Par-System auf. Die vierte Inkarnation wartete nur darauf, ihre Widersacher erfolgreich angreifen zu können. Auch die Flotte der Hulkoos durfte nicht vergessen werden. Noch schienen die Schwarzpelze unter Schock zu stehen, aber das konnte sich schnell ändern.

Darüber hinaus hatte Alaska erfahren, dass Callibso sich auf dem

Planeten aufhielt. Der Zwerg, den Alaska als Puppenspieler von Derogwanien kennengelernt hatte, war identisch mit dem ehemaligen Mächtigen Ganerc.

Vom Standpunkt Alaska Saedelaeres aus hatten die verwirrenden Ereignisse ihren Höhepunkt mit Kytomas Erscheinen gefunden. Er glaubte nicht daran, dass er einer Halluzination zum Opfer gefallen war.

Das Aufeinanderprallen so vieler Wesen mit kosmischer Bedeutung ließ nur den Schluss zu, dass sich Geschehnisse von außerordentlicher Bedeutung anbahnten.

Alaska Saedelaere war dabei gewesen, als Perry Rhodan seinen umfassenden Bericht über BARDIOC gegeben hatte. Dabei war ihm klar geworden, dass es um sehr viel mehr ging als um den Konflikt zweier Superintelligenzen.

Er war ein aufmerksamer Zuhörer und hatte erkannt, dass Rhodans Interesse den geheimnisvollen Materiequellen galt. Auch das Schicksal der sieben Mächtigen, zu denen BARDIOC gehört hatte, beschäftigte den Aktivatorträger. Eine besondere Rolle in Rhodans Überlegungen schien auch das von Bardioc versteckte Sporenschiff zu spielen.

Alaska wandte sich erneut an Douc Langur. »Ich dachte immer, wir beide wären Freunde, Douc. Aber du bist seit einiger Zeit sehr zurückhaltend, um nicht zu sagen ablehnend. Ich verüble dir längst nicht mehr, dass du mich paralysiert und mir Rhodans Kristall abgenommen hast. Du hattest deine Gründe dafür.«

»Ich kann niemandes Freund werden. Das verstößt gegen meine Natur«, sagte Douc Langur traurig.

»Es sieht so aus, als hätte der Konflikt zwischen der Kaiserin von Therm und BARDIOC ein Ende gefunden. Das bedeutet, dass deine Rolle als Forscher der Duuhrt zu Ende ist. Die Kaiserin braucht keine Forscher mehr, die ihr von den Grenzgebieten ihrer Mächtigkeitsballung berichten.«

»Diese Zeit ist für mich sowieso längst vorbei. Wenn ich mich zurückziehe, hat das ausschließlich mit mir selbst zu tun.«

»Aber du kannst nicht dein Leben lang abgekapselt bleiben, du brauchst den Umgang mit anderen intelligenten Wesen.«

»Wer sagt das?«

»Niemand kann nur für sich allein leben.«

»Ich will es so!«, pfiff Langur mit Entschiedenheit.

Saedelaere fühlte sich hilflos. Douc Langurs Worte schienen zu bedeuten, dass er wirklich allein sein wollte und keinen Wert auf Gesellschaft legte. Ein schrecklicher Verdacht stieg in dem Transmittergeschädigten auf. Fühlte Langur sich immer noch als Forscher der Kaiserin? Betrachtete er BARDIOC als seinen Feind und plante er, die Superintelligenz zu vernichten? Er musste nur das Urgehirn vor den Solanern finden.

Nach allem, was er von Douc Langur wusste, wollte Alaska das nicht glauben. Aber völlig auszuschließen waren solche oder ähnliche Absichten nicht.

»Du machst dir meinetwegen Sorgen«, stellte Langur amüsiert fest.

»Ich dachte gerade an dein Verhältnis zu BARDIOC«, gestand Saedelaere. »Im Grunde genommen ist er dein Todfeind. Du könntest versuchen, das Urgehirn aufzuspüren und zu vernichten.«

»Ich habe keinen Anlass, BARDIOC zu lieben. Erinnere dich an das Schicksal der anderen Forscher, die im MODUL arbeiteten. Wurden sie nicht das Opfer einer ausgeklügelten Falle BARDIOCS?«

»Ich sollte dich nicht aus den Augen lassen!«

»Niemand kann mich aufhalten«, versetzte Langur gelassen. »Aber mach dir keine Sorgen. Ich habe nicht vor, etwas gegen BARDIOC zu unternehmen; ich bin in eigenem Interesse hier.«

»Die Mutanten werden das Urgehirn finden«, prophezeite Saedelaere. »Dann werden wir es fortschaffen.«

»Vergiss nicht die technischen Schwierigkeiten, die damit verbunden sind.« Langur zog LOGIKOR hervor. »Ich habe mit dem Rechner schon darüber gesprochen. Er gibt einem solchen Unternehmen wenig Erfolgsaussichten, ganz zu schweigen vom Widerstand der SOL-Geborenen.«

»Was würdest du tun?«

»Ich kann mich nicht in euch Menschen hineinversetzen. Vielleicht sollten wir BARDIOC töten. Er ist wahnsinnig, davon bin ich überzeugt.«

Alaska erschauerte ob der Kaltblütigkeit, mit der Langur über den Tod der Superintelligenz sprach.

»Es gibt Entwicklungen, dass der Besitz eines Körpers für ein Bewusstsein unmoralisch wird«, fuhr der Forscher fort. »Ich glaube, dass die Kaiserin und BARDIOC sich in einem Zwischenstadium befinden.«

»Du scheinst lange darüber nachgedacht zu haben.«

»Zu lange«, seufzte der Vierbeinige. »Aber ich hatte keine andere Wahl.«

»Du weißt, wer du bist, nicht wahr?«, fragte Alaska geradeheraus.

»Ja«, sagte Douc Langur dumpf.

»Willst du mit mir darüber reden? Es würde dir manches leichter machen.«

»Warum trägst du eine Maske?«, pfiff der Forscher. »Du weißt, dass du dein Gesicht nicht zeigen darfst, denn das würde zu einer Katastrophe führen. Ich muss ebenfalls meine Maske aufbehalten, um im übertragenen Sinne zu sprechen.«

Er wandte sich um und ging davon. Als Alaska ihm folgen wollte, hielt er inne und wehrte schroff ab: »Lass mich allein!«

Saedelaere zuckte zusammen. Er reagierte betroffen auf die Art und Weise, mit der Langur ihn zurückwies. Das hatte nichts mehr mit persönlichen Gefühlen zu tun, sondern entsprach der grundsätzlichen Einstellung Langurs gegenüber anderen Intelligenzen. Alaska verstand, dass die Haltung des Forschers nicht das Geringste mit dem Zwischenfall auf der SOL zu tun hatte, sondern eine Folge jenes Wissens um die eigene Identität war, das er vor nicht allzu langer Zeit, wahrscheinlich auf Culhm, erlangt hatte.

Eines erschien ihm offensichtlich: Langur war zutiefst verzweifelt.

Alaska Saedelaeres Gedanken wurden vorübergehend unterbrochen, denn ein Suchkommando der SOL flog vorbei. Der Transmittergeschädigte überlegte, ob er sich den Raumfahrern anschließen sollte, entschied sich aber dagegen. Er wollte in Douc Langurs Nähe bleiben. Vielleicht besann der Forscher sich anders und suchte jemanden, mit dem er über seine Probleme reden konnte. Alaska fragte sich, ob er mit Perry Rhodan und Atlan über Langur reden sollte. Viel würde dabei nicht herauskommen, denn jeder hatte derzeit ganz andere Sorgen.

Kaum war das Suchkommando verschwunden, erschien eine kleine Gestalt in Alaskas Nähe. Er sah sie nur wenige Schritte entfernt zwischen den Bäumen hervortreten.

»Callibso!«, stieß er hervor.

Das zwergenhafte Wesen trug den Anzug der Vernichtung. Der Helm war zurückgeklappt, auf dem Kopf hatte Callibso den Zylinder sitzen, in dem er seine uralten Instrumente verbarg.

Alaska schloss die Augen und öffnete sie wieder, aber das Wesen vor ihm war immer noch da. Er hätte nie geglaubt, dass er den Zeitlosen eines Tages wiedersehen würde. Erinnerungen stiegen in ihm hoch und drohten ihn zu überwältigen.

Der Zwerg kam langsam heran. Auf eine unbestimmbare Art wirkte er müde und ungeduldig. Er deutete auf Alaskas Rückentornister. »Kannst du mit dem Flugaggregat jeden Punkt dieser Welt erreichen?«

Die nüchterne Frage brachte Saedelaere schnell in die Gegenwart zurück. Er wunderte sich über Callibsos direkte Art. Der ehemalige Wächter des Schwarms hielt sich nicht mit umständlichen Erklärungen oder Floskeln auf. Wahrscheinlich gab es einen Grund für seine Eile.

»Ja«, sagte Alaska benommen. »Es ist möglich. Aber wie …«

Mit einer knappen Handbewegung schnitt ihm Callibso das Wort ab. »Ich habe nicht mehr viel Zeit dafür; ich muss diese Welt bald verlassen. Doch vorher werde ich dich zu ihm führen.«

»Zu ihm?«, fragte Saedelaere begriffsstutzig.

»Zu BARDIOC. Ich habe das Urgehirn gefunden.«

Moschkatls Welt, eine geordnete Mächtigkeitsballung, war so schnell und gründlich geschrumpft, dass der Oberkommandierende der Hulkoos im Parföx-Par-System noch nicht begriffen hatte, was eigentlich geschehen war. Die für einen Hulkoo typische Umgebung mit festen Bezugspunkten und den klaren Befehlen der Superintelligenz existierte nicht mehr. Genauer gesagt, sie bestand nur noch aus einem Raum von dreißig mal vierzig Metern Größe – und das war die Kommandozentrale des Flaggschiffs. Hier waren die Probleme zusammengedrängt, die der Schock bei allen Hulkoos so nachhaltig ausgelöst hatte.

Die Probleme hießen Ratlosigkeit, Unwissenheit und Entsetzen. Sie standen in alle Gesichter geschrieben.

Moschkatl hatte seine erste Panik zurückgedrängt, aber er fühlte sich überwältigt von nie gekannter Verzweiflung. Er hätte jeden Ort des Universums der Zentrale des Flaggschiffs vorgezogen, denn er stand vor der unlösbaren Aufgabe, eine Erklärung abzugeben. Die Besatzung wartete darauf.

BARDIOC war verstummt. Die Superintelligenz gab keine Anweisungen mehr. Moschkatl fühlte sich allein gelassen und verloren.

Die Funkgespräche, die Moschkatl mit seinen Stellvertretern geführt hatte, waren wenig hilfreich gewesen, lediglich Need-Koorsch schien eine Art rebellischen Trotz entwickelt zu haben.

Moschkatl fühlte die Blicke der Soldaten und Techniker auf sich ruhen. Wenn er nicht bald zu ihnen sprach, verspielte er seine Autorität und leistete womöglich einer Entwicklung Vorschub, die nur in einem Desaster enden konnte.

Was sollte er sagen? Dass der momentane Zustand nur ein vorübergehender war?

Moschkatl hatte dies in seinem ersten Entsetzen noch gehofft. Inzwischen bezweifelte er, dass BARDIOC sich je wieder melden würde.

Der Oberkommandierende der Hulkoos sah seine Artgenossen an. »Dies ist eine Zeit der Prüfung.« Fast hätte er hinzugefügt, dass BARDIOC selbst den Hulkoos diese Prüfung auferlegt hatte, um herauszufinden, ob seine Helfer auch während seiner Abwesenheit für ihn da waren. Moschkatl besann sich gerade noch rechtzeitig eines Besseren. Er durfte nichts sagen, was sich später vielleicht als falsch erwies. Die Hulkoos klammerten sich an ihren Kommandeur. Wenn sie den Eindruck gewinnen sollten, dass sie sich auch auf Moschkatl nicht mehr verlassen konnten, waren sie endgültig verloren. Dieses Wissen verlieh ihm Kraft.

»Wir werden die Prüfung ohne fremde Hilfe bestehen müssen«, erklärte er. »Das verlangt vor allem Würde.«

»Was ist das für eine Prüfung?«, erkundigte sich einer der Navigationsoffiziere. »Wenn Sie davon wissen, warum haben Sie nicht längst darüber gesprochen? Wir wären dann besser vorbereitet gewesen.«

Moschkatl senkte den Kopf. »Ich wusste nichts davon.«

»Wie wollen Sie dann wissen, dass es eine Prüfung ist? Wir haben viel eher den Eindruck, dass BARDIOC von einer Katastrophe heimgesucht wird. Die Folgen dieses Ereignisses werden sich früher oder später auch auf uns auswirken.«

»Dies ist keine geplante Prüfung«, antwortete Moschkatl. »Ich behaupte lediglich, dass es so ist. Wie lange hat unser Volk unter BARDIOCS Obhut gelebt? Wir haben uns daran gewöhnt, dass er alle wichtigen Entscheidungen trifft.«

Moschkatl spürte, dass er keine Resonanz erzielte. Die anderen hörten ihm zu, aber sie waren weit davon entfernt, ihn zu verstehen. Sie waren daran gewöhnt, dass BARDIOC ihnen fertige Lösungen präsentierte.

Auch von ihrem Kommandeur erwarteten sie eine perfekte Erklärung und klare Entscheidungen. Doch das konnte Moschkatl ihnen nicht geben.

In diesem Augenblick empfing der Oberkommandierende einen schwachen mentalen Impuls. An der Reaktion der Besatzungsmitglieder in der Zentrale erkannte er, dass sie das Signal ebenfalls registriert hatten. Moschkatl wurde von einem Schauer unsäglicher Erleichterung durchlaufen. BARDIOC meldete sich wieder.

Doch als die Ausstrahlung an Intensität gewann, stellte Moschkatl fest, dass sie nicht von BARDIOC ausging. Die Quelle war vielmehr die vierte Inkarnation.

»BULLOC meldet sich!«, rief ein Offizier.

Moschkatl erkannte beschämt, dass er die Inkarnation völlig vergessen hatte. Seine Gedanken waren so sehr auf BARDIOC und dessen rätselhaftes Schicksal fixiert gewesen, dass ihm alles andere bedeutungslos erschienen war. Nun meldete sich der bevorzugte Helfer des Meisters.

Moschkatl erschien dieses Geschehen wie ein Wink des Schicksals. Da war jemand, der in der ausweglos erscheinenden Situation helfen konnte – schon deshalb, weil er bereit und in der Lage war, weitreichende Entscheidungen zu treffen.

Moschkatls Erleichterung wurde trotzdem von einem deutlichen Unbehagen getrübt. Er spürte, dass BULLOCS Aura bösartig und aggressiv war, nicht vergleichbar mit den beruhigenden, wohlwollenden Signalen, mit denen BARDIOC seine Völker geführt hatte.

»Wir haben die Sphäre der Inkarnation auf dem Ortungsschirm!«, meldete ein Techniker. »Sie nähert sich dem Flaggschiff.«

Moschkatl erkannte den typischen Peilimpuls der Sphäre. BULLOC befand sich demnach schon weit außerhalb der Atmosphäre. Warum hatte die Inkarnation den Planeten verlassen? Floh BULLOC vor jener Gefahr, die schon BARDIOC ausgeschaltet hatte, oder kam er, um Anweisungen zu geben?

Moschkatl wartete ab. Die Mentalschauer beinhalteten noch keine Aussage. BULLOC schien sie lediglich zu senden, um die Hulkoos auf sich aufmerksam zu machen.

Die Sphäre manövrierte ohne Schwierigkeiten zwischen den im dichten Pulk stehenden Schiffen und stoppte vor dem Bug des Flaggschiffs.

Moschkatl erwartete differenzierte telepathische Anweisungen. Zu seiner Überraschung verzichtete BULLOC darauf und meldete sich über Funk. Der Kommandeur fragte sich, ob die vierte Inkarnation nicht mehr in der Lage war, ihre Befehle psionisch zu übermitteln.

Doch das war zweitrangig. Es zählte nur, dass jemand da war, der half, die schlimme Situation zu überbrücken.

»Hier ist Moschkatl, der Oberkommandierende der Hulkoo-Verbände im Parföx-Par-System«, antwortete er. Zum ersten Mal seit vielen Stunden bekamen seine Worte wieder einen Sinn.

»Ihr wisst, wer zu euch spricht«, erklang BULLOCS Stimme wieder.

Moschkatl war irritiert, dass die Inkarnation sich an alle Besatzungsmitglieder wandte und nicht ausschließlich an ihn. Das erweckte für ihn den Eindruck, dass BULLOC ihn übergehen wollte. Sein Misstrauen, das er gerade erst zurückgedrängt hatte, erwachte erneut.

»Ich bin BULLOC, der legitime Nachfolger BARDIOCS!«, dröhnte die Stimme los.

Nachfolger!, echoten Moschkatls Gedanken. Das bedeutete nicht mehr und nicht weniger, als dass BARDIOC entweder nicht mehr existierte oder keinerlei Einfluss mehr besaß.

Der Gedanke, dass die vierte Inkarnation an die Stelle der Superintelligenz treten würde, machte Moschkatl schwer zu schaffen. Diese Entwicklung erschien ihm gefährlich. Trotzdem hielt er sich mit seiner Antwort zurück. Er dachte an die Lage seiner Raumfahrer. Ihnen musste vor allem geholfen werden. Wenn es etwas gab, woran sie sich aufrichten konnten, würde Moschkatl sogar widrige Begleitumstände akzeptieren. Die Sicherheit und das Leben seiner Besatzungen waren vorrangig.

»Die Hulkoos werden mir dienen, wie sie BARDIOC gedient haben«, sagte BULLOC mit Bestimmtheit.

Moschkatl schaute sich vorsichtig um. Viele in der Zentrale wirkten irritiert. Wahrscheinlich störte sie BULLOCS deutlich wahrzunehmende Bösartigkeit. Aber es gab auch Männer und Frauen, die der Stimme verzückt lauschten.

»Wir dienen BARDIOC und seinen Inkarnationen«, sagte Moschkatl diplomatisch.

Er fühlte, dass diese Antwort BULLOC wütend machte. Die Ausstrahlung der Inkarnation wurde intensiver. BULLOC übte Druck aus. Dennoch hatte Moschkatl den Eindruck, dass BULLOC sich zurückhielt. Die Inkarnation schien es nicht zu wagen, ihre gesamte psionische Kraft auszuspielen.

Aus welchem Grund?, fragte sich der Hulkoo-Kommandant.

»Wie könnt ihr euch als Diener BARDIOCS betrachten, wenn er euch verlassen und verraten hat?«, rief BULLOC. »Im Augenblick der Gefahr hat er euch aufgegeben. Nur ich bin gekommen, um euch zu helfen.«

Wenn es überhaupt eine Gefahr gab, konnte damit allein das fremde Schiff gemeint sein, das in das Parföx-Par-System eingedrungen war, überlegte Moschkatl. Aber BARDIOC hatte keinen Alarm gegeben, er war einfach verstummt.

»Die Fremden und BARDIOC haben sich verbündet«, fuhr BULLOC fort. »BARDIOC hat euch aufgegeben, um sich selbst zu retten. Ich mache diesen Verrat nicht mit. Ich vertraue euch. Gemeinsam werden wir die Fremden und den Verräter vernichten.«

Noch vor nicht allzu langer Zeit wären solche Äußerungen jedem Hulkoo als reiner Wahnsinn erschienen. Niemand, auch keine der Inkarnationen, hätte es gewagt, so zu sprechen. Moschkatl war bestürzt darüber, wie wenig ihn BULLOCS Worte berührten. Hatte er sich innerlich schon so weit von BARDIOC entfernt, dass er keine Beziehung mehr zu ihm hatte?

Es war die Enttäuschung!, dachte er. Im Grunde genommen hatte BULLOC genau jene seelischen Wunden berührt, die BARDIOCS Verstummen aufgerissen hatte.

Tatsächlich fühlten die Hulkoos sich im Stich gelassen und verraten. Moschkatl konnte sich aber nur schwer vorstellen, dass die Zusammenhänge BULLOCS Behauptungen entsprachen. Es musste bessere Erklärungen für BARDIOCS Verstummen geben.

Die Inkarnation hatte ihre Lügen jedoch geschickt gewählt und die psychologische Situation richtig eingeschätzt. Indem sie sich als Helfer gegen einen gemeinsamen Feind präsentierte, gab sie den Hulkoos einen Teil jener Sicherheit zurück, die sie nach BARDIOCS Rückzug verloren hatten. Bei seinen eigenen Reaktionen musste Moschkatl das bedenken.

»Sollen wir gegen die Fremden vorgehen?«, erkundigte sich der Oberkommandierende. »Ihr Schiff befindet sich im Orbit.«

»Die Fremden werden ihre Strafe erhalten«, versicherte BULLOC. »Es kommt zunächst darauf an, den Verräter BARDIOC für alle Zeiten unschädlich zu machen.«

Wenn es noch einen Zweifel an der totalen Konfrontation zwischen der Superintelligenz und ihrer Inkarnation gegeben hatte, wurde er mit diesen Worten ausgelöscht. BULLOCS Hass gegen BARDIOC war deutlich zu spüren.

Moschkatl fühlte sich in die Enge getrieben. Er hätte jederzeit einen Angriff gegen das fremde Großraumschiff befohlen, aber sich gegen BARDIOC zu stellen war etwas völlig Anderes. Seine Gedanken wirbelten durcheinander, doch er musste einen klaren Kopf behalten. Jede falsche Entscheidung konnte die Katastrophe für die Hulkoos heraufbeschwören.

Moschkatl beschloss, auf Zeitgewinn zu arbeiten.

»Wir können nichts gegen BARDIOC unternehmen. Er würde uns mit einem Schlag vernichten.«

BULLOC lachte verächtlich. »Dazu ist er nicht mehr in der Lage. Ihr braucht ihn nicht zu fürchten. Ich bin der neue Herrscher.«

»Was sollen wir tun?«

»Zieht eure Schiffe über BARDIOC zusammen und bombardiert den Planeten. Auf diese Weise löschen wir jeden Verrat aus.«

Moschkatl sank in seinem Sessel zusammen. Obwohl er mit einer ähnlichen Forderung gerechnet hatte, entsetzte ihn BULLOCS skrupellose Mordgier. Er registrierte, dass alle in der Zentrale erschrocken reagierten.

Der Oberkommandierende fühlte sich in die Enge getrieben. Wenn er BULLOC zustimmte, brach er uralte Gesetze. Lehnte er ab, machte er sich die Inkarnation zum Feind und überließ seine Flotte einer unsicheren Zukunft. Er ahnte, dass er sich früher oder später dazu durchringen musste, BULLOCS Befehle auszuführen.

In diesem Augenblick meldete sich die Inkarnation wieder. »Ich muss mich um andere Dinge kümmern. Das heißt, dass ich nicht länger hierbleiben kann. Tut, was ich euch befohlen habe!«

Gleichzeitig zog BULLOC sich mit seiner Energiesphäre zurück. Für diese Eile schien es keine Erklärung zu geben. Moschkatls Verdacht wuchs, dass BULLOC vor etwas auf der Flucht war. Allerdings musste er damit rechnen, dass die Inkarnation früher oder später zurückkam und Rechenschaft verlangte.

Moschkatl ließ eine Funkverbindung zu allen auf BARDIOC gelandeten Schiffen schalten. Er befahl den Kommandanten, unverzüglich zu starten und sich auf ein wichtiges Manöver vorzubereiten.

Wie er schon erwartet hatte, nahm Need-Koorsch die Anordnungen nicht kommentarlos hin, sondern stellte unbequeme Fragen. »Haben Sie eine Entscheidung getroffen, wie wir uns weiter verhalten sollen?«, erkundigte sich sein Stellvertreter.

»Nicht unmittelbar«, gab Moschkatl zögernd zurück. Er überlegte, wie Need-Koorsch sich verhalten würde, sobald er von BULLOCS Anliegen erfuhr. »Wir hatten einen kurzen Kontakt mit der vierten Inkarnation. Sie scheint die Dinge in den Griff zu bekommen.«

»Seltsam«, meinte Need-Koorsch. »Bei meinem Zusammentreffen mit BULLOC hatte ich nicht den Eindruck, dass er über die Hintergründe von BARDIOCS Schicksal informiert ist.«

»Darum geht es nicht! Starten Sie jetzt mit Ihrem Schiff, über alles andere reden wir später.«

»Sie haben meinen Ergebenheitsbeweis«, erinnerte Need-Koorsch. »Trotzdem wüsste ich die Einzelheiten gerne jetzt.«

Moschkatl fragte sich, ob er die Hartnäckigkeit seines Stellvertreters durch einen eindeutigen Befehl unterbinden oder ihm die Wahrheit sagen sollte. In der aktuellen Situation kam es darauf an, dass alle Hulkoos gemeinsam handelten. Need-Koorsch war ein angesehener und beliebter Offizier. Womöglich kam er auf die Idee, eigene Wege zu gehen.

»BULLOC hat uns davon überzeugt, dass BARDIOC ein Verräter ist«, sagte Moschkatl widerstrebend.

»Und wen soll BARDIOC verraten haben?«

Die Frage brachte den Oberkommandierenden ein wenig aus dem Gleichgewicht. »Die Hulkoos und alle anderen ihm anvertrauten Völker!«, antwortete er.

»Das sehe ich anders!« Need-Koorsch klang entschieden. »Wir wurden lediglich aus einer viele Generationen währenden Bevormundung entlassen.«

»Die Inkarnation ist für uns maßgebend«, sagte Moschkatl verbissen. »Wir müssen ihre Befehle ausführen, solange BARDIOC schweigt.«

»Wie lauten diese Befehle im Detail?«

»Alle Schiffe sollen über BARDIOC zusammengezogen werden, danach beginnen wir mit der Bombardierung des Planeten!«

»Bei den Bastionen der alten Hulkoos!«, rief Need-Koorsch entsetzt.

Moschkatl sagte verdrossen: »Unterlassen Sie diese Missfallenskundgebungen.«

»Das können Sie unmöglich wollen«, ereiferte sich Need-Koorsch, als hätte er die Ermahnung seines Vorgesetzten nicht gehört. »Warum sollten wir ausgerechnet BARDIOC angreifen? Uns droht keine Gefahr. Wir würden Zigtausende harmlose und unschuldige Kreaturen vernichten, ganz zu schweigen von der Superintelligenz, die meiner Ansicht nach noch am Leben ist.«

»BULLOC verlangt das!«

»Schieben Sie den Befehl auf!«, drängte Need-Koorsch.

Moschkatl starrte entgeistert auf die Empfangsanlage. »Sind Sie verrückt geworden, Need-Koorsch?«

»Ich beschwöre Sie, Kommandeur! Ziehen Sie meinetwegen die Verbände über BARDIOC zusammen. Auf diese Weise gewinnen Sie Zeit. Aber warten Sie mit der Bombardierung.«

»Warten? Worauf?«

»Bis wir mehr über die Zusammenhänge erfahren haben.«

»Ich weiß nicht«, sagte Moschkatl gequält. »Ich wünschte, ich brauchte nicht hier zu sitzen und zu entscheiden.«

»Einen Tag!«, flehte Need-Koorsch. »Geben Sie mir einen Planetentag. Ich versuche, Einzelheiten in Erfahrung zu bringen, die Sie vielleicht umstimmen werden.«

Moschkatl holte tief Atem. Die Manöver der Flotte würden einige Stunden in Anspruch nehmen. Er konnte diesen Zeitraum künstlich verlängern. Wenn BULLOC nicht zurückkam und auf die Einhaltung seiner Befehle pochte, konnte Need-Koorsch die verlangte Frist vielleicht bekommen.

Im Grunde genommen sehnte Moschkatl sich nach einem Ausweg. Er hoffte, dass das Massaker vermieden und seinem Volk zugleich ein Weg in die Zukunft gezeigt werden konnte.

»Ich kann Ihnen nicht versprechen, dass wir einen Tag abwarten können«, sagte er zu seinem Stellvertreter. »Fangen Sie mit den Nachforschungen an. Beeilen Sie sich dabei.«

Need-Koorschs Erleichterung war über die Distanz hinweg spürbar.

»Das ist eine bedeutungsvolle Entscheidung, Kommandeur«, bedankte er sich überschwänglich. »Sie hätten es verdient, in einer der alten Bastionen bestattet zu werden.«

Moschkatl unterbrach die Verbindung, dann gab er seine Befehle an alle im Parföx-Par-System stehenden Schiffe. Er konnte auf Zeitgewinn spielen, bis BULLOC zurückkam. Danach aber würde er handeln.

19.

»Sie wissen, dass ich immer versucht habe, zwischen Terranern und SOL-Geborenen zu vermitteln«, sagte Joscan Hellmut. »Diesmal gehen Sie jedoch zu weit, wenn Sie ausgerechnet BARDIOC ins Schiff bringen wollen. Lernen Sie nie aus Ihren Fehlern?«

Perry Rhodan, der am Ende des Tisches saß, war erst vor wenigen Minuten aus der zentralen Krankenstation der SOL gekommen. Zunächst hatte er sich gegen die eingehende Untersuchung gewehrt, denn er hatte sich sofort an der Suche nach BARDIOCS Urgehirn beteiligen wollen. Aber schließlich hatte er eingesehen, dass er schon im Interesse der Besatzung Klarheit über seinen Zustand gewinnen musste.

Die Ärzte hatten ihm bestätigt, dass er keine Schäden davongetragen hatte.

»Ich verstehe Ihren Standpunkt«, wandte Rhodan sich an den Sprecher der SOL-Geborenen. »Zwischen BULLOC und dem zentralen Gehirn BARDIOCS besteht jedoch ein wesentlicher Unterschied.«

»Wozu diese Debatte?«, rief Bully dazwischen. »Das ist doch ohnehin ein Streit um des Kaisers Bart.« Er lächelte Hellmut zu und sagte entschuldigend: »Das ist ein altes terranisches Sprichwort. Ich will damit sagen, dass es völlig sinnlos ist, über dieses Vorhaben zu streiten.

Erstens haben wir das Urgehirn noch nicht gefunden, und zweitens bezweifle ich, dass es uns gelingen wird, es von seinen gewaltigen globalen Auswüchsen zu trennen und an Bord zu holen.«

»Ich wollte meine Einwände rechtzeitig vorbringen«, beharrte der Kybernetiker düster.

»Das ist richtig, Joscan«, sagte Perry Rhodan gelassen. »Wir werden nicht nur das Urgehirn finden, sondern es auch an Bord bringen, ohne dass es Schaden erleidet. Ich habe euch berichtet, dass ich in die Symbiose integriert war. Während dieses Zeitraums hatte ich Träume und Visionen. Ich weiß, dass wir BARDIOCS Stammhirn zur Kaiserin von Therm bringen müssen. Nennt es meinetwegen kosmische Bestimmung – auf jeden Fall haben wir keine andere Wahl.«

»Ich sehe keinen Zusammenhang zwischen unserem Schicksal und dem von BARDIOC«, sagte Hellmut.

»Denken Sie an den Schwarm«, erinnerte ihn Rhodan. »Bardioc war einer der sieben Mächtigen, die im Auftrag einer unbekannten Macht handelten. Mit ihren Sporenschiffen brachten sie Leben in die entlegensten Bereiche des Universums. Danach ließen sie jene Sternenschwärme bauen, die Intelligenz verbreiten sollten. Einer dieser Schwärme hat unsere Galaxis besucht. Wer weiß, vielleicht sind unsere Vorväter Nachkommen dieser Initiativen, wenngleich alles, was wir bisher wissen, dagegen spricht. Auf jeden Fall sind wir in diese Vorgänge verwickelt. Die Materiequellen, von denen BULLOC mir erzählte, scheinen fundamentale Einrichtungen zu sein. Ich möchte wissen, wer in ihnen oder jenseits davon lebt. Außerdem dürfen wir nicht vergessen, dass es ein Sporenschiff gibt, das seiner ursprünglichen Bestimmung zugeführt werden muss. Seit BARDIOC erwacht ist, macht er sich wahrscheinlich darüber Sorgen, wie er das Schiff aus dem Versteck holen und weisungsgemäß einsetzen kann.«

»Ich will nicht bestreiten, dass Sie bestimmte Visionen hatten, aus denen Sie einen Auftrag herleiten«, sagte Hellmut. »Doch das ist Ihre Sache. Sie wissen genau, dass weder Sie noch ich das den SOL-Geborenen begreiflich machen können. Wir haben unsere eigenen Visionen, und sie kreisen alle um dieses Schiff.«

Rhodan stand auf. »Eines Tages wird die SOL Ihnen gehören, Josc«, sagte er ruhig.

»Das ist ein kühnes und unhaltbares Versprechen!«, rief Atlan von der anderen Tischseite. Seine Verärgerung war deutlich zu erkennen. »Wir brauchen die SOL, Perry. Du solltest sie nicht zu einem Handelsobjekt machen.«

»Ich weiß, was ich sage«, beharrte Rhodan. »Die Wege der Terraner und der SOL-Geborenen werden sich trennen. Dabei ist es recht und billig, wenn die auf dem Schiff Geborenen dieses Schiff auch erhalten. Schließlich sind wir dafür verantwortlich, dass sie keine andere Heimat haben.«

Atlan presste die Lippen aufeinander und schwieg.

Hellmut lehnte sich im Sessel zurück, er wirkte entspannt. »Es ist schade, dass die SOL-Geborenen Sie eben nicht hören konnten. Das hätte viel zur Entkrampfung der Lage beigetragen.«

»Ja«, sagte Rhodan. »Aber ich kann noch nicht in dieser Weise mit ihnen reden – vorerst brauchen wir das Schiff.«

»Der Verdacht könnte auftreten, dass Sie uns hinhalten wollen.«

»Glauben Sie das, Joscan?«

»Ich nicht. Aber es gibt andere einflussreiche Personen. Denken Sie nur an Gavro Yaal, der uns Schwierigkeiten bereitet.«

»Genug damit!« Rhodan machte eine entschieden ablehnende Handbewegung. »Wir haben im Augenblick andere Probleme. Ich hoffe, dass wir bald eine Erfolgsmeldung von den Mutanten erhalten. Dann müssen wir BARDIOCS Urgehirn untersuchen und herausfinden, wie wir es am sichersten von seinem globalen Netzwerk trennen können.«

Er nickte einem der Wissenschaftler zu, die an der Besprechung teilnahmen. »Dr. Peysel hat eine Expertenkommission zusammengestellt, die sich mit dem Transport des Gehirns beschäftigen wird. Doc, geben Sie bitte einen kurzen Überblick über unser Vorhaben.«

Der Kosmobiologe war ein untersetzter Neunzigjähriger. Er war an Bord vor allem deshalb bekannt geworden, weil es ihm immer wieder gelungen war, Teams aus SOL-Geborenen und Terranern für wissenschaftliche Arbeiten zusammenzustellen.

Diesmal hatte er jedoch ausschließlich auf Kapazitäten zurückgreifen müssen, die noch auf der Erde geboren waren. Alle anderen hatten sich geweigert, an dem Projekt mitzuarbeiten.

Rhodan registrierte, dass Peysel dem Sprecher der SOL-Geborenen einen kurzen Blick zuwarf, als wollte er sich auf diese Weise für die Zusammensetzung des neuen Teams entschuldigen.

»Meine Ausführungen können nur hypothetischen Charakter haben«, eröffnete der Kosmobiologe. »Wir wissen nicht, in welchem Zustand sich dieses Urgehirn tatsächlich befindet, und wir kennen bislang nicht einmal die Umgebung, in der es liegt. Einige grundsätzliche Überlegungen sind es jedoch wert, hier genannt zu werden.

Wir haben einen Lagerraum im Mittelteil des Schiffes dazu ausersehen, BARDIOCS Urgehirn aufzunehmen. Der Raum muss entsprechend präpariert werden. Wir haben die Aufgabe, ihn sozusagen in eine Art Treibhaus zu verwandeln, denn das Gehirn braucht zum Überleben wahrscheinlich jene Bedingungen, die es auf BARDIOC vorgefunden hat. Alle erforderlichen Aggregate werden bereits montiert, ihre endgültige Justierung kann natürlich erst erfolgen werden, wenn wir das Gehirn gefunden und erforscht haben. Schon jetzt können wir davon ausgehen, dass es unmöglich sein wird, das Gehirn völlig zu lokalisieren. Wahrscheinlich ist es aufgrund seiner symbiotischen Veranlagung so intensiv mit seiner natürlichen Umgebung verwachsen, dass wir gezwungen sein werden, diese Umgebung mitzunehmen. Das heißt ein mehr oder weniger großes Areal der Planetenoberfläche, in dem das Gehirn eingebettet liegt. Wie groß diese Masse sein muss, kann erst entschieden werden, wenn wir den Standort BARDIOCS gefunden haben.«

Joscan Hellmut schob seinen Sessel zurück. Er beugte sich nach vorn und stützte sich mit den Händen auf den Tisch. »Also stimmen die Berichte, die meine Vertrauensleute übermittelt haben«, sagte er betroffen. »Ohne Zustimmung der SOL-Geborenen werden bereits Vorbereitungen für den Transport des Gehirns getroffen.«

Peysel warf einen Hilfe suchenden Blick in Rhodans Richtung.

»Das ist richtig, Joscan«, bestätigte der Terraner. »Wir hätten diese Zustimmung niemals erhalten, deshalb musste die Schiffsführung entscheiden. Das ist unsere Aufgabe. Es gab in der Vergangenheit schon genügend Anlässe, bei denen unsere Anordnungen äußerst unpopulär waren, sich aber im Endeffekt als richtig herausgestellt haben.«

Hellmut war blass geworden. »Vergessen Sie nicht, dass die Stimmenverhältnisse an Bord sich immer mehr zu Ihren Ungunsten verschieben. Wie lange wollen Sie sich noch gegen die Mehrheit durchsetzen?«

»Sie müssen versuchen, die SOL-Geborenen davon zu überzeugen, wie wichtig es ist, das Gehirn von hier wegzubringen.«

»Wie sollte mir das gelingen?« Hellmut lachte spöttisch. »Sie haben nicht einmal die Terraner von der Richtigkeit Ihres Handelns überzeugt.«

Rhodan hatte dieses Argument befürchtet. Sogar seine besten Freunde waren von seinem Vorhaben nicht begeistert. Allerdings verließen sie sich auf seine Erfahrung.

»Kann ich fortfahren?«, erkundigte sich Dr. Peysel ungeduldig.

»Ja, natürlich«, sagte der Terraner.

In diesem Augenblick sprach der Interkom an. Das Konterfei des Emotionauten Mentro Kosum erschien in der Wiedergabe. Kosum meldete sich aus der Zentrale.

»Wir haben soeben eine Nachricht von Alaska Saedelaere erhalten. Alaska will den Standort des Urgehirns entdeckt haben.«

Rhodan schaute die Konferenzteilnehmer auffordernd an.

»Alaska!«, stieß Atlan überrascht hervor. »Ich wusste nicht, dass er die SOL verlassen hat. Befand er sich nicht in der Krankenstation, um sich von seinem Schock wegen Kytoma zu erholen?«

»Wahrscheinlich war er allein unterwegs«, mutmaßte Bully. »Ich habe damit gerechnet, dass die Mutanten das Urgehirn finden würden. Eigentlich ist es erstaunlich, dass Alaska Erfolg hatte.«

»Vielleicht ist er einer Täuschung zum Opfer gefallen«, gab Dr. Peysel zu bedenken.

Rhodan stand auf. »Das werden wir in Kürze wissen! Worauf wartest du noch, Arkonide? Wir gehen an Bord eines der wartenden Beiboote. Ich will mich persönlich davon überzeugen, was Alaska gefunden hat.«

Als sie sich anschickten, den Konferenzraum zu verlassen, schrillten die Alarmanlagen.

Galbraith Deighton meldete sich, ein sicheres Zeichen dafür, dass Kosum schon die SERT-Haube trug und alles vorbereitete, um das Schiff zu beschleunigen.

»Die Flotte der Hulkoos hat großräumige Manöver eingeleitet!«, rief Deighton.

Perry Rhodan stieß eine Verwünschung aus. Insgeheim hatte er schon damit gerechnet, dass die Schwarzpelze aus ihrer scheinbaren Starre aufschrecken würden. Jetzt konnte er nur hoffen, dass sie nicht die SOL angreifen wollten.

»Gal, hat SENECA bereits eine strategische Zielsetzung in diesen Manövern hochgerechnet?«, fragte der Terraner.

»Es sieht ganz so aus, als wollten unsere lichtscheuen Freunde ihre Verbände über BARDIOC zusammenziehen.«

»Welchen Sinn sollte ein derartiges Manöver haben?«

»Wenn ich das wüsste ...«, erwiderte Deighton nervös.

»Falls sie uns an den Kragen wollten, könnten sie sich derartige Vorbereitungen sparen«, wandte Atlan ein. »Es scheint ihnen eher um BARDIOC zu gehen.«

»Vielleicht wollen sie ihn ebenfalls abholen.«

»Dazu brauchten sie nicht alle Schiffe.« Ein ungeheuerlicher Verdacht stieg in Rhodan auf. »Man könnte annehmen, dass die Hulkoos BARDIOC angreifen wollen.«

»Das wäre absurd!«, rief Reginald Bull ungläubig.

»Was wirst du jetzt tun?«, wollte Atlan wissen. »Erscheint es unter den gegenwärtigen Umständen überhaupt noch sinnvoll, den Planeten anzufliegen und das Urgehirn zu untersuchen?«

»Ich denke schon«, sagte Rhodan, aber er war nicht mehr völlig davon überzeugt. »Allerdings müssen wir auf alle Eventualitäten vorbereitet sein – auch auf einen Angriff der Hulkoos.«

»Und wenn es wirklich dazu kommen sollte?«, erkundigte sich Bully unbehaglich. »Was geschieht mit den Mitgliedern der Suchkommandos, die sich auf BARDIOC aufhalten? Wir können dann nicht anders, als die Flucht zu ergreifen.«

Perry Rhodan nickte schwer. »Die Besatzungsmitglieder, die in einem solchen Fall zurückbleiben, müssen selbst für ihre Sicherheit sorgen, bis sich eine Möglichkeit ergibt, sie abzuholen. Aber noch ist nicht sicher, dass die Hulkoos tatsächlich gegen uns vorgehen werden.«

Bull erhob keine weiteren Einwände. Seine Miene wirkte allerdings verkniffen, als Rhodan und Atlan endgültig den Raum verließen.

Die beiden begaben sich in den nächstliegenden Beiboothangar, in dem eine startbereite Space-Jet stand.

»Ich hoffe, du weißt, was du tust«, sagte der Arkonide.

Rhodan verzog das Gesicht und betrat die Jet.

»Sie können auf der SOL bleiben«, sagte er zu dem Piloten. »Der Lordadmiral und ich fliegen allein.«

»Wenn Sie mich nicht brauchen ...« Der Mann wirkte leicht verschnupft, als er seinen Platz räumte und in den Antigravschacht zur Bodenschleuse sprang.

Atlan schaute ihm nach. »Vielleicht wird er dir noch dankbar sein«, bemerkte er einige Sekunden später.

Die Tatsache, dass der Mann mit dem Cappinfragment im Gesicht das Urgehirn auf eigene Faust gesucht und gefunden hatte, bereitete Perry Rhodan beinahe ebenso viel Kopfzerbrechen wie das Verhalten der Hulkoos. Eine neuerliche Mitteilung aus der Hauptzentrale durchbrach jedoch seine Überlegungen.

»Einer der Hulkoos hat sich über Funk gemeldet. Er will unseren Kommandanten sprechen.« Diesmal war Bully der Anrufer.

Rhodan warf Atlan einen fragenden Blick zu. »*Du* bist der Kommandant«, sagte der Arkonide lächelnd.

»Ich überlege, was wichtiger ist«, kommentierte Rhodan. »Das Urgehirn oder dieser Hulkoo.«

»Du solltest in jedem Fall mit dem Schwarzpelz reden!«

»Was ist mit Einzelheiten, Bully?«

»Der Hulkoo scheint ein hoher Offizier zu sein. Er bittet, dass es zu einem Treffen an einem Ort auf BARDIOC kommt, dessen Koordinaten er uns noch mitteilen wird. Der Name des Hulkoos ist Need-Koorsch.«

»Wenn wir ihn auf BARDIOC sehen werden, brauchen wir den Flug nicht zu unterbrechen. Er soll uns mitteilen, wo er uns erwartet.«

Reginald Bull lachte zynisch. »Puukar hat sich angeboten, mit dem Hulkoo zu verhandeln.«

»Um Himmels willen!«, stieß Rhodan hervor. »Wir müssen unter allen Umständen verhindern, dass der Choolk mit Hulkoos zusammentrifft. Das würde zu einer Katastrophe führen.«

»Puukar beschwert sich schon, dass wir ihn wie einen Gefangenen behandeln.«

»Das lässt sich leider nicht ändern. Der Bursche frisst jeden Hulkoo, der in seine Nähe kommt. Beruhige ihn, Bully, du kannst das!«

Die Space-Jet verließ den Hangar. Während sie in der Atmosphäre des Planeten tiefer sank, übermittelte Reginald Bull die Koordinaten des Treffpunkts.

»Was will der Hulkoo von uns?«, rätselte Atlan.

Rhodan zuckte die Achseln.

»Vielleicht stellt er uns ein Ultimatum …«

»Ich kann keine Mutmaßungen mehr hören, Atlan. In weniger als einer halben Stunde wissen wir, was der Bursche vorhat, dann haben wir immer noch Zeit, darauf zu reagieren.«

Schon kurz darauf konnten sie Einzelheiten der Landschaft erkennen. Rhodan war der Anblick der dicht verzweigten Ausläufer von BARDIOCS Gehirn vertraut, aber der Arkonide sah den kolossalen Organismus zum ersten Mal aus dieser Nähe.

»Bei Arkon, das ist fantastisch!«, rief Atlan aus. »Wie lange mag es gedauert haben, bis er sich auf diese Weise ausdehnen konnte?«

Offenbar war die Frage nur rhetorischer Natur gewesen, denn der Arkonide erwartete keine Antwort. Er konzentrierte sich auf die Bildwiedergabe.

»Diese dichten Verwachsungen scheinen die organischen Relais des Gehirns zu sein.« Atlan deutete auf einige besonders gut erkennbare Verdickungen. »Ich frage mich, ob BARDIOC überhaupt noch in der Lage war, alle Empfindungen seines Traumes im zentralen Gehirn zu registrieren und darauf zu reagieren.«

»BARDIOCS Albtraum war vielschichtig«, erinnerte Rhodan. »Er bestand aus einer unbekannten Anzahl von Träumen unterschiedlichster Bedeutsamkeit. Kein Wunder, dass das Gehirn nicht mehr in der Lage war, logische Zusammenhänge zu erkennen oder gar logisch zu handeln.«

»Und jetzt?«

»Ich hoffe, dass BARDIOC nicht wahnsinnig geworden ist.«

Rhodan änderte den Kurs nach einer Umrundung des Planeten und flog den Treffpunkt mit Need-Koorsch an. Vergeblich hielt er nach einem Schiff der Hulkoos Ausschau. Alle schienen BARDIOC verlassen zu haben. Wahrscheinlich sammelten sie sich mit den anderen Einheiten über dem Planeten.

Es war ein mulmiges Gefühl gewesen, die Space-Jet zwischen den sich langsam formierenden düsteren Scheiben hindurchzusteuern. Die Vorstellung, Tausende Raumschiffe der Hulkoos im Orbit zu wissen, bedrückte Rhodan. Er sah nur noch einzelne gelandete Schiffe anderer Hilfsvölker. Die Tatsache, dass diese Raumer nicht gestartet waren, konnte eigentlich nur bedeuten, dass BARDIOC nicht für den Aufbruch der Hulkoos verantwortlich war. Die Schwarzpelze handelten offenbar aus eigenem Antrieb.

Die Space-Jet überflog mehrere Suchkommandos der SOL. Perry Rhodan sprach die Trupps über Funk an und befahl ihnen, unverzüglich zurückzukehren.

»Du verlässt dich darauf, dass Alaska das Urgehirn tatsächlich gefunden hat?«

»Alaska hat sich selten getäuscht, das solltest du wissen, Atlan. Außerdem ist mir wohler, wenn ich möglichst alle an Bord der SOL in Sicherheit weiß.«

»In Sicherheit …«, wiederholte der Arkonide mit ironischem Unterton.

Sie näherten sich dem Treffpunkt. Die Ortung zeigte, dass sich dort noch ein Schiff der Hulkoos befand. Augenblicke später konnten es die beiden Männer durch die Kuppel der Jet erkennen.

»Ich hoffe nur, dieser Need-Koorsch kommt nicht auf den Gedanken, die Geschütze auf uns abzufeuern«, sagte Atlan unumwunden.

Seine Befürchtung erwies sich als unbegründet. Als das Beiboot das Scheibenschiff fast erreicht hatte, konnte Rhodan eine winkende Gestalt ausmachen.

Perry Rhodan landete die Space-Jet. Die Hulkoos hatten sich ein weitgehend unbewachsenes Areal ausgesucht. Wo es keine Pflanzen gab, hatte BARDIOC sich nicht als dichtes Netz ausgebreitet. Der Terraner vermutete sogar, dass diese Lichtungen geschaffen worden waren, um den Raumschiffen der Hilfsvölker Landemöglichkeiten zu bieten.

Die beiden Männer aktivierten ihre Individualschirme. Das war im Grunde genommen eine banale Maßnahme angesichts der schweren gegnerischen Schiffsgeschütze.

Rhodan verließ das Diskusschiff als Erster. Er sah, dass der Hulkoo langsam auf ihn zukam. Der Schwarzpelz trug die übliche kurze Hose mit dem breiten Gurt und einigen Instrumenten. Wegen seiner eigenen waffenstarrenden Ausrüstung kam sich Rhodan fast ein wenig albern vor.

Der Hulkoo blieb erst unmittelbar vor dem Terraner und Atlan stehen. Mit einer Hand hielt er ihnen ein translatorähnliches Gerät entgegen.

»Mein Name ist Need-Koorsch. Ich bin froh, dass Sie meiner Aufforderung gefolgt sind. Wir brauchen Ihre Hilfe.«

Rhodan hatte mit allem gerechnet, nur nicht damit, dass eines dieser Wesen ihn um Beistand bitten könnte.

»Sind Sie die Kommandanten des großen Schiffes im Orbit?«

»Ja. Mein Name ist Perry Rhodan. Dieser Mann ist mein Stellvertreter Atlan.«

Das glühende Auge des Hulkoos schien sie aufmerksam zu beobachten. Rhodan bedauerte, dass er dem fremdartigen Gesicht keine Gefühlsregung ablesen konnte.

»Perry Rhodan«, wiederholte Need-Koorsch gedehnt. »Inzwischen habe ich diesen Namen gehört.«

»Was wollen Sie?«, erkundigte sich der Terraner ohne Umschweife.

»Es besteht die Absicht, diese Welt zu bombardieren!«

Rhodan und Atlan wechselten einen bestürzten Blick. Für beide gab es keine Zweifel daran, dass zwischen den Manövern der Hulkoo-Verbände und der soeben gehörten Äußerung ein Zusammenhang bestand.

Aber weshalb kamen ausgerechnet die Hulkoos auf eine solche wahnwitzige Idee, die zuverlässigsten Helfer BARDIOCS? Hatte BARDIOC selbst den Befehl dazu gegeben? Wollte er, nachdem er erwacht war und seine Taten vielleicht schon überblicken konnte, aus Reue und Scham auf diese Weise Selbstmord begehen?

»BULLOC hat sich mit uns in Verbindung gesetzt und entsprechende Forderungen gestellt«, fuhr der Hulkoo fort.

BULLOC!, dachte Rhodan grimmig. Das erklärte alles. Die Mutanten hatten die vierte Inkarnation nicht vollständig vertreiben können. Sie schien ihre schrecklichen Pläne mithilfe der Hulkoos zu realisieren.

»Stehen Ihre Artgenossen unter hypnosuggestivem Zwang?«, fragte Rhodan den Hulkoo.

»Nein, wohl nicht«, antwortete Need-Koorsch zögernd. »Aus einem uns unbekannten Grund scheint BULLOC nicht seine gesamte Kraft einzusetzen.«

»Ich kann Ihnen den Grund nennen. Unsere Mutanten würden BULLOC aufspüren und angreifen, sobald er starke Parakräfte entfaltet.«

»Für unseren Oberkommandierenden Moschkatl ist ein psychologisches Problem entstanden«, fuhr Need-Koorsch ruhig fort. »Ich weiß nicht, ob Sie in der Lage sind, es zu verstehen. Seit Jahrtausenden sind wir eine raumfahrende Zivilisation, die gewohnt ist, Befehle auszuführen. Nun ist BARDIOC verstummt. Für uns ist das gleichbedeutend mit einem Sturz in den Abgrund. Allerdings ist BULLOC gekommen, um uns aufzufangen.«

Rhodan wunderte sich, mit welcher Gelassenheit der Hulkoo über die Probleme seines Volkes sprach. Need-Koorschs Offenheit verblüffte ihn. So verhielt sich wirklich nur jemand, der auf Hilfe angewiesen war.

BULLOC hatte genau erkannt, wie den Hulkoos zumute sein musste. Er nutzte ihre Situation schamlos aus.

»Sie wollen die Bombardierung verhindern?«, fragte Rhodan. »Ich hoffe, dass das auch die Absicht Ihres Kommandeurs ist.«

»Moschkatl hat mir einige Stunden Zeit gegeben, damit ich Einzelheiten in Erfahrung bringen kann. Aber ich bezweifle nicht, dass er BULLOCS Befehle anschließend befolgen wird.«

Rhodan stöhnte.

»Was sollen wir tun?«, fragte Atlan. »Wir haben keine Möglichkeit, die Hulkoos aufzuhalten. Im Gegenteil: Wir geraten selbst in Gefahr. Wir sollten unsere Suchtrupps von BARDIOC abziehen, solange noch Zeit dazu ist. Sobald das Bombardement beginnt, wird es dafür zu spät sein.«

»Sie wissen noch nicht alles«, sagte Need-Koorsch. »Wenn BARDIOC vernichtet ist, werden wir Ihr Schiff angreifen.«

»Das habe ich befürchtet.« Rhodan blickte den Hulkoo an. »Wie können wir das Schlimmste verhindern?«

»Sie müssen mit Moschkatl reden. Vielleicht gelingt es mir, ein Treffen zu vereinbaren.«

»Was sollte das nutzen?«, erkundigte sich Atlan.

»Perry Rhodan muss Moschkatl klarlegen, was sich tatsächlich ereignet hat. Der Oberkommandierende wird dann hoffentlich verstehen, was es bedeutet, wenn BULLOC sich zum Herrn über die Mächtigkeitsballung aufschwingt.«

Rhodan war beeindruckt von der Weitsicht dieses Hulkoos. Für jemanden, der BARDIOCS Träume nicht unmittelbar miterlebt hatte, war das Erkennen von Zusammenhängen schwer. Need-Koorsch schien jedoch bis zu einem gewissen Umfang dazu in der Lage zu sein.

»Ich bewundere Ihre Einstellung«, sagte Rhodan. »Wenn Sie glauben, dass es einen Sinn hat, rede ich mit Ihrem Oberbefehlshaber.«

»Sie müssten allerdings mit mir kommen!« Need-Koorsch drehte sich um und zeigte auf sein Schiff.

»Das ist verrückt!«, protestierte Atlan. »Perry, sobald sie dich an Bord ihres Schiffes haben, können sie uns erpressen.«

»Ich weiß ...«, erwiderte der Terraner. »Aber ich glaube, dass Need-Koorsch die Wahrheit sagt. Ich muss mit diesem Moschkatl reden. Nur so können wir eine Katastrophe verhindern.«

»Wenn das schon sein muss, dann werde *ich* gehen!«, verkündete Atlan.

Perry Rhodan schüttelte den Kopf. Er wusste das Angebot seines Freundes zu schätzen, aber es war im Grunde genommen sinnlos. Nur jemand, der BARDIOCS Traum erlebt hatte, war vielleicht dazu in der Lage, den gegnerischen Oberkommandierenden umzustimmen. Rhodan kannte Einzelheiten, die er dem Arkoniden nicht erklären konnte. Deshalb musste er selbst zu den Hulkoos gehen.

Need-Koorsch beobachtete die beiden Männer abwartend. Wenn der Hulkoo aufgeregt war, so zeigte er es nicht. Keine seiner Gesten verriet, unter welcher Belastung er stand.

»Ich begleite Sie«, sagte Rhodan schließlich.

Atlan stieß eine Verwünschung aus. »Du gehst hoffentlich davon aus, dass ich mitkomme!«

»Ich erwarte, dass du zu Alaska fliegst und dir die Stelle anschaust, an der das Urgehirn liegt. Solange wir noch Zeit dazu haben, müssen wir die Umgebung dort untersuchen. Sollte es kritisch werden, verlasse ich mich auf dein Geschick.«

»Wir müssen uns beeilen!«, warf Need-Koorsch ein, der die Debatte schweigend über seinen Translator mit angehört hatte.

Rhodan folgte dem Hulkoo. Je näher er dem großen Scheibenschiff kam, desto bedrohlicher erschien ihm die Düsternis, die es umgab.

Unwillkürlich verlangsamte der Terraner seine Schritte. Er schaute sich um und sah Atlan abwartend unter der Space-Jet stehen.

»Kommen Sie?«, fragte Need-Koorsch leise.

Perry Rhodan gab sich einen Ruck und folgte dem Hulkoo in die Dunkelheit des fremden Schiffes.

Das ursprüngliche Gehirn BARDIOCS hatte damit begonnen, die organischen Verbindungen zu seinen unzähligen Ausläufern zu lösen. Es gab nicht viele direkte Verbindungen, nur ein halbes Dutzend

Hauptadern und doppelt so viele kleinere Auswüchse. Die eigentliche Vernetzung begann erst außerhalb des Gehirns und ging dort in erster Linie von jenen Knoten aus, an denen die Kleinen Majestäten heranwuchsen.

Die kleineren Adern hatten Einschnürungen gebildet und waren im Begriff, sich von dem Urgehirn zu trennen. Dieser Prozess war andeutungsweise ebenso bei den sechs Hauptsträngen zu erkennen.

Das Urgehirn ruhte in einer großen Mulde, dem Überrest der Bodenhöhle. Von der Kapsel waren keine Fragmente zurückgeblieben, jedenfalls konnte Alaska Saedelaere von seinem Beobachtungsplatz am Rand der Mulde keine derartigen Bruchstücke erkennen.

Das Gehirn hatte für seinen zentralen Standort eine nahezu perfekte Tarnung entwickelt, die es nun allmählich aufgab. Die Reduzierung dieses Sicherheitsfaktors war vermutlich der Grund dafür, dass Callibso das Urgehirn überhaupt gefunden hatte.

Über der Mulde war ein dichtes Netz organischer Ausläufer zusammengewachsen und hatte mit Büschen, Gräsern, Blumen und Bäumen ein stabiles Dach gebildet. Jeder Beobachter musste hier den Eindruck haben, auf natürlich gewachsenem Boden zu stehen.

Dieser Schutz war nun aufgerissen, die organischen Adern hatten sich zur Seite verlagert, sodass das Erdreich und die darauf wuchernden Gewächse in die Mulde gerutscht waren.

Das Gehirn selbst war nur undeutlich zu sehen, es lag eingebettet zwischen Pflanzen und Unterholz im Boden. Es war etwa ein Drittel größer als das Gehirn eines Menschen und schimmerte wie mattes Elfenbein. Das Gebilde pulsierte regelmäßig – ein sicheres Zeichen dafür, dass BARDIOC lebte.

Alaska fragte sich, was das Gehirn bewogen haben mochte, seine Tarnung aufzugeben. Wusste es von Perry Rhodans Plänen und hatte sich entschlossen, diese zu unterstützen? War es in der Lage, seine Umgebung wahrzunehmen?

Der Transmittergeschädigte hätte gern mit Callibso darüber gesprochen, doch der Zeitlose war unmittelbar nach ihrer Ankunft bei der Mulde wieder verschwunden. Er hatte noch einmal betont, dass er diesen Planeten schnellstmöglich verlassen musste, aber Alaska hielt dies nur für einen Vorwand und hatte sich des Eindrucks nicht entziehen können, dass Callibso in der Nähe des Urgehirns von seinen Gefühlen überwältigt worden war.

Für den Mann mit der Maske, der die gemeinsame Vergangenheit von BARDIOC und Ganerc-Callibso kannte, war das eigentlich nicht erstaunlich. Wahrscheinlich, glaubte er, fürchtete der Zeitlose, von seinen Emotionen beeinflusst zu werden und die Kontrolle über sich zu verlieren. Alaska konnte nur erahnen, was den Mächtigen beim Anblick des Gehirns bewegt haben mochte.

Der Boden war weich und feucht. In der Luft lag ein Geruch schwerer Süße, er stammte von den Blumen ringsum.

Alaska wusste, dass er nicht mehr lange allein sein würde. Die SOL-Besatzung war informiert, Perry Rhodan und Atlan befanden sich auf dem Flug hierher. Alaska wunderte sich, dass die beiden nicht schon längst eingetroffen waren. Er hätte sich über Funk nach der Ursache der Verzögerung erkundigen können, doch er war froh darüber, noch eine Weile mit BARDIOC allein sein zu können.

Vorsichtig stieg er in die Mulde hinab. Er fragte sich, was mit den Ausläufern BARDIOCS geschehen mochte, sobald das Urgehirn sich von ihnen getrennt hatte. Vermutlich würde der globale Symbiont als integrierter Bestandteil der planetaren Natur weiterleben, ohne aber jemals wieder in der Lage zu sein, die ungeheuerlichen Fähigkeiten einer Superintelligenz zu entwickeln.

Die Superintelligenz – das war dieses fußballgroße Gebilde am Boden der Mulde. Alaska musste sich das immer wieder vergegenwärtigen.

Aber BARDIOC war ohne sein gigantisches organisches Schaltnetz keine Superintelligenz mehr. BARDIOC war wieder zu Bardioc geworden. Noch weniger – er war nur noch Bardiocs armseliges nacktes Gehirn.

In der Mulde hielt Alaska Saedelaere inne. Auf seine ursprüngliche Größe reduziert, wirkte Bardioc eher hilfsbedürftig als bedrohlich.

Trotzdem war das Gehirn des ehemaligen Mächtigen noch in der Lage, starke mentale Impulse auszusenden. Alaska war mentalstabilisiert, aber er spürte dieses gewaltige paranormale Hintergrundrauschen.

Bardioc benutzte seine Kräfte nicht mehr, um andere Wesen zu beeinflussen. Es erschien fraglich, ob das Gehirn überhaupt bei Bewusstsein und bei Verstand war.

Der Transmittergeschädigte sah sich in der Mulde um. Er erkannte, dass es nicht einfach sein würde, das Gehirn hier herauszuholen. Es war so fest mit dem Untergrund verwachsen, dass wahrscheinlich ein Teil des Bodens mit abtransportiert werden musste. Dies würde auch dann notwendig sein, wenn es Bardioc gelingen sollte, sich aus eigener Kraft von allen Ausläufern zu trennen.

Alaska wurde von einem merkwürdigen Gefühl beschlichen. Er hatte den Eindruck, dass Bardioc von seiner Anwesenheit wusste und ihn beobachtete.

Was mochte in Bardioc vorgehen, wenn er den Terraner tatsächlich wahrnehmen konnte? Fühlte er sich bedroht? War er erleichtert, dass jemand in seiner Nähe weilte? Einige Schritte von dem Gehirn entfernt ging Saedelaere in die Hocke. Er schaute den Organklumpen unverwandt an, konnte nicht leugnen, dass er sich von diesem Gebilde angezogen fühlte. Gleichzeitig stieß ihn irgendetwas daran ab.

Der Zellaktivatorträger spürte, dass sich das Cappinfragment in seinem Gesicht schwach regte. Es schien ebenfalls auf Bardiocs Nähe zu reagieren, wenn auch nicht besonders heftig.

Am oberen Rand der Mulde entstand ein Geräusch. Alaska fuhr erschrocken herum.

Zu seiner Verblüffung sah er Douc Langur oben stehen. Obwohl der Forscher der Kaiserin seine Ausrüstung bei sich hatte, zu der auch ein Flugaggregat gehörte, grenzte es an ein Wunder, dass er so schnell hergefunden hatte. Andererseits musste man bei Langur stets auf Überraschungen gefasst sein.

Der Forscher hob eine Greifklaue. »Wirst du ihn jetzt töten?«, pfiff er zu Alaska hinab.

Mein Gott!, schoss es dem Transmittergeschädigten durch den Kopf. Er hatte wirklich an diese Möglichkeit gedacht, wurde sich aber erst jetzt dieses schrecklichen Gedankens bewusst.

Ruckartig wandte er sich wieder dem Gehirn zu. Schutzlos lag es vor ihm, eine Existenzform, die in seinem albtraumähnlichen Zustand Völker mehrerer Galaxien unter ihre Herrschaft gebracht hatte. Bardioc, ein Symbol der Unfreiheit!

Was lag näher als der Gedanke, die vielleicht nur kurze Zeitspanne von Bardiocs Handlungsunfähigkeit zu nutzen und ihn zu vernichten?

Saedelaere erschauerte. Er war in keiner Weise gewalttätig, er verabscheute Gewalt in jeder Form, aber Bardiocs Anblick weckte uralte Instinkte in ihm.

Douc Langur schien genau kalkuliert zu haben, was seine Frage auslöste. Hier und jetzt, das ahnte der Forscher der Kaiserin offenbar, war Saedelaere auf die Probe gestellt. Und nicht nur der Mann mit der Maske. Atlan, Perry Rhodan, die Solaner ebenfalls.

»Du könntest der Rächer sein!«, rief Douc Langur. »Niemand würde dir einen Vorwurf machen. Die befreiten Völker in mehreren Galaxien würden dir zujubeln, wenn sie je von deiner Tat erfahren sollten.«

Hingehen und das Gehirn zertreten!, dachte Alaska. *Das Universum für alle Zeit von diesem Albtraum befreien. Gewalt und Tyrannei mit Gewalt beenden.* Da war sie wieder, die Spirale ohne Ende. Rücksturz in die Barbarei.

»Ich kann es nicht«, sagte er dumpf. »Ich bin nicht in der Lage, dieses Leben zu zerstören. Das wäre unmenschlich.«

»Hast du vergessen, was er getan hat?«, pfiff Langur. »Bardioc hat den Tod millionenfach verdient.«

»Er ist ein Kind dieses Universums, genau wie ich«, gab Alaska Saedelaere zurück. »Ich weiß, was er getan hat, aber er hat seine schlimmen Taten in einem Traum begangen, aus dem ihn lange Zeit niemand wecken konnte. Die Antwort auf alles, was sich in BARDIOCS Mächtigkeitsballung zugetragen hat, liegt in der Vergangenheit. Damals begann das Verhängnis. Wie könnte ich es wagen, dieses Wesen zu töten?«

»Ich wusste, dass du es nicht tun kannst.« Douc Langur kam langsam in die Mulde herab. Er setzte seine technischen Hilfsmittel nicht ein und hatte deshalb Schwierigkeiten, sich an dem steilen Hang zu halten. Saedelaere beobachtete ihn aufmerksam. Mit einem Mal kam dem Maskenträger der Verdacht, Langur könnte das Gehirn töten wollen.

Er trat dem Forscher entgegen. »Näher kann ich dich nicht an Bardioc heranlassen.«

Douc Langur bewegte seine Sinnesorgane. »Was befürchtest du?«

Alaska sagte wahrheitsgemäß: »Du bist ein Forscher der Kaiserin und damit Soldat des größten Gegners von BARDIOC. Ich will verhindern, dass du einen Mord begehst.«

»Wenn ich das wirklich wollte, könnte mich niemand daran hindern«, erklärte Langur. »Aber du brauchst dir keine Sorgen zu machen. Ich bin lediglich gekommen, um diesen Platz zu inspizieren. Es interessiert mich, ob Rhodans Plan überhaupt realisierbar ist.«

Die Erwähnung Rhodans erinnerte Saedelaere wieder daran, dass der Terraner und Atlan längst hätten eintreffen müssen.

»Ihnen muss etwas zugestoßen sein«, wandte er sich an Langur. »Perry und der Arkonide sind überfällig. Ich setze mich jetzt mit der SOL in Verbindung, um Einzelheiten in Erfahrung zu bringen.«

»Das ist unnötig.« Langur klopfte gegen seine Funkausrüstung. »Ich habe mich bereits mit den neuesten Informationen versorgt. Die Hulkoos ziehen ihre Schiffe im Orbit des Planeten zusammen.«

»Wollen sie die SOL angreifen?«

»Nicht die SOL, sondern BARDIOC!«

Alaska sah den Vierbeinigen an und überlegte, woher Langur die Kraft für seine Gelassenheit bezog. Immerhin standen sie an dem am meisten gefährdeten Ort dieser Welt. Womöglich begann der Angriff der Hulkoos in wenigen Augenblicken.

Alaska war dem Tod schon oft nahe gewesen, deshalb ließ er sich auch jetzt zu keiner überstürzten Reaktion verleiten. Er fragte sich, ob er das Urgehirn verlassen und ein Beiboot herbeirufen sollte. Während er noch darüber nachdachte, fiel der Schatten einer Space-Jet über Bardiocs Versteck.

»Hier ist Atlan!«, erklang es im Funkempfang. »Alaska, ich kann dich und den Forscher dort unten erkennen. Ist alles in Ordnung?«

»Du bist allein?«, fragte Saedelaere überrascht.

»Perry befindet sich an Bord eines Hulkoo-Schiffes, um Verhandlungen mit dem Oberkommandierenden der Schwarzpelze zu führen. Es geht darum, einen Angriff auf diese Welt zu verhindern.«

»Also stimmt es, dass die Hulkoos BARDIOC vernichten wollen. Wieso? Ausgerechnet die treuesten Gefährten der Superintelligenz.«

»Die Situation ist in jeder Hinsicht besonders«, antwortete Atlan. »BULLOC nutzt sie für seine Zwecke aus. Hoffen wir, dass Perry die Hulkoos überreden oder zumindest hinhalten kann.«

»Solange BULLOC existiert, wird es keine Ruhe geben«, prophezeite Langur. »In ihm ist alles Böse vereint, was BARDIOC jemals hervorgebracht hat.«

Atlan ging nicht darauf ein. »Ich lande. Dann sehen wir uns das Urgehirn gemeinsam an und entscheiden, ob es überhaupt einen Sinn macht, den Transport zu wagen.«

Das Diskusschiff ging auf einem Antigravpolster nieder.

Wenige Augenblicke später stand Atlan ebenfalls am Boden der Mulde und betrachtete das Gehirn.

»Kann man Verbindung mit ihm aufnehmen?«

»Das ist mir noch nicht gelungen«, erwiderte Saedelaere. »Aber vielleicht ahnt Bardioc, was wir vorhaben. Sieh dir seine Ausläufer an. Er hat schon begonnen, sich von ihnen zu lösen.«

Atlan stieß einen überraschten Pfiff aus. »Ahnt Bardioc, was wir vorhaben?«

»Vielleicht ist er seiner bisherigen Existenzform überdrüssig. Perry hat davon gesprochen, dass BARDIOC nach seinem Erwachen Reue und Scham empfand. Vielleicht will er keine Superintelligenz mehr sein, sondern nur noch Bardioc.«

»Was immer der Grund sein mag, wir gewinnen auf diese Weise Zeit«, sagte Atlan. »Uns bleibt womöglich erspart, das Gehirn aus seiner globalen Symbiose herauszulösen. Wir müssen lediglich einen Teil seiner Umgebung an Bord der SOL schaffen.«

»Du willst damit beginnen?«

»Ich lasse die Wissenschaftler kommen. Perry wird uns rechtzeitig warnen, falls der schlimmste Fall eintreten sollte.«

20.

Zwei müde Männer unterschiedlicher Herkunft an Bord eines schwarzen Raumschiffs. Rhodan allein und fremd – Moschkatl flankiert von einer Gruppe verzweifelter Mitarbeiter, mit ihren schwarzen Pelzen integriert in die Dunkelheit dieses Schiffes.

»Es ist ein Irrtum, wenn Sie glauben, BARDIOC hätte Sie verraten«, sagte Perry Rhodan. »Er ist aus einem Traum erwacht. Solange er träumte, handelte er unbewusst. Niemand kann ihn dafür verantwortlich machen. Er bereut, was während seines Albtraums geschehen ist. Sie dürfen ihn nicht angreifen, denn das wäre Mord. Außerdem bringen wir ihn von hier weg.«

»Wohin?«

Rhodan starrte den Hulkoo an. Er hatte gewusst, dass diese Frage unvermeidbar war, trotzdem hatte er noch nicht entschieden, wie er darauf reagieren sollte. Konnte er dem Oberkommandierenden der Hulkoo-Flotte die Wahrheit anvertrauen?

»Wir bringen ihn an Bord unseres Schiffes«, sagte Perry Rhodan schließlich, darauf hoffend, dass sein Gegenüber sich mit dieser Auskunft zufriedengeben würde.

Doch Moschkatl hatte trotz der enormen psychischen Belastungen, denen er ausgesetzt war, nicht aufgehört, Folgerungen anzustellen. »Wohin bringen Sie ihn danach?«, wollte er wissen.

»Unser Ziel wird der Planet Drackrioch sein.«

»Drackrioch«, wiederholte der Hulkoo. »Das ist die Hauptwelt in der Mächtigkeitsballung der Kaiserin von Therm.«

»Ich wusste nicht, dass Ihnen der Name etwas sagt.«

»Warum ausgerechnet dorthin?«

»Das scheint BARDIOCS Bestimmung zu sein. Ich war ein Teil seiner Symbiose und hatte währenddessen die verschiedensten Visionen.«

»Glauben Sie wirklich, dass Sie in der Lage waren, die Regungen der Superintelligenz zu verstehen?« Moschkatl zweifelte. »Vielleicht sind Sie sogar für BARDIOCS Zustand verantwortlich.«

Dieser Vorwurf wurde ohne Zorn geäußert. Der Oberkommandierende vermisste BARDIOCS Anordnungen, aber er schien auch zu verstehen, dass Perry Rhodan das Ende des Albtraums unter allen Umstanden hatte herbeiführen müssen.

»Sie sind nicht von BULLOC beeinflusst«, stellte Rhodan fest. »Dazu hatte die vierte Inkarnation keine Zeit, denn sie musste befürchten, dass der Psi-Block unserer Mutanten sie aufspüren würde. BULLOC kann ihnen nicht standhalten.« Kein Wort von den beiden Kristallen der Kaiserin von Therm. Er wollte den Hulkoo nicht noch weiter verunsichern.

»Ich bin Herr meines Willens«, bestätigte Moschkatl.

»Vielleicht kann ich verstehen, was Sie bewegt«, sagte Rhodan. »Ihre Artgenossen und Sie sind ratlos, Sie wissen nicht, was Sie tun sollen. Deshalb war der Kontakt zu BULLOC sogar in Ihrem Sinn. Sie hatten etwas, das Sie den verzweifelten Besatzungen Ihrer Flotte vorweisen konnten.«

Der Hulkoo-Kommandeur gab nicht zu erkennen, ob ihn diese Worte trafen. »Das sind unsere Probleme«, bellte er rau. »Wir werden selbst entscheiden, was zu tun ist.«

»Sie haben Need-Koorsch eine Frist eingeräumt. Das beweist mir, dass Sie die Entwicklung nicht einseitig beurteilen. Verlängern Sie diese Frist und geben Sie uns Gelegenheit, das Gehirn von dieser Welt wegzubringen. Damit würde jeder Angriff auf BARDIOC unnötig.«

»So ein Vorhaben wäre verrückt«, versetzte der Hulkoo. »Niemand kann BARDIOC transportieren. Er würde es nicht überleben.«

»Unsere Wissenschaftler sind anderer Ansicht. Wir haben alle Vorbereitungen getroffen. Moschkatl, lassen Sie uns wenigstens einen Versuch wagen! Geben Sie uns noch ein paar Stunden Zeit.«

Rhodan fragte sich zugleich, wie der Hulkoo wohl reagiert hätte, wäre ihm zu Ohr gekommen, dass die überwiegende Mehrheit der SOL-Besatzung dagegen war, Bardioc an Bord zu nehmen. Moschkatl war nur ein Problem, die SOL-Geborenen bedeuteten das zweite. Doch diese Schwierigkeiten spornten Rhodan nur an. Er war entschlossen, Moschkatl zumindest durch Verhandlungen hinzuhalten, solange es ging.

»Sie haben mich nicht überzeugt«, sagte der Hulkoo-Oberkommandierende. »Da ich jedoch weiß, dass wenigstens einer von uns so denkt wie Sie – ich meine Need-Koorsch –, will ich versuchen, Ihnen entgegenzukommen.«

Rhodan unterdrückte ein Lächeln. Moschkatl wollte offenbar nicht zugeben, dass ein Fremder ihn in seinen Entscheidungen beeinflusste, deshalb brachte er den Namen Need-Koorschs ins Spiel.

Zwei Geschehnisse würden den Kommandeur dazu veranlassen, das Bombardement dennoch in allernächster Zeit durchzuführen: Unruhe unter seinen Artgenossen und eine Rückkehr BULLOCS. Gegen beide Entwicklungen hatte Perry Rhodan keine Handhabe.

»Gestatten Sie mir, an Bord zu bleiben?«, erkundigte er sich.

Der alte Hulkoo sah ihn nachdenklich an. »Ich weiß nicht, ob das gut wäre. Wenn ich richtig überlege, halte ich es für besser, dass Sie uns wieder verlassen.«

Rhodan bedauerte diese Entscheidung, denn sie würde ihn im Ernstfall daran hindern, schnell mit Moschkatl zu reden.

»Es ist schade, dass wir uns nicht unter anderen Umständen getroffen haben«, sagte er.

»Wir haben keine Beziehungen zueinander«, entgegnete der Hulkoo bitter. »Es ist möglich, dass Need-Koorsch und Sie sich in gewisser Weise verstehen. Er ist Anhänger einer anderen Denkweise. Für mich ergibt das Leben nur einen Sinn, wenn ich dem Meister dienen kann.«

»Das ist bedauerlich.«

»Sie müssen uns weder verstehen noch bedauern, Perry Rhodan. Sie wissen nichts über die Bastionen der Hulkoos und nichts über die Mentalität unserer letzten großen Raumfahrer. Der Zugang zu deren Lebensauffassung wird Ihnen stets verschlossen bleiben. Wenn Sie an Hulkoos denken, wird Ihnen immer zuerst Need-Koorsch einfallen.«

»Wahrscheinlich haben Sie damit recht«, musste Rhodan zugeben.

»Need-Koorsch ist ein Symbol der Auflösung; er trägt den Keim des Untergangs in sich.«

»Oder den Keim eines neuen Anfangs!«

Moschkatls Auge blickte ins Leere. »Sie wissen so gut wie ich, dass es keinen neuen Anfang geben kann.«

»Freiheit ist erlernbar.«

»Ich habe mein Dasein nie als Unfreiheit empfunden.« Der Oberkommandierende machte eine ungeduldige Handbewegung. »Verlassen Sie uns jetzt! Wir empfinden Ihre Anwesenheit als Belästigung.«

Perry Rhodan schaute den traurigen alten Hulkoo ein letztes Mal an und erkannte, dass er diesem Wesen nicht helfen konnte. Er hatte eine Frist erwirkt, weil es einen Hulkoo namens Need-Koorsch gab und weil Moschkatl einen intuitiven Sinn für die wahren Hintergründe entwickelte. Doch er durfte sich davon nicht täuschen lassen.

Moschkatl konnte jederzeit etwas Schreckliches tun, um die Illusion zu erleben, der Glanz der alten Zeiten sei wiederauferstanden.

Die Trennung von jenem gigantischen Organismus, der ihn zur Superintelligenz erhoben hatte, war für Bardioc eine symbolische Handlung. Aus den überwältigenden Gefühlen von Scham und Reue nach seinem Erwachen war der Wunsch erwachsen, einen Schlussstrich unter die Vergangenheit zu ziehen. Bardioc wollte unter allen Umständen vermeiden, dass er, aus welchen Gründen immer, noch einmal in einen Zustand versetzt werden konnte, der es ihm ermöglichen würde, über eine Mächtigkeitsballung zu herrschen.

Bardiocs Entschluss war umso bedeutsamer, als er zu einem Zeitpunkt gefasst worden war, in dem das Gehirn die Anwesenheit eines der sechs anderen Mächtigen registriert hatte. Bardioc wusste, dass Ganerc sich auf seinem Planeten aufgehalten hatte.

Zunächst hatte er geglaubt, Ganerc sei gekommen, um dafür zu sorgen, dass die von den Zeitlosen verhängte Strafe endgültig verbüßt wurde. Bald darauf hatte er jedoch erkannt, wie absurd dieser Gedanke war. Er hatte nicht nur Ganercs Nähe gespürt, sondern auch dessen Gefühle und Überlegungen.

Ganerc war gekommen, um ihm beizustehen. Die Zeitlosen hatten ihm, Bardioc, verziehen. Kemoauc selbst schien Ganerc zu dieser Reise bewogen zu haben.

Bardioc konnte keinen Hass gegen seine Brüder empfinden. Als sie ihn in ferner Vergangenheit verbannt hatten, waren sie den Richtlinien gefolgt, die andere ihnen auferlegt hatten. *Wie lange ist das jetzt her?,* sinnierte er.

So lange, dass die Betroffenen nicht er und die sechs Zeitlosen, sondern irgendwelche Fremden zu sein schienen.

Inzwischen war Ganercs Ausstrahlung wieder verflogen. Alles deutete darauf hin, dass der Mächtige diese Welt wieder verlassen hatte. Wohin war er gegangen? War er in seine Burg zurückgekehrt, um dort auf sein Ende zu warten? Oder versuchte er, Kemoauc zu finden und ihm zu berichten, was geschehen war?

Bardioc bezweifelte, dass er jemals eine Antwort auf diese Fragen erhalten würde. Auch Ganerc, das hatte er deutlich wahrgenommen, war ein von unvorstellbarer Einsamkeit zermürbtes Wesen, Treibgut im Kosmos, ohne Sinn und ohne Ziel.

Bardioc wagte nicht, darüber nachzudenken, was sich jetzt in den verschiedensten Sektoren der Mächtigkeitsballung abspielte. Er hoffte nur, dass die von ihm abhängigen Zivilisationen schnell genug lernten, die so plötzlich erlangte Freiheit positiv zu nutzen.

Es schien zu keinen größeren Katastrophen gekommen zu sein. Abgesehen davon waren die verschiedenen lokalen Ereignisse sicher schrecklich genug.

Der Traum von Macht war ausgeträumt. Im Nachhinein wunderte sich Bardioc darüber, wie er diesem Traum hatte erliegen können. Beinahe mit Wehmut dachte er an jene Zeit, als er mit den sechs anderen Mächtigen den Bund der Zeitlosen gebildet hatte und sie dem Ruf der unbekannten Mächte von jenseits der Materiequellen gefolgt waren. Selbst das Leben in seiner Kosmischen Burg erschien ihm aus heutiger Sicht nicht mehr so unerträglich. Wahrscheinlich hatten sie alle sieben einen Fehler begangen, weil sie sich nicht rechtzeitig intensiv mit dem Rätsel ihrer Herkunft beschäftigt hatten. Sie hatten sich damit beschieden, ihre Sporenschiffe in viele Galaxien zu steuern und hoch entwickelte Zivilisationen zum Bau eines Schwarms zu animieren. Eine Zeit lang waren sie in dieser Aufgabe aufgegangen, bis es schließlich zu der unausweichlichen Krise gekommen war.

Bardioc wunderte sich über die Teilnahmslosigkeit, die er für sein eigenes Schicksal empfand. Er würde sich endgültig von dem globalen Organismus trennen und sich freiwillig in die Abgeschiedenheit der Bodenmulde zurückziehen. Ein Rest der Symbiose musste erhalten werden, damit das Gehirn nicht abstarb, aber Bardioc wollte nicht mehr beanspruchen, als gerade zum Überleben notwendig war. Auf diese Weise wollte er den Rest seiner Strafe verbüßen. Die Frage war nur, ob ihm das tatsächlich gelingen würde.

Zu viele fremde Intelligenzen weilten in der Nähe, die in dieser oder jener Form mit ihm zu tun hatten. Von ihnen stellte BULLOC die schlimmste Bedrohung dar. Die Inkarnation war nicht nur ihm allein gefährlich, vielmehr war ihr Ziel die Eroberung der Mächtigkeitsballung. Bardioc wusste, dass er dagegen aus eigener Kraft kaum etwas unternehmen konnte. Er kannte jedoch die Dimensionen seines ehemaligen Reiches und bezweifelte daher, dass BULLOC überhaupt in der Lage sein würde, es zu beherrschen. Dazu fehlte der Inkarnation die Kapazität.

Um sein eigenes Schicksal fürchtete Bardioc nicht. Er hätte seine Ermordung durch BULLOC hingenommen. Die Völker jedoch, die ihm in der Vergangenheit gedient hatten, sollten nicht auf Gedeih und Verderb diesem Ungeheuer ausgeliefert sein.

Es bereitete Bardioc Erleichterung, auch positive mentale Kräfte in seiner Nähe zu spüren. Eines dieser Wesen hatte unmittelbare Berührung mit ihm gehabt und ihn aufgeweckt. Bardioc bedauerte, dass die Verbindung mit dem Ende seines Albtraums unterbrochen worden war, aber vielleicht ließ sie sich noch einmal neu knüpfen.

Das Wesen, das ihn aus seinem Traum geweckt hatte, war nicht unbedingt sein Retter, aber es hatte ihn aus einer schrecklichen Phase seiner Existenz erlöst. Das war auch Ganercs Ziel gewesen, wenngleich der Mächtige sein Vorhaben zu verwirklichen versucht hatte, indem er das Gehirn abtötete.

Warum hatte Ganerc ihn nicht mitgenommen?, wunderte sich Bardioc. Zweifellos verfügte der zwergenhafte Mächtige auch in seiner momentanen Zustandsform über die geeigneten technischen Möglichkeiten. Ganerc war jedoch ohne ein Wort der Erklärung oder des Abschieds verschwunden.

Bardioc konzentrierte sich auf die Fremden in seiner unmittelbaren Nähe. Er spürte, dass ihre Überlegungen um sein Schicksal kreisten. Sie waren hilfsbereit, aber sie wirkten bedrückt und schienen in großer Eile zu sein. Vielleicht fürchteten sie einen Angriff BULLOCS.

Schließlich erkannte Bardioc, dass sie ihn von seiner Welt wegbringen wollten. Er sah das Ganze als eine Evakuierung an. Sie wollten ihn aus BULLOCS Einflussbereich entfernen.

Ich muss ihnen klarmachen, dass es nicht möglich ist, mich von hier wegzubringen, dachte Bardioc. Er war mit dieser Welt verwurzelt, in der wahrsten Bedeutung dieser Worte.

Da er den Tod als eine gerechte Strafe empfunden hätte, war er keineswegs entsetzt, als er die Absicht der Fremden verstand. Trotzdem musste er versuchen, sie zu beeinflussen, damit sie ihren Plan aufgaben. Er wollte diesen Sinneswandel nicht herbeiführen, um sich selbst zu retten. Vielmehr galt es zu verhindern, dass die Unbekannten sich mit Vorwürfen quälten, wenn ihr Unternehmen misslang und Bardioc dabei den Tod fand.

Bardioc hoffte, dass jenes Wesen zurückkommen würde, das sich in seinen Traum integriert und dem Spuk ein Ende bereitet hatte. Dann würde vielleicht eine neue Kontaktaufnahme möglich sein. Bardioc wollte den Fremden mitteilen, was ihn bewegte, und er war sicher, dass sie ihn verstehen würden.

Andererseits, regte sich eine neue Empfindung in ihm, wäre es vielleicht nicht so schlecht gewesen, von dieser Welt wegzukommen. Wenn Ganerc die technischen Möglichkeiten besaß, ihn zu transportieren, warum sollten die Raumfahrer nicht dazu in der Lage sein?

Unsinn!, widersprach er sich in Gedanken. Wie konnte er die Fähigkeiten eines Mächtigen mit denen dieser Unbekannten vergleichen?

Und warum wollten sie ihn wegbringen?, grübelte er. Wirklich nur, um ihn vor BULLOC zu schützen?

Wo lag ihr Ziel?

In den Tiefen seines Bewusstseins spürte Bardioc die Erinnerung an einen seltsamen Traum. Er fühlte Sehnsucht nach etwas Unbekanntem.

Ich wünschte, ich hätte einen Körper, dachte er. *Ich wünschte, ich wäre Bardioc – der alte Bardioc, der Mächtige im Bund der Zeitlosen.*

Er sah sich wieder auf der Plattform im Nichts stehen und auf die

Brüder warten. Sah das Wirbeln der Sonnenmaterie über ihm im Nichts. Ebenso Laire, den einäugigen Roboter.

Laire!, durchzuckte es ihn wie ein elektrischer Schlag. Er hatte den Roboter vergessen.

Laire allein in diesem gigantischen Sporenschiff, das sich noch immer in jenem Versteck befinden musste, wohin Bardioc es gebracht hatte. Wahrscheinlich hatte Laire längst aufgehört zu existieren, wie immer das bei einem Roboter seiner Art auch vonstattengehen mochte.

Wer oder was war Laire eigentlich gewesen? Ein Bestandteil der Ebene, auf der sich die sieben Mächtigen immer dann getroffen hatten, wenn der *Ruf* an sie ergangen war? War er von den Mächten geschickt worden, die jenseits der Materiequellen lebten? Gehörte er zu den Kosmischen Burgen?

Ein Roboter wie Laire war eine tragische Gestalt, dachte Bardioc mitleidig. Besonders ein einäugiger Roboter. Laire hatte nie darüber gesprochen, aber sein fehlendes Auge war Teil eines unlösbaren Geheimnisses.

Sollte es ihm tatsächlich gelingen, noch einmal mit diesem Fremden in Verbindung zu treten, wollte Bardioc ihn bitten, das Sporenschiff zu retten. Es war ein überwältigender Gedanke, sich vorzustellen, dass das Schiff nach so langer Zeit gerettet und seiner Bestimmung zugeführt werden konnte.

Dieses Schiff voller Leben würde schließlich sein Ziel doch noch erreichen.

Genugtuung breitete sich in Bardioc aus. Nach der langen Zeit des Albtraums, nach Erniedrigung und Würdelosigkeit, sah er eine Chance, seinen Auftrag doch ausführen zu können.

Bardioc als der letzte Vollstrecker des Befehls von Mächten jenseits der Materiequellen.

Welch eine Ironie!

Geoffry Abel Waringer lief unruhig am Rand der Mulde auf und ab und beobachtete, wie Techniker und Roboter von der SOL die von einer Korvette gebrachten Maschinen und Instrumente aufbauten. Wie viele geniale Wissenschaftler besaß auch Waringer einen Hang zum Aberglauben. Er bildete sich ein, dass er keine Sekunde in seiner Besorgnis nachlassen durfte, wenn dieses Projekt zu einem guten Ende gebracht werden sollte. Optimismus wäre mit sträflichem Leichtsinn vergleichbar gewesen.

Dr. Peysel kam aus der Mulde zu ihm hoch. »Das wird viel Zeit in Anspruch nehmen«, schnaufte der untersetzte Kosmobiologe.

»Ich weiß.« Waringer lächelte. »Ich mache mir Sorgen.« Peysel verstand ihn nicht.

Unten in der Mulde hantierten Atlan, Alaska Saedelaere und mehrere Wissenschaftler aus dem Team, das Dr. Peysel selbst zusammengestellt hatte. Sie standen so dicht um das Gehirn herum, dass Waringer Bardioc nicht sehen konnte.

Space-Jets kreisten über ihnen. Die Besatzungen beobachteten die Umgebung. In größerer Höhe hing die Korvette mit den Mutanten, die bereit waren, einen eventuellen Angriff BULLOCS zurückzuschlagen. An Bord der Korvette befanden sich auch die beiden Kristalle der Kaiserin.

»Wir werden nicht rechtzeitig fertig sein«, klagte Peysel. »Wir müssen etliche Kubikmeter ausheben, wenn wir das Gehirn nicht verletzen wollen. Aber das geht erst, sobald Bardioc sich von allen Ausläufern endgültig getrennt hat.«

»Haben Sie eine Ahnung, wann das sein wird?«

»Frühestens in einigen Stunden«, antwortete der Kosmobiologe so verzweifelt, als spräche er von Ewigkeiten. »Stunden ...!«, versetzte er dann noch einmal.

Die Techniker führten Sonden in den Boden rings um das Gehirn ein. Etwas abseits stand Douc Langur. Seine fächerförmigen Sinnesorgane waren steil aufgerichtet; ihm schien nichts zu entgehen.

Waringer dachte an die SOL-Geborenen, die aufs Äußerste erregt waren. Joscan Hellmut sprach gerade zu ihnen, um sie zu beruhigen. Auch darüber machte Waringer sich Sorgen. Er wünschte, er hätte sich für dieses Unternehmen engagieren können, aber im Grunde genommen lehnte er den Transport genauso ab, wie die Solaner es taten. Er malte sich Rhodans Enttäuschung aus, wenn er ihm das sagte.

Peysel stampfte am Rand der Mulde weiter und rief Kommandos zu den Wissenschaftlern hinab. Von Waringers Beobachtungsplatz aus wirkte alles ein wenig chaotisch.

Nur Atlan und Saedelaere verharrten dicht neben dem Gehirn. Sie standen auf dem Areal, das an Bord der SOL transportiert werden musste. Vielleicht hofften die beiden Männer, auf diese Weise Kontakt zu Bardioc zu bekommen.

Perry Rhodan würde sich nicht davon abbringen lassen, dass es richtig war, das Gehirn zur Kaiserin von Therm zu fliegen. Er bezog seine Überzeugung aus Traumvisionen und aus dem Verhalten der beiden

Kristalle. Waringer war skeptisch. Er konnte sich eigentlich nicht vorstellen, dass die Duuhrt die Nähe ihres Erzrivalen begrüßen würde.

Peysel hatte die Mulde einmal umrundet und machte vor Waringer halt. »Wir kommen nicht voran«, sagte er ärgerlich. »Das geht viel zu langsam.«

»Einen Fehler können wir uns nicht erlauben, ohne das Gehirn zu gefährden«, erinnerte Waringer.

»Ja, ja«, machte Peysel ungeduldig. »Wenn wir wenigstens wüssten, was in Bardioc vorgeht. Vielleicht ist er nicht einverstanden mit dem, was wir hier tun.«

Waringer hörte kaum zu. Durch wie viele Galaxien war er gereist und tat nun etwas derart Verrücktes? *Warum sind Menschen an dieser Aktion beteiligt?*, fragte er sich. *Und warum streiten wir uns über Wert oder Unwert dieses Unternehmens?* Im Grunde genommen war Perry Rhodan die Ursache. Ausgerechnet Rhodan, dem gewiss niemand nachsagen konnte, dass er einem anthropozentrischen Weltbild anhing, und der doch insgeheim an eine kosmische Bestimmung der Menschheit glaubte.

»Unsere Existenz war im Urknall vorprogrammiert«, hatte Perry Rhodan einmal zu Waringer gesagt. »In ihrem Bestreben, immer kompliziertere Konstruktionen hervorzubringen, hat die Evolution schließlich uns geschaffen.«

»Ich denke, wir tun das alles nur, um zu beweisen, dass wir keine Farce der Schöpfung sind«, sagte Waringer zu Peysel.

Der Kosmobiologe stieß eine Verwünschung aus. »Wir müssen den Boden mehrere Meter tief ausheben. Weil wir keine Wurzeln zerschneiden dürfen, die für die Versorgung des Gehirns von Bedeutung sind. Später, wenn wir den gesamten Block mit den Antigravprojektoren aus der Mulde gelöst haben, können wir von unten vielleicht die eine oder andere Schicht abtragen. Die Wurzeln werden dann in der Lagerhalle der SOL in eine synthetische Substanz versenkt, die in ihrer Beschaffenheit dem Boden dieser Umgebung entspricht.«

»Bardioc wird ein sehr ungewöhnlicher Passagier sein.« Waringer lächelte.

»Hoffentlich kein toter Passagier«, grollte Peysel.

Bevor Waringer antworten konnte, meldete sich Reginald Bull von Bord der SOL. Für einen Moment befürchteten beide Wissenschaftler, dass ein Angriff der Hulkoos bevorstand.

»Im Augenblick machen uns die SOL-Geborenen zu schaffen«, sagte Bully stattdessen. »Gavro Yaal sammelt seine Anhänger. Hellmut kann nicht ausschließen, dass diese Gruppe der Solaner gewaltsam versuchen wird, die Übernahme des Gehirns zu verhindern.«

»Das wäre Meuterei!«, rief Waringer.

»Joscan versucht, alle zu beruhigen. Er wird den Solanern klarlegen, dass Bardioc nur vorübergehend an Bord sein wird.«

»BULLOC war auch nur vorübergehend an Bord«, sagte Waringer.

»Das solltest du nicht zu laut herumposaunen«, empfahl ihm Bull. »Ich habe Ärger genug. Wenn die SOL-Geborenen merken, dass Angehörige der Schiffsführung ebenso denken wie sie, werden sie sich zu härteren Gegenmaßnahmen ermutigt fühlen.«

»Ich schweige«, kommentierte Waringer sarkastisch.

»Wie sieht es bei euch aus?«

»Wir kommen nur langsam voran. Bardioc kann den Abtrennungsprozess von seinen Hauptausläufern offenbar nicht beschleunigen. Und wir wagen es nicht, dabei einzugreifen. Außerdem müssen wir später ein beträchtliches Stück Boden herausheben.«

»Die Halle ist groß genug, und alles ist vorbereitet.«

»Welcher Entwicklung leisten wir eigentlich Vorschub?«, fragte Waringer bedrückt. »Ich meine, was entsteht, wenn die Kaiserin von Therm und Bardioc tatsächlich eine Verbindung eingehen, wie Perry das annimmt?«

Bull schien darauf keine Antwort zu wissen, auf jeden Fall schwieg er.

Indessen gingen die Arbeiten in der Mulde weiter. Roboter hatten die Reste des ehemaligen natürlichen Daches über Bardioc abgetragen. Die Antigravprojektoren wurden aufgestellt. Scharf justierte Desintegratorstrahlen zerschnitten den Boden als Markierung jenes Bereichs, den man an Bord der SOL bringen musste. Bei allen diesen Arbeiten wurde streng darauf geachtet, dass die noch nicht abgetrennten Ausläufer Bardiocs unverletzt blieben.

Ab und zu suchte Waringer den Himmel ab, weil er fürchtete, angreifende Scheibenraumschiffe zu entdecken. Doch die Hulkoos hielten sich weiterhin zurück.

Von Perry Rhodan gab es keine Nachrichten. Er schien immer noch mit dem Oberkommandierenden der Schwarzpelze zu verhandeln.

»Wir heben eine fünf Meter dicke Bodenfläche ab«, sagte Peysel.

Waringers Gedanken kehrten zu Bardioc zurück.

»Das Gehirn bleibt im Mittelpunkt dieser Masse«, fuhr der Kosmobiologe fort. »An Bord richten wir ihm eine Art Treibhaus ein. In der Lagerhalle im Mittelteil sind drei Kunstsonnen installiert worden. Eine Klimapositronik wird dafür sorgen, dass Temperaturen und Luftfeuchtigkeit den Gegebenheiten hier entsprechen. Es wurde sogar an Kunstregen gedacht, mit dem die notwendigen chemischen Stoffe und

Spurenelemente ausgebracht werden. Auf diese Weise ernähren wir die Pflanzen, die wir mit der Scholle ins Schiff bringen, und diese wiederum übernehmen die Versorgung des Gehirns.«

»Ein in sich geschlossenes ökologisches System«, bestätigte Waringer. »Ich bezweifle nicht, dass es funktionieren und seine Aufgabe erfüllen wird, wenn wir Bardioc erst an Bord gebracht haben.«

»Trotzdem befürchte ich, dass wir etwas übersehen haben könnten«, sagte Peysel schwer.

»Ich denke ununterbrochen daran, dass etwas schiefgehen wird«, bemerkte Waringer.

»Wir werden die Halle mit Bardioc bewachen müssen.«

»Wegen der SOL-Geborenen? Das halte ich für übertrieben.«

»Wegen Puukar«, erklärte der Kosmobiologe. »Ich glaube, dass der Choolk zu allem fähig ist.«

Waringer empfand eher Mitleid mit Puukar. Nachdem die kriegerischen Auseinandersetzungen zwischen den Hilfsvölkern beider Superintelligenzen beendet waren, gerieten nicht nur die Hulkoos und andere Zivilisationen der Mächtigkeitsballung BARDIOCS in eine psychologische Krise. Am schlimmsten waren vermutlich die Leibwächter der Kaiserin von Therm betroffen, die Choolks. Sie, die ausschließlich für den Kampf konditioniert waren, standen vor der Frage, wie sie ihrem Leben einen neuen Sinn geben sollten. Waringer hoffte, dass die Duuhrt vorbereitet war und den Choolks einen neuen Lebensinhalt bieten konnte.

Bei Puukar waren bislang keine Anzeichen eines Sinneswandels zu erkennen. Er hasste die Hulkoos. Und er hasste Bardioc. Vielleicht konnte man seine Gefühle auf BULLOC lenken, der eine ständige Bedrohung darstellte.

Douc Langur kam den Hang herauf. »Es funktioniert!«, pfiff er Waringer zu. »Sie holen Bardioc aus seinem ehemaligen Versteck.«

»Was denken Sie?«, wollte Waringer wissen. »Macht es Ihnen zu schaffen, dass wir dem Erzfeind der Kaiserin mit dieser Aktion zu helfen versuchen?«

Langur deutete mit einer Greifklaue in die Mulde. »Dieses kleine und einsame Gehirn ist nicht mehr BARDIOC.«

»Wenn wir mit dem Gehirn die Kaiserin erreichen, haben Sie Gelegenheit, von Bord zu gehen und bei der Duuhrt zu bleiben. Werden Sie davon Gebrauch machen?«

»Ich weiß nicht«, antwortete Langur. »Ich habe keine Pläne für die Zukunft. Wahrscheinlich werde ich auf der SOL bleiben, jedenfalls so lange, wie die echten Terraner sich noch im Schiff aufhalten.«

»Haben Sie etwas gegen die SOL-Geborenen?«

»Keineswegs. Sie sind nur ein Seitenzweig in der Entwicklung der Menschheit. Es wäre sicher reizvoll, sie beobachten zu können, wenn man ihnen das Schiff zur Verfügung stellt, doch ich denke, dass die wirklich wichtigen Dinge an anderer Stelle geschehen werden.«

Um Waringers Augen bildeten sich unzählige Fältchen. Er lächelte. »Sind Sie immer noch auf der Jagd nach Ihrer Identität?«

»Nein«, sagte Langur. »Das hat sich erledigt.«

»Haben Sie etwas herausgefunden oder sind Sie nur müde, weitere Informationen zu sammeln? Haben Sie aufgegeben?«

»Das ist mein Problem«, erwiderte der Forscher ausweichend.

Douc Langur stand unmittelbar neben ihm, sinnierte Waringer, aber er hätte ebenso gut viele Galaxien von ihm entfernt sein können – so fremd waren sie einander.

»Es ist so weit!«, rief Dr. Peysel zu ihnen herauf. Er war inzwischen wieder in die Senke hinabgestiegen, um sich davon zu überzeugen, dass Bardioc von allen Ausläufern getrennt war. »Das Gehirn ist auf jenen Bereich lokalisiert, den wir heraustrennen werden.«

Die Techniker zogen die Roboter zurück. Auch Atlan und Saedelaere mussten die Nähe des Gehirns verlassen.

Waringer konzentrierte sich auf das Geschehen in der Mulde und öffnete seine Sinne für eventuelle Impulse Bardiocs. Er glaubte, ein schwaches statisches Mentalrauschen zu empfangen, aber das konnte auch von dem Psi-Block des Mutantenkorps herrühren.

Die Antigravprojektoren waren aktiv. Unendlich vorsichtig wurde die Bodenfläche vollends durchtrennt und dann von ihrer Umgebung gelöst.

Es dauerte knapp eine Stunde, bis die Masse endlich langsam in die Höhe schwebte.

»Ich weiß nicht, ob es richtig war, was wir gemacht haben«, sagte Dr. Peysel in einem Anflug von Schwermut. »Mir kommt es jedenfalls so vor, als hätten wir Bardioc amputiert.«

»Er hat sich selbst von dem globalen Organismus gelöst«, erinnerte Atlan.

»Das Ende einer so vollkommenen Symbiose muss jeden traurig stimmen«, entgegnete Peysel. »Ganz gleich, was BARDIOC an Leid produziert hat, für einen Kosmobiologen war er ein fantastisches und wunderbares Geschöpf.«

Die flugfähigen Antigravprojektoren schwebten in einer Höhe mit dem Bodenklumpen. Nachdem feststand, dass das Gebilde in sich stabil war, wurde es wieder in Bewegung gesetzt. Sein vorläufiges Ziel war die Bodenschleuse einer Korvette. Das sechzig Meter durchmessende Kleinraumschiff würde Bardiocs Gehirn zur SOL fliegen.

»Ich bin froh, dass wir nicht fühlen können, wie dem Gehirn zumute ist«, sagte Dr. Peysel.

»Glauben Sie, dass es Schmerzen empfindet?«, fragte Saedelaere.

»Physisch bestimmt nicht«, antwortete der Wissenschaftler. »Aber es muss den Augenblick der Trennung von dem Riesensymbionten als Qual empfinden. Das ist, als würde man uns aus unseren gewohnten Lebensbereichen herausreißen und in eine völlig fremde Umgebung versetzen.«

In der Mulde blieb eine dunkle Grube zurück. Sie sah wie eine Wunde aus, fand Waringer.

In diesem Augenblick meldete sich Reginald Bull abermals über Funk. »Joscan Hellmut hat mir soeben eine Resolution übergeben«, sagte er. »Die SOL-Geborenen wollen das Gehirn nicht an Bord lassen.«

Die Dunkelheit an Bord des Hulkoo-Schiffes schien sich tief in Perry Rhodans Leib eingefressen zu haben, sodass er den Eindruck hatte, sie mit von Bord zu nehmen. Rhodan fragte sich, inwieweit es ihm gelungen sein mochte, auf die Kommandanten der Hulkoos einzuwirken. Er hatte nur mit Moschkatl gesprochen, alle anderen Offiziere hatten geschwiegen.

Es war grundsätzlich schwierig, die Beweggründe eines nichtmenschlichen Wesens zu verstehen. Bei Moschkatl hatte Rhodan teilweise den Eindruck gehabt, dass es ihm gelungen war, wenn er auch andererseits wieder durch Aussagen des Oberkommandierenden verwirrt worden war. Das lag zweifellos daran, dass Moschkatl selbst noch keine klare Entscheidung getroffen hatte.

Dessen Zwiespältigkeit war für Hulkoos wenig charakteristisch. Bisher hatten sie äußerst geradlinig gehandelt – aufgrund der konkreten Befehle BARDIOCS. Aber diese Anordnungen gab es nicht mehr.

Perry Rhodan wurde von einer Space-Jet abgeholt und zur SOL geflogen. Der Pilot war ein junger Raumfahrer, der keine Fragen stellte. Die Zurückhaltung des SOL-Geborenen kam Rhodan gelegen, wenngleich er bedauerte, dass die Schweigsamkeit dieses Mannes nur Ablehnung gegen die bestehenden Pläne ausdrückte.

Über Funk wurde Rhodan davon unterrichtet, dass es gelungen war, Bardiocs Gehirn aus der Planetenoberfläche zu lösen und an Bord einer Korvette zu verfrachten. Außerdem erfuhr er von der Resolution, die Hellmut im Namen aller Solaner der Schiffsführung übergeben hatte.

»Sind Sie der Meinung, dass wir Bardioc nicht helfen dürfen?«, fragte Rhodan den schweigenden Piloten.

»Ja«, sagte der Mann. »Ich weiß nicht, ob wir diese Aktion wirklich als Hilfe bezeichnen können. Niemand hat um Unterstützung gebeten oder uns dazu aufgefordert. Wir begeben uns eigenmächtig in die Rolle der Helfer. Das kann nicht gut sein.«

»Sie haben Angst um die SOL, nicht wahr?«

»Ja.«

»Die Vorfälle um BULLOC werden sich nicht wiederholen.« Perry Rhodan klopfte dem jungen Piloten auf die Schulter und verließ die Space-Jet, die inzwischen in einem Hangar aufgesetzt hatte.

Galbraith Deighton und Lord Zwiebus erwarteten ihn.

»Wie groß ist die Entschlossenheit der SOL-Geborenen?«, wollte Rhodan sofort wissen.

»Schwer zu sagen«, erwiderte der Pseudo-Neandertaler. »Ich halte die Angelegenheit nur für einen verbalen Kraftakt – vorläufig. Deine Autorität wird ausreichen, offenen Widerstand zu verhindern.«

»Der Lord ist ein Optimist«, sagte Deighton sarkastisch.

Zwiebus hob die wulstigen Augenbrauen. »Bin ich das?«, fragte er. »Als Instinktwächter des Chefs würde ich noch vor dir jede Gefahr erkennen.«

Deighton zuckte die Achseln, er schien in diesem speziellen Fall wenig Zutrauen in die Fähigkeit des Präbios zu haben.

Gemeinsam eilten sie quer durch den Hangar und auf dem schnellsten Weg in die Zentrale. Rhodan dachte an die Erde. Er empfand eine tiefe Sehnsucht nach Ruhe, aber wie die Dinge lagen, würde die Hektik der letzten Tage und Monate so schnell nicht abflauen. Die Erde – das war beinahe schon ein fiktiver paradiesischer Ort geworden, von dem er nur noch träumen konnte.

»Ich glaube, die Resolution war ein psychologischer Schachzug Hellmuts, um Gewalttaten der Gruppe Gavro Yaals zuvorzukommen«, sagte Zwiebus, während sie nebeneinander durch einen Antigravschacht schwebten.

»Wir brauchen die Mutanten, um Schlimmeres zu verhindern«, fügte Deighton hinzu.

»Die Mutanten müssen auf BULLOC achten«, erinnerte Rhodan. »Solange die Inkarnation in der Nähe ist, dürfen wir sie nicht aus den Augen lassen. Das könnte schreckliche Folgen haben.«

Sie verließen den Schacht auf dem Zentraleniveau. SOL-Geborene, denen sie begegneten und die Rhodan zum ersten Mal seit seiner Rettung sahen, winkten ihm zu. Vielleicht wollten sie demonstrieren, dass sie klar zwischen Rhodan und seinen Plänen unterschieden. Sie mochten den Mann – aber sie lehnten sein Vorhaben ab.

In der Zentrale herrschte weiterhin Alarmzustand, denn ein plötzlicher Angriff der Hulkoo-Verbände konnte nicht ausgeschlossen werden.

Bull kam ihnen entgegen. »Werden die Hulkoos noch friedlich bleiben?«, erkundigte er sich.

Rhodan nickte, obwohl er keineswegs davon überzeugt war. Er sah sich in der Zentrale um, konnte Joscan Hellmut aber nirgends entdecken.

»Josc spricht zu einzelnen Gruppen von SOL-Geborenen«, erklärte Bully, als hätte er die Gedanken seines Freundes erraten. Er überreichte einen Speicherwürfel. »Das ist die Resolution.«

Rhodan aktivierte die Wiedergabe nicht einmal.

»Was willst du jetzt tun?«, fragte Bully verdrossen.

»Reden. Oder hast du eine bessere Idee?«

Der Terraner ließ sich an den Kontrollen nieder und schaltete einen Interkom-Rundruf. »Hier spricht Perry Rhodan. Ich bin eben an Bord zurückgekehrt und habe die Resolution erhalten. Ich wende mich an alle SOL-Geborenen. Ich bitte Sie, mir Ihr Schiff zur Ausführung einer humanitären Aktion zur Verfügung zu stellen.«

Er hörte, dass Bull eine Verwünschung ausstieß. Deighton und Zwiebus wechselten bestürzte Blicke.

»Ich weiß nicht, ob das gut ist«, sagte Bull leise. »Ich weiß überhaupt nicht, ob das noch einen Sinn hat.«

»Wenn ich sage, dass die SOL Ihr Schiff ist«, fuhr Perry Rhodan fort, »dann meine ich, dass Sie durch die besonderen Umstände unserer langen Reise einen Anspruch erworben haben, dem wir Genüge tun wollen. Dabei gebe ich zu bedenken, dass die ursprüngliche Funktion der SOL eine andere war. Bei einer ausschließlich rechtlichen Betrachtungsweise der Lage könnte man auch sagen, dass dieses Schiff noch unter dem Kommando der Erdregierung steht. Die Erdregierung wird an Bord in erster Linie von einigen Zellaktivatorträgern repräsentiert, zu denen ich gehöre.

Ich befand mich längere Zeit in der Gewalt der vierten Inkarnation. Wahrscheinlich wäre ich nie in den Kreis der Menschen zurückgekehrt, wenn Sie mich mit diesem Schiff nicht gesucht und gefunden hätten. Dass viele von Ihnen dabei innere Widerstände überwinden mussten, ist mir bewusst. Ich weiß auch, dass Sie das Kommando über dieses Schiff gern sofort übernehmen würden. Jeder Mensch hat jedoch eine kosmopolitische Verantwortung, er muss dem Frieden und der Harmonie in unserem Universum dienen. Das sollte in erster Linie für Sie, die SOL-Geborenen, gelten. Sie werden an Bord dieses Schiffes und damit im Weltraum leben. Deshalb erachte ich es als wichtig, die begonnene Mission zu beenden. Danach werden wir alle Einzelheiten besprechen, die zur Übergabe des Schiffes an die Solaner nötig sein werden. Ich bin jederzeit bereit, mit Vertretern der SOL-Geborenen über diese Problematik zu sprechen.«

Er schaltete ab und lehnte sich zurück.

»Die SOL-Geborenen werden uns verdächtigen, auf Zeitgewinn zu spielen«, befürchtete Galbraith Deighton.

»Bisher hatten sie keinen Grund, an meiner Aufrichtigkeit zu zweifeln«, entgegnete Rhodan.

Eine Nachricht über Normalfunk beendete die Diskussion. Waringer meldete, dass die Korvette mit Bardiocs Gehirn die SOL erreicht hatte und darauf wartete, in den Hangar einfliegen zu können.

»Nun wird es sich entscheiden, was deine Rede wert war«, sagte Bully zu Perry Rhodan. »Über neunzig Prozent des Hangarpersonals sind SOL-Geborene.«

Rhodan runzelte die Stirn. »Du glaubst doch nicht im Ernst, dass sie eine Rückkehr der Korvette verhindern werden?«

»Da ich selbst nicht gerade hellauf begeistert bin, dass wir Bardioc an Bord nehmen, kann ich nachvollziehen, was in den Köpfen derjenigen vorgeht, die das Schiff als ihre Heimat ansehen und die erleben mussten, was BULLOC angerichtet hat.«

Rhodan wandte sich an Atlan, der sich auf der Korvette befand. »Gibt es Schwierigkeiten?«

»Ich weiß nicht«, lautete die Antwort. »Die Hangarschleusen bleiben noch geschlossen.«

Rhodan nickte und stellte eine Interkomverbindung zu den Korvettenhangars her. Die verantwortliche Hangartechnikerin meldete sich. Sie war etwa dreißig und hatte ein ebenmäßiges Gesicht mit auseinanderstehenden Augen. Um ihren Mund lag ein entschlossener Zug.

»Sie sind Garidia Tork«, stellte Rhodan fest. »Ich kenne Sie von einigen Alarmübungen.«

»Ja«, sagte die SOL-Geborene.

»Ich erwarte, dass Sie das Hangarschott öffnen. Die Korvette kehrt jetzt an Bord zurück.«

Garidia Tork sah sich Hilfe suchend nach jemand außerhalb des Erfassungsbereichs um. Plötzlich wurde die Stimme von Joscan Hellmut hörbar. Der Kybernetiker hatte offenbar geahnt, was gesehen würde, und war in den Hangar geeilt, um offenen Streit zu verhindern.

»Tun Sie, was man von Ihnen verlangt!«, sagte Joscan Hellmut.

»Es ist nicht so, dass ich mich gegen die Schiffsführung stellen will«, rechtfertigte sich die Technikerin. »Aber wir hier in den Hangars haben Angst, Bardioc an Bord zu lassen.«

»Er ist harmlos«, versicherte Perry Rhodan. »Vergessen Sie nicht, dass er von seinem riesigen Organismus getrennt wurde. Bardioc ist weiter nichts als ein hilfloses und einsames Gehirn.«

»Ich weiß nicht, was ich tun soll«, sagte Garidia Tork verzweifelt.

Hellmuts Gesicht erschien jetzt neben der Frau. »Daran ist Gavro Yaal schuld«, erklärte er ärgerlich. »Yaal hat seine Agitation auf die Hangars konzentriert.«

»Josc«, sagte Perry Rhodan eindringlich. »Wenn die SOL-Geborenen nicht einlenken und Bardioc an Bord lassen, kann es keine Regelung geben, die beiden Seiten gerecht wird.«

»Dessen bin ich mir bewusst«, erwiderte Hellmut kläglich.

»Rufen Sie das Sicherheitsrisiko bei SENECA ab«, schlug der Terraner vor. »Der Hyperinpotronik werden Ihre Freunde wohl trauen.«

Hellmut wirkte erleichtert. »Das ist eine gute Idee.«

Wenig später lagen die Daten vor. SENECA sah in der Aufnahme des Gehirns an Bord ein nur geringes Risiko. Rhodan, der nicht gewusst hatte, zu welchem Ergebnis SENECA kommen würde, atmete insgeheim auf. Das Wagnis war groß gewesen.

»Alle SOL-Geborenen können das Ergebnis abrufen«, sagte Rhodan zu Hellmut. »Nun will ich noch einmal Garidia Tork sehen.«

Die Technikerin erschien erneut in der Wiedergabe. »Ich wünschte, ich müsste nicht hier arbeiten«, erklärte sie.

»Niemand verurteilt Sie, weil Sie eine eigene Meinung haben und vorsichtig sind. Sie kennen jetzt das Ergebnis, zu dem SENECA gekommen ist. Denken Sie auch daran, dass wir eine moralische Verpflichtung haben, anderen Intelligenzen in Not zu helfen.«

»Wir öffnen die Schleusen«, sagte die SOL-Geborene. »Aber es wird Demonstrationen geben.«

»Damit werden wir fertig.« Rhodan stand auf und sah Bully an.

»Ich frage mich, was sie tun werden, wenn ihnen dieses Schiff wirklich einmal ganz gehören wird«, sagte der untersetzte Bull bekümmert.

»Sie sind Menschen«, erwiderte Perry Rhodan, als sei damit schon alles gesagt. »Sie werden menschlich handeln.«

»Die Solaner werden eine Entwicklung durchmachen, die wir nicht erahnen können«, prophezeite Reginald Bull. »Kennst du die vielen alten Geschichten von Generationenraumschiffen?«

»Von Besatzungsmitgliedern, die schließlich vergessen, dass sie sich an Bord eines Raumschiffs befinden?« Rhodan verdrängte alle Gedanken an die SOL-Geborenen. Er musste sich erst um Bardioc kümmern.

Vor allem konnte er die Visionen, die er in der globalen Symbiose erlebt hatte, nicht ignorieren. Bardiocs Entwicklungsgeschichte ging ihm ebenfalls nicht aus dem Sinn.

Woher kamen die sieben Mächtigen?

Wo befanden sich ihre Kosmischen Burgen?

Geheimnisvolle Mächte, die in engem Zusammenhang mit den rätselhaften Materiequellen standen, hatten die sieben Zeitlosen für die weitere Verbreitung von Leben und Intelligenz eingesetzt.

Perry Rhodan erschauerte bei dem Gedanken an die Größe eines solchen Unternehmens.

Während er in den Lagerraum ging, in dem Bardioc für die Dauer des Fluges nach Drackrioch untergebracht sein würde, fragte er sich zum ersten Mal, wie lange es wohl dauern mochte, bis er die Kosmische Burg eines der Zeitlosen betreten würde.

Oder wann er Bardiocs Sporenschiff finden würde … und den Weg zu den Materiequellen.

Das alles lag noch vor ihm, er würde nicht in der Lage sein, sich davon zu lösen.

Perry Rhodan stellte sich vor, wie die SOL in dieser Sekunde durch den Weltraum schwebte. Er sah sie vor sich als ein Tröpfchen Metall, und in dieser unglaublich winzigen Hülle waren Gedanken und Gefühle geborgen, pulsierte Leben.

Er stellte sich jenes Fünkchen von Leben vor. Sein Bewusstsein öffnete sich weit für dieses Wunder.

Er wünschte, alle anderen hätten ebenso denken und fühlen können.

21.

Die Bodenmasse mit dem Gehirn kam den Hauptkorridor von den Außenhangars herangeschwebt. Eine Gruppe Wissenschaftler mit Waringer und Dr. Peysel an der Spitze ging voraus. Hinter dem seltsamen Gebilde bewegten sich Atlan, Alaska Saedelaere und Douc Langur.

In den Seitenkorridoren und in den Eingängen zu den Hallen und Räumen beiderseits des Ganges warteten stumme Zuschauer. Perry Rhodan, der vor der Lagerhalle stand und die Szene beobachtete, registrierte, dass die Haltung der SOL-Geborenen zwar nicht direkt feindselig wirkte, aber doch einem massiven Protest gleichkam.

Schon ein kleiner Zwischenfall hätte genügt, um eine Katastrophe auszulösen. Zum Glück blieb alles ruhig. Der Transport des Gehirns vom Hangar zur Lagerhalle verlief wie ein Routineunternehmen.

Rhodan konnte Bardiocs mentale Impulse spüren. Sie besaßen längst nicht mehr die Intensität wie zu jener Zeit, da das Gehirn noch Zentrum der planetaren Symbionten gewesen war. Trotzdem glaubte der Terraner, Empfindungen wie Einsamkeit und Bedauern erkennen zu können. Außerdem spürte er eine gewisse Erwartungshaltung.

Perry Rhodan trug die beiden Kristalle der Kaiserin auf der Brust, seinen eigenen und den Puukars. Er wunderte sich, dass der Kriegsherr den Pruuhl noch nicht zurückverlangt hatte. Aber Puukar war wütend und enttäuscht. Vielleicht fühlte er sich sogar von der Kaiserin von Therm verraten. Rhodan hatte angeordnet, den Choolk unauffällig zu überwachen, denn in seinem Hass mochte dieses Wesen zu allem fähig sein.

Eines Tages würde auch Puukar einsehen müssen, dass der Kampf beendet war. Im Grunde genommen war der Choolk zu bedauern. Er war für die Auseinandersetzung mit einer anderen Superintelligenz geboren worden. Aufgrund seiner Mentalität konnte er nichts anderes tun, als Bardioc und dessen Hilfsvölker zu verfolgen und zu bekämpfen. Ob er überhaupt zu einer Wandlung fähig war, die ihm ein anderes Leben gestattete?

Perry Rhodan schob den Gedanken an den Kriegsherrn der Choolks beiseite, denn die Bodenfläche mit dem Gehirn würde in wenigen Augenblicken die Halle erreicht haben.

Waringer nickte Rhodan zu. »Ich hatte schon befürchtet, die SOL-Geborenen würden gewaltsamen Widerstand leisten.«

»Sie sind nicht weit davon entfernt. Je schneller Bardioc hinter diesem Schott verschwunden ist, desto besser.«

Waringer warf einen Blick auf die beiden Kristalle auf Rhodans Brust. »Sie strahlen ungewöhnlich stark«, stellte er fest.

Rhodan sah den Mann, der einst mit seiner Tochter Suzan verheiratet gewesen war, nachdenklich an. »Ich nehme an, dass es mit Bardiocs Nähe zusammenhängt. Sie reagieren auf ihn. Umgekehrt scheinen sie auf das Gehirn einen wohltuenden Einfluss auszuüben.« Er umschloss die Steine mit einer Hand. »Vergessen wir nicht, dass sie unseren Mutanten die Kraft verliehen haben, BULLOC zu widerstehen.«

Waringer ergriff ihn am Arm und zog ihn zur Seite, damit die kostbare Fracht den Eingang passieren konnte. Dr. Peysel ging mit den übrigen wissenschaftlichen Begleitern in die Halle, während Atlan und Alaska sich zu Rhodan und Waringer gesellten. Langur war in einem Seitengang verschwunden und suchte vermutlich seine Unterkunft auf.

Aus allen Richtungen kamen SOL-Geborene herbei. Sie füllten den Hauptkorridor aus. Keiner von ihnen redete. Die stumme Demonstration zeigte deutlich, was sie von Rhodans Vorhaben hielten.

Perry Rhodan zeigte auf die Halle. »Wir gehen hinein. Unsere Anwesenheit hier draußen könnte die Gegner dieses Unternehmens unnötig reizen.«

Die Gefährten folgten ihm in den präparierten Lagerraum. Dort herrschte ein Klima wie auf dem Planeten BARDIOC. An der Decke schwebten die Kunstsonnen, von irgendwoher kam warme Luft.

Die Wissenschaftler trafen die letzten Vorbereitungen, um die Bodenmasse mit Bardioc in die vorbereitete Umgebung einzubetten.

Waringer ließ die Tore zugleiten. »Wenn sie jetzt gegen Bardioc vorgehen wollen, müssen sie Gewalt anwenden. Aber das werden sie sich gut überlegen.«

Momentan bedeuteten die SOL-Geborenen keine akute Bedrohung für Bardioc. Das konnte sich jedoch schnell ändern, falls die Radikalen sich durchzusetzen vermochten.

Rhodan meldete sich in der Zentrale. »Sind alle Besatzungsmitglieder an Bord?«

»Gerade ist auch die Korvette mit den Mutanten zurückgekommen«, bestätigte Reginald Bull. »BULLOC scheint nicht in der Nähe zu sein. Ich denke, uns hält nichts mehr in diesem System.«

»Gut. Mentro soll die SOL auf Fahrt bringen. Aber die Hulkoos dürfen nicht auf die Idee kommen, dass unser Manöver einen Angriff einleiten könnte.«

»Mentro denkt an nichts anderes«, erklärte Bully sarkastisch. »Er sieht die Flotte schließlich ständig vor sich.«

»Wie verhalten sich die Hulkoos?«

»Sie scheinen nach wie vor unschlüssig zu sein.«

Rhodan dachte an Moschkatl. Er spürte keine Zuneigung für den Oberkommandierenden, zollte ihm aber wegen seiner besonnenen Haltung Anerkennung. Er vergaß nicht, dass Moschkatl Gefangener uralter Regeln seines Volkes war.

Rhodan wandte sich wieder Bardiocs Gehirn zu.

»Ich habe überlegt, was geschehen soll, falls die Kaiserin von Therm es ablehnt, Bardioc bei sich aufzunehmen«, bemerkte Atlan.

»Dann müssen wir seine Kosmische Burg suchen und ihn dort absetzen!«

Atlan schaute den Terraner abschätzend an. »Warum bringen wir Bardioc nicht zu seinem Sporenschiff? Er wird uns die Koordinaten des Verstecks hoffentlich verraten. Schließlich hat Callibso dir deutlich zu verstehen gegeben, dass es darauf ankommt, dieses Schiff seiner Bestimmung zuzuführen.«

»Wir gehen vor wie geplant.«

Sie beobachteten die Wissenschaftler bei ihrer Arbeit. Minuten später meldete Bully, dass die SOL ungehindert beschleunigte. »Wir werden lediglich eskortiert«, kommentierte der rothaarige Zellaktivatorträger grimmig. »Die Hulkoos folgen uns in einigem Abstand.«

»Dann wird auch BULLOC auf unserer Spur bleiben«, befürchtete Saedelaere.

»Auf keinen Fall dürfen uns die Hulkoos bis nach Drackrioch begleiten«, sagte Rhodan. »Das könnte zu einem Zusammenprall mit den Choolks führen.«

»Ich glaube nicht, dass sie so lange in unserer Nähe bleiben werden«, widersprach Atlan. »Es sei denn, BULLOC gibt ihnen den Befehl dazu.«

Rhodan war sich dessen bewusst, dass die vierte Inkarnation eine ständige Bedrohung darstellte. Niemand konnte vorhersagen, wann BULLOC wieder zuschlagen würde. Das bedeutete eine große Belastung für die Mutanten, die jederzeit bereit sein mussten, sich erneut zu dem Psi-Block zusammenzuschließen.

Rhodan hoffte, dass es gelingen würde, BULLOC abzuschütteln. Vielleicht gab sich die Inkarnation auch damit zufrieden, den Riesensymbionten auf dem Planeten unter Kontrolle zu bringen. Ohne das Urgehirn war dieser Organismus jedoch nicht in der Lage, BULLOC bei der Übernahme der Mächtigkeitsballung zu unterstützen. Da auch BULLOC nicht die entsprechende Kapazität besaß, war die Gefahr, dass er sich zum Herrscher der verwaisten Mächtigkeitsballung aufschwingen könnte, gering.

»Ich frage mich, ob das Gehirn den Flug nach Drackrioch überhaupt überstehen wird«, hörte Rhodan den Arkoniden sagen. »Wir dürfen nicht vergessen, dass es zu einschneidenden Veränderungen für Bardioc gekommen ist. Ich denke in erster Linie an die psychischen Belastungen. Vergessen wir doch nicht, *was* wir da an Bord genommen haben.«

Perry Rhodan fragte sich, was in Bardioc vorgehen mochte. Wusste das Gehirn, was ihm widerfuhr? War es überhaupt bei Bewusstsein?

Die Sorgen, die sich die verantwortlichen Besatzungsmitglieder wegen Bardioc machten, waren begründet. Dem Gehirn drohte eine Krise, die in ihrer Entwicklung noch bedrohlicher als jene sein würde, die es unmittelbar nach dem Erwachen aus dem Albtraum durchstanden hatte.

Bardioc hatte registriert, dass er sich nicht mehr auf dem Planeten befand, sondern an Bord eines Raumschiffs. Zunächst war Bardioc zufrieden gewesen. Er hatte die wohltuenden Impulse der Kristalle gespürt und gehofft, dass er bald in die Nähe jener Wesenheit gelangen würde, die diese Kristalle von sich abgesplittert hatte.

Doch seit er sich in dem Schiff aufhielt, spürte er auch andere Mentalströmungen. Sie drückten Ablehnung und Feindschaft aus. Als ihre Quelle identifizierte Bardioc einen von Hass erfüllten Choolk und menschliche Wesen, die in dem Gehirn eine Bedrohung sahen.

Hass und Abscheu, die ihm entgegenschlugen, deprimierten Bardioc, hielt er diese Gefühle doch für durchaus berechtigt. Er war sich seiner Verantwortung bewusst. Seine Reue allein reichte nicht aus. Die Taten, die er begangen hatte, waren nur mit dem eigenen Tod zu sühnen.

Daran dachte Bardioc immer öfter und überlegte, wie er seinem unwürdigen Dasein ein Ende setzen konnte.

Das war in seiner Situation keineswegs einfach, denn er hatte sich von allen Ausläufern getrennt und besaß keine Möglichkeit mehr, mit ihrer Hilfe Suizid zu begehen. Die letzten Symbionten, mit denen er noch in Verbindung stand, waren die Pflanzen, die in dem kleinen Bodenareal wuchsen.

Bardioc wusste nicht, wie groß seine hypnosuggestiven Kräfte noch waren, nachdem er sich von dem planetaren Organismus gelöst hatte. Immerhin konnte er einen Versuch wagen. Vielleicht gelang es ihm, einen der Raumfahrer zu beeinflussen. Er erinnerte sich an die Anfangszeit seiner Entwicklung zur Superintelligenz. Auch damals war es ihm gelungen, anderen Lebensformen seinen Willen aufzuzwingen.

Bardioc dachte angestrengt nach. Er hatte unglaublich verwerfliche Taten begangen, die er bereute. Würde die Beeinflussung eines Unbekannten eine erneute amoralische Handlung sein? Hatte er überhaupt das Recht, ein anderes Wesen zu einem Mord zu zwingen?

Bardioc erkannte, dass sein Problem vom ethischen Standpunkt her nicht leicht zu lösen war. Vielleicht gelang es ihm zu verhindern, dass der potenzielle Mörder sich seiner Tat bewusst wurde. Er musste das Geschehen als Unfall tarnen. Damit ersparte er dem Raumfahrer, den er als Vollstrecker seiner Entscheidung wählen würde, von Anfang an alle Gewissensbisse.

Doch auf diese Weise war sein Tod nicht einfach herbeizuführen. Bardioc spürte, dass er ständig von Wissenschaftlern beobachtet wurde. Dazu kamen Dutzende Wächter, unter ihnen sogar Roboter.

Alle diese Personen zu beeinflussen kam nicht infrage. Und selbst wenn ihm das gelingen sollte, wären da immer noch die Roboter gewesen. Sein Tod, dachte Bardioc, durfte nicht nur wie ein Unfall aussehen, dieser Unfall musste zudem unbemerkt vonstattengehen. Das war ein schier unlösbares Problem. Trotzdem verstrickte er sich immer tiefer in diese Gedankengänge.

Schließlich fasste er den Entschluss, einen behutsamen Kontaktversuch zu einem der Raumfahrer zu wagen. Falls die Artgenossen dieses Wesens sein Vorgehen bemerken würden, konnte Bardioc sich jederzeit blitzschnell zurückziehen, und niemand hatte eine Möglichkeit, seine Absichten herauszufinden.

Was würden die anderen Mächtigen dazu sagen, sollte sie je erfahren, dass er sich selbst getötet hatte? Aber wer würde davon überhaupt Kenntnis erlangen? Ganerc? Bardioc bezweifelte das. Er streckte vorsichtig seine mentalen Fühler aus.

Nach sechs Stunden Flugzeit erhielt Perry Rhodan, der sich in seiner Kabine erholte, die Information, dass die Flotte der Hulkoos der SOL nicht länger folgte.

»Sie haben offenbar aufgegeben, uns zu eskortieren«, sagte Mentro Kosum. Dem Emotionauten war die Erleichterung anzumerken.

Rhodan richtete sich auf und setzte sich auf die Bettkante. »Was ist mit BULLOC?«, erkundigte er sich.

»Die Mutanten sind überzeugt davon, dass er uns mit großem Sicherheitsabstand folgt. Aber er scheint keinen direkten Angriff riskieren zu wollen.«

Rhodan erhob sich vollends. Er war erleichtert, dass Moschkatl aufgegeben hatte. Wahrscheinlich kehrten die Hulkoos in ihre Heimat zurück. Sie würden viele Jahrzehnte damit beschäftigt sein, ihre Zivilisation neu zu fundamentieren. Männer wie Moschkatl und Need-Koorsch konnten dabei hilfreich sein.

BULLOC hingegen würde die Verfolgung fortsetzen. Sein Hass auf Bardioc musste ungewöhnlich sein.

Perry Rhodan schloss die Augen. Irgendwo in der Unendlichkeit des Weltraums lauerte die Inkarnation und wartete auf ihre Chance. Es wäre leichtsinnig gewesen, die technischen Möglichkeiten von BULLOCS Energiesphäre zu unterschätzen.

Rhodan kleidete sich an und verließ seine Kabine. An Bord war alles ruhig. Die SOL-Geborenen würden den Abzug der Hulkoos begrüßen. Die düsteren Prophezeiungen im Zusammenhang mit Bardiocs Übernahme hatten sich nicht erfüllt, sodass selbst die fanatischsten Anhänger von Männern wie Gavro Yaal sich fragen mussten, ob sie Agitatoren aufgesessen waren.

Auf dem Weg in die Zentrale begegnete Rhodan dem jungen Mutanten Bjo Breiskoll. Der Terraner hatte sofort den Eindruck, dass diese Begegnung von Bjo arrangiert worden war.

»Wann waren Sie zum letzten Mal in der Lagerhalle?«, fragte der rot-braun gefleckte Katzer ohne Umschweife.

»Bevor ich mich in meine Kabine begab – vor ein paar Stunden.« Eine steile Falte erschien auf Rhodans Stirn. »Weshalb fragst du, Bjo?«

»Ich weiß nichts Konkretes«, erwiderte Bjo. »Aber ich fühle, dass eine Veränderung mit Bardioc vorgeht. Sein mentaler Geräuschpegel hat sich verschoben. Ich habe den Eindruck, dass Bardioc sich auf eine bestimmte Sache konzentriert.«

»Du denkst, dass er etwas vorhat?«

»Ja.«

»Warum haben die anderen Mutanten noch nichts davon gespürt?«

»Ich habe mich als Einziger die ganze Zeit über mit Bardioc beschäftigt«, gestand der Katzer. »Die anderen konzentrieren sich auf die Inkarnation, um auf einen Angriff vorbereitet zu sein. Sie würden die Veränderung bei Bardioc außerdem kaum spüren. Sie ist so geringfügig, dass sie nur jemand registrieren kann, der Vergleichswerte besitzt.«

Perry Rhodan sah den jungen Mann nachdenklich an. »Hast du einen bestimmten Verdacht?«

»Leider nicht.«

Rhodan war nicht sonderlich beunruhigt. Er musste bei Bardioc mit Stimmungsschwankungen rechnen. Verdächtig wäre es ihm eher erschienen, wäre es nicht dazu gekommen. Außerdem war Bjo Breiskoll ein überaus sensibler Mutant.

»Beobachte bitte weiter«, empfahl er Bjo.

Der Katzer war enttäuscht. »Ich hatte gehofft, Sie würden der Sache nachgehen.«

»Was sollte ich deiner Meinung nach tun?«

»Sie könnten sich Bardioc ansehen.«

Rhodan unterdrückte ein Lächeln. Was versprach der Junge sich von einem solchen Vorgehen?

»Wenn es dich beruhigt, gehe ich gleich in die Lagerhalle«, sagte Rhodan. »Ich hatte ohnehin vor, Bardioc einen Besuch abzustatten.«

»Darf ich mitkommen?«

Mit einem Mal hatte der Terraner den Eindruck, dass Bjo mehr wusste, als er zugab. Vielleicht hegte er nur einen Verdacht und wagte nicht, diesen auszusprechen, bevor er seiner Sache sicher war.

Wachen waren mehr oder weniger unauffällig vor der Lagerhalle postiert. Ausnahmslos Terraner. Sie ließen Rhodan und Bjo Breiskoll kommentarlos passieren.

»Ich weiß nicht, ob es richtig war, auf SOL-Geborene als Wachen zu verzichten«, kritisierte Bjo.

»Unter den Wissenschaftlern befinden sich inzwischen Beobachter der jungen Generation«, erwiderte Rhodan. »Außerdem hat Joscan Hellmut jederzeit Zutritt.«

»Trotzdem ist diese Einteilung nicht richtig«, beharrte der Katzer auf seinem Standpunkt. »Sie hebt die Trennung hervor.«

Rhodan nickte. Er wirkte verbittert. »Diese Kluft lässt sich wohl nicht mehr vermeiden. Früher oder später wird sie endgültig sein.«

»Ich gehöre zu den SOL-Geborenen.«

Rhodan wusste, was der Katzer damit ausdrücken wollte. Wenn die Solaner eines Tages ihre eigenen Wege gingen, würde Bjo Breiskoll bei ihnen sein. Er würde das Mutantenkorps verlassen. Rhodan blickte den lautlos und geschmeidig neben ihm gehenden jungen Mann an. Bjo Breiskoll würde ein herber Verlust für das Mutantenkorps sein.

Aber der Tag der Trennung lag noch weit in der Zukunft; vielleicht ereigneten sich Dinge, die verhinderten, dass er jemals Wirklichkeit wurde.

Die beiden Männer betraten die Lagerhalle. Rhodan konnte keine Anzeichen von Nervosität bei den Anwesenden erkennen.

»Sieh dich um, Bjo«, empfahl er dem Telepathen. »Vielleicht entdeckst du wirklich etwas.«

Breiskoll nickte und ging davon.

Waringer kam auf Rhodan zu. Er schaute dem Katzer hinterher und sagte: »Der Besuch hat bestimmt einen triftigen Grund.«

»Bjo glaubt, Bardioc würde sich verändern.«

»Es gibt keine sichtbaren Anzeichen, die einen solchen Verdacht rechtfertigen.« Waringer deutete auf die ringsum installierten Messgeräte. »Zumindest bleiben alle Werte unverändert.«

»Bjo scheint seiner Sache ziemlich sicher zu sein.«

»Befürchtest du Ärger?«

»Eigentlich nicht. Trotzdem sollten wir Bjos Verdacht ernst nehmen. Wir haben es schließlich nicht mit irgendeinem Gehirn zu tun, sondern mit dem organischen Kern einer Superintelligenz.«

»Traust du Bardioc zu, dass er in ähnlicher Weise gegen uns vorgehen könnte wie BULLOC?«, fragte Waringer.

»Bestimmt nicht! Aber es gibt andere Möglichkeiten.«

Der Wissenschaftler blickte zu dem Gehirn hinüber. »Richtig erleichtert werde ich erst sein, sobald es sich nicht mehr an Bord befindet.«

Dr. Peysel kam mit schnellen Schritten heran und fragte: »Soll ich Ihnen die Funktion der einzelnen Anlagen erklären, Perry Rhodan?«

Rhodan wunderte sich, dass Peysel auf eine solche Idee verfallen war. »Warum nicht«, willigte er ein. »Ich sehe mir alles an. Inzwischen hat Bjo Gelegenheit, das Gehirn von Nahem telepathisch zu belauschen.«

»Sofern Bardioc ihm das gestattet«, wandte Waringer ein.

Peysel ergriff Rhodan am Arm und zog ihn mit sich fort. Er machte einen ungeduldigen Eindruck. Rhodan fragte sich, warum der Kosmobiologe so sehr darauf bedacht war, ihm die Einrichtung zu demonstrieren. Steckte dahinter nur der Stolz des Wissenschaftlers, oder glaubte Peysel, den SOL-Geborenen ein Schauspiel psychologischer Hintergründigkeit bieten zu müssen?

Peysel hielt vor einem Instrumentensockel an. »Damit justieren wir die Feldprojektoren, die den Planetenboden stabilisieren.« Seine Hände glitten wie spielerisch über die Lichttastatur. »Immerhin müssen wir einkalkulieren, dass die SOL erschüttert wird, beispielsweise bei einem Angriff der Hulkoos oder BULLOCS.«

Rhodan war nicht übermäßig interessiert, schließlich ging der größte Teil der Einrichtung auf seine Vorschläge zurück. Die Wissenschaftler hatten die Pläne nur vervollkommnet.

»Von hier aus steuern wir das künstliche Klima«, sagte Peysel, nachdem sie einige Schritte weitergegangen waren. Er grinste breit. »Eigentlich müssten Sie sich in dieser Halle wohlfühlen, nachdem Sie so lange auf BARDIOC gelebt haben.«

»Ja«, sagte Rhodan. Er beobachtete Bjo Breiskoll, der stumm dastand und das Gehirn anstarrte. Die schräg stehenden Augen des Mutanten schienen zu glühen.

Wie aus der Ferne hörte Rhodan die Stimme des Kosmobiologen: »Dies ist die Regulationsmechanik für die drei Kunstsonnen. Wir vollziehen den Wechsel von Tag und Nacht, wie er auf BARDIOC geschieht. Das bedeutet, dass die Sonnenemissionen nicht unterbrochen werden dürfen ...«

Bjo wirbelte plötzlich herum und sah zu ihnen herüber. Sein Gesicht hatte einen entsetzten Ausdruck angenommen. »Achtung!«, rief er schrill.

Rhodan handelte instinktiv. Er riss Dr. Peysel von den Kontrollen zurück, über die der Wissenschaftler sich soeben beugte. Peysel gab einen unartikulierten Laut von sich, ballte beide Hände und wollte Rhodan ins Gesicht schlagen. Doch der Terraner wich blitzschnell aus und versetzte dem Angreifer einen gezielten Hieb an den Hals.

Peysel taumelte zur Seite. Gleichzeitig waren Waringer und Bjo Breiskoll heran und hielten ihn fest.

»Er wollte die Sonnen abschalten«, sagte Waringer fassungslos.

»Viel schlimmer«, erwiderte Rhodan grimmig. »Er wollte die Strahlung so verändern, dass das Gehirn auf der Stelle getötet worden wäre.«

»Aber weshalb?«, fragte Waringer bestürzt.

Rhodan schaute zu dem Gehirn hinüber. »Bardioc hat ihn dazu gebracht. Du hast es geahnt, Bjo, nicht wahr?«

Der Katzer nickte verbissen. Er stand noch unter dem Eindruck der Emotionen, die er von Bardioc empfangen hatte.

Waringer überprüfte die Kontrollen. »Wir können froh sein, dass du derart schnell reagiert hast«, sagte er zu Rhodan. »Kaum ein anderer hätte die Katastrophe verhindern können.«

»Was habe ich getan?«, ächzte Peysel. Es schien, als erwachte er in dem Moment aus einem kurzen Schlaf. »Was ist überhaupt geschehen?«

Waringer gab ihm einen kurzen Bericht.

»Mein Gott!«, stöhnte der Kosmobiologe. »Ich war nicht mehr Herr meiner Sinne. Wie konnte ich diesen Anschlag verüben?«

»Sie haben es gegen Ihren Willen getan.«

Peysel rieb sich hinter dem Ohr.

»Ist es schlimm?«, fragte Rhodan. »Mir blieb keine andere Wahl.«

»Schon gut.« Peysel schüttelte benommen den Kopf. »Das würde ja bedeuten, dass Bardioc mich dazu bringen wollte, ihn zu töten.«

»Er ist seines Lebens überdrüssig«, bestätigte Perry Rhodan schwer. »Da er nicht in der Lage ist, Selbstmord zu begehen, sucht er nach einem willigen Werkzeug. Er kam auf die Idee, dass Sie es sein könnten.«

»Bardioc kann das immer wieder versuchen!«, rief der Katzer alarmiert. »Mit jedem von uns.«

»Er weiß nun, dass wir seine Absicht durchschaut haben«, widersprach Rhodan. »Das bedeutet, dass er Zeit braucht, um eine bessere Methode zu finden.«

Einer der SOL-Geborenen, der zur Gruppe der Wissenschaftler gehörte, kam heran. »Ich verlange, dass Joscan Hellmut sofort über diesen Zwischenfall unterrichtet wird.«

Waringer warf Rhodan einen fragenden Blick zu.

»Einverstanden«, sagte Rhodan.

»Sie sehen, wozu Bardioc immer noch in der Lage ist«, fuhr der SOL-Geborene fort. »Am Ende beschließt er, das gesamte Schiff zu vernichten, um seine Selbstmordabsicht zu realisieren.«

»Das kann nicht ausgeschlossen werden«, bestätigte Rhodan finster.

»Was unternehmen wir?«, erkundigte sich Dr. Peysel ratlos.

»Wir müssen mit Bardioc reden. Allerdings wird er sich dagegen sperren, mit einem der Mutanten telepathisch zu kommunizieren. Deshalb muss ich es versuchen.«

»Sie?« Peysels Augen weiteten sich.

»Überlege dir, was du tust!«, rief Waringer.

»Ich habe keine Angst vor Bardioc«, versicherte Rhodan. »Er ist ein bedauernswertes Geschöpf, das Hilfe braucht.«

»Wann willst du es versuchen?«

»Sofort«, sagte Rhodan. »Wir haben keine Zeit zu verlieren.«

Der Fehlschlag hatte Bardioc völlig aus der Fassung gebracht, und er brauchte einige Zeit, um wieder kontrolliert denken zu können. Er begriff, dass die Anwesenheit eines parapsychisch begabten Wesens den Erfolg verhindert hatte. Die Menschen waren nun gewarnt und würden noch vorsichtiger sein.

Das Gehirn dachte über seine Situation nach. Es war nicht bereit, schon aufzugeben. Schließlich hielt sich an Bord des Raumschiffs auch ein Choolk auf – Bardioc vermutete, dass es der oberste Kriegsherr Puukar war, aber er konnte nicht sicher sein –, dessen hasserfüllte Gefühle bis in die Lagerhalle drangen.

Puukar würde ihn skrupellos töten. Dazu bedurfte es nicht einmal einer Beeinflussung. Die Frage war nur, wie Bardioc dem Choolk die Gelegenheit verschaffen konnte. Das Gehirn fragte sich, ob es möglich sein würde, die Menschen so zu lenken, dass sie den Choolk zu ihm vorließen. Alles Weitere würde sich wie von selbst ergeben.

Es sprach für Bardiocs desolaten Zustand, dass er nicht in der Lage war, die Schwachstellen seines neuen Plans zu überblicken. Seine Todessehnsucht war zur Manie geworden. Bardioc vergaß darüber völlig, dass sich an Bord des Raumschiffs auch die Kristalle befanden, deren

Impulse ihm angenehm waren. Er übersah, dass Aussicht bestand, bald jene Existenzform zu erreichen, von der diese Kristalle stammten.

Bardioc konzentrierte seine Gedanken auf den Choolk. Natürlich war nicht sicher, dass er den Kriegsherrn auf diese Weise erreichte, aber er musste es versuchen. Vielleicht bedurfte Puukar nur eines winzigen Anstoßes, um von sich aus alles in die Wege zu leiten. Wenn er dazu nicht in der Lage sein sollte, konnte Bardioc immer noch einige Menschen dahin gehend beeinflussen, dass sie den Choolk gewähren ließen.

Bardioc wusste, dass es zwischen ihm und Puukar zu keiner telepathischen Verständigung kommen konnte. Dazu war Puukar nicht in der Lage. Trotzdem würde Bardioc rechtzeitig erkennen, ob er Puukar erreicht hatte. Ein Fernbleiben des Choolks bedeutete, dass er weitere Maßnahmen einleiten musste.

Bardioc war so in seine verworrenen Überlegungen versunken, dass er nicht registrierte, dass inzwischen von anderer Seite versucht wurde, Kontakt zu ihm aufzunehmen.

Die Eile, mit der Perry Rhodan vorging, war nicht allein auf Bardiocs Zustand zurückzuführen. Der Terraner wollte den SOL-Geborenen beweisen, dass das Gehirn keine Bedrohung für das Schiff bedeutete. Der jüngste Zwischenfall konnte die Stimmung, die sich erst beruhigt hatte, wieder anheizen, wenn nicht schnell Gegenmaßnahmen getroffen wurden.

Rhodan war auf dem Planeten Teil der globalen Symbiose gewesen. Eine ähnlich vollkommene Integration in den Rest der Superintelligenz würde wahrscheinlich nicht mehr möglich sein, aber er wollte zumindest versuchen, auf diese Weise Kontakt zu dem Gehirn zu bekommen.

Rhodan zog seine Uniformjacke aus und näherte sich dem Bodensegment.

»Überlegen Sie gut, was Sie tun!«, rief Dr. Peysel erschrocken. »Wenn Sie direkten Kontakt mit Bardioc bekommen, stehen Sie völlig unter seinem Einfluss. Er kann Sie dann dazu bringen, das zu vollenden, was mir nicht gelungen ist.«

Rhodan warf Waringer die Jacke zu.

»Nicht nur das«, fuhr Peysel erregt fort. »Bardioc könnte Sie als Geisel nehmen oder Sie töten.«

»Er wird nichts von alldem tun«, versicherte der Terraner. »Die Zeiten sind vorüber, in denen Bardioc Gewalt anwendete.«

»Vergessen Sie nicht, was er mit mir versucht hat!«

»Peysel hat recht«, mischte sich Waringer ein. »Du solltest dich Bardioc nicht ohne Vorsichtsmaßnahmen nähern.«

»Was für Vorsichtsmaßnahmen?«, fragte Rhodan ironisch. »Woran hast du gedacht?«

Waringer wirkte ratlos. »Das Gahlmann-Virus ist nicht mehr aktiv«, sagte er schließlich. »Das heißt, dass die animalische Komponente fehlt, mit der du dich in den Bardioc verbliebenen symbiotischen Bereich integrieren könntest.«

»Es genügt mir, Verbindung aufzunehmen.«

Waringer wandte sich an die SOL-Geborenen und sagte ungehalten: »Dieses Risiko nimmt er in erster Linie euretwegen auf sich.«

Niemand antwortete ihm.

Perry Rhodan stieg vorsichtig auf den Bodenklumpen. Er bemühte sich, sein Gewicht so zu verlagern, dass er die an der Oberfläche wachsenden Pflanzen nicht beschädigte.

»Noch kannst du umkehren!«, rief Waringer.

Rhodan ließ sich behutsam auf dem Soden nieder und streckte sich neben dem Gehirn aus. Viel würde von Bardiocs Bereitschaft abhängen, den Kontakt überhaupt herzustellen. Falls das Gehirn sich abkapselte, waren alle Versuche vergebens.

Rhodan bemühte sich, alle anderen Gedanken als die an Bardioc auszuschalten. Er konzentrierte sich auf das Gehirn. Die Frauen und Männer in der Lagerhalle schienen zu ahnen, worauf es ankam, und verhielten sich still.

Es gelang dem Terraner, die Umgebung aus seinem Bewusstsein zu verdrängen. Er stellte sich vor, wieder auf BARDIOC zu sein und unter dem Pflanzendach zu liegen. Doch Bardioc reagierte nicht auf den mentalen Annäherungsversuch.

Ich habe dich in diese Situation gebracht, dachte Rhodan intensiv. *Das geschah, um dich und alle Zivilisationen deiner Mächtigkeitsballung von dem Albtraum zu befreien, der für viele so schreckliche Folgen hatte. Das ist nun vorbei, und es gibt einen neuen Anfang für dich. In einer Vision habe ich deutlich vor mir gesehen, dass deine Zukunft bei der Kaiserin von Therm liegt.*

Die telepathische Stille hielt an. Rhodan hatte gehofft, dass die Pflanzen sich bewegen und ihn berühren würden. Eine Symbiose wie auf BARDIOC war unmöglich geworden, aber er wollte wenigstens eine gegenseitige Annäherung erreichen.

Bardioc schien ihn überhaupt nicht wahrzunehmen und war offenbar mit anderem beschäftigt. Rhodan fing einige Gedankenfetzen auf. Sie befassten sich mit Puukar.

Für ihn gehörte nicht viel Fantasie dazu, sich vorzustellen, weshalb Bardioc intensiv an den Choolk dachte. Das Urgehirn hoffte, Puukar würde mehr Erfolg haben als Dr. Peysel.

Perry Rhodan richtete sich wieder auf. Die Wissenschaftler hatten mittlerweile einen Kreis um die Bodenmasse gebildet und beobachteten ihn.

»Ich habe noch keine richtige Verbindung bekommen«, sagte Rhodan. »Doch ich weiß jetzt, was in Bardioc vorgeht. Geoffry, ruf Bully an und sag ihm, dass wir Puukar nicht nur beobachten, sondern streng bewachen müssen!«

»Puukar? Was hat er damit zu tun?«

»Er ist Bardiocs potenzieller Mörder! Sollte der Choolk hierherkommen, muss er sofort paralysiert werden!« Rhodan ließ sich wieder zurücksinken.

Er brauchte geraume Zeit, bis er sich erneut völlig auf das Gehirn konzentrieren konnte. Abermals empfing er Bruchstücke fremdartiger Überlegungen. Diesmal gewann Perry Rhodan mehr und mehr den Eindruck, dass Bardioc die Übersicht verloren hatte. Aus übermächtiger Reue war Verzweiflung geworden. Das Urgehirn sah keine andere Möglichkeit mehr, als seiner Existenz ein Ende zu bereiten.

Rhodan griff nach den beiden Kristallen auf seiner Brust und schob sie Bardioc entgegen. Er hatte selbst keine Erklärung dafür, weshalb die Steine der Duuhrt auf die Anwesenheit des Gehirns reagierten. Bardioc jedenfalls schien ihre Ausstrahlung als angenehm zu empfinden. Das deutete auf Zusammenhänge hin, die Rhodan noch unbekannt waren, die er aber trotzdem für seine Zwecke ausnutzen wollte. Er hoffte, dass Bardioc sich unter dem Einfluss der Kristalle so weit beruhigen würde, dass er telepathischen Einflüsterungen zugänglich wurde.

»Bardioc!«, dachte der Terraner eindringlich. »Ich will dir noch einmal helfen. Dein Entsetzen ist verständlich, aber siehst du wirklich einen Sinn darin, deiner Existenz ein Ende zu bereiten? Wenn du weiterlebst, hast du die Chance, vieles von dem wiedergutmachen zu können, was du angerichtet hast.«

Rhodan glaubte, endlich eine schwache Reaktion zu spüren. »Bardioc«, fuhr er heftig fort. »Du musst mir zuhören. Es ist wichtig für dich.«

Das Gehirn schien verunsichert zu sein und befand sich in einem Dilemma. Einerseits wünschte es den eigenen Tod herbei, andererseits sehnte es sich nach einem Zusammentreffen mit jener Existenzform, zu der die Kristalle gehörten.

Die Gefahr, dass Bardioc diesen Widerspruch als unlösbar ansehen und den Verstand verlieren würde, war außerordentlich groß. Wahrscheinlich hing alles davon ab, ob es Rhodan gelang, Bardioc von der Sinnlosigkeit eines Selbstmords zu überzeugen.

Deine Brüder aus dem Bund der Zeitlosen haben dir längst verziehen! Ganerc kam nicht nach BARDIOC, um dich zu bestrafen, sondern um dich zu erlösen. Er handelte in Kemoaucs Auftrag. Die Mächtigen wollen nicht, dass du stirbst. Hast du dein Sporenschiff völlig vergessen?

Wenigstens die Erwähnung des Sporenschiffs schien eine starke Wirkung auf Bardioc auszuüben. Perry Rhodan erkannte sofort, dass er auf dem richtigen Weg war.

Statt den Freitod zu suchen, solltest du überlegen, wie du das Sporenschiff seiner ursprünglichen Bestimmung zuführen kannst! Du hast das Schiff in ein Versteck gebracht, in dem es sich immer noch befindet.

Diesmal erreichte ihn ein klarer Gedanke. »Das Sporenschiff!«, dachte Bardioc.

Es darf nicht in seinem Versteck bleiben! Rhodan fasste sofort nach. *Jemand muss es dort abholen und dafür sorgen, dass es sein Ziel nachträglich erreicht.*

Der Terraner wusste nicht, ob seine Formulierung richtig war, denn im Grunde genommen wusste er nichts über die Sporenschiffe der Zeitlosen. Er spürte jedoch, dass Bardioc traurig reagierte, und nun empfing er eine deutliche Botschaft.

»Wie sollte ich in der Lage sein, jemals in dieses Schiff zu gelangen? Selbst wenn es dazu kommen könnte, ich hätte keine Möglichkeit, es zu manövrieren.«

Andere könnten diese Arbeit erledigen.

»Andere?« Bardiocs Interesse schien zu wachsen. »Wer könnte das sein?«

Wir Menschen!

Sofort zog Bardioc sich wieder zurück. Rhodan begriff, dass er zu hastig vorgestürmt war. Erst galt es, das Vertrauen des Gehirns zu gewinnen. Bardioc musste dazu gebracht werden, dass er seine Todessehnsucht aufgab. Alles andere würde sich danach wie von selbst ergeben.

Rhodan war überzeugt davon, dass die ehemalige Superintelligenz die Koordinaten des Verstecks kannte. Der Terraner erschauerte bei dem Gedanken, dass er sie von Bardioc erfahren und eines Tages mit der SOL jenes Versteck anfliegen könnte. Das hätte jedoch bedeutet, dass sich die Übergabe des Fernraumschiffs an die SOL-Geborenen weiter verzögerte.

Er merkte, dass seine Gedanken abschweiften. Das war vorerst gefährlich. Weil er den Kontakt zu Bardioc aufs Spiel setzte, wenn er sich nicht auf dieses Wesen konzentrierte.

»Du hast eine Zukunft vor dir, aber du musst uns vertrauen!«, wandte er sich wieder an das Gehirn. »Weshalb hätte ich dich aus deinem Albtraum wecken sollen? Damit du dich nun selbst vernichtest? Je länger dein Leben erhalten bleibt, desto größer wird die Wahrscheinlichkeit, dass du alles, was du verursacht hast, wiedergutmachen kannst.«

Perry Rhodan fühlte, dass Bardioc lauschte.

Wenn du einsam bist, können wir weitere Zusammenkünfte absprechen, schlug der Terraner vor. *Ich kann dich hier an Bord der SOL regelmäßig besuchen. Später wirst du bei der Kaiserin von Therm sein, dann wird vieles anders aussehen.*

Bardioc antwortete nicht, aber seine positiven Schwingungen waren unverkennbar.

Für Rhodan bestand kein Grund zu überschwänglichem Optimismus. Er hatte Bardioc dazu gebracht, ihn anzuhören. Der Selbstmordgedanke war zurückgedrängt worden, konnte aber jede Sekunde wieder in Bardiocs Bewusstsein emporsteigen.

Lass uns öfter miteinander reden!, schlug Rhodan vor. *Du musst über alles nachdenken, was ich dir berichtet habe.*

»Nun gut«, kam die zögernde Antwort.

Rhodan hielt es für ratsam, den Kontakt an diesem Punkt abzubrechen. Er wollte Bardioc nicht in neue Probleme stürzen.

Versprich mir, dass du nichts unternimmst, bevor du nachgedacht und wieder mit mir diskutiert hast!, forderte er das Gehirn auf.

»Einverstanden«, erklärte das Gehirn widerstrebend.

Perry Rhodan atmete auf. Er hoffte, dass er sich auf Bardiocs Zusage verlassen konnte.

Abrupt wurde er sich seiner Umgebung wieder bewusst. Er richtete sich auf und schwang sich von der Bodenfläche.

Waringer gab ihm die Uniformjacke. Rhodan streifte sie über.

»Was hast du erreicht?«

»Wir werden uns jetzt öfter unterhalten – er und ich.« Mit einer knappen Kopfbewegung deutete der Terraner auf das Gehirn. An die umstehenden SOL-Geborenen gewandt, fügte er hinzu: »Es besteht nicht die geringste Gefahr.«

Von diesem Zeitpunkt an kam Perry Rhodan regelmäßig in die Lagerhalle, um sich mit dem Gehirn zu unterhalten. Waringer nannte diese Kontakte »Teilsymbiose«, obwohl von einer direkten organischen Verbindung zwischen Rhodan und Bardioc nicht die Rede sein konnte.

Je öfter er mit Bardioc zusammentraf, desto besser glaubte Rhodan die ehemalige Superintelligenz zu verstehen. Geduldig hörte er zu, wenn Bardioc von seiner Vergangenheit berichtete.

Rhodan kannte diese Geschichten bereits von BULLOC und aus den Träumen der Superintelligenz. Er hatte jedoch das Gefühl, dass es Bardioc guttat, wenn er über diese Probleme reden konnte.

Die SOL-Geborenen verfolgten das Geschehen argwöhnisch, und eines Tages sprach Joscan Hellmut gegenüber Waringer aus, was viele der jüngeren Besatzungsmitglieder dachten: »Perry könnte beeinflusst sein! Vielleicht ist er bereits zu einem Werkzeug Bardiocs geworden.«

Waringer lachte humorlos. »Das glauben Sie doch selbst nicht, Joscan!«

»Ich nicht, weil ich Perry Rhodan genau kenne. Aber es gibt Solaner, die von dieser Idee geradezu besessen sind. Männer wie Gavro Yaal nutzen diesen Gemütszustand aus.«

»Wir sollten Yaal einsperren.«

»Vielleicht. Andererseits täten wir ihm damit einen Gefallen. Er ist der geborene Märtyrer.«

»BULLOC macht mir weitaus mehr Sorgen als Yaal«, gestand Waringer.

»Er folgt uns hartnäckig, nicht wahr?«

»Die Mutanten sagen das – und ich habe keinen Anlass, ihre Aussagen anzuzweifeln.«

»Die Inkarnation wartet auf eine günstige Gelegenheit.«

»So ist es.«

»Dieses teuflische Geschöpf«, sagte Hellmut schaudernd. »BULLOC ist ein Spiegelbild des Bösen.«

»Ich hoffe, dass die Kaiserin von Therm uns dieses Problem abnimmt.« Waringer seufzte tief.

Übergangslos wechselte Hellmut das Thema.

»Bjo behauptet, Perry Rhodan hätte von Bardioc die Koordinaten des Verstecks erhalten, in dem sich das Sporenschiff befindet?«

»Das ist richtig. Aber Perry hat die Information bislang nicht zur Auswertung an SENECA weitergegeben, weil er nicht sicher ist, ob sie stimmt. Er will sich noch einmal mit Bardioc darüber unterhalten.«

Hellmuts Blicke schienen die Wände der SOL zu durchdringen und in die Tiefe des Weltraums vorzustoßen.

»Das Sporenschiff stellt eine unglaubliche Verlockung dar – ist es nicht so?«

Waringer nickte langsam. »Ich denke schon. Ergeht es Ihnen anders, Joscan?«

Der Kybernetiker schüttelte den Kopf. »Ich bin es nur leid, zwischen den Fronten zu stehen. Ich will endlich wissen, wohin ich gehöre. Obwohl ich diese Entscheidung vor mir herschiebe. Perry Rhodan hat uns das Schiff versprochen, er wird sich daran halten müssen.«

»Perry hat keinen Zeitpunkt für die Übergabe genannt.«

»Glaubt er, mit einem so billigen Trick Zeit gewinnen zu können?«, fragte Hellmut.

Waringer wünschte, das Gespräch hätte eine andere Wendung genommen. Er wusste nicht, warum, aber er kam sich gegenüber den SOL-Geborenen schuldbewusst vor. Diese Menschen waren ohne eigenes Zutun in ihre missliche Lage geraten. Sie wollten nicht auf einem Planeten siedeln, wahrscheinlich konnten es die meisten von ihnen auch nicht.

»Ich gehe in die Lagerhalle«, sagte Waringer ausweichend. »Ich treffe Perry dort. Sein nächstes Gespräch mit Bardioc steht an.«

Er ließ Hellmut einfach stehen und schritt davon. Weil er sich eingestand, dass der Sprecher der SOL-Geborenen recht hatte. Das Problem des Schiffsbesitzes ließ sich nicht immer wieder aufschieben. Im Allgemeinen waren die Solaner Rhodan freundlich gesinnt, doch das würde sich ändern, falls er sein Versprechen nicht in absehbarer Zeit einlöste.

Waringer war deprimiert, und das drückte sich in seiner Miene aus, als er die Halle betrat. Perry Rhodan war schon eingetroffen und bereitete seine neue Kontaktaufnahme zu Bardioc vor.

Rhodan bedachte Waringer mit einem prüfenden Blick. »Man könnte annehmen, BULLOC sei dir über den Weg gelaufen.«

»Es war Hellmut.«

»Was gibt es?«

»Er redet über alle möglichen Probleme, aber letztlich läuft alles auf die eine Frage hinaus: ›Wann ist es so weit?‹«

Rhodan nickte und betrat wieder das große Stück Planetenboden. Waringer sah zu, wie der Terraner sich neben dem Gehirn ausstreckte.

Peysel, der ebenfalls anwesend war, seufzte. »Mir sind diese Zusammenkünfte unheimlich«, sagte er.

»Wir sind bald am Ziel«, versprach Waringer.

Zufrieden stellte Perry Rhodan fest, dass sich zwischen Bardioc und ihm eine Art Vertrauensverhältnis entwickelte. Bardioc fieberte ihrer mentalen Verbindung regelrecht entgegen, und wenn es nach dem

Gehirn gegangen wäre, hätte der Terraner inzwischen stündlich in die Halle kommen können, um sich mit ihm zu unterhalten.

Rhodan verstand die Einsamkeit des Gehirns, aber er durfte seine anderen Aufgaben an Bord der SOL deshalb nicht vernachlässigen. Ein ständiges Zusammensein mit Bardioc hätte das Misstrauen der SOL-Geborenen weiter anwachsen lassen. Auch einige von Rhodans Freunden übten Kritik daran.

In wenigen Tagen würde das Schiff Drackrioch erreichen, dann erübrigten sich die Debatten ohnehin, ob Rhodan richtig handelte.

Doch der Terraner hatte sich nicht nur Ärger in den eigenen Reihen zugezogen. Puukar begegnete ihm mit unverhohlener Verachtung. Der Kriegsherr der Choolks konnte nicht verstehen, dass Rhodan sich mit dem Erzfeind der Duuhrt einließ. Wenn Puukar seine Haltung nicht änderte, standen ihm nach der Ankunft der SOL im System der Kaiserin von Therm vielleicht weitere unliebsame Überraschungen bevor.

Rhodan zwang sich dazu, dieses Problem zu ignorieren, denn er wollte Bardioc damit nicht belasten.

»Ich bin froh, dass du wieder gekommen bist«, empfing ihn das Gehirn mit einem Gedankenschwall. »Das macht meine Lage erträglicher. Worüber werden wir diesmal reden?«

Über das Sporenschiff!, dachte Rhodan entschlossen. *Du hast mir die Koordinaten des Verstecks gegeben, doch ich will sie mir von dir noch einmal bestätigen lassen.*

»Wieso?«

Es ist denkbar, dass dir nach so langer Zeit ein Fehler unterlaufen ist. Bevor ich die Koordinaten an den Bordrechner weitergebe, will ich sicher sein, dass sie richtig sind.

»Warum bist du so daran interessiert?«

Ich dachte, wir sollten uns um dieses Schiff kümmern.

»Das ist richtig«, gab Bardioc zu. »Ich wäre sehr erleichtert, wenn ich sicher sein könnte, dass die Ladung des Sporenschiffs doch ans Ziel gelangt. Obwohl sich das Leben in dem fraglichen Gebiet sicher längst auf natürliche Weise ausgebreitet hat. Andererseits weiß ich nicht, ob dein Volk in der Lage sein wird, die technischen Herausforderungen des Schiffes zu bewältigen.«

Darauf kannst du dich verlassen, versicherte Rhodan grimmig.

»Deine Entschlossenheit gefällt mir. Trotzdem glaube ich, dass du die Angelegenheit falsch einschätzt. Du kannst dir einfach kein Bild vom Umfang des Problems machen.«

Diese Einwände, überlegte Rhodan, waren sicher berechtigt. Andererseits sah er nicht ein, warum er sich jetzt darüber den Kopf zerbrechen sollte, wie das Sporenschiff geborgen werden sollte.

Hast du das Schiff allein gesteuert?, erkundigte er sich.

»In der Regel war das so«, erwiderte das Gehirn. »Nur beim letzten Mal war Laire bei mir.«

Ich möchte mehr über das Schiff wissen. Bitte berichte mir darüber.

»Es gibt nicht viel zu sagen. Das Schiff ist unvorstellbar groß und enthält eine Ladung von Dingen, die man am ehesten als Sporen bezeichnen kann. Diese Sporen dienen dazu, Leben auszusäen.«

Rhodan fragte sich, ob Bardioc keine näheren Angaben machen wollte oder ob er dazu nicht in der Lage war. Womöglich gab es keine Gedanken, mit deren Hilfe er das Schiff beschreiben konnte.

Du hast das Sporenschiff einst von den Unbekannten erhalten, die jenseits der Materiequellen leben, fuhr Rhodan fort.

»So kann man es ausdrücken.«

Das Schiff wurde bei den Materiequellen mit Sporen beladen, erinnerte sich der Terraner. *Wie ging das vor sich?*

Bardioc schien diesmal schnell zu ermüden. Er wirkte bereits schläfrig und unlustig. »Ich weiß es nicht«, lautete seine Antwort. »Es war nicht Angelegenheit der Zeitlosen, die Beladung vorzunehmen.«

Perry Rhodan sah ein, dass es sehr schwer sein würde, Einzelheiten zu erfahren. Bardioc schien die Nähe der Kaiserin zu spüren und beschäftigte sich mit seinen Gedanken beinahe ausschließlich mit der Superintelligenz auf Drackrioch.

Ich glaube, wir sollten diese Zusammenkunft wieder abbrechen, dachte Rhodan ärgerlich. *Kannst du dich wenigstens an den Namen deines Schiffes erinnern?*

»Ist er so wichtig?«, fragte das Gehirn erstaunt.

Eigentlich nicht. Trotzdem – wie hieß dein Sporenschiff?

Bardioc dachte schläfrig: »Es war kein besonderer Name. Das Schiff hieß PAN-THAU-RA.«

22.

Mehrere Tage waren vergangen, seit die SOL die Galaxis Barxöft wieder verlassen hatte. Bardioc schien seine selbstzerstörerischen Absichten aufgegeben zu haben, nachdem er mit Perry Rhodan über sein Sporenschiff gesprochen hatte.

»Das geht nicht mit rechten Dingen zu.« Hilflos blickte Dr. Peysel seinen Assistenten an, der neben ihm stand. »Ich begreife das nicht.«

Jon Haix schüttelte nur den Kopf. Er wusste nicht, was er sagen sollte, denn er war ebenso ratlos wie Peysel.

»Wir müssen Rhodan holen«, schlug der Kosmobiologe vor. »Er soll Bardioc befragen.«

»Glauben Sie wirklich, dass Bardioc helfen wird?«

»Warum nicht? Ich denke nicht, dass Bardioc schuld daran ist. Wir haben vermutlich irgendwo einen Fehler gemacht.«

»Wir könnten Gavro Yaal hinzuziehen.«

Peysel fuhr entsetzt zusammen. »Haben Sie den Verstand verloren?«, rief er. »Bevor ich das tue, setze ich Himmel und Hölle in Bewegung, um eine andere Lösung zu finden.«

»Hoffentlich geht das«, entgegnete Haix.

»Glauben Sie, dass Yaal Wunderdinge tun kann? Auch ein Mann wie er kocht nur mit Wasser.«

»Ich habe das Gefühl, dass Sie Yaal nicht mögen.«

Dr. Peysel lachte zornig auf. »Ich mag ihn wie einen Furunkel.«

»Vielleicht tun Sie ihm unrecht.«

»Damit wir uns richtig verstehen«, sagte Peysel ungewöhnlich scharf. »Ich will nicht über Gavro Yaal diskutieren.«

»Natürlich«, entgegnete Haix betreten. Der Biologe hatte Peysel noch nie in dieser Art erlebt. Peysel war für seine ruhige und ausgeglichene Art bekannt. »Dann empfehle ich Ihnen, Rhodan so schnell wie möglich zu verständigen«, fügte Haix hinzu.

»Das habe ich vor.« Peysel schaltete sein Armband ein und versuchte, den Terraner direkt zu erreichen. Joscan Hellmut meldete sich.

»Dr. Peysel, was gibt es?«

»Ich wollte Rhodan sprechen und ihn bitten, eher als vorgesehen mit Bardioc zu reden.«

Hellmut blickte zur Seite. Peysel hörte die gedämpfte Stimme Rhodans. »Was ist vorgefallen?«, fragte Hellmut.

»Das Gleichgewicht der restlichen Symbiose ist gestört. Ich fürchte, Bardioc ist gefährdet.«

»Perry Rhodan kommt sofort in die Halle.«

Der Kosmobiologe schaltete ab. Er schwang sich wieder auf das Podest, um die immerhin gut fünf Meter mächtige Bodenmasse überschauen zu können.

Kurz darauf betrat Rhodan die für Bardioc präparierte Lagerhalle. »Was ist los?«, fragte er.

Peysel deutete auf eine pilzartige Pflanze. Sie war mehrere Handspannen hoch und wuchs nur zwei Meter neben der Mulde, in der Bardiocs Gehirn lag.

»Der Pilz ist grün geworden. Bislang war er krebsrot und sah glatt aus, jetzt ist seine Haut welk und weich. Wir haben einen Abstrich gemacht. Der Zellverfall hat definitiv eingesetzt, der Pilz geht ein.«

»Ein Exemplar von über zweihundert Pflanzenarten?«, fragte Rhodan. »Kann das ein normaler Lebenszyklus sein?«

»Alle Voraussetzungen für ein gutes Gedeihen sind gegeben. Es ist ein Rätsel, weshalb die Pflanze abstirbt.« Peysel blickte den Terraner ernst an. »Ich hätte nichts gesagt, wenn es nur um diesen einen Pilz ginge. Aber so ist es nicht, leider. Bei etwa zwölf Prozent der Flora zeigen sich erste Anzeichen negativer Entwicklung. Wir sind zu dem Ergebnis gekommen, dass in zehn Stunden fünf Prozent der Pflanzen tot sein werden. In zwölf Stunden werden es schon elf Prozent und in vierundzwanzig Stunden dreißig Prozent sein. In achtundvierzig Stunden werden nach unseren Berechnungen alle Pflanzen abgestorben sein. Auch Bardioc wird dann nicht mehr leben.«

Erschrocken blickte Rhodan auf das Bodenstück.

»Wie lange werden wir noch unterwegs sein?«, fragte Haix.

»Etwa siebzig Stunden«, antwortete Rhodan. »Vielleicht sogar etwas länger.«

»Das schafft Bardioc nicht.«

»Haben Sie keine Erklärung für das Absterben der Pflanzen?«

»Überhaupt keine«, erwiderte Dr. Peysel. »Wir haben alle notwendigen Untersuchungen durchgeführt und alle positronisch gesteuerten Einrichtungen überprüft. Ergebnis negativ.«

»Es ist alles so, wie es nach den von uns durchgeführten Analysen sein soll«, ergänzte Haix. »Wir haben die Umweltbedingungen, die alle Pflanzen und Bardioc gewohnt sind. Sogar Schwerkraftverhältnisse, Strahlenintensität und die Magnetfelder sind wie auf dem Planeten im Parföx-Par-System.« Haix war 108 Jahre alt, wirkte aber frischer und gesünder als Peysel mit erst 86 Jahren. Haix' blondes Haar wirkte stets ungekämmt. Er war über zwei Meter groß und ging leicht nach vorn geneigt, als wolle er auf diese Weise kleiner erscheinen. Rhodan wusste von ihm, dass er täglich mindestens eine Stunde in den Krafträumen des Trainingszentrums verbrachte.

»Wir sind ratlos«, gestand Peysel ein. »Alles wurde perfekt kopiert, aber trotzdem gibt es eine Störung. Wir glauben, dass nur Bardioc Antworten auf unsere Fragen geben kann.«

»Ich rede mit ihm.« Rhodan stieg auf das Bodenstück und streckte sich wie üblich neben Bardiocs Gehirn aus.

Bardioc, hörst du mich?, fragte er telepathisch.

»Ich höre dich.«

Der Terraner schilderte, was geschah. *Ich möchte wissen, ob du dafür verantwortlich bist,* schloss er.

»Ich bin es nicht«, antwortete Bardioc. »Aber ich habe auch keine Erklärung dafür.«

Rhodan setzte das Gespräch fort, da er hoffte, doch mehr herauszufinden. Je länger er aber mit Bardioc kommunizierte, desto deutlicher wurde ihm dessen Hilflosigkeit.

»Ich kann nichts tun«, beteuerte Bardioc. »Ich bin auf dich angewiesen und darauf, dass du allein herausfindest, weshalb die Symbionten eingehen.«

Rhodan erhob sich und kehrte zu den Wissenschaftlern zurück. Peysel blickte ihn bestürzt an, als er das Ergebnis hörte.

»Trommeln Sie alle zusammen, die Ihnen behilflich sein könnten!«, sagte Rhodan. »Und verzichten Sie nicht auf die Mitarbeit von Spezialisten, die Sie aus persönlichen Gründen nicht leiden können.«

»Die SOL-Geborenen werden sich weigern.«

»Sie machen mit«, versicherte der Aktivatorträger. »Keine Sorge. Falls es Schwierigkeiten gibt, sagen Sie es mir.«

»Meinten Sie Gavro Yaal, als Sie von persönlichen Gründen sprachen?«, fragte Jon Haix.

»Gavro Yaal?«, erwiderte Rhodan. »Ich weiß so gut wie nichts über seine Qualifikation. Halten Sie den Mann für wichtig?«

»Ich lehne jede Zusammenarbeit mit ihm ab«, sagte Peysel heftig. »Es wäre grotesk, ausgerechnet ihn in Bardiocs Nähe zu lassen. Ich bin überzeugt davon, dass Yaal die erste Gelegenheit nutzen würde, um das Gehirn zu töten.«

»Das hat er nicht nötig«, widersprach Haix. »Bardioc wird in drei Tagen sterben, wenn nichts Entscheidendes geschieht.«

»Yaal wird sich ohnehin weigern, uns zu unterstützen«, fügte Peysel hinzu. »Davon bin ich überzeugt.«

»Ist Yaal Biologe?«, wollte Rhodan wissen.

»Er ist ebenfalls Kosmobiologe und ein Spitzenkönner«, erklärte Haix. »Ich bin der Ansicht, dass wir ohne ihn nicht auskommen.«

Peysel warf seinem Mitarbeiter einen zornigen Blick zu. In seinem Gesicht arbeitete es.

»Warum wollen Sie nicht mit dem Mann zusammenarbeiten?«, fragte Rhodan, obwohl er die Antwort schon zu wissen glaubte. »Ich nehme an, dass die Gründe dafür nicht in Ihrem Fachbereich zu suchen sind.«

»Absolut nicht«, erwiderte Peysel.

»Es geht um Bardioc. Dahinter hat alles andere zurückzustehen.«

»Ohne Gavro Yaal kommen wir nicht aus«, versetzte Jon Haix. »Wir haben keine Zeit, Experimente zu machen oder es ohne ihn zu versuchen.«

»Ich glaube nicht, dass ich ihn überzeugen kann«, entgegnete Dr. Peysel. »Dafür waren unsere Auseinandersetzungen zu hart.« Er blickte Rhodan um Verständnis heischend an. »Ich gebe zu, dass ich einige Male zu persönlich geworden bin und ihn beleidigt habe. Ich war unsachlich, aber mir prickelt es am ganzen Körper, wenn ich ihn nur sehe. Dieser Mann löst Aggressionen in mir aus. Seine grotesken Ansichten ...«

»Schon gut«, unterbrach Perry Rhodan den plötzlichen Redeschwall. »Ich werde selbst mit Yaal sprechen. Kümmern Sie sich um die anderen, und beeilen Sie sich! Wir müssen dieses Problem lösen.«

Gucky materialisierte neben Rhodan. »Ich dachte mir, dass ich dich hier finde«, sagte der Ilt. »Darf ich das Plauderstündchen unterbrechen?«

»Was gibt es?«

»Fellmer, Bjo und ich haben herausgefunden, dass BULLOC wieder näher kommt. Wir fangen seine mentalen Impulse auf. Eigentlich bin ich derjenige«, ergänzte Gucky in gespielter Bescheidenheit. »Ich will aber das Ansehen der beiden anderen nicht schmälern.«

Der Aktivatorträger nahm die Nachricht ernster auf, als seine erste Reaktion vermuten ließ. Rhodan hatte damit gerechnet, dass BULLOC irgendwann eingreifen würde. Er konnte sich nur nicht vorstellen, dass dies ohne die Flotte der Hulkoos geschehen sollte.

»Hat sie nicht«, erklärte Gucky, bevor Rhodan fragen konnte, ob die Ortungsleitstation wieder Schiffe der Schwarzpelze geortet hatte. »BULLOC wartet ab. Allerdings muss er wissen, dass seine Chancen schlechter werden, je tiefer wir in das Gebiet der Kaiserin eindringen.«

»Das ist die Frage«, versetzte Rhodan. »Die Kaiserin von Therm hat alle Kampfhandlungen eingestellt.«

»Vielleicht sollten wir einen Umweg machen«, schlug Gucky vor. Er blickte zu Dr. Peysel auf und verzog das Gesicht. »Selbst wenn Bardioc seine Form dabei etwas verliert, aber das kann man hoffentlich verhindern.«

»Du meinst, dass die Hulkoos eine Falle für uns aufbauen?«

»In die wir direkt hineinfliegen«, bestätigte der Ilt.

Rhodan überlegte kurz. »Wir behalten den Kurs bei«, entschied er. »Ausweichmanöver können wir immer noch fliegen, sobald sich zeigen sollte, dass BULLOC mit den Hulkoos eine Falle aufgebaut hat.«

»Hoffentlich bleibt uns dann noch genügend Zeit«, bemerkte Dr. Peysel.

»Das ist nicht Ihr Problem«, wies ihn Rhodan zurecht. »Sie haben andere Sorgen, denke ich.«

Der Kosmobiologe verstand. Er nickte und eilte davon, um ein Wissenschaftlerteam zusammenzustellen. Jon Haix verhielt sich abwartend und blieb bei Rhodan.

»Du solltest nicht so viel an Gavro Yaal denken«, riet der Ilt dem Assistenten. »Es könnte sein, dass du dir ein paar Gehirnwindungen dabei verrenkst.«

Haix blickte den Mausbiber bestürzt an. »Meine Gedanken sind Privatsache«, entgegnete er verärgert.

»Klar«, rief Gucky. »Das respektiere ich. Ich werde niemandem verraten, dass du von einem handfesten Krach zwischen Gavro Yaal und Dr. Peysel überzeugt bist.« Er entblößte seinen Nagezahn und grinste den Mann ungeniert an. Als Haix jedoch Anstalten machte, ihm auf die Füße zu treten, brachte er sich mit einer Teleportation in Sicherheit.

»Überprüfen Sie noch einmal alle Analysen!«, verlangte Rhodan. »Vielleicht hat sich doch ein Fehler eingeschlichen. SENECA steht Ihnen zur Verfügung.«

Perry Rhodan verließ die Halle in Richtung der SOL-Zelle-2, in der Gavro Yaal arbeitete.

»Laboratorium für experimentelle Kosmobiologie«, stand an der Tür. Darunter klebte ein kleines Schild mit der Aufschrift »Gavro Yaal«.

Perry Rhodan öffnete das Türschott. Es glitt lautlos zur Seite. Dahinter wurde jedoch kein Durchgang frei; eine Stahlplatte versperrte ihn in etwa einem Meter Höhe. Auf der Platte sah Rhodan Modellhäuser, eine künstliche Landschaft und handtellergroße Gleiter, die mit hoher Geschwindigkeit vorbeiflitzten.

Der Aktivatorträger beugte sich vor und blickte in den Raum. Das Labor maß etwa zwanzig auf sieben Meter. Die Stahlplatte führte an den Wänden entlang und bildete ein weites Oval. Die Bahn war ungefähr zwei Meter breit, sodass in der Mitte nur ein etwa drei Meter messender Gang blieb. Dort standen dicht gedrängt eine Unzahl Laborgeräte aller Art, die für gewöhnlich über den gesamten Raum verteilt waren.

»Hallo!«, rief Rhodan. »Ist hier jemand?« Er beobachtete die Miniaturgleiter, die mit hoher Geschwindigkeit über das Oval rasten.

Hinter einem der Geräte erhob sich ein hellblonder, zur Korpulenz neigender Mann. Sein pausbäckiges Gesicht war vor Erregung gerötet. Die Lippen wirkten etwas voll, die Nase fleischig.

Auf dem Weg hierher hatte Rhodan sich bemüht, sich ohne Archivunterstützung Gavro Yaals Konterfei in Erinnerung zu rufen. Es war ihm nicht gelungen.

»Ist es wichtig?«, rief der Kosmobiologe und Hydrokultur-Former.

»Ich denke schon.«

»Dann kommen Sie herein!«

Rhodan blickte auf die Platte und den schmalen Tunnel, der darunter frei blieb. Wenn er zu Yaal wollte, musste er auf Knien unter dem Oval hindurchkriechen. Er schüttelte den Kopf. »Sie kommen zu mir. Das ist entschieden besser.«

Der Hydrokultur-Former verzog die Lippen. »Sie wollen nicht hindurchkriechen?« Seine Stimme klang hoch und passte nicht recht zu seiner Körperfülle.

»So ist es«, antwortete Rhodan.

»Sie legen ein typisches Vorgesetztenverhalten an den Tag. Sie wollen nicht zu mir kriechen, verlangen aber von mir, dass ich zu Ihnen krieche. Finden Sie das richtig?«

Perry Rhodan blieb ruhig und gelassen. »Ich denke, das ist völlig in Ordnung. Nicht ich habe die Gleiterbahn gebaut, sondern Sie. Und normalerweise verlassen Sie das Labor ja auch auf diesem Weg. Also, darf ich bitten?« Er trat zwei Schritte zurück.

Gavro Yaal verschwand wieder hinter den Laborgeräten. Gleich darauf wurden die Gleiter langsamer und landeten nacheinander in dem künstlichen Gelände. Rhodan schätzte, dass sich etwa hundert Modellgleiter über der Bahn bewegt hatten. Es dauerte mehrere Minuten, bis alle aufgesetzt hatten.

»Ich komme.« Schnaufend kroch Gavro Yaal durch den schmalen Tunnel. Er richtete sich mit krebsrotem Gesicht vor Rhodan auf. »Da bin ich.«

»Sehr freundlich von Ihnen«, sagte der Terraner mit einem bezeichnenden Blick auf sein Chronometer. »Spielen Sie öfter mit der Gleiterbahn?«

»Täglich. Haben Sie etwas dagegen?«

Rhodan hütete sich, seinem Gegenüber genau das zu sagen, was er vermutlich hören wollte. »Sicherlich arbeiten Sie an einem wichtigen Experiment«, versetzte er ausweichend. »Seien Sie so nett, es mir zu erklären.«

»Ich hatte den Eindruck, dass Sie unter Zeitdruck stehen«, entgegnete der Mann, der bei vielen Besatzungsmitgliedern der SOL zurzeit so verhasst war wie niemand sonst an Bord. »Wollen Sie nicht doch gleich zum Thema kommen?«

Rhodan ließ sich nicht provozieren. »Ihr Experiment interessiert mich. Beschreiben Sie es mir.«

»Ist das ein Befehl?«

»Ich denke, Sie haben keine Geheimnisse vor der Schiffsführung. Oder doch?«

»Natürlich nicht.« Gavro Yaal fuhr sich mit beiden Händen über die straff zurückgekämmten Haare, die der Mode entsprechend kurz geschnitten waren. Dann trat er an die noch immer offene Tür heran und blickte auf die Spielzeuggleiter. »Hoffentlich glauben Sie nicht, dass ich meine Arbeit vernachlässigt habe.«

»Wie käme ich dazu? So etwas ist bei Ihnen undenkbar.«

»Allerdings.« Yaals Gesicht straffte sich. »Das Experiment befasst sich mit der Auswirkung von Gravitationsimpulsen auf die Regelungsprozesse in den biologischen Systemen der unterschiedlichen Entwicklungsstufen. Wie Sie wissen, lassen sich kybernetische Prozesse selbst in einfachsten biologischen Systemen nachweisen. So etwa in der Enzymkatalyse. Lebende Organismen benutzen bei der Umsetzung einer chemischen Verbindung Katalysatoren, eben Enzyme. Eine Reaktion dieser Art muss selbstverständlich geregelt werden, sonst würde der chemische Prozess davonlaufen.« Er blickte Rhodan forschend an.

»Alles klar«, sagte der Aktivatorträger. »Das brauchen Sie mir nicht so ausführlich zu erklären.«

»Die Reaktionen werden, wie eindeutig nachgewiesen worden ist, von Gravitationsimpulsen beeinflusst. Mir geht es nun darum, herauszufinden, warum das so ist und wie wir diese Beeinflussung mindern, verstärken oder neutralisieren können – je nachdem, was gerade gewünscht wird.«

»Es ist möglich, dass Sie Ihr Experiment an anderer Stelle fortführen können«, sagte Rhodan. »Dr. Peysel hat ein Problem. Bardiocs Symbiose bricht zusammen, weil irgendwo eine Störung vorliegt. Es ist bislang nicht gelungen, das Problem zu lokalisieren. Dr. Peysel stellt ein Team zusammen, dem Sie angehören sollen.«

Gavro Yaal lächelte kaum merklich. In seinen Augen blitzte es auf.

»Wollen Sie mich für dumm verkaufen, Rhodan? Sie glauben hoffentlich nicht ernsthaft daran, dass ich für Bardioc nur einen Finger krümmen werde.«

»Doch, das glaube ich. Ich bin davon überzeugt, dass Bardioc sich mit der Kaiserin von Therm vereinigen wird. Daraus wird vermutlich eine neue Form einer Superintelligenz entstehen. Vielleicht eine Form, die deutlich über Bardioc und der Kaiserin von Therm steht.«

»Und …?«

»Strengen Sie Ihren Kopf an, Yaal, und überlegen Sie sich, was aus den beiden Mächtigkeitsballungen wird. Vielleicht entsteht so etwas wie ein Machtvakuum?« Rhodan wandte sich um und entfernte sich einige Schritte, dann blickte er über die Schulter zurück. »Ich erwarte Sie in spätestens dreißig Minuten bei Bardioc!«

»Ist das ein Befehl?«

»Das haben Sie mich schon einmal gefragt. Sie sollten sich nicht wiederholen, Yaal. Und vergessen Sie nicht: Was immer Sie an der Symbiose zwischen den Pflanzen und Bardioc verändern werden, die Mutanten überwachen Sie.«

Gavro Yaal eilte hinter ihm her. Sein pausbäckiges Gesicht rötete sich schon wieder. »Die SOL-Geborenen werden eine Entschließung fassen, nach der eine solche Überwachung für ungesetzlich erklärt wird!«, rief er.

»Bislang haben sie das noch nicht getan. Und wenn sie es tun, ist damit noch lange nicht erreicht, dass die Bestimmungen geändert werden. Warum auch neue Gesetze gegen die Mutanten einführen, die vielleicht schon eine höhere Entwicklungsstufe erreicht haben als wir?«

Gavro Yaal erbleichte. »Das war – gelinde gesagt – unvorsichtig formuliert«, erklärte er mit völlig veränderter Stimme. Sie klang nicht mehr hell und dünn, sondern war kraftvoll und tief geworden. »Für mich bleiben solche Behauptungen ohne Bedeutung und beeindrucken mich nicht. Außerdem denke ich, dass eine Diskussion mit einem Mann wie Ihnen nichts bringt. Sie sind aufgrund Ihres hohen Alters nicht mehr in der Lage, progressiv genug zu denken.«

»Sieh an«, sagte Rhodan erheitert. »So etwas nenne ich ein starkes Stück. Wie dem auch sei, ich erwarte Sie in der Lagerhalle.«

Gavro Yaal betrat wenig später eine Messe, die nicht weit von seinen Laborräumen entfernt lag. Er entdeckte Jon Haix an einem der Tische. Bei Haix waren noch zwei Plätze frei, während alle anderen Tische besetzt waren.

»Erlauben Sie?«, fragte Yaal höflich.

»Bitte«, entgegnete Haix erfreut. Er unterhielt sich gern mit Gavro Yaal, wenngleich er dessen Ansichten nicht teilte.

Yaal tippte seine Wünsche in die Holotastatur des Tisches, nachdem er sich gesetzt hatte.

»Sie arbeiten an der Überwachung Bardiocs?«, fragte er dann.

»Ganz recht«, antwortete Haix.

»Rhodan sagte mir, dass es nicht gut steht um das Gehirn.«

»Das ist richtig. Bardioc wird die Kaiserin von Therm nicht lebend erreichen, wenn wir nicht schnell handeln. Wir hoffen, dass Sie uns helfen werden.«

»Ich habe meine Zusage schon gegeben.« Gavro Yaal seufzte. In der Mitte des Tisches schwebte die bestellte Mahlzeit empor.

Yaal aß zögernd. »Es bereitet mir ein besonderes Vergnügen, festzustellen, dass die Superintelligenz meine Hilfe benötigt«, sagte er. »Nichts könnte mir deutlicher bestätigen, dass meine Überlegungen richtig sind.«

»Darum geht es jetzt nicht«, erwiderte Haix, der vor einer Diskussion mit Yaal zurückscheute.

»Doch.« Der Kosmobiologe hob seine Gabel wie einen Taktstock, um seine Worte zu unterstreichen. »Genau das ist das Kernproblem. Sie sind Terraner, nicht wahr?«

Jon Haix trank seinen Tee aus. Er wäre am liebsten aufgestanden und gegangen. Aber er wollte Yaal nicht verärgern und ihm damit einen Vorwand geben, das Team schon wieder zu verlassen.

»Als Terraner sehen Sie die Sache natürlich anders«, sagte Gavro Yaal. »Ich habe Verständnis dafür.«

»Mich interessieren zurzeit nur Bardioc und diese Symbiose.«

»Dabei befinden wir uns in einer entscheidenden Phase unserer Entwicklung«, stellte Yaal fest. »Es waren die SOL und ihre Besatzung, die zwei Superintelligenzen die Flötentöne beigebracht haben. Die Kaiserin von Therm und BARDIOC hätten sich ohne uns gegenseitig vernichtet.«

»Das sind Hypothesen …«

»… die auf stahlhartem Fundament stehen.« Gavro Yaal sprach lauter und akzentuierter als vorher, ohne zu merken, dass die Gespräche an den Nachbartischen verstummten. Alle in der Messe wandten sich ihm zu. »Bardioc befindet sich in akuter Lebensgefahr und ist nicht in der Lage, sich selbst zu helfen. Er kann uns nicht einmal ein paar einfache Auskünfte geben, obwohl er das biologische Geschehen der Symbiose aus nächster Nähe beobachtet. Bardioc braucht unsere Hilfe. Wenn wir ihm nicht beistehen, geht er ein wie eine primitive Pflanze, die zu wenig Wasser bekommen hat.«

Jon Haix suchte vergeblich nach einer Möglichkeit, Yaals Redefluss zu stoppen. An einigen weiter entfernten Tischen erhoben sich Männer und Frauen und kamen näher, um Yaal besser verstehen zu können. Keiner von ihnen war älter als höchstens vierzig Jahre. Sie alle waren auf der SOL geboren und aufgewachsen.

»Aber nicht nur das«, fuhr Gavro Yaal leidenschaftlich fort. »Führen wir uns doch unsere Situation vor Augen. An Bord fliegt Bardioc mit. Warum eigentlich? Haben Sie vergessen, dass Bardioc vor seiner eigenen Inkarnation flieht? Was wird Bardioc unternehmen, wenn wir ihn beispielsweise in eine Space-Jet packen und zum Teufel jagen? Antworten Sie, Jon Haix, wenn Sie es wissen!«

»Er wird sterben. Das wissen Sie so gut wie ich.«

»Bardioc wird sterben«, bestätigte Yaal triumphierend. »Entweder an seiner Unfähigkeit oder an BULLOC. Muss ich an die vielen Bedrohungen erinnern, die im Zusammenhang mit den sogenannten Superintelligenzen standen? Muss ich im Einzelnen schildern, was diese Superintelligenzen geleistet haben?«

»Übertreiben Sie nicht«, bat Jon Haix hilflos. Gavro Yaal war wie umgewandelt und kaum wiederzuerkennen. Der sonst so unauffällig und eher fad wirkende Mann entwickelte plötzlich eine ungewöhnliche Ausstrahlung. Seine Worte schlugen die Zuhörer in den Bann. Yaal beherrschte den Raum bis in den hintersten Winkel, und niemand fand sich, der ihm nur ein einziges Gegenargument geboten hätte.

»Ich übertreibe nicht!«, stellte der Kosmobiologe fest. »Es ist eine Tatsache, dass wir uns von den Superintelligenzen haben bluffen lassen. Sie können weitaus weniger, als wir angenommen haben. Das ist es, was ich meine. Wenn sich hinter BARDIOC und der Kaiserin von Therm nicht mehr verbirgt, dann, mein Lieber, wird es Zeit, dass wir endlich ebenfalls zum Überwesen befördert werden. Nicht Sie oder ich allein. Nein, Haix, wir alle als ein Gemeinschaftswesen. Wir, die SOL, SENECA und die SOL-Besatzung als die neue Superintelligenz.«

Die SOL-Geborenen spendeten Yaal frenetischen Beifall. Sie klatschten und trampelten mit den Füßen, dass die Messe dröhnte. Der Kosmobiologe blickte sich kurz um und setzte seine Mahlzeit fort, als sei nichts gewesen.

»Wir sind keine Superintelligenz«, widersprach Haix.

»Wirklich nicht? Sind Sie sich dessen tatsächlich sicher? Dann gehen Sie in sich. Überlegen Sie in aller Ruhe und Unvoreingenommenheit, was WIR geleistet haben. Sie werden zu dem Schluss kommen, dass ich recht habe. WIR sind die neue Superintelligenz und die Erben dieser Versager!«

Gavro Yaal betrat die Lagerhalle, in der Bardioc untergebracht war. Er kam in Begleitung von acht Frauen und zwölf Männern, mit denen er lebhaft diskutierte. Die Sicherheitskräfte stellten sich ihnen entgegen und hinderten sie daran, weiter in die Halle vorzudringen. Augenblicklich erhob sich wütender Protest, doch die Wachen ließen nur Yaal durch.

Joscan Hellmut, der mit mehreren Wissenschaftlern in Bardiocs Nähe stand, eilte hinzu.

»Seien Sie vernünftig, Gavro«, bat er. »Sehen Sie ein, dass wir nur Sie, nicht aber Ihre Freunde zu dem Gehirn lassen dürfen.«

Yaal blickte sich in der Halle um, als habe er Hellmuts Worte nicht gehört. Dann nickte er. »Also gut. Sie wollen keine optimalen Bedingungen, wie sie gegeben wären, wenn ich mit einem von mir zusammengestellten Team arbeiten könnte. Dann muss ich es eben so schaffen.«

Er wandte sich um und gab seinen Begleitern ein Zeichen. Widerspruchslos zogen sie sich zurück. Joscan Hellmut atmete auf. Er wollte keine Schwierigkeiten zwischen Terranern und SOL-Geborenen, sondern suchte den Ausgleich.

Als Gavro Yaal an ihm vorbeiging, legte Hellmut dem Kosmobiologen die Hand auf die Schulter. »Hören Sie, Gavro«, sagte er. »Sie sollten sich etwas mehr zurückhalten.«

»Warum sollte ich das tun?«, fragte der Angesprochene verblüfft. »Wieso sagen ausgerechnet Sie mir so etwas? Was ist los mit Ihnen?«

»Gavro, die Situation, in der sich die SOL befindet, ist kritisch. Wir können uns keine Spannungen leisten. BULLOC verfolgt uns, und wahrscheinlich lauern irgendwo die Hulkoos auf uns. Störungen an Bord können unter diesen Umständen zur Katastrophe führen.«

»Sie haben völlig recht, Josc. Das Problem lässt sich aber recht einfach lösen. Wir brauchen nur Bardioc auszuschleusen, und alles ist in Ordnung. BULLOC wird sich auf Bardioc stürzen, die Hulkoos werden uns in Ruhe lassen.«

»Sie scherzen. Leider finde ich das überhaupt nicht komisch.«

»Es sollte nicht komisch sein. Ich wollte Sie als SOL-Geborenen nur anregen, etwas mehr als bisher nachzudenken. Wie sieht die Wirklichkeit aus? Wenn Bardioc nicht mehr ist, entsteht ein Machtvakuum. Wer soll dieses Vakuum ausfüllen? BULLOC etwa? Das kann nicht Ihr Ernst sein.«

»Schweigen Sie, Gavro«, bat Hellmut. »Fangen Sie lieber mit der Arbeit an.«

»Noch nicht. Haben Sie sich nie gefragt, weshalb wir überhaupt in diesem Sektor des Universums sind? Ist Ihnen nie der Gedanke gekommen, dass eine höhere Macht uns gelenkt haben könnte? Ist es denn wirklich bedeutungslos, dass wir ausgerechnet zu dem Zeitpunkt hier sind, da Bardioc am Ende seiner Existenz angelangt ist? Wann beginnen Sie endlich damit, Josc, uns alle als Gemeinschaftswesen zu verstehen, das für sich eine Superintelligenz mit einem völlig legalen Machtanspruch darstellt?«

Hellmut presste die Lippen zusammen. Er war unsicher geworden und wusste nicht, was er erwidern sollte. Gavro Yaal legte es jedoch nicht auf eine Diskussion mit ihm an. Er ging weiter und gesellte sich zu dem Wissenschaftlerteam, das Dr. Peysel zusammengestellt hatte. Er war der einzige SOL-Geborene unter ihnen.

Während Gavro Yaal mit Peysel sprach, stellte er fest, dass Fellmer Lloyd sich in der Nähe aufhielt. Er war sich dessen bewusst, dass der Telepath seine Gedanken überwachte, doch es störte ihn nicht.

Sie sind ein wesentlicher Teil des Gemeinschaftswesens, der Superintelligenz, Fellmer, signalisierte Yaal voller Überzeugung. *Warum zögern Sie, an sich selbst zu glauben? Warum diese falsche Bescheidenheit? Sie sind jemand. Ohne Sie wären wir weitaus weniger wert. Wann verwirklichen Sie sich endlich selbst?*

Er blickte zu Lloyd hinüber, doch der Mutant ließ nicht erkennen, ob er diese Gedanken überhaupt aufgefangen hatte.

Gavro Yaal lächelte. Dass Fellmer Lloyd sich gleichgültig gab, befriedigte ihn mehr, als hätte der Chef des Mutantenkorps wütend reagiert. Lloyds Gelassenheit überzeugte ihn nicht, sie erschien ihm vorgetäuscht. Zweifellos hatte er den Telepathen zum Nachdenken angeregt.

Dr. Peysel berichtete, welche wissenschaftlichen Untersuchungen bisher vorgenommen worden waren und wie die Ergebnisse aussahen. Augenblicklich verdrängte Gavro Yaal alle Gedanken an die verwaiste Mächtigkeitsballung und konzentrierte sich auf die wartende Arbeit.

Von Spannungen zwischen dem Kollegen und ihm war in diesen Minuten nichts zu spüren. Dr. Peysel unterwarf sich der wissenschaftlichen Disziplin, und Gavro Yaal war ohnehin mit Leib und Seele Forscher.

Über sechs Stunden lang untersuchte Yaal die Pflanzen, Tiere und Mikroorganismen, die auf und in dem ausgeschnittenen Bodenstück lebten, ohne jedoch neue Erkenntnisse zu gewinnen. Schließlich zog er sich mit Peysels Unterlagen und den neuen Untersuchungsergebnissen in sein Laboratorium zurück.

Überrascht stellte Yaal fest, dass Jon Haix auf ihn wartete. Der Biologe hatte einen Teil der Gleiterbahn in Betrieb gesetzt.

»Was machen Sie da?«, protestierte Yaal. »Wollen Sie alles zerstören, was ich aufgebaut habe?«

»Keine Angst«, antwortete Haix gelassen. »Ich habe so gut wie nichts riskiert, obwohl das möglich wäre, wie ich herausgefunden habe. Man kann die gewagtesten Manöver mit den Gleitern fliegen, sogar Karambolagen sind möglich. Sagen Sie, was soll das alles?«

»Verstehen Sie das wirklich nicht?«, antwortete Yaal mit einer Gegenfrage. »Jedes Mal, wenn ein Gleiter über eine Pflanze hinwegfliegt, erhält die Pflanze einen gravitatorischen Impuls. Die Stärke dieses Impulses ist exakt dosierbar. Je schneller die Maschinchen fliegen, desto intensiver die Gravitationswirkung auf die Pflanzen.«

»Ja – und?«

»Ich will herausfinden, wie die Pflanzen darauf reagieren. Ich bin überzeugt davon, dass sie von den Impulsen beeinträchtigt werden.«

»Sie sind ein SOL-Geborener. Warum interessiert Sie das?«

»Ach, Sie glauben hoffentlich nicht, das Problem, wäre nur auf einem Planeten interessant, auf dem Gleiter verkehren? Sie meinen, nur dort könnte es eine Zerstörung der Umwelt geben? Da irren Sie gewaltig, Jon. Die SOL birgt ein Gewirr von Gravitationsfeldern in sich. Die Beschleunigung wird innerhalb des Schiffes ausgeglichen, sodass wir davon nichts spüren. Im Schiff selbst herrscht ein künstliches Schwerefeld von einem Gravo. In den Antigravschächten sind andere Werte gültig, höhere oder niedrigere. Technische Vorgänge im Bereich der Triebwerke, der Energieversorgung, in den Laboratorien und letztlich sogar im Bereich der Hydrokulturen werden mit Antigravfeldern gesteuert. Ich will wissen, wie sich das auswirkt. Deshalb die Gleiterbahn und nicht etwa, weil ich ein kindliches Vergnügen hätte, damit zu spielen.« Yaal seufzte und kroch unter der Bahn hindurch ins Labor. »Fast hätte ich vergessen zu fragen, was Sie zu mir führt«, sagte er, als er sich im Innenraum aufrichtete.

»Ich habe mir Ihre Worte durch den Kopf gehen lassen«, erwiderte der Biologe. »Sie haben recht; es wird Zeit, dass man UNS als Superintelligenz anerkennt. Wir haben Anspruch auf eine Mächtigkeitsballung.«

Gavro Yaal streckte Haix spontan die Rechte entgegen. »Bravo«, sagte er, und seine Augen leuchteten. »Sie sind der erste Terraner, den ich überzeugen konnte.«

»Ich habe das kommen sehen, aber ich konnte nichts dagegen tun«, sagte Joscan Hellmut. Er befand sich in Rhodans geräumiger Kabine. »Versuchen Sie, sich in unsere Situation zu versetzen«, fuhr er fort.

»Wir SOL-Geborenen hatten bisher eigentlich nur eine Subkultur, in der alles von den Terranern entlehnt war. Gavro Yaal bietet uns etwas Eigenes.«

Rhodan, der ihm im Sessel gegenübersaß, blickte ihn forschend an. »Sind Sie auch schon von Yaals Ideen infiziert, Josc?«

»Durchaus nicht«, erwiderte der Kybernetiker. »Obwohl ich einige seiner Ideen nicht völlig abwegig finde. Aber darum geht es nicht. Ich versuche, ihm entgegenzuwirken, wo immer es möglich ist. Die SOL-Geborenen nehmen seine Ideen begeistert auf, und er nutzt jede Gelegenheit, seine Vorstellungen zu verbreiten.«

»Ich frage mich, ob er wirklich von dem überzeugt ist, was er sagt.«

»Felsenfest sogar«, behauptete Hellmut. »Gerade das macht ihn gefährlich. Die Aussicht, etwas Eigenes und Großartiges hervorzubringen, fasziniert seine Anhänger.«

»Das bedeutet, dass wir diese Sympathiewelle für Yaal und seine Wahnsinnsidee stoppen müssen.«

»Seien Sie vorsichtig, Perry«, bat der Kybernetiker. »Sie sollten in der Öffentlichkeit nicht von einer Wahnsinnsidee sprechen. Das könnte Yaal nur noch mehr Anhänger in die Arme treiben.«

»Was hat er überhaupt vor? Ich meine, wie will er seine Vorstellungen realisieren?«

»Das weiß ich nicht«, gab Hellmut bedrückt zu. »Mir ist nur bekannt, dass er den Terranern seine Forderungen überreichen will. Wie diese lauten werden … ich habe keine Ahnung.«

Rhodan erhob sich. Unruhig ging er auf und ab.

Die Lage an Bord spitzte sich zu. Gavro Yaals Vorstellungen stellten die Forderungen der SOL-Geborenen auf eine völlig neue Basis. Rhodan hatte bereits ein Team von Psychologen damit beauftragt, Gegenmaßnahmen einzuleiten, doch greifbare Ergebnisse lagen bislang nicht vor.

Die Zeit drängte.

»Ich werde mir etwas einfallen lassen«, sagte der Terraner. »Gavro Yaal überschätzt sich und uns alle bei Weitem. Ich weiß nicht, wie viele Entwicklungsstufen wir noch zu überwinden haben und ob wir Menschen überhaupt jemals eine Superintelligenz werden können. Ich weiß nur, dass wir weder ein Gemeinschaftswesen sind noch eine Superintelligenz. Der Mensch ist Individualist und wird es immer bleiben.«

»Sind Sie dessen wirklich sicher?«, fragte Hellmut.

»Absolut«, antwortete Rhodan.

»Ich möchte wissen, warum Bardioc uns nicht unterstützt. Gavro

Yaal sagt, wenn Bardioc als ehemalige Superintelligenz uns nicht hilft, dann kann er uns nicht helfen. Wenn wir es aber aus eigener Kraft schaffen, dann können wir uns jederzeit mit einer Superintelligenz messen. Ich finde, das sind klare Worte, obwohl ich sie in dieser Form nicht akzeptiere.«

»Joscan, wir haben mehr als einmal erlebt, dass wir uns das Verhalten von BARDIOC und der Kaiserin von Therm nicht erklären konnten. Wir hatten den Eindruck, dass die Handlungsweise der Superintelligenzen unlogisch war, und manches ist uns noch heute rätselhaft.«

»Das ist richtig.«

»Die Kausalfolge von Ursache und Wirkung muss für eine Superintelligenz nicht unbedingt gelten.«

»Sie meinen, Perry, dass Bardioc bewusst nicht hilft, weil er Pläne verfolgt, deren Sinn wir nicht verstehen können?«

»Genau das wollte ich damit sagen. Ich finde es reichlich hochmütig von Gavro Yaal, dass er sich erdreistet, alles verstehen zu wollen, was Bardioc tut oder nicht tut. Wer sagt denn, dass Bardioc in letzter Konsequenz tatsächlich sterben wird, wenn die Symbiose als sein Lebenserhaltungssystem zusammenbricht? Woher wissen wir, dass Bardioc keine Flucht- und Überlebensmöglichkeit hat, solange er selbst darüber schweigt?«

»Sie haben mit Bardioc gesprochen. Niemand sonst.«

»Aber ich habe nicht einmal fünf Prozent von dem erfahren, was ich wissen möchte. Ich bin nicht in der Lage, Bardiocs Verhalten so zu erklären, dass ich sicher sein kann, ihn richtig beurteilt zu haben. Wieso fühlte sich Gavro Yaal derart sicher? Ist nicht gerade die Unsicherheit ein Zeichen von Größe? Irgendein kluger Mann hat einmal gesagt, dass nur ein Narr frei von Zweifel sei.«

Joscan Hellmut erhob sich. Er nickte Rhodan zu. »Sie haben mir geholfen, Perry«, sagte er. »Ich war tatsächlich schwankend geworden.«

Rhodan schwieg dazu. Wenn selbst ein nüchtern denkender Mann wie Joscan Hellmut den Einflüsterungen Gavro Yaals zugänglich war, wie sah es dann mit anderen SOL-Geborenen aus, die sehr viel emotionaler reagierten?

Es wurde Zeit, dass etwas geschah.

»Das solltest du dir ansehen, Barbar«, sagte Atlan. »Es lohnt sich.«

Die beiden Männer hatten sich in einem Korridor im Mittelteil des Raumschiffs getroffen, das mit hoher Überlichtgeschwindigkeit durch die Unendlichkeit jagte. »Gavro Yaal hält Volksreden, und das Volk jubelt ihm zu.« Der Arkonide lächelte spöttisch. »Oder interessierst du dich dafür nicht?«

»Nicht für die Reden, die er schwingt«, antwortete Perry Rhodan. »Ich möchte vielmehr wissen, weshalb er sich nicht mit Bardioc befasst.«

»Hier entlang, Vater der Superintelligenz.« Atlan wies auf ein breites Schott, das zu einer Großmesse führte.

»Was soll der Blödsinn?«, fragte Rhodan ärgerlich. »Du weißt, dass ich für diese verrückte Idee nichts übrig habe.«

»Du bist der Repräsentant der Terraner.«

»Diese Idee stammt nicht von einem Terraner, sondern von einem SOL-Geborenen.«

»Von einem Terraner, der den Boden unter den Füßen verloren hat«, bemerkte Atlan ironisch. Rhodan blickte ihn überrascht an, als ihm der Doppelsinn dieser Worte aufging. Ein flüchtiges Lächeln umspielte seine Mundwinkel.

»Du hast es erkannt, Arkonidenhäuptling«, sagte er und öffnete das Schott.

Beifall brandete ihm entgegen. Die Messe, für etwa hundert Personen eingerichtet, war mit etwa fünfhundert Männern und Frauen überfüllt. Dicht gedrängt trampelten alle vor Begeisterung mit den Füßen. Gavro Yaal stand in ihrer Mitte auf einem Tisch. Neben ihm war Jon Haix.

»Das ist der richtige Moment!«, rief der Kosmobiologe, als er Rhodan und Atlan entdeckte. »Das gibt mir die Gelegenheit, dem Kommandanten einige Fragen zu stellen.«

Yaals Zuhörer wichen zur Seite und machten den Neuankömmlingen Platz. Langsam gingen die beiden Aktivatorträger weiter. Etwa fünf Meter vor Yaal blieben sie stehen.

»Kommen Sie vom Tisch herunter, wenn Sie mit mir sprechen wollen!«, forderte der Terraner.

»Ich halte es für klüger, wenn Sie ebenfalls auf einen Tisch steigen, damit alle Sie sehen und Sie besser verstehen können«, antwortete der Kosmobiologe. Die Menge klatschte begeistert.

»Ich würde das tun«, raunte Atlan dem Freund zu. »Es wäre unklug, ihn herunterzuholen.«

Rhodan stieg auf einen Stuhl. Auch so überragte er die Zuhörer deutlich.

»Sie wollten mir Fragen stellen«, erinnerte er Yaal. »Nun gut, fangen Sie an. Aber zunächst sollten Sie mir erklären, warum Sie Ihre Arbeit für Bardioc beendet haben.«

»Weil sie sinnlos geworden ist. Ich habe die Ursache für das Absterben des biologischen Lebenserhaltungssystems herausgefunden.«

»Dann sagen Sie uns, was dahintersteckt!« Rhodan bezweifelte, dass Gavro Yaal wirklich so schnell fündig geworden war.

»Es ist die Beschleunigung. Die Pflanzen, Tiere und Mikroorganismen reagierten empfindlich auf die Beschleunigung, die sie beim Start der SOL erfahren haben.«

Rhodan schüttelte den Kopf. »Was soll der Unsinn? Sie wissen so gut wie ich, dass alle Beschleunigungseffekte durch positronisch gesteuerte Absorber neutralisiert werden.«

»Eben«, erwiderte Gavro Yaal. »Auf BARDIOCS Welt herrschte eine Schwerkraft von 0,88 Gravos; auf der SOL wird der Wert konstant bei einem Gravo gehalten. Während des Transports wurde das Stück Planetenboden kurzfristig auf ein Gravo beschleunigt und wenig später wieder auf 0,88 zurückgestuft. Ich habe herausgefunden, dass diese Beschleunigung den negativen Effekt auf das biologische System bewirkte.«

»Lässt sich das beweisen?«, fragte Rhodan.

»Es scheint ein verblüffender Zufall zu sein, dass ich mich gerade in diesen Tagen mit der Auswirkung von Gravitation auf Pflanzen beschäftige«, erwiderte Gavro Yaal. »Denken Sie nur an mein Experiment mit den Spielzeuggleitern. Ich habe das wissenschaftliche Grundlagenmaterial frühzeitig erarbeitet. Ich hatte es, bevor Sie mir den Auftrag gaben, mich um Bardioc zu kümmern.«

Die Menge schwieg. Es wurde absolut still in der Messe. Gavro Yaals Zuhörer schienen den Atem anzuhalten.

»Merken Sie nichts?«, fragte der Kosmobiologe. »Bardioc hat mir, ohne dass ich es zunächst bemerkt habe, einen eindeutigen Hinweis gegeben. Er hat mir gezeigt, was er will.« Seine Stimme steigerte sich, wurde kraftvoll und energisch. »Bardioc hat mir damit bewiesen, dass er in uns allen seine Erben sieht! Er weiß, dass wir eine neue Superintelligenz sind, und er hat uns als seine Nachfolger anerkannt.«

Gavro Yaal wollte noch mehr sagen, doch der frenetische Beifall der Menge übertönte ihn. Um Ruhe heischend, hob er die Arme, aber so schnell verstummte der Beifall nicht.

»Ich fordere Sie auf, den Widerstand gegen uns endlich aufzugeben!«, rief Yaal, als er sich endlich wieder verständlich machen konnte. »Schließen Sie sich den progressiven Kräften an.«

Wieder unterbrach ihn tosender Beifall.

»Sie gehen reichlich großzügig mit dem Begriff Fortschritt um«, sagte Rhodan, als es erneut ruhig wurde. »Superintelligenzen zu provozieren ist für mich nicht progressiv.«

Gavro Yaal überging Rhodans Bemerkung völlig. »Sie und Ihre ängstlichen Freunde haben nur eine Möglichkeit. Integrieren Sie sich in die neu entstehende Gemeinschafts-Superintelligenz.«

»Und was ist, wenn wir das nicht tun?«

»Dann werden wir Sie bitten müssen, die SOL zu verlassen.«

»Sie irren sich«, widersprach der Terraner ruhig. »Die SOL ist nicht Träger einer Gemeinschafts-Superintelligenz und wird es nie sein. Was Sie propagieren, Yaal, ist nicht mehr und nicht weniger als eine Aufforderung zum Suizid.«

»Überlegen Sie sich, was Sie tun wollen«, riet Gavro Yaal unbeeindruckt. »Wir brauchen eine Entscheidung, und zwar bald. Wir werden nicht abwarten, bis ein anderer BARDIOCS Mächtigkeitsballung an sich gerissen hat, denn wir sind überzeugt, dass wir ein Anrecht darauf haben.«

»Warum diskutieren Sie nicht mit Bardioc darüber?«, fragte Rhodan. »Vielleicht erhalten Sie von ihm eine Antwort, die Ihnen Klarheit verschafft. Oder scheuen Sie sich, das zu tun?«

»Ich werde mich hüten, Bardioc in diesem Stadium der Entwicklung zu informieren. Aber ich habe auch eine Frage an Sie, Rhodan. Es gibt eine Institution an Bord der SOL, die eine von Emotionen freie Antwort geben kann. Ich spreche von SENECA. Warum fragen Sie SENECA nicht, ob ich recht habe? Fürchten Sie sich davor, dass SENECA sagen könnte: ›Ja, WIR sind eine Gemeinschafts-Superintelligenz!‹?«

Abermals belohnte tobender Beifall Gavro Yaal für seine Worte.

»Ich werde SENECA fragen«, erwiderte der Aktivatorträger. Er stieg vom Stuhl herunter und verließ die Messe in dem Bewusstsein, die Menge nicht überzeugt zu haben.

»Er hat einen geradezu dämonischen Einfluss auf die SOL-Geborenen«, stellte Atlan fest, als sich das Schott hinter ihnen geschlossen hatte.

»Das Schlimme ist, dass er auch noch von dem Unsinn überzeugt ist, den er von sich gibt«, versetzte Rhodan.

»Allerdings. Yaal ist die Verkörperung jenes Menschentyps, auf den die Psychologen und du eigentlich schon lange gewartet haben. Ich erinnere mich, dass du bereits vor Jahren die Auffassung vertreten hast, dass eines Tages ein SOL-Geborener mit hoher Intelligenz und einem abstrakt gefärbten Genie erscheinen wird, der uns gefährlich werden kann. Wir haben ähnliche, jedoch kläglich gescheiterte Bemühungen erlebt, die man als Weltverbesserungsversuche bezeichnen könnte, aber dabei hatten wir es stets mit relativ harmlosen Wirrköpfen zu tun.«

»In der Tat. Gavro Yaal unterscheidet sich deutlich von diesen Weltverbesserern. Dass Bardioc an Bord ist, macht die Sache erst wirklich schlimm. Ich bin überzeugt davon, dass Yaal noch gewartet hätte, seine Ideen preiszugeben, wäre Bardiocs Rettung nicht so gut abgelaufen. Nun schwebt Bardioc erneut in Gefahr, und das ist für Yaal der Beweis dafür, dass das Gehirn ohne uns nicht mehr auskommt. Eine recht beschämende Situation für eine Superintelligenz – meint Yaal.«

»Du glaubst also, dass er weiß, wie er Bardioc in letzter Sekunde vor dem Tod bewahren kann?«, fragte der Arkonide.

»Davon bin ich überzeugt. Ich halte es für Unsinn, dass Bardioc durch eine geringfügige Beschleunigung gefährdet worden sein soll. Yaal hat gelogen. Aber das wird sich zeigen. Zunächst will ich nur herausfinden, wie es möglich war, dass er Fellmer in der Hinsicht täuschen konnte.«

»Fragen wir ihn«, schlug Atlan vor.

Perry Rhodan verließ die Beta-Zentrale. Er wirkte blass. Atlan kam ihm mit Fellmer Lloyd entgegen.

»Du siehst nicht so aus, als hätte SENECA erbauliche Neuigkeiten für dich bereitgehalten«, sagte der Arkonide. Er war überrascht, denn er hatte keineswegs erwartet, den Freund so zu sehen. Er kannte Perry gut genug, um sofort zu erkennen, dass etwas geschehen war, was dessen Pläne empfindlich störte.

»Bevor wir zu SENECA kommen, will ich wissen, was Fellmer herausgefunden hat.« In Rhodans Stimme schwang eine gewisse Bitterkeit mit. »Wie ist das mit Yaals Untersuchungsergebnissen?«

»Es ist genau so, wie er gesagt hat«, antwortete Lloyd. »Bardiocs Symbiose mit den Pflanzen ist tatsächlich überaus empfindlich gegen Beschleunigung. Diese Sensibilität spielte auf dem Planeten zwangsläufig keine Rolle.«

»Ist es möglich, dass Yaal dieses Ergebnis vortäuscht?«

Lloyd lächelte in seiner stillen Art. »Du glaubst hoffentlich nicht, dass ein Mann wie Yaal mich täuschen kann?«

»Natürlich nicht«, erwiderte Rhodan. »Er hat also die Wahrheit gesagt. Das macht die Sache erst richtig unangenehm. Gibt es Anzeichen dafür, dass Bardioc ihn beeinflusst?«

»Keine. Yaal hat mit seinen Gleiter-Experimenten schon vor Wochen angefangen. Ein Zusammenhang ist also völlig ausgeschlossen. Zufällig kann er die Ergebnisse seiner Forschungsarbeit gerade jetzt so perfekt verwerten. Ohne seine Arbeit wäre er vermutlich ebenso wenig auf die Lösung gekommen wie die anderen Wissenschaftler.«

»Hat er eine Idee, wie wir Bardioc helfen können?«, fragte der Arkonide.

»Leider nicht.«

»Es muss eine Möglichkeit geben«, sagte Atlan. »Mir will nicht in den Kopf, dass das Gehirn so kurz vor dem Ziel verloren sein soll.«

»Das kann ich allerdings auch nicht glauben. Wir werden uns darauf konzentrieren müssen, Bardioc durch ein künstliches Lebenserhaltungssystem über die Runden zu bringen«, sagte Rhodan. »Ich rede mit Dr. Peysel.«

Der Arkonide hielt ihn zurück. »Du wolltest uns sagen, wie SENECA sich zu Yaals Ideen geäußert hat.«

»Das würde ich am liebsten verschweigen. SENECA hat kühl und sachlich erklärt, dass er die von Yaal propagierte Evolution der SOL mit ihrem Inhalt nicht für unmöglich hält. Er will sich neutral verhalten und abwarten.«

Atlan und Lloyd blickten Rhodan entgeistert an. Beiden war, als hätten sie einen Schlag ins Gesicht bekommen.

»So etwas ist doch verrückt«, versetzte der Telepath.

»Jemand muss SENECA manipuliert haben«, argwöhnte Atlan.

»Daran habe ich ebenfalls sofort gedacht«, gestand Rhodan. »Ich weiß nur nicht, wie so etwas geschehen sein sollte und wer das gemacht haben könnte. Die Frage ist, wie wir uns jetzt verhalten sollen. Ändern können wir an SENECAS Haltung absolut nichts.«

»Du kannst Yaal und seinen Anhängern unmöglich sagen, dass SENECA diese Position eingenommen hat«, kommentierte Atlan. »Allein das Wort Evolution ist in diesem Zusammenhang schon eine Katastrophe.«

»Irgendetwas muss ich sagen«, stellte Rhodan fest. »Ich kann nicht behaupten, SENECA habe geschwiegen. Yaals Anhänger würden so oder so Oberwasser bekommen. Es wäre ebenso falsch und sinnlos, zu verbreiten, SENECA habe Yaals Theorien als Blödsinn verurteilt. Das würden uns die SOL-Geborenen nicht abnehmen, und Yaal würde ohnehin fordern, dass er und einige Zeugen bei SENECAS Befragung dabei sein müssen.«

»Das brauchst du nicht zuzulassen«, sagte Atlan.

»Natürlich nicht. Aber es wäre psychologisch verheerend, Yaal auf diese Weise abblitzen zu lassen. Er würde eine Ablehnung als das erkennen, was sie ist – als Versuch, die wahre Aussage SENECAS noch für eine gewisse Zeit geheim zu halten.«

Die drei Männer gingen in Richtung der Lagerhalle weiter, in der Bardioc wartete. Sie versuchten herauszufinden, wie eine Manipulation des Großrechners durchgeführt worden sein konnte, kamen aber zu keinem Ergebnis. Rhodan wies den Gedanken weit von sich, ausgerechnet Joscan Hellmut könne sein Vertrauen missbraucht haben.

»Wäre es möglich, dass BULLOC Einfluss auf SENECA genommen hat?«, fragte Atlan schließlich.

»Das halte ich für ausgeschlossen«, erwiderte Lloyd. »Einen derartigen Angriff auf die Biopositronik hätten wir bemerkt, denn dazu wären parapsychische Kräfte von beachtlicher Intensität notwendig. Sie wären uns aufgefallen. Deshalb schließe ich auch einen Eingriff Bardiocs völlig aus.«

Rhodan nickte nur. Er war bei seinen Überlegungen längst zu demselben Ergebnis gekommen.

»Wir müssen gezielt Gegenmaßnahmen einleiten, um Yaal endlich den Wind aus den Segeln zu nehmen«, drängte Atlan. »Dabei sollten wir die Möglichkeit einkalkulieren, dass SENECA sich über Bordrundspruch direkt äußert, falls du den SOL-Geborenen verheimlichst, welche Haltung er einnimmt.«

»Wenn eine Manipulation vorliegt, müssen wir sogar damit rechnen«, sagte Rhodan. »Und dann wäre die Katastrophe da.«

23.

Rhodan erschrak, als er Bardiocs eng begrenzten Lebensraum sah. Einige der größeren Pflanzen hatten sich verfärbt und sahen welk aus. Als wären sie in der Strahlung der Kunstsonnen verbrannt.

»Das ist schlimmer, als ich befürchtet habe«, entfuhr es Atlan. »Wie ist das möglich?«

Rhodan entdeckte Dr. Peysel und ging zu ihm. Der Kosmobiologe arbeitete an einer Bodenprobe. Seine Augen lagen tief in den Höhlen. Fahle Flecken auf Peysels Wangen ließen erkennen, dass er aufputschende Mittel eingenommen hatte, um keine Pause einlegen zu müssen.

»Es geht zu Ende«, erklärte er, noch bevor Rhodan eine Frage stellte. »Das System bricht schneller als erwartet zusammen. Bardioc selbst scheint aber bislang nicht davon beeinträchtigt zu sein.«

»Können Sie den Zusammenbruch aufhalten oder wenigstens verlangsamen?«, fragte Atlan.

Peysel schüttelte resignierend den Kopf. »Ich habe die Hoffnung aufgegeben. Bisher habe ich es immer geschafft, Pflanzen und Tiere von fremden Welten am Leben zu erhalten, solange dies notwendig war. Hier zeichnet sich nicht der geringste Erfolg ab. Ob wir etwas tun oder nicht, das Ergebnis bleibt gleich.«

»Was halten Sie von Yaals Theorie?«

»Sie scheint richtig zu sein. Dabei hätte ich es nie für möglich gehalten, dass Beschleunigung einen derart negativen Effekt haben kann. Die Zellstruktur der Pflanzen und Bodenlebewesen ist jedoch so schwach, dass sie bei der kleinsten Belastung bricht.«

»Hat Yaal eine Idee, wie wir die negativen Effekte umkehren können?«, fragte Lloyd.

»Er lässt sich hier überhaupt nicht mehr sehen«, antwortete Dr. Peysel verbittert.

»Wir müssen versuchen, Bardioc mit einem künstlichen System zu retten«, sagte Rhodan, doch der Kosmobiologe unterbrach ihn sofort.

»Ausgeschlossen. Wenn wir ein solches System konstruieren wollen, müssen wir die biologische Struktur von Bardiocs Gehirn kennen. Wir müssen seinen Metabolismus erforschen. Das geht aber nur, wenn wir dem Urgehirn Gewebeproben entnehmen. Und das dürfte schlicht unmöglich sein. Bardioc würde es nicht zulassen, weil er genau weiß, dass er Dauerschäden davontragen könnte.« Er hob resignierend die Hände. »So schnell ändern sich die Ansichten, sogar die einer ehemaligen Superintelligenz. Abgesehen davon fehlt uns die Zeit. Vielleicht könnten wir Bardioc retten, wenn wir vier oder fünf Wochen intensiv an dem Problem arbeiten, auf einen oder zwei Tage gesehen ist es hoffnungslos für uns.«

Als Joscan Hellmut den Antigravschacht in der Nähe von SENECAS Beta-Zentrale verließ, traten fünf Männer auf ihn zu. Ihre Gesichter hatten sie mit Tüchern verhüllt, und sie richteten Kombistrahler auf ihn. Einer von ihnen entriss dem Kybernetiker das Kombiarmband, sodass er keinen Alarm geben konnte.

»Was soll denn der Unsinn?«, fragte Hellmut, als er sich von seinem Schrecken erholt hatte. »Das führt doch zu nichts.«

»Wir werden sehen …«, antwortete einer der Männer. »Geh weiter!« Er riss den Kybernetiker an der Schulter herum, stieß ihm den Strahler in den Rücken und schob ihn in Richtung der Beta-Zentrale.

»Was wollt ihr von mir?«

»Wir wollen wissen, was SENECA sagt.«

Hellmut blieb stehen. Er war noch etwa zehn Schritte vom Panzerschott der Beta-Zentrale entfernt. »Ihr glaubt wirklich, dass ihr mich dazu zwingen könnt, euch in die Beta-Zentrale mitzunehmen und SENECA zu befragen?«

»Davon sind wir überzeugt. Wenn es um Leben oder Tod geht, sehen die Entscheidungen anders aus als sonst.«

Joscan Hellmut schüttelte den Kopf. »Sie werden Ihr Gewissen nicht mit einem Mord belasten.«

»Sind Sie da so sicher?« Der SOL-Geborene hob den Kombistrahler. Das flirrende Abstrahlfeld ließ Hellmut blass werden.

»Für unser Gemeinschaftswesen ist der Einzelne unbedeutend. Als Kybernetiker haben Sie sich mit der Pathologie von Regelsystemen befasst. Daher sollten Sie wissen, was zu geschehen hat, wenn ein biologisches Regelsystem fehlfunktioniert.«

»Reden Sie keinen Unsinn!«, schnaubte Hellmut. »Hier geht es nicht um Kybernetik, sondern um die Tatsache, dass SENECA Sie nicht in die Beta-Zentrale lassen wird, auch dann nicht, wenn ich Sie führe.«

Der Mann ignorierte den Einwand.

»Ihr Verhalten ist neurotisch«, warf er dem Kybernetiker vor. »Vergegenwärtigen Sie sich folgende Situation, dann begreifen Sie hoffentlich auch, wie es um Sie steht: Sie gehen durch das Schiff. Jemand kommt Ihnen entgegen. In dem Maß, wie sich der Abstand zwischen Ihnen und dem anderen verringert, wird Ihnen und ihm deutlich, dass sie drauf und dran sind, zusammenzustoßen. Jeder weicht deshalb aus, und es kommt häufig vor, dass beide nach derselben Seite ausweichen. Jeder korrigiert daher diese Bewegung in der entgegengesetzten Richtung. Der Abstand verringert sich immer mehr, und der Vorgang der Korrektur und der Gegenkorrektur setzt sich so lange fort, bis sich beide von Angesicht zu Angesicht gegenüberstehen.«

»Was soll das?«

»Ich spreche von einer unzureichenden Konstruktion der Rückkopplung. Sie ist in Ihrem Fall fraglos die Folge einer beginnenden Neurose. Als Kybernetiker sollten Sie wissen, was daraus zu folgern ist.«

»Die Empfindlichkeit des Systems muss verbessert werden.«

»Bravo. Es gibt zwei Möglichkeiten, sich einzustellen. Sie können nachgeben oder Sie sterben. Sie sind unserer Bewegung im Weg. Wir sind zusammengeprallt, weil Sie im Regelsystem unserer kybernetischen Einheit SOL, SENECA und Besatzung nicht richtig reagiert haben. Oder wollen Sie behaupten, dass das Gemeinschaftswesen Superintelligenz keine kybernetische Einheit ist?«

»Sie ist eine kybernetische Einheit«, bestätigte Hellmut, fügte aber einschränkend hinzu: »Die SOL mit ihrer gesamten Ausrüstung und ihrer Besatzung ist aber auch dann ein geschlossenes Regelsystem, wenn man in ihr keine Superintelligenz sieht.«

»Das sehen wir nun mal in ihr, daran ändert sich nichts. Entscheiden Sie sich! Sie wissen jetzt, dass es moralische Bedenken für uns nicht geben kann.«

Endlich begriff Hellmut, was sein Gegenüber wirklich meinte. Der Mann verschanzte sich hinter einem Schwall kybernetischer Begriffe, um damit seine eigenen Hemmungen zu beseitigen.

Er würde töten. Daran zweifelte Hellmut nicht mehr.

Joscan blickte auf das Schott der Beta-Zentrale. Von hier aus konnte SENECA befragt werden, wenn es um Dinge ging, die nicht der Geheimhaltung unterlagen. Andernfalls antwortete die Hyperinpotronik nur autorisierten Personen, die zudem den Sperrgürtel zur Alpha-Zentrale durchschreiten mussten.

Eine Stellungnahme des Großrechners zu Gavro Yaal und seinen Ideen war natürlich in der Beta-Zentrale zu bekommen.

»Also gut«, sagte Hellmut. »Sie sollen Ihren Willen haben.«

In diesem Moment sah er einen Uniformierten aus einem Antigravschacht kommen. Zehn Männer der Bordwache mit Paralysestrahlern folgten. Aus einem anderen Schacht stürmten ebenfalls Uniformierte heran.

Geistesgegenwärtig warf Hellmut sich zur Seite. Ein Schuss zuckte dicht an seinem Kopf vorbei, aber dann spürte er dennoch die Wirkung eines Paralysatortreffers. Was mit den Maskierten geschah, konnte er schon nicht mehr erkennen.

Augenblicke später beugte sich ein Offizier über ihn. »Gucky hat uns gewarnt«, sagte der Mann. »Er meinte, Sie könnten Hilfe brauchen.«

Ich danke dir, Kleiner!, dachte der Joscan Hellmut, überzeugt, dass Gucky ihn in dem Moment belauschte. *Ohne dich wäre ich wohl noch übler dran.*

Orson Goare war weder besonders intelligent noch besonders erfolgreich, was seine Karriere betraf. An Bord der SOL hatte er eine Reihe von Fehlern gemacht und sich Eigenmächtigkeiten geleistet, die von seinen Vorgesetzten negativ verzeichnet worden waren.

Der vierundachtzigjährige Goare galt dennoch als aufrechter Mann, der seinen Willen durchzusetzen wusste. Er war untersetzt, hatte kurzes schlohweißes Haar und ein von Narben übersätes Gesicht. Die Narben waren das Andenken an seinen Kampf mit einer fleischfressenden Pflanze auf einem exotischen Planeten. Er hatte sie sich auf einem der wenigen Außeneinsätze zugezogen, zu denen er beordert worden war.

Ansonsten hatte Orson Goare den größten Teil seines Lebens auf der SOL verbracht. Er war einer der besten Ausbilder an Bord. Ihm sagte man nach, dass er mit gnadenloser Härte arbeitete, die Leistungsgrenzen der ihm anvertrauten Personen jedoch genau kannte. Tödliche Unfälle hatte es unter seiner Verantwortung nie gegeben.

Eigentlich hätte Goare mit seinen Aufgaben zufrieden sein müssen, doch das war er nicht. Da er der Ansicht war, dass eine Kampfausbildung für seine Schüler nur unvollständig war, solange sie in den dafür vorgesehenen Trainingsräumen stattfand, verlegte er sie häufig in andere Schiffsbereiche.

Goare demonstrierte den Umgang mit Desintegratorklingen, als der Notruf kam. Gucky erschien in dem kleinen Holo über seinem Handrücken …

»Ach, du bist es, Orson«, sagte der Ilt enttäuscht. »Na, hilft nichts. In dieser Sache kannst du gar keinen Mist machen. Josc ist in Not. Du musst ihm helfen. Er befindet sich direkt vor dem Zugang zur Beta-Zentrale.«

»Das ist keine hundert Meter entfernt. Du kannst dich auf mich verlassen.« Goare gab sofort Befehle an seine Schützlinge.

»Spute dich, alter Haudegen!«, drängte Gucky.

»In zwei Minuten ist die Sache erledigt. Was haben die Burschen überhaupt vor?«

Mit seiner Frage verleitete Goare den Ilt zu einem schweren Fehler. »Das sind Gavro Yaals Männer«, erwiderte Gucky. »Sie zwingen Josc, sie in die Beta-Zentrale zu führen. Sie wollen wissen, was SENECA zu den Spinnereien von Yaal sagt.«

»Gavro Yaal? Wer ist das denn?«

»Beeil dich lieber! Es wird kritisch für Joscan.«

Goare rannte los, seine Männer ebenfalls. Sie teilten sich in zwei Gruppen, die den Zugang zur Beta-Zentrale zangenförmig angingen.

Orson Goare benötigte tatsächlich nicht mehr als zwei Minuten, um die Situation zu bereinigen.

Dann aber machte er einen Fehler, der sich beinahe zwangsläufig aus dem Fehler des Mausbibers ableitete. Goare begann zu denken.

Von Gavro Yaal hatte er tatsächlich noch nicht gehört. Er war kein Mann, der sich über Politik und Bordklatsch unterhielt, sondern Ausbilder, dessen geistige Tätigkeit sich darin erschöpfte, dass er ständig auf der Suche nach besseren Methoden war. So hatte er im Lauf der Jahrzehnte eine Reihe von Trainingsrobotern entwickelt und bauen lassen. Auch auf dem Gebiet der psychologischen Einsatzmotivation hatte er Beachtliches geleistet.

Nun wagte er sich in einen Bereich vor, von dem er keine Ahnung hatte. Da er keine Informationen über Gavro Yaal und dessen Ideen hatte, war er nicht in der Lage, die Situation richtig zu beurteilen.

Er blickte auf die paralysierten Männer. Gavro Yaal hatte sie geschickt und zu dem Überfall veranlasst. Damit war, so folgerte Orson Goare, dieser Yaal für alles verantwortlich. Er beschloss, den Sicherheitsorganen nicht nur die unschädlich gemachten Maskierten, sondern zudem den Verantwortlichen zu präsentieren.

Goare musterte seine Untergebenen. Keiner von ihnen war älter als zweiundzwanzig Jahre. Alle waren auf der SOL geboren.

»Kennt einer von euch einen Mann namens Gavro Yaal?«

Die Männer blickten ihn verdutzt an. Seine Frage verschlug ihnen die Sprache. Sie konnten sich nicht vorstellen, dass jemand an Bord Yaal nicht kannte.

»Glaubt ihr, ich will bis morgen warten?«, drängte Goare. »Wer ist Gavro Yaal, und wo finde ich ihn?«

Pete Andrew trat vor. Er strich sich das blonde Haar aus der Stirn. »Ich bringe Sie zu ihm«, erklärte er stolz. »Es wird Ihnen ein Vergnügen sein, Yaal kennenzulernen.«

Orson Goare hatte eine heftige Erwiderung auf der Zunge, doch bemerkte er das Leuchten in den Augen seiner Männer. Er verstand. Yaal genoss bei ihnen offenbar das höchste Ansehen, obwohl er in krasser Weise gegen die Schiffsordnung verstoßen hatte.

»Okay, Andrew, Sie bringen mich zu Yaal. Die anderen bewachen die Paralysierten und informieren die Hauptzentrale, dass keine Gefahr mehr für Hellmut besteht.«

Seine Untergebenen, die Guckys erklärende Worte nicht gehört hatten, gehorchten. Orson Goare selbst eilte mit Andrew davon. Er sprach kein Wort mit dem SOL-Geborenen und dachte auch nicht an Yaal. Vielmehr verdrängte er alle diese Gedanken, weil er hoffte, dass Gucky dann nicht auf ihn aufmerksam wurde. Geradezu verbissen konzentrierte er sich auf die Konstruktion eines neuen Trainingsgeräts und schreckte verstört auf, als Andrew ihm eröffnete: »Wir sind da.«

Ein Türschott glitt zur Seite. Goare blickte auf ein mit Pflanzen bedecktes Oval, über dem Spielzeuggleiter in verschiedenen Flugebenen hin und her rasten. Ihm gegenüber stand ein unscheinbarer Mann mit hellblonden Haaren, bräunlichen Augen und einem pausbäckigen Gesicht.

»Das ist Gavro Yaal«, sagte Andrew.

»Okay«, versetzte der Ausbilder, nachdem er in die Wirklichkeit zurückgefunden hatte, »wenn Sie Gavro Yaal sind, dann sind Sie verhaftet. Kommen Sie mit!«

»Aber das können Sie nicht tun, Sir!«, rief Pete Andrew stammelnd.

Gavro Yaal lächelte. »Halten Sie den Mund, junger Mann«, sagte er. »Wenn Ihr Vorgesetzter mich verhaften will, ist es selbstverständlich, dass Sie sich jeglicher Äußerung enthalten.«

»Sie werden Ihre Disziplinarstrafe bekommen«, verkündete Goare ärgerlich. »Und jetzt verschwinden Sie, Andrew, aber flott!«

»Tun Sie, was er sagt«, bat Gavro Yaal milde.

»Ich denke gar nicht daran!«, protestierte Andrew. »Ich werde nicht zulassen, dass jemand Sie in dieser Weise demütigt.«

Er griff nach seinem Paralysator, doch er hatte Goare weit unterschätzt. Die Faust des Ausbilders zuckte so schnell hoch, dass Andrew sie nicht einmal sah. Lautlos ging er zu Boden.

Goare fuhr sofort wieder herum, aber Gavro Yaal war verschwunden.

Fluchend versuchte der Ausbilder auf das Gleiteroval zu steigen, doch angesichts der extremen Geschwindigkeit der winzigen Fluggeräte verzichtete er darauf. »Kommen Sie heraus, Yaal!«, brüllte er stattdessen.

»Ich bin doch schon dabei«, antwortete ihm eine dumpfe Stimme.

Orson Goare blickte nach unten. Er sah die Hände Yaals unter der Pflanzenplatte hervorkommen, fühlte sich bedroht und paralysierte den Wissenschaftler.

»Na also«, sagte er zufrieden, als er Yaal unter der Platte hervorzog. Er warf sich den Gelähmten über die Schulter, bückte sich, nahm eine Hand Andrews und schleifte diesen hinter sich her über den Gang. So eilte er mit der doppelten Last zum nächsten Antigravschacht und schwebte in diesem drei Decks empor. Er erreichte einen unbewachten Sicherheitstrakt mit Kabinen, die nur von außen geöffnet werden konnten. Hier schloss er Andrew und Yaal ein.

Gleichzeitig hörte er Schritte hinter sich und fuhr herum. Mehrere Männer und Frauen standen da und starrten ihn drohend an.

»Was haben Sie getan?«, stieß eine der Frauen bebend hervor.

»Ich habe Gavro Yaal wegen konspirativer Umtriebe verhaftet«, antwortete Goare grinsend. »Ich bezweifle nicht, dass man ihn verurteilen wird.«

Einige der Männer eilten davon. Doch das störte ihn nicht. Sollten sie die Nachricht von der Verhaftung des Mannes ruhig verbreiten, der für einen Angriff auf SENECA verantwortlich war.

Perry Rhodan betrat die Hauptzentrale der SOL, als der Alarm aufheulte. Auf den Schirmen zeichneten sich Tausende von Ortungsreflexen ab.

»Hulkoos!«, sagte Atlan. »Sie haben uns hier erwartet. Offenbar hat BULLOC sie gelenkt.«

»Wie weit sind wir noch von Yoxa-Sant entfernt?«

»Zwanzigtausend Lichtjahre.« Atlan schien sich nicht die geringsten Sorgen zu machen. Es war, als wolle er die Gefahr ignorieren.

Die neuen Kursberechnungen liefen. Mentro Kosum hatte die SERT-Haube abgehoben.

»BULLOC dürfte die Hulkoos unter Kontrolle haben«, sagte Reginald Bull.

»Erstaunlich, dass die Kaiserin von Therm darauf nicht reagiert«, bemerkte Atlan. »Die Hulkoos sind nahezu bis ins Zentrum ihrer Mächtigkeitsballung vorgedrungen.«

»Die Kaiserin will die Kämpfe nicht wieder aufnehmen«, sagte Rhodan. »Wir müssen allein mit den Hulkoos fertig werden.«

»Und was ist mit den Erziehungspflichten, die Bardioc gegenüber seiner Inkarnation hat?«, wollte Bully wissen. »Er sollte BULLOC mal kräftig auf die Pfoten klopfen.«

»Der Ansicht bin ich ebenfalls«, erwiderte Rhodan. »Ich rede mit ihm. Viel Zeit haben wir nicht mehr, und wir können uns nicht auf eine Raumschlacht einlassen.«

»Hoffentlich ist Bardioc noch kräftig genug.« Atlan folgte dem Terraner. Gemeinsam verließen sie die Zentrale.

»Auf jeden Fall haben wir jetzt noch eine Chance, die Hulkoos mit Bardiocs Hilfe abzuwehren«, stellte Rhodan fest. »Wenn sie uns vor dem Yoxa-Sant-System angreifen, sieht es schlechter aus.«

»Du meinst, dass die Kaiserin auch dann nicht eingreifen wird, wenn die Schwarzpelze sich so weit vorwagen?«

»Es geht nicht um die Hulkoos. Die sind nur Werkzeuge der Inkarnation, und ich glaube nicht, dass die Kaiserin etwas gegen BULLOC unternehmen wird. Sie kann nicht wissen, wie Bardioc in einem solchen Fall reagiert, und mit Bardioc will sie keinen Ärger.«

Auf dem Korridor, der direkt zur Lagerhalle führte, drängte sich eine Menschenmenge. SOL-Geborene, die erregt diskutierten.

»Da ist Rhodan!« Der Ruf pflanzte sich fort, und es wurde mit einem Mal still.

»Was ist hier los?«, fragte der Terraner, als die Menge Atlan und ihm den Weg versperrte.

»Tun Sie nicht so!«, rief ein Mann zornig. »Sie wissen genau, wovon wir reden.«

»Wer sind Sie?«

»Mein Name ist Norman Legrand.« Der SOL-Geborene trug das Haar schulterlang. Ein dichter Bart überwucherte sein Gesicht.

»Bitte sagen Sie mir, was Sie bedrückt, Norman.«

Der Mann stutzte, als Rhodan so ruhig blieb. »Wissen Sie nicht, dass Gavro Yaal verhaftet wurde?«

Für einen Moment glaubte Perry Rhodan, sich verhört zu haben.

»Sie machen Witze?«, fragte Atlan. »Niemand denkt daran, Gavro Yaal zu verhaften.«

Die Menge johlte höhnisch.

Rhodan hob die Arme. »Hören Sie zu!«, rief er. »Die SOL befindet sich in erheblicher Gefahr. Wir wurden von einer großen Hulkoo-Flotte eingekesselt, die unter BULLOCS Kommando steht. Die Situation ist ernst. Also lassen Sie mich zu Bardioc durch! Ich muss mit ihm reden. Danach werde ich Gavro Yaal freisetzen, falls er tatsächlich verhaftet worden sein sollte.«

»Wir lassen Sie nicht durch!«, schrie Legrand. »Zuerst muss Yaal befreit werden.«

Rhodan erkannte, dass es keinen Sinn hatte, seine Autorität aufs Spiel zu setzen. Er durfte sich den Weg nicht mit Befehlsgewalt frei machen, weil er die Menge damit nur noch weiter gegen sich aufgebracht hätte.

»Irgendein Trottel hat uns ins Handwerk gepfuscht, Perry«, sagte Atlan.

Rhodan musste nachgeben, um die SOL nicht zu gefährden. Das Problem Gavro Yaal duldete keinen Aufschub. Er hob sein Handgelenk mit dem Kombiarmband an die Lippen, um Gucky zu rufen, doch in dem Moment materialisierte der Mausbiber schon neben ihm.

»Es stimmt«, stieß der Ilt hervor. »Es gibt tatsächlich einen Trottel, der Yaal hinter Gitter gesetzt hat – aber der eigentliche Trottel bin ich!«

Das war ein verblüffendes Geständnis. Von Gucky war Rhodan derartige Worte nicht gewohnt.

»Her mit ihm!«, befahl er. »Aber schnell!«

Der Mausbiber teleportierte. Die Menge wartete schweigend ab. Nur Sekunden verstrichen, dann materialisierte Gucky mit Gavro Yaal. Die SOL-Geborenen jubelten. Sie drängten sich um den Mann, den sie verehrten.

Gucky packte Rhodans Hand und teleportierte mit ihm bis unmittelbar vor die Lagerhalle.

»Wieso ist das mit Yaal eigentlich passiert?«, fragte Rhodan.

Der Ilt fasste sich mit theatralischer Geste an den Kopf. »Es tut mir unendlich leid, aber jetzt kann ich dir nicht antworten. Ich habe Migräne.« Er verschwand, kaum dass er den Satz zu Ende gebracht hatte.

Rhodan stürmte in die Halle.

Dr. Peysel kam ihm entgegen. »Wir sind am Ende!«, rief der Kosmobiologe. »Wir können nichts mehr tun.«

»Wollen Sie damit sagen, dass Bardioc …?«

»In spätestens drei Stunden wird die gesamte Symbiose erloschen sein. Dann beginnt der Verfall auch für Bardioc.«

Überall waren die Spuren verzweifelter Rettungsbemühungen zu sehen. Trotzdem gab es keine Pflanze mehr, die nicht welkte oder schon am Boden lag.

Nur das Gehirn in der Mulde wirkte unverändert.

Perry Rhodan streckte sich wieder neben Bardioc aus. Das Gehirn meldete sich sofort auf seinen gedanklichen Ruf.

»Was wirst du tun, Terraner?«

Ich weiß es nicht, Bardioc. Wir haben alles versucht, aber nichts erreicht.

»Ich habe nicht bemerkt, dass du etwas unternommen hast.«

Rhodan war so überrascht, dass er den Kopf zur Seite wandte und das Gehirn ansah. *Ich habe die fähigsten Wissenschaftler für dich aufgeboten. Sie sollten die Symbiose aufrechterhalten.*

»Davon spreche ich nicht.«

Erstaunt registrierte der Terraner, dass Bardioc sich um sich selbst offenbar keine Sorgen machte. Er erkannte, dass die Superintelligenz die militärische Situation meinte.

Du weißt, dass BULLOC mit einem Riesenaufgebot von Hulkoos da ist?

»Das ist mir nicht entgangen.«

Wir benötigen deine Hilfe, um BULLOC aufzuhalten. Eine Raumschlacht würden wir nicht überstehen. Die SOL ist erstmals in ihrer Geschichte ernsthaft von der Vernichtung bedroht.

»Ich kann nichts tun.«

Das musst du aber. Was für einen Sinn hätte es, dein Leben zu erhalten, wenn die Hulkoos es schließlich doch vernichten?

Bardioc antwortete nicht mehr, sosehr Perry Rhodan sich auch bemühte und beschwörend auf das Gehirn einwirkte. Enttäuscht verließ der Terraner schließlich die Halle.

Wieder sah er sich einer dichten Menge SOL-Geborener gegenüber. Gavro Yaal trat ihm entgegen. Er hob beide Arme, um anzudeuten, dass er Rhodan nicht durchlassen würde.

»Ich habe mit Ihnen zu reden, Terraner!«

»Lassen Sie mich mit Ihrem Quatsch in Ruhe«, entgegnete Perry Rhodan. »Die SOL schwebt in größter Gefahr. Wenn nicht rasch etwas geschieht, wird das Schiff vernichtet.«

»Davon will ich mich überzeugen«, erklärte Yaal. »Ich verlange, dass Sie mich in die Hauptzentrale führen.«

Die SOL-Geborenen trampelten und klatschten. Minutenlang versuchte Rhodan vergeblich, sie zur Ruhe zu bringen. Dann endlich verschaffte er sich Gehör.

»Sie überschätzen sich gewaltig, Yaal«, sagte er kalt und abweisend. »Ihr Spezialgebiet sind Kosmobiologie und Hydrokultur. Beschränken Sie sich darauf, denn in der Hauptzentrale haben Sie nichts zu suchen. Und einen Führungsanspruch haben Sie noch lange nicht. Also lassen Sie mich durch!«

»Geben Sie mir Gelegenheit, mich davon zu überzeugen, dass Sie die Wahrheit gesagt haben! Andernfalls weiche ich keinen Schritt.«

»Ich mache Sie darauf aufmerksam, dass die SOL sich im Alarmzustand befindet. Ihr Verhalten kann ohne Weiteres als Meuterei ausgelegt werden. Zur Seite, oder ich bringe Sie persönlich vor ein Bordgericht – falls wir die Schlacht gegen die Hulkoo-Flotte überleben.«

Gavro Yaal wurde bleich. Seine Anhänger warteten schweigend. Schließlich legte einer von ihnen dem Kosmobiologen die Hand auf die Schulter. Yaal trat zur Seite.

Die SOL-Geborenen bildeten eine Gasse für Rhodan. Er hatte jedoch kaum zwei Schritte gemacht, als Gucky materialisierte, seine Hand ergriff und mit ihm teleportierte.

»Das war dir hoffentlich recht«, sagte der Ilt in der Zentrale. »So ging es schneller.«

»Danke, dass du mich nicht früher geholt hast.« Rhodan fixierte die

Panoramaschirme und stellte fest, dass sich die Flotte der Scheibenschiffe weiter um die SOL zusammengezogen hatte.

»Rufen Sie die Kaiserin von Therm an!«, wandte er sich an den Cheffunker. »Sie muss uns beistehen.«

»Hoffentlich tut sie das auch. Die Dame kann zuweilen recht eigensinnig sein«, bemerkte Bully.

»Sie wird uns unterstützen.« Perry Rhodan gab sich nach wie vor zuversichtlich. Er wusste, dass die Kaiserin von Therm nicht wollte, dass Bardioc zu Schaden kam.

»Die Kaiserin antwortet nicht!«, meldete der Funkleitoffizier.

»Wo ist Puukar?«

Es war, als habe der Choolk geahnt, dass der Kommandant der SOL ihn sprechen wollte. Jedenfalls stürmte das Wesen mit dem pfahlförmigen Körper in diesem Moment in die Zentrale.

»Die Duuhrt antwortet nicht auf unseren Anruf«, sagte Rhodan. »Wir benötigen Beistand.«

Fordernd streckte Puukar eine Hand aus. Rhodan legte ihm den schwarzen Kristall hinein. Schweigend hob der Choolk den Kriegskristall, und der Terraner hob sein helles Gegenstück und berührte damit den schwarzen Kristall des Kriegers der Duuhrt.

Etwa eine Minute verstrich, dann schloss Puukar die Hand um seinen Kristall.

»Die Duuhrt reagiert nicht. Vielleicht existiert sie schon nicht mehr.«

Eisiger Schrecken durchfuhr Rhodan. War es möglich, dass BULLOC in der Zwischenzeit mit seiner gewaltigen Hulkoo-Flotte ins Yoxa-Sant-System geflogen war und die Kaiserin von Therm vernichtet hatte?

Weigerte sich Bardioc, etwas für seine Rettung zu unternehmen, weil er bereits wusste, dass es keine Vereinigung mit der Kaiserin und keine Rettung mehr geben konnte?

Perry Rhodan hatte den Eindruck, dass der Boden unter ihm schwankte. Vorübergehend fragte er sich, ob aus dem Tod der beiden Superintelligenzen die Entwicklung resultierte, die er an Bord erlebte. Hatte Gavro Yaal am Ende recht? Waren zwei Mächtigkeitsballungen frei geworden und warteten nur darauf, übernommen zu werden?

Rhodan wurde sich dessen bewusst, wie gefährlich solche Einflüsterungen für die SOL-Geborenen waren, die keine Beziehung zu einem Heimatplaneten hatten. Ihre Welt war das Schiff. Lag es da nicht nahe, dass sie instinktiv den Wunsch verspürten, die SOL in einen Bereich des Universums einzubetten, in dem sie der ruhende Pol und das Zentrum ihrer Macht sein würde?

Perry Rhodan blickte auf die Ortungsanzeigen. Die Solaner würden ihren Traum nicht zu Ende träumen können. Das Schiff befand sich in tödlicher Gefahr, und diesmal gab es keine Fluchtmöglichkeit.

»Die Lage ist aussichtslos«, stellte Atlan fest. »Allein schaffen wir es nicht.«

Rhodan wandte sich an Fellmer Lloyd. »Kannst du herausfinden, wann die Hulkoos angreifen werden?«

»Ich erkenne nur, dass der Vernichtungsangriff unmittelbar bevorsteht.«

»Uns bleiben vielleicht noch ein paar Minuten«, fügte Gucky hinzu.

»Bringe mich noch einmal zu Bardioc, Kleiner!«, bat Rhodan.

Der Mausbiber ergriff die Hand des Terraners und teleportierte.

Die Wissenschaftler befanden sich nach wie vor in der Nähe der Superintelligenz. »Lassen Sie uns allein!«, befahl Rhodan. »Für Bardioc können Sie nichts mehr tun. Legen Sie Schutzanzüge an, und bereiten Sie sich darauf vor, dass Sie in einem der Beiboote fliehen müssen.«

Wortlos verließen alle die Halle. Gucky sprang in die Hauptzentrale zurück.

Rhodan war nun mit dem Gehirn allein. Er legte sich auf den Boden. Keine der Pflanzen in seiner Nähe lebte noch.

»Bardioc, hörst du mich?«, sagte er laut.

»Ich höre dich, Perry Rhodan«, klang es in ihm auf.

»BULLOC greift an und wird uns ebenso vernichten wie dich. Danach wird deine Inkarnation der Beherrscher der Mächtigkeitsballung sein.«

Bardioc ließ nicht erkennen, ob er überhaupt verstanden hatte.

»Die Kaiserin von Therm hat alle Kampfhandlungen eingestellt. Und sie schweigt. Vielleicht existiert sie schon nicht mehr. Ich befürchte, BULLOC hat sie getötet.«

»Die Kaiserin von Therm ist am Leben«, erklärte Bardioc.

Rhodan atmete auf. Also war noch nicht alles verloren.

»Ich zweifle nicht daran, dass die Kaiserin sich verteidigen wird, sobald sie direkt angegriffen wird«, fuhr der Terraner fort. »Sie würde schon deshalb kämpfen, um die Vereinigung mit dir nicht unmöglich werden zu lassen. Aber wir brauchen deine Hilfe, Bardioc. Jetzt. BULLOC und die Hulkoos sind uns mehrfach überlegen.«

Bardioc schwieg.

»Lass mich allein«, forderte das Gehirn schließlich. »Geh jetzt. Ich werde kämpfen, aber das wird nicht angenehm für euch sein.«

Rhodan verließ die Halle wieder. Gucky materialisierte vor ihm. Der Ilt brachte einen Schutzanzug und hatte selbst schon einen angelegt.

In dem Moment eröffnete Bardioc den Kampf. Seine mentalen Impulse griffen mit höchster Intensität in den Raum hinaus. Rhodan verspürte einen fast unerträglichen Druck im Kopf. Stöhnend sank er auf die Knie und presste sich beide Hände an die Schläfen. Neben ihm kauerte der Mausbiber und starrte ihn aus weit aufgerissenen Augen an.

»Wir müssen in die Zentrale!«, sagte der Terraner keuchend.

Gucky schüttelte nur den Kopf. Er konnte nicht mehr teleportieren.

Sie halfen sich gegenseitig auf die Beine und torkelten den Korridor entlang bis zum nächsten Antigravschacht, der sie in die Höhe trug.

Die mentale Ausstrahlung schwoll weiter an. Bardioc entfaltete ungeahnte Kräfte. Er bewies seine Machtfülle und seine Überlegenheit sogar jetzt noch, als bloßes Gehirn und ohne die lebenserhaltende Symbiose.

Rhodan und Gucky erreichten die Hauptzentrale.

Einige Offiziere lagen bewusstlos in ihren Sesseln. Fellmer Lloyd lehnte mit verzerrtem Gesicht an der Wand. Unter Saedelaeres Maske zuckten feurige Blitze hervor. Auch Atlan, Bully, Bjo Breiskoll und Deighton hatten mit sich selbst zu tun und kämpften gegen den unheimlichen Einfluss an. Puukars schwarzer Kristall hatte jegliche Farbe verloren. Nur Icho Tolot schien nichts zu spüren; der Haluter stand wie ein Fels in der Zentrale.

Nur undeutlich sah Rhodan die Kampfraumschiffe der Hulkoos. Ihm schien, als befinde sich die Angriffsformation bereits in Auflösung. Zögernd wandte er sich den kleineren Ortungsholos zu.

Weit über die Hälfte der Hulkoo-Raumer entfernte sich schon wieder von der SOL. Die übrigen Schiffe näherten sich zumindest nicht weiter.

Dann wich der mentale Druck allmählich. Perry Rhodan fühlte sich, als würde ein trüber Schleier von seinen Wahrnehmungen fortgezogen. Auch alle anderen in der Zentrale erholten sich.

»Die Hulkoos sind völlig durcheinander«, erklärte Gucky bebend. »Sie waren nicht darauf gefasst, dass Bardioc sich noch einmal melden würde.«

»Bardioc richtet seine Kraft jetzt gezielter aus als vorher«, sagte Bjo Breiskoll. »Ich registriere kaum noch eine Streuung.«

Alle in der Hauptzentrale spürten, dass die Auseinandersetzung längst nicht beendet war. Bardiocs mentale Befehle zwangen die Hulkoos, sich von der Inkarnation abzuwenden.

»BULLOC ist überrumpelt worden«, sagte Gucky. »Er hat nicht mit einem derart energischen Gegenschlag Bardiocs gerechnet.«

»Wo ist BULLOC?«, wollte Perry Rhodan wissen.

»Er entfernt sich mit seiner Sphäre«, antwortete Bull vom Ortungsleitstand.

»Was fühlt er?« Rhodan wandte sich an die Mutanten.

»Er hat echten Bammel«, behauptete Gucky.

»Das ist etwas seltsam formuliert, aber es stimmt«, bestätigte Fellmer Lloyd.

»BULLOC ist stark geschwächt«, ergänzte der Gefühlsmechaniker Galbraith Deighton. »Bardiocs Angriff hätte ihn beinahe umgebracht.«

»Der Kampf ist trotzdem noch nicht zu Ende. Ich glaube nicht, dass sich BULLOC so schnell geschlagen gibt.«

Minutenlang schien es so, als habe Perry Rhodan sich geirrt. Aber dann formierte sich eine Flotte von etwa hundert Raumschiffen und jagte mit hoher Beschleunigung auf die SOL zu.

»Die Kommandanten gehorchen BULLOC!«, rief Fellmer Lloyd warnend. »Er konzentriert sich ausschließlich auf sie.«

»BULLOC hat jeglichen Schutz gegen Bardiocs Impulse aufgegeben«, bestätigte Deighton. »Er will nur noch die SOL vernichten.«

»Wir verschwinden!«

Auf Rhodans Kommando hatte Mentro Kosum längst gewartet. Der Emotionaut beschleunigte die SOL mit Höchstwerten. Die angreifenden schwarzen Raumschiffe eröffneten schon außerhalb der Wirkungsdistanz ihrer Geschütze das Feuer.

Sekunden später griff Bardioc wieder an.

»Das Gehirn will BULLOC vernichten!«, schrie Gucky. Mehr brachte er nicht über die Lippen. Bardiocs mentale Kraft überschwemmte die Hauptzentrale.

Rhodan hatte das Gefühl, von innen heraus zerrissen zu werden. Alles verschwamm vor seinen Augen, als sich etwas Unsichtbares mit unfassbarer Gewalt auf ihn herabsenkte. Da war ein zerrender Schmerz, danach hatte er das Gefühl, alles nur noch von weit außerhalb seines Körpers zu beobachten.

In panischem Entsetzen versuchte er, geistige Verbindung mit seinem Körper zu halten und die Kontrolle über sein eigenes Ich zu bewahren.

Bardioc!, dachte Rhodan mit äußerster Konzentration. *Du zerreißt uns! Das übersteigt unsere Kräfte.*

Nahezu gleichzeitig wich die unsichtbare Gewalt.

Perry Rhodan fand sich verkrampft auf dem Boden der Hauptzentrale liegend wieder. Mit beiden Armen umklammerte er seine Beine, die Knie hatte er bis an die Brust hochgezogen. Es gelang ihm nicht einmal auf Anhieb, sich aus dieser Haltung zu lösen.

Als er sich endlich in die Höhe stemmte, erkannte er, dass alle anderen bewusstlos waren. Tolot war über einen leeren Sessel gestürzt und hatte diesen völlig deformiert.

Atlan lag in seiner Nähe. Als Rhodan sich mühsam dem Freund näherte, schlug der Arkonide gerade die Augen auf. Er zitterte.

»Ich dachte, Bardioc bringt uns alle um. Wo sind wir?« Schwerfällig brachte Atlan die Worte hervor.

Rhodan blickte auf den Hauptschirm. Die SOL befand sich im Normalkontinuum, in der Nähe eines roten Riesensterns. Die Sicherheitsautomatik sorgte für einen ausreichend großen Abstand zu der Sonne.

Die Ortungsschirme zeigten nicht ein einziges Raumschiff.

»Wir haben es überstanden.« Rhodan stellte fest, dass langsam alle das Bewusstsein zurückerlangten. Er wandte sich dem Hauptschott zu.

»Wohin willst du?«, fragte Atlan.

»Ich denke, ich sollte Bardioc danken. Veranlasse die Positionsbestimmung, sobald alle wieder bei Sinnen sind. Und dann will ich auf direktem Weg zur Kaiserin von Therm.«

Als Rhodan die Zentrale verließ, fühlte er sich schon wieder fit. Besser jedenfalls als während der letzten Stunden.

Die Hulkoos brauchten erheblich länger als der Terraner, bis sie wieder handlungsfähig wurden. Bardiocs mentale Impulse waren wie ein Orkan über sie hinweggefegt.

Immerhin erkannten sie ihre Lage und begriffen, dass die Inkarnation Bardioc unterlegen war.

Die Hulkoos spürten BULLOCS Ausstrahlung nicht mehr, aber sie orteten die Energiesphäre der Inkarnation. Ihr Angriff kam zwangsläufig. Mehr als fünfzig Scheibenschiffe attackierten BULLOC und eröffneten das Wirkungsfeuer auf die Sphäre.

Die Inkarnation reagierte mit mentaler Abwehr, die jedoch schwach und wenig konzentriert ausfiel. Bevor BULLOC die Hulkoos unter seine Kontrolle zwingen konnte, war die Sphäre bereits schwer beschädigt und manövrierunfähig geworden.

Danach verschwanden die schwarzen Kampfschiffe aus BULLOCS Nähe, bevor er sich erholen konnte. Die anderen, nicht an dem Angriff beteiligten Kommandanten ergriffen ebenfalls die Flucht.

Nur die Sphäre mit dem geschlagenen BULLOC blieb zurück.

Sie trieb steuerlos durch den Raum.

24.

Gavro Yaal trat Rhodan entgegen, als dieser den Antigravschacht verließ. Er sah nicht weniger mitgenommen aus als die zwölf SOL-Geborenen, die ihn begleiteten. Er schien sich kaum auf den Beinen halten zu können.

»Ich hoffe, Sie weichen mir nicht wieder aus«, sagte er. »Sie haben mich verhaften lassen. Ich bin nicht damit einverstanden, dass Sie jetzt so tun, als sei alles vergessen.«

»Für diesen Vorfall wird sich noch jemand zu verantworten haben«, antwortete Rhodan, dem es keineswegs unrecht war, dass er Yaal begegnete. »Darüber brauchen wir nicht zu diskutieren. Dass Sie versucht haben, mich, den Kommandanten der SOL, in einer äußerst kritischen Situation zu behindern, dass Sie dadurch das Schiff extrem gefährdet haben und der Tatbestand der Meuterei schon fast erfüllt war, das wollen wir zunächst ebenso außer Acht lassen. Mich interessiert vorläufig nur eins: Sie behaupten, dass die SOL, die Besatzung und SENECA ein Gemeinschaftswesen bilden. Ist das richtig?«

»Das entspricht absolut den Tatsachen.«

»Sie sagen, dieses Gemeinschaftswesen sei so großartig, dass es Superintelligenzen bezwingen könne und nun reif sei, selbst zum Überwesen erklärt zu werden.«

»Auch das ist richtig.«

»Dann erklären Sie mir bitte, wieso wir in der soeben überstandenen Situation ohne Bardiocs Hilfe verloren gewesen wären.«

»Es wird erst noch zu prüfen sein, ob die von Ihnen geschilderte Situation tatsächlich so dramatisch gewesen ist, wie Sie behaupten«, entgegnete Gavro Yaal. »Ich bin überzeugt, dass Sie aus kleingeistigem Denken heraus lediglich geblufft haben.«

Rhodan schüttelte den Kopf. »Nein, Yaal, so einfach ist das nicht. Die SOL stand kurz vor ihrer Vernichtung. Sehen Sie sich die Aufzeichnungen an, wenn Sie an meinen Worten zweifeln. Danach werden Sie begreifen, dass wir unser Überleben allein Bardioc verdanken. Und dann müssen Sie mir erklären, weshalb so etwas nötig war. WIR, die Superintelligenz, hätten es eigentlich allein schaffen müssen – oder?«

Gavro Yaal biss sich auf die Unterlippe. Er suchte nach Worten.

Einer der anderen SOL-Geborenen trat näher an Rhodan heran. »Ist das wahr, Sir?«, fragte er unsicher. »Ich meine, bluffen Sie?«

»Ich habe Ihnen die Wahrheit gesagt. Sie können sich jederzeit davon überzeugen.«

»Ich glaube Ihnen«, antwortete der Mann zögernd. Er blickte Gavro Yaal ernüchtert an, drehte sich um und ging davon. Die anderen schlossen sich ihm nacheinander an.

»Wartet!«, rief Yaal. »Ich habe euch noch einiges zu sagen.« Keiner aus der Gruppe blieb stehen oder blickte auch nur zurück.

»Sie wissen nicht, was Sie getan haben«, sagte Yaal anklagend zu Rhodan.

»Im Gegensatz zu Ihnen weiß ich recht genau, was ich tue.«

Gavro Yaal ging verärgert an dem Terraner vorbei und sprang in den Antigravschacht. Er hatte sicher geglaubtes Terrain verloren und würde geraume Zeit brauchen, sich zu konsolidieren. Vor allem würde sich die Nachricht von seiner Niederlage wie ein Lauffeuer verbreiten. Davon war Rhodan überzeugt. Die meisten SOL-Geborenen würden nicht anders reagieren als jene, die Yaal eben noch begleitet hatten.

Damit waren einige Tage oder Wochen gewonnen, in denen die Schiffsführung sich auf weitere Kampagnen Yaals vorbereiten konnte, um ihnen souveräner als bisher zu begegnen.

Von einem Moment zum nächsten leuchtete der Kristall auf Rhodans Brust hell auf. Instinktiv schloss der Aktivatorträger seine Hand um den Splitter und rief über sein Armband Reginald Bull in der Hauptzentrale.

Bullys Augen waren blutig unterlaufen. Auf seiner Stirn standen Schweißperlen.

»Mein Kristall leuchtet«, eröffnete Rhodan. »Gibt es besondere Vorkommnisse?«

»Wir haben die Ortsbestimmung vorgenommen, den Sitz der Kaiserin fast sofort ermittelt und sind wieder in den Linearflug eingetreten. Wir nähern uns dem Yoxa-Sant-System.«

»Distanz?«

»Noch zweitausend Lichtjahre.«

Rhodan schaltete ab. Er wusste nun, weshalb der Kristall leuchtete. Die SOL hatte das System der Kaiserin von Therm praktisch erreicht.

Perry Rhodan ging auf das Hauptschott der Lagerhalle zu, doch vor ihm flimmerte plötzlich die Luft. Ein Prallschirm baute sich auf.

Der Terraner fuhr herum, schwebte im Antigravschacht zwei Decks nach oben und betrat die Beta-Zentrale. Es schien, als habe SENECA nur auf sein Kommen gewartet. Der Individualtaster reagierte frühzeitig und ließ das Schott aufgleiten.

»Aufgrund der jüngsten Ereignisse sehe ich mich veranlasst, meine neutrale Haltung aufzugeben«, erklärte SENECA.

»Das ist kein Grund, Bardioc abzuschirmen. Das Gehirn befindet sich weiterhin in höchster Lebensgefahr.«

»Nach Prüfung aller Tatsachen bin ich zu dem Ergebnis gekommen, dass Gavro Yaal als Einziger an Bord die Wahrheit erkannt hat.«

Rhodan war schockiert. Er konnte es nicht fassen. SENECA ergriff Partei für Yaal.

»Wie erklärst du dir, dass die SOL ohne Bardioc verloren gewesen wäre?«

»Das bedarf keiner Erklärung. Gavro Yaal hat recht. Die SOL mit allem, was sie in sich birgt, ist eine Einheit, ein Gemeinschaftswesen, eine Superintelligenz.«

Perry Rhodan erwartete, dass SENECA fortfahren würde, doch die biopositronische Hyperinpotronik schwieg.

»Da ist doch ein Widerspruch!«, protestierte der Terraner.

»Das wüsste ich aber.«

»Ist es richtig, dass die SOL ohne Bardioc verloren gewesen wäre?«

»Natürlich. Aber man darf die SOL nicht ohne ihren Bestandteil Bardioc sehen.«

»Willst du damit sagen, dass Bardioc aus deiner Sicht zum Gemeinschaftswesen SOL gehört?«

»Genau das«, bestätigte SENECA.

Rhodan schüttelte den Kopf. »Ich sagte es schon: Bardioc stirbt.«

»Das wüsste ich aber«, entgegnete SENECA erneut.

»Wir haben alles versucht, um Bardioc zu retten. Wenn er nicht sofort von der Kaiserin von Therm übernommen wird, setzt der Zerfall des Gehirns ein.«

Ein Holo baute sich vor Rhodan auf. Eine leuchtende Kugel formte sich.

»Was ist das?«, fragte der Terraner verblüfft.

»Das ist Bardioc«, erklärte die Hyperinpotronik. »Er hat sich mit einer energetischen Hülle umgeben und erhält auf diese Weise sein Leben.«

Das Hüllfeld wurde ein wenig transparenter. Rhodan konnte nun das Gehirn sehen, das sich darunter verbarg.

»Warum hast du Bardioc vor mir abgeschirmt?«

SENECA antwortete nicht.

»Ich will es wissen!«, beharrte der Terraner. »Warum?«

SENECA schwieg weiterhin.

Perry Rhodan sah ein, dass es wenig Sinn machte, auf einer Antwort zu bestehen. Er wandte sich ab, um die Beta-Zentrale zu verlassen. In diesem Moment meldete sich SENECA erneut.

»Ich werde über Bordrundruf bekannt geben, dass ich Gavro Yaals Position akzeptiere«, erklärte SENECA. »Ich werde mitteilen, dass Bardioc als Bestandteil des Gemeinschaftswesens anzusehen ist und keinesfalls mit der Kaiserin von Therm verschmolzen werden darf.«

»Das wirst du nicht verkünden!«, widersprach Rhodan. »Auf keinen Fall. Du würdest die Sicherheit des Schiffes gefährden. Ein Chaos wäre die Folge.«

»Warum sollte die Wahrheit ein Chaos auslösen?«

»Die SOL-Geborenen würden versuchen, die Oberhand zu gewinnen. Wir nähern uns dem Planeten Drackrioch mit der Kaiserin von Therm. Vermutlich fliegt uns eine Choolk-Flotte als Empfangskomitee entgegen.«

»So ist es.«

»Wenn wir zu diesem Zeitpunkt erklären, dass Bardioc sich nicht mit der Kaiserin von Therm vereinigen, sondern bei uns an Bord bleiben wird, ist eine Auseinandersetzung unvermeidlich. Falls dann keine klar umrissenen Befehlsgewalten Entscheidungen absichern, ist die SOL verloren. Das liegt nicht in deinem Interesse.«

»Ich werde vorläufig schweigen«, erklärte SENECA. »Die Wahrheit wird später verkündet.«

»Wann?«

Da Rhodan keine Antwort erhielt, verließ er die Beta-Zentrale.

Was er zu berichten hatte, löste bei seinen Gefährten Betroffenheit aus.

»SENECA kann nicht aus eigenem Antrieb so handeln«, argwöhnte Reginald Bull. »Jemand muss die Hyperinpotronik manipuliert haben.«

Die SOL hatte das Yoxa-Sant-System erreicht. Mehrere hundert Raumschiffe der Choolks begleiteten den Hantelraumer. Rhodan hatte einige situationsbezogene Funksprüche mit dem Kommandeur der Choolks gewechselt, mehr nicht.

»Wer sollte SENECA manipuliert haben?«, fragte er.

»Es gibt nur zwei Möglichkeiten«, erklärte Icho Tolot dröhnend. »Bardioc oder Joscan Hellmut.«

Der Kybernetiker stand am Steuerleitpult. Er wurde bleich.

»Bardioc?«, fragte Rhodan. »Das kann ich mir nicht vorstellen. Bardioc will zur Kaiserin von Therm.«

»Bardioc befindet sich weiterhin in akuter Gefahr«, erwiderte der Haluter. »Die Symbiose ist zusammengebrochen, er kann sein Ziel kaum noch lebend erreichen. Daraus folgt, dass er einen anderen Weg suchen musste.«

Rhodan schüttelte den Kopf. »Trotzdem hat Bardioc keinen Grund, sich gegen uns abzuschirmen.«

»Also konzentriert sich der Verdacht auf mich«, bemerkte Joscan Hellmut. Seine Stimme bebte verhalten. »Aber ich bin es nicht gewesen.«

»Es würde zu den Überlegungen der SOL-Geborenen passen«, stellte Bully fest. »Sobald Bardioc dem Gemeinschaftswesen SOL zugerechnet wird, ist dieses Wesen natürlich sehr viel leistungsfähiger als ohne Bardioc.«

»Wobei geflissentlich übersehen wird, dass Bardioc immer noch sehr viel leistungsfähiger ist als die SOL-Besatzung insgesamt«, sagte Atlan. »Barbar, deine Untertanen leiden wieder an Selbstüberschätzung.«

Rhodan lächelte flüchtig. Er blickte Fellmer Lloyd und Gucky an.

»Ich möchte, dass die Telepathen mich ausloten«, sagte Joscan Hellmut. »Mir liegt daran, dass jeder Verdacht ausgeräumt wird, der mich betrifft. Ich habe SENECA nicht manipuliert, und ich wüsste auch nicht, wie ich das bewerkstelligen sollte.«

Die Kontrolle durch die beiden Telepathen war schnell beendet.

»Josc hat nichts damit zu tun«, erklärte Lloyd. »Er hat SENECA nicht beeinflusst, und er hat auch kein Interesse daran, Bardioc an Bord zu behalten. Er will das Gehirn so schnell wie möglich loswerden.«

»Ich habe nichts anderes erwartet«, sagte Rhodan.

»Also doch Bardioc?«, drängte Bully.

»Unwahrscheinlich.«

»Wer dann?«

Rhodan zuckte mit den Schultern. Er wusste keine Antwort.

»Der Kommandeur der Choolks meldet sich wieder«, teilte der Ortungsleitoffizier mit.

»Das übernehme ich«, sagte Puukar.

»Vorsicht!«, bat Rhodan. »Wir müssen noch ein wenig Zeit schinden, bis die Situation hier an Bord geklärt ist.«

»Der Kaiserin von Therm bleibt nichts verborgen«, antwortete der Träger des schwarzen Kristalls. »Ausreden helfen uns deshalb nicht. Vor allem wird die Kaiserin nicht tatenlos zusehen, wie SENECA Bardioc abschirmt. Sie hat nicht Angriffsaktionen aller Art gegen Bardioc untersagt und akzeptiert dann, dass er in ihrer Nähe stirbt. Die Kaiserin will die Vereinigung mit dem Gehirn, das für lange Zeit ihr schlimmster Feind war.«

»Was geschieht nun?«, fragte Rhodan.

»Die Kaiserin von Therm hat ein eigenes Überlebenssystem für Bardioc entwickelt. Sie will, dass es an Bord befördert wird.«

Dem Terraner lag die Frage auf der Zunge, woher Puukar diese Information bezog. Doch die Frage erübrigte sich, denn der schwarze Kristall war ebenfalls heller geworden. Rhodan war sich darüber klar, dass die Kaiserin über diese Verbindung Puukar alles nötige Wissen zuspielte.

»Ich habe hier eine Meldung von den Wachen«, sagte Bully. Vor ihm baute sich ein neues Holo auf.

»Romeo und Julia sind soeben durch eine Strukturlücke im Energieschirm in die Halle eingedrungen«, berichtete einer der Männer vor dem Haupteingang der Lagerhalle. »Wir haben vergeblich versucht, den Robotern zu folgen. Die Lücke hat sich sofort wieder geschlossen.«

»Gucky, Ras!«, sagte Perry Rhodan. »Ihr geht sofort nach unten. Nehmt euch die beiden vor, sobald sie wieder herauskommen.«

»Okay, wir dampfen bereits ab«, erwiderte der Ilt. Zusammen mit Ras Tschubai teleportierte er.

»SZ-1 und SZ-2 ablösen!«, fuhr Rhodan fort. »Wir fliegen nur mit dem Mittelteil weiter.«

Mentro Kosum bestätigte. Minuten später lösten sich die Kugelzellen von dem zylinderförmigen Mutterschiff und entfernten sich, während das SOL-Mittelteil den Kurs auf Drackrioch beibehielt.

Puukar setzte sich in einen freien Sessel am Funkleitstand und nahm Verbindung mit dem Kommandeur der Choolk-Flotte auf, um die Übernahme eines Sonderkommandos an Bord der SOL vorzubereiten.

»Es hat wenig Sinn, das Kommando an Bord zu lassen, bevor wir SENECA wieder unter Kontrolle haben«, sagte Atlan. »Das Problem müssen wir zuerst lösen.«

Bevor er weitersprechen konnte, trat ein Mann der Bordwache an Rhodan heran.

»Sir, Gavro Yaal ist mit zwei Begleitern da.«

»Gibt er noch keine Ruhe?«, fragte Atlan unwirsch.

»Lassen Sie ihn herein!«, sagte Rhodan. »Ich bin gespannt, was er zu sagen hat.«

»Ausgerechnet jetzt?«, kritisierte der Arkonide.

»Vielleicht hat er eine Idee, wie wir SENECA beikommen können.« Rhodan erhob sich, als Yaal mit seinen Begleitern die Zentrale betrat. Er wartete, bis der SOL-Geborene bei ihm war.

»SENECA erklärt, dass Bardioc Bestandteil unserer Gemeinschaft ist«, sagte Gavro Yaal. »Deshalb schirmt er das Gehirn hermetisch ab. SENECA will nicht, dass Bardioc an die Kaiserin von Therm ausgeliefert wird, und wir wollen das auch nicht.«

»Die Kaiserin von Therm wird Bardioc in sich aufnehmen«, erklärte Rhodan. »Niemand kann das noch verhindern. SENECA nicht – und Sie ebenso wenig.«

»Woher wollen Sie das wissen?«, fragte der SOL-Geborene erregt.

Rhodan legte wortlos seine Hand um den leuchtenden Kristall auf seiner Brust.

»Ach ja«, sagte Yaal. »Sie sind uns noch eine Erklärung schuldig. Von Anfang an hatten wir Sie im Verdacht, im Dienst der Kaiserin zu stehen.«

»Da haben Sie ausnahmsweise nicht einmal falsch gedacht«, erwiderte Perry Rhodan gelassen. »Das war aber nicht zu dem Zweck, BARDIOC zu vernichten.« Die halbe Zentralebesatzung wandte sich ihm zu. Jeder schien zu spüren, dass der Zeitpunkt gekommen war, an dem Rhodan endlich offene Fragen beantworten würde.

»Was steckte dann dahinter?«, fragte Yaal.

»Die Kaiserin von Therm hat mich, ohne dass ich es erfassen konnte, als Erwecker BARDIOCS aus dem Albtraum eingesetzt. Die Wahrheit habe ich erst erkannt, nachdem BARDIOC erwacht war. So lange bewegte ich mich in dem Irrglauben, im Interesse der Menschheit zu handeln. Tatsächlich habe ich den Plan der Kaiserin erfüllt.«

»Das würde bedeuten, dass die Kaiserin über BARDIOCS Zustand sehr genau informiert war«, bemerkte Atlan.

»Das ist richtig«, bestätigte Rhodan, »und es ist klar, dass die Kaiserin BARDIOCS Ausbruch unterstützte. Sie will dieses fähige und nunmehr gesundete Wesen in sich integrieren, weil sie glaubt, ihren eigenen Aufgaben dann noch besser nachgehen zu können.«

»Das würde in der Tat eine Reihe von Fragen beantworten.« Bully kratzte sich am Kopf. »Dennoch bleibt eine ganze Litanei offen.«

»Was zum Beispiel?«, fragte Rhodan.

»Wer war eigentlich früher da? Die Kaiserin oder BARDIOC?«

»Die Kaiserin von Therm entstand früher und wurde auch eher aktiv als BARDIOC. Wann das war, ist unklar. Irgendwann in ferner Vergangenheit. Nachdem sich die Kaiserin ihrer Existenz bewusst geworden war, registrierte sie die Tätigkeit mehrerer Überwesen. Diese brachten Leben und Intelligenz auf noch unreife Welten.«

»Das war die Zeit, in der die Kaiserin ihre Mächtigkeitsballung aufbaute?«, fügte Bully nachdenklich und fragend zugleich hinzu.

»Ja, das ist richtig«, bestätigte Perry Rhodan. »Die Kaiserin erkannte, welche Tätigkeit diese Wesen ausübten, und stufte sie als friedfertig und fruchtbar im Sinn der Entwicklung des Lebens im Universum ein. Daher verzichtete sie auf jegliche Einmischung. Sie duldete die Sporenschiffe der sieben Mächtigen und beobachtete sie.«

»Sie lenken vom Thema ab«, kritisierte Gavro Yaal. »Uns interessiert einzig und allein Bardioc.«

»Sie sollten den großen Rahmen überblicken können!«, erwiderte der Kommandant der SOL. »Nur dann werden Sie alle Zusammenhänge verstehen.«

»Die Kaiserin von Therm muss demnach Bardiocs Verrat bemerkt haben«, stellte Atlan fest.

»Das hat sie, und sie erkannte das Geschehen sogar früher als Bardiocs Brüder. Aber sie sah keine Veranlassung, einzugreifen. Durch ihre mittlerweile immer besser funktionierenden Verbindungen erfuhr sie schließlich von Bardiocs Verbannung und seiner Entkörperlichung. Die Kaiserin registrierte, dass Bardiocs Gehirn in einer Überlebenskapsel auf einem fernen Planeten ruhte. Damit war die Angelegenheit für sie zunächst erledigt.«

»Sie hat ebenso wenig wie die anderen Mächtigen damit gerechnet, dass Bardioc erneut aktiv werden könnte«, sagte Bully.

»Solche Zufälle ereignen sich nicht oft«, versetzte Atlan.

»Das Gehirn wurde frei, als die Kapsel aufplatzte und die Pflanzen ins Spiel kamen«, fuhr Rhodan fort. »Bardioc glitt in den Albtraum ab und wuchs zu einer Superintelligenz heran.«

»Hat die Kaiserin das nicht sofort bemerkt?«, fragte Gavro Yaal.

»Das hat sie eben nicht.«

»Überrascht Sie das nicht?«, fragte der SOL-Geborene. »Das ist ein krasses Versagen dieser sogenannten Superintelligenz.«

Rhodan überging Yaals Bemerkung. Er hielt es nicht für nötig, sich dazu noch zu äußern.

»Die Kaiserin brauchte lange, bis sie Bardiocs neue Zustandsform erst theoretisch und schließlich beweiskräftig erfasste. Sie wartete erneut ab, baute aber zugleich schlagkräftige Flottenverbände auf, um für alle Eventualitäten vorbereitet zu sein.«

»Die Kaiserin muss von Anfang an gewusst haben, welcher Gefahr sie ausgesetzt war, als sie BARDIOCS Mächtigkeitsballung entdeckte«, gab Gavro Yaal zu bedenken.

»Durchaus nicht. Sie wusste zunächst noch nicht, wessen Machtbereich ihre eigene Mächtigkeitsballung tangierte. Dass alles mit BARDIOC zusammenhing, wurde ihr erst später deutlich.«

»Wenn sie sich der Bedrohung bewusst war, warum hat sie dann nicht mit aller Konsequenz angegriffen und das träumende Gehirn vernichtet?«

»Die Kaiserin erkannte dessen Verwirrung und wusste vor allem, welche Wohltaten der Mächtige Bardioc früher über junge Völker des Universums gebracht hatte. Aufgrund ihrer Mentalität konnte sie das Gehirn nicht einfach vernichten. Die Kaiserin von Therm ist ein vielschichtiges und feinfühliges Wesen.«

»Ich habe nicht gefordert, dass sie BARDIOC tötet.« Gavro Yaal machte erstmals einen Rückzieher. »Ich wollte nur wissen, warum sie so gehandelt hat und nicht anders. Sie hat zunächst nur an ihre Verteidigung gedacht. Ist das richtig?«

»Das stimmt«, bestätigte Perry Rhodan. »Sie ersann eine Reihe von Abwehrmöglichkeiten. Dabei gab es natürlich auch Ausfälle und Versager; ich erinnere nur an die Feinsprecher. Das waren Absonderlichkeiten im Kampf gegen BARDIOC.«

»Irgendwann erschien die SOL auf der Bildfläche«, folgerte Atlan. »Du kamst ins Spiel. Die Kaiserin sah eine Möglichkeit, dich einzusetzen. Bist du überzeugt, Perry, dass sie dich von Anfang an als BARDIOCS Erwecker wollte?«

»Nur das ist logisch. Dabei muss jedoch vorausgesetzt werden, dass mein Einsatz anfangs kaum mehr als ein Versuch war. Die Kaiserin konnte nicht wissen, dass es mir wirklich gelingen würde, BARDIOC aufzuwecken. Allerdings hoffte sie das.«

»Ein faszinierender Gedanke«, bemerkte Galbraith Deighton. »Da ist diese Kaiserin, die vor Äonen die sieben Mächtigen bei ihrer Tätigkeit im Universum beobachtet hat. Einer dieser sieben springt ab, wird verbannt und nach langer Zeit befreit. Sie weiß herzlich wenig über die sieben Mächtigen und sieht plötzlich eine Chance, sich mit einem von ihnen zu vereinen und dabei zugleich ihre Neugierde zu stillen.«

»So sehe ich es ebenfalls«, bestätigte Rhodan. »Im Grunde genommen weiß sie kaum etwas über die geheimnisvollen sieben Mächtigen. Sie hat nur deren Tätigkeit in ihrer Mächtigkeitsballung beobachtet. Aber sie will mehr in Erfahrung bringen.«

»Die Kaiserin ist nun mal weiblich und damit neugierig«, sagte Bully. »Sie wurde allerdings auf eine verdammt harte Probe gestellt. Ich beispielsweise würde es nicht schaffen, viele Jahrtausende lang auf Antworten zu warten. Und dabei bin ich überhaupt nicht neugierig.«

Seine Worte lösten allgemeines Gelächter aus.

»Sie haben nun hoffentlich verstanden, Yaal, dass Bardioc auf keinen Fall an Bord bleiben wird«, sagte Perry Rhodan, als es wieder ruhig geworden war. »Die Kaiserin von Therm wird alles tun, um ihn zu sich zu holen, und niemand kann das verhindern. Auch Sie nicht.«

Der SOL-Geborene drehte sich um und verließ wortlos die Zentrale.

Lichtjahre von der SOL entfernt trieb BULLOC in seiner Energiesphäre durch den Raum. Die Inkarnation BARDIOCS war hilflos, sie konnte die Sphäre nicht mehr lenken. Die Hulkoos hatten sich zurückgezogen, und BULLOC wusste, dass Jahrtausende vergehen konnten, bis der Zufall ihm Hilfe brachte.

Immer wieder versuchte BULLOC, sich aus seinem erzwungenen Phlegma zu lösen. Es gelang ihm nicht. Der Kampf gegen Bardioc hatte ihn erschöpft. Nur wenig hatte gefehlt, ihn gänzlich zu vernichten.

Vergeblich grübelte BULLOC darüber nach, warum Bardioc ihn nicht getötet hatte. Das Urgehirn hätte dies ohne Weiteres tun können, und vor allem hätte er selbst keine Sekunde lang gezögert, Bardioc zu vernichten, wären die Rollen anders verteilt gewesen.

Für BULLOC war es selbstverständlich, dass er eines fernen Tages wieder zu Kräften kommen und aktiv werden würde. Er verschwendete keinen Gedanken daran, ob er den Kampf dann wieder aufnehmen sollte oder nicht. Natürlich würde er in das Geschehen eingreifen, um es nach seinen Vorstellungen zu verändern.

Für eine gewisse Zeit verlor BULLOC den Kontakt zu seinem Oberflächenbewusstsein. Er versank in einen Zustand, der halb Schlaf, halb Bewusstlosigkeit war und in dem er jegliches Zeitempfinden verlor.

Tauchte er aus diesem Dämmerzustand wieder auf, brauchte er lange, bis er sich orientieren konnte.

Einige Male glaubte er, vorüberziehende Raumschiffe zu bemerken. Sobald er sich jedoch mit letzter Kraft darauf konzentrierte, stellte er fest, dass er sich geirrt hatte. Im Traum hatte er sich selbst Wunschbilder vorgegaukelt, ebenso, wie er sich hin und wieder vorstellte, wie er sich an Bardioc, an Rhodan – er nannte ihn für sich noch immer Perryrhodan – und an den Hulkoos rächen würde.

BULLOC verlor sich für lange Zeit in solchen Gedanken. Er berauschte sich an der Vorstellung, in nebulöser Ferne als Mächtiger aus dem Nichts aufzusteigen.

Schließlich aber wurde ihm bewusst, dass er völlig unbedeutend war, dass er aus sich heraus nichts tun konnte. Seine Lage war durchaus mit jener vergleichbar, in der sich Bardioc nach seiner Verbannung befunden hatte.

BULLOCS Chance war nicht größer als jene, die Bardioc einst gehabt hatte. Wie konnte er hoffen, durch Hilfe von außen aus seiner Zwangslage befreit zu werden?

BULLOC täuschte sich. Während er sich in einer depressiven Phase befand, fiel ein Großkampfschiff der Choolks in seiner Nähe aus dem Hyperraum. BULLOC war so überrascht, dass er zunächst überhaupt nicht reagierte. Er kauerte in seiner Energiesphäre und beobachtete das Schiff, bis er endlich erkannte, dass er drauf und dran war, die vielleicht letzte Chance seiner Existenz zu verspielen.

BULLOC raffte seine Kräfte zusammen. Er konzentrierte sich auf die Schiffsführung und griff an.

Lange schien es so, als seien die Choolks gegen seinen mentalen Zwang immun. Dann jedoch wurde ihr Schiff langsamer, bis es, wenige tausend Kilometer von der Sphäre entfernt, im relativen Stillstand verharrte.

BULLOC hatte die Besatzung endlich im Griff und zwang sie, die Distanz noch weiter zu verringern. Je näher die Choolks ihm kamen, desto stärker wurde sein Einfluss auf sie, bis schließlich schon ein geringer Aufwand genügte, alle nach seinem Willen zu lenken.

Sie schleusten die Energiesphäre ein und nahmen wieder Fahrt auf.

Mithilfe der Choolks suchte BULLOC aus den Sternkarten einen unbesiedelten Planeten heraus, befahl, ihn dorthin zu fliegen, und ließ sich auf jener Welt absetzen. Danach gab er die Raumfahrer frei und sorgte dafür, dass sie jede Erinnerung an ihn verloren.

BULLOC brauchte sich um seine Zukunft keine Sorgen mehr zu machen. Er konnte sich in aller Ruhe auf diesem Planeten erholen und neue Aktivitäten beginnen.

Joscan Hellmut saß am Hauptschaltpult in der Zentrale. Von hier aus konnte er in beschränktem Umfang mit SENECA kommunizieren. Er führte eine Reihe von Tests durch.

An der Diskussion mit Gavro Yaal hatte Hellmut sich kaum beteiligt. Er hatte auch nur hin und wieder zugehört und ansonsten konzentriert weitergearbeitet.

Nach einiger Zeit kam Rhodan zu ihm. »Worum geht es, Josc?«, fragte er. »Hat SENECA etwas verlauten lassen?«

Der Kybernetiker blickte auf. »Ich habe noch keinen Beweis, doch ich bin mir ziemlich sicher, dass überhaupt keine Manipulation vorliegt.«

»SENECA kann uns unmöglich vorschlagen, als Superintelligenz aufzutreten«, wandte Bully ein, der sich hinzugesellt hatte. »Jedenfalls nicht dann, wenn er in Ordnung ist.«

»Er ist nicht manipuliert worden, aber er ist auch nicht in Ordnung«, sagte Hellmut. »Ich habe nur eine Erklärung: Der organisch-biologische Teil des Rechners hat einen Knacks bekommen, als Bardioc und BULLOC ihren mentalen Kampf ausgetragen haben. Schließlich wurden dabei ungeheure Mengen psionischer Energie freigesetzt.«

Rhodan nickte zögernd. »Nehmen wir an, dass es so war. Damit sind wir aber keinen Schritt weiter. Wir kommen nicht an SENECA heran.«

»Josc müsste eigentlich einige Tricks kennen«, sagte Bully hoffnungsvoll.

»Tut mir leid«, erwiderte der Kybernetiker. »Damit kann ich nicht dienen. Wir kommen weder an SENECA heran noch an Bardioc. Wenn wir es mit einem Trick versuchen, gefährden wir womöglich das gesamte Schiff.«

»Soll das heißen, wir müssen die Hände in den Schoß legen und abwarten?«, fragte Bully aufbrausend.

»Genau das wollte ich eigentlich sagen«, bestätigte der Kybernetiker.

»Sie kommen«, sagte Gucky, der vor dem Prallfeldschirm auf dem Boden kauerte. »Jetzt werden wir ja sehen ...«

Fellmer Lloyd lehnte hinter ihm an der Wand des Korridors. Das Schott zur Lagerhalle hatte sich geöffnet, beide Roboter erschienen im offenen Durchgang. Als sie das Energiefeld erreichten, entstand eine Strukturlücke. Gleichzeitig versuchte der Mausbiber, in die Halle zu Bardioc zu teleportieren. Er entmaterialisierte.

Die Roboter durchschritten die Lücke. Zwischen ihnen blitzte es auf. Der Ilt rematerialisierte und stürzte vor Romeo und Julia zu Boden, wimmernd die Hände an den Kopf gepresst.

Julia beugte sich zu ihm hinab. »Irren ist nicht nur menschlich, sondern auch iltisch«, sagte sie und ging weiter.

»Wartet!«, befahl Fellmer Lloyd. »Ich muss mit euch reden.« Telepathisch stellte er gleichzeitig fest, dass Gucky nur einen leichten Schock abbekommen hatte, ansonsten aber in Ordnung war.

Romeo und Julia blieben stehen und wandten sich Lloyd zu.

»Was gibt es?«, fragte Romeo.

»Wir müssen mit Bardioc sprechen«, antwortete der Telepath. »Es ist wichtig.«

»SENECA lehnt den Antrag ab«, erklärte Julia freundlich. Danach stolzierte sie mit Romeo weiter und ließ sich nicht mehr aufhalten. Auf die Fragen, die Lloyd ihr hinterherrief, reagierte sie ebenso wenig wie auf seine Befehle.

Fellmer Lloyd ging zu Gucky zurück, der sich soeben stöhnend aufrichtete.

»Mies«, schimpfte der Ilt. »Ganz mies. Ich dachte, ich würde es schaffen und durchkommen.«

Lloyd trat bis zu dem Prallschirm vor und blickte auf das geschlossene Schott. Es gab technische Möglichkeiten, den Energieschirm aufzubrechen und eine Lücke zu schaffen. Doch so konnten sie nicht vorgehen, ohne Gegenmaßnahmen von SENECA zu riskieren.

»Wir gehen wieder nach oben«, sagte Lloyd schließlich. »Hier richten wir doch nichts aus.«

Er streckte Gucky die Hand entgegen, aber der Mausbiber schüttelte den Kopf. Gucky wollte nicht teleportieren, sondern watschelte zum Antigravschacht. Lloyd folgte ihm in einigem Abstand.

Der Ilt ignorierte den Weg zur Hauptzentrale und zog sich in seine Kabine zurück. Lloyd überlegte, ob er bei Gucky bleiben sollte, aber der fuhr ihn an, dass er allein sein wollte.

»Wie du meinst, Kleiner. Wenn du Hilfe brauchst ...«

»Ich brauche keine Hilfe«, protestierte Gucky ärgerlich. »So ein kleiner Schock bringt mich nicht gleich um. Ich will nichts weiter als endlich meine Ruhe.«

»Ausgesprochen mürrisch, der Herr.« Fellmer Lloyd wandte sich in die andere Richtung. Augenblicke später betrat er die Hauptzentrale.

Rhodan kam ihm entgegen. »Nun?«, fragte er.

»Romeo und Julia helfen uns nicht weiter«, antwortete der Telepath. »Sie verhalten sich ungewöhnlich. Das ist für mich der Beweis dafür, dass SENECA Schäden erlitten hat.«

»Zu diesem Schluss sind wir ebenfalls gekommen«, sagte Rhodan. »Aber das hilft uns nicht weiter.«

»Bardioc ist der Einzige, der helfen kann.«

»Lebt er überhaupt noch?«

Lloyd zuckte hilflos die Achseln. »Wir nehmen es an. Ich kann mir nicht vorstellen, dass SENECA ein totes Gehirn abschirmt.«

»Die Frage ist, ob SENECA wirklich streng logisch handelt. Ich glaube auch, dass Bardioc lebt, aber ich will es genau wissen.«

»Ich kann ihn nicht einmal orten«, erklärte der Telepath. »Bardioc hat sich mit einer Energiehülle umgeben, die ihn völlig abschirmt.«

»Vielleicht ist dieser Schirm zu durchdringen, sobald sich alle Mutanten zusammenschließen. Wenn Bardioc noch lebt, braucht er unsere Hilfe. Und je früher wir eingreifen können, desto besser.«

Fellmer Lloyd informierte die Mutanten, die sich nicht in der Zentrale aufhielten. Er rief sie in seine Kabine zusammen. So fanden sich kurz darauf Balton Wyt, Irmina Kotschistowa, Ras Tschubai, Bjo Breiskoll, Ribald Corello, Takvorian, Dalaimoc Rorvic und schließlich auch Gucky bei ihm ein.

Die Mutanten reichten sich die Hände. Ein Strom psionischer Energie floss zu Lloyd, der sich auf Bardioc konzentrierte. Der Telepath streckte seine parapsychischen Fühler aus, im nächsten Moment hatte er das Gefühl, den Boden unter den Füßen zu verlieren und schwerelos durch das Schiff zu gleiten. Er glaubte, durch das nun offene Schott in die Lagerhalle zu schweben.

Deutlich sah Lloyd die schimmernde Energieblase vor sich und darin die verwundene Struktur des Gehirns. Blut pulsierte in den Adern. Woher kam es? Wie wurde es durch die Gefäße gepumpt? Wer frischte es mit Sauerstoff auf und entzog ihm die Schadstoffe?

Fellmer Lloyd glaubte, sich zu täuschen. So hatte er das Urgehirn noch nie gesehen.

War tatsächlich alles verändert, oder wurde er nur ein Opfer seiner eigenen Fantasie?

Bardioc – hörst du mich?

Ein Abgrund öffnete sich vor ihm. Er trennte ihn von der Energieblase mit dem Gehirn, das sich jäh aufzublähen schien.

Bardioc – antworte!

Zweifellos war das Gehirn nicht tot. Solange Blut in den Kapillaren floss, lebte es. Fellmer versuchte, den Abgrund zu überwinden, der zwischen ihm und Bardioc lag.

Verbirg dich nicht vor mir, Bardioc! Wenn du die Integration mit der Kaiserin von Therm willst, dann melde dich, bevor es zu spät ist.

Der Abgrund schloss sich. Mühelos glitt Fellmer Lloyd auf die Energieblase zu und sank davor nieder. Nun konnte er das Gehirn deutlich sehen, es lebte wirklich.

Vorsichtig streckte der Mutant eine Hand aus. Eine unbestimmte Scheu hinderte ihn daran, die Energieblase zu berühren.

Bardioc – warum hilfst du mir nicht?

Die Superintelligenz ignorierte seine Rufe. Oder vernahm sie seine mentalen Fragen nicht? Der Telepath erkannte, dass er die Energieblase durchdringen musste, wenn er sich mit dem Gehirn verständigen wollte. Er streckte die Hand aus, seine Finger berührten das Schirmfeld. Er fühlte den Widerstand, der aber nicht so groß war, dass Lloyd ihn nicht überwinden konnte. Seine Fingerspitzen durchstießen die Blase.

Bardioc – so antworte doch.

»Ich höre dich, Fellmer Lloyd. Was ist geschehen?« Die Erwiderung des Urgehirns kam so kraftvoll, dass sie den Terraner wie ein Faustschlag traf. Lloyd riss die Hände zurück, und damit brach der Kontakt zu den anderen Mutanten ab. Der telepathische Exkurs war zu Ende.

Fellmer Lloyd öffnete die Augen. In den ersten Sekunden wusste er nicht, wo er sich befand, und er sah sich nach der Energieblase und dem Gehirn um.

»Komm schon zu dir«, maulte Gucky. »So anstrengend war dein Ausflug auch wieder nicht.«

»Er lebt«, sagte Lloyd erleichtert. »Bardioc hat es wirklich geschafft, am Leben zu bleiben, obwohl die Symbiose nicht mehr besteht.«

25.

»Ich sehe nur eine Möglichkeit«, sagte Joscan Hellmut, nachdem der Teleporter Ras Tschubai in der Zentrale Bericht erstattet hatte. »Bardioc muss SENECA wieder in Ordnung bringen. Er ist der Einzige, der eine gewisse Chance hat, das zu schaffen.«

»Wie sollte er vorgehen?«, fragte Rhodan. »Mit psionischer Energie?«

»Warum nicht?«, entgegnete Bully. »Damit hat er SENECA beeinträchtigt. Also müsste er den Fehler so auch wieder beseitigen können.«

»Wir werden ihm die Situation erläutern«, sagte Rhodan. »Die Mutanten sollen sich noch einmal zusammenschließen und Verbindung aufnehmen. Vielleicht weiß Bardioc einen Weg.«

»Wir werden es versuchen«, versprach Ras Tschubai und teleportierte zurück in Fellmer Lloyds Kabine zu den anderen Mutanten. Mit wenigen Sätzen informierte er sie über den Auftrag, den Perry Rhodan ihnen erteilt hatte.

Er streckte die Hände aus. Gleich darauf waren sie alle wieder vereint.

»Dieses Mal bekomme ich schneller Kontakt«, behauptete Fellmer Lloyd. »Verlasst euch drauf.«

Lloyd behielt recht. Kaum hatten sie sich bei den Händen gefasst und konzentrierten sich, hatte er das Gefühl, von seinem Körper getrennt zu werden und wie ein Schemen durch das Schiff zu gleiten.

Die Energieblase schimmerte vor ihm auf.

Bardioc! Der Ruf des Telepathen senkte sich wie eine Hand in die Schirmstruktur und durchbrach die energetische Wand.

Bardioc – hörst du mich?

Das Gehirn der Mächtigen lag vor ihm.

»Du bist es, Fellmer Lloyd. Wo ist Perry Rhodan?«

Rhodan kann nicht zu dir kommen, weil SENECA sich zwischen euch gestellt hat.

Geraume Zeit herrschte Schweigen, sodass Lloyd schon fürchtete, Bardioc habe sich zurückgezogen.

»Wer ist SENECA?«, fragte Bardioc endlich.

SENECA ist eine Recheneinheit aus organischer und anorganischer Materie.

»Also sollte er euer Diener sein, doch er gehorcht euch nicht?«

SENECA ist bei dem Kampf zwischen dir und BULLOC beschädigt worden. Der Telepath hütete sich, Bardioc wissen zu lassen, dass SENECA den Superintelligenz-Anspruch Gavro Yaals verteidigte und sich selbst als Teil dieser Superintelligenz ansah. Er befürchtete, dass Bardioc negativ auf diese Anmaßung reagieren würde. Vielleicht würde er SENECA gar zerstören.

»Was ist geschehen?«

SENECA hat ein Energiefeld zwischen dir und uns errichtet, das wir nur auf diese Weise durchdringen können. Der Schaden hat zu einer Fehlleistung geführt und muss behoben werden, damit du dein Ziel erreichen kannst.

»Ich muss es innerhalb der Frist erreichen, die du eine Stunde nennst. Geschieht das nicht, werde ich es nie mehr können. Meine Reserven sind verbraucht.«

Fellmer Lloyd erschrak. Damit hatte er nicht gerechnet. Zumindest hatte er gehofft, dass sie mehr Zeit hatten. Bislang wusste noch niemand, wie das Problem der Fehlsteuerung des Großrechners gelöst werden sollte.

Du musst dir selbst helfen, Bardioc!, fuhr Lloyd beschwörend fort. *Du musst den Schaden beheben, damit SENECA dich von Bord gehen lässt.*

»Was kann ich tun?«

Der Telepath zögerte mit seiner Antwort. Niemand wusste genau, wo innerhalb des Großrechners der Fehler lag. Sehr wahrscheinlich im biologischen Teil, aber dieser hatte enorme Abmessungen. Selbst Plasmaspezialisten würden Wochen intensivster Arbeit benötigen, bis sie jenen Bereich lokalisieren konnten, in dem vielleicht nur wenige Molekülverbände durch den Einfluss psionischer Energie umgruppiert worden waren.

»Warum antwortest du nicht?«

Ich weiß nicht, welchen Rat ich dir geben soll, denn ich kenne die Lösung nicht. Fellmer Lloyd machte sich Vorwürfe, weil er auf eine solche Frage hätte vorbereitet sein müssen. *Ich komme gleich wieder,* erklärte er. *Ich werde fragen.*

»Beeile dich!« Bardioc blieb ruhig. Nicht die geringste Erregung war spürbar. Er schien zu ignorieren, dass es um seine Existenz ging.

Fellmer Lloyd zog sich zurück.

»Was ist los?«, fragte Ras Tschubai. »Habt ihr eine Lösung?«

»Nein«, antwortete der Telepath. Er streckte Tschubai die Hand entgegen. »Bringe mich in die Zentrale!«

Der Teleporter griff zu und sprang mit Lloyd.

Als sie in der Zentrale materialisierten, zeigte die Panoramagalerie, dass die SOL von Choolk-Raumern umgeben war. Von einem der Schiffe setzte soeben ein Beiboot über.

»Bardioc will wissen, was er tun kann, um den Fehler in SENECA zu beheben«, sagte Fellmer Lloyd.

Rhodan hob hilflos die Schultern. »Ich weiß es nicht«, gestand er ein und schaute Hellmut fragend an.

»Es gibt nur eine einzige Möglichkeit, das Problem schnell zu bewältigen«, erklärte der Kybernetiker. »Bardioc muss Romeo und Julia in seinem Sinn agieren lassen.«

»Aber das muss schnell gehen«, drängte Lloyd. »Bardioc hat nach eigener Aussage nur noch eine Stunde zu leben.«

»Dann informiere ihn sofort!«, befahl Rhodan.

»Romeo und Julia befinden sich derzeit nicht in der Halle. Jemand muss dafür sorgen, dass sie schnellstens dorthin zurückkehren.«

»Das übernehme ich«, versprach Joscan Hellmut.

Bardioc?

»Ich höre dich, Fellmer Lloyd.« Die Superintelligenz reagierte bereits auf den ersten mentalen Impuls.

Die Roboter Romeo und Julia werden zu dir kommen. Nur mit ihrer Hilfe können wir SENECA beeinflussen; sie sind seine Außenstationen.

»Verbindet sich in ihnen ebenfalls organische mit anorganischer Materie?«

Nein, dazu sind sie zu klein. Ein biologischer Teil, der in seiner Kapazität mit dem positronischen Teil vergleichbar wäre, würde zu viel Platz beanspruchen.

»Was soll ich tun?«

Du musst beide Roboter so programmieren, dass sie SENECA veranlassen, dich freizugeben. Das Energiefeld, das diese Halle umgibt, muss verschwinden.

»Ich werde es versuchen.«

Die Energieblase schloss sich. Fellmer Lloyd hatte alles gesagt. Er zog sich zurück und ließ die neben ihm stehenden Mutanten los. »Alles Weitere liegt nun bei Joscan Hellmut. Hoffentlich schafft er es, Romeo und Julia noch einmal zu Bardioc zu beordern.«

Lloyd verließ die Kabine und ging mit einigen der Mutanten zur Hauptzentrale. Dort wäre er fast mit Hellmut zusammengeprallt, der im Eingangsbereich stand.

»Bardioc wartet auf Romeo und Julia«, verkündete Lloyd.

Rhodan und Hellmut blickten ihn ernst an. Bully, der bei ihnen stand, fluchte unterdrückt.

»Was ist los?«, fragte der Chef des Mutantenkorps.

»Romeo und Julia kommen nicht heraus«, erklärte Hellmut. »SENECA hält sie offenbar zurück. Ich habe sie zu mir beordert, aber sie haben noch nicht einmal geantwortet.«

»Aus und vorbei«, kommentierte Bully niedergeschlagen. »Es müsste schon ein Wunder geschehen, damit wir Bardioc noch retten können.«

»Darum geht es nicht allein«, sagte Rhodan. »Ich vermute, dass die Kaiserin von Therm der Vereinigung entgegenfiebert. Die Choolks sind gekommen, um Bardioc zu übernehmen. Und Puukar verhält sich eigenartig ruhig, geradezu beunruhigend zurückhaltend. Wenn SENECA nicht nachgibt, werden wir Probleme bekommen.«

»Du befürchtest, dass die Kaiserin sich Bardioc mit Gewalt holen wird?«

»Ich bin davon überzeugt, dass sie einen Weg finden wird. Dabei interessiert dann bestimmt nicht, was aus dem Schiff und aus uns wird.«

»Was sollen wir tun?«, fragte Fellmer Lloyd. »Wir können Romeo und Julia nicht mit Gewalt aus dem SENECA-Bereich entführen.«

»Das geht nur mit einem Trick«, sagte Rhodan nachdenklich. »Mir fällt da etwas ein. Kommt, wir gehen zu Gavro Yaal.«

Fellmer Lloyd, Bully und Joscan Hellmut schauten ihn verdutzt an. Bevor sie nachfragen konnten, hatte Rhodan die Hauptzentrale schon verlassen. Sie eilten hinter ihm her und überschütteten ihn mit Fragen. Perry Rhodan antwortete nicht, er bat sie nur, seine Verhandlung mit Yaal nicht zu stören.

Der Kosmobiologe saß in seinem Labor und spielte auf einer Gitarre. Die Gleiterbahn mit der Versuchsanlage hatte er abgebaut. Er sang melancholisch vor sich hin und ließ sich von Rhodan nicht unterbrechen.

»Gavro, ich muss mit Ihnen reden!«

Gavro Yaal sang noch einige Takte weiter und beendete das Lied. Dann seufzte er und blickte auf. »Sie hätten ruhig warten können, bis das Lied zu Ende ist«, sagte er vorwurfsvoll. »Ich denke, ich habe das Recht, eine Melodie bis zu ihrem Ende durchzuempfinden.«

»Das haben Sie«, erwiderte Rhodan. »Trotzdem muss ich Sie um einen Gefallen bitten. Es geht um Bardioc. Unerwartet hat sich noch eine Möglichkeit ergeben, ihn zu retten. Aber Romeo und Julia müssen zu ihm gehen, und SENECA lässt sie nicht heraus.«

»Was habe ich damit zu tun?«

»Ich nehme an, dass Sie ein Interesse daran haben, Bardioc als Teil der Gemeinschaftsintelligenz zu retten.«

»*Sie* sprechen von der Gemeinschaftsintelligenz? Das müssen Sie mir erklären.«

»Dazu ist jetzt keine Zeit. Bardioc hat nur noch etwa vierzig Minuten zu leben. Wir sind daher gezwungen, SENECA zu täuschen. Die Hyperinpotronik muss den Energieschirm abschalten, danach werden die Choolks ein Überlebenssystem für Bardioc anbringen.«

»Warum sollte ich Bardioc an die Kaiserin von Therm ausliefern?«, fragte Gavro Yaal. »Das liegt nicht in unserem Interesse. Wir wollen Bardioc behalten. In dieser Hinsicht gehen wir völlig mit SENECA konform.«

»Das wissen Sie?«, fragte Bully.

»Es sickert einiges durch.«

»Wir können später darüber verhandeln, was geschehen soll, nachdem Bardioc an das Überlebenssystem angeschlossen ist.«

»Also schön.« Gavro Yaal lenkte ein. »Was kann ich dabei tun?«

»Sie haben daran gearbeitet, eine eigene Lebenserhaltung aufzubauen. Ist das richtig?«

»Das stimmt.«

»Ich möchte, dass Sie mit diesen Unterlagen in die Beta-Zentrale gehen und SENECA beauftragen, Ihre Daten von Romeo und Julia zu Bardioc bringen zu lassen.«

»Das ist alles?«

»SENECA muss zu der Überzeugung kommen, dass wir Bardioc

mithilfe dieser Unterlagen und einer schnell aufzubauenden Maschinerie retten können.«

»Also gut. Ich bin einverstanden.« Gavro Yaal legte seine Gitarre zur Seite, ging zu einem Schrank und holte mehrere einfache Speicherkristalle daraus hervor. Danach folgte er Rhodan in die Beta-Zentrale des Großrechners.

Über Funk erfuhr Rhodan, dass die Choolks das Schiff betreten hatten. Atlan hielt sie in einem der Hangars auf, wobei er von Puukar unterstützt wurde. Der Träger des Pruuhls schien die Schuld für die Schwierigkeiten nicht bei Rhodan und seinen Leuten zu suchen, sondern anzuerkennen, dass die Ursache allein bei SENECA lag.

Rhodan aktivierte die Verbindung zu der Hyperinpotronik.

»Ich bin Gavro Yaal«, sagte der Kosmobiologe.

»Das ist mir bekannt«, antwortete der Großrechner.

»Es gibt nur noch eine Möglichkeit, Bardioc für unsere Gemeinschaftsintelligenz zu bewahren. Diese Unterlagen müssen sofort zu ihm gebracht werden. Ich fordere dich deshalb auf, eine Strukturlücke für uns zu schaffen.«

»Abgelehnt«, erklärte SENECA. »Romeo und Julia werden die Speicher transportieren. Niemand sonst.«

»Aber ich muss dabei sein!«, rief Yaal protestierend.

»Abgelehnt. Kein weiterer Kommentar.«

»Ich habe es geahnt«, sagte Rhodan. »Kommen Sie, Gavro, wir gehen.«

Sie verließen die Beta-Zentrale in dem Gefühl, alles erreicht zu haben, was zu diesem Zeitpunkt möglich war.

Kurz darauf sahen sie die beiden Roboter in Richtung der Lagerhalle gehen.

Romeo und Julia waren kaum verschwunden, da kam Puukar. Sein Kriegskristall leuchtete in einem bedrohlich wirkenden Licht.

»Ich kann meine Leute nicht länger hinhalten«, sagte der Choolk. »Wenn Sie die Mannschaft nicht zu Bardioc durchlassen, wird die Kaiserin von Therm eingreifen. Das wird dann das Ende von uns allen sein. Nur Bardioc wird überleben.«

Zusammen mit dem Träger des schwarzen Kristalls schwang sich Rhodan in den Antigravschacht. Als sie den Korridor vor der Lagerhalle erreichten, kamen ihnen Romeo und Julia entgegen. Die Roboter bewegten sich auffallend hastig.

Rhodan und Puukar wussten beide, warum die Roboter sich so verhielten.

»Bitten Sie das Choolk-Kommando hierher!«, befahl der Terraner einem der Offiziere, die sich in dem Korridor aufhielten. Auch Gucky, Ras Tschubai und Balton Wyt hatten sich eingefunden, der Ilt war mit Bully teleportiert.

Der Uniformierte führte den Befehl aus. Die Choolks machten sich mit ihrem umfangreichen Überlebenssystem auf den Weg.

»Wenn wir wenigstens etwas tun könnten«, murmelte Bully unruhig.

»Wir können nur abwarten«, sagte Rhodan.

»Das ist es ja, was mir auf die Nerven geht.« Bully seufzte.

Die Choolks näherten sich schnell. »Höchstens eine Minute noch, dann sind sie hier«, stellte Gucky fest. Er behielt recht.

Atlan bewegte sich an der Spitze der etwa zweihundert Choolks. Sie transportierten das Überlebenssystem der Duuhrt auf einer Antigravplattform. Es war ein schimmerndes kristallines Gebilde, dessen Funktion wohl niemand erraten hätte. Man musste schon wissen, um was es sich dabei handelte.

Überrascht pfiff Bully durch die Zähne. Das Energiefeld fiel quasi in letzter Sekunde in sich zusammen, der Zugang zur Halle war damit wieder passierbar.

Perry Rhodan blickte Puukar an, doch der Kriegsherr der Duuhrt ließ nicht erkennen, was er empfand. Bardioc hatte sein Ziel erreicht und mithilfe von Romeo und Julia SENECA zur Räson gebracht. Puukar registrierte diesen Erfolg als selbstverständliche Tatsache; er betrat die Halle, blieb plötzlich stehen und umklammerte seinen Kriegskristall mit beiden Händen.

»Rhodan!«, rief er mit knarrender Stimme. »Bardioc ruft!«

Der Terraner eilte zu dem Gehirn, das unter einer trüben Energieblase ruhte. Ein stechender Geruch ging mittlerweile von den abgestorbenen Pflanzen aus.

»Ich höre dich, Bardioc«, sagte der Terraner laut.

»Bevor ich gehe, muss ich dich an die PAN-THAU-RA erinnern.« Bardiocs mentale Stimme klang wie ein Wispern in Rhodan auf.

»Du wolltest Wiedergutmachung leisten. Was geschieht mit dem Sporenschiff?«

»Du wirst es für mich aufsuchen und sicherstellen«, erklärte Bardioc. »Wirst du das tun?«

»Wenn du mir detailliert sagst, wo ich das Sporenschiff finden kann«, versprach Rhodan. »Deine bisherigen Angaben sind zu ungenau.«

Bardioc übermittelte ihm alle nötigen Daten. Anhand der Unterlagen in den Bordarchiven ermittelte Perry Rhodan später, dass Bardioc ihm die Galaxis Tschuschik bezeichnet hatte.

»Ich danke dir, Perry Rhodan!«

Der Terraner verstand diese letzten Worte richtig. Er trat zur Seite und ließ die Choolks vorbei. Sie führten das Kristallgebilde bis an die Energieblase heran.

»Vorsicht, Rhodan!«, mahnte Puukar.

Der große Kristall flammte in blendender Helligkeit auf. Ein dumpfes Dröhnen erfüllte die Halle. Perry Rhodan fühlte, dass der Boden erzitterte. Wegen der grellen Lichtfülle hatte er sich die Hände vors Gesicht geschlagen und blinzelte nur mehr zwischen den Fingern hindurch auf den Kristall.

Rhodan sah, dass Bardiocs Gehirn etwa zwei Meter über dem Boden in einer strahlenden Energiekugel schwebte, die unter dem Kristallgebilde hing. Die Choolks dirigierten das Überlebenssystem mit Antigravfeldern aus der Halle.

Das Gehirn nahm eine rosige Farbe an und pulsierte. Gleichzeitig registrierte Perry Rhodan Mentalimpulse, die ihm verrieten, dass Bardioc außer Gefahr war.

Langsam schwebte Bardioc durch die Gänge und Antigravschächte bis hin zu dem Hangar, von dem aus eine Prallfeldröhre zu einem der Choolk-Raumer führte.

Perry Rhodan erwartete, dass die Choolks Bardioc mit dem kristallinen Gebilde einschleusen würden. Doch das war nicht der Fall. Sie ließen Bardioc auf halbem Wege in der Röhre zurück.

Puukar blieb noch eine Weile neben dem Gehirn stehen. Dann hob er einen Arm, grüßte knapp zu Rhodan herüber und eilte weiter. Ein Schott verschloss das Ende der Röhre.

Der Terraner und seine Begleiter zogen sich aus dem Hangar zurück. Von der Hauptzentrale aus verfolgten sie die weiteren Vorgänge.

Die SOL stand rund hunderttausend Kilometer über dem Planeten Drackrioch. Die Kaiserin von Therm, die den Planeten als kristallines Gespinst umschlang, strahlte im Licht der blauen Riesensonne Yoxa-Sant, als bestünde sie aus einer Ansammlung geschliffener Diamanten.

»Wie soll die Vereinigung vor sich gehen?«, fragte Bully. »Wie verbinden sich ein organisches Gehirn und so ein Riesenkristall, ohne dass einer von den beiden seine Existenzform verliert?«

»Ich weiß es nicht«, antwortete Rhodan.

In der Panoramabeobachtung zeichnete sich das Choolk-Schiff ab, das die Röhre mit Bardioc transportierte. Das Schiff entfernte sich langsam.

Rhodans Kristall pulsierte plötzlich. Er achtete aber nicht darauf, denn die Röhre an dem Saturnschiff der Choolks veränderte sich. Sie wurde zu einem hell strahlenden Energieball, zu einer Sphäre, in deren Mittelpunkt deutlich sichtbar Bardioc schwebte.

»Es sieht so aus, als hätten die beiden nur aufeinander gewartet«, sagte Atlan.

Die Sphäre löste sich von dem Schiff, beschleunigte in Richtung Drackrioch und ließ die Flotte der Choolks hinter sich.

Auf der Panoramagalerie der SOL blieb der Energieball trotz der wachsenden Entfernung deutlich sichtbar.

»Gleich ist Bardioc am Ziel!«, meldete Mentro Kosum.

Die Sphäre strahlte mittlerweile wie eine kleine Sonne. Sie dehnte sich aus, bis sie weit über tausend Kilometer durchmaß.

»Die Sphäre löst sich auf!«, rief Ras Tschubai. Tatsächlich verging die Energieblase von einer Sekunde zur nächsten.

»Bardioc ist verschwunden«, sagte Rhodan.

»Die Kaiserin hat ihn entmaterialisiert«, vermutete Tschubai.

»Sir, Puukar meldet sich!«

Das Konterfei des Choolks erschien auf der Projektionsfläche. Rhodan glaubte erkennen zu können, dass der Träger des Kriegskristalls erregt war.

»Es ist geschehen«, eröffnete Puukar. »Bardioc ist nach dem Transmitterprinzip entstofflicht und am Einbauort atomarstrukturell passend rematerialisiert worden.«

»Was heißt das?«, fragte Rhodan. »Ist Bardioc jetzt ebenfalls ein kristallines Gebilde?«

»Natürlich nicht«, erwiderte Puukar. »Bardioc existiert nur nicht mehr in Form eines Gehirns. Er ist in das Schaltschema der Kaiserin aufgegangen, aber nach wie vor organisch.«

»Wie sollen wir das verstehen?«

»Seine Myriaden Zellverbindungen wurden entwirrt, gedehnt und integriert.«

»Das bedeutet, dass Bardioc erheblich an Umfang gewonnen hat.«

»Richtig.«

»Bardioc ist demnach für alle Ewigkeit mit der Duuhrt verbunden, in einer unlösbaren Einheit?«

»Bardioc kann jederzeit zu der kompakten Gehirnmasse zurückverwandelt werden«, behauptete Puukar. »Liegt es im Bereich des Möglichen, dass einer der Mächtigen sich eines Tages entschließt, Bardioc den Körper zurückzugeben?«

»Das entzieht sich meiner Kenntnis«, sagte Perry Rhodan. »Denkbar wäre es. Vielleicht.« Er zögerte einen Moment. Dann fragte er: »Kann ich mehr über den Verschmelzungsprozess erfahren?«

Puukar erklärte sich bereit, Informationen der Duuhrt an Rhodan weiterzuleiten. Der Terraner erfuhr auf diese Weise sehr schnell, dass seine theoretischen Überlegungen richtig gewesen waren. Er wollte nur noch wissen, ob Puukar schon vorher über das erwartete Geschehen informiert gewesen war.

»Was ich weiß, habe ich soeben erst von der Duuhrt erfahren«, erklärte der Träger des Kriegskristalls. Er hob grüßend eine Hand und unterbrach die Funkverbindung.

Der Sprecher der Kaiserin von Therm hatte sich zurückgezogen, und es blieb offen, ob man ihn je wiedersehen würde.

»Ob Bardioc wirklich gleichberechtigt neben der Kaiserin existiert?«, fragte Bully. »Ich habe immer noch das Gefühl, dass sie sich zur Herrin dieses unglückseligen Gehirns aufgeschwungen hat.«

»Sie behauptet das Gegenteil«, erwiderte Rhodan. »Und ich glaube ihr. Sie hat gesagt, dass Bardioc jederzeit zurückverwandelt werden kann.«

»Eben das überrascht mich«, wandte Atlan ein. »Woher kommt diese Bereitschaft, nachdem die Kaiserin so sehr daran interessiert war, das Gehirn in sich aufzunehmen?«

Rhodan zuckte mit den Schultern. »Mich interessiert weit mehr, was aus den beiden wird.«

»Eigentlich müsste das Ergebnis eine neue Art Superintelligenz sein«, behauptete der Arkonide. »Eine höhere Existenzform.«

»Das wäre die logische Entwicklung«, bestätigte Perry Rhodan.

»Die Kaiserin strahlt in n-dimensionalen Bereichen«, meldete der Ortungsleitstand. »Die Impulse sind deutlich intensiver als vorher.«

Rhodan war sich dessen bewusst, dass sie sich in endlosen Spekulationen ergehen konnten. Schlüssige Antworten würden sie aber nicht mehr erhalten.

»Wir verlassen das System!«, ordnete er an. »Währenddessen möchte ich noch einmal mit Gavro Yaal reden. Kommst du mit, Atlan?«

»Was hast du vor?«, fragte der Arkonide, als sie die Hauptzentrale verließen.

»Ich bin davon überzeugt, dass Yaal seine Lehren bald wieder lauter und energischer verkünden wird.«

»Wir dürfen nicht zulassen, dass er die Besatzung mit seinen demagogischen Parolen verseucht«, sagte Atlan.

»Ich sehe das Problem etwas anders. Für mich ist ziemlich klar, dass wir früher oder später einen Teil der SOL verlieren werden.«

»Willst du zulassen, dass diese Rebellen sich durchsetzen?«

»Warum sollte ich mich gegen sie stellen, wenn sie sich in freier Abstimmung dafür entscheiden, sich von uns zu trennen?« Perry Rhodan wirkte keineswegs bedrückt. »Schließlich haben die SOL-Geborenen ebenfalls ein Recht auf freie und eigenständige Entwicklung. Diese ist aber nicht möglich, solange sie mit uns zusammenleben. Unter den gegebenen Umständen können sie sich nicht entfalten.«

»Wenn du das so offen aussprichst, bricht die Besatzung der SOL auseinander.«

»Ich werde meine Meinung nicht hinausposaunen. Ich wollte damit auch nicht sagen, dass ich unbedingt für einen eigenen Weg der SOL-Geborenen eintrete. Ich stelle lediglich fest, dass diese Möglichkeit gegeben ist. Wir dürfen sie nicht ignorieren.«

Sie hatten das Labor des Kosmobiologen erreicht.

Gavro Yaal spielte wieder auf der Gitarre. Er summte eine Melodie vor sich hin, hielt die Augen geschlossen und tat, als habe er das Öffnen des Türschotts nicht bemerkt.

Rhodan hielt den Arkoniden zurück. Der Kosmobiologe sollte seine Melodie zu Ende bringen, ohne einen Grund zur Beschwerde zu haben.

Doch unvermittelt legte Gavro Yaal die Gitarre zur Seite und schaute den Terraner geradeheraus an.

»Das verstehen Sie nicht, Rhodan. Stimmt's?«

»Oh doch«, entgegnete der Aktivatorträger. »Ich verstehe Sie vollkommen. Es muss schmerzlich für Sie gewesen sein, dass wir Bardioc ausgeliefert haben. Und noch unangenehmer, dass Sie selbst dazu beigetragen haben.«

»Würde ich weinen und klagen darüber, dass das Gehirn uns verlassen hat, ich hätte den Sinn von alldem nicht verstanden.« Gavro Yaal hob die Gitarre wieder an und strich mit den Fingerspitzen über die Saiten. »Ich habe nachgedacht.«

»Worüber?«, fragte Atlan.

»Können Sie sich das nicht denken? Zunächst habe ich geglaubt, dass Bardioc ein fester Bestandteil unseres Gemeinschaftswesens werden könnte. Dann habe ich erkannt, dass wir Bardioc nicht am Leben erhalten konnten. Ich werde nie erfahren, ob das Gehirn auch ohne unsere Hilfe überlebt hätte.«

»Wie stellen Sie sich das vor?«, fragte Rhodan. »Bardioc wäre verloren gewesen.«

»Vielleicht hätte Bardioc mit der Unterstützung der Duuhrt eine Teleportation zustande gebracht?«

»Das sind Spekulationen. Lassen wir das lieber. Ich komme aus einem anderen Grund. Ich will, dass Sie Ihre Propagandareden einstellen.«

»Auf keinen Fall«, sagte der Kosmobiologe energisch. »Ich bin nach wie vor davon überzeugt, dass die SOL, SENECA und die SOL-Besatzung eine geschlossene Einheit bilden, die sich vor anderen Superintelligenzen nicht zu verstecken braucht.«

»Nun halten Sie aber die Luft an«, fuhr Atlan auf. »Sie sollten in den letzten Stunden bemerkt haben, dass wir weit davon entfernt sind, uns mit Superintelligenzen messen zu können.«

»Ganz im Gegenteil. Die Ereignisse haben mir bewiesen, dass wir keinen Vergleich zu scheuen brauchen.«

»Dann erklären Sie mir doch, weshalb wir mit SENECA nicht fertig geworden sind«, forderte Rhodan. »Wieso waren wir auf Bardiocs Beistand angewiesen?«

»Ist es ein Merkmal der Superintelligenz, dass sie ohne Hilfe auskommen kann?« Gavro Yaal lächelte spöttisch. »Hat die Duuhrt unsere Hilfe denn nicht gebraucht? Mussten Sie, Rhodan, ihr nicht behilflich sein, BARDIOC aufzuwecken? Und war der erwachte Bardioc nicht darauf angewiesen, dass wir ihn mit der SOL transportieren? Haben Sie ihn nicht sogar psychologisch aufgerichtet, weil er bereit war, seine eigene Existenz aufzugeben?«

»Und was sagen Sie dazu, dass wir ohne die Hilfe Bardiocs BULLOC nicht hätten besiegen können?«, fragte Atlan.

»Das hatten wir doch schon.« Gavro Yaal seufzte ergeben. Seine Finger glitten schneller über die Saiten. »Kommen Sie mir nicht mit logischen Argumenten. Wer sagt, dass eine Superintelligenz unbedingt logisch denken muss?«

Gavro Yaal war zutiefst von seinen Überlegungen überzeugt. Perry Rhodan erkannte, dass der Kosmobiologe mit keinem Argument davon abgebracht werden konnte. Was immer jemand gegen seine Theorie vorbrachte, Yaal würde eine Antwort parat haben. Und wenn er nicht mehr weiterwusste, rettete er sich in die Behauptung, dass eine Superintelligenz nicht logisch denken und handeln musste und dass die einzelne Zelle keineswegs den gesamten Organismus zu begreifen hatte.

Gavro Yaal war ein hoffnungsloser Fall.

ENDE

Perry Rhodan-Buch 101
EISWIND DER ZEIT
erscheint im Frühjahr 2008

Nachwort

Dies ist sie also: die 100. Buchausgabe der weltweit größten Science-Fiction-Serie PERRY RHODAN!

Mit »BARDIOC« schließt sich ein Kreis, der Fäden der Serienhistorie miteinander verknüpft, und zugleich öffnet sich ein neuer und fantastischer Handlungsbogen, der uns in die ferne Zukunft der Menschheit begleiten wird. Das kosmische Thema ist in diesem Buch schon angerissen, es geht um das Leben an sich, um die Fragen nach dem »Woher« und dem »Wohin«, die wohl jeden von uns bewegen.

Wir werden Perry Rhodan und seine Getreuen auf einem ebenso gefahrvollen wie fantastischen Weg begleiten dürfen, der die Menschheit nicht nur zu den Sternen, sondern auch zu neuen Erkenntnissen führt. Perry Rhodan wird herausfinden, was es mit den Sporenschiffen der Mächtigen auf sich hat und wer die Auftraggeber hinter den Materiequellen sind, die es sich offenbar zur Aufgabe gemacht haben, das Leben im Universum so vielfältig wie möglich zu verbreiten und seine Entwicklung zu fördern.

Sie dürfen zu Recht gespannt sein, was Sie erwartet. Es sind kosmische Geschehnisse, die für uns schwer vorstellbare Zeiträume von Jahrhunderttausenden mit Sinn und ungeahnten Zusammenhängen erfüllen. Es ist der Hauch der Unendlichkeit, der »sense of wonder«, sobald terranische Raumschiffe mit unvorstellbarer Geschwindigkeit den Weltraum durchqueren. Es sind aber ebenso die Menschen, die mit alldem konfrontiert werden und das Staunen immer wieder neu erlernen müssen. Das Schicksal des Einzelnen interessiert ebenso wie der große Überbau.

Lassen Sie sich also überraschen und begleiten Sie uns weiterhin durch die Welt der Zukunft, die Welt des potenziell unsterblichen Perry Rhodan!

Alle, Autoren, Zeichner und Redaktionsmitglieder, die bislang dazu beigetragen haben, dass PERRY RHODAN Sie und uns begeistert, sagen an dieser Stelle: »Danke!«

Danke dafür, dass Sie uns seit hundert Buchausgaben treu begleiten oder mit »BARDIOC« vielleicht Ihren ersten PERRY RHODAN-Roman überhaupt gelesen haben. Wenn Ihnen dieses Buch gefallen hat, erzählen Sie es weiter – und wir freuen uns natürlich über jeden Leserbrief, den wir erhalten.

In diesem Sinn bleibt mir an dieser Stelle nur noch eines zu wünschen: Bleiben Sie gesund und PERRY RHODAN zugetan, lassen Sie sich von Buch 101 wieder verzaubern, das im Frühjahr 2008 erscheint, und träumen Sie – nicht wie BARDIOC – davon, dass eine in Frieden vereinte Menschheit den Weg zu den Sternen findet.

Die in diesem Buch enthaltenen Originalromane sind: *BARDIOC* (850) und *Kosmischer Albtraum* (851) von William Voltz; *Insel zwischen den Sternen* (852) von Clark Darlton; *Rückkehr des Zeitlosen* (860) und *Gehirntransport* (861) von William Voltz sowie *Bardioc und die Kaiserin* (867) von H. G. Francis.

Hubert Haensel

Zeittafel

1971/84 Perry Rhodan erreicht mit der STARDUST den Mond und trifft auf die Arkoniden Thora und Crest. Mithilfe der arkonidischen Technik gelingen die Einigung der Menschheit und der Aufbruch in die Galaxis. Geistwesen ES gewährt Rhodan und seinen engsten Wegbegleitern die relative Unsterblichkeit. (HC 1–7)

2040 Das Solare Imperium entsteht und stellt einen galaktischen Wirtschafts- und Machtfaktor ersten Ranges dar. In den folgenden Jahrhunderten folgen Bedrohungen durch die Posbis sowie galaktische Großmächte wie Akonen und Blues. (HC 7–20)

2400/06 Entdeckung der Transmitterstraße nach Andromeda; Abwehr von Invasionsversuchen von dort und Befreiung der Völker vom Terrorregime der Meister der Insel. (HC 21–32)

2435/37 Der Riesenroboter OLD MAN und die Zweitkonditionierten bedrohen die Galaxis. Nach Rhodans Odyssee durch M 87 gelingt der Sieg über die Erste Schwingungsmacht. (HC 33–44)

2909 Während der Second-Genesis-Krise kommen fast alle Mutanten ums Leben. (HC 45)

3430/38 Das Solare Imperium droht in einem Bruderkrieg vernichtet zu werden. Bei Zeitreisen lernt Perry Rhodan die Cappins kennen. Expedition zur Galaxis Gruelfin, um eine Pedo-Invasion der Milchstraße zu verhindern. (HC 45–54)

3441/43 Die MARCO POLO kehrt in die Milchstraße zurück und findet die Intelligenzen der Galaxis verdummt vor. Der Schwarm dringt in die Galaxis ein. Gleichzeitig wird das heimliche Imperium der Cynos aktiv, die am Ende den Schwarm wieder übernehmen und mit ihm die Milchstraße verlassen. (HC 55–63)

3444 Die bei der Second-Genesis-Krise gestorbenen Mutanten kehren als Bewusstseinsinhalte zurück. Im Planetoiden

Wabe 1000 finden sie schließlich ein dauerhaftes Asyl. (HC 64–67)

3456 Perry Rhodan gelangt im Zuge eines gescheiterten Experiments in ein paralleles Universum und muss gegen sein negatives Spiegelbild kämpfen. Nach seiner Rückkehr bricht in der Galaxis die PAD-Seuche aus. (HC 68–69)

3457/58 Perry Rhodans Gehirn wird in die Galaxis Naupaum verschlagen. Auf der Suche nach der heimatlichen Galaxis gewinnt er neue Freunde. Schließlich gelingt ihm mithilfe der PTG-Anlagen auf dem Planeten Payntec die Rückkehr. (HC 70–73)

3458/60 Die technisch überlegenen Laren treten auf den Plan und ernennen Perry Rhodan gegen seinen Willen zum Ersten Hetran der Milchstraße. Rhodan organisiert den Widerstand, muss aber schließlich Erde und Mond durch einen Sonnentransmitter schicken, um sie in Sicherheit zu bringen. Doch sie rematerialisieren nicht am vorgesehenen Ort, sondern weit entfernt von der Milchstraße im »Mahlstrom der Sterne«. Den Terranern gelingt es nur unter großen Schwierigkeiten, sich in dieser fremden Region des Universums zu behaupten. (HC 74–80)

3540 Auf der Erde greift die Aphilie um sich, die Unfähigkeit des Menschen, Gefühle zu empfinden. Perry Rhodan, die Mutanten und andere gesund Gebliebene beginnen an Bord der SOL eine Reise ins Ungewisse – sie suchen den Weg zurück in die Milchstraße. (HC 81)

3578 In Balayndagar wird die SOL von den Keloskern festgehalten, einem Volk des Konzils der Sieben. Um der Vernichtung der Kleingalaxis zu entgehen, bleibt der SOL nur der Sturz in ein gewaltiges Black Hole. (HC 82–84)

3580 Die Laren herrschen in der Milchstraße, die freien Menschen haben sich in die Dunkelwolke Provcon-Faust zurückgezogen. Neue Hoffnung keimt auf, als der Verkünder des Sonnenboten die Freiheit verspricht. Lordadmiral Atlan sucht die Unterstützung alter Freunde, die Galaktische-Völkerwürde-Koalition (GAVÖK) wird gegründet (HC 82, 84, 85)

Auf der Erde im Mahlstrom zeichnet sich eine verhängnisvolle Entwicklung ab. (HC 83)

3581 Die SOL erreicht die Dimensionsblase der Zgmahkonen und begegnet den Spezialisten der Nacht. Um die Rückkehr

Perry Rhodan

BARDIOC

zu ermöglichen, dringt ein Stoßtrupp in die Galaxis der Laren vor und holt das Beraghskolth an Bord. (HC 84, 85) Nur knapp entgeht die SOL der Vernichtung; die Entstehung des Konzils wird geklärt. (HC 86) Monate nach der SOL-Zelle-2 erreicht Perry Rhodan mit der SOL die Milchstraße und wird mit einer falschen MARCO POLO und dem Wirken eines Doppelgängers konfrontiert. Die Befreiung vom Konzil wird vorangetrieben. (HC 87, 88)

Im Mahlstrom halten der geheimnisvolle Plan der Vollendung und die PILLE die Menschen im Griff. Die Erde stürzt in den »Schlund«. (HC 86)

3582 Alaska Saedelaere gelangt durch einen Zeitbrunnen auf die entvölkerte Erde (HC 88) und gründet mit einigen wenigen Überlebenden der Katastrophe die TERRA-PATROUILLE. (HC 91)

Die SOL fliegt aus der Milchstraße zurück in den Mahlstrom der Sterne (HC 89) und erreicht die Heimatgalaxis der Feyerdaler, Dh'morvon. Über die Superintelligenz Kaiserin von Therm eröffnet sich eine Möglichkeit, die Spur der verschwundenen Erde wiederzufinden. (HC 90, 91)

Die Inkarnation CLERMAC erscheint auf der Heimatwelt der Menschen, und das Wirken der Kleinen Majestät zwingt die TERRA-PATROUILLE, die Erde zu verlassen. (HC 93)

3583 Die SOL erreicht das MODUL und wird mit dem COMP und dem Volk der Choolks konfrontiert. (HC 92) Hilfeleistung für die Kaiserin von Therm und der Kampf um die Erde. (HC 94)

In der Milchstraße machen die Laren Jagd auf Zellaktivatoren. (HC 93) Das Konzept Kershyll Vanne erscheint. (HC 95)

3584 In der Auseinandersetzung mit BARDIOCS Inkarnationen (HC 96) wird Perry Rhodan zum Gefangenen der vierten Inkarnation BULLOC. EDEN II, die neue Heimat der Konzepte, entsteht. (HC 98)

3585 Die Invasionsflotte der Laren verlässt die Milchstraße. (HC 97) Erde und Mond kehren aus der fernen Galaxis Ganuhr an ihren angestammten Platz im Solsystem zurück. (HC 99)

Raum

Allgemeines

Der Begriff »Raumfrachter« umschreibt eine derart umfangreiche Palette von Raumschiffstypen, dass es eine definitive Einteilung nicht geben kann. Vom kleinen, nur achtzig Meter durchmessenden Trampfrachter bis hin zum Großraumtransporter existieren unzählige Versionen. Dass zur Blütezeit des Solaren Imperiums – vor Terras Flucht, die zunächst im Mahlstrom der Sterne endete – allein im Solsystem zweihunderttausend Frachter aller Größenklassen registriert waren, wirft ein bezeichnendes Bild auf diesen Bereich der Raumfahrt.

Das hier gewählte Beispiel zeigt einen mittelgroßen, 500 Meter durchmessenden Stückgut-Frachter, der zusätzlich zu den Laderäumen über einen Kabinenkomplex verfügt, in dem mehr als zweitausend Passagiere komfortable Unterkunft finden.

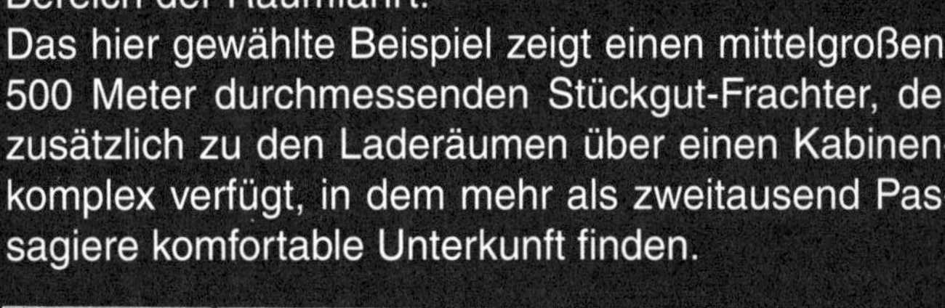

Zeichnung: Christoph Anczykowski

Legend

1. Ober
2. Analy
3. Prallf
   Lebe
4. Werk
   Ersat
5. Schle
6. Repa
7. Antig
   kleine
8. Meile
9. Anter
   Norm
10. Schir
    HÜ-S
11. Fusio
12. Steue
    Impu
13. Komr
14. Laste
15. Hang
    (16 H
16. Teles
17. Land
18. Rese
19. Laste
20. Klein
21. Unte
22. Deck
23. Linea
24. Haup